Aux É...
Dans la...
ENQU...

Pierre Engélibert
- L'Ours du Finistère
- Drôle d'oiseau à Brest
- Lavandières rouges à Da...
- Complot en Cap-Sizun

Élisabeth Mignon
- Fontaines mortelles à Quimper
- Jardins funèbres en Cornouaille
- Déferlantes au Guilvinec
- Cadavres exquis à Châteaulin
- Ultime refuge à La Forêt-Fouesnant
- Silences sur la Baie
- Cauchemars à Plozévet

Séverine Le Corre-Mongin
- Drame en Morbihan
- Dernière note à Pontivy

Jean-Michel Arnaud
- Cavale à Brest
- Blues en Rafale à Landivisiau
- Le bagad bombarde à Quimper
- Loto létal dans le Léon
- Fresque de sang sur le Ponant
- Lettres mortes à Lannilis
- Lame scélérate à Morgat
- À bout de souffle à Landerneau
- Brest, scène de crimes
- Allers simples pour Ouessant
- Peur bleue à Portsall
- Intox à Carhaix

Stéphane Jaffrézic
- Chili-Concarneau
- Ville bleue et beaux dégâts
- Disparitions en Pays Fouesnantais
- Tri Yann Tro Breizh
- Vengeances croisées à Nantes
- Escale forcée à Brest
- Dolmens sanglants en Bigoudénie
- Escapade à Landerneau *(épuisé)*
- Le mauvais fils de Guidel
- Murder party à Quimper
- Rendez-vous raté à Quimperlé
- La Korrigane de Concarneau
- Coup de chaud à Bénodet
- Trafic en Finistère
- Sirènes au Guilvinec
- Été torride à Névez
- Les Galets de Tréguennec
- Les bas-fonds de Quimper
- Pas de pardon à Locronan
- Un pavé dans La Loire
- Psychose sur Bénodet
- Sang d'encre au Mans
- La Torche entre deux eaux
- Du Pastis dans l'Odet
- Les Ombres du Rennes-Quimper
- La Madone du Faouët *(épuisé)*
- Effet domino à Concarneau
- Le Môme de Fouesnant
- Hors la loi à Groix
- Omerta Bigoudène
- Alliance explosive à Audierne
- Jeux pervers à Quimper
- Chasse à l'homme au Ménez-Hom
- Dans les frissons de Nantes
- Manhattan-Tréboul
- Diabolo Nantes
- Tragédie à l'Île-Tudy
- Loire c'est noir
- Stress de Brest à Trévarez
- Mort sur Erdre

Michèle Corfdir
- Le Crabe
- Mortel Hiver sur le Trieux *(épuisé)*
- Chasse à corps à Bréhat
- Larmes de fond *(épuisé)*
- Vent contraire à Loguivy-de-la-Mer
- Herbes amères à Belle-Isle-en-Terre *(épuisé)*
- Il court, il court, le furet des Abers *(épuisé)*
- Fest-Noz sur le Nil *(épuisé)*
- Eau dormante en Trégor *(épuisé)*
- Nuits assassines à Paimpol
- Crime à l'Armoricaine
- Vendredi noir sur l'Arcouest *(épuisé)*
- Sueurs froides sur le Goëlo
- Baignade clandestine à Bonaparte
- La route s'arrête à Loguivy-de-la-Mer
- Brest, bombes sur les murs
- Vent de terreur sur Bréhat

Aux Éditions Alain Bargain

Dans la collection
® ENQUÊTES ET SUSPENSE :

Jacques Minier
- Traque mafieuse à Saint-Malo
- Double peine à Rennes
- Saint-Brieuc de mille feux
- Celtitude en Argoat
- Erquy on the rocks

Michel Courat
- Ça meurt sec à Locquirec
- Marée rouge à Plestin-Les-Grèves
- Coup de grisou à Pleumeur-Bodou
- Mort en vrac à Morlaix
- Sauvage farandole à Paimpol *(épuisé)*
- Mise à mort en Bretagne nord *(épuisé)*
- Masques de Terreur à Lanmeur
- Été meurtrier à Tréguier
- Le raisin coule à Lesneven
- Le Diable s'invite à Locquirec
- Morts à gogo à Plouguerneau
- Morlaix, TERminus !
- Les dessous de Plougasnou
- Granite écarlate
- Dernier tango à Plouescat
- Semaine noire en Pays léonard
- Vent de panique à Lannion
- L'Ange maudit de St-Michel-en-Grève
- Week-end de folie à Bégard
- Les secrets de Camaret

Bernard Enjolras
- Îlot mortel à Trégastel
- 3 petits singes en Côtes-d'Armor
- Mauvais sorts dans Le Trégor
- Micmac à Ploumanac'h
- Sale temps sur Penvénan
- Jeu d'échecs à Perros-Guirec
- Guêpier à Tréguier
- Jackpot dans le Léon
- Requiem à Paimpol
- Escale à Cancale
- L'inconnue de Saint-Thégonnec
- Code assassin à Trébeurden
- Les merlettes de Granit rose
- Liens de sang à Guingamp

Simone Ansquer
- Téviec, le Secret *(épuisé)*
- Aux tours de La Rochelle
- Grain de sable à Saint-Pierre-Quiberon
- Le mystère de la Cathédrale de Vannes *(épuisé)*
- Carnac, les menhirs disparus
- Bons baisers de l'île de Houat
- Nuit d'Enfer à Quiberon
- Belle-Île ne répond pas
- La captive de la ria d'Étel
- Dérive sur la Presqu'île
- Bruits de Vannes

Serge Le Gall
- La secte de l'Aven *(épuisé)*
- Sables mouvants à Bénodet *(épuisé)*
- La Douarneniste
  et le Commissaire *(épuisé)*
- Corps-mort à l'Île-de-Batz *(épuisé)*
- Traque noire à Audierne *(épuisé)*
- Fugue mortelle en RÉ *(épuisé)*
- Le moine rouge de Carantec *(épuisé)*
- La Sirène de Port Haliguen *(épuisé)*
- Coup fourré dans les Monts d'Arrée
- Vagues à lames à Noirmoutier *(épuisé)*
- Dépression sur les Glénan
- Belle-Île "Amère" *(épuisé)*
- Calvaire à Plougastel-Daoulas *(épuisé)*
- Course-poursuite sur l'Aven *(épuisé)*
- Cible ultime dans les Montagnes Noires
- Rouge baiser de Crozon *(épuisé)*
- Sac de nœuds à Trévignon
- Retour coupable à Pont-l'Abbé *(épuisé)*
- Quiberon Enrage *(épuisé)*
- Secrets salés à Fouesnant
- Fausses notes à Larmor-Plage
- Jeux de drames à Douarnenez
- Nature morte à Pont-Aven
- Châtiment à Port-Launay
- La belle endormie de Port-Manech
- Matin blême à Rosporden
- Coup de balai à Carnac
- Mortes-eaux à Riantec
- Héritage de sang à Concarneau
- Vengeance d'automne à Quimper
- Bain tragique au Pouldu
- Retour de bâton à Plogoff
- Le malin de Trégunc

Aux Éditions Alain Bargain

Dans la collection
ENQUÊTES ET SUSPENSE :

Gisèle Guillo
- Dernier rendez-vous à Vannes
- Du Léman au Morbihan (épuisé)
- Tempête à Quiberon
- La Belle de Carnac (épuisé)
- Le Saigneur de Quimper (épuisé)
- Vol de pigeons à Arradon (épuisé)
- Cash-cash au Crouesty (épuisé)
- Le Diable noir de Saint-Cado
- Clair-obscur à l'Île-aux-Moines (épuisé)
- Port-Louis, les ombres de la citadelle
- La Maison au bord du Golfe (épuisé)
- Les Amants Terribles de La Trinité
- Étel coupable ?
- Danger à Saint-Goustan

Rémi Devallière
- L'esprit d'Hoëdic
- Calculs sévères à Saint-Nazaire
- Sacré bidule à Pornichet
- "Pari" au mois d'août
- Piriac et son caillou mystérieux
- Vol 744 pour Le Pouliguen
- Pornic, Poste restante
- Nantes, le passager du Jules Verne
- Contre-courants au Croisic

Gérard Croguennec
- Voile épais au Conquet (épuisé)
- Brest, Abri 668
- Morlaix en eaux profondes
- La martyre du Conquet
- Le silencieux du Conquet
- Effet papillon sur le Brest-Lyon

Jean-Louis Kerguillec
- Carantec à corps perdu
- Enlèvement en Baie de Morlaix (épuisé)
- Mauvaise passe sur l'île Callot
- Les Amours Noires du Léon
- Le disparu du Taureau
- Fraizh Connection
- Le Crapaud de l'île de Batz
- Saint-Pol, cathédrale infernale
- Pêche d'enfer à Cléder
- Le rôdeur des grèves

Martine Le Pensec
- Onde de choc sur Fermanville (épuisé)
- Angoisse sur Penmarc'h
- Lumière noire sur la Penfeld (épuisé)
- Printemps funeste à Brest
- 13e lune à Concarneau (épuisé)
- 32 octobre à Roscoff (épuisé)
- Terminus à Lannilis
- L'Enfer de Plogoff
- Alerte rouge à Brest (épuisé)
- Bad Trip à Lorient
- Le Cobra de Brest
- Le Mouton noir de Roscoff
- Sang pour sang à Recouvrance
- Amnésie sur Quimper
- Chat noir à Brest
- Bain acide à Douarnenez
- Noces de feu à Plouzané
- Pot aux roses au Cap Coz

Catherine Schubert
- Odeur de sang à Penvénan
- Le vilain de la Vilaine
- Sacré moine à Dinard
- Lucifer à Saint-Philibert

Jean-Jacques Égron
- Marais mouvant dans le Golfe
- Tracto Breizh
- Embruns toxiques sur Lorient
- Les Privés du Croisic
- Vannes à l'encre rouge
- Les oubliettes de la Presqu'île
- Engrenages sur la Côte Sauvage

Philippe-Michel Dillies
- Meurtres à Monnaie (épuisé)
- Chasse à Tours (épuisé)
- Train d'enfer pour St-Pierre-des-Corps (épuisé)
- Les roses noires de Chartres (épuisé)
- Du raisiné à Vouvray (épuisé)
- Partie truquée à Descartes
- Embrouille à Amboise (épuisé)
- L'écheveau de Blois
- Anicroches à Loches
- Murmures en Saumur
- Les plumes noires de St-Cyr-sur-Loire
- Clash à Tours

Pierre ENGÉLIBERT

Collection

Quadri Signe - Editions Alain Bargain
125, Vieille Route de Rosporden - 29000 Quimper
E-mail : contact@editionsalainbargain.fr
Site Internet : www.editionsalainbargain.fr
Facebook : https://www.facebook.com/editionsalainbargain

Aux Éditions Alain Bargain

Dans la collection ***ENQUÊTES ET SUSPENSE :***

Marie Vaillant
- Chantage Bigouden
- Les corps mourants de Plozévet *(épuisé)*
- Vague blanche au Pouldu
- Malaise sur la côte lorientaise
- Vie de château à Pont-L'Abbé
- Locronan a la gueule de bois *(épuisé)*

Vincent Cabioch
- 5 Diables Verts à Huelgoat

Christophe Chaplais
- Pâté de Corbeau aux amandes amères *(épuisé)*
- Le calisson jusqu'à la lie
- Farz aux herbes de Portsall
- Addition salée au Croisic
- Salade russe aux noix de Grenoble *(épuisé)*
- Fourchette mortelle à Chinon *(épuisé)*
- Soupe de Crabes à Brest
- La face cachée des Étoiles *(épuisé)*
- Mélodie gourmande à Guérande

Bernard Kopka
- Secret de tombe à Paimpol

Solenn Colléter
- Lettres de sang sur la Côte Sauvage

Jean-Pierre Farines
- Brume sur la Presqu'île
- La route de Rocamadour
- Le Phénix est mort à Camaret
- Cercueil vide en Mer d'Iroise

Patrick Bent
- Erquy profite le crime *(épuisé)*
- Le macchabée du Val-André *(épuisé)*
- Saint-Cast priez pour eux ! *(épuisé)*
- Hécatombe à Saint-Malo *(épuisé)*
- Nuit noire à Dinard *(épuisé)*
- Algues fatales à Erquy *(épuisé)*
- Rock'n'Roll à Lamballe
- Pluie de fiel sur Fréhel
- Arnaque à Erquy

Aux Éditions Alain Bargain

Dans la collection **POL'ART :**

Serge Le Gall
- Sombre dessein à Pont-Aven
- Meurtres du côté de chez Proust *(épuisé)*
- Eaux-fortes à Ste-Marine *(épuisé)*
- Ciel rouge au Pouldu *(épuisé)*

Loïc Gourvennec
- Le râle du basson *(épuisé)*

Yves Horeau
- Monsieur Butterfly *(épuisé)*

Renée Bonneau
- Nature morte à Giverny *(épuisé)*
- Séquence fatale à Dinard *(épuisé)*
- Sanguine sur la Butte *(épuisé)*

Stéphane Jaffrézic
- Toiles de fond à Concarneau
- Le Rubis de Châteauneuf-du-Faou

À Danielle,
Yann-Pierrick
et Gwenthalyn

Cet ouvrage de pure fiction n'a d'autre ambition que de distraire le lecteur. Les événements relatés ainsi que les propos, les sentiments et les comportements des divers protagonistes n'ont aucun lien, ni de près ni de loin, avec la réalité et ont été imaginés de toutes pièces pour les besoins de l'intrigue. Toute ressemblance avec des personnes ou des situations existant ou ayant existé serait pure coïncidence.

La loi du 11 mars 1957 n'autorisant, aux termes des alinéas 2 et 3 de l'Article 41, d'une part, que les *copies ou reproductions strictement réservées à l'usage privé du copiste et non destinées à une utilisation collective*, et, d'autre part, que les analyses et les courtes citations dans un but d'exemple et d'illustration, *toute représentation ou reproduction intégrale ou partielle, faite sans le consentement de l'auteur et de l'éditeur ou de leurs ayants droit ou ayants cause, est illicite* (alinéa 1er de l'Article 40).
Cette représentation ou reproduction, par quelque procédé que ce soit, constituerait donc une contrefaçon sanctionnée par les Articles 425 et suivants du Code Pénal.   2021 - © Quadri Signe - Editions Alain Bargain

I

Fin juin 1986

Je l'attends. Je sais qu'il va venir. Pour que je ne l'oublie pas. Demain, c'est le dernier week-end de l'année. En fin de semaine prochaine, les grandes vacances débuteront. Je suis pressé qu'elles arrivent. Il dit que nous ne faisons rien de mal, qu'il m'aime. Maman travaille la nuit, c'est pour cela que je suis dans cet internat. Dans l'aile des garçons, il n'y a que trois chambres individuelles, les plus proches du hall d'entrée et de sa chambre à lui. Il ne s'occupe que de cette aile. Cela a commencé en octobre de l'année dernière, un mois après la rentrée. J'avais pris du retard à la douche du soir. J'étais le dernier, il s'est approché, m'a pris la serviette des mains et a fini de m'essuyer, en s'attardant sur mon corps.

— Tu es grand maintenant. En internat, tu dois apprendre à te débrouiller plus vite. Tes parents ne te l'ont pas dit ?

Je lui ai expliqué que mon père était mort d'un cancer. Du foie. Les dernières années, il était devenu violent envers maman. Saoul tous les soirs ou presque. Les cris de ma mère sous les coups m'effrayaient. Je ne pensais qu'à aller me terrer dans un coin, mais il m'ordonnait de rester pour que j'apprenne comment « il fallait s'y prendre avec les fendues ». Au début, le lendemain matin, il disait qu'il regrettait, qu'il ne recommencerait pas. Je l'entendais demander pardon. Il espérait encore retrouver un travail. Mais ensuite, il sombra définitivement et il n'eut plus de regrets. Heureusement, le cancer se développa très vite ; sa mort fut une libération pour tous les deux. Mais parfois, je surprends un étrange regard de maman posé sur moi, elle semble perdue dans ses pensées. Qu'est-ce que je lui rappelle ? Elle me prend dans ses bras et me chuchote à l'oreille « mon chéri, mon chéri, je t'aime. Promets-moi de ne jamais faire comme lui. » Je n'aime pas la voir si triste et je promets à chaque fois. Je suis sûr que je tiendrai cette promesse.

Le lendemain soir, Jacques est venu dans ma chambre. Il passa ainsi régulièrement. Dès la troisième fois, il posa ses mains sur mes épaules, sur mon dos, me caressant doucement. Il me prit contre lui et me parla de tendresse. Puis, petit à petit, ses mains se firent plus pressantes. Un jour, il me prit les miennes pour que je sois « doux » moi aussi avec son corps. Selon ses mots, il disait qu'il me « guidait » vers le plaisir parce que c'était ce que je désirais. Mais ça devait rester notre secret.

Dans mon quartier, je n'ai pas de copain. C'est normal, je ne sors pas beaucoup de la maison. Les voisins avaient peur de mon père et interdisaient à leurs enfants de jouer avec moi. Je ne cherchais pas non plus le contact. Peut-être était-ce un peu ma faute.

Dès la première fois, je n'ai pas aimé ce que Jacques me faisait, mais dans le silence de la nuit, adouci par ses mots paisibles, je n'osai pas refuser. Je ne pouvais pas le décevoir. Au fil des semaines, il ne fut plus aussi affectueux. Il me faisait mal et j'en avais honte, il semblait si bien ! Je regrettais la tendresse du début. Quand je lui demandai d'arrêter, il m'expliqua que je l'avais attiré vers lui, entraîné à ces actes, que c'était trop tard, et que si je me confiais à quelqu'un, je serais renvoyé du collège et peut-être retiré à ma maman. Puis aussitôt, à chaque fois, il me répète qu'il m'aime, qu'on est bien tous les deux et qu'il ne veut pas qu'il m'arrive la même chose qu'à lui. Il ajoute que ce n'est pas drôle de ne pas avoir d'amis et de mal grandir. Je ne comprends pas ce qu'il veut dire.

Jacques.

Je voudrais que cela se termine.

J'ai peur de l'année prochaine.

II

Nuit du 14 au 15 mars 2014

J'entends juste le bruit de la marée montante. La dune est derrière moi, à vingt mètres. Personne ne vient plus se promener à cette heure-là, le camping plus loin n'ouvrira que vers la mi-avril. La rue devant la maison est calme. Je suis garé dans une rue adjacente, parmi les voitures des riverains. Seules quelques maisons anciennes la bordent, camouflées au fond de leur parc. À cette heure-ci, le parking de la plage est désert. Une voiture isolée aurait pu attirer l'attention d'une patrouille de gendarmerie. Il en passe une vers 22 h 30, puis à cinq heures environ s'ils ne sont pas occupés ailleurs. C'est le moment le plus délicat, les quelques dizaines de mètres entre la voiture et le jardin arrière. Vu le coin, le risque est très minime, tout se passe bien. Pas de témoin. Il est une heure, je ne suis pas pressé. Aucune lumière nulle part, sauf celle du phare du Four, au large. Il ne devrait pas tarder. Son épouse est à Royan, chez ses parents, avec son fils et sa belle-fille. Il doit les rejoindre samedi. Il avait une plaidoirie aujourd'hui. Ce sera sa dernière, car je ne le laisserai pas en faire une pour lui-même. La sentence est déjà prononcée. Ce porc doit payer. Cela en fera un de moins. Il a passé la soirée avec sa maîtresse du greffe du tribunal de commerce. Il a quitté le tribunal de grande instance, rue de Denver, pour se rendre directement chez elle, à deux pas, rue Brossolette. Je suis rentré manger, je me suis préparé tranquillement. Le matériel était déjà prêt, dans le sac. Je sais que ces soirs-là, il ne rentre pas avant une heure et demie. Leur liaison est récente, mais ils ne se voient pas souvent. J'ai mis mes Isba, celles qui ont des semelles lisses en caoutchouc. J'ai contourné les zones sableuses et me suis efforcé de brouiller mes empreintes dans les endroits dont je n'étais pas sûr. Heureusement, le temps est sec depuis plusieurs jours. Hormis la clarté intermittente de la pleine lune, c'est bien le moment idéal. J'entends une voiture. Elle ralentit, c'est lui. Il s'arrête devant la grille, descend ouvrir le grand portail. La lumière des phares inonde l'allée jusqu'au double garage. Il entre, puis va refermer avant de rentrer sa BMW. Je sais que dans une dizaine de minutes il va ressortir fumer une cigarette dans le jardin. Il doit être interdit de fumer dans la maison et dans les voitures. Lorsqu'il débouche de la véranda pour faire quelques pas sur la terrasse, il ne m'entend qu'au dernier moment. Il se retourne brusquement, mais n'a pas le temps de faire un geste. Je l'assomme d'un coup latéral dosé sur la tempe gauche avec mon *bokken*. Du chêne blanc, très dense. Livré directement de l'île de Kyushu, pour fêter mon Godan, mon cinquième dan.

III

Samedi 15 mars 2014 – 17 h 29

— Enor ? Françoise à l'appareil. Désolée de gâcher ton week-end, mais il faudrait que tu viennes à Porspoder, 16 rue de Porsgwen. Je suis déjà sur place, avec Denis. On a une sale affaire. Il s'agit de maître Le Ny, l'avocat, il est mort et c'est pas bien joli.

— OK, j'arrive. Dans un peu moins d'une heure. L'identité judiciaire est prévenue ?

— Oui, ils sont en route, Aela et Ronan aussi.

— Parfait, à tout de suite.

Enor Berigman, commissaire au SRPJ de Brest, interrompt la conversation en pestant. Comme tout le monde, il n'aime pas être dérangé en plein milieu du week-end, par une belle journée de printemps qui plus est. Il se lève de son fauteuil de jardin, et observe un instant les voiliers évoluer au large. Au sud-ouest, il aperçoit nettement l'anse de Plougonvelin, la côte, et en face l'horizon. Quelle bonne idée avait eu son père, Mosellan, né à Epping, en venant travailler au CNEXO, le Centre national pour l'exploitation de la mer, l'ancêtre de l'Ifremer, d'épouser une Bretonne ! Immensité, évasion et calme, ces sensations ne peuvent pas se transmettre. Seule la montagne apporte sans doute la même plénitude. Il est heureux de vivre en Bretagne. Avec sa compagne Mariannig, ils ont acheté cette maison basse, une ancienne longère, peu après la naissance d'Alexine, en 2000. Ils étaient tout de suite tombés amoureux de l'aspect traditionnel de la maison et du panorama époustouflant. Il rentre par la véranda dans le salon et monte à l'étage. Mariannig travaille à sa thèse d'État sur Sartre, à l'énoncé trop abscons pour lui : « De la fusion de l'Autre dans le Groupe au statut de la praxis individuelle dans la totalisation de l'Histoire. Esquisse d'une approche de l'intelligibilité historique. » Appeler esquisse un pavé qui fera sûrement des centaines de pages l'a toujours un peu surpris. Elle est maître de conférences en philosophie à l'université de Bretagne occidentale, à Brest. Il pénètre dans son capharnaüm où s'empilent sur son grand bureau placé face à la lucarne, en une logique comprise d'elle seule, une bonne vingtaine de livres, des magazines universitaires ouverts et annotés, sans compter les feuilles volantes dont il se serait bien gardé d'en déplacer le moindre centimètre ! Il lui fait une bise dans le cou pendant qu'elle écrit à l'ordinateur.

— Désolé, je dois partir à Porspoder. Un cadavre m'attend. Je rentrerai sans doute très tard. Je me décommande pour le restaurant de ce soir ; vas-y sans moi, avec Philippe et Nathalie.

Philippe et Nathalie Guillemot sont leurs plus proches voisins. C'est grâce à eux qu'ils ont acheté la maison. Ils sont tous les deux chercheurs à l'Ifremer et ont prévenu Raymond, le père d'Enor, de la vente avant même qu'elle ne soit en agence. C'était quelques années avant sa retraite ; il avait dit un peu partout que son fils et sa belle-fille cherchaient à quitter leur appartement pour une maison, si possible avec vue sur mer. L'entente a été immédiate. Comme eux, ils ont une fille, Aliona, née en juillet 2000. Yann, le frère d'Aliona, est né quatre ans plus tard. Les deux filles ont grandi ensemble, fréquentant les mêmes écoles. Alexine est d'ailleurs chez eux, comme souvent le samedi, en ce dernier week-end de vacances.

*

Enor quitte sa maison de Toulbroc'h puis prend la route la plus directe, par Saint-Renan. Il se rappelle qu'à peine un an et demi plus tôt, dans le secteur, un groupe de jeunes agriculteurs avaient semé du blé sur les terres d'une zone d'activité en friche depuis des années. Une forme médiatique et non violente de protestation, qui alertait sur le rétrécissement continu des surfaces de terres agricoles. Arrivé à Porspoder, il se laisse guider par son GPS jusqu'à la rue de Porsgwen. Il dépasse la maison devant laquelle se trouvent déjà plusieurs voitures des services et gare sa Volvo à vingt mètres. Il présente sa carte au gendarme qui filtre les entrées, et franchit le portillon. La maison en granit a une façade impressionnante, une grande porte centrale surmontée d'une demi-lune flanquée de chaque côté de trois grandes fenêtres pour le rez-de-chaussée, et sept fenêtres à l'étage.

— Commissaire ! Vous pouvez contourner la maison par la gauche, ça se passe sur la terrasse.

Enor lui fait un signe de tête et longe les garages. Il aperçoit la mer à travers les pins du parc. Une dizaine de personnes sont déjà là. En dehors des trois collègues du SRPJ, ce sont surtout les spécialistes des services techniques, le photographe, le médecin légiste, Yves Cardic, qui discute avec Ronan et Aela tout près du cadavre, et deux gendarmes de la brigade territoriale de Ploudalmézeau. Des projecteurs ont été installés pour la soirée. Il n'est que 18 h 45, il fait encore jour. Chacun, en tenue protégée, s'affaire à sa tâche. Des paravents ont été installés côté mer afin d'empêcher des curieux d'observer du chemin côtier, même si une haie touffue de thuyas et le fait que le sentier soit en contrebas n'autorisent pas vraiment le regard. Le commandant Françoise Ridel, une belle brune aux cheveux mi-longs, d'environ 1,70 mètre, se dirige aussitôt vers lui. Elle est la seule du service à le tutoyer. Elle est aussi la plus ancienne. Sa grande expérience du terrain et sa mémoire des affaires passées, jusque dans les détails, lui inspirent parfois, comme à Aela, des intuitions qui ont souvent provoqué des avancées décisives dans des enquêtes difficiles. Le lieutenant Denis Bauzin la suit. C'est un grand gaillard blond de 31 ans, affecté au service depuis cinq ans. Venant de la région parisienne, c'est sa passion pour la mer qui l'a amené dans la région. Sa femme Mélanie étant infirmière, elle n'a guère eu de difficulté à le suivre à Brest. Elle a trouvé un poste à l'hôpital de la Cavale Blanche, en cardiologie. Leur fille Katell est née un an après leur arrivée.

— Bonsoir, Enor. Je crois qu'on en a pour un bon moment.

Elle sait qu'avant toute discussion, il préfère voir les lieux et s'imprégner de l'atmosphère comme s'il allait pénétrer l'esprit du criminel.

— Salut, Françoise. Les paravents ne sont pas suffisants. Denis, tu veux bien envoyer des agents fermer le sentier côtier ? Le ou les assassins sont peut-être venus par là.

Pendant que Denis s'en occupe, après avoir salué les gendarmes, le lieutenant Olivier Maurin, son adjoint, et l'ensemble des spécialistes présents, Enor met la tenue spéciale qu'un technicien lui tend, enfile les chaussons et s'approche de la grande table en verre. On doit pouvoir y manger au moins à douze. Mais ce n'est pas un repas qui trône dessus. Le corps est nu, placé sur le dos. Il est emmailloté, il n'y a pas d'autre mot, de barbelés qui ont entamé les chairs. Les traces de sang montrent que la victime était encore vivante quand il fut posé. Le sexe est éclaté et en bouillie. Les bleus qui parcourent le corps montrent que l'homme a été méthodiquement tabassé et il y a sûrement des fractures multiples en plusieurs endroits. Il n'a jamais vu une mise en scène aussi cruelle. Il fallait que le ou les tueurs soient sous l'emprise d'une rage incontrôlable. Il regarde plus attentivement. Le bras droit est le long du corps, la main ouverte, le gauche est replié sur le cœur, la main fermée. Il lui semble voir quelque chose qui dépasse, mais il ne l'identifie pas. Rien ne doit être dû au hasard dans ce sinistre tableau. Ce n'est pas un assassin ordinaire, lui souffle son instinct. Il sent que cela ne va pas être facile. Il retourne de l'autre côté du ruban. Lebrun, de l'Identité, sort de la porte-fenêtre de la véranda.

— Salut. Tu peux entrer. Il ne semble pas que quoi que ce soit ait eu lieu à l'intérieur, tout est en ordre. Pas de trace de lutte.

— Salut, Lebrun. Belle fin de vacances, hein ? Son bureau m'intéresse en priorité. Tu sais où il est ?

— Au fond du salon, le couloir à gauche. Troisième porte côté mer.

Pendant que Françoise le rejoint, il voit les techniciens s'affairer avec leurs pinces, grattoirs et tubes ou pochettes en tous genres. Tous les prélèvements et indices saisis, sous scellés, iront au laboratoire. Le légiste est penché sur le visage du mort. Quelqu'un a allumé les projecteurs.

— Explique-moi, dit-il à son adjointe pendant que Denis et Aela s'approchent.

Françoise sort ses notes, mais elle les relit à peine.

— Cet après-midi, à 14 h 34 exactement, la brigade territoriale de Ploudalmézeau a reçu un appel téléphonique de madame Le Ny. Elle est à Royan chez ses parents. Elle s'inquiétait de ne pas avoir de nouvelles de son mari depuis hier après-midi 16 h 30 environ. Il l'a appelée pour lui confirmer qu'il partirait tôt ce matin comme prévu pour Royan et arriverait vers midi. À treize heures, ne le voyant pas, elle a essayé de le joindre sur son portable à plusieurs reprises, sans succès. C'était un homme très organisé, a-t-elle dit aux gendarmes, toujours ponctuel. Il n'aurait pas oublié d'appeler en cas de retard. Une patrouille s'est rendue sur les lieux à 15 h 47. Ils ont sonné, en vain. Le portail n'était pas verrouillé, ils sont entrés dans le jardin, ont frappé à la porte et comme personne ne répondait, ont fait le tour de la maison. Ils ont découvert le corps à 15 h 54 et appelé la brigade aussitôt, tout en s'assurant que les lieux étaient déserts. Étant donné la personnalité de la victime et son travail à Brest, le SRPJ a été prévenu à 16 h 05 et moi, officier de permanence, à 16 h 09. J'ai prévenu la procureure aussitôt, qui ne peut malheureusement se déplacer – elle est à Rennes, mais elle attend ton coup de fil – puis les services techniques vu les informations de la gendarmerie et nous sommes arrivés avec Denis à 17 h 18. Je t'ai appelé quelques minutes plus tard. Voilà, c'est tout. Ah si. J'ai demandé aux deux gendarmes de rester, au cas où tu veuilles leur poser quelques questions.

— Tu as bien fait. Même si le corps n'est pas formellement identifié par la famille, on part de l'hypothèse qu'il s'agit bien de maître Le Ny. Au fait, la veuve est informée ?

— Oui, la gendarmerie s'en est chargée. Madame Le Ny remonte demain par avion, elle arrive à 16 h 20. Sa sœur, qui habite Fouesnant, vient la prendre.

— OK – il jette un œil à sa montre – Il est 19 h 35, on se retrouve à la boîte à 22 h 30. On est samedi soir, les gens devraient être chez eux. Ronan et Aela, vous allez faire un premier tour rapide du voisinage avec deux gendarmes. Voyez avec le lieutenant Maurin. Répartissez-vous le pâté de maisons et concentrez vos questions sur cette nuit. Il faut en profiter tant que c'est encore frais. Sans trop risquer de nous tromper, on a un éventail maximal de douze heures sur l'heure de la mort, entre minuit et midi aujourd'hui. Bref, la pêche habituelle. Essayez de savoir si quelqu'un a entendu crier. Cet homme a été torturé, il a dû hurler. Denis, va faire un tour des deux côtés du sentier. Regarde bien autour du portillon, le temps était sec, il peut y avoir des empreintes dans le sable. Françoise, pendant que j'appelle la Proc', contacte Luc, qu'il vienne ce soir. Et qu'il nous commande des pizzas !

Il sort son portable et appelle Guylaine Essart, la procureure. Originaire de Gap, elle n'est à Brest que depuis un an, son premier poste, après la mutation d'office de son prédécesseur. Auparavant, elle était substitut à Bourges. En raison de sa jeunesse dans la fonction, à 36 ans, les craintes qu'il avait eues qu'elle veuille marquer exagérément son territoire ne s'étaient pas concrétisées. Elle avait au contraire usé de diplomatie et de simplicité, se faisant respecter, tout en opérant un changement discret de méthodes plus que de philosophie dans son approche des enquêtes judiciaires. Elle décroche à la deuxième sonnerie.

— Bonsoir, commissaire Berigman. Alors ?

Il lui fait un résumé de la situation.

— Bien, vous commencez l'enquête préliminaire et vous me tenez au courant de tout nouveau développement. J'espère que nous n'aurons pas trop de soucis du fait de la profession de la victime. Je ne vous demande pas encore si vous avez une idée de l'endroit où il faut chercher ?

— Non, c'est prématuré. Je vais faire un tour dans la maison.

— Je ne peux assister à la réunion que vous ne manquerez pas de faire ce soir, mais je rentre demain midi, bonsoir.

— Bonsoir, Madame la procureure.

Il raccroche et se dirige vers le chef des services techniques, Claude Guitton, qui enlève sa tenue.

— Vous avez trouvé ses vêtements ?

— Oui, sur le sol, près de la porte-fenêtre. Assez bien pliés.

— Un téléphone dans les poches ?

— Non, justement. On aurait dû en trouver un dans sa veste, je suppose. Son portefeuille était dans sa poche intérieure, avec ses cartes de crédit et deux cents euros en liquide. Le vol ne semble donc pas être le motif du crime mais ça, c'est ton problème.

— Non, en effet. Bon, à plus tard.

Enor se retourne et aperçoit Françoise qui discute avec le lieutenant Maurin sur la terrasse, près de la porte-fenêtre, en compagnie des deux gendarmes qui ont découvert le cadavre, la trentaine environ, assez grands et l'air sportifs. Il s'approche tout en les observant.

— Dites-moi, quand vous avez sonné, vous n'avez entendu aucun bruit ? Ou vu quoi que ce soit de bizarre ?

— Non, rien, lui répondent-ils en chœur.

— La voiture était dans le garage, vous ne pouviez pas la voir, n'est-ce pas ?

Nouvelle dénégation simultanée. Il comprenait pourquoi ils patrouillaient ensemble.

— Alors pour quelle raison êtes-vous entrés dans le jardin pour aller frapper à la porte ?

Pour être sûr de n'avoir qu'une réponse, il s'était adressé directement à celui de gauche.

— Eh bien, nous savions que normalement la victime aurait dû être sur la route. Il nous a paru étrange que la porte ne soit pas verrouillée si le propriétaire s'était absenté pour plusieurs jours. C'est pourquoi nous sommes allés frapper à la porte d'entrée. En l'absence de réponse, nous hésitions sur la marche à suivre, mais on s'est dit que tant qu'à être là, autant faire le tour par acquit de conscience. C'est alors que nous l'avons découvert. Il était évident qu'il était mort, alors nous ne nous sommes pas approchés du corps. Nous avons appelé la brigade et juste fait un tour dans le parc, en direction du sentier. Nous n'avons rien vu de spécial.

Le raisonnement est cohérent. Il aurait agi de même. Mais il est un peu déçu car cela signifie que ce n'est pas une anomalie qu'ils auraient enregistrée sans s'en rendre compte qui les a poussés à entrer. Dommage.

— Vous avez eu une bonne inspiration d'insister, merci. Lieutenant, en attendant que le légiste fasse les premières constatations, je vais un peu aller voir l'intérieur de la maison. Vous pouvez m'accompagner si vous le souhaitez.

Mais le lieutenant décline de la tête en consultant sa montre.

— Non, si ça ne vous ennuie pas, je crois que la balle est dans votre camp, maintenant. C'est votre enquête, je vous souhaite bonne chance. On est samedi, on va avoir du travail, je dois rentrer superviser les opérations de la soirée et modifier un peu notre dispositif car, bien entendu, nous allons laisser une voiture en surveillance ici. Bonsoir, Commissaire, bonsoir, Commandant.

— Bonsoir. Merci de votre collaboration.

Quand le lieutenant s'est un peu éloigné, Enor se tourne vers Françoise.

— Eh bien, les choses se passent simplement quand on le veut. Sans doute est-il soulagé de ne pas avoir un meurtre d'avocat sur les bras. Entrons.

Au même moment, Denis revient de son exploration du sentier, chassé par la pénombre.

— Je n'ai rien trouvé, Patron, il faudra revenir demain matin.

— Oui, on mettra une équipe dessus. Maintenant, la maison. Objectif téléphone et ordinateur.

Enor se tourne vers le légiste.

— Yves, on va fureter un peu. Tu en as encore pour combien de temps ?

— Un quart d'heure maximum, si personne ne me dérange.

— Bien, c'est suffisant pour moi.

Il regarde sa montre, 20 h 25, la nuit est tombée. Les trois policiers pénètrent dans la véranda. Ils jettent à peine un œil aux fauteuils en rotin et aux meubles haut de gamme en bois massif. L'autre espace est une salle à manger. Par une deuxième porte-fenêtre, ils entrent dans la grande pièce principale. Sur leur droite, le salon verse dans le style campagnard, avec ses fauteuils en cuir et la cheminée massive. À gauche, la salle à manger se prolonge en L de la cuisine ouverte.

— Denis, va voir l'étage. Françoise, inspecte le rez-de-chaussée, je vais dans son bureau.

Enor emprunte le couloir en face de lui, prend à gauche, calcule que la deuxième porte doit redonner dans la cuisine, et ouvre la troisième. Le bureau est disposé en coin, au fond de la pièce. Une porte-fenêtre, qui donne toujours sur la terrasse, permet de voir la mer tout en travaillant. À gauche, un espace salon a été aménagé, flanqué de deux meubles. Un pour les dossiers, un pour les alcools, pense-t-il. Mais il ne peut masquer sa déception de ne voir aucun ordinateur portable. Pas de téléphone, non plus. Les tiroirs et le meuble vertical du fond, qui contient des dossiers, semblent en ordre. La corbeille à papier est vide ; il y a sûrement une femme de ménage. Il lui reste les quelques courriers classés dans le porte-courrier en cuir. Le compartiment du haut contient diverses propositions d'abonnements, et celui du milieu des invitations a des soirées ou inaugurations. Aucune n'attire particulièrement son attention. Du dernier compartiment, trois lettres dépassent. La première émane d'un confrère qui lui demande s'il veut bien se charger d'une affaire dont il ne peut assurer la défense. La troisième est une demande de rendez-vous d'un autre avocat à propos d'un dossier qui les oppose. Il se demande pourquoi ces courriers ne sont pas à son cabinet. Mais c'est le deuxième courrier, plus étrange, qui l'intéresse. L'en-tête représente un triskel noir inscrit dans un cercle orange sur fond blanc. À l'extérieur du cercle, le long de la moitié inférieure, est écrit « *Demain* » à gauche et « *Bretagne* » à droite. Le message, tapé sur ordinateur, daté du 25 février 2014, est assez bref, mais le contenu est explicite :

« *Maître Le Ny,*

Vous n'ignorez pas que Notre Nation Bretonne souffre de son asservissement. Notre mouvement Demain Bretagne traitera en ennemi du Peuple

Breton ceux qui comme vous servent dans le cadre de leurs activités les intérêts du cosmopolitisme américain et de l'islamisme financier.

L'avenir de la Bretagne est dans une confédération occidentale populaire observant les lois naturelles. Avec d'autres en Occident et l'aide des peuples européens, nous la construirons.

La Bretagne est en marche.

Réfléchissez bien. Abandonnez ou disparaissez.

Celtiquement vôtre,

Demain Bretagne »

Dommage qu'il n'y ait pas d'enveloppe. L'adresse en dessous de l'en-tête indique Châteaulin, rue de l'Écluse. Il ne connaît pas ce groupe, mais il demandera des infos à ses collègues de la DCRI. Les services de renseignement sont en pleine restructuration et doivent changer d'appellation dans le mois à venir, mais les dossiers restent. Il place chaque courrier dans une pochette. Il y aura peut-être des empreintes sur le deuxième. Après un dernier tour d'horizon, il ne trouve rien de plus. Il y a peu de photos. Deux cadres sur le bureau. L'un représente une femme souriant au photographe, prise en pied, dans le parc d'un château que l'on distingue au fond. Sans doute son épouse. L'autre est une photo de mariage classique, sur fond de corbeilles de fleurs. Son fils et sa belle-fille certainement. Au mur, une photo montre l'avocat, entouré de deux jeunes filles en tenue folklorique devant, manifestement, un monument aux morts avec, de chaque côté, un drapeau français et un drapeau norvégien. Qu'est-ce qui l'avait amené là-bas ? Enor se dit qu'il en a assez vu pour le moment. Il sort du bureau et retourne vers la terrasse. Le légiste l'attend.

— Alors ?

Yves Cardic lui désigne de la main les blessures.

— Il a été méthodiquement frappé avec un objet contondant, de type batte. Mais je pense que ce n'est pas tout à fait ça, car le diamètre d'une batte est variable, de la prise en main à son extrémité. Je pencherais plutôt pour une espèce de bâton très solide. Certaines zones pâles devraient nous donner sa largeur. L'analyse histologique devrait montrer que les coups sont certainement *ante mortem*. Je fournirai comme d'habitude le schéma lésionnel détaillé après l'autopsie. La victime a dû être rapidement en état de choc, avec des complications hémorragiques liées aux hématomes. Il y a de nombreuses ruptures de vaisseaux, mais aussi des plaies contuses et des ecchymoses. Certains gonflements sont caractéristiques, les destructions tissulaires sont nombreuses, des organes ont dû être touchés, et il y a plusieurs fractures et écrasements.

— Peut-on lui avoir fait cela pour le faire parler ?

— Je ne crois pas. Les coups n'ont pas spécialement porté sur les piquants du barbelé. J'imagine que c'est ce qu'on aurait fait si on avait voulu le torturer pour lui faire dire quelque chose. Les barbelés ont servi de saucissonnage et devaient le faire souffrir chaque fois qu'il bougeait. Non, je crois que nous avons affaire à quelqu'un déterminé à tuer lentement sa victime. Je sens une violence froide, maîtrisée, derrière cela. Des bouts de tissu dans la bouche et sur les lèvres montrent qu'il était bâillonné.

— Oui, bien sûr, j'aurais dû y penser. J'ai envoyé mes gars demander aux riverains s'ils avaient vu ou entendu quelque chose. Je pensais à des cris, mais c'était stupide.

— Bof, ils trouveront peut-être quelque chose quand même. Alors, comme tu vas me le demander, la mort remonte à moins de vingt-quatre heures, sans doute entre une heure et cinq heures du matin. La cause en est sûrement le coup reçu au crâne, porté avec une violence effroyable. Si vous retrouvez l'arme du crime, il y aura des traces dessus. Le corps était alors sur le ventre ; il a été changé de position ensuite. Peut-être à cause de cela.

En même temps, Cardic tend une pochette plastique dans laquelle il y a un porte-clés avec un petit ours blanc au bout de la chaîne.

— C'était dans sa main gauche. Nous avons un message du tueur.

Enor, que Françoise et Denis avaient rejoint, regarde l'ourson.

— Notre assassin nous donne une piste, mais laquelle ?

— Ah, ça, je fais juste parler les morts. Bien, j'en ai fini pour ce soir, on m'attend pour un bridge. Autopsie demain matin, salut.

Pendant qu'Yves Cardic s'éloigne et que le corps est emporté vers l'institut médicolégal de la Cavale Blanche, Denis ne peut s'empêcher de sourire.

— Un légiste qui joue au bridge. Il doit détester faire le mort.

— Non, ça doit le distraire. Bon, vous avez trouvé quelque chose ?

Les deux policiers secouent la tête. Françoise parle la première :

— Tout est en ordre au rez-de-chaussée. Aucun signe apparent de fouille. La chambre a un dressing plus grand que ma cuisine et une vaste salle de bains privative. Je n'ai vu aucun téléphone portable ni ordinateur. Rien qui puisse nous faire penser que quelqu'un est entré.

— Idem en haut, Patron. J'ai surtout fouillé la bibliothèque, mais rien ne traînait non plus. Pas de livre ouvert, pas de feuilles volantes ou de carnets. La corbeille à papier est vide, les livres sont parfaitement rangés, même si je n'ai pas bien saisi la logique.

Enor pense à Mariannig et à son rangement, mais n'en dit rien.

— Bon, on fait comme prévu. Il est 21 h 35, on se retrouve à la boîte pour un premier point.

IV

Samedi 15 mars 2014 – 21 h 40

Lorsque Enor retourne à sa voiture, il appelle d'abord Mariannig. Elle doit être au restaurant.

— Enor ? Où es-tu ?

— À Porspoder. Je retourne au SRPJ, on va faire le point. Je ne sais pas combien de temps ça va prendre. Et toi, ça se passe bien ?

Il entend le brouhaha des voix en arrière-fond.

— Oui, très bien. Soirée conviviale, comme d'habitude. Il y a une table d'Allemands, on essaie de faire des progrès.

— Oui, c'est l'occasion, ça te changera du "Platt" rhénan de mon père. Bon, à demain matin, je dois y aller. Bise non platonique, je t'aime.

— Hum, je veux bien, mais Platon lui-même ne saurait pas ce que serait une bise platonique. Moi aussi, je t'aime, dit-elle en riant.

Il raccroche. Alors qu'il fait démarrer son moteur, il pense que la semaine prochaine il avait prévu d'aller pêcher des coques aux dunes de Keremma. C'est Annette, sa mère, qui l'amenait là quand il était tout petit. Ils habitaient Lesneven. Elle était documentaliste à la bibliothèque du Centre scientifique universitaire de Brest. À ce titre, elle était souvent en contact avec les chercheurs du CNEXO. C'est comme ça qu'elle a rencontré son père, en 1968. Le cancer du sein s'est déclaré début 2004, alors que Raymond, le père d'Enor, prenait sa retraite. Malgré la combativité d'Annette, le cancer a gagné, elle est décédée en 2005, à 59 ans. Alexine avait à peine 5 ans, elle se souvient peu de sa grand-mère. Son père avait été anéanti. Il refusait de retourner sur les lieux où il avait été si heureux avec sa femme. La pêche aux coques faisait partie de ces moments-là. Au contraire, Enor avait besoin de retrouver ces endroits, ces "ambiances-là". Sans mélancolie ni même comme un pèlerinage. Il n'était pas croyant, comme ses parents, d'ailleurs. Non, il cueillait ces instants comme un moment de bonheur immédiat, l'esprit vide, concentré sur un plaisir simple. Bien mieux qu'une visite au cimetière. Cinq mois après le décès de son épouse, Raymond avait vendu la maison pour acheter un appartement à Brest. Il reconnaissait maintenant que cela lui avait sûrement fait du bien. Mais, à l'époque, Enor avait mal encaissé la chose, il pensait que c'était un coup de tête et que son père le regretterait et lui reprocherait plus tard de l'avoir laissé faire. Aujourd'hui, il sait que Raymond est aussi heureux qu'il peut l'être. C'est déjà beaucoup. On est samedi soir, il est encore tôt pour les chauffards du week-end mais il redouble de vigilance en arrivant à Brest. Il rentre quelques minutes plus tard dans les locaux du SRPJ.

V

Samedi 15 mars 2014 – 23 heures

Toute l'équipe est là. Pendant la pause pizzas, Enor les a observés. Leurs rires décontractés et les plaisanteries de la conversation facilitent la phase de travail qui les attend. Le lieutenant Ronan Canu est le plus jeune. Il est leur "ripeur", comme on dit dans leur jargon, c'est-à-dire le dernier arrivé. Bizarrement, ou peut-être à cause de cela, à 29 ans, ce Normand d'Isigny est le plus sérieux de la bande. Il ne manque jamais de leur rapporter une boîte de caramels au beurre salé quand il va voir ses parents. Depuis cinq ans qu'il est là, le lieutenant Denis Bauzin a fait ses preuves. Mélanie et lui, avec leurs horaires difficiles, ont su s'organiser depuis la naissance de la petite Katell. Il est vrai que les parents de Mélanie habitent Brest et ne demandent pas mieux que de s'occuper de leur petite-fille. Dans des moments d'urgence comme maintenant, Denis va devoir faire appel à ses beaux-parents de nombreuses fois. Denis, véliplanchiste confirmé, s'accorde bien avec Luc. Leurs discussions tournent souvent autour de la météo, des nouveaux matériels, des dernières ou prochaines compétitions, car la passion du capitaine Luc Magdelain, natif de Quimper, est le surf. Passion heureusement partagée, mais ce n'est pas un hasard, par son amie Caroline. Tous deux passent leur temps libre à la pointe de la Torche, haut lieu de surf du département, et la pratique de ce sport, auquel il ne connaît rien, détermine la destination de leurs vacances. Ils n'ont pas d'enfants. Quant à la Vannetaise Aela Le Dévéhat, capitaine depuis peu, il croit savoir que cela fait deux ans qu'avec son compagnon Gilles, ils essaient sans succès d'avoir un enfant. À 33 ans, c'est peut-être ce qui explique les nuages de tristesse qui envahissent de temps en temps le beau visage de cette blonde aux cheveux courts. Discrète, réservée même, elle s'entend parfaitement avec Françoise, la deuxième femme de l'équipe. Françoise est la plus secrète de tous. Malgré la très bonne relation de confiance qui les unit, la porte se ferme gentiment sur les questions d'ordre personnel. Quand tout le monde est prêt, il lance la réunion :

— Bien, je résume. Aujourd'hui à 15 h 54, le cadavre de maître Richard Le Ny, 56 ans, avocat au barreau de Brest, du cabinet Abers Avocats Associés, a été découvert sur la table de la terrasse de sa résidence principale de Porspoder. Enroulé nu dans un fil de fer barbelé, il a été frappé de plusieurs dizaines de coups d'un objet contondant type bâton. Le crime a eu lieu entre une heure et cinq heures du matin. Il était seul dans la maison, sa femme étant à Royan chez ses parents. Il devait la rejoindre ce samedi. Ne le voyant pas arriver, elle a alerté la brigade de Ploudalmézeau. L'assassin, mais gardons en tête pour la forme l'éventualité de plusieurs personnes, avait placé un porte-clés en forme d'ours blanc dans sa main gauche. Le vol ne semble pas être le mobile du crime. Son portefeuille, avec ses papiers, ses cartes de crédit et du liquide, était dans la poche de sa veste, pliée au sol. La maison ne paraît pas avoir été fouillée. La porte-fenêtre de la véranda n'était pas verrouillée. Nous n'avons pas retrouvé son téléphone portable dans ses vêtements ni dans la maison. Pas non plus d'ordinateur personnel dans son bureau. À moins qu'il ne les ait oubliés à son cabinet, ils ont donc été emportés. Pourquoi ? L'oubli est possible pour l'ordinateur, mais je n'y crois pas pour le téléphone. Lors de la visite rapide du bureau, j'ai trouvé un courrier qui pourrait passer pour une lettre de menaces d'un groupe qui s'appelle Demain Bretagne.

Enor lit la lettre.

— Voilà. Le porte-clés est un indice certain, cette lettre n'est qu'une piste possible. Nom de code de l'assassin : Pluton. Je vous écoute, qui commence ?

C'est Aela qui attaque, la main gauche replaçant machinalement sa frange un peu sauvage sur le haut du front.

— Le barbelé, le porte-clés, l'heure et l'occasion, tout prouve la préméditation.

— Oui. Et une surveillance. L'assassin avait besoin de temps et devait savoir que la victime serait seule ce soir-là, ajoute Luc. Il lui fallait être sûr d'avoir plusieurs heures devant lui.

Enor approuve, mais demande :

— Et s'il était entré avec un ami ?

Luc secoue la tête.

— Pluton aurait remis ça à plus tard. Je ne pense pas qu'il était à un jour près.

Françoise intervient :

— Pluton a dû venir en reconnaissance plusieurs fois.

— Mais pourquoi Le Ny est-il sorti sur la terrasse ? interroge Denis.

— Peut-être a-t-on frappé à la porte-fenêtre de la véranda parce que la lumière était allumée dans le salon tout proche ? risque Ronan.

— Mais ça signifierait alors que la victime connaît son visiteur, et même suffisamment bien pour ne pas s'étonner de le voir frapper à la véranda et non à la porte. Je crois qu'on complique, là, répond Aela.

— Oui, mais il y a quelque chose dans cette idée, prolonge Enor. Reprenons. Pluton guette dans le parc. Il attend. La mort se situe probablement entre une heure et cinq heures. Cela signifie qu'en début de nuit, Le Ny n'est pas là…

Il est interrompu par Françoise.

— Donc il faut savoir où il était hier soir et à quelle heure il est rentré.

— Et Pluton sait qu'il va rentrer assez tard. Cela renforce l'idée qu'il l'a surveillé pendant un certain temps, acquiesce Luc.

— Donc, je rentre chez moi très tard, c'est le week-end, Ronan a pris la parole, la nuit est douce, je sors sur la terrasse, j'entends la mer et là, paf, je me prends un coup qui m'assomme et je me réveille ficelé sur la table.

Denis s'interpose :

— Mais comment Pluton sait-il que je vais ressortir, surtout s'il est tard, alors que le lendemain je pars tôt pour Royan ? On revient à cette question.

— Je crois que je le sais, Aela a un grand sourire, il sort fumer une cigarette tout simplement.

— Un autre point à vérifier, appuie Enor. J'appellerai Claude demain pour savoir s'ils ont trouvé un mégot de cigarette un peu long sur la terrasse et un paquet de la même marque dans ses poches. Car Pluton a dû frapper tout de suite. Il ne pouvait pas prendre le risque que Le Ny rentre dans la maison pour une raison ou pour une autre.

— Donc Luc a raison d'insister, confirme Françoise, Pluton est en surveillance depuis des jours s'il connaît à ce point les habitudes de sa victime.

Enor hoche la tête.

— Oui, tout va dans ce sens. Nous avons affaire à un tueur particulièrement organisé. On peut sans aucun doute éliminer le crime de rôdeur. Tout le monde est d'accord ?

Devant l'approbation générale, Enor poursuit :

— Le porte-clés, qu'est-ce que cela vous inspire ?

— Une signature, ça paraît logique, dit Luc.

— Si c'est un message à quelqu'un, répond Denis, la ou les personnes à qui il serait destiné comprendront tout de suite la signification du symbole de l'ours blanc.

— Oui, mais alors il faut savoir qui on a voulu tuer, rétorque Aela, l'avocat ou le mari ? Crime professionnel ou crime personnel ? Le porte-clés va à l'encontre de cette dernière option.

Françoise tempère un peu :

— On ne peut pas écarter l'épouse de nos suspects sur cette base. Son alibi est probablement incontestable mais elle pourrait avoir un complice.

Denis ne peut s'empêcher d'émettre un doute :

— Un amant ? Qui nous aiguillerait sur une fausse piste avec le porte-clés et un mode opératoire particulièrement cruel ? Ce serait quand même un peu inédit à ce point-là.

— On en apprend tous les jours. Mais est-ce que la couleur blanche de l'ours aurait de l'importance ? questionne Ronan.

— À quoi tu penses ? demande Enor.

Ronan hésite. Enor l'encourage :

— Vas-y, tu sais bien que l'objet de ces réunions est de dire ce qui nous passe par la tête et de faire le tri.

— Eh bien, l'ours blanc est un animal en voie de disparition. Certains écologistes se sont radicalisés et ceux qu'on appelle éco-guerriers existent en France aussi. Ils sont souvent isolés, dans de très petites cellules indépendantes. D'ordinaire, les écolos sont plutôt pacifistes, mais pas tous, regardez Notre-Dame-des-Landes…

— Non, ça n'a rien à voir avec les éco-guerriers, même s'il y en a parmi eux, l'interrompt Denis,

Notre-Dame-des-Landes agglomère une énorme palette d'opposants différents, des plus radicaux aux habitants locaux modérés, en passant par une kyrielle d'associations ou collectifs. Ces groupes vivent plus côte à côte, en parallèle, qu'en symbiose. Ils ne se mélangent pas.

— Ce que je voulais dire, insiste Ronan, c'est que peut-être que maître Le Ny était intervenu dans un dossier écologique suffisamment sensible pour avoir déchaîné la rage solitaire d'un éco-guerrier qui se verrait comme un justicier et qui le fait savoir avec le symbole de l'ours blanc.

— Je retiens deux mots dans ce que tu dis, analyse Enor, rage et justicier. Ce crime montre une grande colère et l'ours peut effectivement faire penser à une question écologique. Rien d'autre là-dessus ?

Françoise, par une toux discrète, signale qu'elle veut ajouter quelque chose.

— N'oublions pas le mobile classique de la vengeance, que l'ours incarne peut-être. À nous de comprendre en quoi.

C'est alors Aela qui pose la question que tout le monde refoulait :

— Si le porte-clés a valeur de message, restera-t-il unique ? Pluton s'est peut-être investi d'une mission et il a établi une liste de victimes dont l'avocat n'est que la première. Si je me souviens de mes cours, les tueurs à message comptent plus loin qu'un.

— J'espère que tu as tort, en l'espèce, martèle Enor, sinon cela signifie que nous aurons beaucoup de mal à élucider cet assassinat en l'absence d'une série. Alors il faut faire vite parce que la victime suivante est peut-être déjà choisie. Rien n'empêche en tout cas d'aller voir dans les fichiers informatisés s'il y a déjà eu un crime similaire quelque part en France ou ailleurs. Bien, et pour la lettre de Demain Bretagne ?

Luc ricane un peu.

— J'ai du mal à croire qu'une exécution si bien planifiée soit l'œuvre de gens qui s'emparent d'un téléphone et d'un ordinateur et oublient la lettre qui va permettre de remonter jusqu'à eux bien en vue dans le porte-courrier. Cela ne paraît pas crédible, non ?

— En effet, non, enchérit Ronan, mais on a déjà vu plus maladroit. Par ailleurs, les disparitions des deux portables vont un peu à l'encontre du tueur en série. Si Pluton les vole, c'est qu'il craint qu'ils contiennent un lien avec lui. Ça ne colle pas.

— C'est léger, en effet, admet Enor, mais on va quand même contrôler cette organisation. Comme on n'a pas grand-chose…

La conversation se développe encore de longues minutes autour du nombre d'inconnues et de contradictions mises au jour. Puis, Enor conclut ces premiers échanges :

— Je crois qu'on a fait le tour pour aujourd'hui. Les questions sont nombreuses, voici le programme pour demain : Denis, Ronan et Luc, vous retournez à Porspoder dès demain matin. Faites une fouille plus systématique de la maison. Ne négligez rien. Reprenez l'exploration du jardin. Si ce que nous pensons est vrai, Pluton a guetté sa victime près de la terrasse. Essayez de trouver des empreintes, des bouts de tissu sur les branches basses, n'importe quoi qui puisse être un indice. Je ne crois pas au miracle du chewing-gum, mais inspectez chaque centimètre carré. Retournez aussi sur le sentier côtier. Ah ! Et puis, c'est marée basse autour de onze heures, jetez un œil sur les rochers, par acquit de conscience, des fois que l'ordinateur soit par là. Et l'après-midi vous poursuivrez l'enquête de voisinage.

Luc intervient :

— Mais les techniciens seront sûrement encore là demain matin.

— Vous ne piétinez pas leurs platebandes, bien sûr, mais ils seront surtout concentrés sur la terrasse et la lisière du parc.

Enor se tourne ensuite vers Aela.

— Aela, tu les rejoins pour quatorze heures, pour que vous soyez par groupes de deux. Il est important de savoir si quelqu'un a remarqué quelque chose d'inhabituel dans les semaines précédant le meurtre, un inconnu, une voiture, que sais-je encore ? Gardez vos questions ouvertes et observez bien la réaction des gens, Pluton pourrait aussi bien être un voisin. Une querelle quelconque. Interrogez tout le monde sur les rapports entre les Le Ny et eux. Profitez-en pour évoquer indirectement l'entente au sein du couple ; nous sommes dans un quartier assez huppé, ces gens-là se fréquentent, au golf ou ailleurs. Insistez sur la nuit dernière, quelqu'un parmi les très proches voisins a peut-être entendu la voiture rentrer ou a vu dans la soirée un homme ou une femme avec un sac se dirigeant vers le sentier.

— Et le matin ? Qu'est-ce que je fais ? demande-t-elle.

— J'ai un travail de recherche pour toi. D'abord ton hypothèse, contacte Claude Guitton et demande-lui s'ils ont trouvé un mégot de cigarette sur la terrasse, un paquet dans ses poches et s'ils sont de la même marque. Il nous faut de toute façon l'inventaire des poches.

— Et ensuite ?

— Qu'il nous fasse parvenir aussi un échantillon du barbelé, à moins que ce ne soit Yves qui l'ait, il faut essayer d'en retrouver l'origine. Ensuite, consulte les archives pour voir s'il y a déjà eu un meurtre avec le même mode opératoire dans le département, regarde sur le fichier SALVAC. N'oublie pas la dimension sexuelle, Pluton s'est acharné sur le sexe de sa victime plus que sur les autres parties du corps, on en a peu parlé, mais c'est peut-être un élément important. Fais aussi des recherches sur le porte-clés, les sites Internet de certains magasins montrent des photos, avec un peu de chance, tu tomberas dessus.

— Je verrai en premier le site d'Océanopolis, ce pourrait être dans leur boutique.

— Bonne idée.

Il reste Françoise qui a, comme chacun, un carnet et un stylo à la main pour noter les directives.

— Françoise, tu appelles madame Le Ny pour avoir le nom et l'adresse de la femme de ménage. Préviens-la que nous serons là à son arrivée à Brest pour lui poser quelques questions, nous irons la voir ensemble. Contacte l'aéroport pour obtenir une petite salle de réunion. Ce sera encore informel, elle pourra se rendre ensuite directement à Fouesnant. Si jamais elle voulait passer prendre quelques affaires chez elle, elle le fera sous le contrôle des gendarmes sur place. Il faut aussi qu'elle nous communique l'adresse de la sœur. L'après-midi, nous irons voir le bureau professionnel de maître Le Ny, préviens les associés. J'espère qu'on aura leur accord et que l'un d'eux sera disponible.

Un dernier regard à tout le monde.

— Plus de questions ?

Comme tout le monde reste silencieux, il termine :

— Bien, je crois que je n'ai rien oublié. Il est 1 h 05, la journée de demain va être chargée. Je propose qu'on se retrouve ici demain à 18 h 30 pour faire le point. (Il esquisse un sourire.) Bonne nuit à tous.

VI

Dimanche 16 mars 2014 – 1 h 15

Accompagné par la voix de Lou Reed qui chante *Sunday Morning* sur le premier disque du Velvet, ce qui est presque de circonstance vu l'heure, Enor se repasse les faits et les hypothèses dans la tête. Il est pressé de voir la veuve le lendemain. Il est peu de cas où l'être le plus proche de la victime, depuis parfois des décennies, n'ait la moindre idée sur les soucis, même professionnels, du conjoint. Cela arrive, bien sûr, mais c'est quand même rare. Quoique dans ces milieux… Il espère n'avoir rien oublié. Si les avocats ne lui mettent pas trop de bâtons dans les roues, la visite au bureau de Le Ny peut fournir une vraie piste. La veuve, le cabinet : les priorités. L'arme du crime l'intrigue également. Il s'aperçoit soudainement qu'ils n'en ont pas parlé pendant leur réunion. Il s'agit pourtant d'un élément matériel important. Tuer avec un objet contondant ne va pas souvent de pair avec la préméditation. L'arme blanche, oui, parfois, une arme à feu aussi, bien sûr. Mais le bâton… Il est clair que Pluton voulait que sa victime meure lentement. Quel genre de bâton cela pouvait-il être ? Le légiste pourra peut-être l'éclairer après l'autopsie. Mais la question principale reste la raison de cette torture. Il arrive chez lui, la barrière est ouverte. Dans le salon, après s'être servi un petit verre de Lagavulin, il feuillette *Le Monde*, qu'il avait un peu survolé dans la matinée. Mais il a du mal à se concentrer. Comme il sait qu'il aura du mal à s'endormir si vite, il prend son verre et sort sur la terrasse. Le ciel est un peu couvert, mais le vent faible. Il trouve qu'il fait un peu frisquet et se demande si le tueur a eu froid la veille. Il écoute un moment les bruits de la nuit, puis va se coucher.

Il se réveille à 6 h 30, le corps de Mariannig contre son dos, elle a le bras droit serré sur son ventre. Elle semble dormir profondément. Il dégage son bras, se tourne et lui fait une bise sur le front. Elle porte un tee-shirt « *End of death penalty* », « fin de la peine de mort », d'Amnesty. Elle en a toute une collection. Il prend une douche, puis expédie son café au lait en regardant la mer. Il entend un bruit derrière lui. Mariannig est là, souriante. Avec son tee-shirt et son short écossais, dans cet entre-deux du sommeil et du réveil qui met en valeur ses cheveux bruns mi-longs en bataille, ses yeux marron clair sous lesquels des taches de rousseur glissent de ses pommettes hautes jusque sur le nez, il la trouve belle, belle comme la femme qu'il aime.

— Je t'ai un peu attendu, hier soir, en rentrant du restaurant, mais je n'ai pas tenu le coup. Alors, une nouvelle enquête ?

— Oui. Un avocat. Ça risque d'être délicat. Tu as passé une bonne soirée ?

— Excellente. Je ne te demande pas quand tu rentres ?

— Je ne sais pas. Je dois voir la veuve en fin d'après-midi à l'aéroport, puis on fait le point à la boîte à 18 h 30. Sans doute plus tôt qu'hier.

Il pose son bol, s'approche d'elle et tous deux s'embrassent en une lente volée de baisers. Dans la voiture, il décide de mettre Elvis. *Way down* fait très bien l'affaire.

VII

Dimanche 16 mars 2014 – 8 h 30

À son arrivée au SRPJ, Françoise est déjà là, dans son bureau.

— Salut, passé une bonne nuit ?

— Oui, j'ai plutôt bien dormi. (Il sourit.) Deux ou trois heures. Bon, du nouveau ? questionne-t-il en accrochant son blouson de cuir.

— Je me suis dit que madame Le Ny n'avait peut-être pas trop dormi, elle non plus, ou alors qu'elle se réveillerait tôt. (Elle entre dans la pièce.) J'ai appelé à Royan. Malheureusement, elle a pris un somnifère dans la nuit. J'ai eu son père, qui ne connaît évidemment ni le nom ni l'adresse de la femme de ménage, il nous les communique dès que possible.

— Bon, attendons. Elle habite sûrement dans le secteur de Porspoder. Tu t'occupes des avocats ? Je vais essayer de joindre Didier Cluet, de la DCRI à propos de la lettre. Il me donnera bien quelques infos plus rapides que la voie officielle.

— Salut, vous ne prendriez pas un petit café ? J'ai encore besoin d'un, je crois.

C'est Aela qui vient d'apparaître, les traits un

peu tirés. Elle se dirige déjà vers la machine. Ils lui emboîtent le pas.

— Aujourd'hui, j'aurais dû être à Vannes chez mes parents, dit Aela d'une voix songeuse, je voulais faire de la plongée.

— Tu fais de la plongée ? demande Enor, qui se dit en même temps que sa question n'est pas très fine.

— Oui, j'ai commencé il y a six ans, au club des Armoricains, à Vannes. J'ai eu mon niveau il y a deux ans. Mais ce niveau exige un encadrement régulier d'autres plongeurs, c'est ce que je fais.

— Mais sinon… tu plonges en solitaire ? s'inquiète Enor qui sait que la plongée est un sport dangereux.

— Oui, je préfère. Mais je suis très prudente, rassure-toi.

Son sourire est un peu pincé, mais Enor a eu le temps de voir son regard tourné vers Françoise, qui fait elle-même une petite moue. Il allait poser directement la question quand il entend le téléphone sonner dans son bureau.

— J'espère que ce n'est pas un journaliste. J'y vais.

— Commissaire Berigman, dit-il en décrochant.

— Berigman ? Christian Peyret. Alors quel est le programme de la journée ? La procureure ne m'en a pas dit beaucoup.

— Bonjour, Monsieur le divisionnaire.

Il lui fait un résumé détaillé de la situation et des tâches de chacun jusqu'à la réunion du soir.

— Hum, je n'aime pas beaucoup ça. Un avocat, une lettre politique, un tueur sadique, on va avoir toute la presse sur le dos et moi, la direction centrale. Il faut faire vite, Commissaire, il faut faire vite. N'oubliez pas le rapport et tenez-moi au courant. À ce soir.

Il raccroche aussitôt. Enor, son téléphone encore à la main, a un petit sourire. Il sait bien que le divisionnaire Peyret, nommé trois ans plus tôt à la suite du départ à la retraite de François Le Rouzic, son prédécesseur, ne rêve que de passer contrôleur général et de retourner à Lyon, sa ville natale. Autant les relations avec le commissaire Le Rouzic, grand flic respecté de tous, furent d'emblée cordiales, puis amicales, autant elles sont plus que tièdes avec son successeur. Personne n'aime les carriéristes, du bas en haut de l'échelle, pense Enor, car à un moment ou à un autre, ils sont inévitablement un frein au bon fonctionnement d'une équipe.

— C'était ?

Françoise entre dans le bureau, tendant à Enor son café, qu'il avait laissé.

— Le divisionnaire. Inquiet, comme tu l'imagines. Dis donc, appelle aussi Cardic pour avoir l'heure de l'autopsie. Denis a fait office de procédurier hier, il faut qu'il s'y rende. Qu'il revienne de Porspoder.

— J'y vais tout de suite.

Enor se lève, ferme la porte du bureau et compose un numéro de téléphone.

— Didier Cluet, j'écoute.

— Didier, Enor au bout du fil. Je ne te dérange pas ?

— Ah, salut, Enor. Non, ne t'inquiète pas. Chantal et moi sommes invités chez mon fils à Saint-Brieuc ce midi. On se préparait à partir parce qu'on veut faire un détour par Binic. Un pèlerinage amoureux. J'ai entendu dire que tu avais un meurtre un peu spécial sur les bras ?

— Oui, c'est pour cela que je t'appelle, histoire de gagner du temps. Mais je vais faire bref, les amoureux, c'est prioritaire. Le groupe Demain Bretagne, qu'est-ce que ça te dit ?

— Demain Bretagne ? Je les connais un peu, mais ce n'est pas moi qui les suis. De mémoire, c'est un groupe créé en 2005 ou 2006, je ne sais plus, dont les quelques dizaines de militants sont issues du Front national et des Identitaires ; il y a aussi des anciens du MNR de Mégret parmi eux. Plus quelques électrons libres. Les frontières sont assez poreuses entre eux, ils se connaissent depuis longtemps, certains depuis les années quatre-vingt ou quatre-vingt-dix. Enfin, toujours est-il qu'ils se réclament de la lutte contre la mondialisation, l'impérialisme ou l'islamisme, mais derrière ce positionnement qui prête à confusion avec l'extrême gauche, on retrouve clairement le nationalisme, la lutte contre l'immigration, contre les homosexuels et le filigrane d'une hiérarchisation des races.

— Des néo-fascistes, quoi ?

— Oui. Un vieux proverbe chinois dit « Si un homme te paraît indéchiffrable, regarde qui sont ses amis. » Finalement, c'est pareil pour une organisation politique. Et là, leurs amis, c'est-à-dire ceux qu'ils invitent ou à qui ils rendent visite, ne laissent plus la place à la moindre ambiguïté. On retrouve aussi bien la Ligue du Nord lombarde, le groupe italien Casapound que l'UDC suisse, le Vlaams Belang de Flandres et d'autres encore, notamment issus du hooliganisme. Tu as compris. Cela pour te dire qu'ils ne sont pas nombreux, mais pas isolés non plus. Bref, c'est un carrefour idéologique où se retrouvent des nationalistes bretons, français, voire européens pour la défense de l'Occident. Ces derniers temps, ils sont en phase de scission, certains d'entre eux font parfois dans le local, comme la participation à la manif des Bonnets rouges à Quimper en novembre. Mais ils ont un problème interne de choix d'alliance qui recouvre des divergences stratégiques. Voilà, c'est un tableau rapide, mais en gros, on les tient à l'œil.

— Dis-moi, est-ce que tu les crois assez dangereux pour avoir organisé l'assassinat d'un avocat ?

— Franchement, ça m'étonnerait. Si tu me poses la question, c'est que tu dois avoir des éléments qui vont dans ce sens, mais je n'y crois pas. Ils ne sont pas dans cette perspective politique pour le moment. Mais, c'est vrai que dans une phase d'affaiblissement, certains individus se radicalisent et sont prêts à des actes plus violents. Cependant, mon expérience me souffle que ce serait plutôt le fait d'initiatives individuelles, un peu comme Brunerie en 2002 contre Chirac.

— Bon, je vois le tableau. Merci de ton aide. Amitiés à Chantal, et bonne journée.

— À ton service, salut et bon courage.

Enor, qui a noté rapidement les informations données par Didier, réfléchit à ce qu'il vient d'entendre. L'hypothèse d'un acte solitaire n'est pas nulle. Il faut vraiment leur rendre une petite visite dès lundi ; la lettre est une pièce à conviction même si la menace n'est pas flagrante. On frappe à la porte.

— Entre !

C'est Aela.

— Patron, je viens d'avoir Claude Guitton, ils ont bien trouvé un long bout de cigarette sur la terrasse, elle n'était presque pas consumée, mais un peu écrasée. Une gitane filtre, de la même marque que le paquet dans la poche.

— Cela confirme ta suggestion. Il sort pour fumer, Pluton l'assomme tout de suite, il marche sur la cigarette et l'éteint. Ça se tient. Et pour le reste ?

— Aucune autre empreinte que celles de Le Ny sur la lettre de Demain Bretagne, c'est tout. Je vais continuer mes recherches sur des crimes antérieurs similaires mais je n'ai rien découvert en Bretagne, puis je vois ensuite pour le porte-clés et le barbelé.

— D'accord. Fais-toi aider si nécessaire.

Aela croise Françoise en sortant.

— Yves m'a appelée pour m'informer que l'autopsie commence à dix heures, le temps pour Denis d'arriver de Porspoder. (Elle s'assoit sur le siège en face d'Enor.) J'ai réussi à avoir maître Frédéric Bonneau du cabinet Abers. En fait, il avait été informé de la mort de son associé par madame Le Ny. Il n'a donc pas été surpris de mon coup de fil. Il n'avait pas l'air enthousiaste à l'idée qu'on aille faire un tour dans le bureau de Le Ny aujourd'hui. D'autant qu'il est chez des amis à Guidel et qu'il n'avait visiblement pas envie de remonter si tôt.

— Attends, la coupe Enor, on assassine son associé, il le sait et ne pense pas qu'il est urgent de revenir sous prétexte qu'il est avec des amis ? Il se fout de qui ?

— C'est à peu près ce que je lui ai dit, plus poliment. Il n'ignore pas que les premières heures sont déterminantes pour l'enquête. Bref, il m'a dit qu'il avait prévenu leur troisième associée, maître Virginie Le Meur, parce qu'il savait qu'elle était à Brest ce week-end. Il se proposait de l'appeler pour l'instruire de notre demande, mais il souhaite que le bâtonnier soit présent.

— Mais ce n'est pas une perquisition ! On ne...

— Attends, je n'ai pas fini, rigole Françoise, j'ai joint maître Le Meur, on a convenu d'un rendez-vous à onze heures. Cela l'ennuyait cet après-midi, elle est divorcée et va chercher son fils à Crozon, elle préférait ce matin. On inverse avec la femme de ménage, ça ne pose pas de problème. Le cabinet est en bas de la rue Voltaire. Quant au bâtonnier, ce n'est pas gênant, *a priori*.

— Oui, mais une visite avec un avocat, ce n'est déjà pas facile, alors avec deux ! Il vaut mieux que la procureure soit au courant, je vais l'appeler. Pour l'aéroport ?

— J'ai eu un peu de mal à trouver un responsable habilité à prendre la décision, c'est dimanche. Finalement, j'ai eu l'assistant du directeur, il nous met un bureau à disposition dans l'espace affaires à partir de 16 h 15. C'est au niveau 2, face à la boutique hors taxes.

— Très bien, je propose qu'on parte à 10 h 40 chez les avocats.

*

Quelques dizaines de minutes plus tard, ils arrivent au pied de l'immeuble. Ils montent jusqu'au premier étage et sonnent. La femme qui vient leur ouvrir doit avoir dans les 45 ans, grande, plutôt fine, des cheveux châtains lui tombant en mèches droites sur les épaules.

— Bonjour, maître Le Meur. (Elle se tourne et désigne la seconde femme qui vient d'apparaître.) Permettez-moi de vous présenter notre bâtonnière maître Jocelyne Lefort. Je pense que ça ne pose pas de problème ?

— Non, pas du tout, répond Enor, qui note au passage que maître Le Meur se serait peut-être bien passé de sa présence sans l'insistance de Bonneau. (Il se présente.) Commissaire Berigman, et voici mon adjointe, le commandant Ridel. Je suis désolé de vous déranger un week-end, mais vous êtes avocates, vous savez que les premières heures d'enquête sont cruciales dans une affaire d'assassinat. Nous souhaiterions voir le bureau de maître Le Ny.

— Cherchez-vous quelque chose en particulier ? le harponne déjà la bâtonnière d'un ton vif.

— Oui, en effet, sourit-il, je ne vous cacherais pas que nous sommes surpris de n'avoir trouvé chez la victime aucun téléphone personnel ni ordinateur portable. Il serait important que nous puissions savoir s'il les a par hasard laissés ici.

Virginie Le Meur les regarde.

— C'est horrible, ce qui est arrivé, dit-elle en prenant cette fois un air abattu, il s'est fait agresser chez lui, c'est ça ?

— Oui, mais un certain nombre d'éléments montrent que le meurtre a été soigneusement prémédité. Ce n'est pas un cambriolage qui aurait mal tourné, la piste professionnelle n'est pas à exclure.

Elle hausse ses fins sourcils, interrogative.

— Suivez-moi, dit-elle en leur tournant le dos.

Ils quittent le hall de réception et pénètrent dans une pièce de style moderne : grand bureau rectangulaire en verre blanc, fauteuil pivotant en cuir côté avocat, deux curieuses chaises transparentes de l'autre. Des étagères remplies de livres de lois couvrent le pan de mur derrière, le reste, hormis un placard de rangement pour les dossiers, n'étant que des photos ou tableaux fixés asymétriquement aux murs. Quelques chemises d'affaires en cours sont empilées sur le bureau. Enor relève que la seule photo représente sans doute son fils, à l'âge de dix ans environ, en pleine forêt, un bâton à la main, regardant fièrement l'objectif. Sous le regard vigilant des deux avocates, Enor et Françoise passent en revue les objets. Il y a aussi un PC professionnel qu'ils négligent pour le moment, mais pas de téléphone portable. Un bloc éphéméride est posé sur la droite, positionné à la date du 13 mars. Enor tourne quelques pages en arrière, le bloc est très utilisé. Il revient au 13 et lit clairement les mots « *tribunal* » en diagonale, qui vont de dix à dix-sept heures. Puis le nom « *Catherine* », à partir de dix-huit heures, le trait de crayon courant sur toute la soirée.

— Je crois que madame Le Ny se prénomme Véronique. Vous savez qui est cette Catherine qui figure ici pour la soirée de vendredi ? demande-t-il.

Pendant que Françoise ouvre tous les tiroirs du bureau, Virginie le Meur, après une hésitation, lâche :

— Comme vous l'apprendrez sûrement, je peux vous le dire. Il s'agit de Catherine Soulier, greffière au tribunal de commerce. Je vous laisse le soin d'en apprendre plus, directement auprès d'elle.

— Nous nous renseignerons. Puis-je savoir si madame Le Ny vient souvent ici ?

— Non, jamais. Il arrive qu'ils se retrouvent le midi dans un restaurant sur le port. Ils vont souvent au Ti-Zef, mais je ne crois pas qu'ils aient réellement un restaurant attitré.

Enor, attentif à la fouille de Françoise, surveillée de très près par la bâtonnière, demande :

— Votre cabinet s'occupe-t-il de finance internationale ?

— En ce qui me concerne, non. Mais nous avons compétence pour toutes les juridictions sur l'ensemble du territoire. Je suis plutôt spécialisée en droit de la famille et du patrimoine, et aussi en droit du travail. Maître Bonneau se réserve le droit pénal et le droit civil de façon plus généraliste, et Richard s'occupait du droit immobilier, des transactions, des litiges internationaux et d'autres activités juridiques liées. Mais nous sommes tous capables d'intervenir dans chacun de ces domaines si nécessaire. Alors, oui, Richard traitait des dossiers financiers importants.

— Certains liés aux États-Unis ou aux pays du Golfe ?

— Oui, en effet. Le dossier du futur stade de foot ou celui du palais des congrès et du parc des expositions l'ont amené à participer à un tour de table financier avec le Qatar et les Émirats. Je crois que des fonds de pension américains étaient intéressés aussi par un projet de relance d'une liaison ferry avec l'Irlande et l'Espagne. Pourquoi cette question ?

Enor répond par une autre question :

— Avez-vous reçu récemment des lettres de menace ?

Virginie Le Meur semble sincèrement surprise.

— Non, absolument pas. Il peut arriver des accès de colère d'une partie adverse pendant une audience ou à la sortie du tribunal, ou encore l'expression d'un mécontentement de clients au cabinet, mais ça s'arrête là.

Alors que Françoise semble très intéressée par un petit carnet en cuir qui ressemble à un agenda, Enor change complètement de sujet.

— Comment étaient vos relations avec maître Le Ny ?

— Inexistantes sur le plan personnel. Il m'est bien arrivé d'être invitée chez lui à Porspoder, mais jamais seule. Généralement à l'occasion d'une fête quelconque, avec de nombreux convives. Sur le plan professionnel, nous avions ce que je qualifierais de bonnes relations de travail, mais sans plus. Une sortie au restaurant avec Frédéric et quelques collaborateurs pour fêter la clôture victorieuse d'un dossier important, mais c'est tout.

— Il n'a jamais essayé d'aller plus loin ?

— Non, répond sans hésiter l'avocate à ses questions, il n'a jamais eu le moindre geste déplacé ni aucun propos équivoque à mon égard, pas même une petite plaisanterie de temps en temps. Je pourrais presque vous dire qu'à ce point-là, cela m'étonne presque.

Françoise, tout en feuilletant les pages du carnet, prend la parole :

— Maître, avec votre autorisation, j'aimerais que nous puissions emporter ce petit agenda personnel qui semble comporter un certain nombre de rendez-vous privés. Car vous n'avez pas de rendez-vous professionnel le dimanche, n'est-ce pas ?

— Non, en effet. Cela ne veut pas dire qu'on ne travaille pas nos dossiers le dimanche, si c'est urgent, mais des rendez-vous, non, ce serait exceptionnel. Toutefois, je ne vois pas…

— Je vois plusieurs fois la lettre « H » inscrite à différents jours, notamment le dimanche. Vous ne savez pas ce qu'elle signifie ?

— Non, je ne vois pas du tout.

— Il y a aussi les initiales « CS », mais sur les fins d'après-midi. Il doit s'agir de la Catherine Soulier dont vous venez de parler.

Virginie Le Meur fronce les sourcils, essayant en même temps de voir les pages du carnet.

— Oui, sans doute.

— Cet agenda semble donc être très personnel et, à ce titre, représente pour l'enquête une pièce importante.

Les deux avocates se regardent, mais la bâtonnière ne réplique rien. Elles savent qu'en réalité, elles n'ont pas de raisons de s'opposer à cette saisie. Les deux policiers n'embarquent pas une valise de dossiers, et ce petit carnet peut être concédé. L'avocate se décide très vite.

— Vous pouvez le prendre.

Enor la remercie, et ajoute :

— Bien, nous allons vous faire un reçu.

Ils sortent du bureau.

— Vous ne voyez rien à ajouter ? Un ennemi déclaré qui vous viendrait à l'esprit ?

— Écoutez, vraiment, non, pas du tout. Que nous ayons des gens furieux contre nous, dans notre métier, cela arrive, bien sûr. Mais de là à… Je n'ai pas souvenir d'un meurtre d'avocat lié à l'exercice de ses activités professionnelles dans notre région.

Enor a un léger haussement d'épaules.

— Il y a un début à tout. Une dernière chose, est-ce que vous pouvez nous donner le nom et l'adresse de votre secrétaire ?

— Oui bien sûr. Mylène Bonnefoy. Elle habite à Plougastel, au Passage, au niveau du pont de l'Iroise.

— À quelle heure commence-t-elle le matin ?

— Le lundi, à neuf heures.

— Je suppose qu'elle est au courant ?

— Oui, je l'ai prévenue ce matin.

Les deux policiers se dirigent alors vers la porte.

— Bon, eh bien, je crois que nous avons fait le tour pour le moment. Nous repasserons voir maître Bonneau demain. Merci de votre coopération, bonne fin de week-end.

*

— Alors ?

La question s'adresse à Françoise, tandis qu'ils roulent vers les locaux du SRPJ.

— Je dirais qu'elle n'a rien à voir avec notre affaire. Et qu'elle n'appréciait pas son associé.

— Oui. Je me demande si Bonneau pourra en dire plus. La lettre de menace semble aussi reposer sur une réalité, il doit y avoir un lien entre ce groupe et la victime.

Il fait un résumé de la conversation avec Didier Cluet.

— C'est bien léger, observe-t-elle, ne crois-tu pas, si c'était eux, qu'il y aurait une revendication d'un prête-nom clandestin ? Et puis je ne sens pas dans le mode opératoire de ce meurtre un geste politique.

— Oui, au sens d'une démarche politique collective, mais une action isolée reste possible.

Après quelques secondes de silence, il reprend :

— Sinon, il ne te paraît pas étrange que madame Le Ny ait prévenu Bonneau de l'assassinat de son mari et pas Le Meur ?

— Qu'est-ce que tu veux dire ? Elle est bouleversée, elle vient d'apprendre la mort de son mari, il paraît normal qu'elle prévienne un associé, à charge pour lui d'informer le troisième. D'autant qu'on vient de dire qu'ils ne s'appréciaient sans doute guère et qu'elle doit le savoir.

— Oui, tu as sûrement raison.

Le ton d'Enor montre qu'il n'est pas convaincu. La rencontre de ce soir n'aura rien d'un interrogatoire officiel, mais il y a beaucoup de questions à poser. À leur arrivée, Aela, avant de partir rejoindre ses collègues à Porspoder, leur communique les dernières informations :

— L'autopsie est terminée. Yves Cardic attend votre coup de fil, Patron, la mort vient bien des coups sur le crâne. Le beau-père de la victime, à Royan, m'a rappelée pour l'adresse de la femme de ménage. Elle s'appelle Béatrice Courtois et habite 18 lotissement du Vieux Port de plaisance, à Argenton. Je pourrais peut-être passer tout à l'heure avec l'un des collègues ? C'est tout près de Porspoder, ça vous évitera le déplacement.

— Bonne idée, n'oublie pas de lui demander comment s'entendaient les époux Le Ny. Une femme de ménage, c'est forcément au courant de beaucoup de choses.

— Oh oui, je peux confirmer ! Quand je pense à celle de mes parents ! Pour le reste, je n'ai pas vraiment progressé. "Castorama" vend du barbelé qui ressemble à l'échantillon qu'on nous a apporté. Il faudra comparer. Si c'est le même, la piste risque d'être froide, il peut avoir été acheté il y a longtemps et vu le débit du magasin, autant chercher une aiguille dans une botte de foin pour identifier le client.

— Notre client s'est peut-être fait remarquer par un comportement inhabituel. Tâche de savoir depuis quand ce barbelé, si c'est celui-là, est mis en vente, on aurait une date butoir dans le passé. Ou alors on peut avoir un gros coup de pot et il n'est en vente que depuis quelques semaines, et là, un vendeur ou une caissière pourrait se rappeler l'acheteur !

Aela partie, Enor se tourne vers Françoise.

— Je vais appeler Yves. Tu peux faire un premier point de la matinée et lister des questions pour la veuve ?

— Mais… le carnet de Le Ny ?

— Tu auras le temps de l'étudier en début d'après-midi, avant d'aller à l'aéroport. Il est 13 h 05, on va se prendre un sandwich et tu t'y mets après.

Pendant que Françoise retourne dans son bureau, Enor appelle le légiste, qui répond aussitôt :

— Enor ! Je commençais à avoir faim !

— Désolé, la visite à son bureau a été plus longue que prévu. Alors ?

Il ne voulait pas entrer dans le jeu bien connu de Cardic qui aurait consisté à lui demander comment une autopsie pouvait mettre en appétit. Il connaissait par cœur les réponses macabres qu'il faisait à chaque fois, surtout à destination des jeunes flics. Il entend un soupir déçu.

— Je sais, tu es pressé. Bien, après étude des macrophages sur les polynucléaires…

Enor le coupe tout de suite :

— Épargne-moi ton charabia, quelle heure ?

Nouveau soupir.

— Il est mort entre trois et quatre heures du matin. Il a reçu une trentaine de coups de bâton *ante mortem*, pas tous avec la même puissance, et on observe la panoplie habituelle des dégâts dans ce type de torture : nombreux hématomes avec rupture de vaisseaux et complications hémorragiques, ecchymoses multiples avec gonflements tissulaires et destructions capillaires, quelques abrasions, c'est-à-dire des coups donnés tangentiellement à la peau, qui provoquent peu de saignements. J'ai aussi en magasin des fractures de la rotule, du radius et de l'omoplate droits, du carpe, du tibia et du péroné gauches. Les muscles intercostaux sont déchirés, foie et rate éclatés avec brisure des dixième et onzième côtes et de la neuvième en plus, côté foie. Bref, il a été massacré méthodiquement, pour le maintenir en vie le plus longtemps possible. Celui qui a fait ça devait pas mal lui en vouloir. Je n'ai pas une chronologie fine des coups, mais comme je te l'ai dit, à un certain stade, la victime est en état de choc et perd conscience. Avec les blessures des organes et les hémorragies, la mort serait sans doute survenue sans qu'il y ait besoin de lui enfoncer le crâne. Ce sont ces deux coups qui ont provoqué le décès, avec fractures, lésions axonales, atteintes irréversibles du mésencéphale, la liste est longue et je t'en fais grâce.

— Autre chose ?

— Il a été retourné. Il était d'abord sur le dos, puis sur le ventre et remis sur le dos après les coups sur le crâne. Enfin, je te confirme qu'il avait un bâillon enfoncé dans la bouche, les fibres trouvées sont celles d'un banal torchon, selon le labo.

Le bâillon prouvait qu'on ne voulait pas faire parler l'avocat, mais le faire souffrir sans ameuter les voisins. Quel motif pouvait engendrer une telle violence ?

— Tu es toujours là ?

— Oui, oui, je réfléchissais. Il faut mettre la main très vite sur ce type.

— Ça, c'est ton boulot.

— Et concernant l'arme du crime ?

— Je dirais un bâton. Alors c'est intéressant et ça va peut-être t'aider. J'évalue son diamètre entre 2,5 et 3 centimètres maximum. Pas très large donc, mais très dur, je n'ai trouvé aucun éclat. Et certainement avec une fine courbure ; différentes traces ne laissent aucun doute là-dessus. La courbure fait penser à une arme de combat. Je pense d'ailleurs que le coup initial fut porté sur la tempe gauche, de quoi l'assommer sans le tuer. Ce qui suggère quelqu'un d'entraîné. Il y a un bel hématome et la victime devait nécessairement être debout pour prendre le coup sous cet angle.

Une question vient soudainement à l'esprit d'Enor :

— Une femme aurait-elle pu porter ces coups ?

— Une femme athlétique et expérimentée, oui, selon la nature de ce bâton. Mais je suis réticent à admettre que c'en est une à cause du barbelé et du mode opératoire dans son ensemble. Ou alors je surveillerai mon épouse de près la prochaine fois qu'on ira en randonnée. Ah, j'allais oublier, les coups sur le sexe sont *post mortem*. Normal, il était remis sur le dos. Il avait pris un repas normal la veille : des crevettes grises, peut-être en apéro, des pâtes avec des coques et du persil, et une tarte aux pommes, un peu de vin blanc pour accompagner. Voilà, tu auras le rapport très vite.

— Merci. Bonne fin de journée. Salut.

Enor se demande si c'est vraiment une bonne idée d'aller manger un sandwich après tout cela. Mais il a besoin d'une pause. Il se lève et va voir Françoise qui lui tend une liste de questions pour madame Le Ny. Il la parcourt rapidement et en ajoute une ou deux. Sur le chemin du "Bar des Yannicks", il résume les résultats de l'autopsie. La sauvagerie de l'assassin les impressionne, l'espoir est que la veuve puisse leur fournir un suspect. En mangeant, ils ne parlent plus de l'affaire. Enor écoute distraitement certaines conversations qui lui viennent par bribes des clients au comptoir. Il entend parler foot, Brest, ligue 2, c'est classique, hockey sur glace et même rugby. Pas des élections municipales qui sont pourtant dimanche prochain. Après quelques échanges autour d'un expresso sur les derniers films sortis, ils retournent au SRPJ. En attendant l'heure de se rendre à l'aéroport, Françoise étudie le carnet de la victime tandis qu'Enor erre sur le Net à la recherche d'informations sur Demain Bretagne.

VIII

Dimanche 16 mars 2014 – 16 h 10

Devant l'augmentation du nombre de passagers fréquentant l'aéroport de Brest, une nouvelle aérogare a été inaugurée en 2007. Vu du ciel, les voyageurs découvrent une toiture dont la silhouette est exactement celle d'une raie manta. Enor et Françoise pénètrent dans le grand hall, se dirigent directement vers l'accueil et font appeler la sœur de madame Le Ny, dont ils s'aperçoivent en se traitant d'imbéciles qu'ils ne connaissent pas le nom de famille. Heureusement, trois minutes à peine après leur appel, ils voient apparaître une petite femme élégante, les cheveux blonds en chignon, qui se dirige d'un pas rapide vers eux. Les deux policiers ne lui laissent pas le temps de s'adresser à l'hôtesse d'accueil. Ils font un pas vers elle et se présentent :

— Commissaire Berigman.

— Commandant Ridel.

Elle leur fait un petit salut de la tête.

— Élisabeth de Grandin, c'est horrible ce qui vient de se produire. J'espère que vous mettrez rapidement la main sur l'auteur de cette atrocité.

Sa voix est claire et agréable, malgré le ton un rien tranchant.

— Pour cela, nous avons besoin de l'aide de tous ceux qui ont bien connu votre beau-frère, en premier lieu son épouse et sa famille.

Elle hausse ses fins sourcils.

— Penseriez-vous que la famille soit pour quelque chose dans ce crime ?

Enor apprécie en connaisseur la façon dont elle a su moduler ses intonations pour qu'une pointe d'indignation à peine perceptible renforce son jugement de l'absurdité du soupçon.

— Non, pas du tout, mais une enquête pour assassinat consiste à tirer d'abord tous les fils puis à procéder par élimination. Il nous faut donc bien comprendre qui était la victime, dans toute l'étendue de ses activités, privées ou publiques.

— Eh bien, je ne vous envie pas.

Paroles définitives.

En réalité, Enor est très attentif à ces premières secondes avec les témoins. Le commissaire Le Rouzic lui disait toujours que c'était là qu'ils révélaient leur personnalité, avant qu'ils n'aient eu le temps de mettre leur masque de civilité. Il assurait que ce moment d'exposition valait pour tous, témoins, innocents et coupables, et qu'il permettait ensuite d'aller plus directement au fond des choses. Tout en parlant, ils s'approchent de la zone des arrivées, à quelques mètres. Les premiers passagers en provenance de Bordeaux passent tout près d'eux. Il reconnaît immédiatement Véronique Le Ny, d'après la photo qu'il a vue à Porspoder. Un peu plus grande que sa sœur, des lunettes à monture argentée reposent sur son nez assez fin. Son parfum est plus discret, mais toutes les deux portent le même type de bijoux, probablement en or massif. Enor et Françoise s'écartent quelques secondes pour les retrouvailles des deux femmes, puis, une fois faites les présentations et après avoir exprimé ses condoléances, il poursuit :

— Si vous n'y voyez pas d'inconvénient, Madame, vous pouvez laisser vos bagages ici pendant que nous nous entretiendrons dans le bureau que la direction de l'aéroport a mis à notre disposition au niveau 2.

— Faisons vite, je vous prie, je me sens très fatiguée.

— Ce ne sera pas long. Nous n'avons que quelques questions de routine pour commencer.

Le bureau, clair et moderne, est très spacieux. Les deux sœurs se placent côte à côte, Enor et Françoise en face. Avant même qu'Enor ne commence, Véronique Le Ny le questionne :

— Que s'est-il passé ? Comment est-ce arrivé ? C'est un cambriolage ?

Enor et Françoise, qui a sorti un carnet et un stylo, se regardent. Cette dernière prend la parole la première, sans répondre directement aux questions :

— Madame Le Ny, au cours des dernières semaines, vous ne vous êtes pas sentie surveillée ?

Elle regarde sa sœur, étonnée, puis répond :

— Non, pas du tout, mais je n'ai pas pour habitude de regarder aux alentours. Vous voulez dire que le coup a été préparé ? Que mon mari n'a pas surpris des cambrioleurs qui l'ont abattu ?

— Non, en effet. Tout indique que nous sommes face à un meurtre prémédité et que votre mari était la cible.

— Mais… pourquoi ?

— Nous avons trouvé dans son bureau une lettre datée du 25 février qui pourrait passer pour une lettre de menace d'un groupe d'extrême droite qui s'appelle Demain Bretagne. Ce nom vous dit-il quelque chose ?

— Non, je n'ai jamais entendu parler de ce groupe. Mais, pourquoi ?

Enor se dit que s'ils n'obtiennent pour réponses que des « non » et des « pourquoi », ils risquent de tourner en rond longtemps.

— Connaissiez-vous des ennemis à votre mari ? demande-t-il.

— Absolument pas. Écoutez, je sais bien que je ne vous aide pas du tout, mais il ne me parlait jamais de ses dossiers, et d'ailleurs, je ne souhaitais pas les connaître.

— Vous pensez donc que le motif professionnel du meurtre ne fait pas de doute ?

— Mais qu'est-ce que ça pourrait être d'autre ?

Il décide de changer d'angle :

— Il vous a appelé vendredi, en fin d'après-midi ?

— Oui, en effet. C'est pour cela…

— Que vous avez appelé la gendarmerie. Vous a-t-il dit où il comptait passer la soirée ?

Brève hésitation, camouflée par un geste machinal de la main qui repositionne les lunettes, mais qui n'échappe pas aux deux policiers.

— À la maison.

— Il vous l'a dit ?

— Non, pas vraiment. Il aurait pu aller au restaurant, bien sûr, mais il devait se lever tôt le lendemain matin pour prendre la route.

Françoise prend le relais :

— Vous exercez une profession ?

Le soulagement est perceptible.

— J'ai une bijouterie rue de Siam, "L'Écrin".

— Rue de Siam, vous n'êtes pas loin de la rue Voltaire. Vous alliez parfois le voir à son bureau ?

— Non, jamais. Il arrivait qu'on se retrouve pour manger le midi, sur le port. Mais je ne vois pas le rapport.

Cela confirme que madame Le Ny n'avait pas accès au carnet trouvé au cabinet, comme l'avait dit maître Le Meur. Mais au-delà de cela et, plus ennuyeux, le cloisonnement semble réel entre les activités du mari et de l'épouse.

— Nous essayons juste de comprendre vos habitudes. Il est possible que vous ayez été parfois suivis.

— Mais c'est insensé ! Je n'y comprends rien !

— Votre mari est mort samedi 15 mars. Cette date n'évoque rien pour vous ? Elle ne correspond pas à un anniversaire ?

Elle réfléchit un peu, se tourne vers sa sœur qui secoue négativement la tête.

— Non, je ne vois vraiment pas.

— Nous n'avons pas retrouvé son téléphone ni d'ordinateur portable. En avait-il un ? reprend Enor.

— Oui, bien sûr, tout comme moi. Il m'était d'ailleurs interdit d'y toucher. Il craignait que je n'efface je ne sais quoi mais je sais me servir de ces appareils aussi bien que lui. En tout cas, il y tenait beaucoup, même s'il avait enregistré sur clé USB ou DVD-ROM ses principaux dossiers.

— Je n'en ai pas trouvé hier soir. Il les rangeait dans son bureau ?

— Dans un tiroir. Mais il les emportait souvent au cabinet.

Françoise sort le petit carnet en cuir.

— Connaissez-vous ce carnet ?

Madame Le Ny le regarde un court moment.

— Non, je ne l'ai jamais vu.

— Il était dans son bureau rue Voltaire, c'est un agenda personnel. On retrouve régulièrement la lettre « H », notamment pendant des week-ends. Vous savez ce que cela signifie ?

Elle n'a aucune réaction.

— H ? Non, je ne vois pas du tout, non.

Enor commence à s'agacer. Sur des week-ends, il lui paraît impossible que l'épouse ne puisse avoir la moindre idée de ce dont il s'agit.

Il réagit :

— Réfléchissez bien, Madame, ce sont des samedis ou des dimanches, dans beaucoup de cas. Il avait l'habitude de s'absenter ainsi ?

Pour la première fois, elle a l'air apeurée, et c'est sa sœur qui intervient :

— Commissaire, ma sœur est très fatiguée, comme elle vous l'a dit, et votre discussion se transforme en inquisition, c'est inadmissible !

— Telle n'est pas notre intention, croyez-le bien... (Enor est persuadé que cette interruption n'est pas fortuite et que les deux femmes cherchent à taire un élément peut-être important. Il sait d'expérience qu'il ne sert à rien, à ce stade, de brusquer par trop les choses ; aussi prend-il le ton le plus calme possible.) Mais nous avons un assassin à identifier et tout ce qui pourrait nous mener dans la bonne direction sera le bienvenu. Vous pourriez, à votre insu, avoir un renseignement dont vous ne pesez pas vous-même l'importance.

— Je ne crois pas que nous ayons une telle information.

Françoise décide de changer de sujet :

— Votre mari a-t-il pratiqué un art martial ?

Cette fois-ci, l'étonnement de la veuve ne fait aucun doute.

— Pas depuis notre mariage en 1981. Dans sa jeunesse, peut-être, mais il ne m'en a jamais parlé.

— Savez-vous s'il avait un porte-clés avec un petit ours blanc attaché à la chaînette ?

— Non, certainement pas, il n'avait que des porte-clés de marques de voitures. Allemandes, de préférence.

Elle fronce les sourcils.

— Vos questions sont vraiment étranges. Je n'en vois pas la finalité.

— Croyez bien que nous avons des raisons très sérieuses de vous les poser.

Elle commence à s'agiter.

— Vous en avez fini ? Je souhaiterais passer chez moi prendre quelques affaires avant de repartir pour Fouesnant.

— Nous avons presque terminé, juste encore un point ou deux. Pouvons-nous avoir les coordonnées de votre fils ?

Un léger tressaillement. Nouveau geste vers les lunettes.

— Mon fils ? Mais il n'a rien à voir avec cette histoire ! Il habite Strasbourg, rue de la Division-Leclerc. Mais si vous tenez à le voir, il arrive demain à Fouesnant.

— Ce sera indispensable. Que fait-il ?

— Il est architecte, diplômé d'État de l'École nationale supérieure de Nantes.

Enor remarque :

— Il est parti loin.

— Oui, Jean-Michel a épousé Estelle en 2006, une Alsacienne originaire de Hunspach. Elle est pédopsychiatre au CHU.

Il poursuit en se tournant vers Élisabeth de Grandin.

— Pouvez-vous nous laisser votre adresse à Fouesnant ?

— 420, chemin de la Digue.

Françoise note.

— Bien. Vous avez une activité professionnelle ?

— J'ai une formation d'expert-comptable, mais je n'exerce que pour la bijouterie. Voyez-vous, c'était la bijouterie de nos parents. Quand ils sont partis en retraite à Royan, Véronique a repris le commerce et a racheté ma part. D'une certaine façon, ajoute-t-elle avec un sourire moqueur, je suis donc son employée.

Madame Le Ny approuve.

— Je la paye au tarif normal, naturellement, mais avoir sa sœur comme comptable comporte des avantages.

— Oui, sans aucun doute, répond Enor qui ne voit pas forcément en quoi. (Il revient à Élisabeth.) Votre époux, que fait-il ?

On lit la fierté de madame de Grandin dans sa réponse :

— Charles-Édouard est directeur régional de la Banque d'investissement et de prêt. Historiquement, le siège est à Quimper, mais aujourd'hui la place principale est à Rennes ; il s'y rend toutes les semaines.

— Il sera présent, cette semaine ?

— Oui, je crois. En tout cas jusqu'à mercredi au moins. Mais je ne crois pas qu'il puisse vous dire quoi que ce soit sur cette horrible affaire.

Elle avait bien insisté sur « horrible ».

— Nous en jugerons. Il sera de toute façon moins dérangeant pour vous que nous discutions le même jour avec lui et votre neveu.

— S'il faut en passer par là, soupire-t-elle.

— C'est absolument nécessaire. Il faudra aussi que quelqu'un de la famille aille identifier le corps, c'est une formalité indispensable. Nous vous contacterons dès que possible.

Enor regarde Véronique Le Ny.

— Vous avez averti maître Bonneau du drame, mais pas maître Le Meur. Vous l'aviez chargé de le faire ?

Petit éclair dans les yeux.

— En effet, je n'étais pas en état. Si c'est possible, je voudrais bien qu'on en reste là. Puis-je passer chez moi ? demande-t-elle en se levant.

— Bien entendu, opine Enor de la tête, nous allons prévenir les gendarmes de surveillance.

C'est le moment que choisit Françoise, sur un signe de tête d'Enor, et alors que chacun s'était salué, pour lancer :

— Ah, au fait, madame Le Ny, excusez-moi, une toute dernière chose. Dans le carnet que je vous ai montré tout à l'heure, on trouve aussi les initiales « CS », souvent en fin d'après-midi. C'est le cas notamment pour le soir du meurtre à dix-huit heures. Vous ne voyez pas de quoi il peut s'agir ?

Véronique Le Ny, qui s'était retournée alors qu'elle sortait, semble tétanisée. Mais elle se fabrique immédiatement un nouveau visage et dit d'un air qu'elle veut convaincant :

— Non, je ne vois pas du tout.

Puis les deux femmes sortent, non sans qu'Élisabeth les ait foudroyés d'un regard furieux. Les deux sœurs sorties, Françoise regarde Enor en souriant.

— Eh bien !

— *No comment* ! Je crois qu'on n'a pas fini d'effeuiller l'artichaut avant d'atteindre le cœur. On a du travail. Je préviens la gendarmerie de Porspoder, puis on rentre à la boîte.

IX

Dimanche 16 mars 2014 – 18 h 45

La réunion prévue à 18 h 30 commence avec un quart d'heure de retard en raison de la présence annoncée du divisionnaire Peyret. Personne ne doute d'ailleurs que ce retard est volontaire et destiné à leur faire sentir le poids de la hiérarchie. Après avoir salué la procureure en la priant de bien vouloir l'excuser, et fait à tous un bref signe de tête qui permet de clore l'exercice de son pouvoir, Peyret prend l'initiative de lancer la réunion :

— Bien. Je ne peux rester très longtemps. Je vous demanderai de me faire un résumé complet, mais rapide, de la situation et des perspectives. Je rencontre demain matin à dix heures la presse locale ainsi que la télévision régionale et même une chaîne nationale. Un meurtre d'avocat, ça attire forcément les journaleux. Je veux savoir ce que je peux leur dire, et j'aimerais qu'il y ait du positif.

Il s'adresse plus directement à la procureure :

— Madame, c'est avant tout votre enquête, je serais très heureux de votre présence à cette conférence de presse. Je pensais rester factuel pendant que vous auriez pu évoquer les pistes de travail.

Guylaine Essart laisse délibérément s'écouler quelques secondes, suffisantes pour l'inquiéter, puis répond doucement :

— J'y assisterai. J'ai un réquisitoire à relire demain à huit heures au tribunal, aussi comme vous serez tout proche au commissariat, je vous suggère de bien vouloir passer vers neuf heures moins le quart dans mon bureau afin que nous puissions accorder nos interventions.

— Hum, oui, d'accord, on fait comme ça.

La hiérarchie de l'enquête rétablie, le divisionnaire, qui a du mal à contenir son dépit, se tourne sèchement vers Enor.

— Bon, alors ?

Enor lui dresse un tableau succinct de l'enquête. Un tour de table rapide montre qu'à Porspoder, aucun élément nouveau ni aucun témoignage marquant ne sont apparus. Il reprend la parole :

— Plusieurs points sont à prendre en compte pour la presse. D'abord nous sommes en présence d'un crime d'une rare violence, presque sadique...

— Mais je ne veux pas affoler les populations en leur disant qu'un tueur bestial se promène dans la région ! meugle Peyret.

— Justement. Il faut taire les présences du barbelé et du porte-clés, gardons ces points pour nous. Je pense qu'il ne faut pas non plus être trop précis sur l'arme du crime, contentons-nous de parler d'objet contondant. Enfin, on peut dire qu'il s'agit d'une agression vraisemblablement préméditée, pour rassurer les voisins, et que nous travaillons sur plusieurs pistes à la suite d'indices matériels trouvés sur les lieux.

— Mais la piste politique ?

— Elle n'est pas étayée. On en saura certainement plus demain à ce sujet.

— C'est pourtant la meilleure piste. Je ne crois pas à celle de la famille.

Enor imagine avec consternation la joie du divisionnaire s'il s'avérait que le meurtre avait une dimension internationale mêlant finances, pays arabes, extrême droite, projets immobiliers et peut-être corruption ! Quelle exposition de sa personne devant la presse ! Quelle aubaine pour sa carrière !

— Nous ne pouvons à ce stade écarter ou privilégier aucune piste, nous avons encore beaucoup d'inconnues.

— Bon, alors, dévoilez-les. Comme je vous l'ai dit, je dois partir. Bon travail à tous, bonsoir.

Il se lève, adresse à Guylaine Essart un « Madame la procureure » avec un signe de tête, et quitte la pièce. Enor se frotte les yeux d'une main, comme s'il voulait effacer ce début de séance.

— Bon, reprenons dans l'ordre. D'abord les deux sœurs. Il ne fait aucun doute qu'elles nous cachent des choses. Nous devons les découvrir très vite. Dans la discussion, madame Le Ny a eu plusieurs hésitations, j'ai relevé cinq points à approfondir. Il est clair, premièrement, qu'elle n'a pas forcément cru son mari quand il lui a dit au téléphone qu'il rentrait. Ce point va avec le cinquième. Deuxièmement, si je crois qu'elle ne connaît effectivement pas le sens de la lettre « H » dans le carnet, elle couvre son époux dans ses sorties de week-end…

Françoise l'interrompt :

— Curieusement, les autres dates concernant cette lettre, quand elles sont un jour de semaine, tournent toujours autour de ponts ou de jours fériés. Car le carnet est annoté jusqu'à la fin de l'année. Mais je ne vois pas quelle conclusion on peut en tirer.

Enor opine.

— J'ai le sentiment que cet indice est important. Mais que désigne-t-il ? Une personne ? Mais alors pourquoi pas deux initiales ? Un dossier ? Un contrat ? Il va falloir se creuser un peu la tête. Troisièmement, elle s'est troublée quand nous avons parlé de son fils. Pourquoi ? Il arrive demain à Fouesnant, nous devons le voir avant qu'il ne rentre chez lui à Strasbourg. Quatrièmement, le coup de fil à un associé et pas à l'autre. C'est un peu tiré par les cheveux, mais on est là pour tout imaginer. En clair, y a-t-il quelque chose entre madame Le Ny et maître Bonneau ? Nous avons déjà évoqué hier l'hypothèse de l'amant en l'écartant un peu car le mode opératoire du crime ne correspond pas. Mais il peut s'agir d'autre chose que d'une histoire d'adultère. Madame la procureure, il faudra fouiller dans les finances du cabinet, ou de la bijouterie. Madame de Grandin est expert-comptable, elle a peut-être découvert des malversations.

— Nous n'en sommes pas encore là, lui répond la procureure, les éléments ne sont pas probants. D'autant que madame de Grandin n'a certainement pas accès aux finances du cabinet. Vous allez trop vite. Mais creusez le lien entre les deux, ça donnera sans doute quelque chose.

Enor acquiesce. À ce stade, elle a raison.

— Ça nous amène au cinquièmement. Françoise, si tu veux bien...

Françoise lève le petit carnet noir.

— Madame Le Ny connaît le sens des lettres « CS » sur le carnet. Catherine Soulier, greffière au tribunal de commerce et probable maîtresse de Richard Le Ny, au dire de Virginie Le Meur elle-même. Il était probablement chez elle vendredi soir. Nous irons l'interroger dès demain. Véronique Le Meur a prétendu ne pas en comprendre le sens, mais il était flagrant qu'elle mentait. J'ajouterai enfin qu'elle n'a pas joué la comédie de la veuve éplorée. Peut-être est-ce par pudeur de sa part, mais pour une veuve de vingt-quatre heures, elle n'avait pas du tout les yeux rougis.

Enor rebondit sur cette observation :

— Cela nous amène à l'entente dans le couple. Qu'en est-il de la femme de ménage ?

Aela laisse Ronan intervenir :

— C'est un drôle de personnage. Quarante-cinq ans, veuve. On a dû lui arracher les mots. Elle passe à deux reprises dans la semaine, parfois une troisième, à la demande. Les lundis et vendredis matin, de neuf heures à midi. Quand elle vient trois fois, elle change le vendredi pour le jeudi et passe le samedi. Ça, c'est quand les Le Ny reçoivent le week-end. Elle est à leur service depuis quinze ans et nous a lâché que depuis trois ou quatre ans, ils recevaient très peu, en dehors de la famille. Ce n'est que le samedi qu'elle les voit ensemble et encore, peu de temps, car la bijouterie est ouverte et le samedi, c'est sûrement la meilleure journée. Mais madame Le Ny doit avoir une ou plusieurs employées.

Enor a un mouvement de tête accompagné d'un pincement de lèvres.

— Oui, on n'a pas pensé à lui demander. Tant pis, continue.

— En gros, si on a bien interprété ses propos, on ne peut pas dire que les Le Ny formaient un couple très amoureux.

— Ce n'est pas significatif, après presque trente ans de mariage, bien des couples restent amoureux sans se comporter comme deux tourtereaux.

La réflexion vient de la procureure.

— Oui, approuve Ronan, mais ils font chambre à part, s'adressent peu la parole ou encore ne se font pas de bises lorsque l'un ou l'autre arrive ou s'en va. Rien de très chaleureux.

— Ça donne un paysage, c'est sûr, admet Luc Magdelain, mais si tous les couples qui vivent ainsi s'assassinaient, la semaine n'aurait pas assez d'heures pour mener les enquêtes.

— On cherche simplement à valider l'hypothèse de liaisons et non de dénicher une coupable. Ne brûlons aucune étape, rétorque Enor, et du côté de la corbeille à papier ?

Aela relaie Ronan :

— Là, c'est un peu compliqué. Porspoder est dans la Communauté de communes du pays d'Iroise, qui gère les collectes. Pour les papiers, à Porspoder, c'est le lundi. Madame Courtois, c'est son nom, ne sort pas le bac toutes les semaines. Il se trouve qu'elle devait le sortir lundi et qu'elle a oublié de le faire. Mais manque de chance pour nous, elle est consciencieuse, ou bien elle avait peut-être peur d'avoir une réflexion, alors elle a tout récupéré dans des grands sacs-poubelles et les a apportés chez elle à Argenton. Le port d'Argenton est sur la commune de Landunvez, et là, le ramassage est le jeudi. Bref, tout est parti jeudi. Et entre jeudi et vendredi, soir du meurtre, il n'y a pratiquement pas eu de papiers. À part quelques publicités, le bac était pratiquement vide.

— Bon. Voilà pour la femme de ménage.

Enor passe à la suite :

— Est-ce que les témoignages des voisins confirment les propos de cette dame Courtois ?

Denis et Luc font un signe affirmatif de la tête.

— Nous avons vu plus de monde qu'Aela et Ronan, dit Denis. Si l'on s'en tient aux voisins qui ont affirmé bien les connaître, ils sont unanimes à dire que les relations dans le couple leur paraissaient distantes, certains disent même tendues. Il est évidemment difficile de faire la part des choses après un meurtre, mais bon, tous allaient dans le même sens.

Luc insiste :

— Comme je l'ai dit à l'instant, on a là une espèce de caricature de couple bourgeois qui vit ensemble par devoir, par habitude ou je ne sais pourquoi, mais comme des milliers d'autres, sans qu'ils s'entretuent pour autant.

— Oui, on a compris ton point de vue, s'irrite un peu Enor, mais si le mobile est assez puissant et la fêlure obsessionnelle chez une personne, les barrières sautent. On l'a tous déjà vu, rien d'autre ?

— Si.

Tout le monde regarde Ronan.

— La voisine d'en face, insomniaque, affirme qu'elle a entendu une voiture rentrer chez Le Ny en plein milieu de la nuit. Vous savez, une voiture qui s'arrête, le moteur tourne, puis il redémarre lentement. Elle s'est couchée à vingt-trois heures, mais elle a lu au moins une heure et demie. Cela nous amène à minuit et demi. Elle pense s'être endormie vers une heure, mais le bruit, à son avis, l'a réveillée avant son sommeil profond. Si c'est bien Le Ny, il était encore vivant à cette heure-là, ce qui correspond.

— On est dans la marge du légiste, opine Enor, mais comment se fait-il qu'on n'ait pas eu ce témoignage hier ?

— Elle était chez son fils au Conquet. On ne l'avait pas vue.

Enor fait une grimace, désabusé. Françoise comprend qu'il pense qu'il aurait été intéressant de soumettre ce fait à Véronique Le Ny. Perdre du temps dans une enquête est la pire des choses.

— Personne n'a rien remarqué les jours précédents ?

Un « non » unanime sort de la bouche des policiers.

— Le reste ?

Ronan intervient une nouvelle fois :

— Hélas rien à signaler sur le sentier côtier ni sur les rochers à marée basse. En revanche, il y a un élément qui prouve la préparation minutieuse de Pluton. Le temps était sec ce soir-là, et il a visiblement effacé toute trace sur les endroits sableux. À l'indienne.

Aela élargit ce fait à la psychologie du tueur.

— Il est à craindre qu'il ait agi ainsi à chaque étape de son crime. Indices matériels minimaux. Ce n'est pas à partir du terrain qu'on le coincera.

— Peut-être, reconnaît Ronan, mais je crois avoir trouvé l'arbre à partir duquel il a fait le guet. Proche du côté gauche de la terrasse quand on sort de la maison, à quelques mètres à peine. Cela conforte l'idée qu'il a surgi brusquement et frappé sur la tempe gauche. Quelqu'un de précis. Le Ny n'a pas dû avoir le temps de faire un geste. Surprise totale. Un bel artiste du bâton. Dangereux.

Ce dernier diagnostic, que tous partagent, n'est

pas fait pour les rassurer, même s'il donne un renseignement important sur des compétences qui ne sont pas à la portée de n'importe qui. Un court silence s'installe, rompu par Denis :

— Nous n'avons rien trouvé dans la maison. On a tout fouillé de fond en comble avec une attention extrême aux collections de livres, de vinyles et de CD de la bibliothèque. Pas de disque dur externe, de CD-ROM ou de clé USB. Ni de documents quelconques.

— Merde ! s'exclame Enor. Il doit bien y avoir quelque chose quelque part ! Il faut qu'on se concentre sur le mobile, la journée de demain est primordiale. Aela n'a pas découvert de crime similaire antérieur en Bretagne dans les archives, la recherche est lancée pour le reste de la France.

Françoise décide de résumer les éléments intéressants :

— On a quand même du concret, le carnet avec son « H », le « CS » qui semble indiquer une maîtresse que nous avons identifiée, les relations au sein de la famille et entre les avocats, la piste politique, le porte-clés et l'idée d'éco-guerrier (elle a un sourire pour Ronan), l'arme du crime qui vient sans doute d'un art martial, tout ça en une journée et un dimanche en plus, ce n'est pas mal.

À ce moment-là, la sonnerie du téléphone portable d'Enor sonne, aux accents de *Greensleeves*.

Enor se lève pour répondre. Il doit penser à changer la musique de son téléphone.

— Oui ?

— Commissaire Berigman ? Lieutenant Maurin de la gendarmerie. Je vous appelle pour vous dire que les sœurs Le Ny sont reparties depuis vingt minutes de Porspoder. Tout s'est bien passé, elles ont pris quelques affaires dans la chambre et Véronique Le Ny est allée dans le bureau, c'est tout.

Enor a un frisson.

— Comment ça, elle est allée dans le bureau ? Pour quoi faire ?

— Elle a dit qu'elle avait besoin de prendre du papier à lettres et des enveloppes pour les faire-part de décès. Sa sœur n'en avait pas.

— C'est tout ce qu'elle a pris ou fait dans le bureau ?

— C'est tout ce qu'elle a pris, oui, mais malheureusement le brigadier Dantec a eu un coup de fil au même moment et il est sorti un instant de la pièce, guère plus de cinquante secondes.

Cinquante secondes ! Quelle andouille ! Il ne peut s'empêcher d'ajouter :

— Il aurait quand même mieux valu qu'il reste dans la pièce. Enfin, tant pis, merci d'avoir appelé. Bonne soirée, Lieutenant.

— Bonne soirée à vous aussi.

La voix est un peu plus sèche. Enor pousse un rugissement :

— Incapable ! Et moi avec ! s'exclame-t-il encore. J'aurais dû les faire accompagner par quelqu'un de chez nous ! Ou donner clairement la consigne de ne pas les quitter des yeux ! Il explique ce qui s'est passé.

— Ce qui est fait est fait, philosophe la procureure, inutile de s'énerver. Quel est votre programme pour demain ?

Enor se reprend mais revient d'abord à ce dernier point :

— Qui a inspecté le bureau aujourd'hui ?

— C'est moi, répond Denis.

— Bien, demain matin, tu y retournes et tu observes tout. Fais appel à ta mémoire et essaie de voir s'il manque quelque chose.

— Ça ne devrait pas être trop difficile, la pièce était plutôt bien rangée.

— Oui. (Enor soupire.) Avec un peu de chance, elle n'aura rien pris. Ensuite, il faut enfin voir maître Bonneau. Françoise et Luc, vous vous en chargez. Et mettez-lui la main dessus, pas de barrage de qui que ce soit. Voyez pour la piste des écolos, mais surtout évoquez ses relations avec madame Le Ny. N'oubliez pas les initiales du carnet. S'il renâcle trop, on le convoquera, alors il vaut mieux qu'il vous reçoive.

— Et la secrétaire ? interroge Françoise.

— Elle s'appelle Mylène Bonnefoy, je m'en charge. J'irai la voir chez elle demain matin vers huit heures et quart, avant qu'elle ne se rende au cabinet. Ronan, tu attends le retour de Denis de Porspoder et vous vous rendez ensemble au tribunal de commerce voir Catherine Soulier. Et vous ne la lâchez pas non plus avant d'avoir la certitude qu'elle a bien tout dit.

— Et moi, je continue mes recherches sur le porte-clés ? demande Aela.

— L'après-midi. Tu te rendras aussi chez Castorama pour le barbelé. Mais avant on se retrouve à dix heures sur la place près de la poste, à Châteaulin. Nous irons voir les gugusses de Demain Bretagne ensemble. Tu habites Le Faou, ça ne fait pas un long chemin.

— L'arme du crime ? questionne la procureure.

— J'y venais. C'est un travail de fourmi. Ronan, en attendant Denis, tu commences par recenser tous les clubs d'arts martiaux de Brest et sa région qui utilisent des bâtons, comme au kendo. Il faut d'ailleurs identifier l'art martial en question. Un bâton avec une légère courbure, c'est sûrement très spécifique. Ensuite, il faut tous les appeler pour savoir s'ils n'ont pas un pratiquant un peu particulier, ou qu'ils auraient exclu pour mauvais comportement. Ceux qui seront disponibles l'après-midi s'y mettront aussi avec l'aide de nos brigadiers. Et si on ne trouve rien, on élargit au Finistère, puis aux départements voisins. On demandera alors l'assistance de nos collègues bretons.

— Mais ça prendra des jours ! s'exclame Luc.

— On n'a pas le choix, c'est un passage obligé. Pluton est méthodique et prudent, mais il ne peut pas avoir pensé à tout.

Guylaine Essart se lève.

— Je suppose qu'on a fait le tour ?

Enor regarde chaque membre de son équipe. Personne n'intervient.

— Bien, la réunion est close. Il nous restera à nous rendre à Fouesnant, mais ça attendra mardi. On refait le point demain à dix-sept heures, bonne soirée.

Il est 20 h 15, la salle se vide rapidement. Bien que pressé de rentrer lui aussi, Enor reste quelques minutes, lumière éteinte. Il regarde les lumières de Brest, cette ville qu'il aime tant, en se disant que quelque part, derrière une de ces lumières peut-être, il y a l'homme qu'il doit attraper. C'est vrai qu'ils ont déjà accumulé pas mal de données mais il sait bien que parfois elles construisent des châteaux de cartes qui s'effondrent d'un coup. On apprend toujours des fausses pistes, à condition qu'elles ne s'éternisent pas. Il apprécie la fraîcheur du faible vent quand il sort.

X

Dimanche 16 mars 2014 – 20 h 45

Lorsque Enor arrive chez lui, après un baiser à Mariannig, installée sur le canapé, un livre à la main, il ne pense qu'à prendre une douche avant de manger quoi que ce soit. Alexine, dans sa chambre, discute par Skype avec sa copine Aliona.

— Bonsoir, Alex, alors prête pour la rentrée, demain ?

Il lui fait une bise et salue Aliona d'un geste de la main.

— Bonsoir, papa. Parée. Dernière ligne droite, mais vivement le lycée en septembre.

— Ne veille pas trop tard, bonne nuit, à demain.

Après sa douche, en tenue décontractée, il rejoint Mariannig.

— J'ai fait des lasagnes à midi, elles sont dans le micro-onde, lui dit-elle tandis qu'il se sert un Lagavulin.

C'est dimanche, il s'en donne le droit. Il vient s'asseoir près de Mariannig. Pour poser son verre sur la table basse, il est obligé de soulever un livre sous lequel se trouve le sous-verre qu'il cherche.

— Études sartriennes, tome X. Passionnant, ne peut-il s'empêcher de dire pour la faire maronner.

— Mais oui, parfaitement. Au lieu de jouer les sceptiques, dis-moi plutôt si tu as progressé.

La question n'appelle pas de réponse détaillée. Enor ne parle jamais précisément de son travail, qui reste toujours couvert par le secret, mais il n'hésite pas à partager quelques impressions. Auprès de son équipe, il ne s'embarrasse pas non plus pour pointer les incompétences comme le procureur précédent et le divisionnaire actuel. Exactement l'inverse de ce qu'était la situation il y a quelques années. Cela, il peut le confier à Mariannig. Mais, à entendre sa compagne, est-ce vraiment réconfortant ou n'est-ce pas plutôt attristant de constater que les relations humaines dans la police ne sont pas plus difficiles que dans les milieux universitaires ? La ronde des ego se retrouve partout. Malgré les incitations répétées de ses chefs, Enor n'est pas pressé de passer divisionnaire. Il ne souhaite pas entrer dans certains jeux ni s'éloigner par trop du terrain. C'est la conduite d'une enquête et d'une équipe qui le passionne.

— Oui, on a pas mal d'éléments mais je crois que ça va quand même être long. C'est toujours la même chose, il y a des gens qui se croient obligés de garder pour eux des informations...

Il est interrompu par le téléphone.

— Allô ?

— Enor, c'est ton père.

— Bonsoir, papa. Que se passe-t-il ?

— Est-ce que tu pourrais passer me voir demain ?

— Pas avant le début d'après-midi. Je passe la matinée à Châteaulin.

— Ah, mais après le repas, c'est parfait ! Je te préparerai un café.

— Mais tu peux me dire…

— Demain, demain. Allez, bonsoir, bise à Mariannig et à Alex.

Il raccroche sans attendre.

Enor reste le combiné en main, dubitatif.

— Je n'y comprends rien, dit Enor en ouvrant le micro-onde que Mariannig avait mis en marche, il avait l'air tout enjoué. Je ne sais pas quelle idée il a en tête.

Mariannig hausse les épaules.

— L'essentiel est que ça aille. Quoi qu'il t'annonce, ne lui gâche pas son plaisir et ne lui rappelle pas son âge, comme la fois où il voulait aller en Allemagne en voiture ; tu l'avais inutilement fâché.

— Mais c'est parce que je m'inquiétais qu'il fasse un aussi long périple en solitaire. Et je n'ai pas l'habitude de lui gâcher ses plaisirs, rétorque Enor tout en dégustant ses lasagnes, d'ailleurs il est quand même parti.

— Et ça s'est très bien passé, reconnais-le.

— Oui, oui, c'est vrai. Bon, inutile de me tracasser, je verrai bien demain, mais je m'attends à tout.

XI

Lundi 17 mars 2014

Enor se réveille à six heures et demie, reposé, Mariannig à ses côtés. Il l'aime. Une vie de flic est-elle faite pour cet amour ? La question reste virtuelle ; elle ne s'est jamais plainte, mais tant de collègues, aux horaires impossibles, ont vu lentement leur couple se déliter. Il l'embrasse discrètement dans le cou et se lève. Il marche sur son livre, qui a dû tomber de la table de nuit hier soir, le ramasse et le repose. Après quelques pages, il a éteint sur la lecture du *Hávamál*, ce poème médiéval islandais qui place chacun face à soi-même. Qui sait ce que lui réserve l'affaire Le Ny, pense-t-il en buvant son café après s'être habillé, le regard perdu sur la mer. 7 h 35. Il est temps qu'il parte s'il ne veut pas rater Mylène Bonnefoy. Il contourne Brest par la voie rapide et passe enfin le nouveau pont de l'Iroise. Il sort au premier rond-point et prend la direction du Passage. Il trouve sans trop de difficultés la maison de la secrétaire, une néo-bretonne classique reconnaissable à ses murs blancs, ses portes et fenêtres encadrées de granit et son toit d'ardoises. Un modèle tellement fréquent aujourd'hui que tout le monde s'imagine, à tort, que c'était le style des maisons traditionnelles en Bretagne. La femme qui vient lui ouvrir a une quarantaine d'années, des cheveux blonds mi-longs retombant en une seule frange du côté gauche. Elle est visiblement prête à partir.

— Madame Mylène Bonnefoy ?
— Oui, c'est moi.

La voix, mélodieuse, marque l'étonnement.

— Commissaire Berigman, du SRPJ de Brest. Je voudrais m'entretenir avec vous de Richard Le Ny. Ce ne sera pas long. C'est maître Le Meur qui m'a donné votre adresse. Puis-je entrer ?

— Eh bien… oui, bien sûr, mais il faut que je me rende à mon travail, dit-elle en le laissant passer.

— Comme je vous l'ai dit, il n'y en a pas pour longtemps.

Enor la suit dans le salon. Un homme en costume entre également, venant probablement de la cuisine : grand, brun, fine moustache et lunettes rondes. Mylène Bonnefoy fait les présentations :

— Mon mari, Paul. Et voici le commissaire… euh…

— Berigman, enchanté, dit-il en serrant une main ferme.

— Le commissaire vient pour maître Le Ny.

— Oui, bien sûr, quelle histoire ! (Il se tourne vers sa femme.) Je m'en vais, chérie, à ce soir. Commissaire, au plaisir.

Enor lui fait un signe de tête. Mylène Bonnefoy

fait asseoir Enor et s'assied elle-même dans le canapé en face de lui.

— Madame Bonnefoy, commence sans attendre Enor, je dois vous dire que nous avons affaire à un crime extrêmement sauvage. Nous n'écartons aucune piste, mais il est possible que ce meurtre soit lié aux activités professionnelles de maître Le Ny. Je vous demanderai donc de répondre franchement à mes questions, sans volonté de protéger la victime ou crainte de ternir son image. Vous me comprenez ?

Elle agrée d'un léger signe :

— Tout à fait.

— Pour commencer, maître Le Ny vous a-t-il fait part de menaces qu'il aurait reçues, soit par courrier, soit par téléphone ?

Elle n'hésite pas.

— Des menaces ? Non, pas du tout. De toute façon, je n'ouvre pas les courriers nominatifs du cabinet. Je me contente de les préenregistrer, puis de les répartir après avoir donné un coup de tampon encreur sur l'enveloppe avec la date de réception. Ce n'est qu'après, si le courrier me revient, que je le répertorie plus précisément. Par téléphone, il arrive que des clients soient mécontents, mais c'est rare. Le plus souvent, c'est à la suite de retards qui, dans la plupart des cas ne nous incombent pas, mais certains ont du mal à le comprendre.

— Dans son bureau, hier, nous avons trouvé un petit agenda noir 2014, visiblement personnel, qui montre à plusieurs reprises les initiales « CS » en fin d'après-midi. Savez-vous ce qu'elles signifient ?

L'hésitation est perceptible.

— Madame Bonnefoy ?

Elle le regarde, visiblement gênée.

— Il s'agit de Catherine Soulier, greffière au tribunal de commerce. Elle habite rue Brossolette, tout près du cabinet. Ils se voient depuis un an ou deux, toujours en début de soirée. Mais je n'en sais pas plus.

— Madame Le Ny ne risquait-elle pas d'en être informée en venant à l'improviste au cabinet en fin de journée ?

— Oh non, on ne la voit jamais. Je sais juste qu'ils se retrouvent parfois le midi au restaurant, au port de commerce.

La secrétaire confirme ce qu'il sait déjà. Il tente sa chance :

— Sur ce même carnet noir, on trouve aussi la lettre « H », en majuscule, en particulier le week-end. Savez-vous ce qu'elle signifie ?

Dès la fin de la question, Enor comprend qu'il n'aura pas de réponse. Mylène Bonnefoy paraît sincèrement étonnée.

— H ? Non, je ne vois pas du tout, je suis désolée.

— Tant pis. Quelles étaient vos relations avec maître Le Ny ?

Elle a un froncement de sourcils. Logique, pense Enor, on vient d'évoquer celle qui est sans doute sa maîtresse.

— Que voulez-vous dire ?

Enor ne veut pas trop restreindre la question, mais il précise quand même :

— Quel genre de patron était-il ? Comment se comportait-il avec vous ?

— Je n'ai pas de reproches particuliers à lui faire. Ce n'était pas un homme très chaleureux. Nos relations étaient professionnelles, on aurait pu les qualifier de distantes. Il ne posait pas de questions personnelles, même pendant une pause-café. Peut-être qu'il réservait une facette moins froide de sa personnalité à ses clients. En fait, il souriait rarement, même en les raccompagnant. Je ne sais pas s'il cherchait à faire sérieux pour paraître plus professionnel. De toute façon, il était ainsi avec tout le monde.

Enor commence à se faire une idée de la personnalité de Richard Le Ny. Les voisins, la femme de ménage, l'associée, tous dressent le même portrait de l'homme ou du couple. Jusqu'à la secrétaire qui utilise le mot de certains voisins, rapporté par Denis : distant. Cet homme avait-il des amis ? Une autre facette, plus enjouée ?

— Une dernière chose, Madame. Les trois associés s'entendaient-ils bien ? Avez-vous entendu des disputes ou des tensions ?

La réticence de Mylène Bonnefoy est palpable. Il juge bon d'ajouter :

— Je ne vous demande pas de violer le moindre devoir de loyauté à l'égard de vos employeurs. J'ai déjà posé la question à maître Le Meur parce que j'ai besoin de comprendre le tableau général de la situation. J'ai un redoutable assassin à arrêter et le plus petit élément peut être déterminant.

Ces quelques mots suffisent.

— Je comprends, mais je ne veux porter de tort à personne. En vérité, il n'y a pas grand-chose à dire. Les trois associés s'entendaient très bien jusqu'à il y a environ trois ou quatre ans. Puis petit à petit j'ai senti que les relations entre maître Bonneau et maître Le Ny n'étaient plus aussi amicales. Eux qui avaient l'habitude de se recevoir ont tout à coup très espacé leurs invitations. Vous comprenez, je notais souvent ces dîners sur les agendas. Je me suis dit que c'était peut-être dû au divorce de maître Bonneau d'avec Nelly à la même période, je ne sais pas. Mais ça n'expliquait pas vraiment la froideur soudaine de leurs rapports. Voilà, je ne peux pas vraiment vous en dire plus.

Mais ces éléments suffisent à Enor.

— C'est déjà beaucoup, je vous remercie. Je n'ai plus de questions pour le moment. De toute façon, nous savons où vous joindre en cas de besoin. Je vous laisse à vos obligations professionnelles. Merci de votre coopération, au revoir.

*

Alors qu'il roule en direction de Châteaulin au son des *live* de jeunesse de Janis Joplin, Enor pense qu'il n'a pas perdu son temps auprès de Mylène Bonnefoy. Avant de repartir, il a appelé Françoise pour lui faire un résumé du témoignage de la secrétaire afin qu'elle interroge aussi Bonneau sur son divorce et obtienne l'adresse de son ex-femme. Puis il a contacté la gendarmerie de Châteaulin pour signaler son passage et demander à rencontrer quelqu'un qui aurait des informations sur Demain Bretagne. Même sans avoir ces informations, l'absence d'urgence justifie de se signaler en zone gendarmerie. C'est un geste de courtoisie qui ménage les susceptibilités. Il sort de la quatre-voies à Port-Launay et longe l'Aulne jusqu'à Châteaulin. Quelques pêcheurs sont installés sur les berges. Il entre dans Châteaulin et se gare sur la place de la Résistance. Comme il n'aperçoit pas encore Aela, il se rend au bord de l'eau.

— Vous voulez prendre un bain, Commissaire ?

Il sourit à Aela.

— Notre métier nous met suffisamment souvent dans de drôles de bains pour ne pas y regarder à deux fois avant de se jeter à l'eau. Bien, nous allons d'abord à la gendarmerie.

Durant ce court trajet, il prend le temps de raconter sa visite à Mylène Bonnefoy.

— Richard Le Ny a quand même l'air d'un drôle de bonhomme, observe Aela.

Il acquiesce.

— En effet, mais nous ne sommes pas là pour le juger. D'un autre côté, c'est sans doute ce caractère particulier qui finira peut-être par nous donner une piste sérieuse.

— Vous ne croyez pas réellement à la piste politique, Patron, n'est-ce pas ?

— Non, pas vraiment. Comme je l'ai dit, mon contact à la DCRI ne m'a pas encouragé dans ce sens, sauf acte isolé. Ah, on arrive.

Il se gare devant la gendarmerie. À l'accueil, on les conduit dans un bureau où les rejoint immédiatement un major. Un peu rond, la cinquantaine, l'air jovial.

— Major Dubuis, enchanté.

Enor et Aela se présentent également.

— Voulez-vous un café ou quelque chose d'autre ? demande le gendarme.

Enor accepte un café, se rappelant que Mylène Bonnefoy ne lui avait rien proposé, sans doute pressée de le voir repartir. Aela ne prend rien.

Pendant que le major passe la commande, Aela sort son carnet et un stylo.

— Bien, c'est le groupe Demain Bretagne qui vous amène à Châteaulin, si j'ai bien compris ?

La question est de pure forme.

— En effet, répond Enor, leur nom apparaît dans l'enquête sur le meurtre de l'avocat Richard Le Ny. J'ai déjà eu quelques renseignements sur leur idéologie, mais avant de passer les voir, j'aimerais savoir comment ça se passe localement.

Dubuis fait la moue.

— Ils ne se font pas remarquer. Nous craignions des problèmes lorsqu'ils ont installé leur siège ici, mais il n'y a jamais eu le moindre incident ; ils sont presque invisibles. Il n'y a que de mai à septembre, quand ils tiennent des rassemblements internationaux, que l'on voit un peu plus de monde. Mais la consigne doit être claire, notamment dans les bars et restaurants de la ville : pas d'embrouilles, pas de comportement inadéquat. Des clients comme les autres. Personnellement, je préfère qu'ils réservent leurs chants à leur local !

Un gendarme apporte le café, accompagné de biscuits. Tout cela n'avance pas beaucoup Enor, sinon à confirmer que les troupes sont bien tenues.

— Quels genres de types fréquentent l'endroit ?

Le major, qui avait placé ses deux mains sous son menton, les écarte largement.

— Il y a de tout. Les Français et les Italiens sont plutôt des jeunes, entre 20 et 35 ans, je dirais, mais pas toujours. Les autres sont plus âgés, sauf quand ce sont les mouvements de jeunesse qui sont invités, comme les Suisses l'an dernier. Et on a tous les looks, du costard cravate aux cheveux blancs ou au style hooligan tatoué, de l'étudiant propre sur lui au vieux routier qui a déjà connu certains combats, parfois dans l'armée. En fait, l'activité est incessante, ce lieu est un vrai carrefour des diverses veines des extrêmes droites européennes sans jamais faire une artère.

— Qui dirige le lieu, ici ? demande Aela.

Le major se tourne vers elle.

— Ils sont deux. Mais le vrai maître des lieux, et propriétaire de l'endroit par le biais d'une association, est Thierry Le Bras, un ancien du Front national. Il a commencé ses activités politiques assez jeune, à 15 ans, en 1995, en faisant le coup de poing contre les étudiants durant les grèves de l'automne. Mais le casier est vierge. Il est dans le secteur en ce moment, vous devriez le trouver.

— Qui est l'autre ? interroge Enor.

— Robert Beaulieu, un type plus âgé. Il n'est plus souvent là, il semble qu'il y ait des différends entre eux. Il est surtout basé à Nantes. Je crois qu'il a fait ses armes en ex-Yougoslavie, côté serbe.

Enor et Aela se regardent. Plus de questions.

Le commissaire se lève, marquant la fin de l'entretien.

— Bon, je vous remercie de ces informations. On va y faire un tour et essayer de trouver quelqu'un susceptible de répondre à nos questions.

Le major sourit.

— Susceptible, sans doute, répondre, c'est autre chose.

— Oh, je ne me fais pas de souci. Ce Thierry Le Bras est un politique, et il n'a sûrement pas envie qu'on vienne faire une perquisition à son siège dans le cadre d'une enquête pour meurtre.

Dubois éclate de rire.

— Un point pour vous. Non, en effet, mais durant votre visite on va quand même positionner un véhicule à proximité, au cas où.

Il ne faut que deux minutes en voiture pour se rendre au siège de Demain Bretagne, la rue de l'Écluse étant finalement très proche de la gendarmerie.

Les deux policiers n'avaient rien imaginé de spécial, mais ils ne s'attendaient pas à ce qu'ils voient. En haut d'un grand terrain en forte pente, face à la rivière, ils découvrent ce qui doit être un ancien hangar à bateau, en bois brut mais visiblement entretenu, entièrement réhabilité. Du portail d'entrée du terrain, lui-même situé en léger contrebas, ils distinguent à l'avant une très grande terrasse sur pilotis, prolongée par des coursives en bois sur les côtés. La terrasse est occupée par plusieurs bancs et tables entourées de chaises. La vue sur la pente boisée de l'autre rive est reposante. Deux hommes discutent autour d'une des tables. Sur la façade qui leur fait face, une porte en métal doit être l'entrée principale. Une Harley Dina custom noire, rutilante, est garée à quelques mètres de la barrière. Enor et Aela, qui entendent la voiture de gendarmerie s'approcher puis la voient se garer en vue de la terrasse, entrent sur le terrain et se dirigent vers la porte. L'un des deux hommes se lève et pénètre dans le bâtiment. L'autre homme, sans doute le propriétaire de la moto, reconnaissable à son blouson, n'a pas bougé. Ils n'ont pas besoin de frapper, la porte s'ouvre juste avant leur arrivée. L'homme qui les accueille est grand, bien bâti, athlétique. Plus de 30 ans, certainement, cheveux bruns très courts, yeux bleus au regard direct, jean et pull noirs. Chaussures solides. Les yeux ne sont ni hostiles ni amicaux.

— Oui ?
— Commissaire Berigman, du SRPJ de Brest. Voici ma collègue, le capitaine Le Dévéhat. Nous souhaiterions parler à Thierry Le Bras.

L'homme ne cille pas. Il jette un œil aux gendarmes plus loin et rétorque sans répondre à la demande :

— Vous avez besoin de chiens ?

Enor se retourne.

— Rassurez-vous, ils sont surtout là pour eux. Alors ?

L'homme hoche la tête, dubitatif.

— Je suis Thierry Le Bras. Qu'est-ce qui vous amène ?

— Nous enquêtons sur l'assassinat de maître Richard Le Ny dans la nuit de vendredi à samedi, et le nom de votre organisation apparaît dans un document. Pouvons-nous entrer ?

Le Bras regarde Enor dans les yeux. Il pèse clairement la situation et se décide :

— Entrez. Première porte à gauche.

Ils ne voient rien de l'intérieur du bâtiment. Aucune perspective. La pièce dans laquelle ils entrent est un bureau. Quelques affiches contre l'immigration, l'islamisme et le cosmopolitisme ornent les murs. L'une d'entre elles est clairement antiaméricaine, représentant une carte du monde sous la coupe des États-Unis, symbolisés par un GI et un financier caricatural, et barrée d'un bandeau noir « *Non aux cow-boys* » tandis qu'une autre entretient la confusion idéologique en montrant le dessin d'une usine avec

ses cheminées, au-dessous de laquelle est écrit
« *Vive la lutte du peuple français !* » Une fois assis,
Enor sort de sa poche la lettre trouvée chez Le Ny,
et commence :

— Comme je vous l'ai dit, ce n'est pas votre
organisation qui nous intéresse, mais le meurtre de
maître Le Ny. Nous avons trouvé ce courrier sur
son bureau. Est-ce vous qui l'avez envoyé ?

Enor tend la copie de la lettre à Le Bras, qui la
parcourt rapidement.

— Ce n'est pas moi.

— Peut-être, mais ce message est signé de votre
mouvement. Je suppose qu'en tant que dirigeant,
tout courrier officiel vous engage personnellement.

Le Bras sourit.

— En effet, il ressemble à un courrier officiel de
notre mouvement, mais ici il s'agit clairement d'un
faux. Vous pouvez comparer avec notre courrier
habituel. De plus, j'ai l'impression que le logo a
été scanné, et non imprimé.

En disant cela, il sort d'un tiroir une feuille de
courrier vierge, qu'il présente aux policiers. De
mémoire, car ce n'est pas la photocopie qu'il a en
main qui peut vraiment étayer cette affirmation,
Enor se rend compte que le logo semble plus net et
que la texture du papier n'est pas la même que la
lettre qu'il a saisie chez maître Le Ny.

— De plus, poursuit Le Bras, une fois rédigés,
nos documents sont tamponnés en bas, en guise de
validation, d'un « *Kroas-Du* », l'ancien drapeau

breton à croix noire sur fond blanc, et je suis le seul possesseur de ce tampon.

— En effet, ça ne semble faire aucun doute, notre lettre n'est pas un original, reconnaît Enor en lui rendant sa feuille. Vos courriers se promènent sur Internet ?

Le Bras hausse les sourcils.

— Vous plaisantez ? Ils sont à usage interne.

— Malgré tout, il est plus que probable que l'un de vos… adhérents ? militants ? soit à l'origine de ce texte et l'ait préparé ici même. Quelqu'un qui a donc accès à ce local.

Le Bras reste impassible. Enor sait qu'il va tenter une carte difficile, mais quelque chose dans le comportement de son interlocuteur lui fait penser que ce dernier n'est pas surpris de la lettre. Il bluffe :

— Je pense que vous avez une petite idée de l'identité de la personne à l'origine de cette lettre. Je vous demande donc de me la communiquer.

Le Bras, à sa relative surprise, ne nie pas.

— Pourquoi je vous la donnerais ?

Le policier soupire, comme si tout cela n'était que perte de temps.

— N'oubliez pas qu'il s'agit d'une enquête sur un assassinat. Nous avons d'autres pistes que cette lettre, il est donc important que nous puissions écarter rapidement celles qui n'ont rien à voir avec cette affaire.

— Et si je refuse ?

Enor sort son téléphone.

— J'appelle la procureure, qui attend mon coup de fil, pour qu'elle envoie une escouade de gens qui viendront perquisitionner, mettre éventuellement la main sur vos listings et embarquer vos ordinateurs. Je ne crois pas que c'est ce que vous souhaitiez, et j'ai moi-même autre chose à faire.

Il est déterminé, même si la procureure n'attend rien du tout, mais cela, l'autre ne peut pas le savoir. Le Bras pose ses coudes sur le bureau, les deux mains jointes contre sa bouche, comme pour une prière.

— Laissez-moi réfléchir dix secondes.

— Hon, hon, fait Enor, qui pense que c'est cinquante-cinquante.

Il ne lâche pas l'homme du regard. Le silence est total. Aela ne bouge pas d'un centimètre. Le nom vient soudain :

— Éric Lastenet.

Enor ne trahit pas son soulagement.

— Qui est-ce ?

Aela a sorti son carnet et prend des notes.

— Un Brestois. Étudiant en droit, en master 2. Mais ce n'est pas votre homme.

— Nous verrons bien. Où habite-t-il ?

— À Brest. Du côté de la place de Strasbourg. Près du lycée. Je ne peux vous en dire plus car il n'est pas sur notre listing. Ce n'est pas vraiment un membre, mais un ami du mouvement. Il est plutôt dans d'autres mouvances.

Enor s'étonne :

— Il y a quelque chose que je ne comprends pas. Manifestement, vous avez tout de suite compris qu'il s'agissait de lui, c'est donc qu'il vous a parlé. Vous avez sûrement les réponses à deux questions simples : comment a-t-il ciblé maître Le Ny et pourquoi ?

Le Bras hausse les épaules, fait une moue, comme si soudainement il se désintéressait de la question.

— Ce n'est pas compliqué. D'abord la presse régionale s'est fait l'écho des projets financiers dans lesquels Le Ny jouait un rôle important. Je suppose qu'il avait la responsabilité du bétonnage juridique des contrats. Mais on parlait du Qatar ou des Émirats et des Américains. Éric a essayé de savoir ce qu'il en était pour le nouveau stade brestois, et il a bien eu confirmation qu'il y avait des tractations très avancées.

Enor le coupe :

— Comment l'a-t-il su de façon certaine ?

Le Bras éclate de rire. Un rire un peu forcé, pas très spontané.

— Alors ? Vous avez commencé par d'abord, c'est donc qu'il y a une suite, insiste-t-il.

L'autre redevient sérieux.

— Écoutez, je trouve que vous êtes gonflé de vouloir que je fasse votre travail, mais je suis pressé de vous voir partir. De toute façon, vos copains l'ont dans leurs dossiers. Il est de notoriété publique qu'Éric est le trésorier du "Brest Ultima Gothics", le BUG. C'est un club de supporters non officiel du Stade brestois. Bon, Éric a des accointances avec un ou deux membres haut placés du club officiel ; ceux-là ont des informations de première main. Pas plus compliqué que ça.

Enor réagit :

— Accointances, ça signifie qu'il les fait chanter ou que ce sont des sous-marins de son club ?

— Je n'en sais rien et ça m'est égal. Mais même si je le savais, je ne vous le dirais pas. L'essentiel est que ce soit efficace. Pour le reste, vous lui demanderez quand vous le verrez. Mais je vous le répète, je ne crois pas que ce soit l'homme que vous recherchiez. Et d'ailleurs, je ne pense pas qu'il soit dans la région en ce moment.

Enor décide de revenir en arrière.

— Donc il vous a parlé d'envoyer un courrier à Le Ny ?

— Oui, mais je lui ai dit que je n'étais pas d'accord, je n'y voyais aucun objectif politique exploitable. En rédigeant ce courrier, Éric franchissait un pas que nous n'aurions pas les moyens d'assurer. Il suffisait d'archiver ces informations, c'est tout.

Enor frémit à l'idée que ces types aient un jour le pouvoir et les moyens "d'assurer" comme il venait d'être dit. Ils devaient avoir une montagne de dossiers sur les antipatriotes, selon leur obsession. Il se demande comment lui-même sera annoté dès qu'il aura quitté cette pièce. Il ne se fait aucune illusion, ce groupe n'aura pas le pouvoir, il n'a pas l'envergure, mais il prendra le strapontin qu'on lui offrira. Il reprend :

— Pourtant, il l'a fait quand même, contre votre décision. À votre avis, pourquoi ? Il y a autre chose ?

— Ça aussi vous l'apprendriez vite. Éric a eu affaire professionnellement à maître Le Ny. Un procès à la suite d'une bagarre à la fac avec des gauchistes. Il défendait ces fumiers. Un groupe de marxistes dirigés par des jumeaux à Brest. Il en a amoché un sérieusement. Pas assez à mon avis. Deux, c'est un de trop…

— Commissaire, il faut que je sorte, je vous attends dehors.

Aela, toute pâle, se lève et quitte la pièce sous le regard ironique de Le Bras. Enor, qui voit le naturel de l'homme revenir au galop, remet les points sur les "i" :

— Vos délires ne m'intéressent pas. Vous venez de proférer une menace de mort en présence d'officiers de police dans l'exercice de leur fonction. J'espère pour vous que vous vous en souviendrez avant de faire n'importe quoi, cela figurera sur le compte rendu de notre entretien. Je suppose que cette fois-ci, c'est tout ?

Le Bras écarte les mains, dans un sourire qu'Enor a de plus en plus envie d'effacer, et répond juste :

— Je vous raccompagne.

Sur le pas de la porte, Enor demande soudainement :

— Au fait, où vous trouviez-vous dans la nuit de vendredi à samedi ?

— Très simple. J'ai passé la soirée à Rennes à la tribune d'un meeting électoral, en vue des municipales. Nos amis ont réussi à monter une liste paritaire de soixante et un noms, une grande victoire. J'ai passé la nuit et le samedi chez ma sœur, et je suis rentré hier après-midi.

— Le nom ?

— Alain et Sylvie Rousset. 48, rue Baudelaire.

Enor ne se sent pas de le remercier de sa collaboration, en pensant à certains de ses prédécesseurs qui l'ont déjà pratiquée pendant la dernière guerre. Alors que le policier se dirige vers la barrière, Le Bras le rappelle :

— Commissaire !

Enor se retourne. L'homme, sur le pas de la porte, est toujours souriant.

— Vous pourrez voir que les empreintes digitales que j'ai posées sur votre copie de lettre ne sont pas sur l'original.

Son sourire s'efface, et dans une position proche du garde-à-vous, il lance :

— Qui vive ? Bretagne ! avant de tourner les talons et de refermer la porte.

En refermant la barrière, Enor fait un petit signe aux gendarmes dans leur véhicule. Ceux-ci y répondent, puis reprennent le chemin de la gendarmerie.

Il aperçoit Le Bras qui rejoint le motard sur la terrasse. Au passage, il a relevé le numéro de la plaque de la moto. Aela l'attend près de la voiture ;

elle a pleuré. Aucun des deux ne parle pendant le court trajet. Enor se gare sur la place.

— Allons faire un tour à pied, dit-il d'une voix douce.

Ils traversent le quai et se dirigent vers le chemin de halage au bord du canal de Nantes à Brest. Ils l'empruntent silencieusement au niveau de la statue de Jean Moulin, qui fut sous-préfet de Châteaulin au tout début des années trente. Il n'y a personne, le chemin s'éloigne de la route et passe derrière les maisons, bordé d'arbres, tout au bord de l'eau. Quelques dizaines de mètres plus loin, Enor s'assied sur un banc. Il attend. Aela, en regardant une pie qui gambade de sa drôle de démarche sur le chemin à vingt mètres, commence :

— J'ai été prise de court, Patron. Je ne m'y étais jamais préparée, et pourtant j'aurais dû. Cela ne se reproduira pas.

Elle prend son souffle. Enor lui laisse le temps. Elle poursuit, les yeux fixés sur la pie :

— C'était le samedi 27 septembre 2008. Ma sœur jumelle Erell a disparu. Nous étions de vraies jumelles... Je n'oublierai jamais ce jour. Nous étions chez mes parents, à Séné, près de Vannes, depuis la veille. Il faisait très beau, je devais présenter Arnaud, mon ami de l'époque, à mes parents. Huit mois plus tôt, nous avions acheté un nouveau voilier ensemble, Erell et moi ; notre bon vieux Kelt de 7,60 mètres ne nous convenait plus. C'était un Sangria GTE de même longueur. Il était basé à La Trinité, et le mouillage était assuré jusqu'au 31 décembre. Nous l'aurions rapatrié à Séné ensuite. La veille, Erell m'avait fait part de son projet de partir de très bonne heure pour aller faire un tour en mer. En partant à huit heures, elle pensait être revenue pour treize heures. Il faut une quarantaine de minutes pour se rendre à La Trinité, selon la circulation ; cela lui assurait à peu près deux heures trente de navigation. Elle m'a demandé de l'accompagner ; nous faisions évidemment toujours du bateau ensemble. Mais Arnaud devait arriver à midi, alors j'ai refusé. Ce n'était jamais arrivé. Elle n'a pas insisté. Le lendemain, elle est partie tôt.

Aela, les yeux embués de larmes, se lève, fait deux pas vers le bord de l'eau et se retourne vers Enor.

— Nous ne l'avons jamais revue. Le bateau n'a jamais été retrouvé non plus. Personne ne sait ce qui s'est passé. C'était une navigatrice expérimentée, elle connaissait bien ce voilier. L'équipement et l'accastillage étaient d'excellente qualité et bien entretenus. Erell était en excellente forme, habituée aux imprévus et savait anticiper. C'est incompréhensible. Les recherches officielles, renforcées par celles de tous les marins du coin, ont duré des jours et n'ont rien donné. Tous les gens de mer sont restés vigilants, à la recherche du moindre indice, en vain. C'est comme si elle s'était volatilisée quelque part entre Quiberon, Belle-Île, Houat et Hœdic, un secteur qu'elle connaissait pourtant parfaitement et plutôt fréquenté.

Elle se remet à pleurer. Enor se lève à son tour et lui tend un paquet de mouchoirs en papier.

— Ce n'est pas tout, n'est-ce pas ?

Ils reprennent lentement le chemin du retour, côte à côte. Aela, les bras croisés, serrés contre son corps, continue :

— Je me sens tellement coupable d'avoir dit non. Si j'avais été là, ma sœur n'aurait pas disparu ; à deux, il ne se passe pas ce qui arrive à un navigateur solitaire.

Enor, qui n'y connaît pas grand-chose en voile, ne peut s'empêcher de dire ce qu'il sait être une stupidité et certainement pas une consolation :

— Tu n'en sais rien. Tu ne sais pas ce qui s'est passé.

— Oui, mais j'aurais été là, avec elle.

Il hésite, mais pose quand même la question.

— Pourquoi a-t-elle voulu partir ce jour-là, qui était tout de même particulier pour toi, sa sœur ?

Pour la première fois, Aela a un léger sourire.

— Je reconnais là le flic qui parle. J'y ai souvent pensé et je suis persuadée que c'était une façon d'isoler son angoisse, de prendre quelques heures de recul. Elle allait devoir me partager. Rien ne serait plus comme avant pour elle. Elle se trompait, bien sûr, on ne peut séparer de vraies jumelles. Je n'ai aucun doute qu'elle serait revenue ce jour-là avec cette évidence en tête. Ce ne sont que des suppositions, mais toute à ses pensées, a-t-elle eu une distraction fatale ?

Enor a un signe d'acquiescement.

— Il était alors indispensable qu'elle parte seule faire ce retour sur elle-même.

— Je ne sais pas. Vous ignorez la force des liens qui unissent des jumelles. Leurs pensées ne font qu'une, ma présence n'aurait pas été perturbante.

Elle s'arrête.

— Où est-elle ? Que lui est-il arrivé ce jour-là ? Je n'aurai de cesse de trouver la réponse.

Enor, qui regarde au loin des collégiens faire des ricochets à la surface de l'eau, comprend soudain quelque chose.

— Alors, la plongée, c'est pour ça ?

— Oui.

Elle fait une petite grimace.

— Si elle a coulé, elle est forcément dans le secteur. Plus à l'ouest, c'est la grande vasière. Les pêcheurs professionnels, depuis toutes ces années, auraient sans doute localisé le bateau avec leurs équipements de détection ultra-modernes ou bien leurs chaluts de fond se seraient pris dans l'épave, au risque d'une "croche". Même si la vasière est gigantesque. Alors j'ai décidé d'apprendre la plongée et de continuer les recherches moi-même. J'ai quadrillé le secteur et j'explore systématiquement mes carrés. En vain, jusqu'à maintenant. Mais si elle est là, je la trouverai, j'en suis sûre. Un jour.

En disant ces mots, sa voix s'est raffermie. Enor se dit que les « si » qu'Aela utilise ne sont que de pure forme. Erell, pour une raison inconnue, dans un milieu dangereux, a coulé, c'est la seule explication. Sans avoir eu le temps de réagir ni d'émettre le moindre appel de détresse. Dans les conditions évoquées par Aela, c'est extrêmement rare, mais cela arrive. Comme pour tout disparu, le pire, pour la famille, est de ne pas savoir. Ils débouchent de nouveau sur le quai. Près de sa voiture, il pose une dernière question :

— Arnaud ?

— J'ai rompu quelques semaines après. Il n'y était pour rien, mais je ne pouvais plus le dissocier de ce qui était arrivé. C'était plus fort que moi. Non, ce jour-là, notre couple est mort, j'ai dû le comprendre tout de suite, inconsciemment. Et Gilles, malgré sa patience, voudrait que j'arrête et que je tourne la page. Son discours est simple : où qu'elle soit, Erell est d'abord en moi, et son souvenir nous rapproche, alors que ma quête nous éloigne, lui et moi.

— Peut-être, mais ça ne répond pas à ton questionnement.

— Non, c'est exactement cela. Finalement, je me demande si je peux vraiment vivre une aventure amoureuse tant que je n'aurai pas de réponse. C'est sans doute trop tôt encore. Pourtant j'essaie. (Aela le regarde dans les yeux.) Vous comprenez pourquoi j'ai réagi tout à l'heure. Mais comme je vous l'ai dit, cela ne se reproduira pas.

— J'en suis persuadé. Rentre manger chez toi, maintenant. Et cet après-midi, occupe-toi des recherches prévues.

— Vous ne voulez pas venir manger à la maison ?
— Non, merci, je dois passer chez mon père à Brest. Je lui ai promis. À ce soir.

Il la regarde s'éloigner. Il n'y avait pas de menace réelle, tout à l'heure. Mais elle sait qu'en d'autres circonstances, sa réaction, en les séparant, aurait pu les mettre en danger.

XII

Lundi 17 mars 2014 – 14 h 15

C'est de mauvaise humeur qu'Enor arrive chez son père rue Pasteur. Aux infos de quatorze heures sur France Bleu Breizh Izel, il a failli s'étrangler en entendant la voix du divisionnaire Peyret évoquer d'un ton affirmatif lors de la conférence de presse du matin « la piste politique pour l'assassinat ignoble de maître Le Ny ». Il la donnait comme « crédible et prometteuse ». Quel imbécile ! Qu'est-ce qui lui avait pris ? Il n'avait donc pas pu résister à l'envie de se mettre en avant ! Enor savait très bien que si cette piste se révélait fausse, Peyret n'hésiterait pas à lui faire porter le chapeau et à prétendre qu'il avait émis des réserves. Le pire, c'est qu'il s'en convaincrait peut-être lui-même ! Et si jamais c'était la bonne, l'oiseau allait s'envoler, ça ne faisait pas un pli ! Il est vrai qu'en ce cas, Le Bras avait sûrement déjà prévenu son copain. Décidé à aller vite, après avoir trouvé une place pour se garer, il appelle le chef de poste au Central pour qu'on "loge" Éric Lastenet, et qu'on l'informe sitôt la chose faite. Il entre dans l'immeuble de son père, et sonne. Raymond vient ouvrir immédiatement. L'appartement est moderne et lumineux. Il donne sur les halles Saint-Louis. Ils se font la bise. Raymond lui dit :

— Je suis content que tu aies pu venir. J'ai vu aux infos régionales que tu avais une drôle d'affaire sur les bras et j'ai craint que tu n'annules. Viens, j'ai quelque chose à te dire et quelqu'un à te présenter.

Intrigué, Enor suit son père jusqu'au salon. Une femme se lève du canapé, mais n'a pas le temps de prendre la parole que Raymond débite à toute vitesse :

— Enor, je te présente Élodie Boisseau. Élodie, voici mon fils Enor.

Ils se serrent la main, Enor murmurant un « enchanté » tandis qu'Élodie, avec un sourire non feint, parfaitement à l'aise, est plus convenue.

— Je suis très heureuse de vous rencontrer. Raymond m'a tant parlé de vous que j'avais déjà le sentiment de vous connaître.

La voix est chaleureuse. Elle doit avoir la soixantaine, elle est grande, blonde avec les cheveux assez longs, un corps fin et une poigne ferme. Son sourire est éclatant. Elle porte une jupe blanche longue, à l'aspect froissé, surmontée d'une chemise bleu clair avec des coutures blanches aux épaules. La tenue l'étonne un peu, mais il se dégage d'elle un naturel qu'il apprécie.

— Assieds-toi, dit Raymond en lui désignant le fauteuil, tandis qu'il s'installe sur le canapé.

Élodie, restée debout, se dirige vers la cuisine.

— Je vais chercher le café et les biscuits.

Enor attend que son père entame la conversation. Ce qu'il fait.

— Voilà. Tu sais que depuis trois ans, je suis membre de "l'Outlaws Country Dancers" de Gouesnou. Je m'y suis fait pas mal d'amis et on passe de bonnes soirées ensemble. Le club organise des voyages à l'occasion des festivals en Europe, mais je trouvais qu'il me manquait une partenaire de danse. Élodie s'est inscrite il y a un an environ. Elle avait déjà fait de la danse country, aussi c'est à peine si elle a eu besoin d'une remise à niveau...

Il s'interrompt pendant qu'Élodie pose le plateau sur la table basse. Elle sert Enor, qui comprend mieux la tenue élégante, mais un peu "western" qu'elle porte. Pendant qu'Enor touille son café et qu'Élodie lui propose une galette bretonne, Raymond reprend :

— Bref, en discutant pendant les pauses, nous nous sommes aperçus que nous rêvions tous les deux de voir un jour un festival country aux États-Unis. Cette année, le club a décidé d'aller en juillet au Line Dance Star Awards de Kalkar, en Allemagne. Ça se passe dans un grand parc d'attractions, avec hôtels et tout ce qu'il faut. D'une pierre deux coups, en quelque sorte. Mais Élodie et moi, on avait déjà pris nos dispositions et, de toute façon, le côté parc, ça ne nous intéresse pas. Alors je t'informe que nous partons ensemble début juin. Nous avons d'abord réservé à Nashville pour assister au festival de musique country du 5 au 8. Puis nous passerons ensuite à Memphis voir Graceland et les studios Sun, et nous finirons par Austin, au Texas. C'est la capitale du country *outlaw*. Départ le 30 mai, retour le 20 juin. Ça fait juste trois semaines. Qu'est-ce que t'en penses ?

Enor, qui a du mal à bien assimiler ce qu'il vient d'entendre, cherche quelque chose de sensé à dire, du genre « merveilleux » ou « formidable », et commence à bredouiller quand son téléphone sonne. Avec soulagement, il se lève, marmonne un « excusez-moi » et se dirige vers la cuisine.

— Allô ? Berigman à l'appareil.

— Commissaire, ici le brigadier Le Moigne au Central, nous avons l'adresse d'Éric Lastenet. Il habite rue de la Duchesse-Anne, au 120. Que devons-nous faire ?

— Envoyez trois ou quatre hommes voir s'il est là, et convoquez-le pour demain dix-sept heures. Dites à vos gars d'être sur leurs gardes, l'homme pourrait être dangereux. Vous me recontactez quand c'est fait.

— Très bien.

Il retourne dans le salon. Raymond et Élodie le regardent se rasseoir. Ils attendent sa réaction. Le coup de fil lui a permis de reprendre ses marques.

— Je suis ravi de votre projet, mais, heu, vous y allez en couple ? Je comprends bien ?

Raymond approuve :

— Oui, tu as bien compris. Nous formons un couple depuis deux mois. J'ai attendu que notre voyage se concrétise pour t'en parler. Nous avons eu les billets avant-hier, alors j'ai pensé que c'était le bon moment. Je ne pouvais pas prévoir que tu allais te retrouver en plein dans une enquête si médiatique.

Enor s'adresse à Élodie :

— Vous allez habiter ici ?

— Non, pas pour le moment. Je garde ma maison à Guipavas, nous verrons par la suite. On est très bien comme ça, chacun garde son indépendance. Franchir le pas de la vie commune, à nos âges, demande un peu de réflexion.

Enor regarde sa montre. 15 h 30. Il faut qu'il rentre au SRPJ, même si un certain nombre de questions lui viennent aux lèvres. Il pourra toujours les poser plus tard. Il se lève.

— Bon, je suis désolé, mais je dois y aller.

Il s'adresse à Élodie :

— J'ai été ravi de faire votre connaissance. À très bientôt, sans aucun doute.

Tous les deux l'accompagnent à la porte. Enor note le grand sourire de son père, il a l'air heureux. Tant mieux. Mais lui, Enor, que pense-t-il réellewment ? se demande-t-il dans l'escalier. Il va devoir s'habituer.

XIII

Lundi 17 mars 2014 – 16 h 30

Quelques minutes avant la réunion de dix-sept heures, Enor est informé qu'Éric Lastenet n'est pas chez lui. L'endroit, une petite maison en location, est totalement clos. Un voisin a confirmé qu'il était parti le week-end du 8 mars, soit sept à huit jours avant le meurtre. Où est-il ? Est-ce parce qu'il savait que Lastenet n'était plus dans le secteur que Le Bras avait finalement lâché son nom assez facilement ? Ou pour une autre raison ? Tout cela ne mènera pas bien loin tant que l'on n'aura pas mis la main sur… sur quoi, exactement ? Un suspect ? Un témoin ? En tout cas, il est indispensable de l'entendre. Il obtient aussi l'identité du motard de Châteaulin. Un nommé Laurent Dumas, habitant Quimper, connu des services de police et membre des Hell's. Enfin, il téléphone à Fouesnant pour prendre rendez-vous avec la famille de Richard Le Ny. Ils seront à la disposition de la police à dix heures. Au moment de rejoindre l'équipe, son téléphone sonne.

— Berigman.

— Salut, Claude Guitton. Bon, nous n'avons pas trouvé de trace d'ADN sur le corps. Dans l'ensemble, à part les empreintes digitales dans la maison, nous faisons chou blanc partout. Rien d'exploitable dans le parc non plus. Pas de tissu, pas d'empreintes, pas de cigarette, enfin la totale. Désolé. On continue à chercher.

— OK, merci, ça aurait été trop beau.

Lorsque débute la réunion de travail, dans une ambiance un peu tendue entre Enor et le divisionnaire, le commissaire préfère commencer par les résultats des recherches menées dans l'après-midi. C'est d'autant plus rapide que ce n'est pas très positif. Le barbelé provient bien de Castorama, mais ce modèle est en vente depuis plus de deux ans et il n'y a aucun espoir de remonter jusqu'au client, surtout s'il a payé en liquide il y a longtemps, ce qui confirmerait la longue préparation du crime. L'origine du porte-clés est également élucidée. On le trouve, avec d'autres, chez "Nature et Découvertes". Même constatation : il est vain d'espérer retrouver l'acheteur. D'autant, comme le souligne Ronan, que le barbelé comme le porte-clés n'ont pas forcément été achetés à Brest. Ces magasins sont des chaînes que l'on retrouve dans beaucoup de grandes villes. Enor n'est pas loin de penser qu'en effet c'est probablement le cas. Enfin, aucun des quelques clubs d'arts martiaux du secteur n'a pu leur donner le nom d'un pratiquant "inhabituel". Enor, comme il l'avait dit lors de la réunion précédente, demande d'élargir les recherches. Il est confirmé qu'un grand nombre d'arts martiaux utilisent des bâtons. Il apparaît toutefois, d'après les interlocuteurs pressentis, que l'arme du crime, si elle est courbée, pourrait être un *bokut*, ou bokken, utilisé par exemple en aïkido. Cette supposition ravit le divisionnaire, qui suggère, en pensant à "sa" piste politique, qu'une telle arme serait bien dans le genre des gros bras d'extrême droite. Enor ne veut pas encore aborder ce sujet, dont il sait qu'il va être le favori de Peyret. C'est pour cette raison, afin que toute l'équipe reste bien concentrée sur la totalité des éléments de l'enquête, qu'il donne la parole à Denis. Mais personne ne sait quoi faire de son information.

— Je suis allé revoir le bureau de la victime à Porspoder. J'ai mis du temps à voir le changement et j'ai failli sortir sans rien remarquer. Madame Le Ny ne s'est pas contentée de prendre du papier à lettres et des enveloppes, en effet. Elle a changé une photo qui était au mur. Mais je n'ai absolument aucune idée de ce que cela signifie. (Il se tourne vers Enor et Françoise.) Vous vous souvenez de la photo prise en Norvège ? Près d'un monument aux morts, sans doute. Il y avait des drapeaux français et norvégiens, et Richard Le Ny était encadré par deux jeunes filles en tenue folklorique.

Enor confirme :

— Oui, je m'en souviens très bien. C'est moi qui ai fouillé le bureau, et on ne pouvait pas la rater. Elle était bien en vue.

— Bon, eh bien, elle a été remplacée par une photo qui montre un petit garçon sur un manège, dans une voiture de pompiers. Je suppose que c'est son fils, mais on ne voit vraiment pas pourquoi il était urgent d'enlever l'autre. C'était son mari, quand même. Et je ne l'ai pas retrouvé dans les tiroirs du bureau.

Le divisionnaire intervient :

— Allons, allons, n'allez pas imaginer un acte rationnel. On ne sait jamais comment réagissent les gens après un tel drame, vous le savez bien. Elle était peut-être en état de choc et l'a fait machinalement, sans y penser plus que ça. Ce n'est pas la première fois qu'on voit des gestes de cette sorte sans que ce soit suspect.

— Non, en effet, répond Enor, et c'est sûrement l'explication. Je le lui demanderai demain matin, je rencontre toute la famille à dix heures à Fouesnant. Je veux voir le fils et le beau-frère. Françoise, tu m'accompagneras. Il y a encore de nombreux points à éclaircir sur la nature des relations entre tous ces gens, je vais en reparler tout à l'heure.

— N'oublions pas que, jusqu'à preuve du contraire, les Le Ny sont des victimes et ont des alibis irréfutables, insiste Peyret, il y a une piste plus pertinente.

Enor décide de ne pas montrer son agacement.

— Je ne l'oublie pas, on va y venir. En attendant, continuons dans l'ordre. Denis, Ronan, qu'est-ce que ça a donné chez Catherine Soulier ?

Denis et Ronan se regardent.

— Honneur au plus jeune, dit Denis en souriant.

Ronan consulte son calepin pour mieux se remettre les points en tête, et commence :

— Denis pourra compléter si j'oublie quelque chose. La récolte est maigre mais intéressante. Catherine Soulier avait bien une liaison depuis presque deux ans avec la victime. Une confirmation, ils ont bien passé la soirée de vendredi ensemble, Le Ny est parti à minuit quarante-cinq. On peut donc estimer son arrivée chez lui, s'il est rentré directement, vers 1 h 30, peut-être un peu avant. Tout cela concorde. Pour le reste, l'avocat se plaignait de tout, de son fils, un incapable, selon lui, de son épouse, avec qui il prétendait qu'il n'avait plus de rapports sexuels depuis longtemps. Elle a ajouté perfidement que vu ce qu'il faisait, cela ne l'étonnait pas et que l'épouse avait sûrement un amant. En fait, il ne semblait pas s'intéresser au sexe, il fallait qu'elle prenne toutes les initiatives. Ils se voyaient très peu souvent, et elle n'en voyait d'ailleurs plus l'intérêt. Elle m'a avoué qu'elle voit quelqu'un d'autre depuis six mois. Bref, elle s'apprêtait à mettre fin à leur relation, déjà très épisodique. Ils ne parlaient pas boulot et elle ne lui connaît pas d'ennemi. La lettre « H » ne lui dit rien du tout. Voilà, c'est tout. Il referme son calepin.

— Rien à ajouter, dit Denis.

— Avec ce tableau, commente Luc, on peut se demander pourquoi il avait une maîtresse et de quoi ils parlaient, si elle nous dit la vérité.

— Oui, dit Françoise l'air songeuse. Je me demande si Pluton connaissait son existence, cela montrerait une fois de plus le degré de préparation du meurtre. Ce soir-là, il sait que Le Ny est chez elle. Il peut se permettre d'arriver à minuit ou plus tard à Porspoder si sa victime a les mêmes habitudes horaires. C'est certain que ça élimine raisonnablement le risque d'un témoin.

— En effet, elle nous a dit qu'il restait toujours très tard, précise Denis.

Enor se dit, en se frottant les yeux, que ce meurtre ne correspond vraiment pas à un meurtre de hooligan, fût-il en master 2 de droit.

— Il nous reste maître Bonneau.

— Maître Bonneau n'est pas simple, commence Françoise. Il a fallu lui arracher les mots de la bouche. Le plus facile a été d'obtenir les réponses négatives. Non, la date du 15 mars ne représente rien pour lui, non, il ne voit pas ce que peut signifier le « H » et non, ils ne traitent pas actuellement, au cabinet, de dossier écologique sensible. Désolée, Ronan. Quant à son entente avec son associé, il a fini par admettre qu'elle n'était plus au même niveau qu'avant depuis quelques années…

La procureure la coupe :

— Il vous a donné une explication ?

— Il a évoqué des divergences de point de vue sur la façon de traiter certains dossiers. Mais quand nous lui avons demandé à l'improviste la nature de ses relations avec madame Le Ny, il est devenu tout rouge et a bafouillé avant de comprendre qu'il fallait qu'il s'indigne. Il a été pris de court et n'a pas su réagir. C'est sûr, il y a quelque chose entre ces deux-là. Sa gêne s'est accentuée quand je lui ai demandé le nom et l'adresse de son ex-femme. Elle s'appelle Nelly Gourmelen et habite Plouzané.

— Bien, on posera directement la question de leurs relations à la veuve demain, dit Enor, même si ces deux-là ont eu tout le temps de mettre au point une histoire commune. Denis et Luc, de votre côté, vous essayez de voir cette Nelly Gourmelen dans la journée.

— Malgré tout, termine Françoise en clap de fin, il a un alibi. Il était chez ses amis de Guidel depuis vendredi dix-huit heures.

— Eh bien, reconnaît Enor, on ferme plus de portes qu'on n'en ouvre.

Le divisionnaire n'en peut plus d'attendre que l'on parle enfin de la seule piste qui l'intéresse.

— Encore une fois, tout cela ne signifie rien. Peu de faits, pas vraiment de mobile qui justifie un mode opératoire horrible, quelques suppositions psychologiques, rien de tangible, et surtout des alibis. Berigman, parlez-nous plutôt de Demain Bretagne.

Enor rebondit sur ce qui vient d'être dit :

— De toute façon, à part le porte-clés et le « H », rien ne tient dans cette affaire. Je pense que nous avons pas mal déblayé mais que nous n'avons pas encore réellement approché le mobile. Et effectivement, en ce qui concerne les proches, leur emploi du temps ne leur donne pas l'occasion de commettre le crime.

Enor voit que Peyret va reprendre la parole, il le

devance en résumant sa journée. La visite à Mylène Bonnefoy, la secrétaire, confirme l'ambiance générale des relations. Mais c'est le compte rendu des révélations de Thierry Le Bras qui retient toute l'attention.

— Allez, on fonce. On a là un vrai suspect. Et c'est le seul crédible, piaffe le divisionnaire.

La procureure regarde Enor, interrogative. Enor approuve :

— Oui, je crois nécessaire d'émettre un mandat de recherche. C'est au minimum un témoin indispensable à entendre.

— D'accord, ce sera fait dès ce soir.

Mais Enor choisit de tempérer un éventuel enthousiasme.

— Attention, je vous rappelle que ce groupe politique a des dissensions internes et externes, selon mon informateur à la DCRI. Il se peut qu'Éric Lastenet soit dans l'opposition à Le Bras et que celui-ci ait trouvé utile de lui mettre la police dans les pattes. Bref, qu'on soit manipulé. Gardons cela en mémoire.

Aela confirme :

— Oui, c'est vrai. Il nous a fait un numéro, mais il a lâché très vite ce nom. Et j'ai du mal à voir dans le meurtre de Le Ny un crime de hooligan.

Enor est heureux de voir qu'Aela a la même réflexion que lui. Le divisionnaire explose :

— Mais vous vous rendez compte que si jamais cette piste n'est pas la bonne, nous n'avons plus rien !

— Si, rétorque Enor, nous avons un entourage proche qui nous cache des choses. Peut-être pensent-ils que c'est sans importance ou cherchent-ils à protéger leur réputation, mais nous savons bien que derrière ces non-dits pourrait se cacher l'indice qui nous mènerait au mobile. Alors, comme nous n'avons pas affaire à un fou, si la solution n'est pas dans les dossiers du cabinet ni dans la vengeance politique, nous bousculerons la famille en les convoquant un par un si c'est nécessaire. Ils ne sont peut-être pas coupables, mais ils peuvent très bien avoir la clé du problème.

Guylaine Essart intervient :

— Vous venez de parler des dossiers du cabinet, Commissaire. Je crois effectivement qu'il serait important d'aller jeter un œil approfondi sur ceux de la victime à son bureau dès demain. Mais souhaitons plutôt que la piste Lastenet, malgré vos réserves, soit la bonne.

Enor abonde dans le même sens :

— Aela et Ronan, vous vous en chargez demain matin. Auparavant, Aela, tu appelles les collègues de Rennes pour qu'ils vérifient l'alibi de Le Bras chez sa sœur. Ensuite, vous continuerez les recherches sur les clubs d'arts martiaux.

Peyret, toujours à l'affût d'une initiative à prendre qui soit de son ressort, demande :

— Avez-vous besoin de renforts ? Vous savez qu'à partir d'aujourd'hui, nous sommes sous le feu de la presse. L'affaire va avoir un retentissement national et, déjà, TF1 a appelé.

Enor secoue négativement la tête.

— C'est encore trop tôt, continuons comme cela. Il sera toujours temps de les avoir dans deux ou trois jours si au cabinet des dossiers le nécessite.

— Oui, je suis d'accord, appuie Françoise, mais c'est vrai qu'à ce stade les jours à venir sont essentiels. Nous allons arriver à un moment où la piste des proches sera bouclée sans rien avoir de consistant. Et du côté Lastenet, c'est pareil. Il faut lui mettre la main dessus, mais pour moi son profil ne correspond pas à Pluton.

— On travaille sur des faits, rappelle la procureure, n'ayons pas d'*a priori* sur la personnalité du coupable. Nous ne connaissons pas cet homme, et après tout, ça peut aussi bien être lui. L'urgence est de l'entendre.

— C'est exactement cela, opine Peyret, c'est l'urgence numéro un.

Enor pense soudain à une autre chose importante.

— Luc et Denis, demain vous vous débrouillez pour trouver Nelly Gourmelen, l'ex-femme de Bonneau et vous creusez la cause du divorce, en plus des autres questions. Si vous réussissez à la voir le matin et que vous apprenez quelque chose d'important, vous m'appelez à Fouesnant. Mais, pour en revenir à Lastenet, vous allez tout de suite vous mettre en quête d'une ou plusieurs photos de lui. On en a peut-être déjà une dans nos dossiers ; sinon il faut voir côté Stade brestois ou université. Dès que vous en avez une, vous la transmettez au parquet pour le mandat de recherche et au Central pour mettre une voiture en planque près de chez lui. À cette heure-là, les responsables ne sont sûrement plus dans les locaux, mais s'il le faut, vous leur forcez la main, OK ?

Les deux policiers sortent de la salle. Le divisionnaire en profite pour s'éclipser, invoquant une obligation indéfinie. De fait, la réunion est terminée. Chacun sait ce qu'il a à faire le lendemain. Restent Enor et Françoise, qui mettent au point les questions à poser à la famille. Tous les deux estiment que madame Le Ny leur cache des choses, mais ils se promettent de la brusquer un peu si cela paraît utile. Il est 18 h 15. Enor pense alors à ce que faisait le commissaire Le Rouzic lors d'affaires confuses ou compliquées. Il prend une feuille et un crayon et dessine un arbre à quatre branches à partir du tronc Richard Le Ny : une branche « *famille* », une branche « *avocats* », une branche « *politique* » et une quatrième marquée « *inconnue* ». Par le jeu des liaisons ou des amitiés, les branches « *famille* » et « *avocats* » se recoupent, mais dans le fond, cela n'a rien de surprenant. La solution est-elle dans les relations entre ces personnes ? Famille, associés, secrétaire, maîtresses ? Est-elle plutôt dans la piste politique ? Sans aucune revendication ? Cela ne lui semble pas avoir de sens. Un ours blanc est-il une signature politique ? Est-ce crédible ? Il sent bien que son œil, en balayant cette cartographie de l'enquête, comme l'appelait Le Rouzic, est attiré par la branche « *inconnue* ». Il écrit sur le rond du bout de la branche, en dessous de « *inconnue* », « *ours blanc* » et « *H* ». Après un moment de réflexion, il ajoute « *personnel* ». Pluton en veut-il personnellement à Le Ny, sans rapport avec sa profession ? Drôle de conjecture ! Le Rouzic lui dirait avec son sourire d'encouragement : « Pas très professionnel de votre part, mon garçon. Même si les faits sont compatibles avec cette hypothèse, elle n'en reste pas moins hasardeuse. » Si cette branche est la bonne, l'ont-ils seulement empruntée ou même approchée ? Ont-ils pesé correctement la colère qui se dégage du mode opératoire du crime ? Cela le ramène à la veuve. Véronique Le Ny, se demande-t-il en repensant à leur discussion à l'aéroport, a-t-elle l'information décisive qui orienterait l'enquête dans la bonne direction ? Que craint-elle pour son fils ? Et le changement de photo est-il seulement dû à une mécanique de la douleur ? À quel autre arbre cette branche « *inconnue* » est-elle reliée ? La rencontre de demain, s'ils parviennent à forcer les barrages, pourrait être celle qui permettrait de dégager enfin l'horizon de l'enquête. On frappe à sa porte. Denis et Luc entrent.

— Ça y est, Patron, dit Luc, nous nous sommes procuré une excellente photo de 2013 d'Éric Lastenet par le biais de l'université. Une chance, le secrétariat de droit était ouvert pour la préparation d'un colloque en mai sur la procréation pour tous. Ils nous l'ont scannée, et on l'a transmise. La planque sera en place dans une heure et le mandat de recherche va partir.

Enor n'a pas le temps de montrer sa satisfaction que Denis intervient :

— Il y a quand même quelque chose de bizarre. Éric Lastenet n'est plus dans nos fichiers. Ou pratiquement plus. Juste son nom et sa fonction dans le club de supporters, mais rien sur d'éventuelles activités politiques ou condamnations. Pourtant, s'il est passé en procès pour coups et blessures, ça aurait dû y être. C'est comme si on lui avait refait une virginité. Il n'y a même pas son adresse.

— Qu'est-ce que c'est que cette histoire ? Vous êtes sûrs ?

— Absolument sûr. Vu le profil, ce n'est pas normal.

— Voilà un boulot pour le divisionnaire. Voir ce problème. Bien, merci, rentrez chez vous, bonne soirée.

Une énigme de plus. Mais Enor décide lui aussi qu'il est temps qu'il rentre. Il retrouve le chemin de son foyer au son de l'album *Midnight Special* de Leadbelly.

*

Enor se lève assez tôt. Il fait encore nuit et il a un peu de mal à s'extraire du lit, mais il y a bien quatre-vingt-dix kilomètres pour aller à Fouesnant, plus d'une heure de route. Pendant qu'il boit son café, il repense à la soirée de la veille. Il a été, malgré lui, surpris de la réaction plutôt enthousiaste de Mariannig et d'Alexine à l'annonce des projets de son père. Sa fille s'est évidemment montrée la plus emballée, elle qui rêve depuis longtemps d'aller aux États-Unis. Mariannig, fidèle à elle-même, trouve important qu'il ait des projets, qu'il sorte, qu'il voie du monde et voyage. Enor sait bien qu'il vaut mieux voir son père actif et dynamique, toujours curieux du monde que déprimé ou passif. Ce qu'il n'est pas de toute façon. Pourtant, dans le fond, il a été encore plus surpris et un peu déçu de la faible attention que sa fille et sa compagne ont portée à Élodie Boisseau, c'est-à-dire au fait que son père s'était trouvé une nouvelle femme. Comme si cela était tellement naturel que c'en était un non-événement, alors que partir aux States pour aller faire des danses country, ça, c'était plus remarquable ! Pas de quoi en faire un sujet, semblaient-elles dire. La conversation avait donc couru sur les voyages, jusque tard dans la soirée.

*

Mardi 18 mars 2014 – 10 heures

Après avoir parlé à Peyret du problème de la fiche d'Éric Lastenet et parcouru rapidement les journaux du matin qui, bien sûr, consacrent leur une et souvent une pleine page intérieure à l'affaire Le Ny en mettant en avant la piste politique, Enor part pour Fouesnant avec Françoise. Malgré le GPS, ils ont un peu de mal à trouver la maison des de Grandin, chemin de la Digue. Celle-ci n'est d'ailleurs pas visible du bord du chemin, camouflée par un talus à la végétation abondante en cet endroit. Comme si cela ne suffisait pas, un mur de pierres de plus de deux mètres de haut borde la propriété. Vu l'étroitesse du chemin, ils se glissent dans l'emplacement qu'offre le portail en retrait de la voie. Ils sonnent. Quelques secondes plus tard, une jeune femme, portant un tablier blanc, leur ouvre l'accès avec une télécommande et les prie, avec une touche d'accent anglais, de bien vouloir aller se garer au bout de l'allée, où ils trouveront un espace pour les visiteurs. Une trentaine de mètres plus loin, après avoir longé des haies fraîchement taillées, ils arrivent à la maison d'habitation en pierre, en forme de L. Ils sortent à peine de la voiture que madame de Grandin vient les accueillir et, en bonne maîtresse de maison, leur souhaiter la bienvenue. Elle est souriante et ils ne reconnaissent pas dans ce rôle la femme froide et autoritaire de l'aéroport. Ils lui expliquent avoir eu quelques difficultés à trouver la maison ; elle leur répond que c'est habituel pour tous ceux qui viennent pour la première fois, puis elle leur fait un geste vers la bâtisse.

— Si vous voulez bien me suivre.

Ils entrent dans un hall d'au moins quarante mètres

carrés et suivent leur hôtesse jusqu'à une porte qui donne sur un gigantesque salon. Quatre personnes les attendent, debout. Enor et Françoise saluent Véronique Le Ny, puis Élisabeth de Grandin leur présente son mari, Charles-Édouard, un homme aux tempes grises d'une soixantaine d'années. Jean-Michel Le Ny fait encore très jeune homme ; son visage très fin, ses courts cheveux blonds et ses petites lunettes blanches aux verres ronds qui cachent des yeux bleus un peu fuyants lui donnent une allure d'adolescent. Son épouse Estelle, au contraire, cheveux châtains, lèvres épaisses, yeux clairs au regard direct et franc, inspire la confiance en soi. C'est la seule qui semble très à l'aise. Pour un peu, on aurait pu croire qu'elle était même très heureuse de les voir. À l'invitation de madame de Grandin, tout le monde s'installe dans les canapés en cuir. Enor expose sans attendre la règle du jeu :

— Vous avez pu lire dans la presse qu'une piste politique serait actuellement suivie et que nous aurions un suspect pour lequel nous avons lancé un mandat de recherche. Je dois vous dire que cette piste, pour intéressante qu'elle soit, n'est pas plus privilégiée qu'une autre. Un certain nombre d'éléments iraient même plutôt dans l'autre sens. Nous devons néanmoins entendre cet homme, mais son statut actuel serait plutôt celui de témoin que de suspect.

— Mais, intervient fermement monsieur de Grandin, votre divisionnaire semblait bien affirmatif, et si votre témoin, comme vous dites, est en fuite…

Enor fait un signe de tête négatif.

— Nous ne savons pas s'il est en fuite, il est possible qu'il ne sache même pas que nous souhaitons le voir et peut-être n'est-il pas dans la région depuis plusieurs jours, auquel cas il pourrait avoir un alibi. Parallèlement, pendant que nous parlons, une partie de mon équipe continue d'étudier la piste professionnelle. Et nous sommes ici ce matin pour fouiller le volet personnel de ce meurtre.

Enor est interrompu par la servante qui apporte un plateau avec du café, du thé, du jus de fruit, de l'eau et des gâteaux. Il trouve qu'ils en font un peu beaucoup, mais il attend que le service soit fait, ayant pris un café, pour poursuivre en choisissant ses mots :

— J'ai parlé de volet personnel, et non de piste familiale, ce n'est pas la même chose. Nous ne pouvons négliger le fait que le mobile de ce meurtre puisse être lié à une activité ou à des relations dont nous ignorons tout. Mais peut-être pourrez-vous nous éclairer là-dessus, l'un d'entre vous ayant un élément qu'il croit sans importance et sans rapport avec le crime, mais qui nous orientera dans la bonne direction. Je vous demande d'y réfléchir.

Enor s'était entendu avec Françoise pour qu'il observe Véronique Le Ny et monsieur de Grandin, tandis qu'elle s'occupait des autres. Si la veuve porte, comme à l'aéroport, la main à ses lunettes dans un geste de protection, le beau-frère a un simple froncement de sourcils, vite effacé. A-t-il pensé à quelque chose ? Difficile de le dire. Comme personne ne dit rien, Enor reprend la parole en s'adressant plus particulièrement aux de Grandin :

— Vous n'étiez pas à Royan, je dois donc vous poser la question de votre emploi du temps de vendredi soir. Simple formalité.

Monsieur de Grandin répond, de l'air assuré de l'homme habitué à donner des ordres :

— Évacuons ce détail tout de suite, en effet. Nous avons passé la soirée ici. Je suis rentré de Rennes vers 19 h 30, et après le dîner, mon épouse a regardé la télévision pendant que je me retirais dans la bibliothèque. Je me suis couché à vingt-trois heures ; Élisabeth dormait déjà. Notre employée de maison vous le confirmera.

— Bien. Voilà qui est fait. Nous la verrons en partant. Avant d'entendre chacun d'entre vous, j'en reviens à ce que je vous disais à l'instant. Monsieur Le Ny avait-il des activités qu'il pratiquait seul qui l'auraient amené à avoir des fréquentations ou des amis que vous ne connaissez pas ?

— Comme quoi, par exemple ? interroge monsieur de Grandin, décidé à prendre la direction des réactions familiales.

— Je ne sais pas. Poker, chasse, sport…

— Absolument pas, répond énergiquement Véronique Le Ny. Mon mari détestait les jeux de cartes, et s'il a été un peu chasseur, davantage par obligation professionnelle que par intérêt, c'était il y a très longtemps. Quant au sport, ajoute-t-elle avec un sourire proche de la moue, ça ne l'intéressait plus. Il a fait un peu de tennis plus jeune, et il ne pouvait échapper au golf parfois le dimanche, mais ce n'était pas une passion.

— Pensez-vous que cela explique le « H » noté certains week-ends sur son carnet ?

— Je vous ai déjà répondu à ce propos, je ne vois pas à quoi il est fait allusion dans ce carnet.

— Quelqu'un a-t-il une idée sur le sens de cette lettre ?

Un « non » unanime lui répond. Il observe un nouveau froncement de sourcils de Charles-Édouard de Grandin. Madame Le Ny ment-elle ? Et si oui, pourquoi ? Quelle puissante raison peut pousser une femme, si elle n'est pas coupable, à empêcher l'ouverture d'une piste qui pourrait expliquer l'assassinat de son mari ? A-t-il trop d'imagination ? Peut-être ne saurait-il plus trop quoi penser si son instinct ne lui soufflait qu'il fallût absolument découvrir le sens de ce « H ». En tout cas, il note l'assurance avec laquelle elle s'exprime aujourd'hui. Ce n'est plus la femme fatiguée et encore sous le choc mais un peu apeurée de dimanche et il ne doute pas qu'elle s'est préparée à cette rencontre, seule ou avec l'aide de sa famille. Mais Véronique Le Ny sait-elle des choses que les autres ne sachent pas déjà ? Le carnet ? La photo au mur ? Il est temps de séparer tout ce petit monde. Il finit son café et se tourne vers eux.

— Quelqu'un veut-il ajouter quelque chose ?

Il n'obtient qu'un silence poli, qui vaut toutes les dénégations.

— Écoutez, Commissaire, reprend Véronique Le Ny, nous étions mariés depuis plus de trente ans et je puis vous assurer que les seuls vrais amis que nous avions étaient des amis communs, au demeurant peu nombreux, et absolument insoupçonnables.

— Il nous faudra une liste. Pure formalité, encore une fois.

Mais Enor remarque qu'elle a parlé de « vrais » amis.

Rien n'empêche qu'il existe des "relations" qu'elle ne connaisse pas.

Son téléphone sonne alors qu'il allait demander à voir chacun seul. Il se lève et s'éloigne un peu, en priant de bien vouloir l'excuser.

— Oui, allô ?

— Patron, Aela. Je vous confirme l'alibi de Thierry Le Bras à Rennes. Il était bien chez sa sœur.

— Je m'y attendais. Autre chose ?

— Plus intéressant. Luc et Denis ont vu Nelly Gourmelen, l'ex-femme de maître Bonneau. Elle affirme qu'elle a demandé le divorce lorsqu'elle a appris la liaison de son mari avec Véronique Le Ny. Les méfaits des SMS sur portable. Elle en a lu quelques-uns en empruntant un jour le portable de son mari parce qu'elle n'avait plus de batterie sur le sien. C'est ce qu'elle dit, mais elle savait peut-être ce qu'elle cherchait. Enfin, elle a divorcé bien que son mari lui ait assuré qu'il venait de mettre fin à cette liaison. Ça explique certainement le froid entre Bonneau et Le Ny, dont a parlé la secrétaire, Mylène Bonnefoy. Cela dit, tout s'est passé il y a un peu plus de trois ans et on ne voit pas pourquoi ça ressurgirait aujourd'hui. D'autant que Le Ny s'était pris une maîtresse de son côté.

— En effet. Et les gens concernés ont des alibis. Bien, je...

— Attendez, je dois vous dire aussi que les recherches dans les clubs d'arts martiaux ne donnent toujours rien. Cet après-midi, comme convenu, on va aller voir les dossiers au cabinet. Voilà, c'est tout, à plus tard.

Enor raccroche et revient vers la famille. Il pense à une dernière question collective :

— Un ours blanc, ça ne vous dit rien, en rapport avec le défunt ?

Il n'insiste pas. Tout le monde le fixe avec des yeux ronds.

— Bon, si cela ne vous dérange pas, et afin de vous éviter un déplacement plus officiel à Quimper ou à Brest, j'aimerais maintenant vous entendre quelques minutes séparément. Quelques questions sont en suspens, et il nous sera plus facile de dégager un éventuel élément dont vous sous-estimeriez l'importance.

— Est-ce vraiment indispensable, Commissaire ? N'avons-nous pas répondu à tout, et si vous avez d'autres questions... commence Charles-Édouard, décidément autoproclamé porte-parole.

— Ça l'est, comme je viens de le dire. Vous le comprendrez tout de suite quand ce sera votre tour. Mais je voudrais commencer, s'il vous plaît, par vous, monsieur Le Ny. Ce ne sera pas long.

Avant que la famille, sauf Jean-Michel qui jette un œil inquiet à sa mère, ne sorte de plus ou moins bonne grâce, Enor avait pensé à l'ordre des auditions. Jean-Michel en premier, Véronique Le Ny en dernier. Il espère qu'il va en sortir un élément nouveau. Mais les deux policiers sont déçus par ce premier interrogatoire. Malgré l'extrême nervosité du jeune homme, ils ne peuvent rien lui tirer de plus que le fait qu'il ne s'entendait pas avec son père. Pour quelle raison ? Ils ne le sauront pas. « Incompatibilité d'humeur » est la seule réponse qu'ils obtiennent. Son père était « déçu » par la personnalité de son fils et n'aimait rien de ce qu'il faisait. Il appréciait encore moins sa belle-fille, Estelle, son épouse depuis 2006.

Cette dernière, quelques minutes plus tard, précise qu'il n'est jamais allé les voir à Strasbourg. Sa belle-mère vient toujours seule. En avion, parfois en train.

Elle valide toutefois leur intuition qu'on leur cache quelque chose par les premiers renseignements intéressants de la journée.

— Vous savez, ce n'est pas par hasard que mon mari est venu s'installer à Strasbourg. Je crois qu'il voulait mettre le plus de distance possible entre lui et son père. Et Porspoder-Strasbourg, de ce point de vue, c'est pas mal. Évidemment, il aurait pu choisir

Nice, mais nous ne nous serions alors jamais rencontrés, dit-elle en souriant.

— Vous n'avez pas d'enfants ? demande Françoise.

— Non, pas encore, je voulais finir ma spécialité avant. Mais je crois que Jean-Michel n'est pas encore prêt de toute façon. On commence tout juste à en parler et je l'ai senti… comment dire… un peu angoissé à cette perspective.

— Savez-vous pourquoi il voulait mettre cette distance entre lui et son père ?

— Non. Il refuse de s'expliquer là-dessus, sa réponse est directe, mais je suis certaine que cela remonte à son enfance, ou à sa jeune adolescence, je n'en sais pas plus.

— Violence ?

— Violence, humiliation, enfermement, il n'a jamais utilisé ces mots, j'en suis réduite à essayer de deviner. J'imagine que tous les souvenirs, déformés ou non, sont possibles, vus à travers les yeux d'un enfant puis de l'adulte qu'il devient. C'est pourquoi je ne dis pas qu'il a forcément raison, mais… il n'en parle jamais, sauf pour dire qu'il ne pardonne pas sa jeunesse à son père.

Même si le tableau d'ensemble s'étoffe un peu, Enor et Françoise ne voient pas en quoi les relations entre le père et le fils les rapprochent de la solution. L'éclairage sur la personnalité autoritaire et antipathique de la victime s'élargit, mais tous deux excluent que le fils ait engagé un tueur pour abattre son père. Les parricides ne se passent jamais ainsi. Peu après, ce n'est pas Élisabeth de Grandin qui les fait progresser. Visiblement sur ses gardes tout au long de l'entretien, elle ne leur lâche aucune information digne d'intérêt. Sa façon de quitter la pièce, comme si elle venait de remporter une victoire, leur déplaît, mais ils se disent que son comportement péremptoire prouve plutôt son ignorance des ressorts de ce meurtre et que, pour le reste, elle ne pense qu'à protéger sa sœur. Son époux se révèle plus intéressant. Il reconnaît sans difficulté que le couple Le Ny ne s'entend plus vraiment depuis longtemps. Et à la question visant à savoir si Richard Le Ny avait investi, par le biais de sa banque, en bénéficiant de ses conseils avisés, il répond clairement :

— Non, pas du tout. Richard et moi n'étions pas très proches. Nous n'avions pas d'atomes crochus, c'est le moins qu'on puisse dire. J'ai bien essayé, il y a longtemps, de lui proposer des investissements, mais sans succès et j'ai renoncé très vite à lui soumettre quoi que ce soit.

— Monsieur de Grandin... (Enor prend son temps pour continuer, il observe le visage de l'homme, mais dans l'attente de la question, il n'a pas l'air inquiet.) ne savez-vous vraiment pas ce que signifie la lettre « H » qui est inscrite sur l'agenda personnel de votre beau-frère ?

— Eh bien, je n'ai aucune idée de ce que cela signifie.

Enor est déçu, il est sûr que son interlocuteur ne ment pas. Mais au moment où il allait tout de même insister, se souvenant des froncements de sourcils, l'explication vient d'elle-même :

— Toutefois, voyez-vous, il y a quelques années, neuf ou dix ans, il est venu me trouver à mon bureau de Quimper. J'étais très surpris. Je m'en souviens parce que c'est la seule fois qu'il s'est déplacé jusque-là, mais aussi à cause de la raison de sa visite. Il voulait savoir comment monter une opération immobilière, type société civile, en la protégeant par des sociétés écrans ayant leur siège dans des paradis fiscaux et en préservant l'anonymat des administrateurs.

— Et alors ?

— Je puis vous assurer que l'entretien fut d'assez courte durée. Puisqu'il a refusé de me dire pour quel genre d'opération il voulait ces renseignements, et quel en était l'aspect légal, je me suis contenté de lui expliquer les montages possibles, tout en le prévenant que ma banque ne participerait à aucune opération frauduleuse. Mais il ne venait pas pour ça, il connaissait déjà les banques et les pays susceptibles de l'accueillir, à ce qu'il m'a dit. Les cabinets-conseils pour faciliter des emboîtements complexes de sociétés fictives sont nombreux sur certaines places européennes, mais comme vous le savez, aujourd'hui, sous l'égide de l'OCDE et du G20, le temps n'est plus très loin où l'échange automatique des données fiscales entre les pays sera réalisé. Quant aux sociétés écrans, elles sont déjà dans le collimateur. Toujours est-il qu'il a paru satisfait de mes explications. Je ne sais pourquoi car je l'ai mis en garde. Il m'a simplement demandé, bien qu'il m'en coûtât par rapport à Véronique, car ça prouve qu'il lui cachait son projet, de n'en parler à personne. Voilà, c'est tout. Je ne sais pas ce qu'il a fait ensuite, nous n'en avons jamais reparlé, mais peut-être ce « H » a-t-il un rapport avec cela ?

— En effet. En tout cas, nous vous remercions de ces informations. Et vous voyez qu'il était important de vous voir seul, vous ne nous auriez pas parlé de cela devant les autres.

— C'est vrai, je pensais que ce n'était pas important.

De Grandin hésitait à partir.

— Oui, autre chose ?

— C'était un drôle de type, quand même. Quand je lui ai conseillé le respect absolu du cadre légal de ce type d'opération, et qu'à cette aune l'anonymat n'était pas un bon signal, il m'a répondu, texto : « mais il n'y a pas plus innocent que Peter Pan », avec un grand sourire. Je n'ai rien compris, mais il avait l'air content de lui.

Il quitte la pièce. Avant l'arrivée de Véronique Le Ny, Enor observe :

— Peter Pan. Qu'est-ce que c'est que cette histoire ? Je crois qu'on n'a pas fini d'être surpris dans cette enquête.

Lorsque la veuve est installée, après avoir reçu un papier sur lequel sont écrits les noms et les adresses de trois couples d'amis des Le Ny, Enor ne perd pas de temps.

— Madame, nous n'avons que trois ou quatre sujets à aborder, je vous demande d'y répondre le plus précisément possible mais de ne pas hésiter à développer si c'est nécessaire.

— Je vais faire de mon mieux, mais je ne vois pas...

Enor entame par la dernière réflexion de de Grandin :

— Est-ce que votre mari vous a parlé un jour de Peter Pan, ou d'une opération qui aurait ce nom ?

— Vous plaisantez ? De quoi parlez-vous ?

— Nous aimerions bien le savoir nous-mêmes. Bien, tant pis, passons à autre chose.

Enor pense à la photo décrochée du mur. Il décide, mû par une intuition, de l'aborder indirectement :

— Madame Le Ny, il semble que les relations entre votre fils et son père n'ont pas été des meilleures, est-ce exact ?

— Non, en effet, je ne vais pas le nier, mais mon fils n'a rien à voir dans ce crime.

— Il en était de même avec votre belle-fille ?

— Oui, mais je vous ferai la même réponse.

La voix, un peu tendue, reste ferme.

— Nous ne croyons pas non plus qu'ils soient impliqués dans cette affaire. Mais je vous l'ai dit, nous avons besoin de nous faire une idée précise de la personnalité de votre mari.

Elle semble se détendre, ce qui est l'objectif recherché. La question suivante la prend totalement au dépourvu.

— Vous-même, comment vous entendiez-vous avec votre beau-père ?

Elle porte la main à ses lunettes, fait une petite moue agacée qui lui fait gagner trois secondes et se décide :

— Encore une fois, je ne vois pas le rapport avec le crime, mais si vous voulez tout savoir, nos rapports étaient très mauvais. Il ne m'a jamais aimée, et je le lui rendais bien. Je suis persuadée qu'aucune belle-fille n'aurait trouvé grâce à ses yeux. Ce n'était pas quelqu'un que je qualifierais d'intéressant.

— Donc le père et le fils ont tous les deux été des beaux-pères et des pères détestés ?

— Oui et non. Les rapports entre mon mari et son père étaient plus ambigus que cela. Richard était totalement sous sa coupe depuis son enfance, et il ne craignait qu'une chose : c'était de le décevoir. Georges passait très vite de la fierté au mépris ; il n'y avait pas de milieu et mon mari ne supportait pas cette brutalité des sentiments, qu'il a pourtant reproduite avec son propre fils. J'ai souvent pensé ces dernières années, sa mère étant décédée en 1966 alors qu'il avait 8 ans, que sa relation avec Georges était plus forte que la nôtre au sein de notre mariage. La mort de mon beau-père en 1991, au lieu de nous rapprocher comme je l'ai alors espéré, nous a au contraire éloignés ; le mal était fait.

— De quoi est morte sa mère ?

Elle fait une grimace, et hésite pour la première fois :

— Elle... elle s'est suicidée. Mais ne m'en demandez pas les causes, je les ignore.

Enor n'est pas convaincu qu'elle n'en sache pas plus, mais à quoi bon insister ? En quoi ce suicide peut-il être lié à l'affaire ? Faut-il remonter si loin dans le passé de la famille alors que les membres directs ne sont pas vraiment suspects ? Il reprend :

— Est-ce pour toutes ces raisons liées à votre beau-père que vous avez décroché la photo dimanche dans le bureau de votre mari ?

Elle a un petit sourire désabusé.

— Ah, c'est là que vous vouliez en venir. Oui, c'est pour cela. En entrant dans le bureau, je n'ai pu supporter cette photo, et l'hommage qui lui était rendu.

— Mais c'était une photo de votre mari, pas de votre beau-père. Que représentait-elle ? Quel genre d'hommage ?

— C'est lié à la Seconde Guerre mondiale. Mon beau-père était marin sur le contre-torpilleur "Bison". En avril 1940, à 22 ans, il a participé à la bataille de Norvège, à Namsos exactement. Le Bison a été coulé le 3 mai 1940 par l'aviation allemande, et Georges a fait partie des quelques dizaines de survivants recueillis par les autres bâtiments. Il a eu de la chance, il n'a pas été brûlé par les nappes de mazout en flammes en mer. Le comportement de tous ces marins, ce matin-là, a été héroïque, continuant à se battre contre la Luftwaffe, alors qu'ils comptaient des dizaines de morts, dont la presque totalité des officiers, et que le bâtiment, durement touché, brûlait et menaçait de couler. Sous les ordres du plus haut gradé restant, qui a su insuffler son calme et son énergie et fut le dernier à quitter le navire, beaucoup ont pu évacuer dans la discipline, d'autres se sont retrouvés dans l'eau, et Richard a toujours dit que son père avait sauvé plusieurs de ses camarades. Lors de la fête nationale de Norvège, tous les 17 mai, un hommage est rendu aux soldats des forces alliées morts pour défendre le pays. C'est l'une de ces cérémonies du souvenir au monument aux morts de Namsos que représente cette photo. Richard s'était promis d'y assister un jour, en hommage à son père.

Enor et Françoise se regardent. Voilà un autre aspect, qui mérite considération, du personnage. Enor remarque :

— Mais il n'y a donc rien d'indigne dans cette photo, au contraire.

Véronique Le Ny approuve :

— Je comprends que cela vous paraisse étrange, ou bien cruellement vindicatif. Mais, outre le fait que c'est la seule fois où mon beau-père a fait preuve d'un grand courage pendant la guerre – il a ensuite suivi Pétain – ce voyage à Namsos est pour moi un mauvais souvenir. Nous devions cette année-là faire un court séjour dans le Jura suisse, à Sainte-Croix, où nous étions invités par des amis. C'était en 1993, deux ans après la mort de mon beau-père. J'espérais encore que nous nous rapprochions l'un de l'autre. Il ne m'a dit qu'il partait en Norvège que cinq jours avant notre départ. J'ai dû annuler notre séjour presque au dernier moment, sous un prétexte quelconque lié au cabinet. C'était assez incorrect. D'autant qu'il aurait pu programmer d'aller en Norvège l'année suivante. Je crois qu'il l'a fait exprès et que, ce jour-là, il a choisi son père contre moi, son père qui, malgré cet acte de bravoure incontestable, s'est ensuite révélé un personnage odieux et arrogant. Je n'ai jamais mis en avant mon grand-père fusillé par les nazis et son frère déporté à Buchenwald pour faits de résistance.

Un silence de quelques secondes ponctue cette déclaration. Pour la première fois, il semble que Véronique Le Ny soit allée au fond des choses. Enor souhaite que cet état d'esprit perdure jusqu'à la fin de l'entretien.

— C'est la situation de votre couple qui vous a poussée à avoir une liaison avec Frédéric Bonneau ?

Elle hausse les épaules et ne s'étonne même pas de la question.

— Au point où j'en suis. Non, pas du tout. Je viens de vous parler de faits remontant au début des années quatre-vingt-dix. Je n'ai jamais eu d'amant avant Frédéric. Mais j'ai eu besoin, un peu plus tard, de savoir que je pouvais encore plaire, de me sentir désirée, ce que Richard n'a finalement jamais vraiment fait. Il n'était guère très… performant, non plus. J'ai mis fin à cette liaison, qui a duré deux ou trois ans, il y a déjà longtemps. Lui l'a payé d'un divorce, mais tant pis, il n'aurait pas dû conserver des SMS comme un enfant. J'ai commis une erreur, je le sais bien aujourd'hui, du moins dans mon choix d'amant. D'autant que Richard s'est douté de cette liaison et que leurs rapports personnels en ont été affectés.

— Il aurait donc pu en vouloir à son associé de ne pas savoir vous garder et estimer qu'il était responsable de son divorce.

Elle éclate de rire.

— Frédéric ? Des années après ? Non, c'est ridicule. Il n'aurait pas eu le cran. Sous le coup de la colère, sur le moment, peut-être, et encore, mais maintenant… Et il a un alibi, je crois ? Quant à faire commettre le crime par quelqu'un d'autre, certainement pas. Se mettre à la merci d'un maître chanteur, ce n'est pas le genre. Il tient trop à son niveau de vie et à sa situation sociale. Non, oubliez cela, si je puis me permettre.

Enor n'est pas loin de partager cet avis.

— Sur le plan intime, vous dressez le même portrait de votre mari que Catherine Soulier, sa maîtresse. Elle dit qu'elle s'apprêtait à interrompre leur relation et que, d'ailleurs, la raison de celle-ci lui échappait un peu, vu son peu… d'empressement, pourrait-on dire, et cela dès le début. Elle s'est dite fatiguée d'avoir à prendre toutes les initiatives. Vous avez une opinion là-dessus ?

— Non. Je savais bien que vous trouveriez cette femme. Mais mon mari, vous l'avez compris, ne s'intéressait pas au sexe, et je ne comprends pas pour quelle raison il a pris une maîtresse.

En disant ces mots, elle caresse de la main ses lunettes, mettant Enor en éveil. Elle ajoute :

— Il était évident qu'une femme normale ne prolongerait pas longtemps une liaison dans ces conditions.

En d'autres circonstances, il rétorquerait qu'un homme ou une femme adultères ne se comportent pas avec un nouveau partenaire comme avec leurs conjoints. Beaucoup en seraient surpris, mais la simple logique veut que l'on n'aille pas voir ailleurs pour faire la même chose qu'à la maison. Mais ici, les témoignages concordent, les deux femmes disent la même chose. C'est finalement cela le plus étrange. Pour quelle raison l'avocat a-t-il pris une maîtresse ? Pour se venger de sa femme quelques années plus tard ? Plus la personnalité de Richard Le Ny s'éclaire, plus il est certain qu'une zone d'ombre leur échappe et que cette zone n'est pas vraiment inconnue de son épouse, mais qu'elle n'en soufflera mot.

— Comment avez-vous eu connaissance de cette liaison ?

— Il me l'a dit. J'en ai eu ensuite confirmation, à ma demande, par Frédéric qui a, disons, été un peu attentif au cabinet.

— Vous ne l'aviez pas cru ?

— Pas vraiment.

— Pourquoi ?

— Je ne sais pas. Sa façon de me le dire, peut-être. On ne vit pas plus de trente ans avec quelqu'un sans bien reconnaître chaque intonation de voix.

Enor est sûr qu'ils tournent autour de quelque chose d'important, mais il ne voit pas quoi ni quelle nouvelle question poser sur ce sujet. Il remarque que Véronique Le Ny est plus nerveuse, et qu'il vaut mieux aborder l'ultime question avant qu'elle ne les lâche.

— Il reste un dernier point, Madame, et nous en finirons là. Vous ne voyez pas à quoi ce « H » dans le carnet fait allusion, mais pouvez-vous répondre ici franchement à une question simple : arrivait-il à votre mari de partir le week-end ou certains jours fériés sans que vous sachiez où il allait ?

Véronique Le Ny, dans un discret soupir, ôte ses lunettes, les manipule sur ses genoux et admet d'une petite voix aiguë :

— Oui, ça lui arrivait, mais je pensais que c'était pour aller chez Catherine Soulier.

— Non, Madame, les rendez-vous chez elle étaient marqués « CS » dans le carnet.

— Mais je ne le savais pas, j'ignorais l'existence de ce carnet.

— Vous ne pouvez nous en dire plus ? Vous n'avez pas une hypothèse ? (Enor s'efforce d'être le plus affable possible.) Nous pensons que cela peut être la clé du meurtre.

Peine perdue. Véronique Le Ny se tord les mains, ébauche une grimace. Elle s'exclame :

— Non, je ne peux vous en dire plus ! Pour la dernière fois, je ne sais pas ce que ce « H » signifie !

Enor, après un coup d'œil à Françoise, conclut :

— Bien. Restons-en là. Notre intention n'est pas de vous pousser à bout, mais nous avons un assassin à identifier...

— Vous ne le trouverez pas dans cette maison, lui dit-elle d'un ton plus calme.

— Sans doute, concède Enor, merci de votre franchise.

Quelques minutes plus tard, après avoir demandé à tous de bien vouloir les contacter si un élément leur revenait en mémoire et les avoir salués, Enor et Françoise sont sur la route du retour pour Brest, et en profitent pour échanger leurs impressions. Françoise a le sentiment qu'ils n'ont pas progressé dans la recherche d'un mobile. La personnalité de la victime s'est nettement précisée, mais cela ne débouche sur rien de tangible. Tous les deux s'accordent à penser que Pluton n'est pas l'un des membres de la famille.

— Pourtant, analyse Françoise, les hommes de la famille Le Ny ont l'air particuliers. Georges, Richard... Durs, méprisants, pas sympathiques, des beaux-pères et pères détestables, le grand-père semble avoir fait du père un autre lui-même. Et Jean-Michel, là-dedans, peut-être pour ne pas devenir comme son père, met de la distance, protégé par sa mère.

Enor, qui râle parce qu'un poids lourd vient de

décider d'en doubler un autre sans le laisser passer et l'oblige à ralentir très vite, approuve :

— Oui, c'est vrai. Mais la mère et le fils retiennent encore des informations, j'en suis persuadé, et je ne vois pas comment on arrivera à les faire émerger.

Françoise, qui relit ses notes, suggère :

— Le suicide de la grand-mère, peut-être ? On pourrait faire une recherche, même si cela remonte à presque cinquante ans. Pourquoi pas ?

Enor n'est pas emballé, mais ils n'ont pas grand-chose à se mettre sous la dent.

— D'accord, fais quelques recherches. Il est possible que le crime ait ses racines dans le passé, mais, si c'est le cas, ça nous ramène à la famille. Rien ne colle dans tout ça ; résoudre l'énigme du « H » et celle du porte-clés reste prioritaire.

Françoise plisse les lèvres en signe d'acquiescement.

— Tu as remarqué que Véronique Le Ny ne nous a pas dit qu'elle n'avait pas d'hypothèse sur le sens du « H », mais simplement qu'elle ne pouvait nous en dire plus. C'était ta formule, elle a sauté dessus.

— Oui, tout à fait. Je suis certain qu'elle a une idée. Mais elle ne dira rien, et j'aimerais bien savoir pourquoi.

Ils roulent de longues minutes en silence, perdus chacun dans leurs réflexions. Sur la gauche, une dizaine de poneys et de chevaux se détachent au loin, dans les prés-salés. Enor repense à leur visite à Fouesnant. Il se repasse les différentes interventions, mais ne parvient pas à retrouver le détail qui le tracasse. Il en fait part à sa collègue, qui réfléchit quelques secondes.

— Non, je ne vois pas, désolée, avoue-t-elle, mais ça te reviendra sûrement.

Elle fait confiance à l'impression d'Enor. Ils arrivent à Brest à 13 h 35. Enor avale un sandwich, puis téléphone à la procureure. Le résumé de l'évolution de l'enquête ne l'enchante guère, mais elle a le tact d'encourager Enor à continuer de creuser de tous les côtés. Il en profite pour lui demander d'obtenir des informations sur les comptes bancaires personnels et professionnels de l'avocat – si du moins il y a des comptes séparés entre les associés du cabinet – et l'accès à son coffre à la banque, s'il en possède un.

Éric Lastenet reste introuvable. Luc et Denis rendent compte à leur patron de leur entretien avec Nelly Gourmelen. Leur sentiment est clairement qu'elle n'a rien à voir avec cette histoire. Elle a tourné la page Bonneau – ils n'avaient pas d'enfants – et a refait sa vie avec un régisseur de spectacles ; ils n'ont plus aucun contact. Pour le principe, Enor leur demande d'aller montrer une photo de Frédéric Bonneau à ses voisins, et pourquoi pas aussi, à Porspoder, malgré son alibi. Mais il n'y croit pas, il se rappelle l'éclat de rire spontané de Véronique Le Ny. Quand Aela, accompagnée de Ronan, vient lui dire qu'aucun crime de même mode opératoire n'a été recensé en France, il se dit qu'ils ne sont pas loin de l'impasse, d'autant que rien ne se dégage non plus du côté des clubs d'arts martiaux et de l'arme du crime. Les deux policiers n'ont remarqué aucune affaire suspecte dans les dossiers de la victime. Pas question de voir les autres dossiers du cabinet sans la présence d'un magistrat, mais il n'y a aucune chance pour le moment qu'ils obtiennent une autorisation. Aucune charge ne pèse sur les associés et il serait impossible de prouver que la démarche contribuerait à la manifestation de la vérité. Que faire de l'information selon laquelle le cabinet Abers Avocats Associés travaille en partenariat avec des cabinets américains et luxembourgeois ? Rien que de très normal à cela. Même s'il apparaît que c'était surtout Richard Le Ny qui était en contact avec le cabinet Mersch-Rochette au Luxembourg. À tout hasard, il demande à Aela de joindre la procureure pour voir s'il est possible de les contacter. Peut-être accepteraient-ils de coopérer s'ils soupçonnent qu'un dossier serait lié au meurtre ? Un peu plus tard, Françoise lui apprend que l'épouse de Georges Le Ny se prénommait Martine, née Milin en 1924 à Brest, et décédée le 7 juin 1966 par absorption massive de médicaments. Françoise a un petit sourire ; Enor la regarde, intéressé.

— Dis-moi tout.

— Par une coïncidence qui ne peut pas en être une, Georges Le Ny est né le 7 juin 1918. Elle ne peut pas avoir choisi de se donner la mort ce jour-là sans signifier quelque chose à son mari.

Enor a un petit sifflement.

— Oui, c'est assez incroyable. Quant à savoir si tout ça à un rapport avec l'affaire d'aujourd'hui... Voyons, aujourd'hui, elle aurait 90 ans. On pourrait encore trouver des gens qui l'ont connue dans les années soixante. Essaie un peu de voir ça, tu veux bien ?

Avant de rentrer chez lui, il fait également un point avec le divisionnaire, qui balaie abruptement ses pistes et recherches de mobile dans la vie personnelle de la victime et lui conseille vivement de s'intéresser un peu plus au Brest Ultima Gothics.

— Après tout, affirme-t-il, ces gens-là ont sûrement un siège et des archives. On pourrait trouver trace de courriers envoyés à d'autres personnalités, non ?

Enor, lui faisant remarquer que le courrier était signé Demain Bretagne et non BUG, Peyret s'entête :

— Quelle importance ? Vous avez dit vous-même qu'on n'était pas à l'abri d'une manipulation ! Je pense qu'il faudrait en avoir le cœur net, au moins !

— En effet, mais je suis certain qu'on ne trouvera rien du côté de ce groupe de hooligans. Si c'est Lastenet, tout indique qu'il a agi de sa propre initiative. Il y a trop de choses qui ne collent pas, le mode opératoire, l'ours, le « H » dans le carnet, la personnalité de la victime et j'en passe.

Peyret agite plusieurs fois rapidement la tête pour montrer son désaccord et, d'un ton acerbe, souffle :

— Faites comme vous voulez, Berigman, mais réfléchissez bien. Il faut que cette affaire progresse et, pour le moment, vous n'avez rien de sérieux.

*

— Quel imbécile ! ne cesse de rager Enor dans sa voiture.

Il met dans le lecteur l'hommage à Robert Johnson par Eric Clapton, une session historique. Sous les accents de blues, il se détend très vite, envahi par la beauté de ces morceaux qu'aucune bêtise du monde ne peut entamer. Mais, à peine arrivé, juste le temps d'une bise à Mariannig, le téléphone fixe le rappelle à la réalité. Elle décroche, lui tend l'appareil en chuchotant :

— Peyret.

Il prend le combiné avec une grimace expressive qui amuse sa compagne.

— Monsieur le divisionnaire ?

— Berigman ? Il faut que vous soyez demain à neuf heures dans mon bureau. On a un problème.

Enor n'a pas le temps de demander quel problème qu'il a déjà raccroché. Qu'est-ce que c'est encore que cette histoire ? Il décide de ne plus penser à l'affaire et de passer une bonne soirée. Elle est excellente et pleine de bonne humeur, puis il a le temps de relire *Construire un feu*, de Jack London, avant de s'endormir.

XIV

Mercredi 19 mars 2014 – 9 heures

En entrant dans le bureau de Peyret, le lendemain matin, outre le divisionnaire, la procureure et un autre homme sont présents. Peyret fait les présentations :

— Commissaire Berigman, voici le commissaire divisionnaire Pierre Laumond, appartenant à ce qui va s'appeler la DGSI. Espérons qu'on va réussir à régler les dysfonctionnements que la fusion de la DST et des RG au sein de la DCRI avait provoqués. Enfin, on n'est pas là pour ça ! Le commissaire Laumond vient de Paris pour nous parler de notre affaire.

Enor salue son collègue. Pas loin de la retraite, pense-t-il, certainement proche de la soixantaine. Cheveux blancs sur les côtés, presque chauve, yeux bleus, petites lunettes argentées, bien conservé. Il apprécie son entrée en matière directe.

— Commissaire, le meurtre de Le Ny est une affaire difficile, je n'en doute pas. Un assassinat d'avocat, ça braque beaucoup de projecteurs là où on préférerait l'ombre et la tranquillité. Votre enquête vous amène à vous intéresser au groupe Demain

Bretagne, et plus particulièrement à Éric Lastenet, n'est-ce pas ?

— En effet. J'ai lancé un mandat de recherche pour l'entendre à titre de témoin, et non de suspect.

Laumond a un sourire bienveillant.

— C'est ce qu'on m'a dit.

Les yeux se font soudain plus fixes, le sourire s'évanouit.

— Je vous demande de laisser tomber, ce n'est pas votre homme.

Enor ne doute pas un seul instant que, des quatre personnes présentes, il est le seul qui ignorait ce qui allait être dit. Guylaine Essart le regarde d'un air contrit, comme pour dire qu'elle n'y peut rien et Peyret, fidèle à ses habitudes, se comporte comme s'il était le maître du jeu. C'est d'ailleurs lui qui reprend la parole :

— Manifestement, il s'agissait d'une fausse piste. On va pouvoir se consacrer à la famille ou aux activités de la victime. C'est du temps de gagné ! Bon...

Enor ignore l'intervention de Peyret et se tourne vers Laumond :

— Si vous voulez que je laisse tomber, il va falloir m'en dire plus, que je puisse en juger par moi-même.

Peyret bondit :

— Mais enfin, Berigman, faites donc un peu confiance à ce qu'on vous dit !

— Je suis responsable de cette enquête. J'ai un témoin à entendre, et pour la deuxième fois, on me dit que ce n'est pas mon homme, ce que je veux bien croire, n'en étant pas moi-même convaincu, comme vous le savez, Monsieur le divisionnaire, ajoute-t-il d'un ton aigre-doux, mais je veux qu'il vienne me le dire lui-même et qu'on m'explique à quoi on joue.

Laumond, étonné, intervient avant Peyret :

— La deuxième fois ? Quelle était la première ?

— Thierry Le Bras, le responsable de ce groupuscule.

— Ah oui, bien sûr.

Il semble peser ce qu'il va dire. Cette fois-ci, Enor comprend que les deux autres ne sont pas plus au courant que lui du fond du problème.

— Avant tout, je dois avoir votre promesse de ne rien laisser filtrer de notre conversation ici, tout cela est confidentiel et intéresse la sécurité de l'État, c'est d'accord ?

Tous opinent, il poursuit :

— Éric Lastenet est à Nice depuis plusieurs jours, il y était la nuit du meurtre. Nous l'avons filé jusque là-bas, et depuis, il est sous la surveillance constante de nos hommes. Voici une photo de lui prise vendredi à 18 h 30 sur la promenade des Anglais.

Il tend la photo à Enor, qui reconnaît Lastenet, en conversation avec un inconnu. L'heure est inscrite au verso du cliché. Le commissaire se demande si on peut falsifier des horaires sur les photos. Certainement, mais n'est-ce pas pousser les soupçons un peu trop loin ? Il la passe à la procureure. Il veut toutefois connaître la raison de cette surveillance, pour tester la crédibilité de ce que Laumond dit :

— En quoi est-il si important, pour mobiliser ainsi la DGSI ?

Le divisionnaire semble vouloir jouer cartes sur table.

— Il aide à la constitution d'un réseau de combattants volontaires pour l'est de l'Ukraine, en faveur des pro-russes. Leur filière est prête, mais il nous manque encore quelques connexions, côté français. Le reste est banal : une organisation pseudo-humanitaire russe se charge de les amener jusqu'à Rostov, en passant par la Hongrie.

— Vous êtes certain de son rôle, je suppose ?

— Oui. Mais ce n'est pas un homme à nous, si c'est votre interrogation.

Il essaie d'en dire le moins possible, mais Enor ne veut pas lâcher si vite ; il voit que Peyret et la procureure ont également envie d'en savoir plus.

— Pourquoi êtes-vous si sûr ?

Laumond esquisse une moue amusée.

— Allons, ne faites pas le naïf, nous avons nos informateurs, y compris dans le groupe dont nous parlions tout à l'heure, l'information est sûre. Ces jeunes identitaires, appelons-les comme cela, essaient de monter ces réseaux et d'aller tâter de la vraie guerre par idéologie, mais aussi pour acquérir de l'expérience et la faire partager à leur retour. Ils sont un peu maladroits encore, mais ils apprendront vite, grâce à quelques anciens. Certains d'entre eux, malgré leur jeune âge, viennent de l'armée et ont fait l'Afghanistan.

Après quelques secondes de réflexion, Enor reprend :

— Dites-moi, est-ce vos services qui ont "nettoyé" le CV de Lastenet dans nos fichiers ?

— Affirmatif. Nous avons besoin de lui et nous ne voulons pas qu'il soit embarqué systématiquement pour interrogatoire à chaque incident politique ou à chaque bagarre sur un stade.

— Bien, dit Enor, voilà qui répond à une de nos interrogations. Je vais faire lever la planque devant chez lui, mais j'aimerais que vous nous préveniez de son retour à Brest. Comme je vous l'ai dit, je préfère qu'il me donne son alibi lui-même. Je n'abandonnerai cette piste politique, si Madame la procureure en est d'accord, qu'après l'avoir entendu. De plus, comme Thierry Le Bras me l'a donné, il lui paraîtrait peut-être étrange que son copain ne soit pas convoqué.

Guylaine Essart appuyant Enor, à sa grande satisfaction, Laumond a une grimace mais accepte l'arrangement, non sans qu'Enor décèle dans ses yeux une once de soulagement dont il se souviendra bien plus tard.

— D'accord, faisons comme cela. L'argument ne manque pas de bon sens, en effet, mais je puis vous assurer que le groupe a d'autres chats à fouetter que Lastenet.

— Bien, reprend Peyret, puisque tout le monde est d'accord, je suppose que nous pouvons en rester là ?

Il jette un œil à Enor, mais celui-ci a un autre souci en tête.

— Dites-moi, commissaire Laumond, puisque vous êtes là, vous pouvez peut-être nous dire ce que les Hell's ont affaire avec Demain Bretagne ? Lorsque nous y sommes allés, il y en avait un en grande discussion avec Le Bras, sur leur terrasse, un nommé Laurent Dumas, connu de nos services, d'après la plaque de la moto. Je croyais que les Hell's s'occupaient plus de stupéfiants que de politique, ce ne sont pas des Skins.

Laumond fronce un sourcil.

— Je peux vous répondre, en effet, ce n'est pas vraiment un secret. Après la chute du Mur, en 1989, le trafic d'armes en provenance des ex-pays de l'Est a explosé. Aujourd'hui, ce marché, surtout celui de l'ex-Yougoslavie, commence à se tarir un peu, sauf quand il y a des vols dans des dépôts d'armes comme en Slovénie il n'y a pas longtemps. Mais les trafiquants de drogue ont à défendre leur territoire et, pour cela, il leur faut des armes. C'est dissuasif, c'est cela qui leur donne un poids, sinon ils se font éjecter. Il semble que depuis quelque temps, certains groupes de Hell's, on l'a vu dans le nord de la France, se lancent aussi dans le trafic d'armes. Cela dit, ce serait nouveau dans le secteur, merci pour l'info.

— Mais ils s'approvisionnent où ? ne peut s'empêcher de demander Peyret.

— Oh, parfois avec l'aide d'anciens légionnaires originaires des Balkans, la filière passe de plus en plus par la Libye et la Tunisie, notamment pour les fusils d'assaut, type M70 Zastava yougoslaves ou Vz 58 tchèques. Bref, ils se sont mis sur ce créneau. Remarquez, il ne s'agit peut-être pas de ça ici. Mais nous le saurons vite.

— Si ce groupe veut s'armer, c'est qu'il est plus dangereux qu'on ne le pense, alors, observe la procureure.

Laumond a un sourire.

— Rassurez-vous, nous connaissons tous leurs cadres. (Il se tourne vers Enor.) Vous avez remarqué le bois en face de leur siège, de l'autre côté de l'Aulne ? Ils ne peuvent pas le contrôler. De là, nous avons pu prendre toutes les photos que nous voulions, surtout pendant leurs rassemblements internationaux. On a un bel album, avec peu de trous.

Il regarde sa montre.

— Rien d'autre ?

Personne ne répondant, il se lève.

— Bien, j'ai un rendez-vous à Rennes, mon train est pour bientôt. Je vous souhaite bonne chance pour votre enquête, ravi de vous avoir rencontré.

Peyret le raccompagne jusqu'à la porte, puis revient s'asseoir à son bureau.

— Bien, alors que nous reste-t-il ?

Enor refait un point rapide sur les recherches en

cours : photo de Bonneau, suicide de la mère et comportement des hommes de la famille, clubs d'arts martiaux, avocats du Luxembourg, société immobilière, comptes bancaires, le « H » du carnet, ultimes cachotteries de la veuve pour une raison inconnue…

Il termine :

— Le mobile est quelque part dans cette liste. Quant à l'assassin, nous ne l'approchons pas encore, c'est sûr. Et rien ne dit que la famille le connaît.

À son étonnement, Peyret fait pour une fois profil bas et se contente d'un soupir :

— Bien, alors au travail.

Après s'être assuré auprès de la procureure du maintien du mandat de recherche à l'encontre de Lastenet, Enor retourne à son bureau et passe trois coups de téléphone. Le premier, qui ne lui prend que quelques secondes, annule la planque devant le domicile d'Éric Lastenet. Il appelle ensuite à Rennes son collègue, avec qui il a déjà travaillé, le commandant Louis Merlin, qui s'occupe de délinquance financière et fiscale, et lui raconte sa conversation avec Charles-Édouard de Grandin. Louis Merlin est dubitatif.

— Tout cela est bien vague. En ce qui concerne la Banque d'investissement et de prêt, nous n'avons pas de dossiers de fraude ou de pratiques illégales la concernant. Il semble qu'elle soit "propre" et elle a plutôt bonne réputation sur les places financières.

— Et pour l'anonymat dans une société civile immobilière ?

— C'est cela qui est vague. Tu me dis que ton cabinet d'avocats a une relation avec le Luxembourg, mais cela ne suffit pas. En fait, le montage peut être le suivant : un ou deux hommes de paille, qui serviront de prête-noms, venant d'une société-conseil, le plus souvent avocats eux-mêmes, créent une SCI à capital variable, dont ils sont propriétaires à 100 % Qu'elle soit à capital variable est indispensable, car cela permet légalement, si d'autres sociétaires prennent une participation, de ne pas les enregistrer ni de faire apparaître leurs noms. Pas de nouveaux statuts, pas de déclaration.

— Donc, ils sont anonymes !

— Oui, et les nouveaux sociétaires peuvent très bien prendre le contrôle de 98 % des parts sociales de la SCI. C'est pour cela que les autres ne sont que des prête-noms. Le principe est que la SCI de départ, à but non commercial, soit rachetée par une société de Hong Kong ou de Gibraltar, par exemple, dont les nouveaux sociétaires possèdent 100 % Cette dernière société est elle-même la propriété d'une autre installée, disons… à Panama, toujours avec les mêmes dirigeants, restés anonymes. Principe des poupées russes, et on finit par s'y perdre !

— Mais le circuit financier ?

— On n'arrive plus à le remonter. D'autant que l'intérêt, s'il s'agit de fraude, est de posséder une carte bancaire au nom de la société immobilière de

Panama ; ton nom n'apparaîtra jamais. Et tu dépenses comme tu veux, sauf à te faire coincer pour le déséquilibre entre tes revenus et tes dépenses. Est-ce le cas de ta victime ?

— Je n'en sais rien encore, mais ça ne semble pas flagrant.

— Alors il s'agit peut-être d'autre chose. De fait, ces montages ne sont pas forcément illégaux s'ils sont déclarés au fisc français. Car parfois, en affaire, il vaut mieux rester discret. Mais dans ton cas, je n'ai pas assez d'éléments pour t'orienter. D'autant qu'il existe d'autres systèmes, mais plutôt pour le blanchiment.

— D'accord, mais au départ, il faut toujours des hommes de paille ?

— Dans la plupart des cas, oui, mais si ce sont tes Luxembourgeois, tu n'en tireras rien.

Enor estime qu'il a fait le tour de ce qu'il voulait savoir. Pas besoin pour le moment d'entrer dans les détails, il n'y comprendrait pas grand-chose de plus. Et puis il y a justement des services spécialisés de la police pour ça.

— Bon, merci pour les renseignements. Salut.

— C'était un plaisir. Salut, et si tu as besoin de nous, appelle.

Enor s'aperçoit qu'il a oublié de demander si on pouvait être sociétaire unique d'une SCI ? Sans doute que non. Il pense à rappeler mais se dit que ça peut attendre. Si ce n'est pas possible, et que Richard Le Ny a effectivement créé cette société, cela signifie qu'il n'est pas seul dans le coup. Il y aurait donc d'autres sociétaires. Comme il l'a dit à son beau-frère, son épouse n'est pas au courant. On est bien là dans le volet personnel de la victime qui organise quelque chose à l'insu de ses proches. Mais qui sont ces associés ? Pour quoi faire exactement ? Est-ce la bonne piste ? Si c'est le cas, comment en trouver la trace ?

Il va voir Françoise et, après lui avoir fait un résumé des entretiens avec le commissaire Laumond et avec Louis Merlin, il lui dit :

— Avec Aela, retournez fouiller le bureau à Porspoder avant qu'on ne rende la maison. Au moins, là, on cherche quelque chose de précis ! Vous embarquez tous les documents qui concerneraient une SCI, surtout si vous voyez les noms du Luxembourg ou d'un paradis fiscal. Si cette SCI existe, il faut la trouver.

Françoise s'apprête à sortir mais il la rappelle :

— Au fait, il n'y a rien eu de nouveau ce matin ?

— Pas vraiment. Véronique Le Ny a appelé pour la maison, justement. Et pour récupérer le corps. La reconnaissance officielle a eu lieu lundi matin, quand vous étiez à Châteaulin. Elle souhaite l'enterrer samedi. La Proc', en accord avec le légiste, a donné l'autorisation d'inhumer.

Elle regarde Enor, puis désigne son arbre du crime qu'il a affiché au mur.

— Tu as raison. Famille, dossiers, cela ne donne pas grand-chose. La seule possibilité est la branche

« personnel ». Ce type avait une autre vie et Pluton, d'une façon ou d'une autre, en fait partie… Bon, je vais chercher Aela et on y va.

Enor donne alors son troisième coup de téléphone.

XV

Mercredi 19 mars 2014 – 12 h 30

Le temps est plutôt agréable et doux. Quelques nuages côtiers couvrent un peu le ciel mais la luminosité, excellente, permet de repousser nettement l'horizon, surtout en bord de mer. L'arrivée au Conquet, avec l'étang de Kerjan, puis la ria et la presqu'île de Kermorvan en face, est une vraie carte postale. Enor coupe un peu vers le sud, puis, à partir de la route touristique, rejoint la rue du Bilou où habite le commissaire divisionnaire à la retraite, François Le Rouzic. Lorsqu'il l'a appelé pour le rencontrer, celui-ci l'a invité immédiatement à déjeuner, lui assurant que Soizic serait heureuse de le voir. Il se gare et entre par le petit portail blanc et se dirige vers la grande maison blanche aux volets bleus. Il sonne. C'est Soizic qui vient lui ouvrir, un grand sourire inonde son fin visage allongé. Brune sans aucun cheveu blanc, elle a pourtant dépassé la soixantaine. Toujours alerte, d'humeur égale, cette ancienne professeure de français partage son temps libre entre lecture, jardinage, randonnées et bridge au sein du club de la ville. Bref, elle n'a guère le temps de s'ennuyer, mais ce n'est de toute façon pas dans sa nature. Son époux, plus sauvage peut-être, s'implique surtout, pêche oblige, dans l'association des plaisanciers du port.

— Bonjour, Enor, entre.

Ils se font une bise.

— Il t'attend dans le salon. Rejoins-le, j'arrive tout de suite.

Le commissaire porte bien son nom : c'est un grand gaillard roux, aux yeux marron clair. Son visage carré, modelé par des traits anguleux à peine atténués par quelques taches de rousseur, dégage toujours autant d'énergie. Il l'accueille avec un sourire moqueur.

— Bienvenue à bord, mon garçon, vous avez pu entrer dans la ville ?

Devant l'air d'incompréhension d'Enor, il éclate de rire.

— Figurez-vous que vous venez justement le jour où les pêcheurs professionnels ont décidé de bloquer le port depuis ce matin. Le ferry d'Ouessant n'a pu débarquer ses passagers, ils ont été détournés vers Brest. Remarquez, l'avantage sur les poids lourds et les tracteurs, c'est qu'ils sont en mer et n'empêchent pas les automobilistes terriens comme vous de passer ! Asseyez-vous donc ! Vous prenez quelque chose ?

Bien qu'une réelle affection les unisse, ils se vouvoient toujours, et Le Rouzic appelle souvent Enor « mon garçon ».

— Un jus d'orange, merci. Que se passe-t-il avec les pêcheurs ?

— Oh, toujours la même histoire. Les conditions sont de plus en plus difficiles, il ne reste que dix-huit bateaux professionnels, il y en avait plus de trente il y a dix ans. En ce moment, la concurrence anglaise est forte, du fait du cours de la livre, et les caseyeurs comme les fileyeurs ne s'en sortent pas, mais c'est un tout, ils se sentent abandonnés.

Enor avale une gorgée de jus d'orange tandis que Soizic arrive et se sert, comme son mari, un petit porto. Après quelques échanges sur cette situation, Soizic se lève :

— Bien, allons manger, ça doit être prêt.

Le repas, une raie au cidre, à la crème et aux pommes, se déroule dans une ambiance détendue et permet à Enor de donner quelques nouvelles de sa famille. Puis les deux hommes, après avoir pris un café et aidé Soizic à débarrasser, se dirigent vers la grande véranda. Le Rouzic embrasse la pièce du regard et dit :

— Bien, mon garçon, je vous écoute, je suppose qu'il s'agit de votre avocat.

Enor lui expose l'affaire dans ses grandes lignes. Il s'attarde sur la piste politique et sur sa réunion du matin, dont il voit qu'elle arrache un sourire à Le Rouzic. Il a compris que Pierre Laumond est la raison principale de sa venue.

— Commissaire, est-ce que vous avez connu le divisionnaire Laumond ? demande-t-il.

— Hon, hon, répond-il, je l'ai bien connu quand j'étais à Lyon. Mais, appelez-moi François, je vous l'ai déjà dit. Laumond a fait presque toute sa carrière aux RG. Un bon professionnel, efficace et tenace, rusé même, mais peu de principes et aucun scrupule. Grand manipulateur, spécialisé dans l'antiterrorisme et les groupes radicaux. Seulement, dans cette branche, la politique n'est jamais bien loin. Cela a été flagrant dans "l'affaire de Tarnac" depuis 2008, les RG et la SDAT avaient pourtant la main dès juin, mais on était alors en pleine création de la DCRI, par volonté politique. La ministre, poussée par le Président, se voulait à la pointe de l'antiterrorisme.

— Et alors ?

Enor n'avait suivi cette affaire que de loin. Ce qu'il en savait venait de quelques collègues rencontrés au cours de réunions à Paris et de la presse. Un vrai foutoir, visiblement.

— Alors ? Schéma classique, un vrai cas d'école : vu la précipitation et les différences de culture entre RG et DST, la greffe n'a jamais pris. Résultat de ce bourbier : guerre des services, gendarmes ou enquêteurs marginalisés, incohérences, changement de juge, coups tordus, culte du secret chez les hauts cadres de la police et j'en passe. Certains, surtout dans les premiers grades, la piétaille quoi, y ont laissé quelques plumes. Début 2009, le bilan n'était pas brillant, après les interpellations de novembre. Le mécontentement a très vite grandi, surtout chez les anciens des RG. Comme vous le savez, en matière de sécurité de l'État, la déontologie et les sentiments n'ont pas leur place ; la fin justifie toujours les moyens. Et Laumond ne fait pas exception. Tout le monde n'est pas comme vous...

— Oui ?

— Il s'est dit dans la boîte qu'il avait surnagé dans ce désastre en sacrifiant quelques pions et en changeant "d'écurie". Rappelez-vous que le premier directeur de la DCRI venait de la DST. Son ralliement, d'autres diraient sa trahison, n'a pas dû être gratuit, mais je n'en sais pas plus.

— Puis-je conclure de ce que vous me dites que si mon hooligan était le coupable, mais que Laumond en ait besoin, il le couvrirait, jusqu'à fabriquer un faux alibi ?

— Absolument. Il n'hésitera pas, à condition d'avoir un parapluie. Mais je crois avoir compris que votre homme n'est sans doute pas votre assassin ?

Enor regarde par la baie un rouge-gorge, perché sur un tuteur, qu'il n'entend pas, mais dont il voit aux mouvements de son corps qu'il chante pour marquer son territoire. Lui aussi a un territoire à défendre.

— Non, en effet, mais cela renforce ma décision de l'entendre quand même, par principe, et de maintenir le mandat de recherche.

XVI

Mercredi 19 mars 2014 – 17 heures

Rentré au SRPJ, Enor va à la pêche aux dernières informations. Mais hélas aucune d'entre elles n'est de nature à susciter l'enthousiasme ou à ouvrir ne serait-ce qu'une minibrèche dans l'enquête. Luc et Denis, qui ont montré la photo de maître Bonneau un peu partout, de Porspoder au voisinage du domicile de Nelly Gourmelen, et même à proximité de l'agence immobilière qu'elle dirige, notamment dans les bars, reviennent totalement bredouilles. Personne ne se rappelle l'avoir vu, entérinant l'idée, pour ces deux derniers lieux, que les liens sont bien rompus définitivement depuis le divorce. Enor en profite pour leur donner la liste d'amis de Véronique Le Ny et les charge de les contacter. Françoise et Aela, malgré une fouille minutieuse de la maison de Porspoder, n'ont trouvé aucun document relatif à une SCI dont Richard Le Ny aurait été sociétaire. Ronan, qui se plaint en souriant d'avoir mal à la main à force de tenir un téléphone, n'a obtenu aucun résultat auprès des clubs d'arts martiaux. Il reconnaît que ça n'avance pas bien vite, car il faut obtenir les coordonnées des présidents de clubs et des professeurs, puis réussir à les joindre, souvent sur leur lieu de travail. Bref, un travail fastidieux, classique, mais dont il se demande s'il sert bien à quelque chose dans ce cas. D'autant que deux brigadiers l'aident et qu'ils en sont à prospecter dans le Morbihan et dans les Côtes-d'Armor. Et, comme la question reste vague, ou très subjective, ils peuvent très bien passer à côté de la bonne piste, ou au contraire se retrouver à contrôler d'inoffensifs pratiquants, simplement parce qu'ils seraient un peu plus nerveux que d'autres. Pluton, malgré son crime violent, est-il plus nerveux qu'un autre ? Enor, qui reconnaît le bien-fondé de ces observations, lui demande de poursuivre encore deux jours. Ensuite, ils aviseront. Son téléphone sonne alors que, perdu dans ses pensées, une certaine forme d'abattement liée à la tournure de roue libre que prend l'enquête en ce cinquième jour s'empare de lui. Ils ont soulevé beaucoup de pierres et ouvert plusieurs pistes sans succès, et si les maigres perspectives qu'ils ont encore ne donnent rien, il leur faudra repartir de zéro. De plus, malgré ses efforts, il n'arrive pas à se souvenir de ce qui le tracasse depuis sa visite à Fouesnant. Est-ce à propos de la photo au mur ? Le suicide de la mère de la victime ? Une association d'idées que son subconscient a faite ? Quelqu'un a dit quelque chose d'important, il en est sûr. Il décroche.

— Commissaire Berigman.

— Commissaire, ici Guylaine Essart. Je vous appelle au sujet des coordonnées bancaires. Le compte courant de Richard Le Ny est à la Barclays Bank, à Brest. Il y possédait aussi un coffre. Le tout à son seul nom. J'ai demandé copie des mouvements et opérations et l'ouverture du coffre en notre présence. Rendez-vous vendredi matin, à dix heures, sur place, rue de Siam.

— Bien, souhaitons que ça donne quelque chose. Et pour le Luxembourg ?

— N'espérez pas trop de ce côté-là. Rien ne les oblige à nous répondre et, dans le meilleur des cas, par les circuits officiels, ça peut prendre cinq à six mois. Nous n'avons pas ce temps-là. Nous envoyons tout de même une demande de collaboration. Après tout, ils ne sont pas suspects et leur partenaire a été assassiné. Ils pourraient peut-être accepter de nous rencontrer informellement pour gagner du temps.

— Oui, mais s'il y a quoi que ce soit de répréhensible aux yeux du droit français, ils s'abstiendront, ça ne fait guère de doute. D'autant que si nous avons raison, Richard Le Ny n'est pas seul en cause et nous ne pouvons même pas affirmer que la piste est bonne. Ce sont des avocats, vous connaissez la musique.

— On verra bien, je vous tiens au courant.

Un peu ragaillardi tout de même, Enor quitte le SRPJ.

Freak out de Zappa et ses Mothers l'accompagne jusque chez lui. Il coupe le moteur sur *I'm not satisfied*. De l'enquête sûrement, mais pas de sa vie, comme le dit la chanson.

— Hello, dit-il en entrant, ne voyant personne.

— On est en haut, hurle la voix de Mariannig, dans la chambre d'Alexine.

Il se déchausse, met ses chaussons et les rejoint. Alexine est à l'ordinateur, Mariannig penchée par-dessus son épaule.

— En plein travail, à ce que je vois.

Mariannig se redresse, lui fait un sourire suivi d'un baiser.

— Mais oui, on regarde un historique de la situation de Berlin pendant la guerre froide. Alexine a un exposé à préparer et elle a besoin d'une carte du Mur et des différentes zones.

Quelques minutes plus tard, Mariannig le rejoint et s'installe près de lui.

— Alors, comment va Le Rouzic ? Sers-moi plutôt un whisky aussi, tiens !

Il se lève pour la servir, puis lui raconte sa journée en détail. C'est le meilleur moment de la journée, un simple bavardage sans impératifs horaires. Quand il en a fini, il demande :

— Et toi, quoi de neuf à l'UBO ?

Elle boit une petite gorgée et répond d'une voix détachée :

— Je suis toujours étonnée par le manque de méthode et la faiblesse des capacités d'abstraction de certains étudiants. En philosophie, c'est un comble ! Les classes préparatoires ont quand même du bon pour ça. Et leurs connaissances restent tellement parcellaires ! Que lisent-ils vraiment ? Par exemple... (Elle s'interrompt.) Sinon, je me suis inscrite à la journée d'étude sur le genre du 4 avril. Il y a des interventions sur le cinéma et la littérature qui m'intéressent.

Plus tard, dans la soirée, alors qu'il s'apprête à se replonger dans Jack London, elle lui dit :

— Dis donc, j'ai pensé qu'on pourrait inviter ton père et sa compagne, ce week-end ou le suivant. Alexine et moi mourons d'envie de la voir.

Il la regarde en souriant et l'embrasse sur le bout du nez. Cela le surprenait qu'elle ne lui ait pas déjà suggéré.

— Appelle-le si tu veux, et fixez une date. Je ne peux rien te garantir, alors ne t'occupe pas de moi.

XVII

Jeudi 20 et vendredi 21 mars 2014

Le jeudi 20 mars, premier jour du printemps, ne se signale par aucun progrès dans l'enquête. Françoise continue ses investigations sur le suicide de Martine Le Ny en 1966, mais la presse locale, à l'époque, n'en avait pratiquement rien dit. Les parents de Richard habitaient alors au début de la rue Jules-Favre, une petite rue tranquille près du lycée Kerichen. Le mieux était d'aller faire du porte-à-porte dans le secteur. Peut-être y aurait-il encore quelqu'un qui vivait là au début des années soixante et pourrait leur donner des renseignements sur la famille ? Ou des enfants de riverains aujourd'hui adultes ? Dans l'après-midi, Françoise et Aela font donc le tour d'une grande partie des maisons situées à gauche en remontant la rue. Mais, hélas, aucun des habitants ne réside là depuis si longtemps et ne connaît un voisin proche de plus de 90 ans. Elles décident de poursuivre leur recherche le lendemain. Denis et Luc ont contacté les amis des Le Ny. Deux des trois couples concernés habitant Bourg-en-Bresse et Genève, cela s'est passé par téléphone. Mais il n'en ressort rien. Ils sont vite mis hors de cause après vérification et n'ont de leur côté aucune piste à suggérer.

*

Le vendredi matin, à la banque, l'ouverture du coffre de Richard Le Ny laisse Enor et la procureure extrêmement perplexes. Il ne contient qu'un livre de 1955, dans un état impeccable, de la collection des grands livres Hachette, avec de très nombreuses et belles illustrations de Marianne Clouzot. C'est déjà intrigant de trouver un tel livre dans un coffre, ce n'est pas vraiment une pièce de musée, mais le titre tétanise Enor : *Peter Pan*. Peter Pan ! Est-ce donc cette réflexion incidente de Charles-Édouard de Grandin sur ce personnage qui le titille depuis mardi ? Il s'en ouvre à Guylaine Essart. Elle ne comprend pas plus que lui, mais ça ne peut être un hasard. En page de garde du livre, une inscription, d'une écriture enfantine : « *Annie, Noël 1962* ». Richard Le Ny n'avait que 4 ans cette année-là. Quelle est donc cette histoire ? Ils retournent au SRPJ avec le livre que la banque les autorise à prendre contre un reçu sans que personne comprenne en quoi il pourrait s'agir d'une pièce à conviction. Tandis que Ronan, heureux d'un entracte entre ses coups de téléphone, feuillette délicatement l'ouvrage, Enor dit à la procureure :

— Madame Le Ny revient chez elle demain pour les funérailles. J'irai lui rendre visite l'après-midi avec ce livre. Elle pourra peut-être nous dire qui est cette Annie.

Elle acquiesce.

— Oui, cela s'impose. Mais aussi bien cette Annie n'a rien à voir avec la famille. Il faut en avoir très vite le cœur net.

La réponse d'Enor est immédiate :

— Quelque chose me dit que si. Ce n'est pas pour sa valeur numéraire que Le Ny a mis ce livre dans son coffre. La seule hypothèse est que cet objet a une valeur sentimentale importante, il m'étonnerait qu'elle ne sache pas pourquoi. Quand je lui ai parlé de Peter Pan l'autre jour, elle a eu l'air sincèrement étonnée, mais associé au prénom Annie, il peut lui revenir quelque chose d'enfoui.

— Oui, vous avez raison. Tenez-moi au courant, je dois y aller. Au revoir.

Dans l'après-midi, toute l'équipe refait un point rapide sur les dernières informations. Enor évoque le livre gardé dans le coffre. Important ou non ?

— C'est la deuxième fois que Peter Pan apparaît dans cette histoire. Cela ne peut être une coïncidence liée à une plaisanterie de Richard Le Ny envers son beau-frère.

— De fait, dit Luc, il est important d'identifier cette Annie.

— Oui, si elle est liée à la famille comme je le pense, approuve Enor, je me rendrai demain après-midi à Porspoder avec Françoise. Véronique Le Ny sera là après les obsèques et cela éveillera peut-être un souvenir en elle. Et du côté de Martine Le Ny, rue Jules-Favre, vous avez pu trouver quelque chose ?

Aela hausse les épaules.

— Peut-être. Deux personnes différentes nous ont recommandé de contacter une certaine Alice Boulin, qui habitait en face de chez les Le Ny jusqu'aux années deux mille. La mémoire de la rue, en somme. Elle aurait un peu plus de 90 ans et encore toute sa tête.

— Et où est-elle maintenant ?

— Elle a passé quelque temps chez sa fille, à Landerneau. Aujourd'hui, elle est à l'EHPAD, la maison de retraite.

— Bon, vous savez ce qui vous reste à faire. Va la voir avec Ronan en deuxième partie de matinée. Pas trop tard, le repas doit être servi vers onze heures et demie.

Denis émet quelques réserves :

— Excusez-moi, Patron, mais est-ce que vous croyez que ces pistes nous mènent à Pluton ?

Enor, qui a ses deux coudes sur la table, écarte les mains en geste d'interrogation.

— C'est en avançant qu'on se dégage la vue. Je n'en sais rien mais nous n'avons plus beaucoup de pistes. On verra aussi ce que donnent les comptes bancaires, sur lesquels on peut nourrir pas mal d'espoir.

— Mais cette option risque de se refermer au Luxembourg ! objecte Ronan.

Françoise intervint :

— En effet. Mais je suis d'accord avec Enor. Il ne faut rien négliger. L'objectif des recherches dans le passé est d'essayer de trouver le mobile de Pluton. Nous ne l'avons toujours pas et un certain nombre d'éléments suggèrent que le passé a une importance dans ce meurtre.

Enor surenchérit :

— Oui, le mobile reste primordial et je suis toujours persuadé que quelqu'un dans la famille en a une petite idée. Il nous faut des munitions pour forcer les choses.

Comme personne ne reprend la parole, il conclut :

— Bien, l'enquête préliminaire est prolongée, nous travaillons toujours avec la procureure. Les jours à venir seront décisifs, vous le savez tous. Qu'on ne revoit pas les titres de ce matin dans les journaux qui faisaient leur une sur « *l'impasse de l'enquête* ». Allez, à demain.

XVIII

Mars 2009

Je suis heureux. J'aime quelqu'un qui m'aime aussi. Je ne croyais pas cela possible. Ce qui m'arrive est extraordinaire. Tant de temps passé à dériver, à ne plus croire en rien et à subir, à fuir les autres, à camoufler au travail mes failles et ma dépression. Tout cela va finir, j'ai enfin trouvé l'âme sœur. Pour la première fois, je me sens en sécurité. Nous nous sommes rencontrés à Lille, il y a un an, au cours d'une formation continue professionnelle que mon organisme, le Centre de gestion de la fonction publique territoriale, m'avait encouragé à suivre. Son intervention sur les cadres juridiques de l'utilisation des outils informatiques, dans l'après-midi, avait été la plus intéressante de la semaine, la plus proche du terrain, et en même temps la plus réfléchie en matière de déontologie et de gestion des ressources humaines. Nos regards se sont croisés plusieurs fois, les dernières avec insistance. Nous avons ressenti simultanément la même chose, c'est ce que nous avons constaté quelques jours plus tard, en en parlant. La soirée de clôture, qui regroupait tous les stagiaires et presque tous les intervenants dans un restaurant animé du Vieux Lille, m'aurait paru angoissante si nous n'avions pas été l'un en face de l'autre. À la sortie, comme je m'apprêtais à regagner mon hôtel, l'invitation dans son appartement s'est faite naturellement, et ma réponse également. Sans dissimulation du désir, dont je ne comprenais pas le surgissement en moi, qui nous commandait. Ce fut merveilleux. Je n'avais jamais connu cela ; je m'apercevais avec étonnement que j'en étais capable. Le lendemain matin, après que j'eus payé l'hôtel, nous nous retrouvâmes à la gare. Je rentrais à Brest. Malgré mes inquiétudes, nous ne pouvions en rester là. Les mois suivants, nous nous appelâmes plusieurs fois par jour. Et six mois plus tard, nous vivions ensemble, dans mon grand appartement du bas de la rue Yves-Collet, en face du Foyer du marin. Le siège de sa société lilloise avait été transféré au port de commerce de Brest, dans un des nouveaux immeubles de la rue de l'Élorn. Un bureau partagé, avec un technicien, fonctionne encore pour quelques mois à Lille, pour rassurer les clients et honorer les contrats qui exigent encore quelqu'un sur place. Il n'a pas été difficile, dans sa branche, avec son expérience, de s'en faire de nouveaux en Finistère. Mais c'est un important sacrifice de sa part, j'en suis conscient. Quitter sa ville natale pour une autre, inconnue. Quitter son mode de vie, ses connaissances. Je ne peux toujours pas vraiment y croire. Quelqu'un m'a choisi au point de tout recommencer. Est-ce que je vaux cela ? Heureusement, sa passion, jouer du hautbois dans le groupe Fanfaronnades, une fanfare de son quartier, a trouvé un prolongement ici dans la pratique de la bombarde. Vais-je être capable de revivre, de surmonter ma peur et d'échapper à cette blessure qui me ronge depuis mes années au collège du "Moulin-Vert", depuis Jacques, le "Monstre" ? De rompre enfin avec cette impuissance à nouer des relations normales, toute nourrie de ma honte et de ma culpabilité ? D'éloigner mes idées morbides et de chasser définitivement, les sombres nuits de panique, l'appel impérieux de la mort ?

Alors, lorsque nous avons décidé de nous pacser trois mois plus tard, en juin, j'ai compris que ma nouvelle vie de bonheur ne pouvait se construire sur une zone d'ombre. Je lui ai parlé de Jacques, de ces années de souffrance. J'ai lu dans son regard la joie de ressentir la marque de confiance qu'un tel aveu représentait, assombrie de la colère que soulevait la perversion de cet homme. Ses premiers mots ont été de dire que j'étais une victime, que je n'avais rien à me reprocher, que je n'y étais pour rien. Les suivants, d'une voix que je ne lui connaissais pas, que de tels actes ne devaient jamais rester impunis. Le monde a changé en vingt ans. Les lois ont évolué. L'opinion publique et la justice portent aujourd'hui une attention inflexible aux agissements des prédateurs sexuels, pour qu'ils soient poursuivis et condamnés comme ils le méritent. Je devais aller porter plainte. Même si, longtemps après, il n'était pas trop tard. Cela m'aiderait, en affrontant ce monstre, à me reconstruire. Ce que je commençais déjà à faire depuis un an. Mon amour a raison. Après quelques jours de réflexion, et d'indécision, j'ai porté plainte aujourd'hui, au commissariat central de Brest, contre Jacques Morecu, surveillant d'internat à Brest dans les années quatre-vingt. Quelles que soient les épreuves qui m'attendent encore, une nouvelle vie s'ouvre à moi, je me sens plus fort pour l'affronter. La justice est en marche. Je ne suis plus seul.

XIX

Samedi 22 mars 2014

Je me lève à sept heures. Il fait encore nuit. Après un rapide petit-déjeuner, je contrôle une dernière fois mon matériel, puis je sors. Je ne mets qu'une demi-heure à rejoindre la forêt du Cranou, par Hanvec. À huit heures, je suis sur place, je me gare à l'entrée du chemin, près des serres, non loin de Kervinou. Personne ne passe par là, c'est plus ou moins une impasse qui mène à quelques maisons, à plusieurs centaines de mètres. Ma voiture est en retrait, presque invisible. Il faudrait vraiment tourner la tête pour en apercevoir un bout, mais les conducteurs sont plutôt attentifs au virage à angle droit de la route étroite qui va dans l'autre sens. La forêt est apaisante, juste rythmée par le chant des oiseaux. Je respire un grand coup d'air frais, je me sens bien, dopé par le froid intérieur qui me consume depuis quatre ans. En progressant le long du chemin de randonnée baigné par le brouillard du matin et les scintillements des toiles d'araignées, j'aperçois une sittelle. Il n'y a personne, ce n'est pas une zone très fréquentée de ce côté-ci du croisement. Les promeneurs vont plutôt dans l'autre sens, vers l'arboretum. Après de nombreuses reconnaissances, j'ai bien repéré l'endroit idéal pour l'intercepter, non loin du carrefour de la fontaine, de sinistre mémoire pour moi. En un sens, cela me fait plaisir de le tuer là, c'est comme une offrande. Un juste retour des choses. Ma justice. Mais il n'écrira pas sa propre notice nécrologique dans son journal. Le samedi, sa course suit toujours le même parcours : il se gare en bas, sur le parking du Pont-Rouge, fait quelques échauffements, puis il part en petites foulées jusqu'au tunnel sous la voie ferrée et emprunte ensuite la montée venteuse de la ligne de la carriole, qui coupe bien les jambes, jusqu'au croisement, au niveau du calvaire et de l'aire de pique-nique. Là, il prend à gauche sur le chemin de petite randonnée où je me trouve, avant de rejoindre la route dont les courbes le ramènent en descente au parking. La boucle n'est pas mal vue, mais elle est technique. Dénivelé de plus de quatre-vingts mètres et sol irrégulier, tantôt meuble, tantôt dur, cailouteux, parfois très humide, pour finir par l'enrobé claquant de la route. C'est pour cela que mon emplacement est idéal, sa fatigue sera alors au maximum, il n'aura pas encore totalement récupéré de l'effort fourni dans la côte et sera occupé à surveiller sa montre GPS qui lui donne le suivi de son allure et de sa fréquence cardiaque. Aujourd'hui, il ne rentrera pas chez lui prendre une douche avant de partir au journal. Et ce soir, il n'assistera pas au décisif septième match de barrage de hockey sur glace entre les Albatros de Brest et les Drakkars de Caen pour le maintien en ligue

Magnus, l'élite des clubs de hockey. Il a un premier rendez-vous avec son destin, puis le jour que je choisirai, sa réputation, à lui comme aux autres, sera anéantie pour l'éternité. Maigre consolation. Je regarde ma montre : 8 h 30, il ne va pas tarder. Je peux me poster sur le chemin et l'attendre. Il me prendra pour un promeneur. Il ne se méfiera pas, il ne m'a jamais rencontré, contrairement à Le Ny. De fait, malgré cette mort, il n'a pas changé ses habitudes, il ne s'imagine pas surveillé. La police ayant gardé pour elle certaines informations, il n'a pas fait le lien. L'aurait-il fait, d'ailleurs ? Comment pourrait-il penser que quelqu'un est au courant ? Moi, j'y aurais songé, mais c'est à cause de mon métier. Lui, assuré de son impunité, doit croire à un crime professionnel, ou passionnel peut-être ? Oui, passionnel, il ne se tromperait pas de beaucoup. De loin, mon bokken peut être pris pour un bâton de randonnée ; de près... il sera trop tard. J'irai plus vite avec lui, le lieu ne se prête pas à une longue souffrance ; il la mérite pourtant, mais il me suffira qu'il sache pourquoi. Le voilà. Foulées courtes, souffle haletant, il n'aura aucun réflexe. Je regarde par précaution derrière moi, aucun promeneur à l'horizon. Tout va bien.

Je m'avance vers lui...

XX

Samedi 22 mars 2014 – 14 h 15

Enor retrouve Françoise au SRPJ à 14 h 15. La visite à Porspoder n'est pas urgente. Avec la cérémonie du matin à l'église, à laquelle Luc et Denis ont assisté, le recueillement plus intime des proches et amis au cimetière peu après, puis leur rassemblement dans la maison autour d'un buffet simple, il a convenu la veille avec Véronique Le Ny qu'ils passeraient vers 16 h ou 16 h 30. Cela ne troublerait en rien le deuil de la famille. Il n'a pas précisé la raison de sa visite. Il espère qu'il en sortira quelque chose, car Ronan et Aela ne lui ont pas apporté de bonnes nouvelles de Landerneau. Alice Boulin a été hospitalisée la veille pour un problème de digestion et ils ne pourront la voir avant quelques jours. Pendant ce temps, Luc et Denis travaillent sur une affaire de coups et blessures qui a eu lieu la veille au soir dans le quartier de Recouvrance. Un problème d'alcool à l'origine, comme souvent. Les copies des comptes bancaires de Richard Le Ny ne sont toujours pas arrivées. Il s'en émeut au téléphone auprès de la procureure, mais elle ne peut que lui répondre qu'elle va essayer d'accélérer les choses. Après un point rapide, il raccroche, un peu morose. Déjà huit jours depuis la découverte du corps et, si les données sont nombreuses, rien ne prouve qu'elles mènent bien quelque part. Et ça, ce n'est pas bon signe. Il décide d'aller prendre un café. Luc et Denis sont à la machine, un gobelet à la main. Comme d'habitude quand ils sont ensemble, ils discutent sports de glisse en mer, gréements, ailerons et autres détails techniques. Enor croit comprendre qu'ils sont excités à l'idée que pour la première fois depuis plus de deux décennies, la pointe de la Torche sera une étape de la coupe du monde de windsurf fin octobre.

Il les provoque.

— Vous voyez, moi, en ce moment, si j'étais à la Torche, j'en profiterais pour aller voir les champs de jacinthes, ou ceux de tulipes en avril. C'est tout aussi spectaculaire.

Depuis la fin des années quatre-vingt, des producteurs de fleurs hollandais se sont installés là.

— Vous n'y pensez pas, Patron, avec tous les pesticides que nécessitent ces productions industrielles ! rétorque Luc d'un ton ferme. Si vous voulez, dimanche 30, il y a une marche de protestation contre l'usage de ces produits à la pointe.

— Non merci, rigole Enor en levant une main.

Il allait continuer quand Ronan surgit :

— Patron ! On vous demande au téléphone. La gendarmerie de Daoulas.

Enor a un frisson. La gendarmerie, il n'aime pas ça. Il va à son bureau, pose son café sur une feuille qui traîne et prend le téléphone.

— Commissaire Berigman.

— Bonjour, Commissaire, ici le maréchal des logis-chef, René Berthilier, de la brigade de proximité de Daoulas. Je crois qu'on va avoir besoin de vous. On vient de découvrir un cadavre dans la forêt du Cranou. Un meurtre assez sauvage et identique au mode opératoire de votre avocat. Le légiste et la Scientifique sont en route.

— Qui a découvert le corps ?

— Un couple qui se promenait. En fait, leur chien. Il s'est écarté du chemin et s'est mis à aboyer. Comme il ne revenait pas, le mari est allé à sa recherche et la victime était là, près du chien.

— Bien, vous les gardez près de vous jusqu'à notre arrivée. Où est-ce exactement ?

— Oui, bien sûr, nous les retenons. L'endroit est facile à trouver, vous ne pourrez pas vous tromper en venant de Hanvec.

Il lui décrit le chemin à suivre, puis chacun raccroche. C'est aussitôt l'effervescence au SRPJ. Enor informe en priorité la procureure, qui tient à se rendre sur place, puis le divisionnaire Peyret, qui demande à être tenu au courant heure par heure. Avant le départ de toute l'équipe, il fait contacter madame Le Ny pour annuler sa visite. Puis, dans l'escalier qui le mène aux voitures, il sort son portable et appelle Mariannig pour l'avertir qu'une fois de plus ils ne passeront pas la soirée du samedi ensemble. Heureusement, son père et Élodie ne pouvaient répondre à leur invitation pour le soir même. Ils se sont mis d'accord pour le samedi suivant. Cinquante minutes exactement après l'appel de la gendarmerie, les policiers du SRPJ arrivent sur les lieux. La barrière à l'entrée du chemin est ouverte, le commissaire peut s'approcher du lieu du crime en voiture. Il distingue, à quelques centaines de mètres devant lui, plusieurs camionnettes. Dans son rétroviseur, il voit la deuxième voiture se garer à l'entrée du chemin, près du véhicule de gendarmerie qui interdit le passage aux éventuels curieux. L'équipe va poursuivre à pied et inspecter le fossé et les abords de l'allée. Il s'arrête à une vingtaine de mètres du ruban jaune qui est en travers du chemin et se poursuit dans les bois, marquant le périmètre de protection de la scène de crime. Françoise et lui descendent de la voiture et aperçoivent un gendarme d'environ 35 ans, d'allure sportive, se diriger vers eux.

— Commissaire Berigman ? Chef Berthilier.

Enor fait les présentations, puis demande :

— C'est par où ?

— Venez, suivez-moi, c'est là-bas, à gauche, à environ vingt-cinq mètres du chemin. Le gars doit être costaud, traîner un corps dans ces conditions, ça n'est vraiment pas évident.

Ils sautent par-dessus le fossé de canalisation des eaux pluviales, puis s'enfoncent sous les arbres. Pour la deuxième fois en huit jours, Enor salue les techniciens. Yves Cardic, le légiste, est déjà au travail. Mais les deux policiers, même de loin, n'ont pas besoin de l'expertise du médecin pour comprendre que Pluton a frappé une nouvelle fois : nudité, barbelé, trace de coups, tout y est, à l'identique. Jusqu'à la position du bras gauche, replié sur le cœur, la main fermée. Enor ne peut s'empêcher d'éprouver un sentiment mêlé de pitié pour l'homme devant lui. Cardic, d'un signe du bras, leur fait signe d'attendre un peu et de ne pas avancer plus. Un technicien, protégé de la tête aux pieds, en profite et les aborde :

— Commissaire, nous avons retrouvé les vêtements de la victime, à quelques mètres, soigneusement pliés. Un jogging et des chaussures de sport, des Brooks, polyvalentes pour plusieurs types de sols. Il courait certainement au moment de l'agression.

— Vous avez son identité ? interroge Enor, espérant que ce ne soit pas encore un avocat, alors qu'il regarde arriver la procureure, très à l'aise dans une tenue adaptée au lieu.

— Eh bien non, justement, c'est pour cela que je viens vous voir. À part des mouchoirs et une montre GPS de coureur, les poches sont vides. Ni papiers d'identité ni clés de voiture ou de maison. Pourtant, il a bien dû venir avec une voiture. Alors la seule explication est que l'assassin les a pris, soit pour les balancer plus loin, soit parce qu'il en avait besoin.

Enor pousse un juron :

— Merde !

Il va falloir fouiller méticuleusement les environs, même si Pluton peut les avoir gardés. Il se tourne vers le gendarme.

— Vous pouvez obtenir des renforts pour examiner le secteur ? Il est prioritaire qu'on trouve son identité et son adresse.

Berthilier fait la grimace.

— On peut toujours essayer. Peut-être qu'à la Territoriale, à Landerneau, ils pourront nous envoyer quelques éléments. Après tout, lors du dernier suicide à quelques centaines de mètres d'ici, il y a quatre ou cinq ans à quelques jours près, tiens, on avait eu du monde. Je vais voir ça tout de suite.

Il retourne vers son véhicule d'intervention. Enor n'a pas le temps de donner les ordres suivants à Françoise qu'il est interrompu par le légiste, qui tient un sachet en plastique dans la main :

— Salut, tout le monde. (Il prend les devants avant qu'on ne l'assaille de questions.) C'est simple, même mode opératoire, mêmes atteintes au sexe, mêmes coups de bâton, mais un peu moins nombreux, donc même arme du crime. Conclusion : même tueur qui nous laisse un message identique, sauf pour la couleur.

Il brandit son sachet, à l'intérieur duquel les trois personnes voient un porte-clés ours. L'ours est marron foncé.

Le silence dure quelques secondes. Enor s'apprête à poser la question suivante, mais Cardic ne lui en laisse encore pas le temps :

— Oui, je sais, l'heure de la mort. Eh bien, sous réserve des analyses lors de l'autopsie, je dirais, mais note bien que ça reste au conditionnel, qu'il est mort dans la matinée, il y a plus de six heures et moins de dix heures.

— Mais, objecte Françoise, s'il est venu faire un jogging, on peut imaginer qu'il faisait jour. Le soleil doit se lever entre sept et huit heures, il a sans doute été tué peu de temps après, à cause du risque de témoins.

— En effet, approuve le légiste, le créneau est dans les clous. C'est aussi pour cela qu'il a peut-être expédié sa victime plus rapidement, à cause du risque encouru malgré le bâillon dans la bouche. Le coup mortel, comme la semaine dernière, est celui sur le crâne. Celui ou ceux. Il semble qu'il s'y soit repris à deux fois au moins. Il n'était peut-être pas très réveillé, comme moi ce matin.

Guylaine Essart, habituée aux traits d'humour noir du médecin, insiste une dernière fois :

— Il n'y a donc aucun doute, même tueur ?

Yves Cardic la regarde, conscient qu'elle ne demande qu'une nouvelle confirmation officielle.

— Aucun doute, ou alors c'est bien imité, répond-il, laconique, avant de faire demi-tour et de retourner vers le corps. J'espère que vous mettrez vite la main sur votre bonhomme, il a sûrement l'intention de recommencer et son manque d'imagination va me lasser.

La procureure lève les yeux au ciel. Puis tous les trois retournent avec précaution sur le chemin. Consciente que pour le moment son rôle s'arrête là, Guylaine Essart choisit cet instant pour les quitter et retourner à Brest, non sans avoir demandé qu'on la prévienne sitôt faite l'identification de la victime et pris rendez-vous pour une réunion à 18 h 30 le soir même au SRPJ.

— Allons interroger le couple qui l'a trouvé, en attendant les autres, dit Enor, qui apprécie au passage l'apparition d'un timide rayon de soleil.

L'homme et la femme sont installés dans la camionnette. Ils en sortent à l'approche des policiers, suivis par un chien sans laisse qui s'assoit immédiatement près de ses maîtres. Dressé, pense Enor.

Tous les deux doivent avoir une soixantaine d'années. Lui un peu bedonnant, le sourire sympathique, légèrement forcé, vu les circonstances. Elle, plus menue. Aucun des deux ne se plaint d'avoir attendu.

— Je vous remercie d'avoir patienté si longtemps… commence Enor après s'être présenté.

— Oh, ce n'est rien, ne vous en faites pas, répond l'homme, il ne nous est rien arrivé à nous.

— C'est heureux. Vous avez un bien joli chien, dites donc.

— N'est-ce pas ? C'est un épagneul bleu de Picardie. Belle couleur, hein ? Il a 7 ans, il s'appelle Cochise. C'est un chien adorable avec les enfants, enfin, avec nos petits-enfants.

En entendant son nom, le chien dresse les oreilles, mais ne bouge pas.

— Et donc, reprend Enor, c'est lui qui a fait la découverte ? Vous pouvez me raconter ?

Enor, volontairement, n'utilise pas les mots

« corps » ou « cadavre », qui pourraient indisposer le témoin. Alors que Berthilier les a rejoints et qu'Enor aperçoit maintenant les membres de son équipe à moins de trente mètres, l'homme commence :

— Eh bien, en fait, comme je l'ai dit aux gendarmes, c'est assez simple. Nous marchions tranquillement sur le chemin, Évelyne et moi, quand Cochise a filé à toute vitesse sous les arbres et s'est mis à aboyer. J'ai cru à un écureuil, ou un renard, ou je ne sais quoi, à cet endroit, plutôt qu'à un lapin, mais ce sont les aboiements qui m'ont intrigué et le fait qu'il ne revienne pas malgré mon appel. Il est bien dressé, vous comprenez, alors ce n'était pas normal. Je suis donc allé voir, heureusement sans Évelyne, et c'est là que j'ai vu cette horreur. Pas besoin de m'approcher pour deviner que le pauvre type était mort. J'ai récupéré Cochise puis j'ai téléphoné aux secours. Par chance, il y avait du réseau pour le portable, parce que par ici c'est pas toujours gagné.

Françoise, qui prend des notes, demande :

— Vous vous rappelez l'heure ?

— Un peu plus d'une heure, je dirais.

Berthilier intervient :

— L'appel a été enregistré à 13 h 18 exactement. Le temps d'arriver sur place, puis de prendre la mesure du problème, nous vous avons appelé à 14 h 41.

Enor a vite fait le calcul. La réaction a été rapide, si l'on tient compte du lieu du crime. Son équipe est à quelques mètres maintenant mais reste à l'écart, pour ne pas gêner la discussion. Ils font fuir un geai qui cacarde dans un raffut qui couvre les autres bruits de la forêt. Il n'y a pourtant plus besoin d'alerter les autres oiseaux de la présence des hommes dans le secteur.

— Quand vous étiez près de la victime, vous n'avez entendu aucun bruit, comme des craquements de brindilles que ferait quelqu'un qui se sauve ?

— Non, absolument pas. Le chien n'a d'ailleurs pas réagi. Il aurait eu un comportement différent, cela m'aurait alerté.

— Et pendant votre promenade, vous n'avez rien remarqué de spécial ou d'inhabituel ?

— Non, rien du tout.

— Pas forcément ici, précise Enor, mais sur le parking, par exemple. Vous n'avez vu personne, quelqu'un qui courait ou cherchait à vous éviter, avec un comportement particulier ? Sur le moment, on n'y fait pas toujours attention, mais après coup, en y repensant, on se rend compte que c'était bizarre.

Ils se regardent, tous les deux, fouillant dans leurs souvenirs.

— Non, désolé, répond l'homme, il y avait des voitures garées, mais très peu, deux ou trois, pas plus, à cette heure-là. C'était plutôt l'heure du repas. Et nous n'avons aperçu personne.

— Bien.

Enor se dit que cela aurait été trop beau. De toute façon, les heures ne correspondent certainement pas. À midi, Pluton était sûrement parti depuis longtemps. Et rien ne dit qu'il était garé au même endroit. Il pense même que, connaissant sa minutie dans la préparation de ses assassinats, il a dû se trouver un endroit isolé et pratiquement sans risque pour y mettre sa voiture quelques heures. Il faudra essayer de localiser cet emplacement.

Il appelle Ronan. Lorsque celui-ci arrive, il se tourne vers le couple.

— Où est votre véhicule ?

— Sur le parking du Pont-Rouge, en bas. En fait, nous allions faire demi-tour car on s'est rendu compte qu'au croisement on s'était trompé de chemin pour rejoindre la route pas loin au-dessus du passage à niveau. Celui-là nous menait trop haut. Ça tient à peu de chose, hein ?

— En effet, vous pouvez le dire. Mais votre erreur nous fait gagner un temps précieux. Je peux vous demander un dernier service ?

— Bien sûr, allez-y.

— Le lieutenant Canu, que voici, va vous ramener au parking. Je voudrais que vous lui signaliez, si ça vous revient, tout véhicule qui était déjà là à votre arrivée.

— Entendu. On va essayer.

Après s'être assuré que la gendarmerie avait bien leurs noms et coordonnées et les avoir remerciés, Enor prend Ronan quelques secondes à part :

— Tu les amènes et tu vois s'ils se souviennent d'une voiture particulière. Si oui, tu la passes au fichier. Ensuite, tu relèves les numéros de toutes les voitures garées dans les différents parkings et tu fais aussi des recherches. Il faut qu'on identifie la victime au plus vite. Regarde s'il n'y a pas un avocat dans les propriétaires. D'accord ?

Ronan hoche la tête.

— C'est parti, mais à cette heure-là, un samedi, il risque d'y avoir du monde.

— Oui, tu as raison. Denis va t'accompagner, vous irez plus vite, mais ne vous occupez que des voitures vides. Interrogez quand même les gens que vous verriez, comme pour une enquête de proximité.

Enor les regarde s'éloigner avec le couple, puis le reste de l'équipe le rejoint.

Il se tourne vers Berthilier, à qui il présente tout le monde.

— Alors, les renforts ?

Le chef a un grand sourire.

— Quatre gendarmes arrivent. Ils seront là dans un petit quart d'heure.

— OK. Pouvez-vous leur demander de se séparer aux entrées des chemins qui mènent jusqu'ici et de les remonter en examinant lentement les abords, comme mes hommes viennent de le faire pour celui-ci ? On cherche des papiers d'identité, des clés ou tout objet qui leur paraîtrait suspect. Et qu'ils n'hésitent pas à questionner les promeneurs.

— Je leur passe la consigne, Commissaire.

Satisfait, Enor, qui sait qu'à ce stade il ne peut

qu'attendre la fin des investigations techniques, réfléchit à voix haute.

— Bon. Nous n'avons reçu aucun appel signalant une disparition ce matin. Quelqu'un part faire un jogging, une affaire de deux heures tout au plus, et ne revient pas. Conclusion ?

Il regarde les autres.

— Il vit seul, dit Aela.

— Oui. Ou alors la personne qui pourrait s'inquiéter n'est pas là. Dans tous les cas, cette personne, si elle existe, risque bien de ne pas nous contacter avant des heures. Pluton a bien joué. Le meurtre est encore frais, mais il nous retarde. Et où s'est-il garé lui-même ? Le plus probable, hélas, est que ce soit à la même entrée que tous nos véhicules. Elle a l'air assez tranquille et isolée, et c'est le chemin le plus court pour venir ici. Si c'est le cas, rien à espérer, nos voitures ont dû bien embrouiller les traces.

— S'il y en avait, ajoute Luc.

Enor opine.

— Ouais. En attendant, vous allez faire un tour en cercles concentriques autour de la scène de crime, après les rubans, toujours pour les mêmes recherches. Je pense que vous pouvez aller au moins jusqu'à cent mètres en vous enfonçant dans la forêt, surtout vers la direction du parking. Et ne vous perdez pas, il fera bientôt nuit, finit-il dans un sourire.

Françoise et Aela franchissent prudemment le fossé assez profond qui borde le chemin et se dirigent vers le lieu du meurtre. Luc, croyant pouvoir le sauter d'un bond, atterrit malencontreusement sur une racine humide et moussue dissimulée sous des feuilles, glisse en arrière et se retrouve au fond du trou en râlant, sous le regard amusé d'Enor.

— C'est plus facile avec les vagues ! se moque celui-ci.

Luc, qui s'est relevé sans aucun bobo, fait une moue dégoûtée en se frottant énergiquement des deux mains pour chasser les mousses et feuilles mortes.

— Oui, le bain n'est pas le même.

Quelques instants plus tard, alors que le véhicule de transport funéraire réquisitionné vient d'arriver, Enor voit s'approcher Yves Cardic.

— Alors ?

— C'est comme j'ai dit tout à l'heure. Même technique, avec un peu moins de coups, le tueur a abrégé. Les marques sont identiques, y compris à la tempe gauche. Et les deux coups sur le crâne, avec enfoncement des zones pariétale et occipitale, sont certainement ceux qui ont entraîné la mort. La différence est qu'il a été traîné jusqu'au lieu où le chien l'a trouvé, en venant du chemin je suppose. Il y a de nombreuses éraflures caractéristiques dans le dos, les fesses et l'arrière des jambes. Le jogging est déchiré et sali par la végétation, fougères, mousses, feuilles, et par la terre de surface qui ressemble plus à un compost. Comme il était au sol, et non sur une table comme la première victime, hélas pour mon propre dos, l'angle des coups n'est pas tout à fait similaire. L'assassin est resté debout et cela modifie la longueur de bâton en contact avec le corps à chaque coup. Cela oblige à prendre appui des deux jambes plus fermement sur le sol, mais notre homme, comme l'autre fois, a brouillé toutes les empreintes proches, à ce qu'on m'a dit. Un méticuleux.

— Tiens, oui, au fait, s'étonne Enor, je n'ai pas vu Claude.

— Il me semble qu'il était retenu à Saint-Brieuc, il rentre directement au labo. Bon, je ferai l'autopsie demain matin, mais ne t'attends pas à de grandes révélations.

— Bien, merci, à demain. Ah, l'heure de la mort, tu as affiné ?

— Sous réserve, hein, mais compte tenu de la température extérieure, de son poids estimé, du fait qu'il était nu, des rigidités faciales et des lividités encore mobiles, je dirais dans la matinée, entre dix heures et midi, avec une heure d'incertitude en plus ou en moins. D'autant qu'il devait être en forme, s'il faisait un jogging. Tout cela demande à être confirmé par l'autopsie. Allez, salut.

La fourchette se resserrait, il pouvait faire confiance à l'expérience du légiste. La mort ne datait pas de la veille au soir. Ayant lui-même rejoint les lieux où les techniciens s'affairent, il jette un coup d'œil circulaire. Comment trouver un indice dans un tel fouillis de végétation ? L'expérience du premier meurtre lui souffle que ce n'est pas ainsi qu'ils parviendront à coincer leur assassin. Un technicien vient au-devant de lui :

— Je crains que notre récolte ne soit bien maigre. L'étude des vêtements de la victime apportera peut-être quelques indices, mais ça n'a pas été le cas la dernière fois. En examinant les branches basses du chemin jusqu'ici, nous n'avons pas vu de fibres de tissu ou de cheveux enroulés sur une fougère ou une branche. On trouverait plus facilement des champignons.

— Oui, en effet, mais c'est un peu tôt en saison par ici. Bon, faites au mieux.

Enor sait bien que ce dernier mot est inutile, les techniciens font toujours au mieux, mais dans son esprit, c'est une forme d'encouragement et son collègue en a conscience.

— On a pratiquement fini.

Le téléphone du commissaire sonne.

— Allô ?

— Commissaire ? C'est Denis. Nous avons peut-être découvert la voiture de la victime. Une vieille Passat Volkswagen gris métallisé, d'au moins une bonne quinzaine d'années. Elle était déjà là à midi.

— Vous avez identifié le propriétaire ?

— Oui, un nommé Pierre-Yves Le Bihan, qui habite route de la Gare, à Hanvec. À quelques kilomètres d'ici, autrement dit. Ça peut coller.

Non sans appréhension, Enor demande :

— Vous avez sa profession ?

— Ça, ça ne va pas vous faire plaisir. Il est journaliste.

Non, ça ne lui plaît pas. Un avocat, ce n'était déjà pas facile, mais un journaliste... Toute la presse allait se déchaîner de plus belle ! Et la pression augmenter. Il n'avait vraiment pas besoin de cela. Enor prend conscience qu'il ne peut pas envoyer ses deux policiers au domicile du propriétaire de la voiture, aucun des deux n'a vu le corps ! Quel idiot il fait !

— Bon, on doit confirmer au plus vite. Revenez ici en vitesse.

— Bien, Patron, dit Denis d'une voix étonnée.

Enor rappelle le technicien :

— On l'a peut-être identifié. Je vais envoyer une équipe chez lui, à Hanvec. Il est possible que vous ayez du travail.

— D'accord, on est là pour ça.

Puis il retourne sur le chemin et informe Berthilier des dernières nouvelles. Il lui reste à attendre ses collègues. Dix minutes se passent avant qu'il n'aperçoive Denis et Ronan au bout du chemin et, simultanément, Françoise et Aela surgir du bois à cent cinquante mètres. Les deux policières reviennent bredouilles de leur exploration. Rien de suspect. De l'autre côté, vers le croisement, Luc réapparaît aussi. Lorsque Denis et Ronan sont là, leur rapport offre malgré tout une information supplémentaire intéressante : le journaliste est né en 1964, l'âge correspond. Une demande de renseignements complémentaires a été lancée : état civil, antécédents, lieu de travail, la routine habituelle. Enor regarde sa montre, presque dix-huit heures. La réunion prévue dans une demi-heure doit être reportée, mais auparavant il faut acquérir une certitude.

— Françoise, tu te rends à son adresse avec Ronan. S'il n'y a personne, essayez d'entrer pour voir une photo, mais ne touchez à rien de plus. Vous m'appelez aussitôt. Ça urge !

Pendant que les premiers techniciens commencent à remballer, les ambulanciers, munis d'un brancard, vont chercher le corps. Enor voit également un groupe de gendarmes surgir du croisement. Ils ont fini leur inspection des chemins et des lisières, mais il sait qu'ils ont dû faire chou blanc puisque Berthilier n'a pas été contacté. La confirmation vient quelques minutes plus tard. Ni eux ni Luc n'ont trouvé quoi que ce soit. Il ne reste plus qu'à attendre. À 18 h 21 exactement, Françoise l'appelle :

— Enor, c'est lui. La maison était ouverte, il n'y a personne, mais les clés et les papiers de la victime sont là, sur la table du salon. Ainsi que les clés de sa voiture. Pluton est venu ici.

— Bien, j'envoie une équipe. Il y a des voisins ?

— Non, pas de chance, la première maison est à cinquante mètres au moins, en remontant vers le bourg.

— Bon, on verra demain matin. Attendez la Technique puis rentrez à la boîte. Réunion reportée à 19 h 30.

Il annonce à tous l'identification probable de la

victime. Le travail d'enquête va pouvoir commencer. Lui-même est maintenant pressé de rallier Brest et de faire le point. Auparavant, il demande au technicien principal chargé de la scène de crime, qui s'appelle Bernard Jagu, de se rendre dans la maison du journaliste.

— L'assassin y est passé après le crime, lui précise-t-il, il a déposé les papiers et les clés de la victime sur une table.

— On y va. Vos hommes n'ont pas trop circulé, j'espère ?

— Non, pas du tout, leur mission était simplement de confirmer l'identité présumée du mort, pas de tout mettre en l'air. Ils vous attendent bien sagement dans le jardin.

Dans la foulée, il appelle successivement la procureure et le divisionnaire et les informe des derniers développements, sans s'attarder puisqu'ils vont se voir quelques dizaines de minutes plus tard. Un tout dernier tour d'horizon est fait avec les gendarmes, de façon à être sûr de n'avoir rien oublié, puis tous les membres du SRPJ reprennent le chemin de Brest.

XXI

Samedi 22 mars 2014 – 19 h 30

On aurait pu croire qu'à la suite du deuxième meurtre, un certain abattement étoufferait l'atmosphère dans la salle de réunion où tous sont maintenant installés autour de la grande table. Au contraire. Enor est heureux de ne lire sur chaque visage que de la détermination. Tous ont intégré que le meurtre du journaliste risque de ne pas être le dernier. Le cauchemar de tout enquêteur se matérialise : avoir affaire à un tueur en série, même si deux meurtres ne constituent pas encore une série. Seule certitude, l'assassin ne semble pas choisir ses victimes au hasard, la préméditation étant manifeste dans le premier cas, et sans doute dans le second. Pluton suit un but précis, il a un mobile, il n'est pas un psychopathe que des voix intérieures poussent soudainement à partir en chasse à la recherche de la première proie qui passe à sa portée. L'existence d'un mobile permet d'envisager plus sereinement la résolution de l'enquête, il permet de présumer que Pluton fait partie de "l'environnement" des deux victimes, même s'il est impossible encore de circonscrire les limites de cet environnement. Les recherches sur la famille Le Ny ne sont pas terminées, des points sont encore à éclaircir et l'un de ceux-ci pourrait mener enfin à ce mobile après lequel ils courent depuis huit jours. Il entame la réunion :

— Faisons le point sur la victime : il s'agit de Pierre-Yves Le Bihan, 50 ans, célibataire, demeurant route de la Gare à Hanvec, journaliste au *Messager de l'Ouest*. Ses parents sont décédés. Il a un frère, Pierre-Marie, qui habite Lannion et est professeur au département Information et Communication de l'Institut universitaire de technologie. Il a été contacté et sera demain midi à Brest pour reconnaître le corps. Le Bihan n'avait pas d'antécédents judiciaires, nous n'avons rien sur lui, pas même un excès de vitesse.

— Il y a bien quelqu'un qui a quelque chose contre lui, en tout cas. Et celui-là a un temps d'avance sur nous, ironise le divisionnaire.

Enor ne répond rien, il lui jette un regard apitoyé puis reprend :

— Le mode opératoire est identique. En plus du barbelé, de la nudité de la victime, du brouillage des traces au sol, de l'arme du crime et de la similitude des coups, on retrouve la signature que nous avions tue à la presse, si du moins le porte-clés ours est une signature. Le fait qu'il s'agisse de Pluton dans les deux meurtres est donc parfaitement établi, il ne peut pas y avoir autant de coïncidences.

Françoise énonce la conclusion évidente :

— Il faut chercher le lien entre Le Ny et Le Bihan. Se connaissaient-ils ? Se fréquentaient-ils ? Un journaliste et un avocat, ça doit se croiser régulièrement, non ?

— Le problème, dit Ronan qui a une feuille de renseignements posée devant lui sur la table, est que Le Bihan était chef du service des sports depuis quinze ans. Peu de rapports avec la rubrique judiciaire. Ce n'est sans doute pas dans le cadre de leurs activités professionnelles qu'ils ont pu se lier.

— S'ils se connaissaient ! Car nous n'en savons encore rien, continue Luc.

— À ce sujet, intervient Guylaine Essart, je dois vous dire que j'ai informé Marc Salaün, le directeur de l'information du journal, que je connais personnellement, du probable décès du journaliste. Le *Messager* sort une édition dominicale avec beaucoup de sport, et son absence dans l'après-midi avait déjà paru étrange. D'autant que Le Bihan devait faire le compte rendu du match de hockey de ce soir. À cette heure, la rédaction en chef est donc avertie. Le journal restera discret jusqu'à la reconnaissance officielle par la famille, j'ai leur parole.

— Bon, *dont acte*. Nous aurons besoin d'aller au journal demain. Mais revenons sur les faits pour le moment, demande Enor. Pluton a emporté les clés de la maison, de la voiture et les papiers de la victime. Il les a ensuite laissés en évidence sur une table du salon. Il est donc passé dans la maison après le meurtre. Pourquoi ?

— Pour les mêmes raisons qu'avant, affirme Denis, l'ordinateur. Il sait que Le Bihan va faire son jogging et qu'ensuite il rentrera sûrement prendre une douche avant d'aller au journal. Son matériel est donc à la maison.

— Mais pourquoi les clés de voiture ? demande Peyret.

— Parce qu'il aurait été possible, explique toujours Denis, qu'il parte quand même directement au journal après son entraînement. Il y a peut-être une douche sur place et il peut avoir des habits de rechange à son bureau. Pluton ne peut pas prendre ce risque, il doit d'abord vérifier dans la voiture.

— Mais les papiers ? Il n'en a pas besoin, il connaît sa victime ! insiste Peyret.

Un court silence s'installe.

— La seule explication, tente Aela, est qu'il s'agit d'une manœuvre de retardement.

— Tu peux développer ? l'interroge Françoise.

— Pluton pense dès le début qu'il devra sûrement aller dans la maison de sa victime, il a besoin de temps et il se méfie du hasard. Si le corps est retrouvé très vite, il doit retarder au maximum l'identification du mort. C'est d'ailleurs ce qui s'est passé, un hasard, un chien qui passe et aboie. Mais aussi bien le corps aurait pu ne pas être découvert de la journée. Une fois sa tâche accomplie, il n'a plus besoin des papiers et des clés, et les laisse sur la table.

Enor, comme l'ensemble des présents, approuve complètement ce raisonnement :

— Ça colle avec les faits. Il les laisse même bien en vue, comme si c'était à notre intention. Cela nous renseigne sur sa psychologie : il ne brouille pas les pistes plus que nécessaire, il ne garde rien d'inutilement compromettant. Enor regarde sa montre, il est encore trop tôt pour avoir confirmation des services techniques sur place de l'absence d'ordinateur ou de téléphone dans la maison. Attendons.

— Mais comme vous le disiez tout à l'heure, Patron, intervient Luc, une fois de plus ce meurtre nécessite une vraie préparation. Pluton est au courant des habitudes de sa victime, ici le jogging du matin, et connaît sûrement son adresse, même si elle est sur les papiers. La préméditation ne fait guère de doute.

— Il y a pourtant une vraie différence entre les deux meurtres, dit soudainement Ronan, l'heure du crime.

— Et alors ? interroge le divisionnaire.

— Eh bien, je ne sais pas trop. Y a-t-il une raison, c'est tout. Le Bihan était célibataire, il aurait été facile de le tuer chez lui, plus encore que Le Ny qui était marié. C'est bizarre, mais ça ne veut peut-être rien dire.

Enor comprend subitement les implications possibles de ce que vient de dire Ronan ; elles soulèvent un point décisif :

— Hum, on pourrait, je dis bien on pourrait, le comprendre comme ça : Pluton agresse Le Bihan sur le chemin en plein jour parce que ce dernier ne le connaît pas. Il ne se méfie pas et ne se sent pas menacé. Alors que l'attaque de nuit contre Le Ny, en dehors du fait que c'est dans sa propriété, pourrait signifier que Le Ny connaît Pluton.

— Eh bien, sourit la procureure, ce n'est pas avec ça que j'irai devant un tribunal, je ne tiens pas à être ridicule !

— En effet, enchérit Peyret, vous poussez loin la spéculation et ça ne nous mène à rien.

— Pas vraiment à rien, objecte Françoise, qui prend la défense d'Enor, car nous savons que la famille Le Ny ne nous a pas tout dit. Mais bien sûr, il peut y avoir d'autres explications à cette différence horaire. Peut-être au contraire Pluton connaît-il Le Bihan et simule-t-il une rencontre fortuite, puis c'est l'effet de surprise qui joue dans l'agression.

— C'est bien ce que je disais, exulte Peyret.

— En tout cas, répond Françoise, un peu irritée car le principe de ces réunions est de tout mettre sur la table, en toute confiance, puis de faire le tri, cela confirme que Le Bihan ne se méfie pas. On en revient au lien entre les deux, et Le Bihan ne l'a visiblement pas fait.

— Il faut trouver le lien, oui, reprend Enor. Ronan, demain tu dresseras la liste sur deux colonnes différentes de toutes les personnes dont le nom apparaît dans chacun des deux meurtres, avec leur rapport à la victime. Et ratisse large : famille, amis, connaissances professionnelles, ne te limite pas. Nous te fournirons de quoi allonger la colonne Le Bihan au fur et à mesure de la journée. Tu reproduis tout ça sur des grandes feuilles avec un marqueur et tu les affiches dans la salle. Avec un gros coup de chance, peut-être que nous verrons apparaître un nom sur les deux colonnes, une connexion possible, quoi.

— Vous y croyez ? demande la procureure.

— À ce stade, honnêtement, non, pas vraiment. Mais il faut le faire, de la même façon qu'il faut qu'on lance un appel à témoins dans la presse à destination d'éventuels promeneurs dans la forêt.

— Je m'en charge, dit Françoise.

— Bien. D'autres observations, avant qu'on passe à demain ?

Enor voit Aela hésiter, et replacer sa frange, les sourcils un peu froncés.

— Aela ?

— Eh bien, juste une réflexion supplémentaire. Vous avez dit tout à l'heure, Patron, que Pluton semblait avoir laissé bien en vue les clés et les papiers sur la table, comme à notre intention. Alors je pense aux porte-clés. La couleur a changé, ce qui élimine certainement la relation à l'Environnement et à la protection des ours polaires. Mais malgré tout, plutôt qu'une signature, ne serait-ce pas alors un message qu'il nous adresse ?

Le divisionnaire soupire.

— La question est intéressante, certes, mais elle est trop rhétorique, car nous n'avons aucun moyen d'y répondre. On le saura quand on aura arrêté le coupable, concentrons-nous là-dessus.

Cette fois-ci, ne laissant personne le prendre de vitesse, Enor s'échauffe pour de bon :

— On ne fait que ça ! On attrapera Pluton, ce n'est qu'une question de temps, mais personne ne peut dire aujourd'hui par quelle voie on l'aura ! On a affaire à un tueur précautionneux et les progrès se font lentement, j'en conviens. Ils pourraient sûrement s'accélérer si la famille Le Ny ne gardait pas certaines choses pour elle. Notre travail est de construire à partir de chaque détail notre point de vue général sur l'affaire, il n'y a donc aucune question ou réflexion inutiles. Et l'hypothèse du message plus que de la signature m'intéresse, car derrière ces crimes je sens une grande souffrance. La symbolique de l'ours est peut-être bien l'expression du mobile.

— J'espère que vous ne vous égarez pas en allant aussi loin dans vos conjectures !

— C'est-à-dire que je n'avais pas fini, poursuit Aela d'une voix volontairement douce pour calmer le jeu, en regardant de nouveau sur le site marchand sur lequel on trouve ces porte-clés. Je me suis aperçue qu'ils ne sont pas vendus comme ours, mais comme oursons.

— Et ? interroge Luc.

— Rien. Je ne sais pas. Mais il me semble que ours ou ourson ce n'est pas la même chose en termes de message. Le premier est adulte, le deuxième renvoie plutôt aux enfants.

— Comme Peter Pan, dit Françoise, songeuse.

Peyret, qui les regarde comme si elles étaient folles, revient à son souci :

— Bon, on a compris. Que se passe-t-il demain ?

Enor n'a pas le temps de répondre, son portable sonne, sur la musique de *Imagine*, qu'il a téléchargée le matin même. En s'éloignant un peu, il pense que pour Peyret *All you need is love* aurait été plus adapté. *Imagine* est déjà plusieurs étages au-dessus de son mental. « Il est vrai qu'avec notre métier, un monde meilleur… » se tempère-t-il.

La conversation ne dure pas. Il revient moins de deux minutes plus tard.

— C'était Bernard Jagu, des services techniques. Ils n'ont rien trouvé de spécial dans la maison de Le Bihan. Quelques analyses à faire, mais la récolte est maigre. Comme pour Le Ny, pas d'ordinateur ni de téléphone. Pluton n'a pas dû rester plus de quelques minutes.

Guylaine Essart se tourne vers lui.

— Alors, que proposez-vous ?

— Je crois, comme je l'ai déjà dit, que la première chose à établir est la question du lien entre les deux victimes. Se connaissaient-elles ? Nous devrons montrer leur photo à chaque témoin. On va demander au journal de nous fournir celle de Le Bihan dès ce soir.

Aussitôt Ronan sort passer le message.

— Il faut retourner fouiller la maison, dit Françoise.

— Et faire quand même une enquête de voisinage, même si les premières maisons sont loin, approuve-t-il. Denis et Luc, vous vous en chargez demain matin.

Tous les deux font un signe de tête.

— Nous ne savons pas ce que nous cherchons, mais si vous trouviez un carnet ou un agenda personnel avec la lettre « H » inscrite sur quelques pages, la preuve du lien serait faite.

— Si c'est comme Le Ny, ce carnet serait plutôt à son bureau au journal, suggère la procureure.

— Pas forcément, objecte Ronan, il était célibataire, il n'avait pas besoin de le cacher.

— Et le frère ? demande Peyret, qui se sent plus dans son élément dans le concret.

— Je propose qu'Aela et Ronan aillent le voir en fin de matinée, à la reconnaissance du corps. Questions habituelles et alibi, bien sûr. Observez bien son comportement, qu'on n'ait pas le même cinéma qu'avec les Le Ny.

Guylaine Essart le regarde.

— Reste le journal. Je suppose que vous vous en chargez ?

— Oui. Dès demain matin, avec Françoise. Pouvez-vous prévenir votre ami Salaün de notre visite ?

— Ce n'est pas mon ami, rectifie-t-elle, mais je vais l'informer.

Peyret fait mine de se lever, mais Enor lui fait signe d'attendre, ils n'ont pas encore fini. Il s'étonne d'ailleurs que le divisionnaire ne lui ait pas encore parlé de conférence de presse. Sans doute n'est-il pas pressé de revoir les journalistes après un deuxième meurtre. Un tel événement n'est pas ce que l'on peut appeler un succès.

— Il reste encore un point ou deux. D'abord n'oublions pas les Le Ny, on devait rencontrer aujourd'hui la veuve à propos du livre. J'irai la voir demain avec Aela. Pendant ce temps, Françoise, tu contacteras les de Grandin à Fouesnant et le fils Le Ny à Strasbourg pour savoir s'ils connaissaient Le Bihan.

— D'accord. Et nous aurons peut-être des informations à exploiter après notre visite au journal.

— Exactement, confirme Enor, qui constate qu'ils sont toujours sur la même longueur d'onde. Rendez-vous ici à neuf heures, le siège du quotidien est rue du Château. Il reste enfin, ajoute-t-il à destination de la procureure et du divisionnaire, à envisager une conférence de presse. Je suggère que nous nous retrouvions ici à seize heures, la conférence peut se tenir dans la foulée, disons à dix-huit heures, avec les derniers éléments. Nous gardons bien sûr toujours pour nous le barbelé, la nudité et le porte-clés.

La procureure approuve, sans hésitation.

Peyret se fait plus hésitant. Mais il sait qu'il ne peut pas y échapper, s'il ne veut pas être harcelé par la presse, surtout un dimanche. Il lâche d'un ton assez sec :

— On fait comme ça, mais je veux que vous soyez présent.

« Bien fait pour moi », se dit Enor. Je vais jouer le rôle du lampiste responsable de l'enquête. Mais, dans le fond, cela l'indiffère. Alors que tout le monde s'apprête à partir sur la dernière phrase d'Enor, qui vient de préciser que chacun devrait se débrouiller le lendemain pour trouver un moment pour aller voter aux municipales, la voix de Denis couvre le brouhaha naissant.

— Excusez-moi, mais je viens de penser à quelque chose.

Le silence se fait instantanément. Qu'est-ce qui leur a échappé ?

— Voilà, Pierre-Yves Le Bihan était journaliste sportif. Or, dans le premier meurtre, nous avons déjà eu une piste sportive mêlée à de la politique. Est-ce une coïncidence ? Faisait-il de la politique ? Il faudra le demander à son frère demain. Ajouté au fait que Richard Le Ny s'occupait aussi du projet de nouveau stade à Brest, je pense que c'est assez, même si Éric Lastenet a un alibi, pour que nous allions jeter un œil dans les papiers du Brest Ultima Gothics.

L'argument ne manque pas de bon sens, Enor le comprend immédiatement. Si derrière ces meurtres il y a une magouille financière internationale, il pense que le BUG ne sera, dans le meilleur des cas, qu'un groupe destiné à servir de bouc émissaire. Il prend sans hésiter sa décision.

— Le rapprochement est pertinent, même si cette piste est fragilisée et ne s'intègre pas bien avec d'autres indices, principalement avec le mode opératoire des meurtres. Je n'imagine pas Pluton tueur professionnel. Mais tu as raison, s'il y a le moindre risque que le BUG soit impliqué, il faut en avoir le cœur net. Si Madame la procureure est d'accord, ajoute-t-il en la regardant, vous pourriez tous les trois, Luc, Ronan et toi leur faire une petite visite demain après-midi. Vous prenez quelques hommes, renforcés par plusieurs véhicules positionnés dans le secteur, et vous fouillez leur local.

Guylaine Essart ne tergiverse pas non plus.

— Nous avons deux meurtres sur le dos, nous pouvons agir sur les deux fronts, je vous donne mon accord. Monsieur le divisionnaire, qu'en pensez-vous ?

Peyret est tiraillé entre le pour et le contre. Le pour parce que c'est vrai qu'il ne faut rien négliger, le contre parce que cette opération risque de déplaire en haut lieu. Mais il n'est pas maître de la situation et il a compris que tous étaient favorables à la proposition du lieutenant Bauzin. Alors il accepte.

— Le Stade brestois joue lundi soir à Metz, précise Luc. Leur local sera sûrement ouvert demain pour préparer le voyage de leurs membres qui feront le déplacement.

— Et qu'est-ce qu'on cherche en priorité ? demande Ronan.

— Tout document financier en rapport avec le nouveau stade, mais embarquez le moindre papier qui vous semble en relation avec nos meurtres et nos victimes.

Il clôt la réunion, il est 21 h 30.

XXII

Samedi 22 mars 2014 – 22 heures

Sur le chemin du retour, Enor ne met pas de musique. Le second meurtre le préoccupe. Bien sûr, ils ne peuvent pas négliger la piste financière ou sportive. Mais il doute qu'elle passe par le BUG et ses hooligans. Ils en sauront peut-être un peu plus lundi quand ils auront la copie des documents bancaires de Le Ny, qu'ils pourront comparer avec ceux de Le Bihan pour la demande desquels il s'est entendu avec la procureure en sortant de la réunion. Par ailleurs, Enor n'est pas certain que la profession respective des deux victimes soit à l'origine de leur assassinat. Le mode opératoire lui souffle depuis le début un motif plus personnel. En même temps, l'existence d'une SCI au Luxembourg ou ailleurs, qui n'est toujours pas démontrée, ramène à la finance. Ces deux éléments ne lui semblent pas vraiment compatibles, mais les victimes ont-elles mené des affaires troubles au Luxembourg ? Quel genre d'affaires ? Blanchiment d'argent ? Aucun élément ne va pour le moment dans ce sens. Et d'ailleurs, Le Ny et Le Bihan, s'ils se connaissaient, étaient-ils associés dans cette SCI fantôme ? Toutes ces questions sont la preuve qu'il leur manque encore trop de données pour avoir une bonne compréhension du dossier. L'impression de piétiner n'est bien souvent qu'un reflet de l'accumulation de données éparses et parfois contradictoires qui tardent à avoir du sens jusqu'à ce qu'une pièce manquante éclaire soudain la scène dans toute son envergure. Toutes les premières pierres n'ont pas encore été soulevées que de nouvelles se présentent : qui est cette Annie à qui a été offert le *Peter Pan* ? Alice Boulin a-t-elle quelque chose à leur apprendre sur le suicide de Martine Le Ny ? Est-ce que ça a un rapport avec les meurtres ? En quoi Le Bihan pourrait-il avoir un lien avec le passé des Le Ny ? Les comptes bancaires vont-ils être utiles ? Sans parler des cachotteries de la famille Le Ny et de ce qu'ils pourront découvrir sur la personnalité et les activités de Le Bihan. Le mobile est-il à chercher dans un lointain passé de famille ou dans le présent d'une éventuelle SCI ? Et si le passé ne faisait qu'aider à le mettre au jour sans mener pour autant à Pluton ? Là encore, nouvelle incompatibilité : ou les meurtres plongent leurs racines dans des histoires anciennes ou ils prennent leur source dans des opérations financières illégales contemporaines. Comment concilier les deux ? Il sent que ces dernières questions sont importantes. À quelques dizaines de mètres de la maison, les phares de la voiture captent deux yeux brillants qui percent la nuit sur le bord de la petite route. Moins de deux secondes plus tard, il aperçoit juste l'arrière-train et la queue d'un renard qui se sauve sur le talus. Il se demande qui est le prochain lapin de Pluton. Après avoir fait une bise à Alexine et Aliona, qui dort là ce soir – les deux filles adorent passer leur nuit du samedi alternativement chez l'une puis chez l'autre – et pris une douche rapide, c'est une fois installé avec Mariannig devant son assiette fumante de saucisse de Molène fumée aux algues accompagnée de chou et de pomme cuite, un verre de cidre à la main, qu'Enor prend conscience qu'il a vraiment très faim. Mariannig aussi, qui a choisi de l'attendre. Ils mangent donc tous deux de bon cœur et, une fois racontée leur journée respective, elle lui dit :

— Dis donc, samedi prochain, pour Raymond et Élodie, que dirais-tu d'une raclette ? Ça reste encore de saison et la semaine à venir va être fraîche, d'après la météo.

— Oui, c'est une bonne idée ! adopte Enor, qui adore ça.

— Bon, alors on fait comme ça, dit-elle en buvant un peu de cidre.

Il se lève et attrape deux crèmes caramel dans le frigo tout en se préparant un café.

— Quand même, dit-il, quelle idée de vouloir aller aux États-Unis !

— Ah non ! Tu ne vas pas recommencer ! s'exclame-t-elle en riant. Épouse enfin ton siècle, il n'y a pas que la pêche aux coques à Keremma dans la vie ! Tu sais très bien que, dans le fond, il a raison d'en profiter. Il va bien, il est heureux, il a des projets et ils ne partent que quelques semaines.

— Oui, oui, répond-il, mais c'est plus fort que moi, je m'inquiète pour lui.

— Mais il ne sera pas seul, cette fois-ci, ne sois pas ridicule, le taquine-t-elle en l'embrassant dans le cou.

Elle se prépare une tisane et, soudain plus posée, lui dit :

— Tu te rappelles que dans le cadre de mon doctorat, j'ai postulé pour assurer durant quelques mois la saison prochaine un séminaire d'enseignement au pôle de phénoménologie de l'université de Liège comme professeure invitée. Il y a très peu de chances que ce soit accordé du premier coup, c'est plus pour prendre date et donner une ancienneté à mon dossier, mais si c'était accepté, comment réagirais-tu ?

Il fait mine d'en être heureux.

— Pas de problème, il y a longtemps que je veux aller goûter les bières de Liège et visiter l'Ardenne belge. Ne crois pas t'en tirer comme ça ! Je viendrai te voir ! Plutôt deux fois qu'une !

Elle fait une moue un peu déçue.

— Deux fois, ce n'est pas beaucoup !

En réalité, et c'est typique de son caractère, il n'anticipe pas encore cet éventuel poste à l'étranger, même temporaire, parce qu'il n'éprouve pas la nécessité de s'y préparer. La vérité est que Mariannig n'a évidemment pas le choix, le parcours d'un universitaire est tout tracé, c'est une vie de recherches et de publications qui oblige à de nombreux déplacements, conférences, stages, colloques et séminaires, et parfois enseignement à l'étranger. Il la prend dans ses bras, la serre contre lui, ses mains caressant doucement son dos, et lui murmure à l'oreille, sur le ton de la plaisanterie :

— Je propose que nous prenions de l'avance sur ta longue absence. Je veux me constituer une réserve de souvenirs.

XXIII

Dimanche 23 mars 2014 – 9 heures

Lorsqu'il arrive au SRPJ après être allé voter, Enor sait que la journée va être longue. Il salue Denis et Luc qui s'apprêtent à partir pour Hanvec explorer la maison de la victime. S'appuyant sur le fait que les victimes ne sont pas choisies au hasard, il leur réclame une fouille minutieuse. Il croise ensuite Ronan et Aela à la machine à café. Ronan parle des festivités du 70e anniversaire du Jour J sur les côtes normandes ; il ne veut pas rater la reconstitution de la bataille du débarquement par une armada de modèles réduits sur le plan d'eau du Fanal à Isigny. Cela a l'air de le passionner ; c'est normal pour un natif d'une ville qui a tant souffert, mais Enor est plus perplexe. Bien sûr, les cérémonies officielles sont le juste hommage solennel rendu au sacrifice des soldats alliés par la population et le pays reconnaissants, mais il ne sait jamais que penser des spectacles et attractions qui esthétisent l'horreur du sang et des larmes sous les applaudissements. Il écoute donc d'une oreille distraite en buvant son café. En fait, il pense à Françoise, surpris qu'elle ne soit pas encore arrivée, et qu'elle n'ait pas donné de nouvelles. Il regarde sa montre, neuf heures et quart. Il retourne à son bureau quand il l'aperçoit qui court au fond du couloir.

— Désolée, Enor, lui dit-elle un peu essoufflée, un petit empêchement personnel, mais c'est réglé.

— Rien de grave ?

— Non, au contraire, je t'en parlerai de toute façon, mais ça m'a retardée.

Il n'insiste pas.

— Bien, on y va dans cinq minutes.

Un quart d'heure plus tard, ils remontent en voiture vers le haut de la rue du Château où se trouve le siège du *Messager de l'Ouest*. Ils traversent la rue Jean-Macé, passent l'école maternelle et le siège de la télévision locale. Le temps est agréable, mais il y a encore peu d'animation. On est dimanche et seuls quelques chalands matinaux, reconnaissables à leur panier se dirigent tranquillement vers le marché et les halles Saint-Louis. L'immeuble du journal n'est qu'à deux cents mètres. Dans le hall d'entrée, très lumineux mais froid, un gardien les annonce et leur indique l'ascenseur pour monter au troisième étage du bâtiment. Dans les locaux des sociétés, c'est toujours au dernier étage que l'on trouve les membres de la direction afin qu'ils profitent des points de vue sur la ville et affichent symboliquement leur pouvoir, comme si l'élévation atmosphérique allait de pair avec l'élévation sociale.

Un petit homme, la quarantaine rondouillarde, tenue décontractée, les cheveux bruns très clairsemés, les accueille :

— Bonjour, Sylvain Jouve, rédacteur en chef. Si vous voulez bien me suivre.

Il ne leur laisse pas le temps de répondre et tourne les talons en se dirigeant vers le fond du couloir, où il frappe à la porte. Ils entendent un vague « entrez ! » et pénètrent dans un bureau spacieux où, près de la baie vitrée, derrière une grande table ovale, deux hommes les attendent. Le premier, qui semble nerveux, porte des lunettes à écailles marron comme on n'en voit plus très souvent. Le cheveu noir très court ajoute au côté austère du personnage que Sylvain Jouve leur présente comme Alain Breton, le directeur de la rédaction. Le deuxième, qui se révèle être le directeur de l'information, Marc Salaün, a une soixantaine d'années. Chauve, fines lunettes argentées, sa silhouette élancée ne manque pas d'élégance, et il le sait.

Alors que les deux policiers se présentent avant que tout le monde ne s'installe, il est le seul à ne pas prendre un siège. Il consulte sa montre et leur dit :

— Je vous prie de bien vouloir m'excuser, mais je ne peux rester. Ce qui est arrivé est horrible et j'espère que vous allez vite mettre la main sur le coupable. D'abord un avocat, puis un journaliste !

Il les regarde comme s'il cherchait une approbation. Ne voyant aucune réaction, il poursuit :

— Je veux simplement vous dire que je ne connaissais pas vraiment Pierre-Yves Le Bihan. Nous nous croisions dans les locaux, c'est tout, et je ne le voyais que lorsque j'assistais aux conférences de rédaction. (Il fait un grand geste de la main dans les airs.) En dehors de ça, sa vie, ses amis et ses hobbies m'étaient parfaitement inconnus. Alors ne m'en veuillez pas si je vous laisse, on m'attend ailleurs. Bonne journée.

Après un bref signe de tête à ses collaborateurs, il sort de la pièce. Enor n'a aucune raison de le retenir. Il se tourne vers les deux hommes :

— Pouvez-vous nous dire quel genre d'homme était Le Bihan ?

C'est Jouve qui répond :

— C'était un solitaire, qui ne se liait pas. Pas vraiment ours, non (et l'allusion à l'ours résonne bizarrement dans la tête des policiers), mais il ne cherchait pas le contact. Il ne parlait pas de lui ni de sa famille ; il était célibataire, c'est tout ce que nous savions. Et pourtant, il travaillait au journal depuis plus de vingt ans.

Il se lève soudainement et demande :

— Excusez-moi, nous manquons à tous nos devoirs. Voulez-vous boire quelque chose ?

— Rien pour moi, merci, dit Enor.

— Oui, je veux bien un café, si ça ne vous dérange pas, je n'ai pas eu le temps d'en prendre un ce matin, accepte Françoise.

Pendant qu'il passe la commande par l'interphone du bureau, son collègue reprend la parole :

— Le directeur parlait de hobby. En dehors du sport, je dirais les voyages ; il aimait raconter ses périples. C'était bien le seul sujet sur lequel il pouvait se montrer bavard.

— Où allait-il ? interroge Enor.

— Il est allé plusieurs fois aux États-Unis, il aimait la démesure des grands espaces américains.

Enor ne peut s'empêcher de penser à son père.

— En tout cas, ajoute Jouve, il appréciait peu la vie à Brest, c'est certain. Il s'y sentait à l'étroit.

Alain Breton approuve :

— Oui… Quand il n'avait que peu de temps, il aimait bien « filer », comme il disait, au Monténégro. Il affirmait que ce pays est une perle touristique encore méconnue et qu'il fallait en profiter avant qu'il ne soit envahi par le tourisme de masse.

— Mais, dites-nous, continue Françoise en fronçant les sourcils, tous ces voyages devaient revenir cher. Comment faisait-il ?

Les deux journalistes se regardent. Jouve hausse les épaules.

— Nous ne savons pas. Il faudrait que vous demandiez à son frère…

— Vous le connaissez ? le coupe Enor.

— Non, nous ne connaissons personne de sa famille. Je crois qu'ils ne s'entendaient pas bien, mais Pierre-Yves m'en a parlé un jour, parce que son frère donne des cours de journalisme, à Lannion je crois, et qu'on parlait des écoles qui préparent au métier. Mais pour en revenir à votre question, il faut dire qu'en tant que chef de service, Pierre-Yves avait un salaire confortable, et comme il était célibataire, peut-être qu'il arrivait à économiser pas mal.

Ils sont interrompus par un coup frappé à la porte. Jouve va ouvrir, et une jeune femme entre, un plateau à la main avec du café, des biscuits et du jus d'orange. Pendant que le rédacteur en chef sert Françoise, Alain Breton les interroge :

— Mais croyez-vous que les voyages de Pierre-Yves aient un quelconque rapport avec son assassinat ?

— Non, nous n'en savons rien du tout, dit Françoise en croquant dans un palet au beurre, simple routine, nous avons besoin de nous faire une idée de sa personnalité.

Elle regarde la jeune femme qui s'apprête à quitter la pièce et l'interpelle :

— Mademoiselle, vous connaissiez monsieur Le Bihan, du service des sports ?

— Non, pas du tout, je ne suis que stagiaire depuis trois mois ici, et je n'ai eu encore aucune relation avec ce service. Cela viendra, parce que je tourne régulièrement. Je l'ai croisé quelquefois, bien sûr, mais il ne répondait même pas à mes salutations. Désolée, s'excuse-t-elle dans un sourire en quittant la pièce tandis que le directeur de l'information esquisse une grimace.

Enor, qui voit que comme partout on utilise les stagiaires pour servir le café, reprend la parole :

— Vous n'avez pas connaissance de séjours à Hong Kong, à Gibraltar ou aux Antilles, par exemple ?

— Non, pas du tout.

Les deux journalistes ont parlé d'une même voix et, s'ils sont étonnés par la question, ils ne le montrent pas.

— En sport, que préférait-il ? S'intéressait-il au football, comme tout le monde ou presque ici ?

— Oui, par nécessité professionnelle, répond Jouve, mais il préférait l'athlétisme et le cyclisme. En réalité, c'est plutôt rare chez les journalistes sportifs, il n'aimait pas beaucoup les sports collectifs. Il en rendait compte, c'était son métier, il devait assister au match de hockey hier soir, mais il ne ratait jamais un semi-marathon ou une course cycliste locale et se réservait le plus possible les tournois de tennis, de natation ou de judo alors qu'il déléguait volontiers le foot, le handball ou le basket, pour ne citer que ceux-là.

Enor ne doute pas qu'il y a là un trait de caractère spécifique à bien des solitaires, mais pas seulement. Un peu comme Richard Le Ny, Le Bihan semblait quelqu'un de peu liant, pas forcément très sympathique et d'un abord assez sauvage, tous éléments qui n'ont bien sûr rien à voir avec la pratique d'un sport individuel.

— À votre connaissance, il n'a donc jamais reçu de menaces d'un club de supporters, de la part des hooligans notamment ?

— Non, absolument pas. Comme je vous l'ai dit, le foot l'intéressait suffisamment pour qu'il ne commette aucun impair dans les reportages, d'autant que bien souvent, ce n'était justement pas lui qui assurait ce suivi.

Les deux policiers pensent la même chose, le BUG n'a sans doute, là non plus, rien à voir avec le meurtre, et la pertinence de la perquisition de l'après-midi pour la résolution de l'affaire est sujette à caution. Mais bon, l'affaire est lancée.

Enor insiste :

— Vous n'avez donc aucune idée d'un ennemi qu'il aurait pu avoir, même en dehors du monde du sport ?

Tous les deux secouent négativement la tête.

— Non. Pas plus que des amis d'ailleurs, complète Jouve. Jamais personne n'est venu le prendre ici ou ne lui a rendu visite pour des raisons autres que professionnelles, comme ça arrive pourtant régulièrement pour chacun d'entre nous. Et nous n'avons eu aucun écho d'une dispute ou d'une engueulade dans le hall ou par téléphone. Il peut arriver, bien sûr, que des lecteurs ne soient pas contents de certains articles ou comptes rendus, mais des courriers comme ça, on en reçoit tous les jours pour toutes les rubriques, sauf que maintenant la majorité sont des mails. Non, vraiment, je ne vois pas. On se renseignera auprès de l'ensemble de la rédaction, et s'il y a quelque chose, on vous le fera savoir, mais nous aurions été informés de menaces graves.

— Et les femmes ? Vous ne l'avez donc jamais vu avec une petite amie non plus ?

— Non, jamais. Encore une fois, il ne parlait pas de lui.

Enor comprend que, comme dans le premier meurtre, la victime n'avait rien livré de sa vie privée hormis les voyages, ce qui est quand même peu fréquent de la part de gens qui travaillent depuis si longtemps ensemble.

Saisi d'une impulsion, il se lève et sort son téléphone.

— Excusez-moi, je viens de penser à quelque chose.

Il appelle Aela et lui demande d'amener le frère de Le Bihan dans les locaux du SRPJ après la reconnaissance officielle du corps et de les attendre. Il revient s'asseoir.

— J'aimerais maintenant que vous réfléchissiez bien et que vous preniez votre temps avant de répondre. (Enor sort de sa poche la photo de Richard Le Ny.) Voici la première victime…

— Oui, on l'a publiée en une du journal, je le reconnais, dit Jouve.

— Oui, bien sûr, j'aurais dû y penser. Les avez-vous déjà vus ensemble, Le Bihan et lui ?

Ils prennent quelques secondes avant de répondre.

— Vous n'avez guère de doute que les deux hommes ont été victimes du même tueur ? demande Alain Breton.

— Non, il n'y a pas le moindre doute. De même que la préméditation est évidente et que ces meurtres ne sont pas forcément liés à leur profession. Il est important d'établir s'ils se connaissaient.

Les deux journalistes semblent conscients du problème. Le directeur de la rédaction pousse un soupir et dit d'un ton désolé :

— Malheureusement, nous ne pouvons pas vous aider. Je le voudrais bien pourtant, mais nous ne les avons jamais vus ensemble.

Enor, s'il est déçu, n'est pas surpris. Ce qu'il avait entendu auparavant n'incitait pas à espérer autre chose : il poursuit néanmoins :

— Pouvez-vous vous renseigner auprès de tout le personnel et nous contacter si jamais vous avez une information intéressante ?

— Bien entendu, nous le ferons, mais nous nous réservons le droit de la publier en exclusivité, dit Jouve.

— Nous ne pouvons pas vous en empêcher, mais nous vous serions reconnaissants de nous la soumettre au préalable, des fois qu'il faille retarder cette information un jour ou deux, ou l'alléger un peu afin de ne pas divulguer un élément utile au tueur.

— Oui, oui, bien sûr. Nous comprenons vos contraintes, nous vous demandons simplement de nous laisser un peu d'avance sur nos concurrents si un renseignement important sort de nos propres bureaux.

La requête est légitime. Enor accepte, mais en réalité il sait qu'il n'a pas beaucoup le choix, même s'il arrive qu'en matière criminelle, enlèvement d'enfant par exemple, les journalistes retiennent souvent une information à la demande de la police. Françoise intervient :

— Pouvons-nous maintenant aller voir son bureau ? (Elle se lève.) Nous sommes à la recherche d'un carnet ou d'un agenda, plutôt personnel que professionnel, précise-t-elle.

Alain Breton regarde sa montre.

— Si cela ne vous ennuie pas, je vais laisser Sylvain vous accompagner. J'espère que vous réussirez à mettre rapidement la main sur votre homme, dit-il en leur serrant la main, à bientôt peut-être.

Deux minutes plus tard, dans l'ascenseur qui les redescend au premier étage, Enor pense à une nouvelle chose :

— Où Le Bihan allait-il manger le midi ? Je suppose qu'il n'apportait pas un sandwich ? Il avait ses habitudes quelque part ? Les journalistes, c'est comme les policiers, ils ont leurs bistrots préférés, n'est-ce pas ?

Jouve fait une petite moue.

— Oui, en effet, mais comme partout maintenant, certaines traditions se perdent. Les jeunes sont moins sensibles à cela, le monde de la presse a beaucoup changé depuis l'informatisation et Internet. Mais vous avez raison, un vieux routier comme Le Bihan avait ses ports d'attache, si je puis dire. Quand il était là, il prenait presque tous ses repas à "La Taverne de Colmar", en haut de la rue, vous voyez où elle est, le long de la gare ?

Ils font signe que oui. Il reprend :

— Parfois, quand il était un peu à la bourre, il mangeait en vitesse à "L'Arsouille", juste à côté. Je ne crois pas qu'on le voyait ailleurs, sauf pour un demi au tabac presse "L'Hippodrome" un peu plus bas ; ils ont une bière allemande à la pression qui était l'une de ses favorites, ce n'est pas si fréquent d'en trouver à Brest. Tenez, voilà son bureau.

Contrairement à ce à quoi s'attendaient les deux policiers, le bureau, isolé des autres par une vitrine sur deux côtés seulement et tournant le dos à la fenêtre, est parfaitement ordonné. L'inventaire est rapide : une corbeille de rangement à trois étages, chacun avec une étiquette où il est inscrit du haut en bas « *urgent* », « *en cours* » et « *en attente* », un ordinateur, quelques stylos et crayons dans une chope de bière Spaten, une paire de ciseaux, un coupe-papier au manche argenté en forme de chouette, un téléphone et, en sous-main, un calendrier en carton d'une compagnie d'assurances sur lequel figurent des annotations sur les différentes compétitions sportives de l'année ; c'est à peu près tout. La corbeille ne recèle aucun document important. La fouille des tiroirs est plus malaisée. Ceux de gauche offrent un amoncellement hétéroclite d'enveloppes, de feuilles vierges, de matériel de papeterie qui vient démentir l'ordre qui règne sur le dessus. On y trouve même une balle de tennis et une balle de golf signées. Du premier tiroir de droite, ils ne sortent que quelques livres de poche, dont un dictionnaire de synonymes et un vérificateur orthographique, tous deux très usagés. Les deux poignées suivantes ne tirent en fait qu'un unique tiroir de classement contenant plusieurs chemises en carton suspendues. Sans doute les dossiers en cours, nourris de quelques archives ou biographies d'actualité. Rien d'extraordinaire. Du moins jusqu'à ce que Françoise n'extraie une chemise bleue dont elle montre tout de suite le contenu à Enor avec un grand sourire satisfait. Elle déborde de coupures de presse concernant exclusivement le meurtre de Richard Le Ny. La preuve est faite que Le Bihan s'intéressait à ce meurtre ! Et il est peu probable que ce fût par hasard, le journaliste n'était pas reporter à la rubrique judiciaire. Ils ont là le premier indice qui pourrait indiquer que les deux hommes se connaissaient. Tout naturellement, la première question qui vient à l'esprit d'Enor est de savoir pourquoi Le Bihan n'est pas venu les voir. Ne se savait-il pas menacé lui aussi ? Il faut croire que non, persuadé que l'assassin ne pouvait faire le lien avec lui ou que la mort de Le Ny avait un autre mobile.

Jouve a un petit sifflement.

— Eh bien dis donc ! Qu'est-ce que ça veut dire ?

— Nous aimerions bien le savoir, répond Enor, un peu déçu de ne pas trouver un carnet personnel du même type que celui de Le Ny. Il avait déjà vu qu'aucune lettre « H » n'était inscrite sur le calendrier sous-main.

Il se tourne vers le rédacteur en chef.

— Nous autorisez-vous à envoyer une équipe étudier son ordinateur ? Seules les informations à caractère personnel nous intéressent.

— Je n'y vois pas d'inconvénient, mais vous devez demander l'autorisation au directeur de l'information.

— Très bien, ce sera fait dès aujourd'hui. Nous emportons cette chemise, dit-il en désignant les coupures de presse.

Ne voyant rien d'autre à exploiter, Enor et Françoise prennent congé du journaliste, non sans l'avoir remercié de l'accueil qui leur a été fait. Une fois dans la rue, ils décident de pousser jusqu'à la brasserie qui est toute proche. Ils passent devant le Quartz, dont ils voient encore l'affiche du *Cendrillon* présenté par le Ballet de l'Opéra de Lyon sur la musique de Prokofiev, se dirigent vers la gare et arrivent devant la taverne quand sonne le téléphone d'Enor.

— Oui ?

— Enor ? Yves Cardic. Juste un mot. Les dégâts sur le corps de la deuxième victime sont à peu près identiques à ceux de la première. Sauf que notre bonhomme était en meilleure forme que l'avocat, malgré un foie un peu abîmé, mais les deux coups sur le crâne sont bien la cause de la mort, qui a eu lieu entre huit et onze heures.

Enor demande :

— Dis-moi, on était en plein jour, tu n'as pas remarqué de traces de résistance ? Il ne s'est pas débattu ?

— Je te l'aurais dit. Non, rien de la sorte, l'effet de surprise a dû être total.

— Oui, ou alors il connaissait son assassin.

— Peut-être. En tout cas, il avait raison de faire un peu de jogging, mais je me demande comment il faisait pour courir, après un petit-déjeuner à base de pancakes, de sirop d'érable, de poudre d'amandes et de beurre de cacahuète ! L'image parfaite de l'écolier américain chez un adulte à Hanvec. Quand je pense qu'au bout de trente mètres à jeun, je me sens déjà hors service !

— Question d'habitude ! Fais donc un peu de sport, c'est comme ça que ça s'appelle, au lieu de rester dans ton trou et, tu verras, ça dégage aussi les neurones. Allez, à plus !

Enor range son portable et livre les conclusions du légiste à Françoise tout en entrant dans la brasserie. Un serveur se dirige immédiatement vers eux.

— Madame, Monsieur, vous voulez réserver ?

Enor sort sa carte de police.

— Non, ce sera pour une autre fois. Nous enquêtons sur le meurtre de Pierre-Yves Le Bihan, journaliste au *Messager*. Son rédacteur en chef nous a dit qu'il prenait très souvent ses repas de midi chez vous. (Il sort la photo de la victime.) Vous le reconnaissez ?

— Ah ! Oui ! Vous dites qu'il a été tué ? Mais… comment ? Quand ? Vendredi encore, il est venu.

— Écoutez, ce que nous voudrions savoir, c'est s'il mangeait seul ou accompagné. Vous devez vous souvenir puisque c'était un habitué.

— En effet, mais il prenait toujours son repas dans un box à l'étage et moi je fais le rez-de-chaussée. Je crois qu'il était toujours servi par Isabelle. Elle est là-haut, je vais vous la chercher.

Quelques secondes plus tard, il réapparaît suivi d'une jeune femme d'une trentaine d'années, jupe noire et corsage blanc. Elle est plutôt menue, bien proportionnée, le visage est fin avec des yeux bleus très clairs et ses cheveux blonds sont ramassés en un chignon qui ressemble à une œuvre d'art. À la demande d'Enor, ils vont s'installer dans un coin isolé de la salle, alors que le personnel continue de préparer les tables pour le midi. À la vue de la photo de Le Bihan, elle confirme que c'est bien l'homme qu'elle sert régulièrement, quelquefois plusieurs jours dans la semaine.

— Mangeait-il toujours seul ?
— La plupart du temps oui, mais il arrivait qu'il y ait parfois d'autres journalistes avec lui, assez rarement cependant. Dans ces cas-là, il prenait une grande table, côté rue. Et puis, de temps en temps, il y avait un autre homme et cet avocat qui s'est fait tuer, lui aussi. Je l'ai reconnu dans le journal. Là, il allait toujours dans le même box, au fond, un peu hors de vue. (Elle porte soudain la main à sa bouche, effarée.) Oh, mais je suis désolée, ce n'est peut-être pas une coïncidence, alors ?

Enor ne sait pas s'il doit se fâcher de ne pas avoir eu cette information plus tôt ou sauter de joie devant ce témoignage qui établit définitivement que les deux hommes se connaissaient. De toute façon, c'est trop tard.

— Non, ce n'est sûrement pas un hasard. C'est dommage que vous ne soyez pas venue nous voir, tout témoignage peut se révéler important dans une affaire criminelle.

Il lui montre la photo de Le Ny, qu'il tenait déjà en main pour la suite de la discussion.

— Vous êtes bien sûre que c'était lui ?

— Oui, oui, je suis affirmative. Mais je n'ai pas pensé que c'était important après le meurtre de monsieur Le Ny. Je ne vois d'ailleurs pas le rapport entre leurs repas à la taverne et leur mort.

Enor n'insiste pas. À quoi bon la culpabiliser alors que son témoignage les aurait menés tout droit au journal ? Et peut-être même évité le second meurtre et élucidé en partie cette histoire ? Il sait bien que les témoignages spontanés sont peu fréquents parce que tout le monde sous-estime de bonne foi la portée de ce qu'il sait. Il reprend :

— Est-il exact que c'était vous qui le serviez à chaque fois ?

— Oui, presque toujours. Le box là-haut est dans mon secteur, nous sommes deux à servir ces tables. Mais il demandait toujours après moi.

— Et, excusez ma question, a-t-il été parfois un peu trop… familier avec vous ?

Elle le regarde, amusée, et lui montre son alliance :

— Je suis mariée, Commissaire. Je comprends ce que vous voulez dire, mais non, il ne m'a jamais manqué de respect ni même vraiment draguée, comme peuvent le faire certains clients. (Elle regarde Françoise.) Les femmes sentent tout de suite ce qui n'est que de la cour innocente et ce qui relève plutôt du harcèlement. Une fois, ils ont été rejoints tous les trois par un quatrième homme, un type plein de tatouages sur les bras, avec un fort accent des pays balkaniques, enfin de par là-bas. Celui-là, j'avais l'impression d'être nue quand il me regardait. Il n'est venu qu'une fois mais je me demande quel rapport il pouvait bien avoir avec eux. Mais pour les autres, des compliments, oui, rien de plus. J'aurais d'ailleurs immédiatement mis les choses au point. Et…

Elle hésite.

— Oui, et ? la relance Enor qui préfère qu'elle continue sur sa lancée plutôt que de sauter immédiatement sur cette histoire d'hommes supplémentaires.

— Eh bien, l'avocat, dès les premières fois où il est venu, quand il commandait ou me remerciait, avait pris l'habitude de m'appeler Wendy. Vous savez, comme la petite fille dans *Peter Pan*. C'était un jeu pour lui, et monsieur Le Bihan, à la longue, a fait pareil. Mais pas le troisième homme, lui, il ne l'a jamais fait. Il n'y avait rien de bien méchant là-dedans.

Françoise jette un coup d'œil significatif à Enor. Une nouvelle fois, le thème de Peter Pan venait sur le tapis. Arriveraient-ils un jour à comprendre pourquoi ?

Elle prend la parole :

— Mais vous ne leur avez jamais demandé de cesser ?

— Au début, je leur ai dit que je m'appelais Isabelle, mais l'avocat s'est excusé, disant qu'il ne voulait pas me fâcher, mais que c'était parce que je lui rappelais fortement quelqu'un qu'il avait bien connu dans sa jeunesse et qui s'appelait Wendy. Il paraît que je lui ressemblais beaucoup. Alors j'ai laissé faire, il n'y avait rien de mal à ça, même si ça faisait un peu bizarre.

Françoise reprend :

— En les servant, vous ne les avez jamais entendus parler du Luxembourg, ou d'immobilier ?

— Non, ça ne me dit rien. Mais vous savez, je n'écoute pas les clients, ou du moins je n'enregistre pas ce qu'ils disent. Je suis dans mon service et je me concentre sur les tables suivantes, soit à servir, soit à desservir, en balayant mon secteur du regard pour voir les priorités. Le midi, beaucoup de gens sont pressés et je ne dois rien rater.

Enor revient sur le troisième homme :

— Vous venez de dire qu'ils étaient trois. Vous savez qui est le troisième ?

— Non, pas du tout. Il n'est venu que trois ou quatre fois et cela fait des mois que je ne l'ai pas vu.

Cela aurait été trop beau. Il ne fait pourtant aucun doute dans l'esprit des policiers que cet homme est important pour leur enquête. Que deux hommes sur les trois qui avaient l'habitude de déjeuner ensemble aient été assassinés ne peut se faire sans que le troisième joue aussi un rôle dans l'affaire.

— Pourriez-vous passer le plus vite possible au commissariat central pour essayer d'en faire un portrait-robot ?

— Oh, mais c'est que je ne me souviens pas de lui. Un type rondouillard, bien habillé, la soixantaine, mais c'est tout, je suis désolée.

— Ce n'est pas grave, nos spécialistes sont formés pour réveiller des détails que l'on croyait disparus. Et le quatrième ?

— Oui, celui-là, je le reconnaîtrais immédiatement, avec ses tatouages et sa moustache. Et puis il faisait un peu froid dans le dos. On n'en voit pas beaucoup des comme ça par ici. Mais comme je vous l'ai dit, il n'est jamais revenu.

— Bien. Il n'y a rien d'autre dont vous vous souveniez ?

— Non, je ne vois pas.

Enor et Françoise se lèvent. Il dit :

— Vous nous avez bien aidés. Nous vous laissons retourner à votre travail, n'oubliez pas de passer pour le portrait-robot, c'est important. Et si jamais vous revoyez ces hommes ou si quelque chose vous revient, appelez-nous immédiatement. Je vous laisse ma carte. Personne d'autre dans l'établissement ne pourrait avoir d'autres informations ?

— Je ne crois pas. Mais je pourrais demander si vous voulez.

— Oui, faites-le s'il vous plaît, on ne sait jamais. On enverra de toute façon une équipe d'enquêteurs pour recueillir d'éventuels témoignages, mais si on pouvait gagner du temps… Au revoir.

Sur le chemin du retour vers le SRPJ, Enor informe la procureure des nouvelles informations obtenues. Elle partage tout à fait son avis que retrouver le troisième homme serait sans doute déterminant pour la suite de l'enquête. Voilà un os important et utile à donner aux journalistes lors de la conférence de presse en fin de journée. Lorsqu'ils arrivent, ils aperçoivent un homme élancé qui semble les attendre. Ronan apparaît tout de suite.

— Patron, je vous présente Pierre-Marie Le Bihan, le frère de la victime.

— Enchanté, dit Enor, mais dans ces tristes circonstances, laissez-moi vous présenter d'abord toutes mes condoléances.

— Merci.

L'homme est grand, habillé décontracté. Son regard est direct derrière de petites lunettes rondes, ses cheveux bruns très courts surplombent un front haut et dégarni. Il est visiblement très calme, sous le coup de l'émotion.

— Si vous voulez bien me suivre.

Enor l'amène dans son bureau, suivi de Françoise. À ce stade, le frère n'est pas vraiment suspect, c'est pourquoi un entretien dans le bureau lui semble plus adapté à la situation.

Il commence :

— Je vous ai fait venir parce que nous nous posons déjà un certain nombre de questions auxquelles vous pourrez peut-être répondre.

Le Bihan les regarde, attentif.

— Allez-y, je vais faire ce que je peux pour vous aider. Mais, auparavant, j'ai appris que mon frère avait été tué en forêt pendant son jogging, que s'est-il passé ?

— Eh bien, en effet, il a été tué dans la forêt, mais il ne s'agit pas d'un crime de rôdeur. Le meurtre était prémédité, son assassin l'attendait. Cela suppose un repérage depuis des jours.

Le Bihan les regarde, éberlué. Il est visiblement choqué de ce qu'il vient d'entendre.

Enor pense qu'à moins d'être un excellent acteur, il vient bien d'entendre quelque chose de nouveau pour lui.

— Mais, mais... bafouille-t-il, comment savez-vous cela ?

— Justement, c'est l'une des questions, élude Enor pour le moment, votre frère avait-il des ennemis ? A-t-il reçu des lettres de menaces ?

L'homme secoue la tête.

— Écoutez, je vais être franc avec vous, nous ne nous entendions pas. Cela fait des mois que je ne l'avais pas vu et même alors, juste une heure ou deux, un jour que je passais sur la voie express en revenant de Quimper. Je l'avais appelé la veille pour lui dire que j'avais l'intention de passer s'il était là. On ne se voyait que trois ou quatre fois par an au maximum, et on ne se téléphonait guère. Je ne connais donc rien de sa vie privée et pas beaucoup plus de sa vie professionnelle. Alors, des ennemis, je n'en sais rien du tout. Avec son caractère, il n'avait sûrement pas que des amis, mais de là à... non, certainement pas.

« Zut, se dit Enor, voilà qui n'est pas fait pour nous aider. » N'ayant jamais eu de frère ou de sœur, il ne peut savoir ce que l'avenir lui aurait réservé une fois adulte, mais il est toujours étonné par le nombre de familles éclatées par des fâcheries qui ont détruit tous les liens affectifs.

— Nous pensons que l'assassin de votre frère est le même que celui de l'avocat Richard Le Ny, tué en fin de semaine dernière. Savez-vous s'ils se connaissaient ?

— Ah, c'est ça, le lien. Vous savez, j'ai été journaliste moi aussi et j'écris toujours pour des magazines spécialisés dans la marine, en plus de mes cours. Donc si je comprends bien, les deux meurtres se ressemblent ?

— Oui, répond laconiquement Enor.

— Mais malheureusement je n'ai aucune idée des fréquentations de Pierre-Yves. Je ne l'ai jamais entendu parler de cet avocat et j'ignore donc totalement s'ils se connaissaient.

— Cela ne fait rien.

Enor n'est pas étonné, mais le témoignage de la serveuse suffit de toute façon. Il continue :

— Faisait-il de la politique ?

— Cela dépend de ce que vous entendez par là. Il n'avait pas de carte d'un parti, il était trop individualiste pour être un militant et vous ne l'auriez jamais vu aller donner un coup de main. Mais il avait des opinions très tranchées, très marquées à droite. C'était un sujet que nous évitions, nous n'étions d'accord sur rien. J'ai toujours été à gauche.

— Diriez-vous qu'il avait des idées de droite extrême ?

— Oui et non. Ça dépendait des thèmes. Il n'était pas par exemple pour la sortie de l'euro, et l'espace Schengen ne semblait pas le déranger plus que ça malgré ses diatribes contre les immigrés clandestins. Je dirais que c'était un nationaliste européen.

Enor décide d'abandonner ce terrain, dont il se dit qu'il ne mène nulle part.

— Nous nous interrogeons sur ses voyages à l'étranger, justement. En dehors des Balkans, il allait régulièrement aux États-Unis. Savez-vous comment il pouvait se payer tout cela aussi fréquemment malgré son salaire confortable ?

— Ah oui, cela, je peux vous le dire, c'est même l'une des raisons de notre dispute. Voyez-vous, notre père est décédé voici dix ans d'un arrêt cardiaque, puis notre mère trois ans plus tard. Nous étions les deux seuls héritiers et ils nous ont laissé, en dehors de la maison de famille en granit de Saint-Quay-Portrieux, deux grands immeubles en plein centre de Saint-Brieuc.

— Que faisaient vos parents ? demande Françoise.

— J'allais y venir. Saint-Brieuc est la capitale du pinceau haut de gamme, aussi bien en art qu'en cosmétique ou en bricolage. Les plus grands artistes et professionnels de France et même d'au-delà viennent se fournir dans les fabriques du secteur quand ils veulent de la qualité, car la concurrence chinoise n'est pas près de rivaliser avec cette excellence. L'entreprise Le Bihan avait été fondée en 1890 et elle a été en première ligne pendant cent ans. Mais, il y a une vingtaine d'années, pour se développer sur le marché américain, des prises de participation ont été nécessaires pour augmenter le capital et investir. Trois ans après, nos parents, sous la contrainte d'une coalition d'actionnaires due à des divergences stratégiques, ont vendu toutes leurs parts. Seuls mon frère et moi avons gardé nos cinq pour cent de parts chacun, ce qui assure la pérennité du nom de l'entreprise. C'est à ce moment-là qu'ils ont acheté ces immeubles dont nous avons hérité. Peu après leur mort, Pierre-Yves a exigé que nous vendions, il voulait de l'argent frais. Je n'étais pas d'accord mais je n'avais pas les moyens de racheter ses parts d'héritage. Enfin, ajoute-t-il en haussant les épaules, on a vendu, mais ça a distendu un peu plus nos liens, qui n'étaient déjà pas très forts. Toujours est-il que cela nous a rapporté plus d'un million d'euros après impôts, sans compter les dividendes de nos parts, qui tombent régulièrement. Vous comprenez donc qu'il avait les moyens de voyager.

Enor hoche la tête.

— Voilà qui explique les choses, en effet.

Il regarde attentivement Pierre-Marie Le Bihan.

— Il me reste une dernière chose à vous demander, ne vous en formalisez pas mais c'est la routine. Pouvez-vous nous dire où vous étiez hier matin ?

— J'habite Pleumeur-Bodou, je suis allé au marché du bourg avec ma femme. Les commerçants me connaissent bien, ils se souviendront de nous. Mais il suffira d'interroger le vendeur de livres, je lui ai pris une édition numérotée de 1936 de *Pêcheurs d'Islande* avec des gravures de Mathurin Méheut. Il n'aura pas oublié, vu le prix de l'ouvrage. On n'en vend pas tous les jours des comme ça !

Le tour du sujet semble fait. Ne voyant pas d'autres questions à poser pour le moment, ils libèrent Le Bihan en lui promettant de le tenir informé de l'enquête. Enor et Françoise décident d'aller prendre un café. Au passage, ils discutent avec Ronan, occupé dans la salle de réunion à afficher les deux grandes feuilles sur lesquelles il a inscrit les noms qui apparaissent dans chacun des deux meurtres. D'une autre couleur, il a précisé leur fonction et leur lien avec la victime. Aucun nom commun aux deux listes n'apparaît, bien sûr, ils s'en seraient déjà aperçus. Une disposition des noms en cercles concentriques, comme l'imagine également Enor, montrerait qu'ils ne parviennent qu'au deuxième cercle autour de la victime, au mieux au troisième, alors que Pluton se situe peut-être au quatrième ou au cinquième. Il faut donc élargir pour espérer un croisement de cercles. Le pire – Enor préfère ne pas y penser – serait que le tueur ne soit tout simplement pas commun aux cercles. Denis et Luc, qui viennent tout juste de rentrer de Hanvec, ne lui apportent pas de bonnes nouvelles non plus, même s'il s'y attendait. Les riverains des maisons situées plus haut n'ont absolument rien remarqué.

— Nous n'avons rien trouvé dans la maison non plus, Patron, dit Luc, pas de cache secrète ni même de coffre-fort. Ça a pu nous échapper, la maison est grande et les endroits ne manquent pas. Mais nous n'avons pas vu trace de petits de travaux de camouflage sous le carrelage ou les parquets ni dans la cave. On n'a rien repéré non plus dans le jardin.

— Aucun document intéressant dans son bureau ?

— Non. Ses documents étaient bien classés, on a rapporté le dossier « *banque* ». On va l'étudier après le repas.

— En tout cas, ajoute Denis, il avait une collection de CD impressionnante. Il y en a des milliers ! Tout un pan de mur dans une pièce à l'étage, décorée à l'américaine, avec des plaques émaillées de publicités anciennes et des plaques d'immatriculation des États-Unis ou du Canada. Plus un snooker et un super juke-box à CD Wurlitzer qui est une reproduction d'un modèle des années cinquante au moins ! Et le clou, c'est le flipper *"Tales from the Crypt"* ! Une vraie beauté !

Enor sourit devant l'enthousiasme de Denis.

— J'espère que vous n'avez rien détraqué !

— On n'y a pas touché ! C'est pas l'envie qui me manquait pourtant ! En tout cas, j'ai du mal à croire que cette salle n'était que pour son plaisir. Il devait bien recevoir des gens de temps en temps. Quelqu'un qui a des trucs pareils aime les montrer !

Enor est frappé par la justesse de cette réflexion. Mais peut-être Pierre-Yves Le Bihan était-il adepte des plaisirs solitaires et ne recevait-il jamais personne ? Cela correspondrait au caractère du personnage, apparemment. Quand on pense qu'au journal personne ne connaissait l'histoire de l'héritage, cela en dit long sur la proximité des relations entre eux. Il appelle Claude Guitton, à la Scientifique et n'obtient que le répondeur ; il laisse un message puis regarde sa montre et s'aperçoit qu'il est déjà midi trente. Avant la réunion de seize heures, il doit encore aller voir Véronique Le Ny avec Aela. Il fait un bref topo de sa matinée aux trois policiers et leur recommande la prudence lors de la perquisition au siège du BUG. Il ne craint rien de particulier, mais il vaut mieux anticiper ; il suffit d'un seul pour que tout dégénère. C'est celui-là qu'il faut tout de suite repérer. Il prend une bonne demi-heure pour manger un sandwich accompagné d'une eau minérale dans un bar bondé où tout le monde ne parle que des élections. Il est 13 h 20 quand il rentre au SRPJ. Aela est revenue. Ronan et elle ont assisté à l'autopsie le matin de bonne heure, puis en deuxième partie de matinée ils ont pris en charge Pierre-Marie Le Bihan. Elle est d'avis qu'il est étranger à l'affaire.

Point de vue que partage Enor, même s'il doit sûrement hériter de son frère la part des cinq pour cent de l'entreprise. Mais, outre le fait qu'il a donné un alibi très facile à vérifier, quel rapport aurait-il avec Richard Le Ny ? Quant à engager un tueur avec un tel mode opératoire, toute l'expérience d'Enor lui assure que cela paraît invraisemblable. Et que dire du mobile ? L'argent ? Pour son frère, peut-être, mais pour l'avocat ? Non, cette piste ne tient pas debout, même si quelques investigations sur la situation financière réelle de Pierre-Marie Le Bihan peuvent être effectuées. Quant au moteur de la haine, il ne répondrait pas non plus au meurtre de l'avocat. À moins que ce dernier ne soit intervenu, à titre privé, dans les affaires des deux frères au détriment de Pierre-Marie. Un peu tiré par les cheveux, mais pourquoi pas ? Dans la voiture qui les mène vers Porspoder quelques minutes plus tard, il soumet ces réflexions à Aela. Elle fait la grimace et préfère ouvrir un autre angle.

— Le troisième homme de la brasserie me paraît plus intéressant, il connaît nos deux victimes. Pour Le Bihan, chargeons nos collègues de la Financière de mener une enquête. On peut aussi voir s'il a un alibi pour le meurtre de l'avocat, mais il serait dommage de mobiliser une équipe là-dessus, la piste ne me semble pas très chaude.

— Oui, je crois plus en la piste luxembourgeoise, c'est un fait. Mais tu parles du troisième homme, je trouve le profil du quatrième intéressant aussi.

— J'y ai pensé. La serveuse ne l'a vu qu'une fois, mais elle en a donné un portrait de mafieux des Balkans, n'est-ce pas ? À cause des tatouages.

— Exactement. Et Le Bihan allait souvent au Monténégro. Est-ce une coïncidence ? En tout cas, quelque chose me dit qu'on n'est pas près de revoir ce type dans le secteur sauf si c'est notre assassin et qu'il n'a pas fini le travail.

Ils roulent en silence pendant quelques minutes. À Saint-Renan, Enor décide de prendre plutôt la D27, le long des étangs, et de rejoindre Porspoder par Lanildut, au bord de l'aber. La route est plus belle, frôle plusieurs fois la côte, et ce n'est pas beaucoup plus long pour rejoindre la maison des Le Ny.

Cela lui fait du bien de décompresser et de s'abandonner un peu au paysage. La journée est encore très loin d'être finie.

Juste comme il arrive à l'anse Saint-Gildas, son portable sonne. Il se gare sur le petit parking sur la droite, sort le téléphone et voit que c'est Claude Guitton qui le rappelle.

— Allô, Claude ?

— Enor ? Salut. Je suppose que tu m'as appelé pour la maison de Hanvec ?

— Oui, tu as trouvé des choses intéressantes ?

— Oui et non, comme d'habitude. On le saura après toutes les analyses. Mais *a priori* je dirais qu'on n'a pas grand-chose, à part les empreintes ; la plupart sont celles de la victime.

— Oui, c'est un peu pour ça que je t'appelais, en fait. Pourrais-tu vérifier si parmi celles-ci il n'y aurait pas celles de Richard Le Ny, par hasard ?

— Eh oui, bien sûr, j'aurais dû y penser ! Voilà ce que c'est que d'arriver sur un meurtre en deuxième rideau. On fait ça très vite, je vais mettre quelqu'un dessus et je te rappelle en fin d'après-midi, ça te va ?

— Parfait, nous avons notre réunion à seize heures puis la conférence de presse à dix-huit heures. Ce serait bien d'avoir le résultat, disons autour de dix-sept heures. C'est possible ?

Enor sait bien qu'on est dimanche et, de toute façon, il n'aime pas bousculer les gens qui font parfaitement leur boulot, mais l'équipe de permanence est aussi opérationnelle que les autres jours.

— Pas de problème. À tout à l'heure.

Enor interrompt la communication et retrouve Aela de l'autre côté de la rue. Elle regarde l'aber, les yeux un peu dans le vague. C'est pratiquement marée basse. Il contemple en silence quelques secondes ce paysage, breton par excellence, fait de roches, de grève, d'oiseaux, de maisons aux toits d'ardoises et de petits bateaux de pêche colorés par dizaines.

— Tu devais passer le week-end à Séné, je suppose ?

— Oui, mais j'avais prévenu Gilles et mes parents. C'était sous réserve des nécessités de l'enquête. Ils sont habitués. Avec un second meurtre, il en était encore moins question.

Elle se lève et tous deux retournent à la voiture. Il ne sait pas trop comment poser la question suivante.

Il choisit la voie directe, en faisant redémarrer le moteur.

— Dis-moi, ton métier ne leur fait pas peur ?

— Au début, si, ils avaient peur de me savoir en patrouille dans des zones difficiles. Mais depuis que je suis à la PJ, ça va beaucoup mieux.

Elle devait se rappeler ces paroles le lendemain.

— On ne peut pas leur en vouloir.

— Non, je le sais bien. S'il devait m'arriver quelque chose, après la disparition d'Erell, je ne crois pas qu'ils y survivraient.

— Prends bien soin de toi, alors.

Elle le regarde vivement.

— Vous dites cela pour la plongée ? Rassurez-vous, je suis très prudente.

La voix est ferme, Enor n'insiste pas. D'ailleurs, ils arrivent. Enor trouve une place juste devant la maison. Aela prend le *Peter Pan* qu'ils ont apporté pour montrer à Véronique Le Ny. C'est elle-même qui vient leur ouvrir quand ils sonnent à la porte. Ils la suivent jusque dans la véranda. Quand ils sont installés, Enor commence :

— Madame, un deuxième assassinat a été commis hier selon le même mode que celui de votre mari. Il s'agit du même assassin.

Véronique Le Ny porte la main à sa bouche.

— Oh, mon Dieu, c'est affreux ! Mais qui...

— Nous ne le savons pas encore, hélas, mais nous l'attraperons, je puis vous l'assurer !

Madame Le Ny, la deuxième victime s'appelle Pierre-Yves Le Bihan, journaliste au *Messager de l'Ouest*. Ce nom vous dit-il quelque chose ?

— Le Bihan, Le Bihan... Non, je ne vois vraiment pas, ce nom ne me dit rien du tout. Je suis désolée.

— Peut-être ne le connaissiez-vous pas sous ce nom ? Regardez bien cette photo. Vous ne l'avez jamais vu ?

— Non, j'en suis sûre, je n'ai jamais vu cet homme, que ce soit à la maison ou ailleurs. Mais pourquoi insistez-vous ?

— Eh bien, lui et votre mari ont été vus de nombreuses fois dans un restaurant près de la gare, à Brest, non loin du journal, donc. Ils ont été formellement reconnus. Ils se connaissaient visiblement très bien et nous nous interrogeons sur la nature de leur relation. Il nous semble que d'une façon ou d'une autre, elle doit être forcément liée aux crimes.

— Peut-être, mais je ne puis vous aider. Je ne connaissais absolument pas les relations d'affaires de mon mari, en dehors de ses associés, bien entendu.

— Nous ne sommes pas sûrs qu'il s'agisse d'une relation d'affaires. Ce pouvait être un ami ou une connaissance, avec qui il avait une autre occupation.

— Un ami ? Vous m'étonnez, car Richard n'avait pas vraiment d'amis, comme vous avez pu le constater. Mais c'est vrai que, dans le fond, je connaissais peu de chose de ses activités.

Enor tente une autre approche.

— Le Bihan habitait Hanvec, près de la forêt du Cranou. C'est d'ailleurs dans cette forêt qu'il a été tué. Cela ne vous dit rien ? À l'occasion de ses absences, le nom de Hanvec n'a jamais été prononcé ?

— Je vous ai déjà dit que je n'ai jamais su où il allait. Je ne le lui ai jamais demandé ; de toute façon, il ne m'aurait pas répondu, dit-elle avec une petite pointe d'agacement. Je me rends simplement compte depuis qu'il est mort qu'il ne s'agit sans doute pas d'une histoire de femme, c'est tout.

Mais Enor l'écoute à peine, est tétanisé. Comment a-t-il pu être aussi aveugle ? Le nom de Hanvec commence par un « H » ! Lui qui cherche depuis huit jours la signification de cette lettre dans le carnet de Le Ny, quand un « H » apparaît, il ne le remarque même pas ! Quel idiot ! Se pourrait-il que ce soit la réponse et que la lettre ne désignait qu'un lieu ? Mais pourquoi alors être si mystérieux ? En tout cas, cela expliquerait pourquoi ils n'ont pas trouvé mention de cette lettre dans les papiers du journaliste. Il n'avait pas besoin de marquer sa propre maison ! Il en est de plus en plus persuadé, la relation entre ces deux hommes, et peut-être un troisième, assassin ou non, est la clé du crime, même s'il faut se méfier des fausses évidences. Aela, qui a remarqué le trouble d'Enor, et qui pense qu'ils ont fait le tour de la question du journaliste, en profite pour sortir le *Peter Pan* de son sac plastique. Elle se contente de le montrer à Véronique Le Ny, qui le regarde, visiblement très intriguée.

— Madame Le Ny, avez-vous déjà vu ce livre ?

— Non, jamais. Je me rappelle que vous m'avez déjà posé une question à propos de Peter Pan, mais je n'ai vraiment pas saisi pourquoi.

— Votre mari a fait allusion à ce personnage au cours d'une discussion avec votre beau-frère, répond Enor. Et nous avons trouvé ce livre dans son coffre de la Barclays Bank, à Brest. Il n'a pas une grande valeur, mais s'il a été placé là, il y a une raison. Vous ne verriez pas laquelle ?

— Mais non, je n'y comprends toujours rien. Et je ne vois pas quel rapport il peut y avoir entre vos meurtres et Peter Pan. Cela paraît ridicule !

Aela reprend la parole :

— Peut-être allez-vous quand même pouvoir nous renseigner ? (Elle lui donne le livre.) Si vous l'ouvrez à la page trois, la page de titre, vous pouvez voir que quelqu'un a écrit « *Annie, Noël 1962.* » La question est simple. Savez-vous qui est cette Annie ?

Aela et Enor, qui s'attendaient une nouvelle fois à la réaction négative à laquelle semble abonnée Véronique Le Ny, voient un large sourire envahir son visage.

— Mais oui ! Suis-je bête ! Je n'y aurais jamais pensé sans cet écrit. Il s'agit d'Annie Le Berre, la cousine de Richard.

— La cousine ?

— La fille de sa tante. Mon beau-père Georges avait une sœur, Pauline, née en 1926, je crois. Elle a épousé Henri Le Berre en 1948. Ils n'arrivaient pas à avoir d'enfant quand, alors qu'ils ne s'y attendaient plus et commençaient à chercher à adopter, ils ont eu Annie en 1956. Elle avait donc 6 ans en 1962. (Elle feuillette quelques pages, s'arrêtant sur certaines illustrations.) C'était un très joli cadeau de Noël, ajoute-t-elle.

Aela observe :

— Vous vous souvenez très bien des dates, pour des gens que vous n'avez guère connus.

— En effet, je suis comme ma sœur, j'ai la mémoire des chiffres.

Aela se tait quelques secondes, puis reprend :

— Mais pourquoi avez-vous eu cette réaction en voyant ce prénom ?

— Mais parce que... dit-elle, un peu excitée, Richard, qui aimait beaucoup sa cousine, m'avait dit qu'elle avait un surnom. Elle avait le physique de l'héroïne du *Peter Pan* de Disney, qui date de quelques années plus tôt. Ça peut paraître bizarre de ressembler à un personnage de dessin animé, mais quand on la voyait, même beaucoup plus tard comme moi, on aurait juré que le dessinateur s'était inspiré d'elle. C'est pour cela que tout le monde l'appelait Wendy ! Je crois que c'est Georges qui en était à l'origine.

— Comment ? s'exclame Enor, tout excité.

— Oui, je vous prie de m'excuser. Je n'aurais jamais fait le lien entre Annie, qui était un peu plus âgée que moi, que je n'ai vue adulte qu'une ou deux fois et à laquelle je n'ai pas pensé depuis des années, et le meurtre de mon mari ! D'ailleurs, je ne vois toujours aucun lien. Comme je viens de vous le dire, Richard et sa cousine ont passé beaucoup de moments ensemble dans leur jeunesse et il l'adorait. Je ne sais pas comment il a récupéré ce livre ni qui l'avait offert à Annie, peut-être Georges, mais je suppose qu'il l'a gardé pour des raisons sentimentales.

— C'est possible, en effet, concède Enor, qui avait pensé la même chose avec Guylaine Essart lors de la découverte du livre. Votre défunt mari semblait ne pouvoir l'oublier. Il appelait également la serveuse de la brasserie Wendy, parce qu'elle lui rappelait quelqu'un qu'il avait connu dans sa jeunesse ; nous savons maintenant qu'il s'agissait de sa cousine. Il insistait pour que ce soit cette serveuse qui s'occupe de lui.

— Cela ne m'étonne pas, ils étaient si proches, cela a dû le perturber et lui rappeler des souvenirs heureux de voir une femme qui lui ressemblait.

— Annie et Richard ont-ils continué à se voir, une fois adultes ? demande Aela, et pouvez-vous nous donner son adresse actuelle ?

La gaieté momentanée de Véronique Le Ny cesse aussitôt.

— Annie s'est tuée dans un accident de voiture en 1990. Elle était dépressive depuis très longtemps et avait d'ailleurs rompu toute relation avec Georges et, par voie de conséquence, avec Richard aussi, même si lui a essayé de la revoir. Mais ça ne s'est pas bien passé. C'est pour cela que je ne l'ai pour ainsi dire pas connue ; elle était déjà malade et je vous avoue que les regards qu'elle portait sur moi me mettaient un peu mal à l'aise. C'était pourtant une petite fille très gaie, à ce qu'on m'a dit, mais elle a changé quand sa dépression s'est déclarée, au milieu de l'adolescence. Elle commençait une nouvelle psychothérapie au moment de son accident, et je sais qu'elle avait un traitement assez lourd. Je ne pense pas qu'il était très prudent qu'elle conduise.

Enor voit une porte de plus se refermer. Mais pourquoi a-t-il le désagréable sentiment que Véronique Le Ny semble soulagée ? Il faut qu'il insiste pour aller interroger sans tarder Alice Boulin, la voisine de Georges et Martine Le Ny à Brest, à l'EHPAD de Landerneau. Il espère qu'elle sera remise et pourra les éclairer, car manifestement les témoins de l'époque ont presque tous disparu.

— Et les parents d'Annie ? Sont-ils toujours en vie ? interroge-t-il.

— Son père est mort depuis longtemps, d'un AVC si je me souviens bien. Pauline est toujours vivante, ça lui fait donc 88 ans maintenant. Mais vous ne pourrez rien en tirer, elle est atteinte de la maladie d'Alzheimer depuis une dizaine d'années et ne reconnaît plus personne. Elle ne se souvient de rien. Richard allait la voir de temps en temps, il en revenait assez démoralisé.

— Oui, c'est une réaction normale devant une telle maladie.

Il pense à sa mère, Annette, décédée trop jeune, trop vite, mais lucide jusqu'au bout. Pour les proches, la lutte contre l'alzheimer, faite de souffrance et d'isolement, est une course contre la montre pour en retarder les effets.

Mais pour lui, le cancer de sa mère a été une course contre l'amour. C'est entourée des siens et sereine qu'elle est partie, car pendant la bataille elle n'a jamais laissé la pensée de la mort prendre le dessus ni accepté de la lire sur les visages. La mort a triomphé, mais c'est l'amour qui a passé directement le relais. L'amour, la mort, deux compagnons de vie souvent si proches.

Enor reprend :

— Madame Le Ny, votre mari avait un compte bancaire à la Barclays. Comment étiez-vous organisés pour vos comptes ?

— Très simplement, et de façon classique, si je puis dire. Nous avions deux comptes courants séparés et un compte joint pour les dépenses de fonctionnement. Ce dernier est à la Banque populaire, nous y faisions un virement mensuel identique chacun, et mon compte personnel est au Crédit mutuel.

— Donc chacun de vous ignorait les mouvements financiers du conjoint sur son compte personnel ?

— C'est exactement cela. Et je dois dire que ça fonctionnait très bien ainsi. Sur ce point, nous nous entendions parfaitement.

Enor revient sur ce qui le trouble depuis le début.

— Je vous pose la question encore une fois : êtes-vous sûre de n'avoir aucune idée du mobile de ces meurtres ? Vous avez dû y réfléchir, et même s'il ne vous parlait pas de ses affaires, il ne vous vient pas une raison, peut-être très ancienne, qui les expliquerait, comme une vengeance, par exemple ?

— Non, je vous l'ai déjà dit, je n'ai aucune idée du motif de sa mort. Et je vous répète que je n'avais jamais entendu parler de Pierre-Yves Le Bihan. Or si cet homme est mort lui aussi, c'est que c'est certainement du côté de leur relation qu'il faut que vous cherchiez, sans vouloir m'immiscer dans votre enquête. Et je n'en faisais pas partie.

— Bien, je n'insiste pas. Il ne nous reste plus qu'à prendre congé.

Les deux policiers se lèvent, saluent leur hôtesse et retournent à la voiture. Il est 14 h 45.

XXIV

Dimanche 23 mars 2014 – 14 h 45

Aela prend le volant et décide de rentrer par la route la plus directe. Elle fait bien car à peine deux minutes plus tard, alors qu'ils n'ont pas encore eu le temps d'échanger leurs impressions, le téléphone d'Enor sonne. Un appel de Luc, qui doit être au siège du BUG à cette heure-là.

— Patron, c'est Luc. Je vous appelle pour vous dire que ça chauffe un peu ici. On maîtrise mais on a été obligé de placer un cordon de protection devant le siège du BUG rue de Quimper, et de disposer des pelotons de la gendarmerie mobile en renfort vers la place de Strasbourg et un peu plus bas à hauteur de la rue d'Ouessant. Leur peloton d'intervention est sur place. En plus des "jaunes", nos hommes sont également présents car il y a de plus en plus de types qui affluent et on ne sait pas comment ça peut tourner. Ils se sont contactés très vite par les réseaux ou par téléphone et, comme on est dimanche, la plupart étaient disponibles et ont accouru.

— Le divisionnaire est prévenu ?

— Oui, il arrive bientôt sur place. Le sous-préfet est informé en temps réel de l'évolution de la situation et je crois savoir qu'il a un peu râlé. Ici, on a commencé la fouille, sous les yeux de cinq jeunes pas très amicaux, c'est le moins qu'on puisse dire.

— Bien, faites votre boulot calmement, mais rapidement. Surtout, pas de provocation ! On est en route, on sera là bientôt. Essaie de trouver et de faire venir le responsable de ces supporters pour que je puisse lui parler à mon arrivée. Mais attention, pas de dérapage, c'est une invitation, pas une interpellation. Vois avec tes jeunes "amis" s'ils peuvent le contacter. Il faut aussi lui garantir le passage jusqu'aux locaux.

— D'accord. Pendant ce temps, j'assure aussi la liaison avec les responsables du maintien de l'ordre.

— OK. Rappelle-toi, il est impératif d'éviter tout affrontement, les circonstances ne le justifient pas.

Il raccroche. Comme Aela le regarde d'un air interrogatif, il lui explique ce qui se passe.

— C'était un peu à prévoir, commente-t-elle, notre simple présence est prise comme une preuve d'acharnement depuis la création de la Division nationale de lutte contre le hooliganisme en 2009.

— En l'espèce ici, ils ont tort. Nous sommes sur une enquête criminelle et nous faisons notre boulot. Leurs problèmes de stade ou d'atteinte à la sécurité publique, ce n'est pas notre affaire. J'espère simplement qu'il ne va pas y avoir de casse.

— Oui. En tout cas, la couverture des collègues était indispensable.

Enor perd toutes ses illusions lorsqu'ils arrivent par la rue de Valmy aux abords de la place de Strasbourg. Alors qu'ils se garent près du lycée de l'Iroise, il entend de l'autre côté de la place, à l'entrée des rues de Gouesnou et de Paris, quelques dizaines de supporters hurler les insultes antiflics habituelles. Il attrape aussi un « liberté aux Ultimas », slogan qui commence à circuler chez les ultras de tous bords qui s'estiment harcelés, accompagné du surprenant, pour qui ne connaît pas toutes les subtilités, « Non aux hooligans, oui aux Ultimas ! » et du rassurant « ACAB », acronyme du « pacifique » « *All Cops Are Bastards* ! » « Manier la langue de Shakespeare ne peut pas leur faire de mal », se dit-il. Mais ce qu'il distingue ne le pousse pas à l'optimisme : certains ont le visage camouflé et des lance-pierres à la main. D'autres se sont emparés de conteneurs à poubelle, qu'ils ont renversés au milieu de la rue de Paris ; l'un d'entre eux commence à flamber. L'affrontement risque d'être difficile à éviter. Il franchit avec Aela le cordon qui bloque l'entrée de la rue de Quimper et aperçoit Peyret en discussion avec le chef d'escadron de gendarmerie et le commandant Daniel Vilmoutier, qui dirige la Sécurité publique à Brest. Ils s'approchent et les saluent, mais Aela file vite au local du club de supporters.

— Alors, comment ça se présente ?

— Pour le moment, on contrôle la situation, lui répond Vilmoutier, mais il faut que les collègues fassent vite, car la pression monte de minute en minute.

— Certains ont essayé de contourner par la rue d'Ouessant, ajoute le chef d'escadron Michel Quéré, qu'Enor ne connaît pas bien – il n'est là que depuis quelques mois – mais on les a bloqués. Ils n'ont aucune chance de ce côté-là.

— Qu'est-ce que vous voulez faire maintenant ? lui demande Peyret, signifiant par là que c'est son opération et que c'est à lui de s'en débrouiller.

— Je vais voir où ils en sont de la fouille. (Il se tourne vers Vilmoutier.) J'ai demandé à rencontrer le responsable du BUG, s'il est dans le secteur, en précisant qu'il aurait un sauf-conduit pour nous rejoindre, à condition que ses acolytes aient réussi à le contacter. Je peux compter sur vous ? Il pourrait être utile pour faire baisser la tension.

Vilmoutier confirme :

— Oui, le capitaine Magdelain m'en a informé, l'opération est en cours. Il a accepté de venir, mais il sera accompagné de l'avocat du club ; ils ne devraient pas tarder.

— Bien, dit Enor, alors je vais aller rejoindre mes hommes. (Il regarde autour de lui.) Le repli va être délicat ; réinvestir la zone tout en faisant savoir aux manifestants que vous quitterez les lieux dès que leurs groupes se disperseront dans le calme risque de pas être simple.

— En effet, approuve Vilmoutier, espérons que tout se passe bien. Nos "civils" ont repéré une dizaine d'individus qui ont l'air particulièrement remontés. Comme ils ne sont pas très malins, ils sont tous dans le même secteur, on devrait pouvoir les isoler, à condition que ce soit dans pas trop longtemps.

Le ton est calme et sûr. Mais lui comme Enor savent bien que ce genre de situation reste imprévisible. Il s'éloigne et arrive devant le siège du club. C'est un ancien commerce, avec l'inscription « *Mercerie de Strasbourg* ». Il entre. Il s'attendait à pire. Tout est calme à l'intérieur. Dans la pièce d'entrée, manifestement le bureau administratif, quelques placards sont ouverts. Ronan et Denis feuillettent des classeurs sous le regard vigilant de trois jeunes au crâne rasé, d'une vingtaine d'années. Ils n'ont rien trouvé de significatif alors qu'ils ont bientôt fini. Il emprunte un couloir jusqu'à une grande salle. Plusieurs tables, deux frigos et des placards muraux allant jusqu'au plafond, eux aussi recouverts d'affiches, occupent la pièce. Luc et Aela ouvrent et referment des portes. Les placards contiennent surtout des banderoles, du tissu, des bombes de peinture et toute sorte de matériel indispensable à tout bon supporter de club qui se respecte. Les deux hommes présents sont plus âgés, une bonne trentaine. Après un regard vers Luc et un signe de tête négatif de sa part, Enor se dirige vers eux et se présente, sans dire plus car il attend leur président. Dans un placard, Aela découvre une dizaine de manches de pioche.

— C'est pour les banderoles, dit l'un des hommes en souriant, sachant pertinemment qu'il n'est plus autorisé d'apporter de telles armes par destination dans l'enceinte des stades.

À ce moment-là, Enor entend des voix à l'entrée. Sans doute ceux qu'il attend. Il retourne vers le bureau et aperçoit les deux nouveaux arrivants, dont l'un discute avec les jeunes, sans doute pour savoir si quelque chose a été pris par les policiers. L'avocat est immédiatement reconnaissable, avec sa petite sacoche et son costume brun. Une cinquantaine d'années, dégarni mais osseux, il dégage une énergie évidente. Enor ne le connaît pas. Le président du club n'a pas 30 ans. Blond, visage carré dominé par des yeux marron au regard fixe, il porte un jean, un blouson de cuir noir ouvert qui laisse voir un tee-shirt à la gloire de Ozzy Osbourne – ce qui, pour Enor, est le signe d'un goût certain pour la qualité, malgré les quelques frasques discutables du chanteur de Black Sabbath – et des chaussures montantes violettes qui pourraient être des Doc Martens. Le président prend le premier la parole :

— Kevin Le Bourhis, président du club. (Il lui montre son compagnon.) Voici maître Laurent Thébaut, notre avocat. Pouvons-nous savoir ce que vous cherchez ?

— Commissaire Berigman, du Service régional de police judiciaire. J'agis dans le cadre de l'enquête préliminaire concernant les assassinats de maître Richard Le Ny, avocat au barreau de Brest, dont vous avez pu lire les circonstances dans la presse, et de Pierre-Yves Le Bihan, journaliste au *Messager de l'Ouest*, survenu hier matin.

L'avocat semble un peu ébranlé par la gravité du propos mais se reprend très vite. De son côté, Enor observe que Le Bourhis est visiblement stupéfait.

— Et en quoi cela concerne-t-il mon client ? questionne Thébaut.

— Nous avons des raisons de penser que maître Le Ny avait reçu des menaces qui pourraient venir d'un membre du BUG. Connaissiez-vous ces deux hommes ? poursuit-il à l'adresse de Le Bourhis.

— Vous n'êtes pas obligé de répondre ! conseille l'avocat.

Le président du club hausse les épaules et dit, sans que l'on sache exactement à qui il parle :

— Écoutez, tout cela est totalement ridicule ! Maître Le Ny est un parfait inconnu pour moi. En ce qui concerne Le Bihan, bien entendu que toute personne qui suit un peu le sport à Brest le connaît. Moi-même, je lisais ses articles sur le hockey. Il m'est également arrivé de le croiser, mais très rarement, car vous devez savoir qu'il ne s'intéressait pas au foot. Alors je ne vois vraiment pas quel rapport nous aurions avec la mort de ces deux hommes.

Le ton est convaincant, et l'homme s'exprime plutôt bien, sans agressivité, mais puisqu'il est ici, Enor préfère insister un peu.

— Il se trouve que maître Le Ny s'occupait en partie du dossier financier du nouveau stade. Certains disent que c'était pour le compte du Qatar, et que Le Bihan et lui se fréquentaient intimement. Peut-être cet aspect du dossier vous déplaisait-il, surtout s'il y avait entente entre les élus, les juristes et la presse ? Même si vous ne formez pas un club officiel et reconnu, je présume que vous devez bien avoir quelques informateurs, non ?

Thébaut s'interpose une nouvelle fois :

— Ne répondez pas !

Mais Le Bourhis ne l'écoute pas, même si Enor, qui tentait un ballon d'essai en souvenir des paroles de Thierry Le Bras, l'a vu ciller au mot « informateurs ».

— Non, nous n'avons pas de renseignements sur ce dossier, tout se fait dans l'opacité. Mais je suis pour un nouveau stade. Alors, les fonds du Qatar, à condition qu'ils soient minoritaires, on peut les prendre, à partir du moment où on vire les Qataris un jour. Je repose ma question : que cherchez-vous ?

— Eh bien, je pense que vous l'avez compris. Tout document qui tendrait à prouver que vous aviez connaissance de l'état d'avancement de ce projet, en particulier en matière de montage financier, ainsi que tout élément qui vous rattacherait aux victimes. Le reste de vos activités ne m'intéresse pas.

— Alors vous ne trouverez rien parce qu'il n'y a rien à trouver. Mais vous avez parlé de menaces de la part d'un de nos membres ? Puis-je en savoir plus ?

— Non, désolé, vous comprenez que je ne peux pas.

— Ça n'a pas d'importance, plusieurs chemins mènent à Rome.

Enor n'a pas le temps de s'interroger sur le sens de cette repartie un peu énigmatique. Il voit Luc et Aela revenir, les mains vides. Ronan et Denis, qui ont également terminé leur fouille, s'approchent. Denis a un dossier constitué de quelques chemises en main. Ce sont des pièces comptables, essentiellement des relevés de compte, mais aussi un listing détaillé de courriers expédiés appelé « envois extérieurs », qui couvre la saison sportive 2013-2014.

Enor jette un œil rapide aux relevés et dit, en les rendant à Denis :

— Maître, veuillez noter que nous saisissons ces pièces bancaires et ce listing. Nous voulons juste être sûrs que nous n'y retrouverons pas trace de liens avec nos deux victimes. Si c'est le cas, nous vous les rendrons sitôt la vérification faite.

— Je proteste, vous n'avez aucun argument concret qui justifie cette saisie.

— Vous ne souhaitez pas qu'on arrête l'assassin de l'un de vos confrères, Maître ?

— Bien sûr que si, mais dans le cadre du respect du code de procédure. Et l'assassin que vous recherchez n'est certainement pas ici.

— C'est possible, je vous l'accorde. En attendant, nous emportons ces papiers, nous ne les garderons pas bien longtemps.

Il se tourne vers Le Bourhis.

— Nous partons, vous êtes libre de rejoindre vos membres. Si vous avez la moindre influence sur eux, je vous conseille de leur demander de se disperser dans le calme. Personne ne souhaite d'incidents et les forces de police sont prêtes à décrocher. Nous nous reverrons peut-être.

La réponse est immédiate.

— Vous avez allumé une mèche pas toujours facile à éteindre en un claquement de doigts.

Enor hoche la tête et sort avec son équipe. Il leur demande de rentrer à la boîte pendant que lui se dirige vers l'entrée de la place, où se trouve encore Vilmoutier. Peyret a disparu. La situation est en attente, personne ne semblant avoir bougé depuis tout à l'heure. Le feu ne s'est pas aggravé non plus.

— Sans doute attendent-ils le retour de leur président, suggère Enor.

— Oui, probablement.

Justement, ce dernier, accompagné de l'avocat, arrive à son tour et, sans un regard, se dirige vers la rue de Paris, de l'autre côté de la place, tandis que l'avocat prend sur la gauche la direction de la rue de Valmy. Le moment est important. Les policiers observent les conciliabules entre les groupes. Au bout de quatre à cinq minutes, une certaine détente se manifeste. Le groupe proche de la rue de

Gouesnou commence à se disperser lentement, tandis que quelques jeunes quittent également l'entrée de la rue de Paris. Alors qu'Enor voit le peloton qui protégeait l'accès au local côté rue d'Ouessant pour ne pas être pris à revers revenir lentement vers leur position sur la place, seul un dernier groupe d'une quinzaine d'individus, et parmi eux ceux qui avaient été repérés comme les plus excités, reste encore actif. Il voit le président, avec cinq ou six autres, quitter les lieux et revenir vers eux. Il est vrai qu'ils ont un déplacement à Metz le lendemain, s'il se rappelle bien. Ils franchissent sans problème le cordon de police et retournent à leur local. Que va faire la petite dizaine restante ? Ils sont certes peu nombreux mais gardent encore une attitude hostile et structurée. Pendant quelques minutes, alors que le dispositif policier se réorganise, ils font encore quelques gestes provocants, mais tout le monde sent que la fin approche et qu'ils se préparent à rompre le face-à-face. Le rapport de force n'est de toute façon pas en leur faveur. C'est alors que l'incroyable se produit. Ils voient tous arriver de la rue de Paris une Peugeot 508 noire, obligée de ralentir à cause des conteneurs sur la chaussée, puis de s'arrêter quand cinq ou six jeunes lui barrent la route. Tout se passe très vite : les cris des supporters, frustrés de ne pas avoir eu le combat qu'ils souhaitaient et qui ont vu que la voiture a un chauffeur, les premiers coups de pied sur la carrosserie, quelques coups de bâtons surgis soudainement dans les mains de certains, sur le toit puis sur les pare-brise avant et arrière de la voiture pour aveugler le conducteur, en même temps que Vilmoutier effaré comprend qu'il s'agit du véhicule de fonction du sous-préfet ! Il coasse aussitôt au chef d'escadron, qui n'en croit pas ses oreilles :

— Le sous-préfet ! C'est le sous-préfet ! Mais qu'est-ce qu'il fout là ? D'où il sort ? Intervenez, intervenez ! Vite !

Michel Quéré, abasourdi moins d'une seconde, réagit immédiatement et lance le peloton d'intervention, dont il prend même la tête, vers la voiture à moins de trente mètres de là, tandis qu'un autre peloton de marche traverse la place en courant vers la rue de Gouesnou pour empêcher tout retour de manifestants. Dans la précipitation, deux "moblos" renversent un sportif du dimanche à vélo n'ayant pu les éviter. Deux flics en civil poursuivent un jeune qui se sauve par le milieu de la place vers la rue Jean-Jaurès en ayant contourné les gendarmes. Ils se font copieusement insulter par deux dames d'un certain âge attendant le tramway, qui n'ont pas compris qu'ils étaient policiers malgré leur brassard, et qui les obligent même à ralentir leur course, permettant au jeune qu'elles croyaient protéger de les distancer et de disparaître plus loin. Deux minutes suffisent toutefois pour reprendre le contrôle de la situation car les supporters se sauvent à toute vitesse vers le fond de la rue de Paris dès qu'ils voient le peloton d'intervention accourir. La voiture du sous-préfet est "sécurisée", comme on dit aujourd'hui, et le fonctionnaire et son chauffeur s'en extraient, passablement choqués, mais apparemment sans blessures. Pendant ce temps, deux policiers s'occupent du cycliste blessé. L'un d'eux appelle le SAMU. Enor, comme Vilmoutier qui se dirige, livide, vers le sous-préfet, constate une nouvelle fois la vitesse à laquelle une situation sous contrôle peut déraper. Il n'y a pourtant rien à dire sur la rapidité de réaction des gendarmes, qui ont su faire face avec efficacité à l'imprévu. Ils sont formés à cela, certes, mais tous les ingrédients d'une catastrophe étaient réunis. Car si les manifestants avaient été cent cinquante au lieu d'une petite poignée, personne ne peut dire ce qui se serait passé, et le sauvetage des occupants de la voiture aurait été bien plus délicat et peut-être pas sans dégâts. « Le débriefing va être rude, se dit-il, car comment ce qu'il vient de voir est-il possible ? » C'est incompréhensible ! D'où sortait cette voiture qui n'aurait jamais dû prendre cet itinéraire ? D'autant que la sous-préfecture est à l'opposé, dans le bas de la ville. Alors ? Le sous-préfet était pourtant informé de la situation en temps réel ! Il plaint Vilmoutier qui va devoir gérer cette bourde – car il y en a forcément une quelque part – et s'accommoder d'une enquête interne. Il va le retrouver pour signaler son départ ; il n'a plus rien à faire là et s'il ne veut pas être trop en retard pour sa réunion, il est temps qu'il y aille. Comme, bien sûr, le responsable de la

Sécurité publique et Michel Quéré sont maintenant en grande discussion avec le sous-préfet, il exprime quelques mots de sympathie et de compassion à l'égard de ce dernier. Il arrive tout de même à prendre Vilmoutier à part, lui souhaite bon courage et lui demande comme un service de bien vouloir le tenir au courant des résultats de l'enquête. Il est possible, mais pas certain, qu'il soit entendu lui-même. Deux minutes plus tard, il est dans sa voiture et retourne au SRPJ.

XXV

Dimanche 23 mars 2014 – 16 h 15

La réunion prévue à seize heures est un peu retardée par un appel de Claude Guitton. Il l'informe que de nombreuses empreintes de Richard Le Ny ont bien été retrouvées dans la maison de Le Bihan, principalement dans la cuisine et le salon. Enor est ravi. Cette confirmation, en appui du témoignage de la serveuse, ne laisse plus de place au doute : les deux hommes se fréquentaient.

— Il y a un troisième jeu d'empreintes que l'on retrouve aussi un peu partout, continue Guitton, et puis, comme souvent, quelques empreintes isolées qui peuvent provenir de la famille ou d'artisans de passage. Certaines sont sous l'évier, par exemple.

— Oui, oui. En tout cas, merci de l'info rapide, on progresse. Encore dans le brouillard, mais on progresse. Salut.

Lorsqu'il arrive dans la salle de réunion, tout le monde est déjà installé et discute de l'aventure du sous-préfet. Peyret l'apostrophe immédiatement :

— Alors, Berigman, c'est quoi ce bordel avec le sous-préfet ?

Enor, tout en s'installant confortablement dans son siège, préfère être direct, ils ont d'autres chats à fouetter.

— Je n'en sais rien, et cela ne nous concerne pas. Il a surgi à un endroit où il n'aurait pas dû être, je n'ai aucune information sur les causes de cette énorme bévue. L'enquête interne établira la chronologie précise des faits et gestes de chacun. Une erreur a forcément été commise, mais je ne me permettrais pas d'incriminer qui que ce soit *a priori*.

Peyret ne s'avoue pas battu.

— Mais les auteurs de cette sauvage agression...

— Je suis désolé, Monsieur le divisionnaire, mais nous avons un double meurtre à résoudre, concentrons-nous plutôt dessus. De toute façon, les manifestants de la place ont été pris en photo, même si certains avaient le visage camouflé. Les services arriveront bien à en identifier et à en interpeller un ou deux parmi les plus violents ; peut-être le commissaire Laumond pourra-t-il même coopérer en donnant quelques noms aux enquêteurs, finit-il avec un petit sourire.

Peyret ne réagissant pas, il continue :

— Bien, je propose que nous en restions là pour le moment avec cette lamentable histoire.

C'est effectivement le sentiment de tous les autres. Enor reprend la parole :

— Nous avons aujourd'hui établi de façon certaine que les deux victimes se connaissaient bien. (Il rappelle succinctement le témoignage de la serveuse et leur parle du coup de fil de Claude Guitton.) Nous ne sommes donc pas simplement dans des relations de restaurant mais bien dans un rapport d'amitié ou d'affaires qui justifie des rencontres régulières au domicile d'une des victimes.

— Celui qui est célibataire et habite un coin isolé, justement, car tout cela se fait à l'insu de la famille ou des connaissances, pointe Ronan.

— En effet, renchérit Françoise, les collègues du journal de Le Bihan et son frère ne connaissaient pas Richard Le Ny, et l'inverse est vrai. J'ai appelé tout à l'heure les de Grandin et le fils à Strasbourg, ils disent n'avoir jamais entendu parler de Le Bihan.

— C'est aussi le cas de la veuve, précise Aela.

— Doit-on les croire ? interroge Denis.

— Un élément plaide en leur faveur, à mon avis, répond-elle, la volonté manifeste des deux victimes de garder le secret de leur relation.

— N'empêche qu'il faut quand même vérifier l'alibi du frère Le Bihan, il y a de fortes sommes en jeu entre eux deux, dit Luc.

— Je m'en suis chargée cet après-midi, intervient Françoise, les gendarmes de Saint-Quay se renseignent pour avoir l'adresse du libraire et obtenir son témoignage. Si tout va bien, on aura sûrement le résultat dès demain. J'ai aussi appelé à tout hasard les collègues de la brigade financière pour qu'ils essaient de déterminer sa situation.

Guylaine Essart fronce les sourcils.

— Mais, je ne comprends pas. On a deux meurtres, commis avec préméditation par le même assassin, on peut supposer que le mobile est identique, non ? C'est bien vers cette hypothèse que l'on s'oriente ? Dès lors, le frère Le Bihan ne peut pas être Pluton. Quelle raison aurait-il eu de tuer Le Ny ? Ou je me trompe ?

— Non, approuve Enor, mais nous ne pouvons pas écarter totalement l'idée que l'avocat Le Ny ait pu aider à titre amical Pierre-Yves Le Bihan dans une affaire contre son frère Pierre-Marie et que ce dernier ait voulu se venger. En commençant par Le Ny, ce qui serait très habile de sa part. Cela me fait penser qu'il faut également demander aux avocats associés et à la secrétaire s'ils connaissaient Le Bihan. Tu t'occupes de ça, Ronan ?

— Oui, dès demain matin.

— Bien, continuons.

Aela enchaîne.

— Il y a la question des deux autres hommes, à la brasserie. Pourquoi le troisième homme, celui qui est venu plusieurs fois, ne se manifeste-t-il pas auprès de nous ? Et sont-ce ses empreintes qui sont chez Le Bihan ?

— Oui, tout ça n'est pas logique, martèle Denis, ou alors ce troisième homme est Pluton.

— Ne nous emballons pas, temporise Enor, n'oubliez pas que le meurtre de Le Bihan n'est pas encore totalement connu. Ce sera sur toutes les chaînes de télé dès ce soir après la conférence de presse et dans tous les journaux demain matin. Si cet homme ne vient pas nous voir de lui-même demain, alors oui, on pourra se poser la question de sa motivation. Jusqu'à présent, le seul meurtre de Le Ny ne l'a pas fait bouger, peut-être de bonne foi parce qu'il ne voit pas le lien avec lui, même si rien que cela est déjà un peu étrange, c'est vrai. En attendant, il faut contrôler les empreintes au fichier.

— Et faire son portrait-robot au plus vite.

Pour une fois, Enor est totalement d'accord avec Peyret, qui vient de parler.

— Oui, c'est une urgence. Luc, tu vas chercher la serveuse demain matin et tu l'amènes au commissariat central où le spécialiste fera le portrait. Sinon je crains, malgré ma demande, qu'elle ne vienne que dans quelques jours.

— C'est vrai que c'est bizarre, dit Françoise, on peut vraiment se demander quelle est la nature de la relation entre ces trois hommes. Car si ce troisième homme n'est pas Pluton, il est la troisième victime potentielle, j'en suis sûre. Alors s'il ne vient pas nous trouver...

— On est en plein dans le cœur du problème. Le mobile, le mobile ! assène volontairement Enor, nous ne le connaissons toujours pas.

— J'ai eu aujourd'hui une communication avec le Luxembourg. Le cabinet Mersch-Rochette, qui collabore avec Aber Associés, n'est absolument pas un cabinet d'avocats-conseils connu pour être spécialisé dans les optimisations fiscales, les informe la procureure. Cela affaiblit la thèse de la fraude fiscale.

— Mais le témoignage de de Grandin était clair, il y était bien question d'une opération immobilière, rappelle Ronan.

— Oui, mais dans quel but ? On n'a pour l'instant rien trouvé au domicile ou au bureau des victimes, aucun acte de propriété d'une SCI. Si cet acte existe, il est soit au Luxembourg, soit peut-être aux mains de ce troisième homme, dit Luc.

— Denis, que donne l'analyse des relevés de Le Bihan ? interroge Enor.

— J'allais y venir. Les relevés que nous avons pris avec Luc sont ceux de l'année 2013. Nous n'en avons vu aucun de 2014 ni des années antérieures. Pas trace d'archives, ce qui est étonnant pour un journaliste.

Denis ouvre la chemise qu'il a devant lui.

— Au cours de cette année 2013, à cinq reprises, un versement de quatre mille euros a été fait. Nous ignorons à qui, mais comme il s'agit d'un virement à un compte bancaire, nous devrions le savoir assez vite.

— Chantage ? suggère la procureure.

— Par virement bancaire ? Ça m'étonnerait, rétorque Enor avec une grimace.

— Mais le quatrième homme de la brasserie avait bien une tête de mafieux des Balkans, non ? Ce pourrait être lui, le destinataire, répond-elle.

— Oui, bien sûr, mais plutôt contre une transaction, alors.

— Quel serait l'objet de cette transaction ? demande Françoise. Les autopsies ont montré que les deux victimes n'étaient pas des drogués, et nous n'avons aucun élément d'un quelconque trafic. Pourtant, une transaction de vingt mille euros dans l'année, ça n'est pas rien.

Un court silence de méditation s'établit, rompu par Aela.

— Ces virements sont-ils régulièrement espacés dans l'année ?

— Oui, dit Denis, de mars à décembre.

— Pourrait-on alors les comparer avec les dates du « H » inscrit sur le carnet de Le Ny ? Même si le carnet est sur 2014, cela pourrait donner une indication, à un ou deux jours près.

« Si ça marche, c'est un coup de génie », se dit Enor. Il voit bien, d'ailleurs, qu'autour de la table une certaine fébrilité s'empare de tout le monde tandis que Guylaine Essart sort le fameux carnet de sa pochette de protection. Denis énumère les dates de virement. Il s'aide d'un petit calendrier de poche 2013 en carton qu'il avait encore dans son portefeuille pour retrouver les jours de la semaine :

— Jeudi 28 mars, vendredi 17 mai, mardi 13 août, mardi 29 octobre et vendredi 20 décembre.

La procureure ouvre de grands yeux, sidérée :

— Cinq « H » en 2014 dans la proximité de ces dates, c'est incroyable ! D'abord au samedi 19 avril, week-end de Pâques, ensuite au samedi 7 juin, week-end de Pentecôte, puis au vendredi 15 août, inutile d'insister, au samedi 1er novembre, et enfin au samedi 20 décembre. Si on excepte les deux premières qui sont des fêtes mobiles, tout correspond. Qu'est-ce que ça veut dire ? On nage complètement. N'oublions pas qu'il y a d'autres « H » inscrits dans le carnet, toujours sur des week-ends.

— Il paie un service, une livraison, ou quelque chose comme ça, c'est sûr. En tout cas, un truc qui dure plusieurs semaines, affirme Luc.

— Donc il est prioritaire d'avoir les relevés de Le Ny pour comparer, et de savoir où sont allés ces virements, ordonne Peyret.

— On les aura dès demain matin, précise Enor, tandis que Ronan, connecté à Internet sur son téléphone portable triomphe.

— Bingo ! Pâques était le 31 mars et la Pentecôte le 19 mai en 2013 ! Ça colle parfaitement !

Denis a un petit sourire puisqu'il avait son petit calendrier 2013 en main, mais il a laissé volontairement Ronan utiliser son jouet. Tous sont conscients qu'un nouveau petit pas vient d'être fait. Ces correspondances ne peuvent être le fruit du hasard. Enor reprend :

— Bien. Les deux hommes se connaissent, ont probablement une activité commune, avec sans doute un troisième homme qu'il nous faut identifier. Dès le début, Le Bihan s'intéresse au meurtre de Le Ny puisqu'il conserve les coupures de presse soigneusement rangées dans son bureau au journal. Pourtant, il ne vient pas nous voir, preuve peut-être qu'il ne se sent pas menacé. C'est un comportement malgré tout étrange, sauf s'il s'avère qu'ils ont quelque chose à se reprocher. De toute façon, Pluton ne les a pas tués de cette façon sans une raison précise, et Le Bihan devait sûrement la connaître, mais encore une fois, il n'y a pas cru. On peut donc supposer que le journaliste n'a pas suspecté que le mobile de l'assassinat pouvait être lié à ses activités avec Le Ny. Autre chose : pendant la visite chez Véronique Le Ny, tout à l'heure, il m'est soudain venu à l'esprit que Le Bihan habitait Hanvec, et que le nom de cette ville commençait par un « H ». Est-ce le « H » du carnet, qui désignerait donc un lieu ?

Un murmure général accueille cette observation. Tous se demandent comment ils n'ont pas pensé à cela. Mais le commissaire reprend déjà :

— Mais alors que faisaient-ils dans la maison ? Pourquoi s'y retrouvaient-ils ? La fouille et l'enquête de voisinage n'ont rien donné et l'hypothèse du « H » pour Hanvec est fragile, je le sais, mais je pense qu'il faut donc encore une fois revoir la maison.

— Patron, on a déjà sondé tous les murs et exploré chaque coin, objecte Denis, et à part jouer au flipper et écouter des disques, on n'a aucun indice de ce qu'ils pouvaient y faire d'autres.

— Je n'en doute pas, c'est pour cela que vous laisserez un œil neuf refaire l'exploration. Françoise, tu les accompagnes là-bas demain après-midi après notre virée du matin, dont je vais parler, et tu t'en charges, d'accord ?

Sur un signe d'assentiment de cette dernière, Enor continue :

— Pendant ce temps, Denis et Luc, vous aurez un autre travail à accomplir. Vous m'avez dit que Le Bihan possédait beaucoup de CD ?

— Oui, à mon avis plus de deux mille.

— Alors, vous devez les ouvrir tous et vous assurer que ce sont les bons disques qui sont à l'intérieur. Prenez deux ou trois "bleus" avec vous. Quelle meilleure cachette pour un CD ou un DVD-ROM que tous ces disques ?

Luc et Denis font une drôle de tête. Il les comprend car la tâche sera fastidieuse, mais ils savent qu'elle est indispensable et qu'ils auraient dû y penser lors de leur première visite.

— Et pour les documents du BUG ? demande Ronan.

— Je propose que tu t'en occupes demain matin à la première heure, et ensuite que vous alliez avec Aela interroger les serveurs présents à la brasserie. Il est toujours possible que l'un d'entre eux sache quelque chose que la serveuse habituelle ignore. Prenez les coordonnées des absents pour les voir plus tard. Denis, le matin, tu t'occuperas d'étudier les comptes de Le Ny dès qu'on les aura reçus et de les comparer avec ceux du journaliste.

Guylaine Essart intervient :

— Voulez-vous que nous réclamions les comptes des années antérieures à la banque de Le Bihan ?

— Oui, il serait vraiment intéressant de savoir depuis combien de temps durent ces virements.

Enor jette ensuite un coup d'œil sur les affiches posées au mur par Ronan. Il les désigne du doigt.

— N'oublions pas qu'il existe une catégorie de personnes qui pourrait apparaître sur les deux listes : ce sont justement tous les serveurs de la brasserie. C'est pourquoi il faut quand même les inscrire pour mémoire, sans doute sur une troisième feuille, et ne pas omettre non plus nos inconnus numéro trois et numéro quatre. D'accord, Ronan ?

— Ce sera fait, Patron.

Peyret, qui regarde de plus en plus sa montre en prévision de la conférence de presse, intervient :

— C'est quoi, votre virée de demain matin dont vous venez de parler ?

Françoise prend Enor de vitesse.

— Alice Boulin.

— Alice Boulin, c'est qui, celle-là ?

— La voisine des parents Le Ny dans les années soixante, rue Jules-Favre. Elle est à l'EHPAD de Landerneau, on en a déjà parlé.

Peyret secoue la tête, en signe d'incompréhension.

— Vous croyez bien utile d'aller déranger cette vieille femme, qui a peut-être perdu la tête, pour lui parler d'un passé vieux de cinquante ans alors qu'on vient de dire que les crimes pourraient avoir leur origine dans des activités que deux ou trois personnes avaient de nos jours dans une maison à Hanvec ? Et je n'imagine pas que votre Pluton ait 75 ans, non ?

L'argument ne manque pas de poids, quoique la remarque sur l'âge de Pluton soit sans objet, le mobile de la vengeance d'un descendant serait même un grand classique. Bien que ça n'aide pas à comprendre ce que ficherait Le Bihan dans ce scénario, Enor ne veut de toute façon pas lâcher ce fil qui lui semble pouvoir donner un début d'explication aux non-dits de Véronique Le Ny, non-dits étayés par les réflexions de sa belle-fille à Fouesnant sur les secrets d'enfance de son mari. Il répond donc très calmement :

— S'il est possible que cette femme ait les éléments d'un mobile, il faut la rencontrer ; cela ne prendra pas beaucoup de temps. Et nous fouillerons alors le passé de la famille Le Bihan pour savoir si la connexion présente entre les deux victimes ne repose pas sur des liens beaucoup plus anciens entre les deux familles. Leur amitié ne serait alors pas le fait du hasard, c'est toute la marque de cette enquête d'être sans cesse ballottée entre les fils du passé et les attaches du présent.

— Oui, c'est exactement cela, opine Guylaine Essart.

— Et puis, il y a Wendy, vient compliquer Françoise.

— Comment cela, Wendy ? ajoute Peyret sur un ton plus agressif.

Enor résume alors l'interrogatoire de la serveuse surnommée Wendy, même appellation que la jeune cousine Annie de Richard Le Ny d'après Véronique le Ny. Il ne fait pas allusion au livre de *Peter Pan* pour que Peyret n'explose pas.

— Je veux savoir si Alice Boulin a quelque chose à nous dire sur ses voisins de l'époque. Connaissait-elle les autres membres de la famille, et plus particulièrement la cousine Annie, qui semble un personnage important du passé, en tout cas à l'évidence pour Richard Le Ny ? Car malheureusement nous ne pouvons plus l'interroger directement, elle est décédée en 1990.

— Je ne crois pas que ça vaille vraiment le coup, mais je vous laisse juge. À mon avis, en concentrant sur les pistes ouvertes vers le Luxembourg et les banques, on devrait déboucher sur quelque chose. Cette affaire reste encore très opaque et au-dessus de nous ; avec ce deuxième meurtre, on commence à s'inquiéter. Nous aurons beau être rassurants, la crainte est que l'opinion publique pense que nous cachons la vérité et qu'elle se persuade qu'un tueur en série dément frappe au hasard dans notre région et va recommencer. Je n'ai pas besoin d'insister, vous voyez la panique qui risque de s'installer et les accusations qui vont nous tomber dessus si nous n'avons pas des résultats très rapides.

Il termine en se tournant plus précisément vers Enor.

— Je repose donc la question des renforts.

Enor n'a aucune envie de polémiquer. Il y aurait tant à dire sur ce qu'il vient d'entendre, mais à quoi bon ? L'essentiel est qu'on le laisse mener ses investigations comme il l'entend, et c'est ce que fait d'ailleurs la procureure, sous le contrôle de laquelle il travaille. Mais peut-être a-t-elle eu elle-même quelques observations du procureur général ? En ce cas, elle ne lui en a pas parlé, signe qu'elle a toute confiance dans le déroulement de l'enquête. Cette femme, malgré sa relative jeunesse et sous des dehors calmes et courtois, a un vrai caractère, c'est pourquoi il l'apprécie. Alors il ne va pas répondre à Peyret que ce n'est pas à lui de gérer l'opinion publique ni de tenir compte des inquiétudes des politiques et de sa hiérarchie, car ce n'est tout simplement pas son métier. Mais il peut le placer face à ses propres ambitions.

— Pour les renforts, je crois avoir dit tout à l'heure que nous aurions besoin d'aide à Hanvec pour examiner les CD, comme il y en avait besoin pour la perquisition au siège du BUG. Mais ça reste soit ponctuel, soit logistique. Pour l'instant, nous assurons encore parfaitement le travail de fond, l'enquête n'a pâti d'aucun retard par manque de moyens humains. Alors, nous verrons. En revanche, nous devons peser notre communication. (Il sait que ce qui va suivre ne va pas faire plaisir à Peyret, mais il l'a cherché.) La conférence de presse est dans quelques minutes, peut-être est-il temps de présenter Madame la procureure comme porte-parole officiel, seule habilitée à répondre par la suite à la presse ? Cela éviterait la dispersion.

Le divisionnaire réagit aussitôt, il ne tient pas à passer au second plan d'une fonction qui met au contact des journalistes. Du moins, tant qu'il y a quelque chose à y gagner.

— Nous ne sommes pas compétents ici pour prendre une telle décision. Je propose que nous réglions ce problème dès le début de la semaine, en accord avec nos autorités respectives. Mais bien entendu, ajoute-t-il dans un sourire affecté en direction de Guylaine Essart, en tant que responsable de l'enquête, vous êtes la principale interlocutrice des journalistes.

« Mais surtout pas l'unique… », se dit Enor.

La procureure, intelligemment, ne répond rien. Elle acquiesce juste d'un signe de tête et laisse ainsi Peyret reprendre.

— Bien, il va être temps d'y aller. On a fait le tour ?

— Un tout dernier point, dit Enor à destination de Françoise, tu peux t'occuper de joindre les services techniques pour qu'ils envoient dès demain matin une équipe étudier l'ordinateur de Le Bihan au journal ?

— Je fais cela tout de suite.

La séance est alors levée.

XXVI

Dimanche 23 mars 2014 – 18 h 15

Après un bref conciliabule pour mettre au point leur intervention et le message à faire passer aux journalistes, les deux commissaires et la procureure entrent avec un léger retard dans la salle de conférences. Il s'agit en fait d'une salle de classe qui sert pour des stages de formation continue, que les policiers ont baptisée par dérision « salle des courants d'air » parce que certains intervenants connus ont la réputation d'y brasser beaucoup de vent sans grand rapport avec la réalité du terrain. Alors qu'il s'installe en tournant le dos au tableau magnétique blanc fixé au mur, après avoir poussé dans un coin l'écritoire sur roulette, Enor, assis à la gauche de Guylaine Essart qui s'est placée au milieu, note qu'il n'a pas vu une telle affluence de journalistes depuis des années. Il repère bien quelques têtes familières, mais l'immense majorité lui est inconnue. L'armée de micros qui se dresse à un mètre à peine de leur visage comme les tentacules d'un monstre prêt à se jeter sur eux, les flashes des appareils photos qui les éblouissent sans interruption, le brouhaha permanent dû au papotage général sur les élections municipales qui sont la grande actualité du moment et les mouvements incessants des cameramen qui filment déjà achèvent de le convaincre qu'il aurait préféré se trouver à des kilomètres de toute cette agitation. La procureure obtient le silence au bout de quelques secondes. Elle entame la conférence, après avoir présenté ses voisins, par le rappel circonstancié des faits, prolonge sur l'existence d'un lien entre les deux victimes et la préméditation des assassinats, avant de conclure par l'appel à témoin en direction de promeneurs éventuels en forêt du Cranou à l'heure du second crime ou de toute personne susceptible d'avoir aperçu les deux victimes ensemble en tout autre lieu. Elle passe sous silence, comme prévu, le mode opératoire, le porte-clés, la piste luxembourgeoise et la SCI, ainsi que la question du troisième homme de la brasserie, pour ne pas l'alerter s'il s'agit de l'assassin. La synthèse est parfaite, de l'avis d'Enor, mais il ne se fait pas d'illusion, tout cela laisse sur leur faim les journalistes présents. Bien entendu, les questions fusent aussitôt.

— Madame la procureure, avez-vous une piste ? Vous ne nous avez rien dit de l'enquête elle-même, sur quoi travaillez-vous ? Avez-vous une idée du mobile, s'il ne s'agit pas d'un fou ? Le commissaire divisionnaire avait parlé précédemment d'une piste politique, pouvez-vous la confirmer ? N'est-il pas exact…

Guylaine Essart lève les deux bras en l'air pour interrompre ce flot de questions, et dit calmement :

— Nous étudions plusieurs hypothèses, dont vous comprendrez que je ne puisse rien vous dire. Aucune d'entre elles n'est à ce stade privilégiée, mais j'insiste, les victimes n'ont pas été choisies au hasard. Nous envisageons actuellement plusieurs mobiles crédibles, pour lesquels nous avons des indices, mais dont aucun ne se dégage encore de façon indiscutable. C'est pourquoi je ne peux vous en dire plus pour le moment.

— Pourtant, dit une voix derrière laquelle Enor reconnaît un journaliste de *La Tribune de Cornouaille*, il y a eu dans l'après-midi une perquisition au siège du groupe de supporters du Stade brestois, le Brest Ultima Gothics, en rapport avec ces meurtres, n'est-ce pas ?

— Aucun commentaire.

Le journaliste hoche la tête avec un petit sourire, d'un air entendu, tandis qu'un autre enchaîne :

— Avez-vous bien géré cette perquisition ? Des incidents ont eu lieu et il se dit que le sous-préfet lui-même a été agressé. Comment est-ce arrivé ?

Peyret, péremptoire, ne laisse pas à la procureure le temps de répondre.

— Ces incidents sont le fait de casseurs, et toute la lumière sera faite. Je n'ai rien d'autre à ajouter.

Enor, abattu, pense que cette intervention reconnaît indirectement les faits et que les journalistes expérimentés auront traduit instantanément qu'une enquête interne sera diligentée. La question suivante, logique parce qu'on vient de leur donner un os, ne tarde pas.

— Vous reconnaissez donc qu'une bavure a sans doute été commise dans l'organisation de cette perquisition ?

Le divisionnaire commence à s'échauffer.

— Je ne reconnais rien du tout !

Pressentant la possibilité d'une catastrophe, la procureure reprend la parole sans laisser le temps à quiconque d'enfoncer le clou.

— Nous nous écartons de l'objet de cette conférence. Je vous rappelle que nous avons un redoutable assassin à découvrir, et je vous remercie de nous y aider. Alors, si vous avez encore une ou deux questions sur le sujet qui nous occupe, indique-t-elle en parcourant la salle du regard, ce seront les dernières.

Une main se lève.

— Oui, je vous en prie.

— Aude Meunier, du *Monde*, commissaire Berigman, l'homme, car il s'agit probablement d'un homme n'est-ce pas, a déjà tué deux fois. Avez-vous des éléments, même s'il n'est pas fou, qui vous inciteraient à penser qu'il peut recommencer ?

Enor considère la journaliste, d'une quarantaine d'années, qui s'est levée et le regarde franchement. La question est plus que pertinente et naturelle, mais il se rabat sur le classique :

— Pas de commentaire.

Il sourit intérieurement en voyant la palette de

scepticisme, de fausse déception et de malice que lui offre la moue de la journaliste. La conférence se termine par deux autres petites questions accessoires, dont une sur un point de procédure de la part d'un journaliste de la BBC, auxquelles la procureure répond sans difficulté. Tous les trois parviennent à quitter la salle sans lâcher un mot de plus malgré les assauts des reporters et leurs ultimes tentatives pour obtenir un scoop.

Un quart d'heure plus tard, après avoir fait un dernier point, Enor s'apprête à monter dans sa voiture, pressé de rentrer, quand une voix féminine l'interpelle doucement :

— Commissaire Berigman !

Il se retourne et reconnaît, un peu agacé, Aude Meunier.

— La conférence est terminée, Madame.

— Oui, je sais, excusez-moi, mais je me suis dit que vous pourriez peut-être répondre en *off* à ma question de tout à l'heure. Ce ne sera pas publié, vous pouvez me faire confiance. Qu'en pensez-vous ?

— Pour quelle raison je ferais une exception ?

— Vous savez, je m'occupe d'affaires criminelles depuis plus de quinze ans et j'ai l'intuition que celle-ci recèle de sombres volets. Elle présente des victimes dont les personnalités ne sont pas ordinaires. Je ne sais pas où vous mène votre enquête, mais je me dis que vous risquez d'avoir besoin d'un bouclier, car vous êtes le fusible idéal en cas de gros temps. Personne ne vous soutiendra dans votre hiérarchie. Prenez l'incident du sous-préfet : il ne vous est pas imputable, j'en suis sûre, mais si une bavure est avérée et que quelqu'un à Paris exige un nom, pouvez-vous jurer que ce ne serait pas le vôtre qui sortirait ?

— Et alors ? se contente de dire Enor, qui pense néanmoins que tout ce qui vient d'être dit n'est pas faux, même si Vilmoutier ferait un meilleur bouc émissaire.

— En tant que journaliste de la presse nationale, je peux être un excellent bouclier, sait-on jamais ?

— Pourquoi feriez-vous ça ? rétorque-t-il en jugeant que sa proposition est à double tranchant.

— Je me suis renseigné sur vous, la routine. C'est vous qui menez l'enquête et il est important de savoir à qui on a affaire. Votre réputation est excellente dans le milieu. Vous n'appartenez à aucune coterie, c'est un bon point mais ça vous isole. Bref, un flic compétent et professionnel, proche de son équipe, qui veut qu'on le laisse faire son boulot et que rien n'arrête. Ça, c'est votre ancien patron qui me l'a dit.

— Vous avez appelé Le Rouzic ?

— Non, il ne m'aurait pas répondu, je le savais car je l'ai connu il y a longtemps. Je suis passée directement le voir cet après-midi. Et je me suis très bien entendu avec son épouse Soizic, elle fait de délicieux muffins, une vraie recette galloise, m'a-t-elle dit.

Enor n'en revient pas. Comment a-t-elle fait ? Un vieux renard comme François Le Rouzic ne se laisse pas embobiner comme cela. Serait-ce un message de confiance envers cette journaliste qu'il lui adresse ?

— Je n'exige rien en retour, reprend-elle, ce n'est pas un marché que je vous demande de passer, mais dans le journalisme d'investigation, il est important de savoir où on met les pieds, de saisir le contexte et les connexions cachées. Je ne réclame aucune exclusivité ni scoop, mais simplement d'avoir les clés pour déchiffrer l'arrière-plan général.

Enor hoche silencieusement la tête et fait mine de monter dans sa voiture.

— Et ma question ? insiste-t-elle, en cherchant quelque chose dans sa poche.

— Je crois que vous êtes assez fine pour en avoir trouvé vous-même la réponse, répond-il. J'ai été ravi de vous rencontrer. Je suppose qu'on se reverra. Bonne soirée.

— Attendez, dit-elle, prenez ma carte, elle vous servira peut-être un jour. Moi, je peux toujours vous joindre à votre bureau.

Il l'accepte, puis démarre lentement tandis qu'elle le regarde s'éloigner. Le Rouzic ne l'a pas trompée.

XXVII

Dimanche 23 mars 2014 – 20 h 30

Dans la voiture qui le ramène chez lui, Enor pense à cette curieuse journée qui, des locaux du *Messager de l'Ouest* à Aude Meunier, en passant par la brasserie, Porspoder et le BUG, a quand même vu l'enquête progresser, même s'ils n'ont toujours aucun mobile ni suspect, sauf peut-être les deux inconnus de la brasserie. Il porte maintenant ses espoirs sur la journée du lendemain, notamment la rencontre avec Alice Boulin. Cette vieille dame a-t-elle quelque chose à leur apprendre ? Elle est la seule source d'information dont ils disposent, en dehors de la veuve et de son fils, sur le passé de la famille Le Ny, la seule peut-être susceptible, entre le suicide de Martine Le Ny, la dépression d'Annie Le Berre et l'alzheimer de Pauline, de les éclairer un peu. Et faire le lien avec ce qui se passe en ce mois de mars 2014. Car, contrairement à ce que semble imaginer Aude Meunier, Enor juge que rien ne vient confirmer la piste politique, pas plus celle de Demain Bretagne que celle du BUG et du financement du nouveau stade. Pourtant, c'est bien sur ce chemin que Laumond a planté un panneau « *Entrée interdite* ». Juste une histoire de platebande, sans doute, mais il est assez impatient de voir Éric Lastenet pour clore définitivement cet aspect du dossier. À moins que...

*

Lorsqu'il entre dans la maison, Mariannig regarde les résultats des élections municipales à la télé. Après une bise à sa compagne et sa fille, puis une douche, il s'installe avec elles à table. Pendant le repas, en réponse à une question d'Alex qui l'interroge sur le sous-préfet qu'elle a entendu s'indigner aux informations régionales, il explique ce qui s'est passé. Enor n'est pas surpris que cela les fasse rire, dans la mesure où il n'y a pas eu de blessés, mais il est obligé d'ajouter que c'est à la personnification de l'État que ces manifestants s'en sont pris, et que la police pourrira la vie de beaucoup de monde jusqu'à ce qu'elle interpelle les auteurs de cette agression.

— Mais ce n'est pas juste pour ceux qui n'ont rien fait ! s'indigne-t-elle.

— Peut-être, mais c'est comme ça que ça marche. Un jour, un renseignement, anonyme ou non, nous amènera aux responsables. Attaquer un sous-préfet, c'est une ligne rouge.

— Mon chéri, intervient Mariannig, ne crois-tu pas que ces gens ignoraient qu'il s'agissait du sous-préfet ? Tel que tu le dis, ils ont vu une grosse voiture noire avec un chauffeur et, frustrés comme ils l'étaient, ils se sont défoulés, c'est pas plus compliqué que ça.

— Sans doute, mais je laisse le soin à leur avocat de défendre ce point de vue. Cela dit, je crois que c'est ce qui s'est passé, effectivement...

— Ah, tu vois ! dit Alexine en mangeant un yaourt tandis qu'Enor sert le café, il n'y a pas d'atteinte à l'État, juste une agression opportuniste. De toute façon, qu'est-ce qu'il foutait là, ton bonhomme ?

L'adolescente est à un âge délicat ; Enor ne se fâche pas.

— N'inverse pas les responsabilités, il aurait mieux valu qu'il ne passe pas par là, c'est sûr, mais ils auraient aussi bien trouvé un prétexte pour agresser quelqu'un d'autre, dont l'allure leur aurait déplu ; ne le néglige pas. C'est d'ailleurs ce qu'ils ont fait, finalement. Ils ont réagi à une apparence, on n'a pas affaire à des tendres, mais à des semeurs de haine.

— Raison de plus pour ne pas aller les chercher, répond-elle en haussant les épaules, surtout pour avoir le dernier mot, tout en débarrassant la table avant de retourner dans sa chambre en leur ayant souhaité une bonne nuit.

Quelques minutes plus tard, Enor va se coucher. Trop fatigué.

XXVIII

Lundi 24 mars 2014 – 8 h 15

Ce n'est que le dimanche soir que Luc Magdelain s'aperçut qu'il avait perdu son couteau. Un authentique Laguiole, cadeau de Caroline peu de temps après leur premier emménagement. Un modèle personnalisé, en acier Damas, d'une valeur de près de mille euros. L'un des plus beaux qu'il ait jamais eu ! C'est pour cela qu'il ne l'avait que rarement sur lui, même pour aller aux champignons ! Il le réservait de préférence pour les repas, même au restaurant. Pour les autres usages, il utilisait plutôt son Nontron, un modèle simple et classique avec manche en buis. Il ne pouvait l'avoir égaré que dans la forêt, sur le lieu du crime, lorsqu'il avait glissé dans le fossé ! Il était en colère. Comment ne s'en était-il pas aperçu tout de suite ? Ou au pire, le soir même, en mettant ses habits au sale. Cela le dépassait complètement. Avait-il à ce point l'esprit troublé par ces meurtres ? Avec un peu de chance, il allait le retrouver, personne n'avait dû fouiller le fond du fossé ; le couteau devait certainement être sous les feuilles mortes. Il fallait vraiment qu'il y aille avant d'aller chercher la serveuse pour le portrait-robot. En partant, il a appelé le standard pour signaler qu'il serait peut-être un peu en retard ce matin, mais il vient de se rappeler qu'il a omis de dire où il allait précisément. C'est à tout cela qu'il pense pendant qu'il roule sur la voie express, à l'approche de la sortie nord du Faou et de la route de Hanvec. À tout cela et à la réaction de Caroline. C'est peu de dire qu'elle l'avait mal pris ! Elle n'admettait pas que toute la journée du dimanche se soit passée sans qu'il s'en rende compte. Et qu'il en soit le premier accablé n'avait fait qu'envenimer les choses. Car il sait que derrière cette colère se cache une autre, plus explosive. Cela fait maintenant presque deux mois qu'ils ont la possibilité de concrétiser enfin leur rêve. Ce qu'ils attendent depuis si longtemps s'est présenté sous la forme d'une annonce de vente d'un magasin de planches et de matériel de surf, de kite et autres sports nautiques de glisse, avec en plus un atelier de réparation et de restauration des vieilles longboard vintage. À Lège-Cap-Ferret. Pas très loin de la plage du Grand-Crohot, qu'il connaît bien. Le type même de l'occasion à ne pas rater. Alors, brusquement au pied du mur, il ne sait pas pourquoi il hésite. Ils se préparent pourtant à cela depuis plus de dix ans ! Avec l'argent mis de côté, la vente du magasin du Conquet, un prêt relais et le soutien de la famille, ils auront les moyens suffisants. La décision n'est pas prématurée. C'est donc normal que Caroline s'interroge sur son hésitation, il en est conscient. Qu'au dernier moment, la perspective d'un tel changement de vie suscite un mois d'ultime réflexion, passe encore. Mais deux mois, c'est trop pour elle, cela signifie que c'est ce projet de vie commun qui est remis en cause. Que veut-il exactement, pour être honnête ? Se rapprocher des parents de Caro à Bordeaux ne le dérange pas, il s'entend bien avec eux. S'éloigner un peu des siens, qui sont à Beauvais, ne changera pas grand-chose par rapport à Brest. C'est vrai aussi qu'il aime son métier de policier, il s'entend très bien avec ses collègues, même s'il trouve parfois le commissaire Berigman un peu trop perfectionniste. Mais il reconnaît qu'il obtient des résultats et son instinct a permis plus d'une fois de faire de grands progrès dans des enquêtes difficiles. Il éprouve un très grand respect pour le bonhomme. Si c'est la crainte de l'échec qui le fait balancer, il peut faire une demande de "mise en disponibilité" pour création d'entreprise, pourquoi pas ? C'est soumis aux nécessités de service, mais il pense que c'est jouable. Il pourrait ainsi avoir deux ans, ce qui serait déjà bien pour voir si l'expérience est économiquement viable. Il ne doute pas de leurs compétences techniques ; Caro et lui ont déjà fait la preuve de leur savoir-faire auprès d'autres surfeurs et lui-même, avec son modeste palmarès sur les circuits, n'est pas tout à fait un inconnu dans le milieu. Quant aux aptitudes commerciales et gestionnaires, sa compagne les possède. Il n'y a donc aucune raison, sauf de conjoncture économique peu probable dans une pratique de passionnés qui représente ce que l'on appelle une "niche", qu'ils échouent. Alors qu'est-ce qui le retient ? se demande-t-il encore, tandis qu'il se gare comme l'autre fois à l'entrée du chemin, derrière une voiture. Rien, se persuade-t-il, et encore moins le fait qu'il aime Caroline. C'est le moment ou jamais, c'est ce qu'elle essaie de lui dire. Et là, en levant les yeux vers la cime des arbres qui tremblote sous l'effet d'un vent léger, il comprend que sa décision est prise : ils vont partir tous les deux. Ensuite, c'est à grands pas, gonflé d'une énergie nouvelle, qu'il se dirige vers le lieu de sa glissade. Il y arrive en quelques minutes. Pendant qu'il commence à chercher dans le fossé, il aperçoit, à quelque cinquante mètres, un homme qui approche, sur le chemin. Plus loin, après le croisement, un couple se promène, bras dessus, bras dessous. Il n'a pas à chercher très longtemps. Le soulagement est intense, son couteau est bien là. Il s'en saisit et pendant qu'il le nettoie délicatement, alors qu'il s'apprête à repartir, il remarque que l'homme s'est arrêté à une quinzaine de mètres de lui. Le couple, au loin, tourne au croisement en empruntant le chemin qui redescend au parking du Pont-Rouge. La silhouette lui semble familière, mais il ne la remet pas ; il a pourtant l'impression de l'avoir déjà vue il y a peu. Mais où ? Il décide de l'attendre lorsque l'homme reprend son pas, aidé de son bâton. L'inconnu n'est plus qu'à quelques mètres ; ça lui revient, il se rappelle où il a déjà vu cet homme, svelte et aussi grand que lui, quelques jours auparavant. La coïncidence est étonnante. Ici, un lundi matin ? Il voit un sourire s'esquisser sur les lèvres du promeneur qui s'approche encore, signe qu'il l'a reconnu lui aussi. Luc décide de l'aborder franchement.

— Bonjour, vous êtes loin de vos bases. Vous vous baladez ?

L'homme opine de la tête, le visage un peu plus grave.

— J'aime la forêt, la solitude me fait du bien. C'est le cadre idéal pour laisser vagabonder ses pensées et revivre certains souvenirs.

Luc note que la voix, toujours aussi chaude, semble un peu tendue. Il relève aussi que les yeux sont rougis, comme s'il avait pleuré. Il ne s'étonne pas trop que l'homme ne l'interroge pas sur sa présence et sur celle des rubans de police qui sont encore là. Sans doute sait-il pourquoi ils sont là, la presse en a assez parlé, c'est donc naturel qu'il ne pose pas de questions. En même temps qu'il se fait cette réflexion, son regard se porte sur l'étrange bâton que tient le promeneur. La suite se déroule en moins d'une minute : son cerveau comprend intuitivement les implications possibles de ce qu'il voit, bien avant que son raisonnement ne les amène en surface. De même, il n'a pas conscience que son visage l'a sans doute trahi, car il ne remarque pas que l'homme a suivi son regard et change imperceptiblement de position. Encore sourd à ces signaux, Luc prend alors la mauvaise option. Il range son couteau, sort son carnet et son crayon et demande :

— Excusez-moi, vous pouvez me rappeler votre nom ? Il se peut que nous ayons besoin de vous entendre à la suite des développements récents, précise-t-il en désignant de la tête le lieu du deuxième meurtre.

Il comprend trop tard que sa question est stupide et qu'avec son carnet et son crayon, il a les deux mains prises.

*

Lundi 24 mars 2014 – 9 h 10

Je savais bien que je prenais un risque en reprenant ce chemin. J'aurais dû me garer en bas, comme j'en avais pourtant l'intention. La mort du journaliste n'est que d'avant-hier. J'aurais pu attendre quelques jours de plus pour le supprimer et il n'y aurait eu aucun problème ; ce pauvre flic serait encore en vie. Je ne me suis pourtant pas précipité, une semaine d'écart c'était raisonnable, et la possibilité que je tombe le surlendemain sur l'un des deux policiers qui m'avaient croisé ne m'a pas effleuré. Le risque était quand même infime, c'est incroyable que ce soit arrivé ! Mais qu'est-ce qu'il venait faire là, cet imbécile ? J'ai vu tout de suite qu'il était en train de comprendre, il ne me laissait pas le choix. Je sais maintenant comment tout cela va se terminer, ils ne vont plus me lâcher, je suis devenu un tueur de flic, l'équivalent d'un ennemi public numéro un, j'ai franchi le point de non-retour. Mais cela m'est égal, je suis déjà mort intérieurement depuis quatre ans pile, le mercredi 24 mars 2010 exactement, alors la mort physique ne m'effraie pas. Il n'est pas question que je finisse mes jours en prison, ils ne m'auront pas vivant, je dois maintenant aller le plus loin possible dans ma mission de délivrance. Tout ce que j'aurai fait aura quand même été salutaire, et tant pis, les enjeux dépassent ceux de la mort d'un flic. Combien de temps vont-ils mettre pour comprendre ? Je ne les sous-estime pas, ils vont forcément finir par faire le rapprochement avec l'autre endroit de la forêt. Et ce jour-là, mon nom surgira très vite. S'ils ont bien fait leur boulot, ce dont je ne doute pas, le recoupement sera rapide, ce n'est qu'une question de jours, peut-être de semaines avec un peu de chance, mais ça arrivera. Je m'y suis psychologiquement préparé, même si pour l'heure ils ne peuvent pas remonter jusqu'à moi par le biais du journaliste, on ne se connaissait pas. Dorénavant, mon destin est tracé, je dois avancer ma visite au suivant. Tout est prêt de toute façon, depuis le temps. J'ai eu quatre ans pour ça.

XXIX

Lundi 24 mars 2014 – 9 h 30

Dans la voiture qui les amène à Landerneau, Enor et Françoise refont un tour d'horizon des éléments de l'enquête. Tous les deux ont suffisamment d'expérience pour s'accorder sur l'évidence que s'ils ne font pas une percée décisive dans les tout prochains jours, le temps qui aura passé risque d'être difficile à rattraper. La patience est une vertu essentielle de l'enquêteur, certes, mais les chances d'élucidation des assassinats diminuent nettement au fil des semaines. En réalité, dans les meurtres de Le Ny et de Le Bihan, ils ne savent toujours pas où se situe Pluton. Est-il un proche des victimes ou non ? Ce n'est certainement pas un membre de la famille directe, ils en sont convaincus. Mais c'est aussi pour cela que cette affaire n'est pas simple. Alors qu'ils sont à hauteur de Saint-Thonan, et que le silence s'est installé depuis un court moment, Françoise dit soudainement à Enor :

— Enor, j'ai quelque chose de personnel à te demander, mais tu n'es pas obligé d'accepter. Je ne t'en voudrai absolument pas.

Intrigué par cette entrée en matière inhabituelle chez Françoise, Enor fronce les sourcils et dit :

— Oui, bien sûr, vas-y.

— Eh bien, je me marie le 14 juin. Je voudrais savoir si tu accepterais d'être mon témoin, mais...

— Mais bien sûr, c'est une excellente nouvelle et...

Françoise l'arrête d'un geste de la main.

— Je n'avais pas fini. Je me marie avec Dominique Fontenoy.

— Oui, et je devrais connaître ?

— Non, mais Dominique est une femme.

— Et alors ?

— C'est pour cela que je disais que si tu refusais, cela ne me fâcherait pas du tout. Tu sais bien que certains...

— Tu plaisantes ? Peu importe pour moi, cela me fera très plaisir d'être ton témoin. C'est un samedi, je suppose ?

— Oui. À seize heures, à la mairie de Brest.

— Eh bien, considère que c'est d'accord. Dis-moi maintenant, d'où elle sort, ta future épouse ? demande Enor en descendant vers Landerneau.

— Elle est originaire de Nangis, en Seine-et-Marne. Ses parents étaient profs au lycée Becquerel et comme les chiens ne font pas des chats, elle est prof aussi. D'anglais, à Kerichen.

— Pas très original en effet. En tout cas, ça fait une raison supplémentaire de résoudre notre affaire avant.

— Ah oui alors, je n'ai pas l'intention de laisser Pluton consumer mon bonheur dans son enfer !

— Non, ça n'arrivera pas, fais-moi confiance ! On finira bien par rapporter quelque chose dans nos filets à force de resserrer les mailles.

Après avoir emprunté la rue de la Tour-d'Auvergne, Enor passe le pont du Voas-Glas sur l'Élorn et tourne à droite vers l'EHPAD. Sur le parking de l'établissement, il déniche une place sans difficulté. Puis tous deux se dirigent vers le bâtiment qui abrite le bureau du directeur. « Heureusement, se dit Enor, ils l'ont informé de leur visite afin de s'assurer qu'Alice Boulin était bien visible, mais aussi pour prévenir les éventuelles difficultés de règlement. » Une jeune femme souriante les reçoit à l'accueil. Ils se présentent et, tandis qu'elle va chercher le directeur, les deux policiers regardent les photos des résidents qui décorent le hall, très lumineux, non loin des panneaux officiels. Un bruit de pas dans le dos d'Enor le fait se retourner ; il est frappé par la jeunesse de l'homme qui s'approche. Il s'attendait à voir quelqu'un proche de l'âge de la retraite et pour lequel la direction d'un tel établissement représentait le couronnement de la carrière. L'homme devant lui, aux cheveux bruns très courts, n'a sans doute pas 35 ans ; son allure décidée colle parfaitement avec un visage carré toutefois adouci par son sourire et ses lunettes vertes. Il leur tend la main en se présentant.

— Commissaire Berigman ? Commandant Ridel ? Enchanté, Pascal Le Bigot, directeur référent de cet établissement au sein du centre hospitalier. Vous souhaitez donc vous entretenir avec Alice Boulin, n'est-ce pas ?

— En effet, nous avons besoin de son témoignage pour des événements qui remontent loin dans le passé et elle est l'une des dernières personnes à pouvoir nous renseigner. En espérant qu'elle ait toujours toute sa tête.

— Oh, elle a encore toute sa tête, ne vous faites pas de souci ! C'est plutôt rare d'ailleurs, chez nos résidents, à cet âge-là, elle a presque 92 ans. Mais elle se fatigue vite, je vous préviens, alors allez vite à l'essentiel. Nous allons vous installer dans la salle de repas privée que nous réservons aux familles en visite, la cafétéria serait trop bruyante. Vous y serez tranquille. Suivez-moi, je vous prie.

Ils empruntent deux larges couloirs avant que Le Bigot ne leur ouvre une large porte et ne les invite à s'y installer.

— Une aide-soignante va venir avec Alice Boulin dans trente secondes. Elle restera à votre disposition. Si vous avez besoin d'elle, n'hésitez pas. Voulez-vous un café ou un jus de fruit ?

Sur un refus poli de leur part, il les salue.

— Bon, eh bien, je vous souhaite une bonne continuation.

La petite salle est suffisamment spacieuse pour que deux tables rondes de six places et une de quatre places tiennent sans que les convives se gênent. De grands cadres photos représentant des voiliers traditionnels et des oiseaux de mer sont accrochés aux murs vert vif. Par les baies vitrées, ils aperçoivent l'Élorn, tout proche, bordé par des aulnes, qui coule calmement. L'ensemble est reposant, sans aucun bruit parasite. Enor observe deux pinsons qui picorent dans l'herbe quand la porte s'ouvre, laissant entrer une vieille dame aux cheveux blancs, en fauteuil roulant, poussée par une aide-soignante en blouse blanche, sur laquelle il lit le nom « *Élise Grisolle* ». Il déplace aussitôt une chaise pour que le fauteuil puisse prendre place, puis, après avoir demandé à l'aide-soignante de bien vouloir attendre dans le couloir, Françoise et lui s'assoient et se présentent d'une voix un peu forte car, même s'ils ne distinguent aucun appareil auditif, il est plus que probable que la vieille dame, sans être sourde, ait tout de même perdu pas mal d'audition. Alice Boulin, dont Enor constate avec plaisir que le grand âge ne semble avoir affaibli ni l'attention ni une prestance certaine, l'écoute tout en ne le quittant pas des yeux.

Elle demande aussitôt :

— Alors, que me veut la police ?

La voix est douce et ferme. C'est Françoise qui prend la parole, en articulant bien :

— Madame Boulin, nous voudrions savoir si vous vous souvenez de vos voisins de la rue Jules-Favre, dans les années soixante.

— Rue Jules-Favre, vous dites ? Ça fait bien longtemps, en effet. De quelques-uns, sûrement.

— Nous nous intéressons à vos voisins d'en face, Georges et Martine Le Ny. Vous les avez bien connus ?

Elle hoche la tête un long moment, à tel point qu'Enor se demande s'il ne faut pas la relancer, mais soudain elle dit :

— Les Le Ny, comment aurais-je pu les oublier ? Je m'en souviens très bien. Et, ajoute-t-elle d'un air malicieux, vous savez, j'écoute encore les informations, je sais ce qui est arrivé au petit Richard. (Elle les regarde deux secondes.) J'aurais dû me douter que vous veniez pour ça.

— Pour quelle raison ? demande Enor.

— À cause de Martine ! On s'entendait bien, toutes les deux. Elle venait souvent à la maison boire un thé l'après-midi quand j'étais là. Peu de temps avant son suicide, en 1966, je l'ai vue s'enfoncer très vite dans la dépression, je n'ai rien pu faire. On ne sait pas comment réagir dans ce genre de maladie.

— Elle était devenue dépressive ? demande Françoise, vous savez pourquoi ?

— On ne connaît jamais vraiment les raisons profondes, vous savez, mais l'une d'entre elles était son mari Georges, c'est sûr. C'est à cause de lui que je n'allais jamais la voir quand il était là ; c'était un homme désagréable, peu sociable.

— Il la battait ?

— Non, non, je ne crois pas. Il était clair que le couple ne s'entendait pas, mais il y avait Richard. À cette époque, à part le divorce pour faute, il n'existait aucun moyen de se séparer. Et avec un enfant, c'était encore plus difficile, la loi de 1975 sur la séparation par consentement mutuel était encore loin.

— Vous l'avez donc bien connue ?

— Suffisamment pour savoir que c'était une femme d'un naturel très enjoué. Il nous est arrivé d'aller faire les boutiques ensemble, et une ou deux fois je l'ai entraînée au cabaret Vauban, ce qui a déplu fortement à son mari, mais elle, elle était aux anges. Il faut vous dire que j'étais pianiste de métier, et je donnais aussi des cours, bien sûr. Alors je fréquentais les lieux de musique, quand je n'y participais pas ! C'était une bonne époque pour moi, j'ai rencontré des gens formidables.

Enor décide de revenir aux Le Ny.

— Si vous étiez si proches, vous avez dû connaître aussi sa nièce, Annie ?

Alice Boulin fait oui de la tête, serre nerveusement les paumes de ses mains l'une contre l'autre, mais ne dit rien. Le silence persistant, Enor se voit obligé d'insister.

— Vous pouvez nous parler d'elle ?

Silence.

— Voyez-vous, reprend Enor, certains indices nous font penser qu'elle joue peut-être un rôle dans ce qui est arrivé à son cousin. Si vous avez une information, nous vous serions reconnaissants de nous la livrer. Rassurez-vous, nous ne l'utiliserons que si elle présente un intérêt pour notre enquête.

Elle le regarde, les yeux tristes, et murmure :

— Oui, jusqu'au nouvel an 1966, Pauline et Henri venaient deux ou trois fois par mois chez Georges et Martine, et souvent à l'occasion des fêtes aussi, comme ce nouvel an. Ces fois-là, la petite Wendy, c'est comme ça qu'on la surnommait, et Richard passaient régulièrement à la maison pour que je leur joue du piano. Ils aimaient bien le jazz, mais, ajoute-t-elle en retrouvant le sourire, ils appréciaient peut-être surtout les bonbons ou les gâteaux que je leur donnais. En tout cas, les Le Berre ne sont plus revenus après ce nouvel an.

— Au nouvel an 1966, c'est bien ça ? Ils ont donc arrêté de venir bien avant le suicide en juin ? Pourtant Pauline était la sœur de Georges ! On aurait pu penser, au contraire, qu'elle aurait eu à cœur de venir plus souvent pour soutenir Georges dans l'épreuve de la maladie de son épouse et encore plus après. Que s'est-il passé ?

Alice Boulin regarde vers les baies vitrées.

— Je ne sais pas si je dois… J'avais promis à Martine.

Enor et Françoise se regardent, ils sentent qu'ils approchent. Françoise reprend la parole, d'une voix douce :

— Madame Boulin, dites-nous. Nous avons besoin de connaître ce qui s'est produit à cette époque dans la famille. Il ne peut pas être un hasard, par exemple, que Martine Le Ny se soit suicidée le 7 juin, jour de l'anniversaire de son mari. Il y avait là forcément un message, ou une accusation. Encore une fois, nous vous promettons de n'utiliser que ce qui pourrait avoir un lien direct avec nos meurtres.

— Oui, je suis sûre que la date était choisie. Mais, je ne vois vraiment pas quel rapport il pourrait y avoir avec le meurtre de Richard en 2014 et encore moins avec celui de ce journaliste !

Elle soupire longuement puis se décide enfin !

— Voyez-vous, Annie était une belle petite fille, intelligente et drôle. Elle avait deux ans de plus que Richard, je crois, mais elle n'avait pas encore 10 ans en 1965 quand un dimanche, c'était au début de l'année, alors que Richard était déjà rentré chez lui, elle m'a soudain dit qu'elle n'aimait pas son oncle. Je n'ai pas compris qu'elle profitait d'être seule avec moi pour lancer un appel. Je lui ai répondu qu'il ne fallait pas dire ça, que son oncle paraissait sévère, mais qu'il l'aimait beaucoup quand même. Cette fois-là, je n'ai pas su poser les bonnes questions. C'est au cours de cette année 1965 que son caractère et sa personnalité ont changé. Elle est devenue plus renfermée, plus agressive avec Richard. J'ai su plus tard que ses résultats scolaires avaient baissé et qu'elle faisait beaucoup de cauchemars.

Elle se tait. Elle se mord les lèvres, regarde de nouveau dehors, mais ne semble pas vouloir ajouter un mot.

— Et ensuite ? la relance toujours doucement Françoise.

Alice Boulin tourne la tête, et les deux policiers remarquent les yeux rouges, perdus dans le passé.

— Je pense que vous avez compris. Son oncle abusait d'elle. Ça a dû commencer cette année-là. Aujourd'hui, on sait reconnaître les signes, mais à l'époque... Et puis ce qu'on appelle maintenant la pédophilie, dans les années soixante et avant, on n'en parlait pas ! Et on ne la condamnait pas non plus, les tribunaux n'étaient pas saisis, peut-être que ça ne choquait pas comme de nos jours. De toute façon, ça restait en famille. Un secret de famille parmi d'autres, pareillement étouffé. Personne ne devait savoir. Drôle d'époque.

Un élément dérange Enor.

— Mais si cela est vrai, comment s'y prenait Georges ? À quel moment ? Il était chez lui avec trois autres adultes et Annie devait jouer avec Richard. Quelle occasion aurait-il eue de se retrouver seul avec elle ?

— Vous avez raison, c'est la première question qui vient à l'esprit. Nous avons tous été aveugles. C'était très simple : il arrivait parfois que les Le Berre aillent au cinéma l'après-midi. Martine passait alors à la maison, et Georges restait seul avec les deux enfants, pendant au moins deux heures. Parfois même, toutes les deux nous les accompagnions, Martine venait me chercher et on partait tous les quatre. Je me rappelle avoir vu *Le Vampire de Düsseldorf* avec Robert Hossein, je ne sais plus si c'était au Comœdia ou à l'Omnia. Je pense que cela se produisait plus d'une vingtaine de fois dans l'année. Georges disait toujours que cela ne l'intéressait pas et qu'il préférait rester à lire, ou à faire la sieste. Car j'aurais pu garder les enfants, ils le savaient. Dans les familles, le cinéma était encore l'une des grandes sorties du dimanche ou du samedi soir. De temps en temps, à l'occasion de films comme *Mary Poppins*, les enfants suivaient. Vous imaginez la fête !

Françoise reprend :

— Finalement, comment cela a-t-il été découvert ?

— Par moi ! Annie m'avait encore répété une fois ou deux qu'elle n'aimait pas rester seule avec son oncle. Je lui avais posé des questions, ces fois-ci, mais elle n'était pas allée plus loin dans les confidences. Jusqu'au soir du réveillon de 1965, quand elle est venue me souhaiter une bonne année. Elle m'a dit qu'elle ne voulait plus que son oncle la touche, c'était son vœu pour 1966. Et là, j'ai vu Richard s'enfuir en courant. Je n'ai pas laissé repartir Annie, je voulais en avoir le cœur net, je l'ai interrogée plus précisément. C'est moi qui la questionnais, elle répondait par oui ou par non, puis d'un coup elle s'est mise à raconter des choses horribles. C'était évident qu'elle ne mentait pas. Elle ne pouvait pas inventer de telles abjections ! Dès le lendemain, j'en ai parlé à Martine. Et puis, voilà. Le reste, vous le connaissez.

Enor et Françoise comprennent tout de suite les

implications de ce qu'ils viennent d'entendre. C'est cette dernière qui pose la question :

— Mais où était Richard pendant ce temps-là ?

Elle les regarde droit dans les yeux et énonce d'une voix ferme l'ignominie supplémentaire qu'ils ne souhaitaient pas entendre :

— Je l'ai su par Martine quelques semaines plus tard. Il était spectateur ; Georges faisait ainsi son éducation sexuelle, il lui montrait comment il fallait se comporter avec les jeunes filles ou garçons. Pour que, plus tard, aurait dit Richard à sa mère, il sache dominer ses partenaires, surtout les plus jeunes. Des mots qui ne venaient pas de lui, c'est sûr ! Mais vous vous rendez compte du dérangement mental de cet homme ? Comment voulez-vous qu'une mère et épouse encaisse tout cela à la fois ? Quant à Richard, il a bien dû en rester de profondes séquelles psychologiques.

Elle se met à pleurer. Les deux policiers restent de longues secondes silencieux, ne sachant quoi dire. Ils mettent eux-mêmes un certain temps à assimiler la perversité de la situation. Alice Boulin, dans un sanglot, leur dit :

— Qu'aurais-je pu faire d'autre que d'en parler à Martine ? Mais je me sens tellement coupable ! Si je n'avais rien dit, Martine ne se serait sans doute pas suicidée ! Les médecins n'ont rien pu faire et son état a empiré très vite, mais elle n'a pas été internée. Il y a même eu une période, à partir de mai, où elle semblait aller mieux. En réalité, avec le recul, j'ai compris que ça devait correspondre au moment où elle avait pris la décision d'en finir. Mais Annie, que serait-elle devenue en grandissant si j'avais gardé le silence ? Elle aussi l'a quand même payé cher, à ce que j'ai appris plus tard indirectement, car les Le Berre ne sont jamais revenus et je ne l'ai jamais revue ! Mais il fallait bien intervenir !

Françoise la réconforte.

— Vous n'êtes responsable de rien, vous le savez bien, depuis le temps. Il n'y a qu'un criminel et un coupable dans cette histoire, c'est Georges. Vous avez agi comme il le fallait, cet homme était un prédateur et il a détruit la vie de bien des gens.

Enor se lève et dit :

— Je crois que nous avons fait le tour, nous n'allons pas vous déranger plus longtemps. Je vous remercie de nous avoir donné ces renseignements, ils nous aident à comprendre certaines choses. Juste une dernière question : Pierre-Yves Le Bihan, le journaliste, faisait-il partie de l'entourage de Richard, un peu plus tard ?

Enor est persuadé que non, Le Bihan étant né en 1964 et Richard en 1958. À leurs âges dans la décennie soixante, une telle différence rend quasiment impossible tout copinage. Et puis Le Bihan a passé son enfance dans ce qui s'appelait encore les Côtes-du-Nord, mais il cherche une certitude. Cela permet en plus de décaler un peu la conversation avant que la vieille dame ne retourne à son quotidien.

— Non, je n'ai jamais vu ce journaliste parmi les visiteurs des Le Ny les années suivantes, si j'en juge par les photos que j'ai vues dans le journal, car vous pensez bien que tous les contacts ont cessé après le suicide. Mais je ne sais pas comment il était à 15 ou 20 ans.

Enor pince les lèvres, et tandis que Françoise va chercher l'aide-soignante puis revient avec cette dernière, en l'ayant au préalable informée sans précisions que des souvenirs douloureux avaient été évoqués au cours de la discussion, il discute à bâtons rompus avec Alice Boulin de l'établissement et du personnel, dont elle semble très satisfaite, s'échauffant tout de même un petit peu à propos de la qualité des repas. Quelques secondes plus tard, non sans émotion, les deux policiers quittent la pièce. Ils passent devant le bureau du directeur, dont la porte est ouverte, et, constatant qu'il est présent, en profitent pour lui signaler leur départ et le remercier encore une fois pour son aimable accueil. Enor lui recommande à lui aussi de faire passer la consigne de veiller au moral de la vieille dame dans la journée en raison de l'entretien éprouvant qu'elle vient de subir. Le retour au SRPJ se fait dans un silence morose et songeur. Enor se demande s'ils tiennent enfin un mobile. Mais que vient faire Le Bihan dans ce tableau ?

XXX

Lundi 24 mars 2014 – 11 h 30

À son arrivée à la boîte, plusieurs informations attendent Enor. La recherche d'autres témoignages, menée auprès des serveurs de la brasserie par Ronan et Aela, n'a rien donné. Aucun ne se souvient du troisième homme, encore moins du quatrième. Il reste deux ou trois membres du personnel, absents ce matin, à entendre, mais Enor est convaincu que le résultat sera le même. Il demande qu'on les contacte le plus vite possible, de façon à solder cette partie de l'enquête. Selon leurs dires – et pourquoi ne pas les croire tant les vérifications seront faciles ? – Pierre-Yves Le Bihan est inconnu des avocats associés de Le Ny. La secrétaire, Mylène Bonnefoy, n'a pas souvenir du moindre appel téléphonique de sa part. Enor ne voit aucune raison de mettre en doute ce témoignage et de fouiller plus avant dans la personnalité de la secrétaire tout en ne la sortant pas totalement de ses radars. Les premières analyses du listing du BUG, menées par Ronan, sont infructueuses, de même que celles de leur budget. Pas de quoi ajouter le moindre nom aux affiches recensant les individus faisant partie de la sphère des deux meurtres. Il n'y a pour le moment pas de nouvelles de l'équipe de techniciens chargée d'étudier l'ordinateur professionnel du journaliste. L'appel à témoins n'a rien donné non plus. Y avait-il des promeneurs dans ce secteur de la forêt à ce moment-là ? Le troisième jeu d'empreintes trouvées en grand nombre dans la maison du journaliste n'est dans aucun fichier. Un message de la gendarmerie de Pleumeur-Bodou valide l'alibi littéraire de Pierre-Marie Le Bihan. Bonne lecture à lui, mais cela semble le mettre totalement hors de cause. L'information intéressante concerne les relevés bancaires de Richard Le Ny, étudiés par Denis. Cinq virements de quatre mille euros sont enregistrés au cours de 2013, à peu près aux mêmes dates que Le Bihan. Il semble que dans les deux cas ce manège dure depuis plusieurs années. Les virements des deux associés, car Enor le comprend ainsi, sont faits au profit d'un compte de la BLEC, Banque luxembourgeoise européenne de crédit. Sans doute un compte boîte aux lettres ou relais. À quel nom a-t-il été ouvert ? Où va cet argent ensuite ? Et surtout quelle est la raison de ces opérations ? Arriveront-ils à suivre la piste ? Cela risque d'être quasi impossible, d'autant plus qu'à la source ces virements sont légaux. Alors, sur la base de quels soupçons déclencher une enquête ? Pendant qu'il prend connaissance de toutes ces communications, Françoise revient le voir pour compléter le rapport des gendarmes des Côtes-d'Armor sur Pierre-Marie : les premiers éléments obtenus auprès de la Banque populaire indiquent que sa situation financière est plus que confortable. Son alibi est déjà établi, le mobile est inexistant. La piste Pierre-Marie peut s'arrêter là. Les vingt minutes suivantes sont consacrées à faire le point par téléphone avec la procureure puis avec Peyret. Guylaine Essart se montre très intéressée par le témoignage d'Alice Boulin. Parlant d'une nouvelle orientation, elle espère qu'il s'agit de la percée attendue dans l'enquête, tout en admettant que la tâche reste difficile. Ce n'est donc que vers midi trente, au moment où Enor pense à aller manger un peu, que Denis surgit dans son bureau.

— Patron, c'est étrange, nous n'avons toujours pas vu Luc. Il a juste appelé ce matin pour informer qu'il serait un peu en retard avant d'aller chercher Isabelle Bodellec, la serveuse de la brasserie, pour établir le portrait-robot du troisième homme. Luc devrait être là depuis un bon moment déjà. On avait prévu de manger ensemble, Françoise, lui et moi, avant de partir pour Hanvec examiner les CD.

— Il y a peut-être eu un problème avec la fille. Appelle au Central pour savoir ce qu'il en est.

Cette absence de nouvelles étonne Enor car, comme tous les membres de l'équipe, Luc aurait appelé en cas d'empêchement de dernière minute. Et puis, il est déjà tard, tout cela n'est pas très normal. Mais il n'a pas le temps de s'interroger plus avant sur la question que Peyret déboule soudain dans son bureau, en soupirant :

— Berigman, je viens d'avoir le commissaire Laumond au téléphone. Autant vous dire qu'il n'était pas ravi de la perquisition au siège du BUG. Et "pas ravi" est un euphémisme. Il hurlait au téléphone, nous accusant de mettre en péril des mois d'enquête des services et de l'obliger à prendre des mesures particulières en direction d'Éric Lastenet. Ne me demandez pas lesquelles, il ne me l'a pas dit. De toute façon, il ne m'a pas laissé placer un mot avant de raccrocher.

Enor ne s'émeut pas outre mesure de cette colère. Il arrive fréquemment que des télescopages entre services surviennent. Dans pratiquement tous les cas, cela se passe très bien, les conflits de compétence ou de priorité étant rapidement résolus. Mais il y a parfois quelques citadelles qui ne connaissent que le sens unique, même si Laumond pouvait estimer qu'il avait donné suffisamment de renseignements pour convaincre de l'innocence de Lastenet dans leur affaire. Il se croit donc obligé de répondre :

— Écoutez, Monsieur le divisionnaire, étant donné les éléments que nous avions, je crois que nous avons fait ce que nous devions faire dans le cadre de notre affaire. Il n'était pas possible de faire l'impasse sur le BUG, personne ne l'aurait compris et je suis prêt à en endosser toute la responsabilité.

Peyret ébauche une grimace, mais la dernière remarque d'Enor lui convient tout à fait.

— J'en prends acte. Mais admettez que ces éléments étaient minces.

— En effet, minces mais pas nuls, même s'il apparaît, grâce aux documents saisis, que nous allons pouvoir clore cette piste. Du moins, sitôt que nous aurons entendu notre bonhomme.

— Vous croyez que c'est utile ? Vous reconnaissez vous-même qu'il est hors du coup !

— Oh, ce sera juste pour mettre un point final à son dossier. N'oubliez pas que son courrier était au nom de Demain Bretagne et non du BUG. Il reste donc à comprendre pourquoi il a fait ce courrier. Et comme nous l'a plus ou moins suggéré Thierry Le Bras, c'était peut-être juste un compte personnel à régler avec maître Le Ny. Écoutez, on procède juste à une simple audition, il nous explique ses motivations et on en a fini avec lui, Laumond et leurs affaires.

Enor se tait à peine que Denis réapparaît.

— Je viens d'avoir les services techniques, ils n'ont pas vu Luc, il n'a pas amené la serveuse au Central. Et son portable ne répond pas, j'ai appelé plusieurs fois, je n'ai que la messagerie.

— Que se passe-t-il ? demande Peyret.

Enor le lui explique, tout en décrochant son téléphone.

— J'appelle Caroline Dupuy au Conquet.

Personne ne décroche. Il comprend soudain qu'il a fait le numéro du magasin et qu'à cette heure-là, il doit être fermé pour la pause du midi. Il est même possible que le magasin soit fermé le lundi. Il essaie le portable. Elle répond aussitôt :

— Oui, allô ?

— Mademoiselle Dupuy ? Enor Berigman, ici. Je vous appelle parce que Luc n'est toujours pas arrivé. On m'a dit qu'il avait prévenu ce matin qu'il serait un peu en retard. Vous en connaissez la raison ?

— Il n'est pas au travail ? Mais il est parti pas longtemps après le lever du jour, vers huit heures ! Je ne comprends pas !

— Que devait-il faire avant de venir ?

— Il s'est aperçu hier soir qu'il avait perdu son couteau, un couteau de grande valeur que je lui ai offert, et il pensait que c'était peut-être en glissant dans le fossé samedi, dans la forêt. Alors il devait aller voir là-bas en vitesse avant de passer je ne sais plus où.

— Ah, il est donc allé dans la forêt ? répète Enor un peu bêtement.

— Oui, c'est ce que je viens de vous dire. Mais vous ne l'avez pas appelé ?

— Si, si, mais ça ne répond pas. Il est possible que là où il est, il n'y ait pas de réseau. On va réessayer.

— Mais quand même ! Il devrait être rentré depuis longtemps ! Il récupérait juste le couteau et il revenait aussitôt.

Enor sent une pointe d'inquiétude dans sa voix.

— Il ne l'a peut-être pas retrouvé dans le fossé et il fouille toute la zone, ou alors il cherche sur le bord du chemin. Ne vous inquiétez pas, je vous appelle dès que j'ai des nouvelles. Dites-moi, vous êtes chez vous ?

— Oui, je ne bouge pas de l'après-midi.

Il raccroche. En réalité, malgré ses dernières paroles rassurantes, Enor craint que quelque chose n'aille pas.

Ils se sont servis de leur portable samedi, le réseau passait. Bien sûr, il est possible que Luc ait un autre opérateur avec une couverture différente ou que sa batterie soit à plat. Mais Luc n'aurait pas insisté plusieurs heures pour retrouver ce couteau, malgré sa valeur, alors qu'il avait une tâche à accomplir, ce n'est pas pensable.

Il regarde sa montre, 12 h 55. Sa décision est prise.

— Denis, tu appelles la gendarmerie de Daoulas et tu leur demandes d'envoyer immédiatement une équipe dans la forêt sur le lieu du crime et une autre à la maison de Le Bihan, à la recherche de Luc. Je pense à la maison parce qu'il a pu vouloir y faire un saut comme il n'était pas loin. Mais il aurait appelé s'il avait fait une découverte ou eu un contretemps. Qu'ils fouillent bien les lieux et qu'ils nous rendent compte aussitôt.

— Bien, Patron.

— Et qu'ils considèrent cela comme prioritaire, hurle Enor alors que Denis est déjà dans le couloir.

Peyret se lève de son siège.

— Bien, vous m'appelez dès que vous avez des nouvelles.

Tandis qu'Enor repense à ce qu'il a appris d'Alice Boulin, en particulier à ce que pouvait en savoir Véronique Le Ny qui, si elle les avait informés tout de suite de ces faits, leur aurait peut-être fait gagner un temps précieux, son téléphone sonne. Il se dit en décrochant que c'est sans doute la honte qui l'a fait taire. On ne peut pas avouer facilement en 2014, même si l'on n'y est pour rien, que son beau-père était un pédophile. Mais cela explique mieux le décrochage immédiat de la photo dans le bureau de son mari. D'un autre côté, ce dernier n'était visiblement pas écœuré de ce comportement puisqu'il était même allé jusqu'en Norvège pour rendre hommage à son père et ensuite il avait accroché fièrement la photo du voyage à son domicile, en sachant très certainement que cela devait fortement déplaire à son épouse. Cela en disait long sur la nature de leur relation. Quelles traces névrotiques étaient restées dans l'esprit de Richard de "l'apprentissage" que son père lui avait infligé ? On ne peut pas sortir mentalement indemne de telles expériences si l'on n'est pas suivi ensuite par un psychiatre, et les dégâts psychologiques sur l'adulte qu'il était devenu devaient être profonds, en particulier dans les relations sexuelles. Il se demande soudain, en même temps qu'il dit « Oui, allô, ici le commissaire Berigman », si l'éloignement volontaire à Strasbourg de Jean-Michel, le fils, et le mépris que lui manifestait son père n'étaient pas liés à tout cela. Il faut qu'il l'appelle pour s'informer de son degré de connaissance de ce passé. De plus, une nouvelle rencontre avec la veuve pour une explication cette fois-ci décisive est nécessaire. Mais ce qui interpelle également Enor est que les éléments rapportés par Alice Boulin font de Richard Le Ny une victime. C'est Georges, le père, le coupable. Or l'attitude de Véronique et de Jean-Michel Le Ny est plutôt celle que l'on a face à un coupable ou à un bourreau. Il y a donc là encore une opacité, dont il entrevoit avec appréhension la source possible, que tous deux pourront sûrement éclaircir. Et ce faisant, le lien entre le passé et le présent, élucidé, rendra intelligible le mobile de Pluton, Enor en est persuadé, mais il est tellement plongé dans ses pensées qu'il n'a pas entendu qui l'appelle.

— Excusez-moi, je n'ai pas entendu. Qui est au bout du fil ?

Il entend un petit rire.

— Commandant Vilmoutier, Sécurité publique.

— Ah, bonjour. Que me vaut le plaisir ?

— Oh, je voulais juste vous tenir au courant des suites de l'affaire de la place de Strasbourg. Comme prévu une enquête interne est lancée, à la demande des autorités administratives. Elle sera menée par le commissaire Chatillon, de la délégation de Rennes.

— Brice Chatillon ? Je le connais. Il a plutôt bonne réputation dans le milieu et il ne traîne pas de casseroles, à ma connaissance.

— En effet, j'ai les mêmes échos. Il est possible que vous soyez entendu, mais ce n'est pas certain. En fait, je ne sais pas où on va, mais je me suis quand même renseigné sur ce qui s'est passé, au cas où.

— Et alors ?

— Pour moi, il est clair que la faute provient du sous-préfet lui-même. Il revenait de l'aéroport où il avait accompagné quelqu'un, et il a décidé de venir sur les lieux au retour, en prenant le boulevard de Coataudon puis la rue de Paris. Par ce trajet, il tombait inévitablement sur nos gus.

— Mais il n'était pas instruit de la situation ?

— Si, justement. En permanence. Par moi-même d'abord, et par l'officier de liaison. Il a été informé de ce qui se passait sur la place. C'est vrai qu'à part le feu de poubelle, le secteur était sous contrôle et qu'on s'orientait vers une dispersion sans trop de problèmes. Mais, d'après mon officier, il lui a été expressément signifié d'éviter encore la rue de Paris où il y avait le petit noyau dur de manifestants.

— Mais alors pourquoi l'a-t-il empruntée ?

— Ça, l'enquête le dira, mais je pense qu'il a dû croire, comme ce noyau comptait à peine une dizaine de personnes, que la place serait dégagée le temps qu'il arrive, et il n'a pas tenu compte de la prescription. C'est lui qui a dit à son chauffeur de passer par là.

— Eh bien ! Si c'est ainsi, son imprudence dédouanera les services de toute faute.

— Oui, si Chatillon est bien ce qu'on me dit, c'est ce qui se passera. Enfin, voilà, c'était pour votre information personnelle, comme promis.

— J'apprécie, je vous remercie de votre coup de fil. Et tenez-moi au courant des conclusions quand vous les aurez. Au revoir.

Il raccroche. La version de Vilmoutier est crédible. Même si tout est toujours possible, il a du mal à croire à un défaut de communication au sous-préfet ou à un malentendu qui l'aurait précipité dans les bras des hooligans. Il ne voit pas pourquoi, sur une intervention statique aussi simple, les procédures n'auraient pas été respectées. Enor regarde sa montre, il est maintenant 13 h 30. Il ne devrait pas tarder à avoir des nouvelles des gendarmes s'ils sont partis aussitôt après le coup de fil de Denis. Il se lève et se dirige vers les bureaux de son équipe. Aela et Denis discutent des élections de la veille. Ronan et Françoise sont absents.

— Aela, tu vas aller avec Françoise à la brasserie chercher la serveuse pour le portrait-robot. Et vous repartez avec elle, hein, vous ne vous laissez pas retarder par son boss. Il faut qu'on ait ce portrait ce soir, pour diffusion dans la foulée.

— Mais, Patron, j'aurais bien voulu avoir des nouvelles de Luc avant.

— Non, je regrette, c'est important aussi, reprend-il plus doucement, je comprends, mais on ne peut pas attendre, ce portrait est une urgence. Vous n'en avez pas pour longtemps, vous la déposez et vous rentrez ici. Elle sera ramenée à son boulot par une équipe du commissariat central si c'est nécessaire, mais elle sera tout près de la brasserie, elle pourra retourner à pied. Ne t'inquiète pas, je vous informe immédiatement si j'ai des nouvelles pendant votre absence.

Aela enfile son blouson et embarque Françoise dans le couloir au passage. Enor se tourne vers Denis.

— Tu joins les portraitistes et tu leur annonces l'arrivée d'Isabelle Bodellec. Ensuite, appelle régulièrement, toutes les deux ou trois minutes, le portable de Luc. Où est Ronan ?

— Dans la salle de réunion, il complète ses affiches avec les noms des employés de la brasserie.

Enor s'y rend immédiatement. Ronan est en train de prendre du recul pour contempler ses affiches, sans doute pour apprécier leur visibilité. Pas d'inquiétude à avoir, l'ensemble est clair et le dispositif géométrique à base de cercles qu'il a adopté rend très intelligibles les liens entre tous les témoins. La seule intersection est justement celle formée par les noms qui tournent autour de la brasserie. Ce lieu est-il une plaque tournante de l'affaire ? Rien ne l'indique, en dehors des quelques repas pris ensemble par les deux victimes, mais au cours desquels ils devaient bien discuter de leurs "affaires". Mais quelles affaires ? Dommage que le « H » ne soit pas encore identifié de façon certaine ; l'hypothèse qu'il désigne la maison de Hanvec n'est pas prouvée.

Enor n'a pas changé d'avis, ce point est l'un des pivots de l'histoire. Après un coup d'œil critique satisfait, mais qui révèle en creux l'importance des progrès encore à faire, il dit :

— Demande à trois brigadiers d'aller à Hanvec commencer à examiner les CD. On les relaiera si c'est possible. C'est bien, ce que tu as fait, ajoute-t-il en désignant les affiches.

— Oui, je crois que c'est assez parlant, mais pour le moment, ça ne débouche sur rien. Nos deux morts n'ont pas l'air d'avoir une personne commune dans leur entourage.

— Ne nous décourageons pas, il est encore trop tôt pour le dire.

Un gargouillis dans son ventre indique à Enor qu'il n'a toujours pas mangé, mais il ne ressent pourtant aucune faim, son inquiétude grandissante suffit à lui couper l'appétit. Quand il rentre dans son bureau, Denis vient lui dire que le portable de Luc ne répond toujours pas.

À 13 h 46, la gendarmerie l'appelle pour l'informer qu'il n'y a rien à signaler à la maison de Pierre-Yves Le Bihan, à Hanvec. Pas trace de Luc.

C'est à 13 h 53 qu'Enor reçoit le deuxième appel.

— Commissaire Berigman ?

La voix est grave, le mauvais pressentiment qui l'envahit depuis une heure vide sa tête et se répand dans les battements de son cœur.

— Oui.

— Chef Berthilier, de la gendarmerie de Daoulas. (La pause dure une seconde infinie.) Il faut que vous veniez tout de suite, nous venons de retrouver le corps sans vie du capitaine Magdelain sur la scène de crime, dans la forêt.

XXXI

Lundi 24 mars 2014 – 15 h 05

Le trajet pour rejoindre la forêt avait été cauchemardesque et Enor avait conduit mécaniquement, les pensées occupées à essayer de comprendre l'inconcevable. Il se souvient qu'après avoir raccroché, et assimilé qu'il s'agissait d'un homicide, les premiers informés, par un ordre de priorité naturel, avaient été les membres de son équipe. Le meurtre brutal d'un des leurs exacerbait le sentiment de ses collègues de ne faire qu'un avec lui ; l'agression contre l'un d'eux représentait une violence contre eux tous. À l'abattement qui submergeait provisoirement les esprits succéderait rapidement, Enor le savait, la ténacité infatigable dont ils allaient faire preuve pour la mise hors d'état de nuire de l'assassin.

Il avait appelé la procureure et le divisionnaire, qui venaient maintenant de faire la route en silence avec lui. L'affliction qui se lisait sur le visage de Guylaine Essart faisait écho à la tension qui émanait de celui de Peyret. Il n'était nul besoin d'échanger la moindre parole. Les questions viendraient bien assez vite. Et enfin, en les attendant, il avait joint quelques secondes Mariannig. Les heures et les jours à venir exigeront calme et méthode, il serait stérile de se focaliser sur la recherche de la réponse à une question pourtant évidente : que n'avaient-ils pas vu sur les lieux du second crime pour que Pluton y soit revenu ? Ils n'auront aucun élément susceptible de les éclairer. Ce n'est qu'en marchant dans la forêt qu'il sent sa concentration renaître. Pour la deuxième fois en trois jours, escorté par les couleurs hivernales des hêtres ou des fougères, sous un ciel couvert où filent les nuages, il entend des pies qui jacassent et des geais qui cacardent, couvrant le bruit de leurs pas rapides. Le chef Berthilier, qui les guettait, vient au-devant d'eux, le visage grave.

— J'aurais préféré ne pas vous revoir si vite. Le légiste et le service technique sont déjà sur place depuis quelques minutes. Venez, c'est par ici.

Peyret a une hésitation.

— A-t-il été torturé comme les autres ? demande-t-il.

Berthilier secoue la tête.

— Non. Il était juste allongé à une quinzaine de mètres du chemin, par là, indique-t-il en désignant les sous-bois, où ils aperçoivent maintenant les techniciens au travail. Je ne sais pas ce qu'il est venu faire là, mais il est tombé par hasard sur notre assassin, ça ne fait guère de doute. Une rencontre fortuite, imprévisible.

Enor l'écoute à peine, il s'est déjà enfoncé dans le bois, négligeant la tenue spéciale qu'on lui tend pour ne pas polluer la scène de crime, mais personne, sur un signe de Claude Guitton, n'ose lui faire une remarque. Le silence règne, Yves Cardic lui fait juste un signe de tête. Luc repose sur le dos au pied d'un arbre, dans une position visiblement "arrangée", les jambes allongées et les deux bras se rejoignant au niveau du ventre. Il est habillé, seule une chaussure est manquante, aucun coup n'est apparent sur le corps, c'est la tête qui a pris. Enor reste silencieux deux bonnes minutes, il n'a pas entendu la procureure et le divisionnaire, qui se sont approchés, après avoir mis une tenue. Le corps a été déplacé, les fougères écrasées le prouvent. Où Luc a-t-il été tué exactement ? La direction est celle du chemin. S'il a été traîné jusqu'ici, il est important de trouver le lieu précis du meurtre pour en comprendre le scénario. Ont-ils donc été aveugles ? Que s'est-il passé ? Enor espère malgré tout avoir un jour la réponse afin de ne pas passer le restant de ses jours avec le sentiment qu'une faute d'observation a été commise samedi. Il sait que cette pensée pèsera aussi sur les épaules des techniciens et des membres de son équipe qui ont pourtant minutieusement examiné les lieux. Mais est-ce que cela aurait changé quelque chose ? Même s'ils avaient trouvé ce que Pluton était venu rechercher ce matin, celui-ci, dans le doute, serait certainement passé quand même. Et serait tombé sur Luc. Dans tous les cas, Pluton et Luc, pressés au même moment par la recherche d'un objet différent, allaient inévitablement se croiser. Saleté de hasard ! Enor quitte le corps des yeux et retourne lentement vers le chemin, en faisant un écart pour éviter au maximum la zone d'investigation. L'ambulance est arrivée. Les gendarmes discutent, mais il ne les rejoint pas. Il aperçoit au loin, venant de la route, Aela, Denis, Ronan et Françoise. Cette vision, trop difficile par l'absence qu'elle souligne, lui fait tourner la tête. Il regarde un rouge-gorge voleter dans les basses branches d'en face, en regrettant qu'il ne puisse parler pour lui dire ce qui s'est passé. Il a déjà plein de questions en tête. Il se retourne en entendant un bruit de branche cassée dans son dos. Claude et Yves, suivis de près par la procureure et Peyret, s'approchent. Enor fait alors signe à Berthilier de venir.

— Lorsque vous avez découvert le corps, il était dans cette position ?

— Oui, bien sûr, nous ne l'avons pas touché, sauf pour constater le décès, même si ça paraissait évident, hélas.

Enor se tourne vers Cardic, dont il discerne toute l'émotion.

— Yves ?

— Le même tueur, ça ne fait aucun doute. Mode identique, deux coups très violents, dont un sur la tempe, donné latéralement avec une grande puissance. Je dirais que les deux hommes devaient être debout l'un en face de l'autre et sans doute de la même taille, au moins.

— Et pour l'heure ? Tu as une estimation ?

— Ce matin, entre sept heures et dix heures approximativement. J'essaierai d'être plus précis après l'autopsie.

— Bien, on pourra aussi affiner à partir de l'heure de son départ de la maison avec Caroline Dupuy. Je vais aller l'informer directement en quittant les lieux. On peut évacuer le corps ?

— Oui, j'ai fini ici. Je te tiens au courant dès que j'ai les résultats, mais ne t'attends pas à un miracle.

— La différence est que, cette fois, le crime n'est pas comme les précédents, il est improvisé. Pluton a pu commettre une imprudence.

— Peut-être, répond Cardic en haussant les épaules. Ne t'en fais pas, si c'est le cas, je trouverai. Allez, salut.

Pendant qu'il s'éloigne sur le chemin, Enor se tourne vers Claude Guitton.

— Vous avez trouvé des indices ?

— Non, rien. Pourtant, je t'assure que nous fouillons millimètre carré par millimètre carré. Et plutôt deux fois qu'une ! Je ne comprends pas ce qui a pu nous échapper samedi ! C'est la première fois que je vois ça. Il y a là quelque chose d'incompréhensible, il lui fallait un motif impérieux pour être là et j'ai du mal à croire que nous soyons passés à côté. Ça paraît impossible !

— C'est ce qu'on se dit tous, oui, répond Enor. Écoute, il ne faut pas se prendre la tête avec ça, on ne peut rien y changer. Concentrons-nous sur l'assassin et sur la suite. Est-ce que vous avez pu déterminer l'endroit exact du crime ?

— D'après les traces sur le sol, Luc a commencé à être traîné à cinq ou six mètres du chemin. Ce pourrait être le lieu de l'agression. Mais il ne faut pas exclure la possibilité qu'il ait été porté quelques mètres et que l'attaque se soit faite sur le chemin. Il y a des traces nettes, là, dit-il en avançant au bord du fossé, tu les vois ?

Enor voit des herbes écrasées et des fougères couchées. Ce n'est certainement pas un passage d'animal.

— Mais, dis donc, si notre homme a porté Luc quelques mètres et au-dessus d'un fossé, cela atteste que c'est un sacré costaud ! Luc n'était pas un gringalet, c'était un sportif entraîné, tout en muscles.

Guitton approuve :

— Aucun doute là-dessus. Dans ce cas, on aurait affaire à quelqu'un de grand et puissant, comme l'a dit Yves. Mais note bien que ça n'a peut-être rien à voir, des promeneurs ont pu vouloir visiter les lieux hier en fin d'après-midi, malgré les rubans, c'est bien le problème.

— Bien sûr. Mais sinon cela nous confirme le profil physique d'un tueur athlétique, grand et qui a dû pratiquer des arts martiaux à un haut niveau. Un type redoutable, que même la carrure de Luc n'a pas effrayé. Je te fais une promesse, Claude, on l'aura et on saura ce qu'il faisait là.

Guitton approuve silencieusement de la tête, alors

qu'apparaissent Françoise, Aela, Denis et Ronan. Il n'y a rien à dire, leurs visages parlent pour eux. Guylaine Essart profite de ce que tout le monde est là pour prendre la parole :

— Je vais informer la presse sans tarder en rentrant. Inutile de jouer la montre, on risquerait de nous le reprocher ensuite et nous n'aurions rien à y gagner. Mais, je vais bien sûr attendre d'abord que sa compagne et ses parents soient prévenus. Vous vous en chargez et vous me donnez le feu vert dès que possible ?

— Oui, je m'en occupe, dit Enor en consultant sa montre, c'est à moi de le faire. Aela, je voudrais que tu m'accompagnes. Les autres, inutile de rester ici. On se retrouve dans la salle de réunion à dix-neuf heures. Madame le procureur, j'aimerais bien qu'il y ait une garde toute la nuit sur les lieux.

— D'accord.

— Je vois ça tout de suite, dit Berthilier en retournant vers son fourgon.

— Rien d'autre ? interroge la procureure.

Personne ne disant rien, Enor conclut :

— Bon, alors on y va.

Il salue Claude Guitton, qui lui assure qu'il sera immédiatement prévenu s'ils trouvent quelque chose.

XXXII

Lundi 24 mars 2014 – 17 h 30

Après avoir déposé Guylaine Essart et Christian Peyret, Enor, accompagné d'Aela, se gare rue Théodore-Botrel, devant chez Luc et Caroline. C'est une agréable maison blanche, qui jure avec la façade ochracée de la maison mitoyenne, entourée d'un petit jardin sur trois côtés.

Il ne sait pas s'il a pris la bonne décision en se faisant accompagner d'Aela. Normalement, il aurait dû prendre Françoise, mais le fait que les deux femmes soient de même génération a orienté ce choix. Le devoir qui les amène est tellement difficile à accomplir ! Aussi, est-ce tiraillé de sentiments contradictoires qu'il monte les quatre marches qui mènent à un perron, et qu'il sonne à la porte d'entrée. Ils entendent un bruit de pas très rapides, comme si Caroline n'attendait que cette sonnerie, et la porte s'ouvre en grand. En les voyant tous les deux, le visage grave, Caroline semble instantanément perdre toute la tension qui l'envahissait. Sa figure se décompose, la jeune femme a déjà compris que si elle n'a pas droit à un coup de fil, c'est que le pire s'annonce. Elle demande sans attendre.

— Il est arrivé quelque chose ?

Sa voix est suppliante, elle n'a pas pu ajouter « à Luc ? » Enor répond le plus doucement possible mais sans aucune hésitation dans la voix :

— Oui, je suis désolé. Luc a été tué ce matin dans la forêt, sur les lieux mêmes de l'assassinat de Pierre-Yves Le Bihan. Par le même homme. Nous ne savons pas ce que ce tueur faisait là. La mort a dû être immédiate, sans souffrance.

Caroline porte les deux mains sur ses tempes, se couvrant une partie des yeux. Elle entre dans le salon et s'assied au bord du canapé, en pleurant silencieusement. Aela s'installe auprès d'elle et lui passe un bras autour des épaules. Un long moment passe, sans rien dire. Puis Caroline hoquette :

— Mourir pour un couteau, ce n'est pas juste ! C'est moi qui lui en avais fait cadeau, et hier soir je me suis fâchée parce qu'il ne s'était pas aperçu tout de suite qu'il l'avait égaré ! Et ce matin, ce matin...

Elle ne peut continuer et éclate en sanglots. Aela sort un paquet de mouchoirs en papier, en extrait plusieurs et les lui tend. Enor reprend un peu plus fermement :

— Caroline, vous n'y êtes pour rien, vous n'avez aucune responsabilité dans ce qui est arrivé. Il y a quelque part, pas loin d'ici, un tueur sur lequel nous allons mettre la main, je vous le promets.

En disant ces derniers mots, il se sent un peu stupide ; ses propos ne peuvent consoler la jeune femme. Aucun mot ne saurait avoir de prise sur le désespoir et la mort. Caroline pleure simplement, là où d'autres hurleraient, s'effondreraient ou bien encore seraient dans le déni.

— Vous ne pouvez rester seule. Avez-vous des amies qui peuvent venir vous tenir compagnie ce soir ? Voulez-vous que nous fassions quelque chose ?

Elle relève la tête.

— Oui, je pense. Solange, peut-être, sinon Denise.

Voyant Aela sortir son portable, elle se lève, faisant tomber au sol deux ou trois mouchoirs, sort un répertoire d'un tiroir et le lui tend en ajoutant « Solange Marchet et Denise Miller » puis reprend sa place sur le canapé en se mouchant une nouvelle fois. Aela se dirige vers le couloir puis Enor l'entend sortir de la maison. Elle en a pour quelques minutes d'explications, mais il espère avant tout qu'elle va réussir à les joindre. Il lui reste un autre problème.

— Voulez-vous que nous nous chargions de faire prévenir les parents de Luc par la police locale ?

Caroline tressaille en entendant le prénom.

— Non, merci, je préfère que ce soit moi qui le fasse. Donnez-moi quelques minutes encore et je m'en occupe.

— Comme vous voulez. Mais si vous changez d'avis... Vous devez savoir que nous serons toujours là pour vous.

Elle le regarde, les larmes coulent le long de ses joues.

— Merci. Vous savez, Luc vous admirait beaucoup et tout ce qu'il me disait montrait que vous êtes quelqu'un de bien. Il adorait son métier, il aimait travailler avec vous, mais nous étions pourtant sur le point de prendre la décision de partir. Une occasion se présentait au Cap-Ferret. Oh, il hésitait un peu, au dernier moment, mais je n'ai pas de doute qu'il se serait décidé, le projet était mûr. (Sa voix se brise.) À quelques semaines près, c'est cruel !

— Oui, c'est injuste. Je connaissais ce plan, il l'avait évoqué plusieurs fois et j'étais certain que vous le réaliseriez à la première occasion. Ce que je sais, c'est que ce n'était pas un rêve, comme ça arrive parfois. Il pensait vraiment que c'était le bon moment pour lui de quitter la police et de tenter l'aventure. Une nouvelle aventure pour vivre enfin de votre passion. Ça le rendait heureux.

Caroline, les yeux perdus dans le vague, a une esquisse de sourire.

— Il n'était pas du genre à vivre sur un éternel regret. C'est pour cela qu'il l'aurait fait. Pour cela… et pour moi. Et maintenant…

Elle relève les yeux vers lui.

— Dites-moi, est-ce que comme les autres, il a été…

— Non, pas du tout. C'est un crime fortuit. Il a été là au mauvais moment, c'est tout.

Elle se croise les bras, en tournant la tête sur le côté. Enor profite du court silence qui s'installe pour demander :

— Caroline, pouvez-vous me dire à quelle heure il est parti ce matin ?

— Il était huit heures moins cinq exactement. J'étais encore couchée, la boutique est fermée le lundi. Il est venu m'embrasser pour me dire au revoir et j'ai vu l'heure sur le radio-réveil.

Des larmes coulent de nouveau.

— Si j'avais su... termine-t-elle en reniflant et en reprenant un puis deux mouchoirs.

Enor entend alors le bruit de la porte d'entrée. Aela revient et s'assied près d'elle. Elle pose le répertoire et dit en lui posant une main sur le genou :

— Je les ai jointes toutes les deux. Solange sera là dans dix minutes. Elle propose que vous alliez passer la nuit chez elle, où Denise vous rejoindra directement, d'accord ?

— Oui, c'est gentil, merci.

Elle se lève soudainement.

— Il faut que j'appelle la famille, maintenant.

Elle sort son téléphone de son sac à main posé sur la table puis s'éloigne vers la cuisine. Aela la suit. Enor ne bouge pas. Il attrape sur l'étagère inférieure de la table basse un exemplaire des mois de janvier-février d'un magazine qu'il ne connaît pas, *Surf Session*, attiré par la beauté de la photo de couverture et le feuillette distraitement. Son esprit est entièrement tourné vers l'enquête. Aela réapparaît quelques minutes plus tard.

— Les parents sont prévenus, elle a appelé les siens également. J'ai accepté de la laisser seule quelques secondes pour se passer un peu d'eau fraîche sur le visage.

Au même moment, on sonne à la porte d'entrée.

— J'y vais, dit-elle, ce doit être Solange, elle habite pas loin d'ici.

Elle revient accompagnée d'une brune assez grande, aux cheveux longs et raides, d'environ 35 ans. Son visage ravagé par la tristesse n'amoindrit en rien sa beauté naturelle. Les présentations faites, elle demande tout de suite, sans même enlever son manteau :

— Où est-elle ?

— Elle se rafraîchit un peu, suivez-moi, propose Aela. De toute façon, elle y est depuis trois minutes, j'allais retourner la voir.

Toutes les deux sortent de la pièce tandis qu'Enor se dirige vers le hall d'entrée. Ils peuvent maintenant rentrer. Quelques secondes plus tard, les trois femmes reviennent et Enor donne le signal du départ à Aela. Après une étreinte attristée et quelques ultimes mots de compassion et de réconfort des deux policiers envers Caroline, Solange les accompagne sur le perron et leur dit :

— Ne vous inquiétez pas, le mari de Denise est médecin et il passera à la maison tout à l'heure.

Dans la voiture que conduit Aela, Enor téléphone à la procureure pour l'informer que la famille a été prévenue. Le communiqué à la presse est déjà prêt. Juste avant d'arriver, il reçoit un appel d'Yves Cardic.

— Enor, je vais commencer le travail, mais je voulais te dire sans attendre que j'ai trouvé, accroché à la chemise en coton de Luc, un bout de feuille verte qui a certainement dû tomber des habits de notre tueur lorsqu'il a traîné le corps.

— Tu es sûr ? En forêt, c'est normal, non ?

— Oui, ce serait normal s'il s'agissait d'une plante forestière. Mais ce n'est ni de la fougère, du houx ou du lierre ni une feuille d'arbre.

Enor, intrigué, sent son intérêt s'éveiller.

— Et tu as une idée ?

— Je ne suis pas un grand botaniste, mais sous réserve, je dirais qu'on a là un morceau de feuille de tulipe.

— De tulipe ? Fin mars ? C'est possible, ça ?

— Oui, si tu vas chez le fleuriste. Bon, allez, il faut que je m'y mette, même si aujourd'hui ça ne me plaît pas. Ah, au fait, il avait retrouvé son couteau, il était dans une poche. Allez, salut, je pense que tu as du travail aussi.

Enor reste songeur ; cette information est-elle importante ? Se pourrait-il que Pluton soit fleuriste ? Serait-ce sa première faute, ayant dû improviser son meurtre ? En tout cas, il est nécessaire de faire identifier de façon certaine ce bout de feuille. Il est 18 h 50, dix minutes avant la réunion. Il trouve sur son bureau le rapport des brigadiers qui sont allés chez Pierre-Yves Le Bihan examiner les CD. Négatif. Tous les CD correspondaient bien à leur boîtier. Enor est déçu, même s'il n'attendait pas de miracle, mais l'endroit paraissait tellement idéal pour camoufler... il ne savait trop quoi au juste. Mais il pense toujours au « H » et à l'existence d'une SCI. Il a aussi la désagréable impression d'oublier de se poser une question importante sur cette fouille.

XXXIII

Lundi 24 mars 2014 – 18 h 05

La chaise vide autour de la table, à la place habituelle de Luc, fait fuir tous les regards. Comme tous, il le suppose, Enor ne peut la fixer sans avoir une boule à l'estomac. Une boule de tristesse et de colère. Tout le monde étant prêt, il commence :

— Ce matin, dans la forêt du Cranou, notre collègue le capitaine Luc Magdelain a été tué. Par l'assassin que nous pourchassons depuis plus d'une semaine. Je fais le serment ici même que nous l'identifierons et le présenterons à la justice. Avant de nous mettre au travail, je vous propose de respecter une minute de silence.

En prononçant ces derniers mots, il se lève, imité par tous. Plutôt que de laisser son esprit s'égarer, il compte mentalement jusqu'à soixante, la tête baissée. Quand il se rassied, il constate que tout le monde a les yeux braqués sur lui et entame la réunion :

— Luc quitte son domicile à huit heures, il va dans la forêt, persuadé que c'est là qu'il a perdu son couteau lors de sa chute dans le fossé. Il a raison, Yves Cardic l'a retrouvé dans une de ses poches. Il n'a pas trouvé que cela, je vais en parler après. Donc on peut penser que Luc n'a pas eu besoin d'entrer dans le sous-bois, sauf s'il a été intrigué par quelque chose, d'accord ?

— Oui, répond Françoise, mais alors s'il y avait quelqu'un sur les lieux, pourquoi ne s'est-il pas méfié ? Car Pluton n'aurait pas pu le surprendre, non ?

— Il a pu croire que c'était un curieux qui avait franchi les rubans de police et il voulait peut-être juste lui demander de sortir de là, avance Denis.

— Inutile de trop se prendre la tête avec ça, reprend Enor, mais nous avons ainsi une heure approximative de la mort, que je situerais selon toute probabilité entre neuf et dix heures, à un quart d'heure près.

Aela intervient :

— Je ne comprends pas pourquoi Pluton ne s'est tout simplement pas caché à l'approche de Luc. Ça lui aurait été facile, dans le bois. Il attendait que Luc reparte, et puis voilà. Il faut donc croire que Luc l'a surpris !

— Oui, approuve Ronan, il y a certainement de la surprise derrière cela parce que tuer un flic alors qu'on peut facilement l'éviter, ça n'a pas de sens !

Enor résume :

— Je crois qu'on est tous d'accord pour penser qu'il s'agit d'un meurtre. Pas de préméditation, improvisation totale. Cela nous indique que Pluton est quelqu'un qui ne recule devant rien et qu'il a un esprit de décision et de réaction très rapide, il faudra nous en souvenir à l'occasion.

— En effet, dit la procureure, je paierais cher pour savoir ce qu'il faisait là ce matin.

— On le lui demandera lorsqu'on aura mis la main sur lui, répond Enor, pour le moment, nous n'avons aucun moyen de le comprendre. Et je n'imagine pas que nos techniciens soient passés à côté de quelque chose, je suis même sûr du contraire. Alors, inutile de trop nous poser ce genre de questions sans réponses. Pluton peut avoir cru, à tort, avoir lui aussi perdu quelque chose sur place et être venu fouiller en espérant que nous ne l'aurions pas trouvé. Il prenait un risque calculé, mais le jeu devait en valoir la chandelle. Vous voyez qu'une telle hypothèse ne fait pas progresser l'enquête d'un millimètre.

Guylaine Essart accepte de bonne grâce ce point de vue.

— Malgré tout, l'endroit précis du meurtre est un élément important, souligne Françoise. Le sous-bois ou le chemin ? Pluton a pu croiser des promeneurs, je me charge de lancer un nouvel appel à témoin demain matin.

— Pourquoi est-ce important, le lieu ? interroge Peyret.

— Honnêtement, je ne sais pas, j'en ai le sentiment, c'est tout.

Devant la moue un rien dédaigneuse du divisionnaire, c'est Aela qui vient à la rescousse de Françoise, surprenant une fois de plus Enor par une de ses intuitions souvent pénétrantes.

— Si Luc a été tué sur le chemin, c'est soit qu'il l'a vu sortir des lieux, soit peut-être qu'il a reconnu Pluton ? Dans ce cas, Pluton serait quelqu'un que nous aurions déjà rencontré ! Si au contraire, c'est dans le bois, on en revient à ce qu'on a déjà dit.

— Voilà une idée que nous devons garder à l'esprit, complimente Enor.

— Oui, mais les candidats sont inexistants, objecte Ronan, on a établi que les protagonistes de l'affaire avaient des alibis. En fait, il ne reste personne de connu qui soit commun aux deux assassinats.

— Et le portrait-robot du troisième homme ? demande la procureure.

Ronan en sort plusieurs exemplaires d'une chemise.

— Le voici.

Il le distribue à la ronde.

— Comme vous le voyez, il s'agit d'un homme dans la cinquantaine, une tête un peu ronde, avec une petite moustache. On n'a rien obtenu de plus précis, hormis le fait que notre homme n'est pas très grand.

Pendant que chacun examine le visage passe-partout du personnage, Enor commente :

— C'est intéressant quand même. Cela nous permet de penser que cet homme n'est pas Pluton, on peut en être quasiment sûr. Yves Cardic, d'après les coups, estime que Pluton est de grande taille, au moins équivalente, sinon plus, à celle de Luc. Il faut donc envisager que cet inconnu soit plutôt une victime potentielle.

Il se tourne vers Guylaine Essart.

— On pourrait envisager de diffuser ce portrait dans la presse, puisque cet homme, s'il se sait menacé, n'est pas venu nous voir ? Notre entrevue avec Alice Boulin nous inspire d'ailleurs une hypothèse crédible en ce qui concerne le mobile des meurtres dont je vais vous parler, mais qui expliquerait parfaitement cette absence de contact.

La procureure opine de la tête.

— Entendu, je vous suis.

— Avant d'aller plus loin, le légiste ? Qu'a-t-il découvert d'autre, alors, dans la forêt ? demande Peyret.

— Pas dans la forêt. Je ne sais pas comment interpréter cela, il a trouvé un morceau de feuille coincé dans l'intérieur de la veste de Luc. Il n'y aurait rien d'extraordinaire s'il ne pensait qu'il pourrait s'agir d'une feuille de tulipe.

— De tulipe ? s'étonne Denis, résumant le sentiment général.

Enor pense à la théorie de Le Rouzic sur ce qu'il appelait les « indices aveugles », des indices singuliers dont on ne voit pas comment ils peuvent s'intégrer dans le tableau général, mais dont il ne faut jamais négliger l'existence. Insuffisants par eux-mêmes, il arrive qu'ils se révèlent le chaînon manquant qui valide une nouvelle approche, ou même parfois qui renforce après coup la culpabilité d'un suspect. Enor a donc appris à rester à l'affût de ces détails qui, un jour, donnent soudain sens et cohérence comme par magie à un ensemble disparate.

— La première chose à faire, reprend-il, est d'identifier cette feuille. Tu veux bien t'en charger, Ronan ? Tu passes la prendre à la morgue et tu te renseignes auprès de fleuristes. Au besoin, n'hésite pas à solliciter le conservatoire botanique, mais pour une tulipe, les fleuristes devraient suffire.

— Bien, Patron.

— Attention, rien ne prouve que cette feuille provienne de Pluton, dit Guylaine Essart, attentive à l'établissement incontestable des faits.

— Oui, mais tout l'indique quand même, intervient Françoise. Il paraît peu probable que cette feuille ait été déjà au sol et qu'elle se soit infiltrée sous sa veste pendant que Pluton traînait le corps.

— Il vaut mieux quand même le vérifier, décide Enor, Denis, tu joins demain matin les services techniques pour que, dans la zone de crime, ils aillent à la pêche à la tulipe ou à d'autres feuilles qu'on ne devrait pas trouver en forêt. Et puis tu iras examiner la voiture de Luc. Tout à l'heure, dans le salon chez lui, je n'ai pas vu de bouquet de fleurs.

— Dans la cuisine, non plus, complète Aela.

— Bien, Alice Boulin, maintenant.

Enor, secondé par Françoise, fait un rapide compte rendu de leur long entretien avec la vieille dame. Tout le monde comprend que l'histoire d'Annie Le Berre, surnommée Wendy, ouvre des perspectives nouvelles, mais personne ne saisit en quoi les meurtres de mars 2014 pourraient avoir un lien avec cette tragique histoire. Peyret, comme il l'avait fait plus tôt dans la journée au téléphone, se montre sceptique ; Guylaine Essart, tout en réaffirmant qu'il faut creuser cette piste intéressante, reste circonspecte.

— Il est prématuré de construire ce lien, admet Enor, mais des révélations d'Alice Boulin je tire plusieurs interrogations : Véronique Le Ny était-elle au courant de cette histoire ? Cela expliquerait de façon beaucoup plus logique le décrochage immédiat de la photo au mur après l'assassinat de son mari. Les crimes de Pluton sont-ils une vengeance ? Faut-il alors chercher Pluton du côté de proches d'Annie Le Berre ? Mais quel rapport avec Le Bihan et le troisième homme ? Cette affaire est-elle une affaire de pédophilie ? Quid de Richard Le Ny et de Pierre-Yves Le Bihan ? Étaient-ils pédophiles ? Ce que nous savons de l'absence de vie sexuelle ne le contredit pas, même ça ne veut rien dire. Dans cette hypothèse, comment Pluton le sait-il ? Voilà ce sur quoi nous devons travailler dès demain. Des observations ? Denis ?

— Je crois que pour la première fois nous avons une piste sérieuse, même si je ne vois pas le rapport avec la SCI et le Luxembourg, qui sont aussi des indices sûrement essentiels.

— En effet, enchérit Peyret, je ne crois pas qu'on puisse concilier les deux. Attention à ne pas trop nous disperser.

— Nous pouvons mener l'enquête sur les deux fronts, répond Enor, personne ne peut dire s'ils ne vont pas se rejoindre. Et je n'oublie pas le « H » !

— Je propose de chercher un peu du côté d'Annie, dit Aela.

— D'accord. Essaie de retrouver le psychiatre qui s'est occupé d'elle. Elle était sans doute accompagnée lorsqu'elle allait le voir.

— Mais vous vous rendez compte, objecte Peyret, un proche d'Annie Le Berre aurait sans doute autour de 60 ans aujourd'hui ! Je vous avais déjà parlé de ce problème de temps écoulé à propos de la visite à Alice Boulin ! Ça ne correspond pas à l'âge probable de Pluton.

— En effet, c'est vrai, ce n'est guère envisageable. C'est pourquoi il faut plutôt chercher du côté des descendants d'un proche.

Guylaine Essart émet une suggestion :

— On risque de s'égarer. Prenons le problème autrement. Peut-être pourrait-on explorer les plaintes déposées pour pédophilie dans le Finistère dans les années quatre-vingt à deux mille, et voir si l'une d'entre elle ne concerne pas une de nos deux victimes ? Le plaignant pourrait avoir entre 25 et 40 ans aujourd'hui, une fourchette possible de l'âge de Pluton.

Enor trouve l'idée excellente.

— Ronan, tu t'en charges.

Signe de tête de Ronan. Aela intervient :

— Ne devrions-nous pas contacter Jean-Michel Le Ny à Strasbourg ? Je crois que l'on a un faisceau supplémentaire dans la distance qu'il a mise entre son père et lui et dans le mépris que Richard manifestait à son fils. Il est fort possible qu'il en sache plus que ce qu'il nous a dit.

— Oui, j'y pensais. D'ailleurs, il ne nous a presque rien dit. Mais je veux d'abord voir la mère. Attendons un peu. J'irai demain matin une nouvelle fois à Porspoder, ou à la bijouterie si elle y est. Ronan, tu veux bien l'appeler pour prendre un rendez-vous ?

Ronan sort aussitôt.

— Bien, que nous reste-t-il ? demande le divisionnaire.

— Quelques éléments de vérifications supplémentaires. À commencer par les déclarations au fisc des virements réguliers à la BLEC au Luxembourg. Denis, tu vois ça demain.

Peyret a une petite moue censée exprimer le doute, suppose Enor.

— S'agissant de virements interbancaires au sein de la zone euro, on peut penser que tout cela est parfaitement en règle. Cet argent vient d'un compte courant aisément contrôlable et il est certainement déclaré comme revenu à la source.

Ronan revient à ce moment-là. Véronique Le Ny sera à la bijouterie dès huit heures trente, avant l'ouverture qui est à neuf heures trente. Enor peut passer dans cet intervalle, il lui suffit de sonner à l'interphone qui se trouve à l'entrée mitoyenne de la boutique. Il ajoute :

— J'ai entendu que vous parliez des virements vers le Luxembourg, on a reçu les informations des banques. Les premiers virements, aussi bien pour Richard Le Ny que pour Pierre-Yves Le Bihan, ont eu lieu en 2006, il y a donc huit ans. Mais ce n'était pas forcément quatre mille euros à l'époque. C'était moins, et variable.

Enor réfléchit :

— Voyons... De mémoire, il me semble que Charles-Édouard de Grandin nous avait dit que sa conversation avec son beau-frère à propos de la SCI datait d'une dizaine d'années. Donc ça colle parfaitement. J'en déduis que cette SCI doit exister. Elle a dû être créée peu longtemps après cette discussion. Madame la procureure, a-t-on avancé dans ce dossier ?

— Non, hélas, poursuit la procureure en réponse à Enor, je pense que cela va prendre beaucoup de temps, sans garantie de résultats. Il vaut mieux nous concentrer sur le volet français, mais je ne vais pas lâcher, soyez-en sûr.

Enor, qui sait qu'elle fera le maximum, décide de passer à autre chose.

— Il me semble qu'il restait quelques employés de la brasserie à voir. Françoise et Denis, essayez de clore cette question demain.

Aela précise qu'il en restait trois.

— Bien, il me reste à vous dire que nos spécialistes n'ont rien trouvé de particulier à ce stade dans l'ordinateur professionnel de Le Bihan. Quant aux CD de Le Bihan, rien de suspect non plus.

Sur ce dernier point, il a encore une fois le

sentiment de passer à côté de quelque chose, mais il ne voit toujours pas quoi. Après quelques observations générales supplémentaires, la séance est levée à 19 h 50. Sur un signe de Peyret, Enor et Guylaine Essart restent assis. Le divisionnaire attend d'être seul avec eux avant de prendre la parole. Il semble ennuyé et s'embourbe autour de la "difficulté" de cette affaire avant d'en venir au fait. Enor ne l'aide pas du tout à se mettre à l'aise, mais il se demande avec curiosité de quoi il peut bien s'agir devant la gêne évidente de son supérieur.

— Bien. Voilà, commence Peyret, j'ai reçu un appel de la Direction générale de la police nationale. Ils se posent des questions à propos de la démarche du capitaine Magdelain. Faut-il considérer qu'il était en mission en allant en forêt pour raisons personnelles ? Ils m'ont posé la question crûment. Je leur ai dit que nous allions en discuter ce soir et que je les rappellerai demain. Voilà, répète-t-il avec un sourire misérable qui ferait passer la pire des grimaces pour un signe de bienvenue, je voudrais avoir votre avis.

Enor, qui n'en croit pas ses oreilles, se retient pour ne pas se lever et étrangler sur-le-champ le divisionnaire. Comment est-il possible qu'il n'ait tout simplement pas répondu par l'affirmative ! Toute l'équipe est en mission permanente, elle traque un assassin redoutable, quels que soient l'heure et le lieu. Il n'imagine même pas qu'un policier puisse ne pas intervenir en cas d'urgence sous prétexte qu'il n'est pas en service ! Il prend quelques inspirations profondes, mais discrètes, pour se calmer. Il note également avec soulagement la pâleur de Guylaine Essart, qui trahit sans aucun doute son indignation. Il décide de jouer sur la légalité de la situation de Luc, et répond, d'une voix qu'il espère contrôlée :

— Vous devez d'abord savoir, Monsieur le divisionnaire, que Luc a informé les services de son retard, ce qui le met en règle administrativement. Son absence n'était à aucun moment injustifiée au regard du règlement intérieur de la police. Il devait de toute façon aller à la brasserie chercher le témoin pour le portrait-robot, il n'était donc pas attendu dans les locaux à une heure précise.

Peyret, hésitant, baisse la tête.

— Certainement, certainement, j'entends bien, et je suis parfaitement d'accord avec vous. Mais vous savez ce que c'est…

— Non, pas vraiment, répond froidement Enor, je comprends surtout qu'un crâne d'œuf quelconque, à Paris, s'est mis dans la tête de voir s'il y avait moyen d'économiser à l'État la dépense d'une pension, en partie ou en totalité. Je ne crois pas que cette personne soit très populaire auprès de nos collègues de toute la France lorsqu'ils l'apprendront par la presse.

En disant cela, Enor pense fortement à Aude Meunier, dont il est sûr qu'elle relaierait une telle information. Peyret sursaute.

— Allons, allons, il ne s'agit pas de cela ! Ce que la direction recherche, c'est une façon de présenter les choses, c'est tout. Ne menacez pas d'alerter la presse, je vous assure que c'est inutile.

— Je pense que le commissaire Berigman a raison, et j'approuve totalement ses propos, assure fermement la procureure, qui enfonce le clou. Quelqu'un, probablement des services financiers, tâte le terrain, c'est pas plus compliqué que ça, c'est inacceptable.

Peyret soupire.

— Bon, bon, j'ai compris votre…

— Ce n'est pas tout, l'interrompt Enor, j'avais dit « d'abord », il y a une suite. Le capitaine Magdelain, faisant son devoir, a voulu interpeller un individu suspect. Il se trouve que cet individu était justement l'homme que nous recherchions, un homme qui a déjà deux assassinats à son actif. Notre collègue a payé son intervention de sa vie, faisant preuve d'un acte de courage et de dévouement exemplaire, conformément à notre règlement. Il y a là de quoi satisfaire administrativement le plus borné de nos pointilleux bureaucrates.

Le divisionnaire se lève et esquisse ce qu'il pense être un geste apaisant des deux mains :

— Je transmets demain matin à la première heure "notre" opinion, et croyez-moi, je n'ai aucun doute sur la suite. En substance, le capitaine Luc Magdelain a eu une mort héroïque pendant son service face à un redoutable tueur en série.

À quoi bon discuter ? Enor est dégoûté que quelque

part, dans un bureau, quelqu'un ait pu s'interroger et que sa question ait été relayée par une hiérarchie dont aucun membre n'a dit stop. Alors il croit bon d'ajouter, en se levant à son tour :

— Je ne laisserai passer aucune autre décision.

Sur le parking, après avoir salué la procureure, il prend une grande inspiration. L'air frais lui faisant du bien, il attend quelques secondes avant de monter dans la Volvo, le temps que lui revienne sa sérénité. Il sait ce que Le Rouzic aurait fait d'une telle démarche. C'est pour cela que le fait qu'aucun garde-fou n'ait fonctionné dans la hiérarchie, qu'aucun Le Rouzic ne se soit dressé en cours de route pour refuser cela, lui pose plus de problèmes sur l'état des lieux de la haute direction de la police que sur la servilité d'un chef de service. Quant à Peyret... L'arrivée à Toulbroc'h quelques minutes plus tard se fait sur les mesures de *Dirty Old Town*, au son de l'harmonica des Pogues. Il croit se rappeler que Gilles Servat en a fait une version qui s'appelle *Vieille Ville de merde*. Mais, tout à l'heure, dans le printemps des rues étroites de Recouvrance, ce n'étaient ni les amours de ruelles ni la ville et son port qui étaient merdiques dans son esprit.

Il est presque vingt et une heures lorsque Enor rentre chez lui. Il est surpris de trouver Alexine aux côtés de Mariannig, affalée sur le canapé regardant un épisode de *Dr House*. Mais il comprend qu'elle l'attendait lorsque, à peine entré, sa fille se précipite vers lui et se jette à son cou. Il la laisse le serrer contre elle, se rendant compte qu'elle a besoin d'évacuer son angoisse. La mort de Luc l'a projetée brutalement dans la possibilité de la sienne.

— Écoute, je vais bien. Nous faisons un métier qui peut nous mettre en péril, mais c'est très rare que dans la police judiciaire nous ayons un décès. Il a fallu un tragique concours de circonstances que nous ne comprenons pas pour que cela se produise. Le tueur n'avait rien programmé et je suis certain qu'hier encore il n'avait pas l'intention de tuer un policier.

— Mais il l'a fait ! l'interrompt-elle.

— Oui. Il l'a fait. Mais ça ne se reproduira pas, je puis te l'assurer. Cet homme est très dangereux, mais il a d'autres cibles ; il tue des gens pour une raison précise et je ne suis même pas sûr que le jour où nous irons l'arrêter il se défende.

— Mais alors pourquoi… commence-t-elle sans achever sa phrase en retournant vers le canapé tandis que Mariannig s'est levée et vient l'embrasser.

Est-ce son sourire, bien qu'envahi de tristesse, la paume de sa main qui effleure délicatement sa joue ou leur rapide étreinte qui lui donne à sentir ses cheveux diffuser son parfum contre son nez et ses lèvres, sans doute les trois à la fois, mais cela suffit à éloigner momentanément le venin du monde. Aucune parole n'a été dite. Il se dégage, enlève sa veste et répond à Alexine sans mentir :

— Nous ne savons pas pourquoi. Je crois qu'il n'a pas achevé sa mission et qu'il ne veut pas être pris si vite.

— Sa mission ? Mais alors, c'est un fou !

— Non, il n'est pas fou, ça, j'en suis sûr. Du moins fou au sens où tu l'entends. Mais je ne peux t'en dire plus.

Alexine n'insiste pas, elle sait que son père en a déjà trop dit, qu'elle doit garder pour elle ce peu d'informations.

Quelques minutes plus tard, alors qu'elle est montée dans sa chambre et qu'il déguste une assiette de riz au beurre mélangé à du thon en boîte et parsemé de gruyère, le tout réchauffé au micro-onde, Mariannig lui demande :

— Que fait-on pour samedi soir ? On maintient l'invitation à ton père ? Tu risques d'être absent en début de soirée, non ?

— Il vaut mieux maintenir. Je ne sais pas pour combien de temps encore on en a avec cette enquête et je n'ai pas envie de repousser indéfiniment. Même si je ne suis pas à l'heure, j'essaierai d'être là le plus tôt possible ; ça me fait vraiment plaisir de les voir... (Il sourit.) et de les entendre nous parler de danses country. Je suis sûr qu'ils seront aussi intarissables sur l'art des danses en ligne que toi sur la dialectique avec tes étudiants.

Elle rit.

— Idiot ! Mais bon, d'accord. C'est vrai que l'avantage avec la raclette, c'est que tu peux la prendre en cours de route... si on t'en laisse !

Plus tard, l'un contre l'autre, les jambes emmêlées, Enor lui parle alors de l'odieuse démarche sur commande de Peyret. La réaction de Mariannig est immédiate :

— Mais mon amour, Peyret, comme ceux qui sont à l'origine de cette demande fantasque, a mal jugé la situation. Un policier assassiné par un tueur qu'il recherche est forcément en service. Peu importe le lieu ou le moment. Tu as eu raison d'utiliser l'arme de la presse mais je crois que de toute façon les syndicats n'auraient pas laissé passer non plus.

— Oui, bien sûr. J'étais tellement en colère que je n'en ai pas vu toute l'absurdité.

Tout en lui caressant la poitrine, elle ajoute :

— Je prends même le pari. Luc aura des obsèques nationales. Et ceux qui ont cautionné ce que tu me dis ne se rendent pas compte des sanctions qu'ils ont risquées.

Elle a un petit rire :

— Peyret peut te dire merci. Sinon il n'était pas près d'aller un jour finir sa carrière comme contrôleur général à Lyon.

Enor éclate de rire, même si c'est un rire amer.

— C'est paradoxal, je lui ai peut-être sauvé la mise !

Il ne réussit ensuite à lire que dix pages supplémentaires de son livre avant de s'écrouler de sommeil.

XXXIV

Mardi 25 mars 2014 – 8 h 40

Enor a eu le temps de consulter les journaux du matin avant d'arriver à la bijouterie de Véronique Le Ny. Ils titrent tous, certains sous une forme alarmiste et critique, d'autres de façon plus mesurée et interrogative, sur la mort de Luc, la même grande photo de lui en uniforme, illustrant toutes les unes. Déjà, les commentaires entendus à la radio, lorsqu'il prenait son petit-déjeuner, abordaient différentes approches qui faisaient la part belle aux inévitables "experts" sans lesquels il semble qu'on ne puisse plus aujourd'hui aller au-delà des faits. C'est pourquoi il se dit qu'il leur faut plus que jamais le secours d'un porte-parole officiel de la police, un vrai professionnel de la communication, en plus des éléments de procédure que peut apporter la procureure. La bijouterie L'Écrin se trouve vers le bas de la rue de Siam, sur la gauche en remontant la rue. Enor a préféré se garer au SRPJ et venir à pied, malgré la fraîcheur humide. Les faibles rafales d'ouest ne le gênent pas, il aime cette ville avec son climat. Il passe devant la large devanture, dont les vitrines sont encadrées de bois foncé, et sonne à l'interphone de la double porte d'entrée. Après avoir décliné son identité, la porte automatique s'ouvre. Il entre dans un large hall et aperçoit au fond à droite, près de l'escalier et presque en face de l'ascenseur, Véronique Le Ny qui l'attend. Un ras-du-cou, deux pendentifs en forme de cœur et deux bracelets au poignet gauche, le tout certainement en or, illustrent la parfaite panoplie de la vendeuse en bijouterie. Elle le fait entrer dans l'arrière-boutique ; ils s'assoient autour d'une petite table. Avant même qu'il ne commence à parler, elle lui dit :

— Je suis vraiment désolée, pour votre collègue, c'est horrible. Il s'agit encore du même homme ?

— Oui, il n'y a aucun doute là-dessus.

— Et vous avez du nouveau ?

— Non, pas encore, même si nous faisons quelques progrès.

Il se tait quelques secondes, puis reprend :

— Madame Le Ny, j'ai tenu à vous voir ce matin à la suite de la visite que j'ai rendue à Alice Boulin, la voisine de vos beaux-parents dans les années soixante, rue Jules-Favre. Cette dame est très âgée, mais elle n'a pas perdu la tête et se souvient très bien d'eux. Elle était très amie avec votre belle-mère.

Véronique Le Ny l'écoute avec attention, mais ne dit rien. Devant ce silence, Enor se fait plus direct :

— Vous avez entendu parler d'elle ?

— Oui, un petit peu, par Richard. Mais je n'en sais pratiquement rien, en vérité.

Enor, qui en doute, poursuit :

— Il se trouve qu'Annie Le Berre et votre mari Richard, alors jeunes enfants, passaient beaucoup de temps chez elle lorsque les Le Berre rendaient visite à Georges et Martine. Et Annie a fini par parler.

Il prend alors un ton plus catégorique :

— Je pense que vous savez à quoi je fais allusion, que vous n'ignorez pas ce qu'a révélé Annie, cette petite fille que votre beau-père, Georges, surnommait Wendy, n'est-ce pas ?

Enor lit dans les yeux de Véronique Le Ny qu'elle sait de quoi il s'agit. Elle le sait depuis longtemps, il en est sûr. Mais elle se contente d'un simple hochement de tête. Enor comprend que s'il ne se fait pas plus pressant, il ne doit pas s'attendre à de grands discours et qu'il devra lui arracher les mots de la bouche.

— Madame, saviez-vous que Georges Le Ny avait de nombreuses fois abusé sexuellement d'Annie ?

— Oui.

La voix est faible, presque un murmure.

— Comment l'avez-vous su ?

— Par Pauline, la mère d'Annie.

— À quelle occasion ?

— C'était quelques mois avant notre mariage, en 1981, elle est venue me voir et m'a tout raconté. À l'époque, je ne l'ai pas vraiment crue, du moins pas en totalité. J'en ai sous-estimé la gravité en pensant qu'elle exagérait et qu'il y avait autre chose derrière cette accusation. C'est d'ailleurs ce que m'a affirmé Richard un peu plus tard. Une histoire de jalousie de famille. Mais c'est parce qu'il y avait Georges que les Le Berre ne sont pas venus à notre mariage.

Enor ne voit pas bien quel type d'agression sexuelle ne serait pas une exagération selon elle et par là même acceptable. Mais il n'est pas là pour ça. Il passe à la suite en espérant obtenir enfin les réponses qui lui manquent. Mais que de temps perdu !

— Lorsque Pauline vous a dit que Richard assistait à ces séances de viol, est-ce que vous l'avez crue ?

La dureté de la question la met visiblement très mal à l'aise, et à vrai dire Enor compatit à sa souffrance, qui n'est certainement pas feinte, mais il n'a pas le choix. Elle hésite :

— Oui… Non, je ne sais pas ! C'était tellement affreux ! Quel homme faut-il être pour agir ainsi avec son propre fils ?

Enor essaie alors un coup de bluff.

— Quand avez-vous compris que c'était pourtant ce qui s'était passé ?

— Oh, je ne sais plus. Déjà, la façon dont Richard défendait son père, c'est étrange. Dans le fond, il m'a fallu du temps pour comprendre qu'il ne niait pas les faits. Mais la coupable, pour lui, était Alice Boulin. Il ne lui pardonnait pas sa dénonciation et de l'avoir ainsi séparé d'Annie.

— Quoi d'autre ?

Elle reste silencieuse.

— Madame Le Ny ? insiste Enor d'une voix plus douce.

— Eh bien… vous garderez tout ça pour vous, je vous en prie. Cela n'a aucun rapport avec son assassinat, j'en suis sûre.

— La suite de l'enquête en décidera, je ne peux rien vous promettre. Mais si ce n'est pas nécessaire, cela ne sortira pas d'ici.

Elle tourne son regard vers la porte, plongée dans ses pensées.

— Nous avons eu un fils, vous le savez. Je me suis retrouvée enceinte dès le début de notre mariage, et après la naissance de Jean-Michel, nos rapports sexuels, déjà épisodiques, furent encore moins fréquents, jusqu'à disparaître presque totalement. De mon fait, ou plutôt du sien. Sa façon de faire l'amour était, comment dire, violente. Il ne pouvait prendre du plaisir qu'ainsi, en dominant et en utilisant la force. Il aimait m'attacher, ou me bander les yeux et parfois utiliser des objets… enfin, vous voyez.

Enor ne voit que trop bien les pratiques que Richard Le Ny pouvait imposer à son épouse contre son gré. Le personnage était décidément détestable.

— Ce comportement était pour moi la preuve qu'il avait bien assisté aux ignominies de son père. Quand c'est arrivé, c'était un enfant, il aurait dû être suivi par un psychiatre, mais à l'époque… Et finalement, c'est Martine qui en a le plus souffert, jusqu'au suicide. Son fils lui avait échappé.

— C'est donc pour toutes ces raisons que votre premier geste à la mort de votre mari a été de décrocher la photo de Norvège ?

— Oui. Cette photo placée là attestait qu'il avait choisi son père contre son fils et moi. C'était pour moi le sens de son voyage là-bas.

Enor prend une grande inspiration. La question suivante est d'une importance cruciale pour la suite de l'enquête, il en est sûr.

— Madame, pensez-vous que votre mari avait des tendances pédophiles, comme son père ?

À ce stade, elle ne fuit pas la question.

— Je n'en ai pas la certitude, mais je le crois. À certains de ses regards, à quelques réflexions sur de jeunes enfants lors de repas de famille ou entre amis. À sa façon de leur passer la main dans les cheveux lorsqu'il allait s'asseoir près d'eux sur un canapé sous prétexte de s'intéresser à leur jeu vidéo.

Enor voit de plus en plus dans tous ces éléments le fil conducteur de son enquête. Il reste un point délicat à éclaircir.

— Je vous prie de bien vouloir m'excuser, mais je dois maintenant vous demander s'il est possible que votre mari ait abusé de votre fils ?

Elle a un sursaut d'indignation, qui ne semble pas feint, et c'est d'une voix blanche qu'elle dit :

— Certainement pas ! J'étais vigilante, je l'aurais su immédiatement et j'aurais réagi, vous pouvez me croire ! Je n'aurais jamais été complice, même passive. Son père ne l'a jamais touché non plus, d'ailleurs. Si vous avez discuté avec Alice Boulin, vous avez compris que la relation père-fils était plutôt de nature "éducative", si on peut dire les choses ainsi s'agissant de monstruosités pareilles !

Enor la croit.

— Alors a-t-il essayé de faire ainsi l'éducation de Jean-Michel ?

Pour la première fois, il la sent perdue.

— Cela, je l'ignore, je ne sais même pas si mon époux est un jour passé à l'acte. Mon fils ne m'a jamais parlé d'une telle scène. Du moins de la même façon que Georges avec son fils, en le rendant témoin de tels actes, non, ce n'est pas arrivé, je le sens intimement. Des propos, peut-être des films, je ne peux pas l'exclure, mais Jean-Michel, lorsque j'ai essayé d'aborder de façon un peu détournée ce type de sujet, ne m'a jamais laissé rien entendre. Ce ne sont pas des choses qui se disent facilement. Mais c'était ma hantise. Vous vous rendez compte de ce que c'est pour une mère de questionner son enfant sans en avoir l'air !

Enor ne peut que répondre :

— Oui et non. Il est difficile de comprendre l'enfer sans le vivre.

Elle approuve de la tête.

— Est-ce que je me trompe, reprend Enor, si je vous dis que le fait que votre fils vive à Strasbourg n'est pas un hasard ? Il a mis la plus grande distance entre lui et son père.

— Non, l'idée m'est bien sûr venue à l'esprit, mais s'il vous plaît, laissez-le en dehors de ça. Vous en savez suffisamment maintenant. Cela n'apporterait rien de plus que de vouloir à tout prix tout savoir.

Enor fait une petite grimace :

— Nous verrons, je ne puis hélas rien vous garantir. Il me reste une chose à vous demander.

— Voyez-vous quelqu'un, dans l'entourage d'Annie, qui pourrait avoir voulu se venger, des années après ?

— Non, pas du tout. Je n'ai finalement pas connu les Le Berre, et lorsque Annie s'est tuée dans son accident, je ne savais pas avec qui ni comment elle vivait. Mais encore une fois, quel rapport avec le journaliste ?

Alors qu'Enor allait répondre, la porte par laquelle il est entré s'ouvre. Deux jeunes filles, en tenue noir et blanc stricte, entrent dans la pièce. Sans doute les employées de la bijouterie. Véronique Le Ny, sans le présenter, leur demande de bien vouloir l'attendre dans le magasin. Elle se tourne vers Enor.

— Excusez-moi, il va être l'heure d'ouvrir et je dois encore préparer un certain nombre de choses.

— Oui, bien sûr. D'ailleurs, nous avions fini. Je tiens à vous remercier ; je sais à quel point il a dû être difficile de me parler. Je ne peux vous dire pourquoi, mais les meurtres auxquels nous avons affaire ont certainement un rapport avec tout ce passé et, je vais être franc avec vous, si j'ai raison, il est possible que d'ici à la fin de l'enquête nous découvrions des faits embarrassants pour la réputation des victimes.

Elle pâlit, mais ne répond rien. Enor voit qu'elle a compris. Il pense aux virements bancaires, dont il entrevoit pour la première fois une raison possible, aussi abominable soit-elle. Au moment de franchir la porte, il se tourne vers elle.

— Une dernière question. La dernière fois que nous nous sommes vus, vous m'avez dit que votre mari allait voir Pauline Le Berre. Comment cela se fait-il ? Il ne devait pas beaucoup l'aimer, non ?

Véronique Le Ny hausse les épaules.

— Oui, maintenant que vous le dites. En fait, je ne sais pas. Peut-être lui rappelait-elle de bons souvenirs ? Un lien avec sa jeunesse ?

— Peut-être en effet. Bien, au revoir.

Mais une fois dans la rue, Enor se demande si ce n'était pas par jouissance sadique qu'il rendait visite à une femme qui haïssait son père et dont contempler la déchéance devait le ravir. Par défaut. Car Alice Boulin, elle qu'il rendait sûrement responsable du suicide de sa mère, avait toujours toute sa tête.

XXXV

Mardi 25 mars 2014 – 9 h 40

Enor, tout à ses pensées, parvient au SRPJ sans s'être vraiment rendu compte qu'il a déjà parcouru tout le chemin. L'enquête semble s'orienter vers une vengeance qui pourrait être liée aux pratiques pédophiles des victimes, même si ce n'est pas encore établi. Cela expliquerait au passage la disparition des ordinateurs personnels. Comment Pluton connaît-il ces hommes ? Le jour où il aura répondu à cette dernière question, Pluton sera rapidement identifié. Sitôt arrivé, Enor trouve sur son bureau un message de Peyret qui lui demande de passer. Le divisionnaire est confortablement installé derrière son bureau lorsqu'il entre.

— Ah, Berigman. Asseyez-vous, je vous prie.

Le ton est affable, presque amical, ce qui ne manque pas de l'alerter. Mais la suite dément sa méfiance.

— Je voulais vous parler des obsèques du capitaine Magdelain. Une cérémonie d'hommage national est organisée vendredi matin à dix heures, en présence du directeur général de la police nationale, du préfet de région et du ministre de l'Intérieur. Les services du protocole s'occupent de tout. Voilà, je voulais que vous soyez informé le premier. J'appelle la procureure dans la foulée.

Enor pense à Mariannig, qui avait raison. Toute autre décision était impensable.

— J'en suis très heureux, dit-il.

Puis il profite de cette atmosphère apaisée pour faire le compte rendu de son entretien avec Véronique Le Ny.

— Monsieur le divisionnaire, je crains que cette enquête ne nous mène dans des parages extrêmement sordides. L'intérêt grandissant que porte la presse à cette affaire du fait de la personnalité des victimes, de la mort d'un enquêteur et de l'existence d'un tueur en série, ne pourra qu'en être décuplé. La pression est déjà forte, mais ce n'est rien à côté de ce qui risque de se produire. Je pense que c'est le bon moment pour demander le détachement d'un porte-parole officiel, un professionnel qui saura gérer la communication.

Peyret semble balancer, mais il comprend qu'Enor a raison et qu'il ne peut plus retarder cette décision. Et d'une certaine façon, comme l'exposition publique peut devenir tellement forte qu'il n'aura droit à aucune erreur, un porte-parole le soulagera d'une responsabilité qui devient délicate à assumer.

— Oui, je crois que c'est devenu nécessaire, en effet, je m'en occupe ce matin même. Rien d'autre ?

— Non. Je dois maintenant voir où en sont les collègues dans leurs recherches.

À quelques mètres de son bureau, il entend son téléphone. Il presse le pas, décroche et entend la voix rocailleuse d'Yves Cardic qui lui dit, un rien amusé :

— Ah, enfin. Encore à la machine à café pendant que nous autres, pauvres médecins, n'avons pas un moment de pause ! On vient de m'amener une femme retrouvée ce matin dans un square, une agression entre SDF apparemment. Dommage, elle était bien jeune et…

Enor le coupe, mais entre dans son jeu, comprenant plus que jamais son besoin de légèreté.

— Oui, oui, je compatis, mais tu ne pourrais pas aller prendre un café avec elle, de toute façon. Bon, alors Luc ?

Cardic redevient sérieux.

— Compte tenu de l'acidose et des contractions musculaires, des lividités au niveau du bassin et des genoux, et de la température extérieure hier, je situe l'heure de la mort entre huit heures et demie et neuf heures et demie.

— Probablement tout près de neuf heures, donc, vu son heure de départ de Brest. Et les causes ?

— Deux coups de bâton très violents, toujours dans la zone temporale, le deuxième en léger retrait, en arrière. Différentes régions de l'os temporal ont été brisées, je te passe les détails, ainsi que la suture squamosale avec atteinte du pariétal et de l'occipital, sans doute par le second coup. Les hématomes et déchirures traumatiques ainsi que les dégâts internes sont très importants. Il n'avait aucune chance et la perte de connaissance a été immédiate.

Enor veut quand même être sûr.

— Aucun autre coup ?

— Non, aucun. Un travail de tueur, mais sans acharnement *post mortem*, si c'est ce que tu veux dire.

— Bon.

— Il vous reste à mettre la main dessus.

— On l'aura. Mais je crois que nous ne voyons encore que la face visible de l'iceberg.

— Oui, je comprends. C'est une affaire très inhabituelle, n'est-ce pas ? Et la feuille de tulipe, du nouveau ?

— Non, je n'ai pas encore vu Ronan ce matin, il ne devrait pas tarder.

— Bien, pour moi c'est tout. Je vais retourner auprès de ma belle. Tiens-moi au courant de l'enquête, si ça ne te gêne pas.

— C'est entendu, à plus tard.

Enor repose le téléphone. Il est soulagé que la mort ait été probablement instantanée, cela confirme le caractère impromptu du crime. Mais en regardant la photo de Mariannig et Alexine sur son bureau, souriant toutes deux à l'objectif dans leur jardin de Toulbroc'h, il pense fortement à Caroline, pour qui la vie vient de basculer dans le néant.

La suite de la matinée lui réserve deux informations dont il pense qu'elles vont contribuer à la compréhension générale du problème, sans forcément apporter d'éléments décisifs permettant d'accélérer l'identification de Pluton. La première lui vient du commissariat central, qui signale le retour à Brest d'Éric Lastenet. Enor demande aussitôt qu'il soit amené dans leurs locaux en qualité de témoin pour une simple audition, en précisant bien qu'il ne s'agit pas d'une interpellation et que s'il ne peut se déplacer immédiatement une convocation lui soit fournie. Il est pressé d'en finir avec cet aspect de l'affaire. La seconde est plus intéressante : Estelle Le Ny, épouse de Jean-Michel, a appelé pour signaler que son mari se rend aujourd'hui même chez sa mère. Il arrive par avion ce soir et veut prendre rendez-vous pour demain matin afin de le rencontrer. Il se demande ce qui motive ce déplacement. Est-ce sa femme qui l'a poussé ? Quelle que soit la raison, cela ne peut mieux tomber. La matinée s'achève sans autre progrès notable. Sur un appel de la gendarmerie qui demande s'il faut maintenir la surveillance de nuit des lieux du crime dans la forêt, il répond qu'ils peuvent la lever en fin de journée. Il n'y a plus rien à découvrir. Vers midi trente, il appelle Pierre-Marie Le Bihan, conscient que ce qu'il a à lui demander n'est pas très facile au téléphone. Le professeur décroche à la troisième sonnerie :

— Allô ?
— Monsieur Le Bihan ?
— Oui.
— Commissaire Berigman.

— Ah ? Permettez-moi de vous adresser ma sympathie pour votre malheureux collègue, c'est épouvantable.

— Je vous remercie.

— Vous avez du nouveau ?

— En ce qui concerne l'assassin, non, malheureusement.

Il laisse passer une seconde ou deux puis se lance :

— Notre enquête a tout de même progressé, notamment sur la mort de Richard Le Ny. Nous commençons à entrevoir une hypothèse crédible de mobile, et comme nous pensons que ce mobile est sans doute identique pour les deux victimes, j'aurais une ou deux questions à vous poser. Je souhaite que vous ne vous formalisiez pas de la teneur de ces questions, auxquelles vous n'aurez peut-être pas de réponse de toute façon.

— Vous m'intriguez, mais allez-y.

Enor choisit une voie indirecte.

— Avez-vous connu des petites amies à votre frère ?

— Des petites amies ? (Il émet un rire étouffé.) Quand on était jeunes, oui quelques-unes, mais très peu, deux ou trois, tout au plus, et jamais bien longtemps. Pierre-Yves était, comment dire, plus emprunté que moi et il faisait plutôt fuir les filles par ses maladresses. En fait de séduction, il était du genre à vouloir brûler les étapes et à se servir tout de suite plus qu'à faire la cour. Encore une chose sur laquelle nous étions totalement différents.

— Il était timide ?

— Non, pas vraiment. Il ne voulait pas s'embêter, c'est tout, et ne s'intéressait pas réellement aux personnes qu'il avait en face de lui. Il les traitait en objet, mais c'est une attitude très répandue, n'est-ce pas ? Il n'y a qu'à voir la pub.

— Mais vous avez dit emprunté et maladroit, recadre Enor, qui n'a nulle envie de se perdre dans une digression sur l'exploitation de l'image des femmes.

— Oui, mais dans le sens d'une certaine brusquerie. Je dirais qu'il était un peu rude.

« Décidément, se dit Enor, Richard Le Ny n'était pas un être qui semblait briller par ses qualités humaines mais Pierre-Yves Le Bihan n'attirait pas la sympathie non plus. » Un élément commun.

— Mais une fois adulte, vous ne lui avez pas connu de liaison ?

— Non, mais comme vous le savez, on ne se voyait pratiquement pas depuis dix ans au moins. Et auparavant pas beaucoup non plus, alors je n'en sais rien. Pas d'amie régulière, en tout cas.

— Se pourrait-il qu'il ait été homosexuel ?

— Tout est possible, bien sûr, mais je n'ai pas plus d'indices allant dans ce sens que dans un autre. Dans le fond, je ne connaissais rien de sa vie amoureuse ni même s'il en avait une.

Enor, après tout ce travail préparatoire qui brosse déjà un tableau compatible, mais pas suffisant, avec son hypothèse, pose enfin la question décisive :

— Je vous demande maintenant de bien réfléchir et de prendre votre temps pour me répondre, sans rejeter d'un revers ma question. C'est très important.

— Que de précautions oratoires, allez-y, plongez.

— Sur la base de certains indices que nous avons recueillis, et que le secret de l'enquête m'empêche de vous dévoiler, nous soupçonnons qu'une histoire de pédophilie pourrait se cacher derrière les deux meurtres. Pensez-vous que ce soit invraisemblable ?

— Attendez, attendez, d'abord les filles, puis les femmes, ensuite les hommes et maintenant les enfants ! Je ne sais pas quels sont ces indices, mais ce n'est pas parce que quelqu'un est macho, solitaire et un peu asocial qu'il est pédophile. Ou alors vous mettez une partie de la population en tôle. Vous allez trop loin, là !

— Je vous demande simplement d'y réfléchir objectivement et de me donner votre opinion.

— C'est tout réfléchi.

Clac !

Pierre-Marie Le Bihan a raccroché. Enor fait une grimace. La réaction lui apparaît normale ; malgré les précautions prises, il aurait sans doute eu le même réflexe. Dans un premier temps. Mais le bilan de la conversation n'est somme toute pas négatif. Sans avoir vécu les mêmes traumatismes de l'enfance que Richard Le Ny, la personnalité de Pierre-Yves Le Bihan semble assez proche de celle de l'avocat. Leur association – faut-il dire leur amitié ? – doit forcément se fonder sur des centres d'intérêt communs. L'un de ces centres, ou le seul, est-il leur attirance pour les enfants ? Il décide d'aller se prendre un sandwich au Bar des Yannicks. Il y retrouve par hasard Denis et Ronan, attablés autour d'un croque-monsieur et d'une eau minérale gazeuse. Quelques minutes plus tard, en mordant à pleines dents dans son jambon-fromage, il leur demande comment ils vont.

— Ça va, Patron, répond Denis, nous en discutions justement. On tient le coup, on sait bien que ça fait partie des risques du métier, mais ce n'est pas pour autant qu'on accepte ce qui s'est passé.

— On ne vous le demande pas.

— Non, bien sûr, mais je ressens tellement de colère ! L'enquête progresse mais j'aimerais que ça aille plus vite.

— Oui, moi aussi mais vous êtes suffisamment expérimentés tous les deux pour savoir qu'elle peut s'accélérer à tout moment.

— En fait, intervient Ronan, il s'agit moins de nous que de nos familles. Elles s'inquiètent, la situation est angoissante pour elles. Depuis ce matin, nos parents n'arrêtent pas d'appeler et je sais que c'est la même chose pour Aela. On a beau les tranquilliser, ils ne sont pas rassurés pour autant.

— Oui, il faut gérer la famille, ce n'est pas le plus facile, approuve Denis. Katell a eu 4 ans en février, Mélanie va avoir 30 ans le 15 avril. La mort de Luc l'a anéantie, mais elle se dit que cela aurait pu être moi. Pour la première fois, elle a été confrontée à cette éventualité qui n'a rien à voir avec la fréquentation de la mort dans son métier d'infirmière.

— Hon, hon, acquiesce Enor, c'est normal, mais militaire, gendarme ou policier, le risque doit être accepté.

Ronan et Denis ne répondent rien. Après qu'ils ont bu en silence un expresso, Denis murmure, d'une voix déterminée :

— De toute façon, on ne pourra retrouver un certain équilibre qu'après avoir arrêté Pluton.

Enor est satisfait, il n'a senti aucun abattement dans les propos de ses hommes. Ni dans leur ton. L'après-midi apporte quelques éléments qui montrent hélas que les développements de l'enquête restent très modestes. Aela l'informe que la psychiatre qui a suivi Annie Le Berre est à la retraite et habite maintenant au Croisic, avenue de la Pierre-Longue. Elle s'appelle Florence Gaudin et elle a réussi à la joindre au téléphone. N'ayant pas à trahir de secret professionnel, le médecin a reconnu qu'elle se souvenait assez bien de cette patiente, en raison de son passé traumatique important. C'était dans les années soixante-quinze ou quatre-vingt et un peu au-delà. La psychothérapie se faisait individuellement, même si elle avait rencontré quelques fois les parents, parfois séparément, mais pas plus que nécessaire pour ce type de cas. Elle ne se rappelait absolument pas si Annie venait accompagnée, mais elle pensait que non ; dans le cas contraire, elle s'en souviendrait sûrement. C'était à peu près tout, mais elle allait y réfléchir et, si quelque chose lui revenait, elle ne manquerait pas de les rappeler. Bref, rien d'enthousiasmant. D'autant que Françoise n'annonce rien de positif non plus du côté des derniers employés de la brasserie. Aucun ne se souvient de Le Ny ou de Le Bihan. Et il est encore un peu tôt pour que l'appel à témoin ait donné quelque chose. Ils échangent également quelques mots sur le fait qu'un quotidien régional refuse pour des raisons déontologiques de diffuser le portrait-robot du troisième homme. Ils le regrettent, d'autant que si cet inconnu est une future cible de Pluton, lui mettre rapidement la main dessus lui sauverait peut-être la vie. Avant de sortir, elle lui demande :

— Enor, comment vois-tu la suite ?

Il la regarde, il voit des marques de fatigue sur son visage. Sans doute le contrecoup de la mort de Luc, mais aussi le produit de la tension des dix derniers jours. Ils n'ont pas eu l'occasion de penser vraiment à autre chose qu'à leur chasse à l'assassin ces temps-ci, et la probabilité que Pluton peut recommencer dans la semaine hante l'esprit de tous. Il répond franchement :

— Honnêtement, je n'en sais rien. Parfois je me dis que nous sommes passés à côté de quelque chose, que nous avons oublié des questions importantes et que nous avons perdu un temps précieux. À d'autres moments, je suis convaincu que nous sommes sur le bon chemin, que les progrès sont énormes et que nous sommes à l'orée de la percée que nous attendons. Et entre les deux... la routine. Persévérons, nous allons aboutir. Tu sais ce que c'est, ce moment mystérieux où l'ordre naît du chaos, comme aurait dit Le Rouzic.

Il n'avait pas parlé de l'enquête, volontairement, au bar, avec Denis et Ronan. Mais le moment de faire le point avec eux est venu aussi. Il retourne donc les voir.

— Ronan, tu as la réponse pour la plante ?

— Oui, il s'agit bien d'une feuille de tulipe, j'ai vu deux fleuristes, ils ont été catégoriques. J'ai pensé que ça suffisait.

— D'accord, ils doivent connaître leur boulot.

Il se tourne vers Denis.

— Et dans la voiture ?

— Rien du tout. Et les services techniques n'ont rien trouvé non plus sur le terrain. Il faut croire que c'est bien Pluton qui a perdu ce bout de feuille mais je ne vois pas où ça mène. On ne va pas prospecter tous les fleuristes de la région pour savoir s'ils ont un alibi ! Sans parler des pépiniéristes et des paysagistes !

Enor sourit.

— Vaste programme ! Mais non, ce n'est pas ainsi qu'on doit prendre ce problème, parce que ça peut aussi bien être un client qui vient d'acheter un bouquet. Toujours est-il que c'est le premier indice matériel involontaire que nous laisse Pluton. Sa première erreur ?

— Ah, et pour les déclarations au fisc, reprend Denis, RAS, tout était en règle. Le compte à l'étranger était déclaré et alimenté exclusivement par les virements venant de France. De l'argent propre.

Enor s'y attendait, ce compte n'a pas un objectif de fraude fiscale. Argent propre au départ, mais à l'arrivée ? Car cela ne signifie pas que la destination de cet argent soit légale, c'est bien le problème ! Il espère que la procureure arrivera à en savoir un peu plus là-dessus. Peut-on suivre le circuit de ces fonds jusqu'au destinataire ? Il craint que la piste ne se perde très vite dans quelques paradis bancaires. Il passe à autre chose.

— Ronan, tu as eu le temps de voir les plaintes pour pédophilie ?

— Oui, il y en a eu quelques dizaines sur les vingt ans de la période concernée. J'ai mis trois brigadiers dessus, avec le double de la liste de tous les gens impliqués dans notre affaire. Je leur ai demandé d'étudier attentivement chaque cas ; il n'y a pas que les noms, il peut y avoir des lieux, des professions où je ne sais quoi encore. Plus des deux tiers sont dans la période 1995-2000, après l'affaire Dutroux en Belgique puis la publication de la circulaire « Royal » en ce qui concerne les écoles, en 1997.

— Mais tu as relevé aussi les plaintes au sein des familles ?

— Oui, oui, bien sûr. Ah, j'ai aussi consulté le fichier judiciaire automatisé des auteurs d'infractions sexuelles, mais nos deux victimes n'y figurent pas.

Enor approuve l'initiative.

— Tu as bien fait, mais demande aussi à nos collègues des Mœurs s'ils les connaissent.

— Mais si c'était le cas, objecte Ronan, ils nous en auraient informés, non ?

— Oui, normalement. Mais ce ne serait pas la première panne de communication entre services, alors fais-le quand même.

De retour dans son bureau, Enor trouve un message l'informant qu'Éric Lastenet sera dans les locaux pour une audition jeudi matin à onze heures. Il aurait préféré en finir au plus vite avec lui, mais il n'y a pas d'urgence non plus. Il a effacé, totalement ou presque, le jeune hooligan du paysage de l'enquête depuis déjà un bon moment. Il préfère réfléchir à la venue de Jean-Michel Le Ny. A-t-il des choses à dire que même sa mère ignore ? Sans doute, car sinon il ne ferait pas un déplacement de presque mille kilomètres ; c'est le signe qu'il s'est bien passé quelque chose entre le père et le fils. Comme le pense Estelle, la belle-fille.

Il en est là de ses pensées quand son téléphone sonne.

— Allô ?

— Commissaire Berigman ? Pierre-Marie Le Bihan.

Enor n'est qu'à moitié surpris.

— Ah. Vous avez pensé à ce que je vous ai dit ?

— Oui. Je vous prie de bien vouloir m'excuser pour tout à l'heure, mais le choc a été un peu rude.

— Ne vous en faites pas, il n'y a pas de bonnes façons de dire certaines choses et il n'y en a pas non plus de les encaisser. Alors ?

Un petit silence.

— Monsieur Le Bihan ? relance Enor, inquiet que le frère ne change d'avis.

— Les cartes postales.

— Les cartes postales ? répète Enor.

« Pourvu que je ne sois pas obligé d'arracher chaque mot », se dit-il.

Heureusement, Pierre-Marie Le Bihan se décide.

— Eh bien, voyez-vous, il est arrivé plusieurs fois, je ne sais pourquoi, que lors de ses déplacements à l'étranger, mon frère m'envoie une carte postale. Ça ne s'est produit qu'une dizaine de fois, guère plus, mais à l'exception d'une seule qui représentait l'école de journalisme de l'université Columbia, à New York, l'une des plus prestigieuses écoles américaines, toutes les autres étaient des photos de groupes folkloriques de jeunes enfants, disons des 10-15 ans environ, ce n'est pas toujours facile de juger.

— Y avait-il un commentaire particulier sur ces cartes ?

— Non, absolument pas, les phrases habituelles de vacances, rien de spécial mais c'est ce qui m'est revenu à l'esprit par rapport à ce que vous avez suggéré, même s'il n'y a là rien de répréhensible. Sauf que je ne m'intéresse pas outre mesure aux danses folkloriques, Pierre-Marie ne l'ignorait pas. Et lui non plus, à ma connaissance, alors ça peut paraître un peu bizarre, c'est vrai. Une provocation cachée, peut-être ? Ça aurait bien été dans son caractère. Mais je n'y aurais jamais songé sans votre intervention et, si vous avez raison, ce que je n'espère pas, c'est monstrueux. Enfin voilà, c'est tout ce que je vois et encore une fois, ça ne veut sans doute rien dire.

Enor ne veut pas en rajouter.

— Oui, c'est possible. En tout cas, merci d'avoir rappelé, et si quelque chose vous revient encore, n'hésitez pas.

— Je n'y manquerai pas. Au revoir.

Enor reste songeur, il ne croit pas aux coïncidences. Cette histoire de cartes postales ne sent vraiment pas bon. Il est 17h30 lorsque toute l'équipe se retrouve dans la salle de réunion. Peyret prend la parole le premier :

— J'ai deux informations à vous communiquer. À compter de demain, au point de presse de quatorze heures, nous bénéficierons du concours du capitaine Gilbert Ganne, du Service d'information et de communication de la police nationale, jusqu'à la fin de l'enquête.

Enor note avec un sourire intérieur que le divisionnaire présente positivement cette nomination en termes de bénéfice, tandis que ce dernier continue :

— Il assurera le rôle de porte-parole officiel, et couvrira, avec madame la procureure, le suivi des relations avec la presse. Il va de soi que nous restons maîtres du choix des éléments que nous divulguons. Le capitaine Ganne assistera donc à ce titre à nos réunions mais n'interviendra pas dans notre enquête. La deuxième information concerne les obsèques de notre collègue. L'hommage national aura lieu ici même, dans la cour d'honneur, vendredi matin à dix heures, en présence du ministre, du préfet de région et du directeur général de la police. Maintenant, Berigman, c'est à vous.

Pendant plus d'une heure, régulièrement interrompu par les réflexions et questionnements nombreux de ses collègues, Enor fait une synthèse détaillée des résultats recueillis par tous dans la journée. Guylaine Essart complète par une donnée nouvelle :

— J'ai reçu des informations en provenance du Luxembourg. Je dois dire que je suis agréablement surprise, mais la chancellerie s'est promptement mobilisée et les accords européens ont été mis en œuvre sans qu'il y ait d'obstruction.

Devant les mines réjouies et impatientes des policiers, elle sourit.

— Mais je crains que nous ne soyons dans une impasse et que c'est pour cette raison que nous avons si facilement ces renseignements. Le fait est que le compte de la BLEC est au nom de Richard Le Ny. Cette banque a dû lui être conseillée par le cabinet Mersch-Rochette, qui est une de ses clientes. Hélas, les sommes virées de France disparaissent presque en totalité vers la Commercial Development Bank of Hong Kong, sur le compte de la société Serpentine Bridge Company. Ce compte n'est sûrement qu'un relais vers une autre destination, quelque part dans un autre paradis fiscal, et sous un autre nom. Quant à cette compagnie, il sera quasi impossible de savoir qui est derrière, mais il ne serait pas étonnant d'y retrouver un ou deux noms du cabinet Mersch-Rochette.

— Mais elle doit bien avoir une adresse, avec la liste des administrateurs ! s'exclame Ronan.

Guylaine Essart secoue la tête :

— Ce n'est pas aussi simple. Cette compagnie n'est à l'évidence qu'une boîte postale. Comme l'avait dit le commandant Merlin de la brigade financière au commissaire Berigman, la totalité de ses parts doit appartenir à une autre société, qui n'est peut-être elle-même encore qu'un prête-nom pour une compagnie mère, dont le nom et la domiciliation bancaire nous sont inconnus et le resteront, et derrière lesquels se cachent les vrais propriétaires, quelque part aux îles Vierges, au Panama ou ailleurs. Cela n'empêche qu'ils peuvent résider en France. (Elle hoche la tête encore une fois.) Non, par quelque bout qu'on le prenne, nous sommes coincés, mais je mettrai ma main au feu que deux de ces propriétaires sont Richard Le Ny et Pierre-Yves Le Bihan.

— Et sans doute notre troisième homme de la brasserie, complète Aela.

— Oui, peut-être.

Enor fronce les sourcils. Il se lève et se dirige vers la sortie en disant :

— N'empêche que vous venez de permettre à notre enquête de faire un bond. Attendez-moi, je reviens tout de suite.

Il disparaît aussitôt, laissant tout le monde médusé, mais réapparaît moins de trois minutes plus tard, tenant à la main le grand livre de *Peter Pan*, le cadeau offert à Annie Le Berre. Une fois réinstallé, il reprend :

— C'est le nom de cette compagnie, à Hong Kong, qui m'a intrigué : Serpentine Bridge. Si vous connaissez Londres, vous savez que Serpentine est le nom de la rivière qui coule à Hyde Park. Et le pont sur la Serpentine, Serpentine Bridge, sépare Hyde Park des jardins de Kensington. Or, regardez, dit-il en ouvrant le livre à sa page de garde, qui correspond à la page quatre, en bas de la page, il y a le titre original des premières aventures de Peter Pan : *Peter Pan in Kensington Gardens*, Peter Pan dans les jardins de Kensington. C'est dans ces jardins, sur le bord de la Serpentine, que se déroule l'aventure, bien avant l'apparition ultérieure de Wendy.

Il les regarde tous.

— Ça ne peut pas être une coïncidence !

Peyret balbutie :

— Mais… mais, qu'en déduisez-vous ?

C'est Françoise qui résume la pensée d'Enor :

— Notre hypothèse est validée, cette appellation de la société nous ramène à nos deux victimes. Seules ou avec d'autres, elles possèdent quelque part dans le monde un compte offshore dont la destination des fonds est le fonctionnement d'une SCI dont nous ignorons le nom et la localisation, mais qui peut très bien avoir son siège dans le Finistère. De nombreux indices, la récurrence des allusions à Peter Pan, les témoignages du passé sur Richard Le Ny, et jusqu'aux cartes postales de Le Bihan, même si ce dernier point est moins évident, font que nous soupçonnons d'autre part ces deux personnes de tendances ou de pratiques pédophiles.

— Après vérification, Richard Le Ny et Pierre-Yves Le Bihan sont inconnus à la brigade des mœurs, précise Ronan.

— Ah ! fait Peyret.

— Mais ils sont très intéressés par ce que nous pourrions découvrir, poursuit-il, ils pensent que des réseaux existent jusqu'ici, et le profil du quatrième homme de la brasserie les intrigue beaucoup.

— Ils ont raison d'être intrigués, car dans le cas de Le Bihan, on peut peut-être associer comme indices les cartes postales, ses séjours réguliers au Monténégro et ce quatrième homme qui pourrait être monténégrin d'après sa vague description. Nous ne sommes pas loin de l'idée d'un réseau, s'enhardit Françoise.

Un silence de réflexion plane quelques secondes, rompu par Aela :

— Cela nous ramène à notre « H » sur le carnet, car on peut supposer qu'il désigne bien un lieu dans la région qui pourrait être le mystérieux siège de cette SCI. C'est là que les associés se réuniraient régulièrement pour se livrer à des activités à caractère pédopornographiques. Et ce n'est pas à Hanvec, car on en aurait trouvé des traces.

La procureure prend la parole :

— Nous n'en sommes pas encore là. Même si nous arrivons ainsi à expliquer un certain nombre de choses, et notamment pourquoi le troisième homme ne nous contacte pas, l'ensemble reste encore bien fragile. Comment Pluton sait-il tout cela ? Le sait-il, d'ailleurs ? Ou bien, voulant venger Annie Le Berre, est-il tombé par hasard, en explorant l'ordinateur personnel de Le Ny, sur des fichiers pédophiles, des noms ou des adresses de participants à des soirées spéciales ?

— Oui, approuve Enor, mais c'est sans doute pourquoi Pluton voulait retarder au maximum la découverte du mobile.

— Mais si c'est le cas, suggère Denis, cela ne signifie-t-il pas que cette découverte peut nous mener jusqu'à lui ? Il connaissait peut-être ses victimes et alors on a déjà son nom quelque part.

En disant ces derniers mots, il désigne les affiches de Ronan au mur. Tout le monde tourne la tête vers le mur, comme si un nom allait leur sauter aux yeux, mais chacun a déjà plusieurs fois regardé attentivement ces listes sans que rien apparaisse, il est encore trop tôt. Enor juge qu'il est temps de conclure avant que la discussion ne devienne par trop spéculative.

— Bien. On peut espérer affermir nos hypothèses dans les vingt-quatre heures avec la venue de Jean-Michel Le Ny. Je n'attends rien, en revanche, de l'audition jeudi d'Éric Lastenet, juste une confirmation qu'il n'est pas mêlé à cette affaire.

— Je vais quand même lancer une demande de renseignements pour la Serpentine Bridge Company, propose Guylaine Essart.

— D'accord, mais la priorité est l'identification du troisième homme, c'est notre meilleure piste. Le portrait-robot donnera peut-être un résultat ; en attendant, si quelqu'un a une idée…

Mais personne ne semble en avoir. La séance est levée à 19 h 50. Sur la route qui le ramène chez lui, Enor pense à la détresse de Denis, sur le parking, venu lui confier dans l'obscurité de la nuit tombante la difficulté qu'il avait eue à entendre le mot offshore. C'est ainsi que l'on nomme les vents de terre dans le monde du surf, les meilleurs vents pour la pratique de ce sport, car ils soulèvent la crête des vagues et favorisent l'effet "tube". Cela avait ramené de plein fouet ses pensées vers Luc et il avait un peu décroché à la fin de la réunion. Alors qu'il se demande s'ils se rapprochent vraiment de Pluton, le portable d'Enor sonne. Il cherche des yeux une place pour se garer, mais évidemment le temps qu'il la trouve, la sonnerie a cessé, et il écoute le message. C'est Jean-Michel Le Ny. Il appuie sur le rappel automatique, l'architecte répond aussitôt. Après quelques mots de politesse, ils conviennent tous les deux d'un rendez-vous pour le lendemain matin à neuf heures. Il l'a senti un peu tendu au bout du fil.

XXXVI

Fin juillet 2009

Classée sans suite ! Voilà le courrier que j'ai reçu ! J'ai attendu un peu plus de trois mois pour ça ! Décision du procureur, qui estime que si longtemps après les faits, sans autres éléments pour appuyer la plainte, c'est parole contre parole. Le crime n'est pas constitué. En 2009 ! Après toutes les affaires qui sont sorties depuis plus de dix ans dans tout le pays, monsieur le procureur Daniel Le Bellec estime qu'il n'y a pas matière à poursuivre ! Lorsque je suis allé déposer ma plainte, le policier qui l'avait enregistrée m'avait informé que les lois sur la prescription de crime sexuel sur mineur par personne ayant autorité avaient changé depuis quelques années. Il ne savait pas trop si ma démarche était recevable. Mais si elle l'était, j'avais jusqu'à 38 ans pour le faire, vingt ans après l'âge de la majorité légale. Ma date de naissance était importante par rapport aux anciens textes sur la prescription. Je suis né en juin 1979. C'est sur ce point qu'il ne pouvait se prononcer, il a été honnête avec moi. Il était possible que ce soit trop tard, il croyait se rappeler que la date de 1979 était importante. Mais ce n'est pas ce point de procédure que le procureur met en avant. Preuve que les nouveaux textes s'appliquent bien dans mon cas, car sinon il en aurait fait état, et puis c'était fini. Point final. Pas de poursuites. La loi, rien que la loi. Mais là, il ne s'agit pas de cela. Simplement le procureur « considère que » ! Il considère ! Tout ça pour ça ! Une considération ! Après tout ce que j'ai subi ! Ça n'est pas possible ! Il ne se rend pas compte de la difficulté que j'ai eue à entrer dans ce commissariat pour dénoncer mon bourreau. Et finalement il me le renvoie à la figure en me disant « circulez, il n'y a rien à voir ». C'est comme s'il n'y avait jamais rien eu ! Ma souffrance est niée. Quelle humiliation ! Quelques mois après que mon amour a été intégré au bagad des Hermines de Penfeld, grâce à son expérience de plus de vingt ans de pratique du hautbois dans des harmonies fanfares du Nord et malgré quelques différences de doigtés et de prises de souffle, il est devenu en trois mois le « Penn Talabarder » du pupitre des bombardes. Un jour de fin décembre, lors du mariage de l'un des membres, les Hermines jouaient à la sortie de la cérémonie à la mairie. Parce qu'il avait insisté, pour une fois, je l'avais accompagné. Le bagad était allé répéter pendant que j'étais dans le fond de la salle des mariages. Puis je suis sorti, parmi les derniers, laissant passer les mariés, les familles et les amis. J'entendais la musique sur le trottoir. C'est là que je l'ai vu, parmi les sonneurs. Le monde s'est brutalement écroulé.

Jacques Moreau.

Je l'ai reconnu tout de suite ; malgré le temps passé, je n'oublierai jamais ce visage. Je suis resté pétrifié à le regarder jouer, doutant de ma raison, tout en sachant que je ne me trompais pas. C'était bien lui, concentré quand il jouait de la cornemuse, et plaisantant avec ses voisins lors des pauses. Lui ne m'a pas remarqué. De toute façon, il ne m'aurait sans doute pas reconnu. Mais la nausée, accompagnée de tremblements, est venue instantanément. J'ai dû rentrer précipitamment, sans même prévenir Robert. J'ai pris une douche, puis je me suis recroquevillé dans la chambre. Je n'oublierai jamais non plus ce samedi 20 décembre 2008. Quand Robert est rentré, je lui ai juste dit que j'étais malade. Je me suis excusé, mais j'ai passé l'après-midi couché. Je pensais que ça s'arrangerait au fil des jours. À partir du moment où je n'allais pas assister à un spectacle du bagad... Il ne fallait pas que je LE revoie. Jamais. Mais ça n'est pas passé, et les cauchemars ont recommencé. Je me suis senti misérable pendant plus d'un mois, n'osant lui dire la vérité, persuadé qu'il allait me quitter. Je me retrouvais seul face à mes démons douloureux que je croyais avoir vaincus. Se pouvait-il qu'il faille que je reprenne un traitement, après toutes ces années ? Alors quand il a parlé de se pacser, je n'ai plus supporté de me taire. Quelques jours plus tard, j'allais porter plainte. Aujourd'hui, ma plainte est rejetée. Au téléphone, tout à l'heure, Robert m'a dit que rien n'était fini. Il ne m'en a pas dit plus.

XXXVII

Soirée du mardi 25 mars 2014
Cela a été presque trop facile. Il a d'abord été un peu surpris que je sois là, à la sortie de la mairie annexe, à 19 h 30. Il sort d'une réunion préparatoire pour les vacances d'avril. J'ai attendu qu'il soit seul avant de l'aborder. On ne s'est pas revus depuis presque quatre ans que j'ai quitté le groupe. Fin août 2010 exactement, quelques mois après le drame. Je ne sais pas comment j'ai trouvé la force d'assurer les engagements du bagad jusqu'au FIL, le Festival interceltique de Lorient, du 6 au 15 août. 2010 était l'année du quarantième anniversaire du Festival, l'année de la Bretagne. Les Hermines participaient au championnat national des bagadou, en deuxième catégorie. Je me rappelle juste que j'ai apprécié l'exposition historique, même si l'histoire du Festival ne remonte pas aussi loin que certaines fêtes chez nous, dans le Nord. J'avais prévenu dès le début du mois d'avril que je ne reprendrai pas pour la saison 2010-2011 pour raisons personnelles. Personne n'avait posé de questions. Je n'aurais pas répondu de toute façon. Mais je crois que certains savaient, je ne sais comment. Peut-être par Sylvie,

à qui j'en avais parlé un soir. Après tout, je ne lui avais pas demandé de garder le secret. Cette nuit-là, celle du jeudi 12 au vendredi 13 août, était-ce un présage, il était tellement saoul que je l'ai ramené à l'hôtel pour le coucher, j'avais laissé les autres. Depuis le 24 mars, je n'avais plus aucune envie de m'amuser. Il était deux heures du matin, des milliers de festivaliers hantaient encore les nombreux lieux où il se passait quelque chose. Gaël n'arrêtait pas de divaguer dans la voiture, entre deux ronflements. Je ne comprenais rien à ce qu'il disait, sa voix pâteuse l'empêchait d'articuler distinctement et ça ne m'intéressait pas. J'étais pressé d'aller dormir, pour ne plus avoir à penser. Pourquoi ai-je connecté son portable, dans la chambre, puisque j'étais fatigué ? Introduire quelques données manquantes sur le parcours du bagad dans le Festival n'était pas si urgent, pas plus que revoir les photos du défilé lors de la grande parade du premier dimanche. Par déformation professionnelle, je naviguai un peu sur son ordinateur portable. C'est comme ça que je suis tombé sur les autres photos. Plusieurs fichiers. Des centaines de photos, peut-être des milliers. Insoutenables. Je me suis précipité dans la salle de bains me passer de l'eau froide sur le visage, puis je suis revenu près du lit. Je l'ai regardé qui dormait, tranquille. L'eau ne m'avait fait aucun effet. J'ai cru que j'allais le tuer là, sur place, tout de suite. Voir ces enfants… et même des bébés. Je lui ai tourné le dos, pour me calmer, et j'ai sorti mon téléphone pour appeler la police. Puis j'ai pensé à Alan, et à Jacques Moreau. À quoi cela avait-il servi ? Je savais bien que cette fois-ci il suffisait de transmettre les preuves, il ne pourrait nier, mais combien d'années prendrait-il ? Avec un bon avocat… Certainement pas assez. Quant aux soins… Il recommencerait, j'en étais sûr. Je rangeai mon téléphone, indécis, pour réfléchir. C'est alors qu'une pensée nouvelle émergea. C'était la première fois depuis les confidences d'Alan que de telles horreurs ressurgissaient. Mon métier me permettait d'explorer le cœur de centaines d'ordinateurs. Est-ce qu'une discrète navigation ne révélerait pas des découvertes identiques à celles que le hasard venait de me montrer ? Aucun client ne s'en apercevrait. Ils ignorent que je suis capable de craquer ou de contourner la plupart des mots de passe, il y a toujours une porte dérobée, les logiciels ont tous des *backdoors*. Je pris cette nuit-là la résolution de vérifier cette conjecture. Si cela ne donnait rien, je trouverai bien un moyen de dénoncer Gaël à la police, quitte à lui voler son ordinateur. Mais si j'obtenais d'autres noms, alors j'aurai une liste et j'agirai moi-même. C'est ainsi que cela a commencé. Gaël inaugurait cette liste, mais j'ai décidé d'attendre de l'avoir étoffée un peu avant d'intervenir. Une énergie nouvelle me vivifia, qui tiendrait à distance pour quelque temps ma mélancolie. Après… lorsque la colère et la haine seront rassasiées, le néant pourra m'envelopper enfin de ses tentacules bienveillants. C'était il y a quatre ans. En 2010, la police serait peut-être remontée très vite jusqu'à moi si j'avais tué Gaël trop vite. Aujourd'hui, c'est un peu plus compliqué pour eux, car si j'ai recueilli six noms, seuls trois d'entre eux, dont l'avocat, du moins son cabinet, était dans ma clientèle. Mais cette crapule m'a quand même offert deux noms. Malgré tout, je ne me fais pas d'illusions, je suis sûr que les enquêteurs progressent, la mort de leur collègue a dû fouetter leur détermination. Je ne sais pas combien de temps il me reste. C'est pourquoi le tour de cette ordure est maintenant venu, son sursis a duré quatre ans. Quatre ans de nuisance supplémentaire. Je ne veux pas être pris avant qu'il n'ait payé. J'étais certain qu'il ne pourrait pas résister à mon appât. Lorsque je l'ai abordé tout à l'heure et que je lui ai parlé de cet ancien sonneur de la Kevrenn de Saint-Marc qui avait une cornemuse Mac Callum AB 10 en parfait état à vendre à bas prix, j'ai vu ses yeux briller de convoitise. Un tel modèle mythique, aux bagues et moulures argent et ciselées main, d'une valeur de près de sept mille euros, vendu moins de trois mille, était irrésistible pour un sonneur comme lui. Et même sans l'acheter, j'étais sûr qu'il voudrait la voir. Je lui ai raconté que c'était un de mes clients d'une société d'importation de fleurs de Hollande et d'Afrique qui s'apprêtait à aller vivre au Maroc pour sa retraite. Il souhaitait laisser sa cornemuse en Bretagne à quelqu'un qui saurait l'apprécier. Mais comme il s'était fâché avec les dirigeants de son ancien bagad, il préférait la céder à un sonneur d'une autre troupe. En disant cela, je ne lui mens pas beaucoup. La maison où je l'amène, rue Brissieux, à Guilers, est en vente depuis un mois, je l'ai entendu dire par le gérant de l'agence immobilière lui-même, qui l'expliquait à un couple d'acquéreurs potentiels recherchant une maison à l'écart des voisins, mais proche des centres urbains. Pendant que j'effectuais ma remise à jour, il raconta que le couple de retraités qui l'habitait s'était déjà installé définitivement non pas au Maroc, mais au Portugal, à Portimão, sur la côte sud, où, profitant de la crise, il s'était acheté un grand appartement avec vue sur mer pour moins cher que le prix de vente de leur maison. Cela m'intéressa, je suis allé en repérage dès le lendemain. L'avantage de cette maison en bois est son emplacement à flanc de colline, isolé presque au bout d'une impasse. La propriété, sans portail, dominée par des rochers d'escalade, est bâtie dans un vallon en pleine nature, à deux pas de la ville, au bout d'une allée en côte qui zigzague en traversant un grand parc rocailleux. Elle est presque invisible de la route étroite en léger contrebas à cause des haies d'arbres. Celle-ci continue sans habitation quelques centaines de mètres jusqu'à une carrière exploitée pour le béton. Elle est fermée à cette heure-là. Cette configuration en fait un lieu idéal pour moi. Lorsque j'entre dans l'allée puis me gare sur le gravier, Gaël ne s'étonne pas du panneau « *À vendre* » mais s'interroge sur l'absence d'éclairage extérieur et sur l'obscurité de la maison. Je lui explique que la bâtisse est très grande et que la salle de séjour donne sur le pignon ouest, qu'on ne voit pas. Mon matériel est dans le coffre, sauf mon bokken que je prends tranquillement sur le siège arrière. Je me sens bien, prêt. Nous faisons quelques pas sur le gravier. J'entends une chouette, toute proche. Lorsque j'estime l'endroit parfait, je me tourne. Gaël s'arrête. Je frappe.

XXXVIII

Mercredi 26 mars 2014 – 9 heures

Jean-Michel Le Ny est à l'heure. Enor lui propose un café pendant qu'il s'installe. Il le laisse avec Françoise, qui va assister à l'entretien, et va lui-même chercher les cafés. Pendant que la machine remplit les gobelets, il repense à l'offre que ses voisins ont faite la veille. Nathalie et Philippe ont loué un gîte pendant les vacances de printemps et proposent qu'Alexine se joigne à eux. Le gîte est au cœur des châteaux de la Loire. Il y a deux chambres et comme Yann va chez ses cousins, une place se libère et ils ont pensé à elle.

Lorsqu'il revient avec les cafés, Françoise et Jean-Michel Le Ny arrêtent leur conversation, dont il a juste compris qu'elle portait sur le marché de Noël de Strasbourg. Il laisse Le Ny boire une gorgée avant de commencer. Celui-ci regarde ses deux mains, posées autour du gobelet, comme pour se concentrer avant d'attaquer. Enor prend quand même l'initiative.

— Monsieur Le Ny, que vouliez-vous nous dire ?
— C'est la mort de votre collègue qui m'a décidé. Depuis le début, j'aurais préféré que vous sachiez, mais je ne voulais pas détruire un peu plus la vie de ma mère. Même mon épouse n'est pas au courant.

— Vous vouliez que nous sachions quoi ? insiste Enor, qui se rappelle qu'à Fouesnant, Estelle Le Ny leur avait clairement laissé entendre qu'il y avait un non-dit douloureux dans la jeunesse de son mari.

— Tout sur ce qu'était mon père. J'en ai discuté hier soir avec maman, elle m'a raconté votre entrevue au magasin et j'ai compris que vous en saviez déjà beaucoup, peut-être plus que moi, grâce à Alice Boulin. Finalement, je suis là ce matin pour vous confirmer que vous ne vous trompez pas.

— Nous ne nous trompons pas sur quoi ?

— Je crois que c'est la mort de mon grand-père Georges qui a tout déclenché en 1991. J'avais alors 10 ans. Quelques jours après l'enterrement, mon père m'a amené dans son bureau, à la maison ; ma mère était au magasin. Il m'a dit qu'il était temps que je rattrape le retard pris sur mon éducation sexuelle, et bénissait son propre père de l'avoir initié dès l'âge de 8 ans grâce à sa cousine Annie. Il m'a alors conté, oui, comme un conte, l'amour que son père portait à sa petite Wendy. En fait, je n'ai pas bien compris ce qu'il voulait dire, sauf qu'il regrettait que je n'aie pas une cousine ou un cousin de mon âge.

Il se tait. Françoise et Enor se regardent, atterrés. Est-il besoin de développer ? Mais le jeune homme est là pour aller jusqu'au bout ; Enor le relance donc, pour obtenir une précision qui lui paraît importante.

— Vous êtes sûr qu'il a dit cousine ou cousin ?

— Oui, j'en suis sûr. Le sexe de l'enfant lui était égal, j'en ai eu la preuve par la suite.

— C'est quand même un élément nouveau, mais continuez, je vous prie, commente Françoise.

— En fait, c'est allé très vite. N'ayant pas d'enfant à disposition à la maison, je m'excuse de l'expression, il s'est mis dans la tête de faire cette éducation par cassettes vidéo. C'est ainsi que j'ai vu en un ou deux mois plusieurs films abominables qu'on qualifierait aujourd'hui de pédopornographiques.

Enor l'interrompt :

— Figurait-il sur ces films ?

— Je ne sais pas, beaucoup de participants, parfois des femmes, étaient masqués, ou bien on ne voyait jamais leurs visages. Alors il aurait pu y être, oui, surtout quand c'étaient des scènes collectives.

— Et que vous disait-il ?

— Vous n'allez pas me croire. Il me parlait d'amour et de tendresse alors que les images que je voyais prouvaient le contraire. Elles étaient souvent violentes, brutales. C'était écœurant de bestialité sur des garçons et filles de tous âges. Avec le recul, je me demande si certains d'entre eux n'étaient pas drogués, mais je crois que les adultes de ces films étaient de purs sadiques qui jouissaient de la souffrance de ces enfants.

— Et alors, que s'est-il passé ensuite ?

— Eh bien, très vite, mon père s'est aperçu que je ne réagissais pas comme il l'attendait. Je tremblais, je fermais les yeux ou regardais ailleurs, et lorsqu'il a vu les fois suivantes que j'allais vomir ou que je pleurais malgré ses sarcasmes, il a compris que ça ne servait à rien d'insister. Du jour au lendemain, mon "initiation", comme il disait, a cessé pour céder la place à son mépris. Pour lui, je ne serais jamais un homme, pour moi il n'était plus un père.

Enor remarque une larme qui coule le long de sa joue. Jean-Michel Le Ny retire ses petites lunettes blanches, sort un mouchoir, les essuie et se tamponne la joue. Cette dernière phrase l'emplit d'une infinie tristesse pour le jeune homme.

— J'ai encore deux ou trois questions courtes à vous poser et je pense qu'on pourra s'arrêter là. Est-ce pour cette raison que vous habitez Strasbourg ? Pour mettre le plus de distance possible entre lui et vous ?

— Oui. C'est la raison initiale. Puis j'ai rencontré Estelle, c'est une raison supplémentaire. Je ne voulais pas que mon père puisse jamais approcher mes enfants quand on en aura, vous comprenez.

Enor hoche la tête.

— Et comment ! Vous anticipez ma deuxième question : vous a-t-il touché, vous ?

— Non, jamais. Avec moi, comme son père avec lui, il croyait faire œuvre éducative, je crois que c'est vraiment ainsi qu'il voyait les choses. (Le Ny s'agite un peu alors que l'on frappe à la porte et qu'un brigadier vient apporter un mot qu'il laisse à Françoise.) C'est incompréhensible ! C'est moi qui devenais coupable de pas être à la hauteur de ses espérances ! Vous vous rendez compte de cette perversion du raisonnement ?

— Oui, c'est tout à fait le mot, mais ce retournement d'accusation est très classique chez les pervers, dit Enor qui observe du coin de l'œil Françoise pâlir un peu à la lecture du mot. Une dernière question : nous n'avons retrouvé aucune cassette ni DVD pornographiques à Porspoder ou au cabinet. Ni dans son coffre à la banque. Avez-vous une idée d'un endroit où il pourrait les avoir entreposées ?

— Non, je ne vois pas, désolé.

— Ça ne fait rien, nous trouverons.

Enor se lève, tandis que Françoise lui fait un signe de la tête en lui désignant le mot. Il comprend que c'est important et salue Jean-Michel Le Ny en lui souhaitant un bon retour à Strasbourg, puis sitôt que ce dernier a quitté la salle, Françoise lui tend le mot, sur lequel il lit :

Nouveau meurtre de Pluton à Guilers, rue Brissieux. Info gendarmerie. Équipes déjà sur place. Denis. Ils ne sont pas encore au bout de leurs peines. Ni au bout de la journée, il est à peine 9 h 55.

XXXIX

Mercredi 26 mars 2014 – 11 h 30

Le lieu du crime est idéal dans ce vallon que peu de Brestois doivent connaître. Lui-même a eu du mal à trouver l'impasse, distrait par la conversation qu'il avait avec Françoise à propos de Jean-Michel Le Ny. Tous les deux se demandent, sans avoir de réponse tranchée, dans quelle mesure il n'eut pas mieux valu, une fois parvenu à l'âge adulte, que le fils portât plainte contre son père plutôt que de choisir la fuite. Non forcément pour lui-même, mais que savait-on des actes de Richard Le Ny au cours des dernières années ? Une plainte aurait peut-être sauvé des victimes ultérieures. Par conséquent, en se taisant, ne s'est-il pas rendu complice passif de son père ? Il n'était pas seul en cause ; les films criminels dont son père lui a imposé la vue impliquaient nombre d'autres enfants. Des dizaines de victimes anciennes et… de nouvelles ensuite ? Il y a donc non-dénonciation de crime. La fuite, le silence, la mère préservée, il est difficile de lui en vouloir d'avoir tenté de surmonter seul ce traumatisme qui nécessitait pourtant une solide aide psychologique. Ils ne sont pas psychiatres et ne savent pas s'il faut condamner ce mutisme de mort ou approuver le réflexe de survie. Quel gâchis !

La maison en bois, d'un style canadien surprenant, est vraiment isolée. Vont-ils savoir qui est le troisième homme de la bande ? Il a pensé malgré lui au mot « bande », car il lui paraît clair maintenant que c'est de cela qu'il s'agit. L'enquête de voisinage ne sera pas bien longue : juste les quelques maisons à l'entrée de l'impasse. Mais s'il faisait nuit, il est peu probable que quiconque ait vu quoi que ce soit. Enor remarque le panneau « *À vendre* » en commençant à emprunter l'allée, suivi de Françoise. Ils débouchent sur une esplanade où s'affaire l'ensemble des équipes. La procureure est là, ses collègues aussi sauf Aela, les services techniques et l'inamovible Yves Cardic qu'il voit de dos, un genou posé au sol, près du cadavre. Les gendarmes sont sur le côté, discutant avec Guylaine Essart. Il fait un signe de la main à tout le monde. Il veut voir le mort en premier. Pendant qu'il enfile la tenue de protection, Denis lui donne les premières informations qui l'étonnent un peu :

— Bonjour, Patron. J'ai déjà des éléments intéressants que j'ai transmis à Aela. La victime s'appelle Gaël Guerriec, 32 ans, directeur du centre aéré Bellevue, on dit ALSH, Accueil de loisirs sans hébergement. Ce centre est géré par convention avec la ville de Brest par l'Association Enfance et Forêt. Cette association organise des camps en pleine nature, auxquels participait parfois la victime quand elle n'était pas occupée au bagad Les Hermines de Penfeld, dont il était le Penn-Sonneur. Il donnait également des cours de cornemuse.

Enor l'interrompt :

— 32 ans ?

Denis a un sourire un peu las.

— Vous avez compris, Patron. Ce n'est pas notre troisième homme. Même sans ce problème d'âge, il ne correspond pas du tout à notre portrait-robot.

Enor est décontenancé. Il est allé trop vite dans l'évidence, alors que Pluton a ses propres priorités et des connexions avec ses victimes qu'ils sont encore loin de comprendre. Quand cela s'arrêtera-t-il ? Heureusement, Denis n'a pas fini.

— Autre chose, Patron. Guerriec n'est pas le propriétaire de la maison et n'a sans doute aucun lien avec elle. Lui habitait rue du Dauphiné, à Brest, dans un appartement. Ses parents vivent à Landivisiau ; la gendarmerie se charge de les prévenir.

— Mais alors, où est sa voiture ?

— Nous ne savons pas, elle n'est pas dans les parages immédiats. J'ai envoyé Ronan inspecter les environs avec une équipe, ils ne sont pas encore revenus. Le plus étrange est que des clés de Volkswagen étaient dans la poche du pantalon bien plié, comme les fois précédentes, avec le reste des habits près du mort… De plus, les papiers et le téléphone de la victime étaient dans le blouson ainsi que d'autres clés, de chez lui sans doute. Pluton n'a pas jugé bon de nous retarder cette fois.

Enor fronce les sourcils.

— Est-ce que cela signifie qu'ils sont venus ensemble ? Se connaissaient-ils ? Et pourquoi la victime a-t-elle accepté de l'accompagner, dans ce cas ? Si le scénario est celui-là, on peut penser que Guerriec ne se méfiait pas, qu'il était en confiance pour une raison précise.

Françoise intervient, autant pour elle-même que pour ses collègues :

— Je me demande comment Pluton a connu cet endroit. Il faut vraiment le vouloir pour arriver là.

— Oui, c'est certain, approuve Denis en balayant les lieux des yeux.

Il les regarde tous les deux et ajoute :

— J'ai gardé le meilleur pour la fin : pas loin des habits, mais au sec sous le balcon terrasse, nous avons trouvé un ordinateur portable, il est déjà parti au labo pour être examiné par les techniciens. C'est forcément celui de Guerriec !

« Décidément, se dit Enor, on a un changement total de comportement. » Est-ce que cela a un sens ? Une chose lui semble sûre : cet ordinateur ne les mènera à Pluton en aucune façon, ou alors ce serait à n'y rien comprendre. Avant d'aller rejoindre Cardic, qu'il aperçoit en train d'inscrire quelque chose dans son carnet, il avise à une quinzaine de mètres sur le côté un homme tranquillement allongé aux trois quarts sur un banc, la tête posée sur un sac à dos, près des gendarmes. La pose semble décontractée.

— Qui est-ce ?

— Un nommé Didier Tréguer, l'homme qui a découvert le corps.

D'un peu loin, le personnage ne paie pas de mine. Brun, cheveux longs en bataille et petite barbe irrégulière, il porte un long imperméable vert foncé, un pantalon gris qui a dû connaître des jours meilleurs et de grosses chaussures de marche. Il tient sur son ventre une espèce de boîte à chaussures. Tel quel, par le contraste entre son allure et la maison somme toute luxueuse qui le domine, il lui rappelle un vers du morceau *Tramp on the street* de Joan Baez. « *He lay down by the rich man's gate* », l'homme a tout du vagabond en effet, mais à la différence de la chanson, ce n'est pas lui qui est mort, allongé sur le sol.

— Je l'interrogerai tout à l'heure, je vais d'abord voir Yves.

Il se dirige vers le légiste. Le mort est dans le même état que les précédents.

— Salut, Yves. Alors ?

— Alors, alors, ce type s'imagine que je n'ai pas assez de boulot comme ça ! S'il commence à en tuer un tous les quatre jours, je ne pourrai pas suivre !

— Tu t'ennuierais si tu n'étais pas un peu débordé. Bien, qu'est-ce que tu en dis ?

— Même schéma que les autres fois, bien rodé. Premier coup de bâton précis pour assommer, puis des dizaines de coups répétés sur le barbelé autour du corps, plus ou moins puissants, sexe en bouillie comme dans les cas précédents. La victime a été achevée de deux coups sur l'arrière du crâne. Comme elle était au sol, notre tueur a dû la retourner un peu pour le coup de grâce, mais elle était sûrement inconsciente à ce moment-là. (Il fait une grimace en remuant la tête.) Que de haine !

— Et de colère, ajoute Enor, et pour l'heure ?

— Je dirais hier soir, entre vingt et une heures et minuit. Tu auras une heure plus précise en fin d'après-midi. J'ai pratiquement fini ici.

Enor aperçoit les ambulanciers qui approchent. Il s'apprête à s'éloigner quand Yves lui retient un bras.

— Eh, attends, tu oublies ton petit cadeau.

Il sort fièrement un sachet en plastique contenant un porte-clés avec un ours couleur caramel. Enor n'avait plus pensé à la signature ! Quelques mètres plus loin, l'échange avec Claude Guitton ne donne rien de significatif non plus, l'allée est très caillouteuse et le gravier de l'esplanade renforcé par des stabilisateurs n'a laissé prise à aucune trace de pneus de voiture ou d'empreintes de pas. Dommage ! Il se dirige alors vers l'homme qui a découvert le corps. Il salue auparavant la procureure et les gendarmes présents, dirigés par le lieutenant Philippe Troadec et demande à ce dernier, de la brigade territoriale de Guilers :

— Vous connaissez le témoin ?

— Oui, un peu. C'est un marginal, qui vit de petits boulots agricoles ou qui rend des petits services selon les saisons. Inoffensif à notre connaissance, on n'a jamais eu affaire à lui, même pas pour de menus larcins. Il vit dans une cabane dans le secteur au-dessus de la maison.

En disant ces mots, il désigne du bras la colline derrière la maison. Enor s'approche alors, accompagné par Françoise.

— Bonjour, je suis le commissaire Berigman et voici ma collègue le commandant Ridel. Vous vous appelez bien Didier Tréguer ?

L'homme se redresse et s'assied sur le banc, tenant avec précaution sa boîte à chaussures.

— Ouais, c'est mon nom.

La voix n'est pas désagréable ; le timbre, l'élocution, comme la peau claire du visage, n'indiquent pas quelqu'un de chroniquement alcoolisé. C'est toujours mieux pour un témoin.

— Vous pouvez me dire comment vous avez découvert le cadavre ?

Tréguer se lève et montre de l'index le bord droit du jardin, du moins tel qu'ils sont placés, dos à la maison.

— Comme je l'ai dit aux gendarmes, vous voyez la haie puis le grillage derrière ?

— Oui.

— De l'autre côté, venant de la route, plus bas, un chemin parallèle remonte la colline. Ma cabane est un peu plus haut, à la sortie d'un lacet, à deux cents mètres environ sur la gauche, à l'abri des rochers et des sapins. Je le prends tous les jours pour aller en ville.

— Vous allez en ville à pied ?

— Non, j'ai ma voiture, elle est garée sur le parking, plus bas.

— D'accord, dit Enor, qui se dit que les petits boulots dont Troadec a parlé doivent aussi servir à payer le fonctionnement du véhicule, tout en espérant qu'il est bien assuré, et ensuite ?

— Eh bien, quand on descend le chemin, on voit très bien l'esplanade de la maison pendant quelques mètres parce qu'on la surplombe un peu. C'est comme ça que j'ai pu voir le type, ce matin. Alors…

— Attendez, le coupe Enor, qui appelle Denis. Denis, tu vas remonter le chemin parallèle au jardin jusqu'à ce que tu aies une vue plongeante sur l'esplanade et sur l'emplacement du corps. Tu t'arrêtes là et tu nous fais signe, mais tu ne quittes pas le chemin, puis tu reviens.

— Tout de suite, Patron.

Denis s'éloigne vers l'entrée de la propriété. Enor se tourne vers le chemineau – même si le terme est impropre mais il ne sait pas trop comment l'appeler – et dit :

— Allez-y, continuez.

— Comme je le disais, j'ai vu le pauvre type. J'ai immédiatement compris qu'il était mort, alors j'ai couru jusqu'à la route et me suis arrêté à la deuxième maison pour qu'ils téléphonent aux gendarmes. Puis je suis revenu ici. Voilà, c'est tout.

— La deuxième maison ?

— Oui, les propriétaires me connaissent, j'ai fait des petits boulots pour eux. Vous comprenez, je ne voulais pas effrayer des inconnus.

— D'accord.

Ce type était sensé. Il n'est pas facile de frapper chez quelqu'un et de dire qu'on a trouvé un cadavre. Surtout avec son apparence.

— Vous savez l'heure qu'il était ?

— Oui, neuf heures cinq à la pendule de ces gens.

— Quand vous êtes revenu, vous n'avez pas approché le corps ?

— Non, je suis resté en contrebas, comme les gendarmes m'avaient dit de faire si j'étais sûr que la personne était morte.

— Il me reste une question à vous poser : avez-vous entendu quelque chose hier soir, entre neuf heures et minuit ? Un bruit de voiture ? Des cris ? Ou autre chose ?

— Non, rien du tout. Ma cabane est isolée, juste après un virage dans le chemin, et le vent soufflait vers la maison hier soir. On entend un peu les motos ou les voitures qui accélèrent dans la côte, sur la départementale de Saint-Renan, mais c'est tout.

Ils aperçoivent soudain Denis qui leur fait de grands signes du bras, un peu plus haut, sur le chemin. Il n'y a pas de doute, la vue sur l'esplanade est sûrement parfaite. Il lui fait signe de la main.

— Bien. Les gendarmes vont vous amener pour prendre votre déposition. Je vous remercie de votre témoignage et d'avoir si bien réagi.

— Pas de quoi, répond-il en se rasseyant, mais il fait un faux mouvement et heurte l'accoudoir du banc, ce qui a pour résultat d'entrouvrir la boîte à chaussures.

Enor n'est pas bien sûr de ce qu'il a vu ; il ne peut s'empêcher de demander, après un bref coup d'œil étonné à Françoise :

— Excusez-moi, mais qu'est-ce que vous avez là-dedans ?

— C'est Socrate.

— Socrate ?

Il se demande s'il a bien compris.

— Socrate était mon chien. Un border collie que mes parents éleveurs de moutons dans le Cantal m'avaient donné quand il avait quelques mois. Il a vécu près de moi onze ans, heureux, sans jamais manquer de rien, je vous assure.

En disant ces derniers mots, il ôte totalement le couvercle de la boîte. Enor et Françoise découvrent alors un crâne, sans doute celui du chien, en effet. Tréguer reprend, avec un sourire triste :

— Vous ne pouvez pas savoir à quel point nous formions une paire d'amis. Drôlement intelligent avec ça, joueur et fidèle. On en a fait des parties de frisbee ensemble ! C'était bon pour son exercice, même s'il fallait parfois que je l'arrête avant qu'il ne s'écroule de fatigue. C'était plus qu'un chien, c'était Socrate ! Alors quand il est mort, il y a quelques années, je l'ai enterré là-haut, sous les sapins, à quelques mètres de la cabane, où la terre est meuble, puis j'ai récupéré plus tard son crâne. Depuis, je n'ai jamais voulu avoir un autre chien.

Enor ne sait pas quoi dire ni quoi penser. Un geste d'amour ? Il se contente de poser une main qu'il veut compatissante sur l'épaule de l'homme, qu'il serre un peu, puis Françoise et lui rejoignent la procureure et le lieutenant Troadec. Ce dernier lui dit :

— J'ai envoyé deux hommes faire le tour des maisons du voisinage, mais il y a peu d'espoir d'obtenir quelque chose, l'endroit est isolé.

Il se tourne vers Guylaine Essart, en lui montrant le porte-clés ours.

— Une confirmation. Bon, je pense que le témoignage de Didier Tréguer est fiable, il n'a rien à voir avec le meurtre. Nous n'avons plus rien à faire ici, on...

Il est interrompu par la sonnerie de son portable. Aela.

— Oui, Aela ?

— Patron, peut-être une bonne nouvelle. Un couple de témoins s'est manifesté pour le meurtre de Luc, ils étaient dans la forêt lundi matin.

— Enfin une bonne nouvelle ! Il faut les voir aujourd'hui !

— C'est arrangé. Ils seront là à 14 h 30. Ils habitent Le Faou, mais je ne les connais pas. La brigade nous les amène. Par contre, toujours rien pour celui de Le Bihan, je crois que c'est fichu.

— Oui, mais cette nouvelle compense largement.

Il est plus de 13 h 30, ils ne doivent pas traîner. Il informe la procureure de ce dernier développement puis, après avoir pris rendez-vous avec elle pour dix-sept heures et salué les gendarmes, il commence à redescendre l'allée. Au même moment, il aperçoit Ronan, qui revient de l'exploration du secteur avec deux gendarmes tandis que Denis s'approche aussi.

— Alors ?

Ronan secoue la tête.

— Rien, Patron. Aucune voiture isolée dans la nature en bout d'impasse. De l'autre côté non plus, juste deux véhicules devant une maison, mais leurs propriétaires sont présents.

— Bien, Denis et toi, filez à l'agence immobilière. Vous les interrogez sur tous les acquéreurs qui se sont montrés intéressés par la maison ou qui l'auraient visitée et vous leur demandez l'adresse des vendeurs. Ensuite, vous allez à l'appartement de la victime, voyez ce que vous pouvez glaner, mais auparavant je voudrais que vous fassiez autre chose.

Enor a prononcé ces derniers mots à voix basse.

— Ah ? dit Denis, alléché.

— Notre témoin va être amené par les gendarmes pour faire sa déposition. Je voudrais que vous alliez inspecter sa cabane et ses abords, au-dessus.

— Vous pensez à quelque chose de particulier, Patron ?

— Non, mais si vous trouvez des coupures de presse, de l'argent liquide en grande quantité, enfin vous voyez, alors ça changera la donne. On ne s'est jamais demandé si Pluton avait un complice.

— En ce cas, il aurait été stupide de commettre son meurtre ici, risque Ronan.

— Ou très sûr de lui. Attendez que notre trimardeur soit parti avant d'y aller.

*

Il est 14 h 20 quand les gendarmes arrivent avec le couple de la forêt. Enor venait d'appeler Mariannig en vain sur son portable, sachant qu'elle n'avait pas cours à cette heure. Mais elle pouvait être à la bibliothèque universitaire. Dans son dépit, il s'imagine entrant dans le silence feutré des lieux et hurlant le nom de sa compagne et lui demandant de répondre au téléphone devant le visage scandalisé de tous les présents. Cela suffit à le mettre de bonne humeur. Aussi est-ce avec un air béat qu'il accueille avec Françoise le couple visiblement intimidé d'être en ces lieux. Tous les deux ont une petite soixantaine. L'homme, mince, a les cheveux blancs, comme en écho à sa barbichette ; il porte des lunettes aux fins montants argentés. Il va plutôt bien avec sa femme, une petite brune à tête de fouine, aux lèvres fines et aux yeux mobiles. Joseph et Isabelle Harnoist, retraités de la recherche pétrolière en mer du Nord pour lui, et de l'enseignement en Écosse pour elle, à Aberdeen. Ils acceptent un café, que Françoise va chercher. Quelques minutes plus tard, Enor commence :

— Bien, nous vous écoutons, à propos des événements survenus le matin du lundi 24 mars en forêt du Cranou.

C'est l'homme qui prend la parole :

— Je crains que vous ne soyez déçu. Nous nous sommes manifestés à la suite de l'appel à témoins que vous avez lancé, mais nous ne sommes pas sûrs que cela ait un rapport avec l'assassinat de votre malheureux collègue.

— Laissez-nous en juger, nous verrons bien. De toute façon, je vous remercie de vous être déplacés jusqu'ici. Il ne faut pas le prendre comme une perte de temps, ni pour vous ni pour nous. Alors, qu'avez-vous vu exactement ?

— Eh bien, lundi matin, vers neuf heures, neuf heures et demie, nous étions au croisement de chemins où se dresse le calvaire, dans la forêt, non loin de la fontaine de Saint-Conval. À cet endroit, pendant quelques secondes, le regard porte au loin de tous les côtés, les chemins sont plutôt en ligne droite. Nous venions de la ligne de Brasparts car nous pensions visiter l'arboretum, qui a paraît-il été restauré il y a quelques années, mais nous n'avons pas trouvé l'entrée de la promenade. Nous avons donc décidé de redescendre au parking du Pont-Rouge par la ligne de la carriole. C'est en tournant à gauche au croisement que nous avons aperçu, à quelques centaines de mètres, sur le chemin de Kervinou qui rejoint Hanvec, deux hommes qui semblaient discuter.

L'homme se tait, puis reprend, haussant les épaules comme pour s'excuser.

— Voilà, c'est tout. Comme je vous ai dit, ce n'est vraiment pas grand-chose.

Enor regarde Françoise. Le témoin ne peut se rendre compte de l'importance de ce qu'il décrit. Le policier rétorque :

— Au contraire, vous avez sans nul doute vu l'assassin et vous nous donnez au passage une confirmation horaire utile.

— Ah ? Je suis heureux si cela peut vous aider.

Françoise prend la parole :

— Dites-nous, seriez-vous capable de nous donner une description des deux hommes ?

Isabelle Harnoist répond.

— Non, ils étaient trop loin. L'un d'entre eux était de dos et s'avançait vers le second, qui était de face. J'ai eu l'impression qu'ils étaient grands tous les deux, n'est-ce pas Seppi ?

— Seppi ?

L'homme a un petit rire.

— C'est un diminutif. Il y avait plusieurs ingénieurs alsaciens avec moi à Aberdeen, qui m'ont rapidement appelé comme ça, affectueusement, pendant que les Britanniques me donnaient du Joey à toutes les sauces. C'était une bonne ambiance, du moins à terre.

Il se reprend soudainement.

— Excusez-moi, je m'égare. Oui, ils étaient grands, mais c'est tout ce qu'on pourrait en dire.

Enor demande :

— Essayez de vous rappeler, y en avait-il un qui avait un bâton à la main ?

C'est Isabelle qui devance son mari.

— Mais oui, parfaitement, je m'en souviens. Celui qu'on apercevait de dos avait un bâton de marche, il le tenait côté droit.

Joseph hausse les épaules.

— Oui, peut-être, mais honnêtement, je ne me rappelle plus. La distance était grande, et comme je l'ai dit, ça n'a duré que quelques secondes, je n'ai pas enregistré ce détail.

Il a brusquement une inspiration.

— Mais est-ce avec ce bâton que…

— Nous ne pouvons vous donner cette information, je suis désolé, l'interrompt Enor.

— Oui, bien sûr, je comprends.

Enor pense que Françoise et lui n'en sauront guère plus, mais il veut être sûr de leur témoignage.

— Vous êtes catégoriques, les deux hommes étaient sur le chemin et semblaient discuter, comme vous avez dit ?

Cette fois-ci, le couple, sensible au ton du commissaire, prend le temps de réfléchir, comme s'il pressentait que la réponse avait une grande importance.

Joseph Harnoist fronce les sourcils et dit :

— Je ne sais pas ce que tu en penses, Isa, mais pour ce qui est du chemin, oui, c'est certain. Par contre… (Il se tourne vers son épouse.) la discussion, je ne serais pas aussi affirmatif. C'est parce qu'ils se faisaient face que j'en déduis qu'ils se parlaient. Mais à cette distance, c'est difficile à dire. C'est une interprétation de ma part due à leur positionnement, mais ils pouvaient aussi bien être à dix mètres ou plus l'un de l'autre. Sur une ligne droite, en l'absence de points de repère, ce n'est pas facile à apprécier.

Enor aussi regarde Isabelle Harnoist.

— Qu'est-ce que vous en pensez ?

— Oui, je suis d'accord avec mon mari, la ligne droite pouvait fausser un peu la perspective. Peut-être qu'ils ne se parlaient pas, du moins pas encore.

— Pas encore ?

Elle hausse les épaules.

— J'interprète aussi ! Je dirais que le premier "semblait" se diriger vers le second qui "semblait" l'attendre. Et pourquoi si ce n'est pour échanger quelques mots comme cela arrive entre promeneurs dans la forêt ?

— En effet, vous avez raison. Bien, vous ne voyez rien d'autre ?

Tous les deux hochent négativement la tête tout en disant non.

— Il nous reste donc à vous faire raccompagner par les gendarmes et à vous demander de nous recontacter immédiatement si un détail, même le plus infime, vous revenait, dit Enor en se levant, imité par les trois autres.

Quelques secondes après leur départ, dans le bureau d'Enor, les deux policiers font le point.

— Il est donc acquis que la rencontre a eu lieu sur le chemin. Est-ce que cela a réellement de l'importance ? s'interroge Françoise, plus pour elle-même que pour Enor.

— Je ne sais pas. On en revient à la chronologie des faits, qui n'est pas logique. On doit faire une erreur quelque part.

— Pourquoi ?

— Parce qu'au moment de cette rencontre, Luc avait déjà retrouvé son couteau. Si Pluton était sur la scène de crime, il aurait pu rester caché jusqu'à son départ, c'est aussi simple que ça.

— Oui, je vois ce que tu veux dire. Cela pose la question de l'endroit où était Pluton quand Luc le voit.

— Oui, et aussi qu'est-ce qui a intrigué Luc chez l'arrivant ?

— Oh, ça, il est possible que ce soit le bâton. Un réflexe de policier qui a ses sens en éveil, surtout sur le lieu d'un assassinat.

— Oui, peut-être. Cette affaire est irritante depuis le début, grogne-t-il. Il n'est pas imaginable qu'un tueur se promène à peine deux jours plus tard près du lieu de son crime, en pleine forêt, comme n'importe quel randonneur du dimanche, alors qu'il est susceptible de rencontrer encore des policiers ou des gendarmes. Je ne crois pas à ces coïncidences. Non, il devait être là pour une raison précise. Est-il possible qu'il ait surgi du sous-bois quelques dizaines de mètres plus haut, puisque nos témoins le voient de dos, auquel cas il ne sait pas qu'un policier est présent, et celui-ci le hèle au moment où il débouche sur le chemin ? Mais pourquoi Luc ne se méfie-t-il pas plus s'il a ses sens en éveil, comme tu le dis, alors ? Tout cela défie l'entendement, il nous manque une donnée.

— N'oublions pas la possibilité que Luc ait reconnu Pluton, dit une voix derrière lui. (C'est Aela, qui se tient sur le pas de la porte.) Mais vous aviez suggéré de ne pas trop nous prendre la tête avec ça.

— Oui, mais c'était avant d'avoir la confirmation que les deux hommes étaient sur le chemin. Françoise avait fait une remarque sur l'importance de cet élément, car il pose bien la question de savoir d'où venait Pluton.

— Oui, je me rappelle, approuve cette dernière, mais je n'ai aucune idée de ce que cela signifie.

Enor a un plissement des lèvres.

— À vrai dire, moi non plus. Mais cela éveille en moi quelque chose qui a été dit par je ne sais plus qui sur les lieux lors de la découverte du corps de Le Bihan. Si seulement je pouvais me souvenir de ce que c'était.

— Ne cherche pas, ça reviendra tout seul. C'est souvent comme ça que ça se passe, dit Françoise.

— Oui, c'est vrai, mais ce n'est pas la première fois que j'ai ce sentiment dans notre affaire, vous savez ce que c'est. L'impression d'oublier certaines questions, de ne pas percevoir des mots importants, de rater quelque chose.

— Comme quoi ? demande Aela.
— Justement, je ne sais pas. Ou plutôt si. Je suis sûr que j'ai oublié une question à propos de la fouille de la maison Le Bihan, à Hanvec, mais j'ai beau y réfléchir, je ne vois pas laquelle... Et maintenant cette histoire de chemin. Je dois me faire vieux, ajoute-t-il avec un sourire.
— Non, ce sont des intuitions qui n'ont pas encore émergé, c'est tout. Françoise a raison.

Elle ne semble pas se moquer de lui, elle tient une feuille à la main et il perçoit alors qu'elle n'est pas venue sans raison.

— Mais, au fait, qu'est-ce qui t'amène ?

Aela esquisse une moue contrariée, tout en remontant sa frange.

— De quoi vous rendre le moral pour l'enquête, mais vous révolter pour le reste. Les premiers examens de l'ordinateur de Gaël Guerriec renforcent notre hypothèse de mobile et prouvent que cette fois-ci nous sommes sur la bonne piste.

Un silence.

— Bon, vas-y.
— Les techniciens ont découvert plusieurs fichiers qui contiennent des milliers de photos à caractère pédophile.

Enor se demande s'il faut se réjouir de cette découverte qui va pourtant dans leur sens. Un insondable écœurement s'empare de lui. Vers où vont-ils ? Mais il pense qu'Aela fait une confusion. Ils ont sans doute enfin les raisons des meurtres mais pas forcément leur mobile. Le Rouzic lui avait appris à faire cette distinction. Les raisons sont circonscrites par l'histoire de la victime mais n'amènent pas toujours à l'assassin qui, lui, obéit à un mobile. Surtout dans leur genre d'affaire, car un élément déclencheur est certainement à l'origine des actes de Pluton, c'est lui, le mobile.

— Les Mœurs ont été prévenues ?

— Oui. Ainsi que la procureure, car ils vont prendre en charge cet aspect de l'enquête et s'occuper de son appartement.

— Ah ? Bien, je leur laisse volontiers cette tâche, mais contacte-les pour leur dire que Ronan et Denis y seront déjà passés.

— D'accord. Il est à noter que ces fichiers n'étaient quasiment pas protégés, cela leur a paru curieux, comme si quelqu'un avait tout déverrouillé. L'œuvre de Pluton, peut-être ? Il aurait extorqué à sa victime les mots de passe et les noms de code ?

— C'est possible, oui. Il voulait vraiment que nous trouvions ces photos.

— J'ai besoin d'un café, murmure Françoise, visiblement anéantie.

— Moi aussi, disent en chœur Aela et Enor, de la même voix rageuse.

XL

Soirée du mercredi 26 mars 2014

« La réunion commence mal », se dit Enor. À peine tout le monde installé, sous les regards indignés de ses collègues, il se lève et quitte la salle pour revenir deux minutes plus tard, une chaise à la main, demandant à leur nouveau porte-parole, entré le dernier avec le divisionnaire, de bien vouloir libérer celle qu'il occupe, celle de Luc, pour prendre celle qu'il lui tend. Il ne comprend pas pourquoi Peyret n'a pas anticipé ce problème. La chaise de Luc doit rester autour de la table, mais inoccupée jusqu'à la résolution de l'affaire. Il connaît pourtant parfaitement cette tradition. Le nouvel arrivant n'est nullement responsable de cette bévue et ses excuses contrites n'auraient pas dû sortir de sa bouche à lui. Sitôt l'incident clos, Peyret commence, imperturbable :

— Je vous présente le capitaine Gilbert Ganne, du Service de communication. C'est lui qui assurera dorénavant les liaisons avec la presse. Madame la procureure et moi l'avons informé de tous les détails de l'affaire, il est donc inutile d'y revenir. Au nom de tous, je lui souhaite la bienvenue.

Gilbert Ganne est un homme d'environ 35 ans, les cheveux blonds très courts et les yeux bleus. Peyret se tourne vers Enor.

— Les présentations sont faites. Berigman, c'est à vous.

Enor commence par faire un résumé détaillé de la journée, n'omettant aucun détail, aidé par l'un ou l'autre lorsqu'il y a besoin de précisions. Puis il finit par son sentiment personnel, dont il sait qu'il est partagé par son équipe pour en avoir discuté dans l'heure précédente avec chacun d'entre eux.

— Je crois que nous sommes maintenant sur la bonne voie ; nous pourchassons un homme qui élimine des pédophiles ou présumés tels. Je pense aussi que nous approchons de Pluton, c'est pourquoi ce dernier meurtre donne l'impression d'une fuite en avant. J'en veux aussi pour preuve la mise en évidence à notre intention de l'ordinateur portable de Guerriec, qui "parle" déjà beaucoup, enfin le fait que si la victime et son assassin sont venus jusque dans ce jardin dans la même voiture, celle de Pluton, c'est que probablement ils se connaissaient, ce qui nous ouvre une nouvelle piste.

— Mais où est la voiture de Guerriec, alors ? demande Peyret.

— Nous ne le savons pas encore. Ronan, à toi.

— Nous avons manqué de chance, car nous n'avons pas réussi à joindre dans l'après-midi au moins un des trois responsables locaux de l'association employeur de la victime et il n'y avait personne à leur siège brestois. Nous avons contacté un administrateur national à son travail, à Toulouse, qui nous a dit que la période était au peaufinage des séjours de printemps et d'été, mais il n'en savait pas plus évidemment sur l'emploi du temps d'un directeur de centre à Brest. Un brigadier est chargé de les appeler à leur domicile personnel toutes les dix minutes. On devrait donc être rapidement fixés sur les occupations de Guerriec dans la journée d'hier.

— Il faut rencontrer ces gens dès demain, dit Françoise.

— Oui, on a pas mal à faire demain, répond Enor.

— Du nouveau pour le portrait-robot ? demande Guylaine Essart.

— Non, rien, dit Denis, les fausses pistes habituelles qu'il faut quand même vérifier. En tout cas, ce n'est pas Guerriec.

Le divisionnaire secoue la tête, agacé.

— Le troisième homme ! Après tout, ce troisième homme, est-on si sûr qu'il est mêlé à l'affaire ?

— Moi, je le crois, affirme nettement Aela, car sinon comment expliquer, comme on l'a déjà dit, qu'il ne nous contacte pas ? Alors que deux de ses connaissances ont été assassinées ? À moins qu'il ne soit à l'autre bout du monde, ignorant tout de ce qui se passe ici.

Peyret repart à la charge.

— Et votre vagabond ? Vous le croyez vraiment hors de cause ?

— La fouille de sa cabane n'a absolument rien donné, dit Denis, elle était d'ailleurs plutôt propre et bien rangée.

— Oui, ajoute Ronan, et l'enquête de voisinage a simplement confirmé que Didier Tréguer, c'est son nom, est plutôt bien accepté des gens du coin, depuis deux ou trois ans qu'il est dans le secteur. Il fait des petits boulots pour eux et il n'y a jamais eu de plainte. Même si, dans une maison, on nous a clairement fait comprendre qu'ils préféreraient le savoir ailleurs, car, je cite, « ce n'est pas un exemple pour les enfants ». Pour le meurtre, personne n'a rien vu, rien entendu. Il est vrai qu'en cette saison, certains volets sont fermés tôt.

— Et l'agence immobilière ?

— Rien non plus de ce côté-là, la gérante n'a pas souvenir d'un client particulièrement intéressé par la maison. En fait, il y a eu très peu de visites, trois ou quatre, toujours par des couples avec enfants. Par contre, j'ai obtenu les coordonnées des propriétaires. Je les ai appelés mais je n'ai eu qu'un répondeur, sur lequel j'ai laissé un message leur demandant de nous contacter.

Guylaine Essart intervient :

— Je ne crois pas qu'on débouche sur un indice important avec ces gens-là.

— Oui, dit Enor, demain il faut reprendre à partir de Guerriec : photo à la brasserie, au journal et au cabinet d'avocats, photos de Le Ny et de Le Bihan aux responsables de l'Association Enfance et Forêt et aux membres du bagad, enfin l'enquête habituelle, quoi. Il faut aussi fouiller dans son passé, et voir s'il a un casier chez nous. Ne perdez pas de vue que nous supposons que la victime et Pluton se connaissent, alors remontez la chaîne de témoignages sur des brouilles ou disputes soudaines, ou bien sur des signes de comportements équivoques avec des enfants. Les langues peuvent se délier après la mort. Françoise, tu organises ça.

— OK.

— Je ne pense pas que nos services ou la justice aient eu connaissance de penchants pédophiles de sa part, car il n'aurait pas pu exercer d'activités professionnelles au contact de jeunes, glisse Aela. D'ailleurs, nos collègues des Mœurs ne le connaissaient pas non plus, comme les deux premières victimes, si vous vous rappelez. Non, je crois vraiment que Pluton a mis la main sur des gens qui n'ont jamais été dans nos radars.

— Et l'appartement de la victime ? demande Enor.

— Visiblement, il vivait seul. Ronan et moi avons laissé de côté les DVD et les CD, répond Denis. En revanche, nous avons rapporté tous ses documents personnels, qui étaient rangés dans deux boîtes en métal de rangement et pas mal d'albums photos.

— OK, vous étudiez ça.

— Ah, et puis il y a ses parents, qui habitent Landivisiau, rue Hélène-Boucher. Le père, Paul, 61 ans, est retraité SNCF, la mère, Valentine, a 56 ans. Elle travaille comme personnel civil à la restauration, à la base aéronavale. Ils ont été informés par la gendarmerie.

— Allez les voir demain matin, et demandez si leur fils a laissé des affaires chez eux.

Ce pourrait être le mot de la fin. Chacun sait maintenant ce qu'il a à accomplir, travailler en priorité sur la présomption de pédophilie. La journée s'achèverait donc sur le dernier échange avec la procureure concernant la partie luxembourgeoise de l'affaire, qui n'a pas évolué, s'il ne restait à faire un point serré avec leur tout frais porte-parole sur le contenu de la conférence de presse du lendemain matin. Enor veille donc, sans en avoir trop l'air, à contrôler cette dernière partie de la discussion de manière efficace, en neutralisant avec souplesse la moindre digression. La marge de manœuvre d'un porte-parole est faible, voire nulle, et cet exercice délicat, en plus d'un esprit de synthèse affirmé, exige des directives de contenu précises. À lui ensuite d'en maîtriser la forme. Mais, finalement, au grand soulagement d'Enor, il leur faut moins d'une demi-heure pour baliser l'intervention auprès de la presse. Il s'agit d'abord, en lâchant quelques éléments secondaires qui ne soient pas compromettants pour la suite des investigations, de ne pas donner aux journalistes l'impression que l'enquête piétine. Ensuite de développer, parce que la question est inévitable, les raisons pour lesquelles les personnels mobilisés et mobilisables au coup par coup pour la mener à bien sont en nombre suffisant. Sans oublier au passage de souligner l'excellente coopération entre les différents services impliqués. Une preuve par l'absurde convaincante est disponible : quel service de police accepterait qu'on lui bride ses moyens ou quel autre traînerait des pieds pour démasquer l'assassin de l'un des leurs ? Quant à la rétention d'informations à propos du mode opératoire, elle est maintenue. Mais les avis sont plus partagés sur le fait d'évoquer la piste pédophile, même en prenant la précaution de ne pas accuser formellement les victimes de telles pratiques. Il est finalement décidé d'instiller l'idée que certains indices recueillis au cours de l'enquête orienteraient la police vers un arrière-plan sexuel de l'affaire mais aucun commentaire supplémentaire ne sera fait. Cette annonce, dont chacun sait qu'elle peut mettre la presse en ébullition, eu égard au statut social des victimes, présente l'avantage d'adresser un message indirect à la fois à Pluton sur la connaissance qu'a la police de ses motivations, et au troisième homme, auquel un appel solennel sera lancé afin qu'il se manifeste au plus vite. Il ne sera pas caché que la police pense que sa vie peut être en danger. Tous s'accordent également sur l'importance de répéter encore une fois à destination du grand public, dans le souci d'éviter toute panique, que le meurtrier, loin d'être un tueur en série aveugle et fou, connaissait ses victimes. Enfin la conférence devra se clore par l'assurance que, grâce aux progrès de l'enquête, il existe une forte probabilité que l'assassin soit identifié dans les prochains jours. Les enquêteurs se quittent sur cette conclusion optimiste, dont ils espèrent en croisant les doigts que la prédiction se réalisera. En rentrant chez lui, dans le silence de sa voiture, Enor ne cesse pourtant de penser à leur problème. La mort de Guerriec et la conduite inédite de Pluton annoncent-elles un possible tournant de l'affaire ? D'où part le fil qui, reliant les deux hommes, permettrait l'identification de Pluton ? Du centre aéré ou du bagad ? Ou encore ? Depuis le premier meurtre, ont-ils su voir tous les indices ? Mais lesquels leur ont échappé ? Repenser à la maison de Le Bihan ne l'en énerve que plus. Peut-être devrait-il y faire un tour.

C'est sur cette bonne résolution qu'il arrive chez lui. Peu après, détendu par une bonne douche, un verre de Talisker à la main, il évoque avec Mariannig le vagabond et sa boîte à chaussures. Elle se montre très intéressée par l'étrangeté du geste qui consiste à aller déterrer, après des mois, le crâne de ce chien. Elle y voit une forme de pensée magique, là où Enor imagine un acte poétique. Les conversations au cours du repas sont plus légères, Mariannig les faisant bien rire avec ses désopilantes mésaventures informatiques à la bibliothèque universitaire.

Plus tard, dans la chambre, Mariannig lui dit qu'elle a appelé Caroline Dupuy, la compagne de Luc, et qu'elles ont discuté un bon moment ensemble. Mais il ne saura rien du contenu de la conversation.

XLI

Jeudi 27 mars 2014 – 11 heures

Enor et Françoise sont favorablement surpris par la ponctualité d'Éric Lastenet. Il arrive à 10 h 58. Son allure générale est celle qu'il avait sur la photo de Nice que lui a montrée Laumond : tenue décontractée, plutôt de qualité et fonctionnelle. Le jeune homme arbore d'ailleurs une attitude sûre de lui, très calme. « Il est vrai qu'il n'a nul besoin de s'en faire, se dit Enor, puisqu'il est manifestement hors du coup. » Il considère lui-même cette audition comme une formalité de principe et il est pressé d'en finir. Les présentations faites, il commence :

— Monsieur Lastenet, pouvez-vous nous dire où vous vous trouviez dans la nuit du vendredi 14 au samedi 15 mars ?

— Il y a deux semaines ? Pour quelle raison ?

Françoise hausse un sourcil.

— Répondez à la question, s'il vous plaît.

Pendant qu'il boit une gorgée de café, Enor l'observe attentivement. Il n'est pas idiot, les meurtres de Brest s'étalent dans tous les médias et le nom de Le Ny revient en boucle. Il doit faire le lien entre son courrier et sa présence ici.

— J'étais à Nice, chez des amis.

— Pouvez-vous nous donner leurs noms et l'adresse où vous avez séjourné ?

— C'est vraiment indispensable ? De quoi m'accusez-vous ?

Enor répond par une autre question.

— Connaissiez-vous l'avocat Richard Le Ny ?

Il lit comme un soulagement dans les yeux de Lastenet.

— Oui, bien sûr. (Il sourit.) Vous devez savoir que j'ai eu affaire à lui au tribunal pour une altercation avec des gauchos à la fac.

— En effet.

Enor pense à Aela et aux jumeaux. Il se demande quel sens Lastenet donne au mot « altercation ». Ou alors à partir de combien de blessés graves est-ce que cela devient un véritable affrontement ?

Il reprend.

— Ne l'avez-vous pas menacé ?

La question ne précise volontairement pas le lieu, le moment ou le support de la menace, si bien que le jeune homme hésite pour la première fois. Il dit d'un ton faussement étonné :

— Des menaces ?

À ce jeu-là, Enor peut se montrer patient, lui aussi.

— Oui. (Il marque une pause.) Alors ? Réfléchissez bien.

— Non, à titre personnel, je ne l'ai jamais menacé.

La réponse est habile, le courrier du 25 février était signé du groupe et non d'un individu.

— À titre personnel, peut-être pas, mais... (En prononçant ce dernier mot, Enor sort le courrier protégé par un plastique, et le montre à Lastenet.) Nous avons eu des informations selon lesquelles vous seriez l'auteur de cette lettre qui, en la lisant, apparaît bien comme porteuse d'une menace. Qu'en pensez-vous ?

Le jeune homme la parcourt rapidement, sans se troubler le moins du monde.

— Je ne vois pas mon nom sur cette feuille.

— Notre témoin est formel, vous étiez le seul à avoir à la fois l'occasion et le mobile pour écrire cette lettre. Et vous n'ignorez pas que maître Le Ny a été assassiné quelques jours plus tard. C'est pourquoi il est dans votre intérêt de nous dire où vous résidiez à Nice, et combien de temps vous y êtes resté. Plus vite on pourra vérifier, plus vite nos chemins se sépareront. Nous avons un assassin à identifier, et vous, vous avez, je n'en doute pas, des occupations importantes. Mais il ne serait peut-être pas du goût de vos amis si elles sont l'objet de perturbations régulières de la police parce que vous ne pouvez plus vous déplacer sans quelques rémoras bien visibles collés à vos basques, ce que nous ne manquerons pas de faire si vous refusez de nous en dire plus.

En disant cela, Enor bluffe totalement ; il sait bien que Lastenet n'est pas assez important pour mobiliser une équipe de surveillance que, de toute façon, il n'aura pas. Surtout si le jeune homme est déjà sous le contrôle de la DCRI. Il termine :

— La proposition me semble honnête, non ?
Lastenet regarde les deux policiers en face.

— Je pense que vous n'avez rien contre moi. Ce document ne signifie rien. Quant à votre témoin, je ne crois pas qu'il viendrait témoigner à la barre d'un quelconque tribunal ou collabore ouvertement avec vous, si c'est un de mes proches.

— Oui, sauf peut-être si vous devenez encombrant, et vous devez savoir qu'il n'y a plus d'amis dans ces circonstances, dit sentencieusement Françoise.

L'argument a porté, ils l'ont vu dans le léger cillement des yeux qui lui a échappé. Mais il résiste encore.

— En ce cas, je me charge moi-même de remettre les pendules à l'heure, sourit-il, provocateur, car il est conscient de l'effet à double tranchant de cette déclaration dans l'affaire Le Ny.

Ce n'était pourtant qu'un baroud d'honneur, car alors qu'Enor commence à envisager d'augmenter la pression, il ajoute soudain :

— Bon, mais comme vous perdez votre temps avec moi et que je n'ai pas envie de vous avoir sur le dos en permanence, je vais vous dire ce que vous voulez savoir. Je suis parti vers six heures de Brest le dimanche 9 mars par Air France et je suis revenu le dimanche 23 mars par Hop vers 13 h 30, le jour des élections. Les caméras de surveillance le prouveront. J'ai passé les deux semaines chez Loïc et Magali Tavernier, qui habitent au 192 avenue des Orangers, à Saint-Laurent-du-Var, la banlieue de

Nice. Ils vous le confirmeront et pourront même être plus précis sur nos balades. Et si c'est nécessaire, ils auront sûrement quelques témoins à faire valoir parmi leurs amis que j'ai rencontrés. Voilà, c'est tout.

Françoise, qui a tout noté, hoche la tête.

— Très bien, nous allons vérifier. En attendant, si vous deviez quitter la région dans la semaine, vous seriez bien aimable de nous le faire savoir.

— Suis-je placé en contrôle judiciaire ?

— Non, absolument pas, répond Enor, c'est juste pour faciliter les choses à tout le monde, mais vous n'y êtes pas contraint. Nous aurons réglé ce point dans un jour ou deux, pas plus.

— Je peux donc m'en aller ?

— Absolument. Vous êtes libre. Ah, si, une dernière question pour ma curiosité personnelle, pourquoi « Ultima » et pas « Ultra » pour le « U » du BUG ?

Lastenet hausse les sourcils, étonné.

— C'est une question que personne ne nous pose jamais, bravo. Vous n'ignorez pas que le peuple gaulois qui occupait la région s'appelait les Osismes. Et Osisme signifiait dans cette langue « ceux du bout du monde », ce qui revient approximativement à notre Finistère, et se traduisait volontiers en latin par *ultima*. Il nous a paru intéressant de revendiquer cette filiation, jouant ainsi sur plusieurs sens de l'idée d'extrême.

Après son départ, Enor reste songeur.

— Je crois que lâcher le nom des Tavernier lui posait problème, dit-il.

— Oui, j'ai eu aussi cette impression.

— Ce n'est pas nos oignons, mais je suis sûr que le CV de ces gens-là doit être intéressant. Bien, tu vois ça avec la procureure et nos collègues de Nice, d'accord ?

— D'accord.

Enor regarde sa montre, il est 11 h 35. Ils n'ont pas traîné. Il pense de toute façon que cette fois-ci, à moins d'un coup de théâtre, le dossier Lastenet est clos.

— J'ai prévu d'aller faire un tour à Hanvec, chez Le Bihan. Peut-être qu'en étant sur les lieux je vais comprendre ce qui me turlupine. À tout à l'heure.

De passage dans son bureau pour récupérer sa veste, un mot de Ronan lui donne deux nouvelles : la première l'informe qu'il a réussi à joindre les propriétaires de la maison de Guilers au Portugal. Ils prétendent n'avoir jamais entendu parler de Gaël Guerriec, pas plus que de l'avocat et du journaliste. Enor se dit qu'il est vain d'essayer de comprendre comment Pluton a pu connaître cette maison. La deuxième nouvelle concerne l'emploi du temps de la victime. Elle était à une réunion à la mairie annexe de Lambézellec, rue Robespierre. Celle-ci s'est terminée vers 19 h 15-19 h 30 environ, d'après des participants. C'est la dernière fois qu'ils ont vu Guerriec. Sa voiture, une Citroën Picasso bleu clair a été retrouvée à quarante mètres de là. L'enquête auprès des riverains et des commerces locaux, avec la photo de la victime, a commencé aussitôt. Le scénario du crime s'est donc éclairci : Pluton a abordé Guerriec à la sortie de la réunion, en s'assurant qu'il était seul, peut-être à quelques mètres de sa voiture, il réussit à convaincre sa victime de l'accompagner à Guilers. Comment a-t-il fait ? Il fallait que l'appât soit particulièrement attrayant pour que Guerriec laisse sa voiture et suive aussitôt Pluton. Il fallait aussi qu'il ait confiance. Ce dernier point suggère que la recherche d'une dispute ancienne n'est pas la bonne. Ils se connaissent et ne sont pas fâchés, car un enlèvement sous la menace d'une arme serait trop risqué dans ce secteur, et surtout totalement inutile. S'il l'avait voulu, Pluton avait d'autres occasions d'approche, plus isolées, comme il a procédé pour les autres meurtres. Avant d'aller à Hanvec, Enor s'octroie une pause déjeuner et se régale d'une galette aux Saint-Jacques et d'une crêpe au sucre dans une crêperie gourmande au Faou, installée en plein centre historique. Son café avalé, il regagne sur la place le véhicule de service qu'il a pour une fois emprunté, puis prend la direction de la maison de Le Bihan, à quelques kilomètres de là. Il essaie encore de se concentrer sur ce qu'il vient y chercher, mais cela ne donne rien. Alors qu'il n'est qu'à une quarantaine de mètres de l'entrée de la maison, dans la perspective offerte par la sortie de virage à gauche, il voit soudain un 4x4 BMW noir déboucher de l'allée et s'arrêter avant, sans doute, de s'engager sur la route. Dans un réflexe, il place aussitôt le gyrophare bleu sur le toit de la voiture et accélère. Il ne faut pas trois secondes pour qu'il entende les premières balles siffler sur la carrosserie ; il lui en faut une de plus pour piler et se baisser, sentant la voiture se déporter brutalement sur la droite sous l'effet d'un pneu éclaté et grimper le long du bas-côté, heureusement surélevé en pente douce de ce côté-ci de la route, avant de s'immobiliser. Évidemment, peste-t-il contre lui-même, il n'a pas d'arme, comme d'habitude ! De toute façon, le rapport de force est inégal ; même avec son arme de service, il n'aurait pas eu la puissance de feu qu'il a subie. Il relève prudemment la tête, le 4x4 est déjà loin, là-bas, au creux de la descente, dans la courbe vers le passage à niveau de la ligne Quimper-Brest. Il n'a même pas vu la tête du passager ni le numéro du véhicule. Et comment savoir vers où il va se diriger ? Les possibilités sont nombreuses, les petites routes de contournement ne manquent pas dans le secteur ! Il reste encore dix secondes à son volant, le temps que cesse le tremblement de ses mains, tandis que la galette et la crêpe qu'il vient de manger décident sagement de rester là où elles sont. Puis il sort du véhicule. Aucun airbag ne s'est déclenché, le bruit a sans doute amplifié sa perception de la violence de la sortie de route. Un pneu crevé, des éraflures sur la carrosserie, c'est un moindre mal. Il espère que les services vont retrouver les balles, au moins celle du pneu. En examinant la voiture de plus près, il aperçoit aussi des impacts sur la calandre de la Peugeot et se dit que le tireur n'a pas visé le pare-brise, qu'il ne cherchait pas à le tuer, mais voulait seulement le neutraliser, et que dans son malheur il a eu de la chance, car que lui serait-il arrivé quelques secondes plus tard s'il était entré dans le jardin en leur bloquant le passage ? Il pense alors violemment à Luc, pris d'un soudain sentiment de culpabilité, et aux injustices du hasard, qui font de lui un survivant là où Luc... Il s'assied un court instant et inspire fortement. Puis il sort enfin son téléphone et appelle la boîte, c'est le plus urgent. Après avoir balisé l'emplacement de sa voiture, il se dirige ensuite vers la maison, il n'a rien de mieux à faire, il est venu pour ça. Pendant ce temps, les renforts et les services techniques s'organisent, l'alerte départementale est donnée, les premiers barrages sur les grandes routes seront très vite en place et les gendarmes du secteur vont arriver. Il espère que l'on va réussir à mettre la main sur des types qui tirent sans sommation sur une voiture de police. Quand il atteint l'entrée de l'allée, il voit qu'il sera facile de retrouver les douilles. Pendant qu'il s'en approchait, plusieurs voitures et camions sont passés en ralentissant ; cette route est un important axe routier nord-sud, qui amène soit sur la voie express Rennes-Brest, soit vers Roscoff et son port de ferries, qui assurent les liaisons vers la Grande-Bretagne ou l'Irlande. Il a réussi à arrêter quelques véhicules qui viennent de cette direction et il obtient un renseignement précieux : le conducteur a croisé un 4x4 comme le sien qui roulait à vive allure dix minutes avant sur la 764, au niveau de Commana. Enor transmet aussitôt cette information, car quelques kilomètres plus loin, le grand rond-point des Antennes offre trois grandes orientations : vers Morlaix au nord, Quimper au sud ou même Lorient par le centre. Il n'est pas étonné de trouver la porte de la maison ouverte, les scellés brisés ; les pièces ont été fouillées méthodiquement, elles ne sont pas dans le désordre classique qui donne l'impression qu'un cyclone est passé par là. Non, quelques tiroirs restés ouverts, des objets ou des meubles déplacés sont les seuls indices qui prouvent le passage des deux hommes. Du moins jusqu'à ce qu'il entre dans la pièce où se trouvent les CD. Il ne fait guère de doute que les visiteurs cherchent la même chose que lui : la plupart des disques gisent au sol, au milieu des boîtiers ouverts ou cassés. Dans toutes les pièces, tous les cadres décoratifs aux murs ont été démontés, et il repère même des zones où le plancher a été attaqué, peut-être à la suite de sondages qui pouvaient donner l'impression qu'il y avait une cache en dessous. Il en tire une consolation, c'est qu'ils n'auront rien découvert car ses hommes sont passés avant, et une information, c'est qu'il y a quelque part quelque chose à trouver. Ce qui le ramène à son problème. À côté de quoi sont-ils passés ? Il ressent fortement un appel. Mais vers quoi ? Est-ce qu'il brûle ? Une voiture de gendarmerie qui entre dans le jardin interrompt malheureusement ses réflexions. Il sort au-devant des gendarmes, qui lui expliquent qu'un autre véhicule s'est positionné derrière le sien en attendant les techniciens. Ceux-ci arrivent dix minutes plus tard, Claude Guitton en tête. Après une brève discussion entre Enor et lui, leur déploiement est très rapide, aux trois endroits stratégiques, la voiture d'Enor, l'entrée de l'allée et l'intérieur de la maison. Inutile d'espérer y pénétrer de nouveau dans les heures qui suivent. Pendant ce temps, les nouvelles ne sont pas bonnes : malgré les premiers barrages mis en place, le 4x4 recherché, X3 ou X5, n'a pas été intercepté. Les policiers et gendarmes ont reçu de strictes consignes de prudence, les hommes en fuite sont considérés comme très dangereux, et les forces de l'ordre, armées et sur le qui-vive, provoquent quelques frayeurs aux conducteurs contrôlés à bord de ce type de véhicule. Sans succès, hélas, car le temps qui passe amenuise au fil des minutes les chances d'appréhender les deux individus. Malgré la vitesse d'intervention des gendarmes, ils ont pu passer à travers les mailles du filet. Il est également possible qu'ils aient tout simplement une planque dans la région. Françoise surgit peu après et se gare dans le jardin malgré les techniciens qui recherchent les douilles à l'entrée. Mais son passage ne gêne pas. Elle sort de sa voiture et serre Enor dans ses bras. Celui-ci, gêné, lui dit :

— Ça va, je n'ai rien, même pas une égratignure.

Elle recule d'un pas, en souriant légèrement.

— Et heureusement encore ! N'oublie pas que tu as accepté d'être témoin à mon mariage. Tu n'as pas le droit de trouver une bonne excuse pour te défiler !

Une façon d'exprimer son émotion.

— Oui, ne t'inquiète pas, ils n'ont pas vraiment cherché à me tuer, ils auraient pu facilement le faire. C'étaient des professionnels, j'en suis sûr. Il existe un proverbe coréen qui dit « le chiot d'un jour ne craint pas le tigre », j'ai agi comme un chiot, avec mon gyrophare. Il aurait été plus intelligent de passer devant eux en relevant le numéro de leur voiture et d'essayer d'en "photographier" discrètement un.

Françoise secoue négativement la tête.

— Ça, c'est ce qu'on se dit après coup, mais peut-être que si tu avais tenté cette manœuvre, tu ne serais plus là pour le dire, ta photo a été dans le journal, ils auraient compris.

— Possible. Allez, rentrons, on n'a plus rien à faire ici pour le moment.

Il salue Claude, qu'il aperçoit derrière une fenêtre, avec le bras, puis tous les deux rentrent à Brest.

XLII

Soirée du jeudi 27 mars 2014

Lorsqu'ils se retrouvent en salle de réunion, les yeux des présents n'ont pas fui la chaise vide, celle de Luc. Enor sait très bien ce que tout le monde pense : il s'en est fallu de peu qu'il y en ait une deuxième mais il ne partage pas vraiment cette pensée. C'est vrai que dans l'action, il aurait pu être tué, ou blessé grièvement. Mais ces hommes voulaient seulement l'immobiliser, c'est tout, l'absence d'impacts sur le pare-brise le prouve. En revanche, il est persuadé qu'ils ne se laisseront pas prendre sans riposter, d'où la dangerosité de la traque routière, qui n'a toujours rien donné. Les barrages seront maintenus toute la nuit, et les contrôles vont se poursuivre quelques jours, mais c'est plus pour les fixer s'ils sont terrés quelque part que dans l'espoir de les coincer. Où qu'ils soient, ils vont faire le mort, à moins qu'ils n'aient un autre véhicule, auquel cas ils peuvent être déjà loin. Il a appelé Mariannig quelques instants plus tôt. Elle a réagi calmement à ses explications, juste attachée à quelques précisions, sans émotion excessive. Elle n'ignore pas qu'après la mort de Luc il serait déséquilibré de se lamenter alors qu'il n'est même pas blessé. Il lui en est reconnaissant mais il se dit que cette réaction est construite et qu'elle marque de sa part une préparation mentale pour faire face à ce type d'événement. Dès le début de la réunion, il apparaît clairement qu'il n'y a pas besoin de s'étendre longuement sur la compréhension des faits de l'après-midi à Hanvec. Tout le monde partage le même avis : les deux hommes sont venus chercher des documents informatiques qui permettraient certainement à la police d'établir l'existence d'un réseau pédophile dans le département. Les ont-ils trouvés ? Denis, qui a participé à la première fouille, en doute et pense qu'ils sont venus par acquit de conscience, s'ils en ont une. Faire un dernier nettoyage si nécessaire avant de couper les ponts. En réponse à Denis, Françoise analyse leur venue selon une optique qui ne manque pas de logique :

— Je crois qu'ils pensaient que nous n'avions rien non plus, parce que les documents en question, s'ils existent, devaient être suffisamment clairs pour permettre un coup de filet. Et comme rien ne s'est passé, ils ont pu se dire que cela valait le coup de tenter l'opération, pour en avoir le cœur net.

Enor s'interroge encore sur ce que lui-même était venu faire, espérer qu'en allant sur les lieux le détail qui le travaillait lui sauterait aux yeux. Peine perdue après ce qui lui était arrivé. L'identité de ces hommes est inconnue, mais Aela émet une hypothèse :

— Est-ce que l'un des deux ne pourrait pas être notre quatrième homme de la brasserie ? Même si vous ne les avez pas bien vus, Patron, des types qui tirent à vue, comme ça, correspondent bien à un profil de mafieux des anciens pays de l'Est, non ?

— Oui, c'est vrai, mais de nos jours ils n'ont plus l'exclusivité de ce genre de violence qui monte instantanément à l'extrême.

Peyret intervient :

— Un argument plaide malgré tout en faveur des mafieux. Les informations que j'ai eues tout à l'heure de Claude Guitton indiquent que les douilles retrouvées ainsi que les balles dans votre calandre sont du 9 mm Parabellum. Les armes candidates ne manquent pas, mais étant donné le nombre d'impacts en si peu de temps, il pourrait s'agir d'un Uzi. (Il se tourne vers Enor.) Et du peu que vous avez eu le temps d'apercevoir, cela ne m'étonnerait pas que ce soit un modèle Mini ou Micro. Le tireur a dû vider les vingt balles du chargeur. Or l'Uzi est l'une des armes habituelles et favorites des tueurs des pays de l'Est. Nos voyous à nous s'équipent plutôt de kalachnikov, qui n'ont pas le même calibre.

Guylaine Essart fait une petite moue.

— Ne nous emballons pas quand même, vous avez probablement raison, mais tant qu'on n'aura pas mis la main sur ces hommes...

— Oui, dit Enor, revenons plutôt à notre troisième victime. Que donnent les premiers éléments de l'enquête ?

Ronan parle le premier :

— Comme vous pouvez le voir sur mes tableaux, aucun nom déjà vu dans les autres affaires n'apparaît dans les listes de membres du bagad ou dans celles du centre aéré de Bellevue et de l'association gérante. Nous n'avons toujours aucun croisement.

— Résultats également négatifs pour les photos, poursuit Denis, d'abord rue Robespierre, près de la mairie annexe. Il y a un bar et une laverie juste en face mais on n'a rien obtenu. Même échec auprès des proches des deux premières victimes. Il manque encore le témoignage de la famille de Grandin, à Fouesnant, et celle du frère de Le Bihan, mais il est peu probable qu'il en sorte quelque chose. Quant à Le Ny et Le Bihan, rien non plus du côté d'Enfance et Forêt ni au centre aéré. Les répétitions du bagad ont lieu le vendredi à 20 h 30 et le samedi après-midi. Je me suis renseigné, la répétition est annulée, mais un hommage sera rendu à la victime et il est demandé à tout le monde d'être présent, je propose d'y aller.

— D'accord. La famille ?

— Il était fils unique, et célibataire, reprend Ronan, ses parents étaient abattus, mais ils nous ont laissés fouiller sa chambre et voir deux ou trois cartons dans le garage. Malheureusement, nous n'avons rien trouvé qui semble intéressant.

— Pierre-Marie Le Bihan, au fait ? Il a été prévenu de l'intrusion dans la maison de son frère ?

— Oui, je l'ai fait, dit Aela.

Françoise intervient :

— J'ai l'impression que notre troisième victime n'a rien à voir avec les deux premières. Il y a une importante différence de génération, et même d'implication dans la vie sociale ou culturelle, manifestement.

Enor voudrait bien être optimiste, mais il a beau se convaincre des progrès réalisés, l'enquête se diversifie et il ne voit toujours pas la ligne d'arrivée. Avant de se quitter, à la demande du capitaine Ganne, satisfait de sa conférence de presse du matin, ils discutent un court instant de la manière de concilier aux yeux des journalistes les incidents du jour à Hanvec avec la recherche d'un tueur solitaire. Ils décident de ne parler que d'une simple tentative de cambriolage, une occasion rêvée pour des individus qui savaient la maison vide. Rentré chez lui, c'est autour d'un gratin de macaronis au jambon qu'Enor essaie de rassurer ses deux amours sur la réelle intention de ses agresseurs. Il ne peut évidemment leur en expliquer les raisons en détail, mais en comprenant qu'il n'a pas eu affaire au tueur de Luc, Alexine semble soulagée. De là à s'imaginer qu'il n'y a pas de raison de s'inquiéter, toutes les deux, même si Mariannig reste plus sereine, pensent qu'il ne faut pas exagérer ! Il y a quinze ou vingt bonnes raisons de s'alarmer, c'est le nombre de balles tirées sur lui ! Alexine, plus angoissée, lui rappelle que trois jours plus tôt il lui avait assuré que dans la Criminelle les agressions ou les meurtres de policier étaient exceptionnels. Or cela faisait deux fois dans la même semaine, dans la même équipe, pour la même enquête et de deux tueurs différents ! Bref, les statistiques explosaient ! Elle lui demande pour finir :

— Tu ne pourrais pas accepter de monter en grade ? Ce n'est pas à ton divisionnaire que cela serait arrivé ! Au moins, tu serais dans un bureau ou en réunion. Et les balles ne siffleraient pas à tes oreilles.

Il lui sourit :

— Pas les mêmes balles, non. Mais celles qui circulent dès que l'on approche de la haute hiérarchie sont tout aussi destructrices pour le cerveau. Et comme je n'ai pas l'intention d'intégrer l'une des meutes qui fonctionne en réseau, la place que j'occupe me permet de rester le loup solitaire sur son petit territoire, sans avoir une cible accrochée dans le dos. La lutte pour le pouvoir ne m'intéresse pas.

— Ouais, n'empêche, il me semblait que ton ancien patron a bien réussi à tirer son épingle du jeu sans faire trop de compromissions.

Mariannig éclate de rire, ce qui fait du bien à tout le monde, et lui dit :

— Ah ! C'est vrai. Qu'est-ce que tu as à répondre à cela ?

Il secoue la tête en faisant une petite grimace et dit à sa fille :

— Un point pour toi ! Le Rouzic est une exception.

— Mais toi aussi !

— Peut-être, mais attention, sache que François Le Rouzic n'a jamais été isolé, il a su se forger des liens solides sans jamais ne rien devoir qui l'aurait mis en position d'obligé. C'est un esprit totalement indépendant, mais qui s'est habilement construit quelques paratonnerres. Et il a toujours des amis puissants dans la police. Je ne suis pas aussi doué que lui pour ça.

Un peu plus tard, quand Enor et Mariannig se retrouvent seuls dans le salon, elle dit à Enor :

— Alexine n'a pas osé t'en parler, mais elle veut assister à la cérémonie de demain matin. Je l'ai autorisée à m'accompagner, je crois qu'elle a besoin de concret.

Sans savoir pourquoi, cela lui fait plaisir.

XLIII

Vendredi 28 mars 2014 – 13 h 30

Enor et son équipe se retrouvent place de la Liberté au « Nashville's Café ». Le décor est garanti made in USA tel qu'on l'imagine : des néons de toutes les couleurs, de vieilles publicités et des reproductions d'affiches de concert de chanteurs de country ou de rock'n'roll de l'époque, des plaques émaillées de toutes sortes, un écran dans un coin qui diffuse des spectacles. En ce moment, c'est un extrait d'un vieux film en noir et blanc montrant Roy Rogers qui entre dans un saloon à cheval puis se lance dans une version sirupeuse de *Don't fence me in*, quelques flippers et un juke-box à l'entrée, bref toute la panoplie de l'univers des fast-foods familiaux américains. Il ne peut s'empêcher de penser à son père qui, dans quelques semaines, devrait fréquenter ce même genre de lieux au cours de son périple américain. C'est Ronan qui les a entraînés là. À la fin de la cérémonie, ils ont décidé, presque comme une évidence, de se retrouver pour le déjeuner. Mais pour conjurer le risque d'une ambiance trop morose, Ronan a suggéré cet endroit. Enor reconnaît qu'en matière d'ambiance, c'est réussi ! On ne peut faire plus animé !

L'hommage public à Luc s'est déroulé devant des dizaines de policiers en uniforme venus de toute la France, les funérailles privées ayant lieu plus tard dans l'intimité familiale à Beauvais. L'État a fait le service maximum. Après un mot du père de Luc rappelant d'une voix déchirée la volonté de son fils d'entrer dans la police dès son plus jeune âge et décrivant sa fierté lorsqu'il y avait réussi, les mots de Caroline, entrecoupés de larmes et de sanglots, émurent toute l'assistance. Soutenue par ses parents, c'est avec simplicité qu'elle fit revivre nombre d'anecdotes. Enor avait ensuite un peu décroché lors des discours officiels, plus convenus, mais pas moins nécessaires par leur importance symbolique. Le directeur général de la police nationale, après un discours égrenant les pertes pour décès dans l'exercice de leur fonction des membres des forces de police dans l'année écoulée, rendit un hommage appuyé au courage de Luc avant de lui attribuer la médaille d'honneur de la police nationale et de le nommer commandant à titre posthume. Puis ce fut le tour du préfet de région, dont l'intervention tourna autour du dévouement des agents au service de l'intérêt public, allant parfois, pour les forces de sécurité et de protection, jusqu'au sacrifice suprême. Il décerna à Luc, au nom de l'état reconnaissant, la médaille d'or pour acte de courage. Il revint au ministre de clore ce chapitre, dans un long discours relatant les faits, exprimant des condoléances à la famille et aux proches, assurant de son soutien et de celui du président de la République à tous les policiers blessés dans leur âme par cette mort odieuse et tragique avant de retracer la biographie de Luc et de s'incliner devant sa mémoire en lui remettant à titre posthume l'insigne de Chevalier de la Légion d'honneur avec citation à l'Ordre de la Nation. Aucun n'oublia d'affirmer à sa façon la certitude qu'il avait que l'équipe chargée de l'enquête arrêterait rapidement l'assassin de Luc, pour que la justice le traduise devant les tribunaux et qu'il reçoive le châtiment qu'il méritait. Ils n'insistèrent pas sur les trois autres victimes, informés de la direction délicate que prenait l'enquête. L'entretien particulier qu'eurent ensuite Christian Peyret, Guylaine Essart et Enor, en présence du directeur interrégional de la police judiciaire, le contrôleur général Michel Benedek et du procureur général de la cour d'appel de Rennes, Jean-Étienne du Castel, avec le DGPN et le ministre, qui, comme Enor l'avait fait auparavant, prirent le temps de discuter avec la famille sitôt la cérémonie achevée, fut un peu moins conformiste, leur certitude et leur confiance ayant manifestement baissé d'un cran après avoir quitté l'estrade. Ils étaient trois d'un côté de la table, Peyret au centre, quatre en face. « Cherchez l'erreur, se dit Enor, heureux qu'il n'y ait pas en plus des adjoints ou des membres des cabinets. » Avec le concours actif de ses deux camarades, à sa relative surprise en ce qui concernait Peyret, Enor leur fit un résumé complet de l'enquête et de ses perspectives. Plus la discussion avança, plus Enor repensait à la conversation prémonitoire de la veille avec Alexine, à la différence que les fusils de la hiérarchie policière visaient plutôt son divisionnaire. Il l'appuya donc sans hésiter à plusieurs reprises. Dans le même bateau, Enor, chef du groupe d'enquêteurs, assumait solidairement la responsabilité de toutes les décisions prises. Le point le plus délicat fut évidemment le soupçon de pédophilie associé à la position sociale des trois victimes, du moins des deux premières. Dans l'imaginaire de ces hauts responsables, cette conjecture était statistiquement plus fondée chez un directeur de centre aéré. Enor s'aperçut que la moins "hors-sol" des quatre personnes qu'ils avaient devant eux était le ministre, qui paraissait étrangement plus au fait de la réalité du terrain. Il est vrai que contrairement aux autres il avait une longue expérience d'élu local derrière lui. Il fut d'ailleurs le seul à les encourager sincèrement. Avant de rejoindre son équipe au Nashville's Café, le premier geste d'Enor après avoir quitté les officiels est de retourner dans son bureau enlever son uniforme et repasser des vêtements civils. Le repas, d'une honnête qualité pour le prix, se déroule dans une ambiance faussement enjouée, les conversations se dispersant sur un tas de sujets dont l'intérêt, en dehors de faire qu'ils se sentent bien ensemble, est d'éviter les temps morts. De ce point de vue,

Ronan n'avait peut-être pas tort. Avant de sortir, pendant qu'ils enfilent leurs manteaux, Enor jette un dernier coup d'œil à l'écran du fond. Les Spotniks, dans leur tenue futuriste d'astronautes du début des années soixante, chantent une version intéressante de *My Bonnie* qu'Enor ne connaissait pas. Quelques mètres plus loin, dans le grand hall d'entrée, Denis fait soudain une remarque anodine en montrant du doigt le juke-box :

— C'est un vrai vieux, ce Wurlitzer. On voit tous les 45 tours, un objet de collection ; celui de Le Bihan était avec des CD.

Enor, qui s'apprêtait à ouvrir la porte extérieure, se fige brutalement, si bien qu'Aela, qui le suit, lui heurte le dos.

— Excusez-moi, Patron.

— Non, c'est moi.

Il les regarde tous, immobile, les empêchant de sortir.

— Ça y est ! J'ai trouvé ce qui me tracassait à propos de la maison de Hanvec ! Denis, tu vas immédiatement demander aux brigadiers qui ont opéré le contrôle des CD s'ils ont pensé à vérifier ceux du juke-box.

Il essaie de se souvenir visuellement de la pièce après la fuite des deux tireurs. Sa mémoire lui renvoie l'image d'un juke-box intact. Mais il n'est pas totalement sûr de ce souvenir. Il se retourne vers la sortie et aperçoit de l'autre côté de la porte un couple attendant sagement qu'il veuille bien se décider. Trente minutes plus tard, alors qu'ils sont rentrés à la boîte, la réponse leur parvient : non, ils n'ont pas ouvert le juke-box. D'ailleurs, ils n'auraient pas su comment faire.

— On y retourne, décide immédiatement Enor, et espérons que mes agresseurs n'y aient pas pensé non plus. Denis, tu m'accompagnes. Françoise, tu appelles Claude Guitton et tu lui demandes d'envoyer quelqu'un qui sait ouvrir ces appareils. Allez, on y va.

Il est seize heures lorsqu'ils arrivent à Hanvec. Le technicien, Bernard Jagu, se présente un quart d'heure plus tard, avec une sacoche à outils, l'impatience d'Enor est à son comble. Quand ils entrent dans la salle de jeux, son souvenir se confirme : le juke-box est intact. Il ne faut que quelques minutes à Jagu pour démonter le panneau arrière et avoir accès au panier, il ne reste plus qu'à cueillir les CD et à les examiner un par un. Bingo ! Un CD n'en est pas un. C'est un DVD+RW. Réenregistrable. Pour un peu, il embrasserait Denis. Ils vérifient qu'il n'y en a pas un deuxième, ce serait trop bête de passer à côté. Mais ce n'est pas le cas.

— Il occupait certainement une place neutralisée sur le listing qui figure en façade, précise Bernard Jagu, de façon qu'il ne puisse être programmé par erreur.

— Oui, répond Enor, c'était une assez bonne cache, c'est vrai, sans être géniale non plus. On aurait dû y penser plus tôt.

C'est pour lui, le mot de la fin, il est temps de rentrer à Brest. Il attend malgré tout que Jagu soit parti avec son précieux trophée pour reprendre la route avec Denis. Le technicien lui a promis qu'il allait se mettre sur le DVD sitôt rentré et l'informerait des premiers éléments. L'équipe se retrouve rapidement en fin d'après-midi. Enor constate qu'on a enfin changé le néon qui clignotait, il y a donc encore des crédits pour cela. Tout le monde se retrouve suspendu aux résultats des premières analyses du DVD même s'il est peu probable que cela les amène à Pluton. Non, il s'agit là d'une autre affaire, liée aux activités des deux premières victimes. Les tireurs de la veille n'ont pas de rapport avec les meurtres, ce sont plutôt des "nettoyeurs". Aela suggère d'ailleurs que si le troisième homme est une victime potentielle de Pluton, il se pourrait qu'il le soit aussi de ces gens-là. Pas de témoin, pas de traces. C'est pourquoi tous espèrent que le DVD leur permette de remonter enfin la piste du « H » qui pourrait désigner quelque chose comme un quartier général. Peyret leur rappelle toutefois que cet aspect de l'enquête concerne dorénavant plus les Mœurs et l'Office pour la répression des violences aux personnes, sauf pour la partie liée à l'identification du troisième homme. Ronan les informe ensuite que l'examen de la voiture de Guerriec n'a rien donné de particulier. Quelques empreintes, souvent incomplètes, des cheveux ou des rognures d'ongles, bref les indices habituels, mais là encore personne n'en attend qu'ils désignent Pluton. Il termine par l'analyse des appels téléphoniques de la victime.

— Nous n'avons pas relevé d'appels en direction ou en provenance des portables de Le Ny et Le Bihan.

Oui, Enor avait déjà pensé à ce problème de communication. Pluton avait fait disparaître leurs ordinateurs personnels, mais l'avocat et le journaliste faisaient manifestement preuve de prudence dans leurs contacts. Pas de mails sur leurs ordinateurs professionnels, pas d'appels téléphoniques. Il est difficile de croire que les rencontres à la brasserie suffisaient à leurs petites affaires, ils avaient forcément un autre canal.

— J'appellerai demain matin un de nos investigateurs en cybercriminalité, dit Enor, il pourra peut-être nous éclairer là-dessus.

— Oui, ou peut-être que se voir à Hanvec suffisait, suggère Denis.

Enor s'apprête à répondre quand son téléphone sonne.

— Berigman, j'écoute.

— Bernard Jagu.

— Ah, attendez, je mets le haut-parleur, nous sommes en réunion.

Il lui énonce les noms des présents.

— OK. Vous m'entendez, là ?

— Oui, c'est parfait. Allez-y, vous avez progressé ?

— Oui. Le DVD a été compressé pour augmenter sa mémoire et présente plusieurs menus différents. Le contenu général ne fait aucun doute, nous sommes en présence d'un gigantesque réseau pédophile. Je passe sur les films et photos que je dirais actives, tous les adultes que j'ai vus sont masqués et non reconnaissables. C'est sans doute comme ça pour toute cette partie, mais je ne l'ai pas visionnée en totalité. Le deuxième menu contient des milliers et des milliers de photos d'enfants seuls, une espèce de gigantesque galerie de portraits, très peu ont un type européen. Jusque-là pas de problème, le DVD se lit très bien.

— Mais ?

Ils entendent un petit raclement de gorge.

— Le troisième menu est codé. C'est certainement une liste de noms et des moyens de les contacter, mais elle est incompréhensible. Il va falloir casser ce code et ça peut prendre beaucoup de temps, on va avoir besoin de vrais spécialistes, j'ai appelé Rennes, nous n'aurons personne avant lundi.

Guylaine Essart prend la parole :

— Nous avons certainement les éléments pour ouvrir une information judiciaire, je pourrais désigner un juge d'instruction dès demain, qu'en pensez-vous ?

— Cela me semble nécessaire, en effet, Madame la procureure. Je propose de venir vous déposer cette pièce à conviction à votre bureau dès aujourd'hui, si vous le voulez bien. Le ou les spécialistes pourront se mettre au travail dès leur arrivée. Moi, je m'arrête là pour le moment.

— D'accord, disons dans trois quarts d'heure, ça vous va ?

— Parfait.

— Autre chose ? demande Enor.

— Oui, les lettres. En introduction au DVD, en bas de l'image, il y a les lettres en majuscules d'imprimerie « *KPH* ». C'est peut-être le code du destinataire, ou autre chose mais elles ont forcément un sens.

— Oui, approuve Enor, qui se dit que dans ces trois lettres il y a un « H ».

Il lit dans les yeux de ses collègues qu'il n'est pas le seul à avoir cette pensée.

— Monsieur Jagu, c'est Françoise qui parle, quelle est votre impression concernant votre deuxième menu ? Cette galerie de photos ?

Il répond après trois petites secondes :

— Je crois hélas qu'il n'y a guère le moindre doute, il s'agit bien d'un menu, en un certain sens. Nous avons là un gigantesque supermarché où ces crapules vont faire leurs courses. Sous chaque photo d'enfant, il y a un code d'identification, il n'y a plus qu'à commander parmi celles qui ne sont pas barrées. Dieu seul sait ce que sont devenus les autres.

Les regards meurtris qu'ils échangent lorsque la communication est interrompue en trahissent plus sur leur sentiment que les paroles de dégoût qu'ils auraient pu prononcer. Enor rompt le silence :

— Quelque part dans le Finistère, il y a une maison qui sert de bordel pour pédophiles grâce à un catalogue, c'est de cela qu'il s'agit. Dès que possible, il faudra transmettre des copies de ce DVD à nos collègues, mais aussi à Interpol et comparer les photos avec celles d'enfants signalés disparus dans le monde entier. Un travail colossal. Parmi les pédophiles se trouvent nos deux premières victimes, sans doute les propriétaires de cette maison avec le troisième homme. Pluton leur a déclaré la guerre pour des raisons personnelles, mais il ne doit pas connaître cette cache et l'importance du trafic qu'elle recèle. À nous de la trouver.

— Je pense qu'il y a urgence, dit Aela, car les hommes qui vous ont tiré dessus y sont peut-être réfugiés et, à l'heure qu'il est, sont probablement en train de faire disparaître les indices avant de s'évanouir dans la nature.

— Mais, suggère Denis, on pourrait peut-être maintenir les contrôles routiers pendant quelques jours encore pour les empêcher de bouger ?

Peyret fait une grimace.

— Cela ne dépend pas de moi. (Il regarde la procureure.) Mais avec votre aide, Madame, je peux essayer de convaincre les autorités. Vous devinez les objections, manque d'effectifs, et puis à quoi bon, ils sont déjà passés à travers les mailles, j'en passe…

— En tout cas, on a l'explication des virements bancaires vers le Luxembourg, ils servent certainement à payer pour ces enfants.

— Parfaitement, Aela surenchérit sur Ronan qui vient de parler, et la maison est à l'évidence le siège de la mystérieuse SCI que nous recherchons.

— Que nos collègues des Mœurs vont rechercher, rectifie Peyret.

— Oui, mais nous sommes les mieux placés pour en découvrir l'adresse, corrige à son tour Enor, il faut absolument mettre la main sur le troisième homme.

— Demandons la republication du portrait-robot, dit Françoise.

Guylaine Essart abonde dans le même sens pendant que le porte-parole prend des notes. L'accord est général mais Aela fait la remarque à laquelle tout le monde pense :

— Comptons sur des proches, car on sait maintenant que cet homme ne viendra pas se livrer, même pour sauver sa vie. S'il n'est pas idiot, il est déjà loin.

Enor regarde sa montre, il n'est que dix-neuf heures, ils vont pouvoir rentrer un peu plus tôt, la journée a été suffisamment éprouvante comme ça.

— Bon, je propose qu'on arrête là pour aujourd'hui. Demain matin, vous vous concentrez sur Guerriec et son entourage. D'une façon ou d'une autre, Pluton en fait ou en a fait partie. (Il regarde Denis.) Passe une bonne soirée avec le bagad.

— Oh, ne vous en faites pas, Patron, je ne vais pas m'incruster plus longtemps que nécessaire.

— D'accord, allez, bonne soirée à tous.

Quelques dizaines de minutes plus tard, il arrive à Toulbroc'h, accompagné de la voix somptueuse de Félix Leclerc. *Notre sentier* lui donnant toujours autant la chair de poule, il se secoue un peu en sortant de la voiture.

XLIV

Matinée du samedi 29 mars 2014

C'est un Enor revigoré par la douceur et la luminosité de la journée qui s'annonce qui arrive à son bureau en ce samedi matin. Il comprend mieux, après la mauvaise nuit qu'il vient de passer, peuplée de cauchemars épouvantables mêlant la légende de la "Mégnéye Hennequin" de la Lorraine natale de son père aux gémissements sans fin d'enfants maudits, ceux qui sont sujets aux angoisses nocturnes et qui disent guetter la lumière du jour comme une délivrance.

Son premier geste est de contacter l'ICC, l'investigateur en cybercriminalité. Il se nomme Camille Madec, lieutenant, mais ne le connaît pas. Lorsque l'on décroche, il a la surprise d'entendre une voix féminine. Camille est une femme. Cela lui fait penser à son erreur à propos de Dominique Fontenoy que doit épouser Françoise. Il explique sa demande au lieutenant Madec. Les collègues lui ont déjà parlé du DVD et de l'ordinateur de Gaël Guerriec qu'elle sera amenée à étudier avec le technicien chargé de cette opération.

— Si je comprends bien, vous n'avez pas mis la main sur les ordinateurs personnels de vos deux premières victimes ? Mais le DVD prouve l'existence d'un réseau structuré ?

— Oui, c'est cela.

— Alors, sous réserve de retrouver ces portables, je dirais que vos hommes passaient probablement par le "deep web" en utilisant le logiciel libre "TOR". Cela leur garantissait l'anonymat.

— Et en javanais, ça veut dire quoi ?

— Pour faire simple, le logiciel TOR, The Onion Router, grâce au protocole de contrôle de transmission TCP, permet de préserver l'anonymat des utilisateurs par un système cryptographique aléatoire qui se perd dans une chaîne de nœuds de multiples PC hôtes. Ces derniers empêchent de retrouver l'adresse IP de l'ordinateur émetteur d'origine. L'avantage est de n'être référencé sur aucun moteur de recherche. On est aussi difficile à tracer que le boson de Higgs pour les physiciens. Les utilisateurs échappent aussi bien à la police qu'à la NSA, malgré les tentatives d'infiltration de cette dernière. Seules des analyses indirectes de quelques indices horaires de flux de connexions entre deux individus permettent parfois de soupçonner un lien, et encore. À partir de là, tous les trafics sont concevables, souvent payés en bitcoins, la monnaie virtuelle et anonyme elle aussi. Cela dit, nombre d'activités sur le deep web ne sont pas illégales, les concepteurs de TOR manifestaient simplement au départ le refus d'être espionnés dans leur vie quotidienne. C'est aussi très pratique pour des journalistes ou des opposants dans une dictature.

Enor prend le temps d'absorber ce qu'il vient d'entendre.

— Le Bihan était journaliste, il devait connaître cet outil.

— C'est probable, mais je ne vois pas en quoi un journaliste sportif à Brest en aurait eu besoin.

— Oui, pas en tant que journaliste, mais les réseaux pédophiles utilisent ce système ?

— Oui. On en a démantelé quand même quelques-uns ; ces réseaux sont internationaux et les services d'enquêtes cybercriminelles doivent coopérer dans plusieurs pays simultanément s'ils veulent des résultats. Évidemment, vos types pouvaient utiliser d'autres systèmes, comme le "TAILS", The Amnesic Incognito Live System. Mais nous ne pouvons pas le savoir.

— Bon, je vois un peu mieux le tableau. Mais ça ne peut guère nous aider pour le moment.

— N'empêche que vous avez recueilli des pièces précieuses.

— Je souhaite que vous ayez raison. Bien, merci beaucoup de vos informations.

« Peyret a raison, se dit-il en raccrochant, cette partie de l'enquête n'est plus de leur ressort. » Elle ne les rapproche pas de Pluton. Denis apparaît quelques minutes plus tard, suivi de près par Françoise.

— Bonjour, Patron.

— Alors, le bagad ?

— Hélas, rien à signaler, personne n'a reconnu Richard Le Ny ou Pierre-Yves Le Bihan ou n'a souvenir d'un différend avec Guerriec, que chacun s'accorde à décrire comme assez distant, mais excellent musicien.

— Pourtant Pluton est ou a été dans son entourage à un moment donné, c'est pratiquement sûr, mais peut-être pas au bagad. Je demanderai à Ronan de faire des recherches plus lointaines sur ce groupe. On bute toujours sur le même mur, il serait temps de parvenir à le franchir. Comment Pluton sait-il que ses victimes sont des pédophiles ?

— Mais oui, bien sûr ! s'exclame Françoise, Pluton fait disparaître les deux premiers ordinateurs, puis nous laisse celui de Guerriec. C'est comme ça qu'il sait, il est bon en informatique et a accès aux portables personnels de ses victimes ! Il savait ce qu'ils contenaient ! Et qui a ses entrées dans un système informatique de presse ou d'avocats ? Un professionnel de la maintenance et des réseaux.

— Hum, Enor est sceptique, c'est une idée, mais comme tu viens de le dire, il s'agissait de leur ordinateur personnel, et Guerriec ?

— Peut-être par le biais du centre aéré.

Il hausse les épaules, toujours un peu perplexe.

— D'accord, ça vaut le coup de vérifier. Si Ronan a bien fait son travail, on a peut-être les noms sur les panneaux de la salle de réunion, allons voir.

— Ben, tempère Denis dans le couloir, c'est bien là le problème, il n'y a pas de nom en doublon sur les panneaux.

Dans la salle, l'enthousiasme de Françoise déjà refroidi par la dernière remarque pertinente de Denis chute encore plus bas quand ils lisent deux noms de société de maintenance différents : la société R3I, Réseau informatique ingénierie Iroise pour le cabinet d'avocats, dirigée par un certain Robert Vlaminck, et la société REMIE, Réseau et maintenance informatique d'entreprises, dont le directeur général se nomme David Courson.

— Merde, ça aurait été trop beau. Je me rappelle en effet qu'il y avait un technicien au cabinet d'avocats quand nous étions allés voir maître Bonneau, trouve tout juste à dire Françoise.

— Eh bien, qu'est-ce qui justifie cette grossièreté ? demande Aela d'une voix ironique en entrant dans la pièce.

Lorsqu'elle est mise au courant, elle a une réflexion de bon sens :

— On pourrait peut-être se renseigner pour voir si un employé n'a pas quitté une société pour l'autre ?

— Exact, dit Enor, Denis, tu te renseignes ?

— Tout de suite, Patron.

— Sinon, reprend Aela, la présence de Lastenet sur les bords de la Méditerranée est confirmée. Nos collègues de Nice ont recoupé hier après-midi différents témoignages, dont celui des Tavernier. Pour eux, c'est clair, tout concorde, on peut définitivement abandonner cette piste.

— *Dont acte*, on classe ce dossier, dit Enor qui s'aperçoit qu'il vient de clore deux aspects de l'enquête en moins d'une demi-heure. Du moins le croit-il, car environ une heure plus tard, il reçoit un appel du commissariat central qui lui glace le sang.

— Commissaire ? Ici le brigadier Christophe Thévenet. Je vous informe qu'Éric Lastenet a été volontairement renversé par une voiture vers neuf heures ce matin. Il est malheureusement décédé dans l'ambulance qui l'emmenait à la Cavale Blanche sans avoir repris connaissance.

— Volontairement ?

— Oui, un témoin a vu par sa fenêtre une Mercedes gris métallisé faire un écart et lui foncer dessus alors qu'il traversait à un croisement à une centaine de mètres de chez lui. Notre témoin n'a hélas pas pu lire le numéro ni même voir le conducteur, mais il nous a tout de suite appelés, ce qui est déjà beaucoup.

Enor ne relève pas cette dernière remarque, il préfère demander :

— Vous recherchez la voiture, quand même ?

— Je crois que ce ne sera pas vraiment nécessaire. On vient de nous signaler une voiture en feu du côté de Kersaint-Plabennec, au croisement de la D52 et de la route de Saint-Elven, un endroit isolé. Il semblerait que ce soit une Mercedes grise, sans doute volée. Il devait y avoir un véhicule en couverture et notre tueur doit être loin maintenant, la voie express est toute proche. Tout ça prouve bien qu'il ne s'agit pas d'un accident.

— Bien, tenez-moi au courant.

— Entendu.

Enor raccroche violemment. Il se lève et respire à fond, il a besoin de se calmer, il sort prendre l'air. La légère brise lui fait du bien, il observe trois goélands qui planent au-dessus de lui selon des trajectoires qui lui paraissent imprévisibles, mais il sait qu'ils regardent du coin de l'œil s'il ne mange pas quelque chose dont ils pourraient ensuite récupérer les miettes. Ayant compris qu'ils n'ont rien à attendre de sa part, ils vont se poser sur un toit voisin, chassant deux pigeons. Cette scène banale lui donne un coup ; Lastenet et lui-même n'ont-ils pas été deux pigeons ? Voilà la réponse à l'audition de jeudi matin et à l'enquête des collègues de Nice ! Il ne peut pas s'agir d'une coïncidence ! Les questions se bousculent dans son esprit, toutes plus irritantes les unes que les autres. Qui est derrière cela ? Avec une telle vitesse de réaction, comme si tout était déjà programmé ! Les Tavernier, à Nice ? Thierry Le Bras, à Châteaulin ? Kevin Le Bourhis, le président du BUG, qui n'avait pas caché qu'il s'arrangerait pour identifier celui qui était la cause de la perquisition de leur siège ? Un accord entre eux ? Et Laumond dans tout ça ? Quel rôle jouait-il ? Se doutait-il que… ? Ce n'est plus son affaire, mais il veut savoir. Et pour cela, il n'y a que deux hommes qui peuvent l'aider : Didier Cluet, son contact de longue date aux Renseignements, qui lui avait donné les informations sur le groupe Demain Bretagne et son ami François Le Rouzic, dont la vitalité des réseaux ne s'est pas affaiblie après son départ à la retraite. Il n'est d'ailleurs pas sûr que ce soit Didier, pourtant toujours en activité, qui obtienne les meilleurs renseignements, le culte du secret étant une seconde nature dans ces services cloisonnés. Le Rouzic pourrait s'en procurer par d'autres circuits. Enor ne savait pas comment exactement, même s'il en avait bien une petite idée, mais peu lui importait, cela lui permettait de passer au-dessus des cloisons. Il se dit qu'une équipe allait certainement venir de Rennes pour enquêter sur ce meurtre. Est-ce que Laumond ou son "service", déjà par nature réfractaires à toute coopération, vont interférer pour la torpiller ? L'équipe pourra-t-elle travailler librement afin de retrouver les coupables ou la disparition de Lastenet arrange-t-elle finalement beaucoup de monde ? Pourquoi ne peut-il se défaire d'un goût amer dans la bouche ? Il ne fuit pas la question la plus désagréable : est-ce lui, le responsable de cette mort, par son entêtement à maintenir cette audition alors qu'il était manifeste que le trésorier du BUG était dégagé de tout soupçon ? N'a-t-il pas camouflé sa volonté de ne pas céder devant Laumond derrière l'alibi de l'exigence de mener la procédure à son terme ? Quelle dérision ! Il sort son téléphone portable et les appelle tous les deux, sur leur portable personnel également. Ses explications et interrogations sont brèves et précises, mais leur réaction est immédiate : ils vont essayer d'aller à la pêche et le recontacteront. Cluet, honnêtement, ne lui garantit rien, Lastenet et ses occupations n'étant pas dans son champ d'activité. Le Rouzic ne lui cache pas que cela va prendre un certain temps, les rivalités de pouvoir dans les hautes sphères étant actuellement exacerbées par la situation internationale, chaque clan voulant peser pour que son analyse l'emporte dans la détermination de la politique sécuritaire du pays. Il lui confie simplement qu'il devra être attentif à ne griller personne par des fuites qui seraient trop faciles à tracer. Enor le remercie, sachant qu'il fera au mieux, et lui affirme qu'il n'est pas pressé. Rien ne fera revenir Lastenet. Il se dit aussi qu'en fonction des résultats, ou si l'affaire est étouffée, il a une autre carte en main, plus délicate mais peut-être pas moins efficace pour lui : Aude Meunier. Avec comme point de départ la seule mention de la mort mystérieuse de Lastenet, qui va forcément passer inaperçue de la presse, du moins en incidente avec les crimes de Pluton, le déploiement des moyens d'investigation de son journal parviendrait sans doute à mettre au jour une partie de la vérité. Il n'en est pas encore là. Il remonte à son bureau. Il était décidément écrit qu'aujourd'hui il n'en finirait pas si vite avec le BUG. Peyret, qui sort de son bureau, lui annonce que trois individus adhérents du BUG, soupçonnés d'avoir participé à l'agression contre le sous-préfet, viennent d'être interpellés et sont en garde à vue. Enor lui annonçant la mort de Lastenet, le divisionnaire a la délicatesse de ne pas y voir une relation avec sa convocation au SRPJ.

— Un règlement de comptes entre extrémistes, ça ne fait guère de doute, commente-t-il d'un ton assuré et blasé.

Enor ne répond rien. Il appelle ensuite Guylaine Essart pour l'informer. Son réalisme ne le rassure guère, mais il sait qu'elle a raison.

— À moins que les tueurs n'aient commis une faute grossière, je pense qu'il sera très difficile de les retrouver et même alors on ne connaîtra pas pour autant le commanditaire, vous savez comment ça se passe. Dommage pour ce garçon, c'est bien trop jeune pour mourir.

Enor lui est reconnaissant de ce mot de compassion. Il s'apprête à donner son sentiment mais elle poursuit, devançant son propos :

— Et ne vous culpabilisez pas, vous n'y êtes pour rien. Les responsables sont ceux qui l'ont éliminé et en avaient sans doute déjà l'intention. Ils ont profité d'une occasion, voilà tout.

Cela n'est peut-être pas faux, mais qui leur a donné cette possibilité, sinon lui-même ?

— Vous avez sans doute raison, mais tout cela est allé très vite, trop vite.

— Que voulez-vous dire ?

— À vrai dire, je n'en sais rien moi-même. (Il préfère ne pas lui parler de ses interrogations au sujet de Laumond.) Mais c'est un peu comme si on avait juste attendu qu'il vienne dans nos locaux pour s'en débarrasser. Le coup peut venir de Nice, mais les exécutants sont d'ici, j'en mettrais ma main au feu. Et en moins de deux jours, ça dénote une organisation structurée.

— En effet, le moment où ça arrive est un peu troublant, vos collègues vont avoir du travail. Ah, j'y pense, les contrôles de gendarmerie pour retrouver votre 4x4 sont maintenus jusqu'à mercredi inclus, c'est tout ce que j'ai pu obtenir, mais c'est mieux que ce que je pensais. Plus qu'à espérer…

— Oui, espérons.

— …et j'ai saisi le juge Letourneux pour l'affaire du DVD. Nous nous voyons demain matin.

Un bon choix, pense Enor. La courte réunion qu'ils tiennent en fin de journée fait un point sur les derniers événements dont Enor établit un compte rendu détaillé. Après un rapide échange mêlant le deep web et le BUG, ce qui après tout va bien ensemble, le débat est recentré sur Pluton, qui reste plus que jamais leur priorité numéro un. À défaut de grandes perspectives, la poursuite d'investigations sur le bagad et le centre aéré, ainsi que sur les sociétés de maintenance en informatique est décidée. Il rentre chez lui au son des Canned Heat, dont il apprécie en cet instant le savant mélange d'allégresse et de gravité.

XLV

Soirée du samedi 29 mars 2014

La soirée raclette se passe bien. Enor n'a pas vu son père aussi radieux depuis longtemps. Élodie se révèle calme et enjouée, à l'aise sans être envahissante, sachant écouter sans ramener ensuite tout à elle mais s'exprimant sans hésiter, naturelle et simple, faisant preuve d'un caractère direct et franc. Enor n'est pas loin de penser que son père a trouvé une perle rare. À l'évidence, tous les deux sont bien ensemble. Il s'aperçoit avec plaisir que le courant passe bien entre Mariannig et elle, mais aussi avec Alexine. Pendant que le fromage coule à flots sur les morceaux de tomate, de concombre, d'avocat, de pomme de terre et sur les différentes charcuteries proposées, ils apprennent qu'elle était inspectrice des finances publiques, à Brest, avant de prendre sa retraite il y a peu.

Enor avale une énorme bouchée qui lui brûle la bouche, ce qui l'oblige à boire en vitesse une grande gorgée de riesling frais.

— Dites-moi, dans votre administration, la fusion entre le Trésor et les Impôts s'est bien passée ?

— Non, on ne peut pas dire, mais c'est normal, il faudra du temps, les cultures étaient très différentes.

Cela rappelle à Enor ce que lui avait expliqué Le Rouzic sur les difficultés rencontrées à la création de la DCRI lors de la fusion DST et RG.

— Enfin, termine-t-elle en haussant les épaules, je suis bien contente d'en avoir fini avec ça. L'ambiance était devenue un peu pesante dans les hautes sphères, la bataille pour occuper le nouveau poste de directeur départemental unique a été plutôt acharnée.

Elle prend le verre qu'Enor vient de lui servir et ajoute :

— Bien, assez parlé de ça, c'est du passé ! Mon actualité c'est Raymond, elle lève son verre. Dans deux mois, cap sur les États-Unis !

— Oui, enchaîne Mariannig, qui lève aussi son verre. À votre bonheur !

— À celui de tout le monde, précise Raymond en embrassant Élodie, son verre de vin blanc sans alcool – car c'est lui qui conduit – à la main.

Ils apprennent ensuite qu'Élodie est veuve depuis quatre ans. Son mari Pascal, était ingénieur chez Thalès à Brest, spécialisé dans les sonars à destination principale de la défense. Leur fils, Michel, a 35 ans et est directeur d'une agence bancaire à Loudéac. Son épouse Geneviève est assistante sociale ; ils ont un garçon, Maxence, âgé de 10 ans. Cette situation plaît à Enor car il trouve appréciable qu'Élodie et Raymond, tous deux grands-parents, aient une condition familiale commune à partager. À l'initiative de Raymond, Mariannig explique ensuite rapidement la vie à l'université et les enjeux de la thèse qu'elle écrit pour sa carrière de chercheuse. Au cours du dessert, Élodie et Alexine s'aperçoivent qu'elles partagent le même attrait pour Terry Pratchett. Pendant quelques minutes, alors qu'il discute avec Raymond et Mariannig de la valeur de l'équipe d'Irlande de rugby, qui vient de remporter le tournoi à un an et demi de la coupe du monde, Enor les entend vaguement passer avec l'enthousiasme des connaisseurs du *Disque-Monde* à Tolkien et à d'autres auteurs qui lui sont inconnus. Il n'y a pas de doute, Élodie a conquis Alexine. Alors qu'habituellement Alex disparaît au moment du café, Enor prend comme un signe de l'intérêt qu'elle porte à la soirée le fait que sa fille reste avec eux jusqu'au moment du départ de Raymond et d'Élodie. Impression confirmée sitôt la porte refermée sur eux.

— Elle est super !

— Oui, n'est-ce pas ?

— Oui. Papy a bien choisi, il a de la chance. Et elle aussi bien sûr.

— Ah bon, gronde Enor, amusé. Et qu'est-ce que tu en sais que c'est lui qui a choisi ?

Mais dans le fond il partage le sentiment de sa fille et il voit que Mariannig aussi.

XLVI

Dimanche 30 mars 2014 – 8 h 10

Le bureau de vote pour le deuxième tour des élections municipales, ouvert depuis à peine une dizaine de minutes, est pratiquement vide. Enor passe tout juste après ceux qui se font un point d'honneur à être là dès l'ouverture. Il est parti de chez lui sous un concert de mésanges, le soleil se levant à peine. Il n'a pas oublié la veille, au moment de se coucher, de mettre sa montre et le radio-réveil à l'heure d'été. Il arrive quelques minutes plus tard à son bureau. Les couloirs sont encore déserts, on est dimanche. Cela lui permet de réfléchir tranquillement à l'affaire mais, en buvant un café, il ne voit pas quoi faire de plus que les recherches dans l'entourage de Guerriec ou celles sur les sociétés de maintenance informatique. Ronan apparaît le premier vers 9 h 15 ; il doit travailler sur les listings des membres des Hermines les trois années précédentes et sur les lieux où le bagad s'est produit.

— L'avantage avec les artistes, c'est qu'ils ont toujours un album de presse ordonné et à jour, avec les noms et les professions des membres. Et puis on a les albums photos de Guerriec, je vais y jeter un œil également.

— D'accord. Si ça ne donne rien, remonte plus loin dans le temps pour les musiciens. Disons deux ans, et ainsi de suite. C'est fastidieux, mais pour le moment, on n'a rien de mieux.

— Vous en faites pas, Patron, j'ai la journée pour ça, surtout que l'analyse des plaintes pour pédophilie dans les années quatre-vingt à deux mille n'a rien donné. Aucun nom en rapport avec notre affaire n'est ressorti.

— Oui. Vois avec Denis quand il aura fini de contrôler les sociétés d'informatique s'il peut remonter plus récemment, sur la décennie suivante, par exemple. Si ça fait trop, mettez-vous à plusieurs là-dessus. Il faut être sûr de ne rien laisser passer. D'autant que c'est à cette période que les textes ont changé. Cela a dû sûrement déclencher des plaintes nouvelles, Pluton est peut-être l'un de ces nouveaux plaignants et, question âge, ça pourrait coller.

— Ça marche.

Moins d'un quart d'heure plus tard, son téléphone sonne.

— Commissaire Berigman ?

— Oui.

— Guylaine Essart.

La voix est blanche, Enor pressent une catastrophe.

— Pouvez-vous passer me voir immédiatement à mon bureau ? Il s'est passé quelque chose de grave cette nuit.

— J'arrive.

Il embarque au passage Aela, qui a un gobelet de café à la main mais encore sa veste sur le dos.

— Accompagne-moi, on va chez la procureure, il y a un problème. Ne me demande pas lequel, je ne sais pas.

Enor rejoint la rue de Denver, siège du tribunal de grande instance, à une vitesse supérieure à celle autorisée. Il est inquiet et pressé d'arriver, la procureure ne l'aurait pas sollicité sans un motif d'urgence absolue. Heureusement, c'est dimanche et la circulation est fluide. À trente mètres du bâtiment, il aperçoit des véhicules de police. Pas d'ambulance, cela le rassure un peu. Il se fraie un passage et parvient à se garer entre deux fourgons du commissariat. Ils saluent les collègues de faction sur le trottoir, grimpent les marches du bâtiment à grandes enjambées et se rendent directement au bureau de la procureure. Avant même de rallier le petit groupe qui discute dans le couloir, dont le juge Letourneux avec qui il se rappelle que Guylaine Essart avait rendez-vous, Enor a compris ce qui s'est passé, en voyant par l'ouverture de la porte du bureau l'état des lieux que l'équipe technique examine déjà : tiroirs renversés, armoire forcée, livres et documents au sol. Aussi incompréhensible que cela puisse paraître, des cambrioleurs ont réussi à pénétrer dans ces locaux. Il s'approche du groupe et s'adresse à la procureure, dont le visage reflète nettement le désarroi.

— Que s'est-il passé exactement ?

— Comme vous le savez, nous avions rendez-vous ce matin à neuf heures, le juge et moi, pour que dès demain matin les spécialistes puissent se mettre au travail de décryptage dès l'information judiciaire en route. Nous sommes montés et voici ce que nous avons découvert quand j'ai poussé ma porte qui était entrouverte. J'ai aussitôt informé le commissariat puis le procureur général et le commissaire divisionnaire avant de vous appeler.

Enor pose la question, mais il connaît déjà la réponse.

— C'est bien ce que je crois ?

— Oui, le DVD a disparu. Je suis sûre que c'était la seule chose qu'ils sont venus chercher.

— Ils ?

— Oh, je dis ça parce que je n'imagine pas un homme seul. C'est un travail de professionnels, ils ont tout mis en l'air pour donner le change.

Aela pose la deuxième question essentielle :

— Une copie avait été faite ?

Guylaine Essart la regarde, la réponse est dans ses yeux et dans la grimace qu'elle fait.

— Non, pas encore, hélas.

Aela pousse un soupir désespéré.

— On a donc perdu même ce qui était en clair, les photos des enfants. On peut dire adieu à la comparaison avec le fichier des enfants disparus.

— Oui, sauf à mettre la main sur ces hommes et récupérer le DVD.

— Autant dire très peu de chances, ils doivent être loin à l'heure qu'il est.

C'est à cet instant que Peyret surgit comme un lion, suivi de près par une petite femme brune qu'Enor a rencontrée quelques fois, la commissaire Lydia Delorme, des Mœurs.

— Bon sang ! Qu'est-ce que c'est que cette histoire ? Comment ils ont fait ? attaque aussitôt le divisionnaire, sans même prendre le temps de dire bonjour.

La procureure lève une main.

— Allons dans la salle de réunion, nous y serons plus tranquilles pour parler de tout ça.

Quelques secondes plus tard, tous les six se retrouvent autour de la magnifique table en bois foncé de la pièce, le seul élément qui donne un peu de chaleur à l'endroit.

— Alors, commence Peyret, sait-on par où ils sont passés ?

— Par le côté rue de Denver, sans doute. C'est plus isolé pour passer par-dessus les grilles, puis ils ont neutralisé les sécurités et sont entrés par la petite porte à droite, au niveau du sol. Pas de problème ensuite à l'intérieur ; visiblement, ils savaient où ils allaient.

— Et ce qu'ils venaient chercher, grommelle Peyret.

— Justement, dit Enor, c'est là le problème. Comment ont-ils su que le DVD se trouvait dans votre bureau ? En dehors de vous et du juge, ici présent, seuls des policiers étaient au courant.

— Oui, c'est incompréhensible, mais il n'y a qu'une possibilité, répond-elle.

— Une fuite ? demande Peyret.

Enor secoue la tête.

— Non, pas une fuite, une complicité, c'est la seule option. Nous avons affaire à un réseau très organisé et ne reculant devant rien, on l'a vu.

Il se tourne vers Lydia Delorme.

— Mais vous connaissez ce genre de criminalité mieux que moi. Vous savez ce dont ils sont capables.

— Oui. (Sa voix est grave et un peu rocailleuse.) Pourtant, je répondrais sans hésiter de mes hommes, comme vous des vôtres, je suppose. Mais je suis d'accord, le renseignement vient de quelqu'un de chez nous, au sens large, car on aura du mal à identifier la taupe. L'existence de ce DVD était connue jusqu'à Rennes et Paris, et même à l'Office central pour la répression des violences aux personnes, qui s'occupe de la pédopornographie.

— L'existence du DVD, d'accord, mais qu'il soit dans le bureau de la procureure... Le cercle de ceux qui étaient au courant devait être restreint, non ? avance Aela.

— Hélas, non, car nous étions intéressés par les deux hommes qui ont tiré sur le commissaire Berigman. C'est une action qui semblait confirmer l'implication dans le Finistère d'un réseau de l'Est, c'est pourquoi nous avons informé très vite par la voie hiérarchique l'OCRVP afin de saisir Europol. Le circuit du DVD a tout de suite été précisé. D'autant plus que les enfants, si j'ai bien compris, semblaient venir d'Asie centrale ou du Proche-Orient. Cela fait longtemps qu'on cherche à remonter les filières d'acheminement en provenance d'Asie.

— Mais il n'est pas certain que ces deux hommes sont les auteurs de ce cambriolage. Ou alors ils ont une deuxième voiture, car ils ne pouvaient pas passer inaperçus jusqu'à Brest, avec leur 4x4 recherché partout dans le département, objecte Peyret.

La commissaire Delorme approuve.

— Il n'est pas impossible que ce soit l'œuvre d'une seconde équipe venue en renfort.

— Bref, lance la procureure, il n'y a quasiment aucune chance que nous démasquions la taupe et que nous retrouvions le DVD et ces hommes. Charmante perspective !

— En ce qui concerne notre taupe, si elle est en Bretagne, on arrivera à la coincer un jour. Il doit y en avoir plusieurs en Europe, ces réseaux sont riches et puissants, les notables en cause s'assurent de protections jusqu'au cœur de certains appareils d'État.

— Nous soupçonnons le quatrième homme de la brasserie de venir des Balkans, précise Enor.

Elle approuve en haussant les sourcils.

— C'est pourquoi ce DVD était une pièce extraordinaire, la plus belle prise depuis des années. Apparemment, il y figurait sous forme codée les noms de pédophiles actifs de la région. C'est pour cela qu'ils ont réagi si vite ; nous aurions tôt ou tard réussi à les décoder et à opérer un vaste coup de filet en Bretagne.

Peyret résume la pensée de tous :

— Nous avons été bien légers dans la protection de cette pièce à conviction. Nous ne sommes pas habitués à ce type de criminels internationaux ; nos gangs de l'Est sont plutôt impliqués dans des cambriolages ou des vols de moteurs de bateaux.

— J'en prends la principale responsabilité, car moi je savais de quoi ils sont capables. Ces types n'auraient pas hésité à envoyer un commando armé même en plein jour au tribunal pour récupérer le DVD. Aux Sables-d'Olonne en 2002, des Sud-Américains cagoulés ont attaqué la gendarmerie, croyant y trouver leurs 300 kg de drogue saisis.

— Les enjeux financiers sont tellement énormes, remarque le juge Letourneux.

Lydia Delorme secoue négativement la tête.

— Ce n'est pas uniquement cela. Il ne fait guère de doute que ces hommes de main paieraient de leur vie un échec. Leurs chefs ne plaisantent pas, les erreurs ne sont guère tolérées. C'est donc aussi la peur qui les pousse à agir, ils sont d'ailleurs repartis bredouilles cette fois-là, aux Sables. Hélas, ce n'est pas le cas aujourd'hui.

Au moment où Enor va revenir à la charge, le téléphone de Lydia Delorme sonne. Elle se lève et va répondre un peu à l'écart. L'échange dure trente secondes. Elle revient rapidement en s'excusant, reprenant son sac et son manteau d'une main.

— Je suis désolée, une nouvelle urgence, je dois y aller. Mais nous nous reverrons si vous parvenez à localiser la mystérieuse propriété de vos victimes. À bientôt.

Son départ clôt de fait la réunion ; il n'y a plus rien à dire ni rien à faire d'autre que transmettre le dossier du cambriolage aux collègues du service des atteintes aux biens. Peyret et la procureure ont, par leur fonction, la charge de suivre l'évolution de cette partie de l'affaire et d'informer Enor de toute découverte ayant un rapport avec son enquête. Elle ne progresse guère au cours de l'après-midi et Enor est un peu désabusé par les derniers événements : Lastenet mort assassiné, le DVD disparu. Pas de quoi être fier de ce bilan. Vers seize heures, Denis vient rendre compte à Enor de ses recherches sur les employés des sociétés de maintenance informatique. Comme on est dimanche, il a eu beaucoup de mal à joindre des responsables mais il en ressort qu'aucun employé n'est passé d'une société à l'autre.

Denis demande ensuite :

— Patron, si ça ne vous ennuie pas, j'ai promis à Mélanie de passer la prendre pour aller à cinq heures au Celtic Show, au parc des expositions. J'ai réservé deux billets depuis des mois. Le bagad de Lann-Bihoué organise une gigantesque fête de la Saint-Patrick pour son soixantième anniversaire, avec des groupes écossais et irlandais. Les Hermines de Penfeld y seront, en tant que bagad local.

— Mélanie s'intéresse à la musique bretonne ?

— En fait pas tant que ça, elle préfère la musique et les danses irlandaises, et ce soir il y a des groupes prestigieux qu'elle ne voulait pas rater.

C'est à ce moment-là que Françoise apparaît, un album photo sous le bras, manifestement troublée.

— Enor, regarde.

Elle désigne une photo du bagad prise à Lorient, au Festival interceltique de 2010, le 8 août exactement, comme il est écrit au-dessous. Elle montre plus précisément un homme plutôt grand, qui joue de la bombarde, d'une petite quarantaine d'années, peut-être un peu moins.

— Tu vois cet homme ?

Enor regarde un peu plus attentivement pendant que Denis se penche lui aussi par-dessus l'épaule de son chef.

— Oui, et alors ? Ce visage ne me dit rien.

— À moi non plus, dit Denis.

Ils la regardent, interrogatifs.

— Eh bien, moi, si. J'ai déjà vu cet homme dans le cadre de notre enquête. Le problème est que malgré mes efforts depuis tout à l'heure, sans doute à cause de son costume et du chapeau, je n'arrive pas à me rappeler où et quand.

XLVII

Mercredi 24 mars 2010

Cette mésange semble vouloir m'accompagner. Ou peut-être me dire adieu. Maintenant que ma décision est prise, je me sens bien. J'aime la beauté de son chant. Je suis en paix. Il n'y a plus d'horizon. Jacques Moreau est mort ! Il était malade. Un cancer du côlon. C'est au mois de novembre dernier, après le classement de ma plainte par le procureur Le Bellec et de longues hésitations, tellement j'étais découragé, que je suis allé avec Robert déposer une nouvelle plainte avec constitution de partie civile auprès du juge Letourneux. Il a déjà traité des affaires de ce genre.

Je croyais que les actions pénale et civile seraient rapidement en route, mais ce n'est pas si simple. On m'a expliqué que le juge allait transmettre cette plainte au procureur, qui prendrait alors une réquisition engageant ou non des poursuites. Le même procureur ! À quoi ça sert ? Il ne va pas se déjuger ! Le résultat sera identique ! Mais j'ai repris espoir quand j'ai compris que la différence avec ma première plainte est que le juge est indépendant et n'est pas tenu de suivre l'avis du procureur. Il peut décider d'ouvrir de lui-même une information judiciaire après m'avoir entendu. Et c'est exactement ce qui s'est passé ! Après la réquisition négative du procureur, le juge m'a convoqué. Je lui ai tout raconté et je lui ai expliqué pourquoi je déposais ma plainte seulement maintenant. Quelques jours plus tard, j'étais averti de la décision favorable du juge, alors que je craignais une fois de plus une ordonnance de refus d'informer. Aucune consignation ne m'était demandée non plus, je l'ai pris comme une preuve de la crédibilité de mon témoignage. J'étais de nouveau heureux car je m'étais préparé à la confrontation avec le monstre et elle allait avoir lieu, j'en étais maintenant certain. J'étais déterminé. Le procès montrerait que je n'étais coupable de rien, il me libérerait, j'en avais besoin. C'était devenu vital. Pourquoi a-t-il fallu que je retrouve Jacques Moreau ce jour de mariage ? Je croyais aller mieux et, en une seconde, j'ai basculé dans un trou noir qui aspirait de nouveau ma vie. Sans Robert, je ne serais pas arrivé à faire cette deuxième démarche. Tout cela pour rien. Il ne reste qu'une issue.

Deux hélicoptères de l'armée passent, au-dessus de la cime des arbres, faisant fuir des choucas. J'aurais aimé pouvoir voler comme un oiseau, vaincre la pesanteur. Mais aujourd'hui, mon âme est trop compacte. Trop dense. Il est mort. L'action de la justice est éteinte. Il ne paiera pas sa dette. Je ne paierai pas la mienne. La corde est prête. J'ai vidé mes poches, me dépouillant du Monde, sauf de l'ours blanc porte-clés que j'emporte.

Pardonne-moi, mon amour. Je suis serein.

Je vais voler, comme le héron que j'aperçois soudain, là-haut, alors que je plonge vers le sol.

XLVIII

Lundi 31 mars 2014 – 8 heures

Toute l'équipe est réunie dans la salle, fébrile à l'idée de penser que l'identification de Pluton n'est peut-être plus qu'une question d'heures. Et est même déjà acquise, ils en sont tous convaincus. Il reste à étoffer le dossier. Seule la procureure est absente, occupée ailleurs ; elle sera tenue au courant en temps réel. La veille au soir, l'irruption de Françoise était tombée à pic. Denis était parti au Celtic Show la photo en poche. Avant dix-huit heures, il téléphonait à Enor : l'homme de la photo s'appelait Robert Vlaminck, il avait fait partie du groupe en 2009 ou 2010, et l'avait quitté à la suite du suicide de son compagnon. Personne n'en savait beaucoup plus, car Robert n'en avait jamais parlé, sauf à Sylvie Cadiou, une joueuse de bombarde proche de lui, qui y avait fait allusion devant certains d'entre eux. Elle aussi a quitté le groupe depuis deux ans environ. Elle est professeure des écoles. Après ce coup de téléphone, l'euphorie d'Enor fut à son comble. Il se rappelait très bien son nom. Il le voit maintenant dans la salle, sur l'une des affiches de Ronan ; c'est le dirigeant de la société de maintenance informatique R3I, une société qui fait aussi de la gestion de sécurité et des incidents d'exploitation. Bref, un spécialiste ! Tout colle parfaitement. D'autant qu'avec ce recoupement, la mémoire revient à Françoise.

— Je me rappelle maintenant. J'ai vu cet homme au cabinet d'avocats lorsque je suis allée avec Luc interroger maître Bonneau. Il travaillait sur les ordinateurs.

Un élément n'échappe à personne, Aela l'exprime tristement à voix haute :

— Avec Luc ! Cela explique son agression dans la forêt, il l'aura reconnu sur le chemin.

Si la boucle semble bouclée, il y a encore des trous à boucher. Chacun s'attelle immédiatement à la tâche : localiser et interroger dans la matinée Sylvie Cadiou et obtenir le nom du compagnon de Vlaminck, faire des recherches sur les suicides en 2010, poursuivre l'étude des plaintes pour pédophilie en se concentrant sur les années 2009 et 2010 et enfin trouver l'adresse personnelle du suspect. À 8 h 45, Enor est dans sa voiture avec Aela, en route pour la maison de Sylvie Cadiou. Les services de l'Éducation nationale les ont informés qu'elle était en congé maternité et ils se sont assurés par téléphone qu'elle était bien chez elle. Elle habite rue des Cormorans, à Gouesnou, une impasse tranquille au fond d'un lotissement. Aucun problème pour se garer. Ils sonnent à la porte. Une grande brune à lunettes et à cheveux longs, d'une trentaine d'années, vient leur ouvrir. Son ventre arrondi ne laisse en effet aucun doute sur son état.

— Bonjour, Madame. Commissaire Berigman, dit-il en montrant sa carte, et voici le capitaine Le Dévéhat. Pouvons-nous entrer ?

— Oui, bien sûr, suivez-moi. Par ici, je vous prie.

Elle les conduit dans la partie salon d'une grande pièce ouverte. Deux grands cadres ornent le mur du salon, de chaque côté de la cheminée : l'un représentant la célèbre estampe de Hokusai, au bleu si particulier, de la grande vague de Kanagawa de sa série des vues sur le mont Fuji, l'autre étant une très belle photographie, qu'Enor ne connaît pas mais qu'il trouve très dynamique par sa prise de vue en léger contrebas, intitulée *The longest walk*, manifestement des Indiens d'Amérique du Nord lors d'une marche de protestation, mais il ne peut lire le long texte sur le côté.

— Voulez-vous un café ? Quelque chose ?

Tous les deux refusent poliment.

— Non, merci, nous n'allons pas rester longtemps.

— Eh bien je vous écoute.

— Avant toute chose, je dois vous avertir du caractère confidentiel de notre entretien. Vous ne devez en parler à personne, d'accord ?

— C'est entendu.

— Nous sommes venus vous poser quelques questions à propos de Robert Vlaminck, qui fut membre des Hermines de Penfeld il y a quatre ans. Vous en étiez membre vous aussi à cette époque. Est-il exact que vous étiez assez proches ?

— Robert ? Oui, nous nous entendions bien. Nous avions le même intérêt pour le cinéma asiatique, surtout coréen et japonais, précise-t-elle, mais pourquoi… ?

— Je suis désolé, nous ne pouvons pas vous répondre. Comment était-il ? Je veux dire du point de vue du caractère.

— C'était un homme d'une gentillesse extrême, souriant, équilibré, très cultivé. Il avait pris la tête du pupitre des bombardes quelques mois après son arrivée. À ce poste, il a su faire preuve d'une très grande pédagogie, toujours patient, ne s'énervant jamais. Il était sûr de lui sans jamais faire preuve d'autoritarisme ; son charisme et sa compétence suffisaient, du moins jusqu'au drame.

— Pouvez-vous nous en dire plus à ce propos ? demande Aela.

— Eh bien, en réalité je n'en sais pas grand-chose. En avril 2010, un soir avant la répétition, il a annoncé à tout le monde qu'il allait interrompre sa participation au bagad, pour des raisons personnelles, après le Festival interceltique de Lorient et qu'il fallait lui trouver un remplaçant à partir de septembre. Ce n'est qu'un peu plus tard, en juillet, à la fin d'une soirée, que la conversation a glissé sur les suicides au cinéma. Je crois qu'on parlait de *Memento Mory* ou de *La Mort d'un maître de thé*, je ne sais plus. La question était de savoir si le suicide pouvait être un acte d'amour et notre tête-à-tête prenait un ton plus... intime, je dirais. C'est là qu'il m'a dit que son compagnon s'était suicidé en début d'année et que, parfois, il ne sentait plus la force de continuer. J'ai compris ce soir-là son départ des Hermines.

— Savez-vous comment s'appelait son compagnon ? interroge Enor.

— Il ne m'a dit que le prénom, Alan. Mais vous pourrez le lui demander, il est sûrement toujours à Brest.

— Oui, nous ne manquerons pas de le faire. Vous n'en savez pas plus sur les circonstances de ce suicide ?

— Non, désolée. Ce ne sont pas des questions que l'on pose à une simple relation, même si un climat de confiance s'installe. Mais je me souviens que c'était dans la forêt du Cranou.

Elle porte soudain la main à sa bouche.

— Oh, mon Dieu. La forêt ! C'est là qu'il y a eu ces deux meurtres ces jours-ci, dont celui de votre collègue. Et Gaël la semaine dernière ! Vous ne pensez tout de même pas que... non, c'est impossible !

Enor préfère être rassurant, tout en étant persuadé qu'ils sont sur la bonne piste.

— Non, nous essayons de comprendre les relations entre les gens.

— Bien sûr, mais c'est sur Robert que vous m'interrogez, et non sur Gaël.

Aela en profite.

— Pourquoi ? Vous avez quelque chose à nous dire sur Gaël Guerriec ?

— Non, je ne l'ai jamais bien connu. Il s'occupait des binious et cornemuses, en plus du bagad, mais je n'ai jamais eu d'atomes crochus avec lui.

— Vous lui connaissiez des ennemis ?

— Non, même pas. Pas plus que de vrais amis non plus ; il y avait bien Jacques Moreau, mais il est mort d'un cancer début 2010. Gaël était un excellent sonneur et ses propositions étaient pertinentes, mais il n'était certainement pas une personnalité attachante comme Robert.

« Décidément, se dit Enor, ça fait encore un mort de plus, même si c'est de maladie cette fois-ci. »

— Une dernière question : avez-vous revu Robert depuis qu'il a quitté le bagad ?

— Non, hélas, cela m'aurait fait plaisir, j'aimais bien nos conversations. Il dégageait quelque chose, c'est sûr. Il y a des gens comme ça, et il n'y a rien de sexuel là-dedans. (Elle leur fait un sourire fragile.) Il aurait pu devenir un de mes grands amis, j'en suis convaincue.

C'est sur cet éloge, et sur quelques échanges plus badins sur sa grossesse en cours, qu'Enor et Aela prennent congé. Enor note le regard inquiet que Sylvie Cadiou leur lance quand ils sortent. Sitôt dehors, il appelle Ronan pour qu'il centre ses recherches sur un prénommé Alan qui s'est suicidé en forêt en 2010, sans doute dans les premiers mois de l'année et qu'il recoupe cela avec les plaintes déposées en

2009-2010. Il insiste sur le caractère prioritaire de la découverte du lieu et de la date du suicide et suggère de s'adresser à la gendarmerie de Daoulas. Qu'il s'y attelle avec Denis. Dans la voiture, avant de partir, il dit à Aela :

— Lors de la découverte du corps de Pierre-Yves Le Bihan, à ma demande de renforts pour examiner les alentours, le chef Berthilier a parlé d'un suicide qui avait eu lieu quatre ans plus tôt et pour lequel ils en avaient obtenu. C'est cette réflexion incidente que mon subconscient avait enregistrée sans que je réussisse à me la remettre en mémoire.

— Mais à ce moment-là, vous ne pouviez pas savoir, Patron, objecte Aela.

— Peut-être, mais quel temps nous aurions gagné ! C'est rageant de se dire qu'il est possible que la solution ait été à portée d'arbres.

Il est 10 h 30 quand ils arrivent au SRPJ. Ni Ronan ni Denis n'ont perdu de temps. Enor et Aela ont à peine franchi le seuil des bureaux que tous deux se précipitent vers eux, mais Enor prend trente secondes pour enlever sa veste et les emmener dans la salle de réunion. Ce n'est qu'une fois installés qu'il leur donne la parole, sentant que cette fois-ci, à voir la tête de ses subordonnés, ils arrivent enfin au but.

— Allez-y, je vous écoute.

Denis commence :

— Le 24 mars 2010, un nommé Alan Tellec, âgé de 34 ans, a été retrouvé pendu à un arbre dans la forêt du Cranou, trois cents à quatre cents mètres plus haut que le lieu de nos crimes, un peu en retrait du croisement, tout près de la fontaine.

— Le 24 mars ?

— Oui, exactement le même jour que le meurtre de Luc. Je pense que cela explique beaucoup de choses.

— En effet, dit Aela, cela signifie que Pluton revenait de cet endroit ce matin-là ! C'était le jour anniversaire du suicide et il regagnait sa voiture par le chemin. Il n'était pas du tout retourné sur le lieu du crime !

— Absolument ! confirme Enor. Mais je crois qu'on peut laisser tomber le nom de code Pluton. Robert Vlaminck est notre homme, on peut en être quasi certain.

— Oh, oui, c'est notre homme, s'impatiente Ronan, car…

— Attends ! le coupe Enor, qui s'adresse à Denis.

— Téléphone tout de suite à la gendarmerie de Daoulas et tu leur demandes d'envoyer sans tarder quelqu'un sur les lieux du suicide, puis de nous appeler aussitôt s'ils voient quelque chose. Ronan, tu peux continuer.

Mais Ronan, alors que Denis disparaît en vitesse, est interloqué.

— Mais… que peut-il y avoir sur les lieux ?

— Oh, juste une idée, on verra bien.

— Je crois que j'ai compris, dit Aela, qui remonte machinalement sa frange avec un petit sourire en coin. En tout cas, il a pris un risque en commettant son assassinat deux jours à peine avant d'aller se recueillir à quelques centaines de mètres par le même chemin.

— En effet, mais c'était un risque calculé, sois-en sûre. Si Luc n'avait pas perdu son couteau... Bon, alors, qu'est-ce que tu as trouvé ? reprend Enor à destination de Ronan.

— Bien, vous allez voir qu'on n'en a pas fini avec les dates. Le mardi 24 mars 2009, oui, encore cette date, Alan Tellec, rédacteur territorial au centre de gestion du Finistère, dépose une plainte pour viol sur mineur contre Jacques Moreau...

— Jacques Moreau ? bondit Enor, qui explique à Ronan qu'Aela et lui ont justement entendu ce nom dans la bouche de Sylvie Cadiou à peine une heure auparavant et qu'il s'agissait d'un ami de Gaël Guerriec.

Ronan a un petit sifflement.

— Eh bien ! Moreau exerçait la même profession que Guerriec, directeur de centre aéré. Bon, peut-être que ce n'est pas leur profession qui les a rapprochés, mais leurs autres penchants, nous ne le saurons jamais. Toujours est-il que les faits se seraient produits en 1986 ou 1987 à l'internat du collège du Moulin-Vert, dont Jacques Moreau était à l'époque l'un des éducateurs. Alan a alors une dizaine d'années. Le procureur Le Bellec classe la plainte sans suite en juin, mais le courrier n'arrive qu'en juillet.

Aela fait une grimace.

— Hum, il a dû se prendre un sacré coup sur la tête.

— Oui, probablement, approuve Ronan tandis que Denis revient s'asseoir en indiquant que deux gendarmes sont déjà partis en forêt.

Enor revient ensuite à Ronan.

— Mais pourquoi le classement ?

— Je ne sais pas, il faudra se renseigner. Mais Alan Tellec a réagi quelques mois plus tard. Sur les conseils de son compagnon Robert Vlaminck, il s'est constitué partie civile auprès du juge Letourneux le mardi 17 novembre 2009. Le juge, malgré une nouvelle réquisition négative du procureur, a décidé d'ouvrir une information judiciaire après avoir entendu Tellec. Manque de chance, Jacques Moreau est décédé d'un cancer le 8 mars 2010, éteignant ainsi l'action publique. Le procès n'aura jamais eu lieu.

Ronan les regarde tous.

— Fin de l'histoire pour lui, mais qui est sans doute l'élément déclencheur du suicide en forêt d'Alan Tellec, sans doute fragilisé psychologiquement.

Un silence pesant accueille cette conclusion. Tous ont le sentiment d'avoir compris la genèse de l'affaire. Il y a quand même plusieurs points encore obscurs auxquels Robert Vlaminck pourra sûrement répondre.

— Pourquoi attendre 2009 pour déposer sa plainte ? demande Denis.

— Je crois que c'est la présence de Jacques Moreau chez les Hermines qui réveille brutalement le passé. Et le soutien de Vlaminck. Ce dernier doit le pousser à faire la démarche dès l'instant où Alan Tellec reconnaît Jacques Moreau. Vous vous rendez compte ! Robert Vlaminck côtoie sans le savoir depuis des mois celui qui a violé l'homme qu'il aime. Comment réagirions-nous dans cette situation ? Ils forment un couple, ils s'aiment et ils veulent alors que justice soit rendue, quoi de plus normal ?

Enor réfléchit à voix haute :

— Vlaminck est notre homme, c'est certain. Après l'échec de la plainte et le suicide d'Alan, fou de douleur, il décide de faire justice lui-même en assassinant des pédophiles. Mais pourquoi attendre quatre ans avant de s'en prendre à ses victimes ?

— Parce qu'il ne les connaît pas encore comme victimes, avance Aela, il passe ces dernières années à faire une liste en s'aidant de son métier, bref à fouiller dans les ordinateurs de ses clients. Il construit patiemment sa vengeance.

— Mais n'oublions pas qu'il ne s'occupait pas du journal, rappelle Denis alors que Françoise entre avec plusieurs feuillets en main.

— Oui, répond Aela, mais il avait l'ordinateur de Le Ny, qui a pu lui fournir des noms, dont celui du troisième homme. À moins que ce ne soit un de ses clients.

— Mais oui, bien sûr, approuve Enor, tout est possible, il faut l'interpeller le plus vite possible, maintenant. J'attends le coup de fil des gendarmes, et on y va. Au fait, on a son adresse ?

— Oui, dit Ronan, il habite en bas de la rue Yves-Collet, dans l'appartement de Tellec, mais on a aussi l'adresse de sa société.

— Bien. Je crois qu'on peut prévenir la procureure et le divisionnaire de cette évolution décisive de l'enquête et obtenir un mandat contre Robert Vlaminck.

— J'y vais, dit Aela en se levant pendant que Françoise est rapidement informée des derniers développements.

C'est le moment que cette dernière choisit pour intervenir.

— À propos du troisième homme, comme un bonheur n'arrive jamais seul, le portrait-robot a donné quelque chose, dit-elle, toute joyeuse. Je viens d'avoir longuement au téléphone une dame qui croit avoir reconnu son ex-mari et quelque chose me dit que ça vaut le coup de prendre ce témoignage en considération.

— Mais pourquoi elle ne nous a pas contactés plus tôt ? demande Denis.

— Elle était en voyage en Turquie avec son deuxième époux depuis huit jours. Ce n'est qu'en rentrant hier et en feuilletant le journal auquel elle est abonnée qu'elle a découvert le portrait.

— Alors, dis-nous tout maintenant, s'impatiente Enor.

— Elle s'appelle Nathalie Baudot, remariée en 1989. C'est une aide-puéricultrice à la Maison de l'enfance de Briec, au multi-accueil. Elle a trois enfants, dont un, Michel, est né en 1981, un an et demi après son premier mariage avec Paul Leot, 61 ans, pharmacien, et dont elle a divorcé en 1988. Tous les deux vivent toujours à Briec.

— Et qu'est-ce qui rend son témoignage intéressant ?

— Deux choses, ou même trois. D'abord, elle trouve que le portrait est très ressemblant, presque un sosie de son ex-mari, sauf que depuis un peu plus d'une semaine, il se laisse pousser la barbe, ce qui n'est peut-être pas un hasard. Elle l'a croisé le vendredi 21 près de la pharmacie. Ensuite, mais j'ai dû insister pour qu'elle lâche ces confidences par téléphone, l'une des raisons du divorce est l'escalade des lubies sexuelles de son conjoint, qui ne pouvait plus lui faire l'amour qu'à condition qu'elle se déguise en très jeune fille, pour ne pas dire en petite fille. D'après elle, ce qui pouvait être au début un jeu érotique s'est transformé en obsession. Elle m'a dit qu'il y avait d'autres incompatibilités, sans s'étendre là-dessus. Au début, elle est restée auprès de lui à cause de l'enfant, puis n'y tenant plus, ils se sont séparés à son initiative, avant de divorcer un peu plus tard et elle a obtenu la garde de son fils.

Elle les regarde tous en prenant un air triomphant.

— Enfin, elle m'a appris incidemment deux choses. La première vient de son fils Michel qui lui en a parlé alors que son père lui avait recommandé de garder ça pour lui. Paul Leot se rend régulièrement avec des amis dans une maison à Huelgoat et, ces week-ends-là, il ne peut pas le recevoir. Cela l'étonne, car pourquoi interdire de l'évoquer ? Ils sont divorcés depuis plus de vingt ans et il peut très bien avoir les amis qu'il veut sans qu'elle soit informée. Sauf que ces amis ne sont jamais venus à Briec, en tout cas, en présence du fils, et que ce dernier ignore totalement leurs noms. La deuxième chose est que Paul Leot a une sœur que Nathalie Baudot n'a jamais vue ! Elle s'appelle Michelle Aveline, habiterait Brest et serait née en 1958. Mais elle est fâchée avec son frère depuis très longtemps et n'est même pas venue à leur mariage en 1979, c'est tout ce qu'elle en sait.

La foudre aurait pu tomber au milieu de la salle qu'elle n'aurait pas fait plus d'effet ! Huelgoat ! Qui commence par un « H » ! Enor sent l'excitation l'envahir. Même si cet homme est un peu plus âgé que les deux premières victimes, on est dans des générations qui peuvent se fréquenter à l'âge adulte. Quant à l'histoire de la sœur, elle peut ouvrir des perspectives, en effet.

— Bien, dit-il, il faut en avoir le cœur net. On va…

Mais Enor est interrompu par l'arrivée de Guylaine Essart et de Peyret, en même temps que son téléphone sonne. Il se lève, demande aux autres d'actualiser les informations auprès des deux arrivants et sort dans le couloir pour répondre.

— Oui, allô ? Commissaire Berigman.

— Commissaire, ici la gendarme Muriel Robic, de la brigade de Daoulas. Nous sommes sur les lieux du suicide d'Alan Tellec, comme vous l'avez demandé.

— Ah ! Alors ? Y a-t-il quelque chose de particulier ?

— Affirmatif ! Il y a un grand bouquet de tulipes déposé au pied de l'arbre.

— Parfait ! Vous en prenez un échantillon que vous transmettez à Claude Guitton ; je le préviens tout de suite, d'accord ?

— Entendu, c'est comme si c'était fait !

Et voilà ! Cela ne fait plus guère de doute. Ce matin-là, Vlaminck dépose un bouquet de fleurs sur les lieux, puis au retour croise Luc, qui le reconnaît et que sa présence en ces lieux intrigue. Ou est-ce autre chose ? Que s'est-il passé ensuite ? Ils le sauront, espère-t-il, en mettant la main sur Vlaminck. Enor décide d'appeler sans attendre Claude Guitton, et pas seulement pour l'échantillon de tulipe. Celui-ci décroche dès la deuxième sonnerie.

— Enor ?

— Salut, Claude. Dis-moi, tu vas recevoir une feuille de tulipe de la gendarmerie de Daoulas. Il faudrait que tu la compares à celle que tu as trouvée sur le corps de Luc.

Il lui en explique la provenance, et insiste surtout sur le fait que cela prouve que l'équipe technique n'a commis aucune erreur ni eu aucun oubli sur les lieux du meurtre de Le Bihan. Pluton n'est pas revenu sur les lieux du crime chercher un objet qu'il a perdu ; un tragique hasard est seul en cause. Guitton reste silencieux quelques secondes puis dit simplement :

— Merci. J'en informe les collègues.

Lorsque Enor revient dans la salle, il est 11 h 15 ; il sait maintenant que cette journée va être décisive. L'annonce de la découverte du bouquet de tulipes lève les dernières incertitudes sur la culpabilité de Robert Vlaminck. Personne ne reprend alors le regret formulé par Enor que s'ils avaient fait quelques centaines de mètres de plus, en allant vers la fontaine, ils auraient découvert le bouquet le jour même de la mort de Luc, établi rapidement tous les liens et sans doute évité la mort de Guerriec. Sans répondre directement à cela, Aela argue de son côté que, même sans la reconnaissance de la photo de l'album par Françoise, l'enquête allait dans la bonne direction et qu'avec les recherches de Ronan et Denis sur le bagad ou les plaintes, Pluton était sur le point d'être identifié. Ce n'était plus qu'une question d'heures, ou d'un jour, pas plus. Même Peyret y met du sien en soutenant que dans le contexte il était inimaginable que l'assassin soit sur les lieux de son deuxième assassinat pour une raison qui n'avait rien à voir avec celui-ci et que le peu de jours passés entre la mort de Luc et celle de Guerriec n'aurait pas permis de sauver ce dernier. L'argument est juste, Enor le sait bien, mais il a tout de même un goût amer dans la bouche et songe que le rôle du hasard dans cette affaire le poursuivra pendant longtemps. L'heure est venue d'agir et de procéder par priorité. La procureure, comme lui, pense qu'il ne faut plus perdre une seconde.

— Allez, on fonce aux deux adresses. Aela, tu m'accompagnes avec deux brigadiers au siège de sa société rue de l'Élorn, il y est peut-être à cette heure-là, ou bien on pourra nous dire dans quelle entreprise il intervient ce matin. Même dispositif rue Yves-Collet, à son domicile. Françoise et Denis, vous vous en chargez.

— Et moi ? demande Ronan alors que tout le monde se lève.

— Je ne t'oublie pas, rassure-toi, ton travail est primordial pour la suite. Avant qu'on s'occupe du pharmacien, essaie de te procurer la liste de toutes les SCI dont le siège est à Huelgoat, soit par le cadastre de la mairie ou de la communauté de communes, soit par les Impôts. Élimine les hôtels d'entreprises ; on cherche une maison sans doute isolée. Et renseigne-toi sur Jacques Moreau auprès des membres du bagad.

S'il est un peu déçu de ne pas participer à l'action, Ronan ne le montre pas.

— Ah, ajoute Enor en se retournant, essaie aussi de trouver l'adresse de Michelle Aveline, la sœur. Allez, on est partis, on fonce maintenant.

Il est midi et demi passé lorsque Enor, Aela et les deux brigadiers arrivent au siège de la R3I. Le bâtiment, un de ces immeubles de verre de trois étages, perpendiculaires à la route, abritant plusieurs sociétés est tout récent. À l'instar d'une dizaine d'autres au moins qui lui sont parallèles sur quelques centaines de mètres, il se dresse fièrement comme le symbole de la rénovation urbanistique d'une partie du port de Brest. Les plaques posées sur le panneau portique à l'extérieur et visibles depuis une voiture sur la rue indiquent que huit sociétés occupent l'immeuble. Cela lui évoque étrangement les plaques d'un columbarium. Deux emplacements sont vides, signe de la disponibilité de bureaux. La R3I est au deuxième étage, à gauche. Ils grimpent rapidement, laissant un homme en bas, puis doivent se rendre à l'évidence lorsqu'ils approchent des bureaux vitrés, les lieux sont déserts. Il n'y a pas besoin d'être extralucide pour comprendre que c'est la pause déjeuner, comme l'annonce un panonceau qui affiche un horaire de fermeture de 12 h 30 à 13 h 30. Ils en ont confirmation auprès d'un employé d'une autre société informatique encore ouverte au premier étage, qui leur apprend que la secrétaire est partie depuis cinq minutes à peine, mais qu'il n'a pas vu Vlaminck de la matinée. Lui-même est là depuis neuf heures. En redescendant l'escalier, Enor sort son téléphone et appelle Françoise, mais une déception de plus l'attend. Vlaminck n'est pas non plus à son appartement. Enor lui demande de rentrer avec Denis et de laisser les deux brigadiers en planque, avec la photo du suspect en main. Puis il fait de même rue de l'Élorn, avec mission d'intercepter la secrétaire à son arrivée. Enfin, en accord avec Peyret, il fait envoyer sans délai aux deux adresses une deuxième équipe de trois personnes en renfort si une interpellation doit être opérée. L'homme a déjà prouvé qu'il était dangereux.

XLIX

Lundi 31 mars 2014 – Après-midi

Je savais bien que je n'en avais plus pour longtemps. Le châtiment de Guerriec n'a fait qu'accélérer les choses, mais c'est le meurtre du policier dans la forêt qui a tout détraqué. J'aurais sans doute dû exécuter Le Bihan chez lui, comme Le Ny, et la police ne serait pas si vite remontée jusqu'à moi. Quoique la femme et l'homme m'eussent vu chez les avocats pendant la remise à jour informatique. En même temps, c'est un coup de chance pour moi, à quelques minutes près, car j'ai reconnu cette femme tout à l'heure, au pied de mon immeuble, qui descendait d'une voiture banalisée avec un jeune, suivis de deux costauds descendus d'un autre véhicule, un peu plus loin, mais dont l'allure ne trompait pas sur leur métier. Donc je suis identifié et je suppose qu'une autre équipe m'attend au siège de la société, et que mon signalement et mon numéro de voiture vont être diffusés partout. Le jour est donc venu, et le soulagement que je ressens me libère. Un calme absolu s'installe en moi, ils ne m'auront pas vivant. Je dois auparavant accomplir ma dernière tâche avant de te rejoindre, Alan. Heureusement, je m'y étais préparé, tout mon matériel est dans le coffre de la voiture. Tant pis pour les autres, les policiers les trouveront dans mon ordinateur. Parvenir à Briec n'a pas posé de problèmes. J'ai bien vu des gendarmes sur la voie express, dès la sortie de Brest, puis plusieurs fois ensuite, mais aucun ne m'a même jeté un coup d'œil, comme s'ils cherchaient autre chose. Leot habite au bout du chemin de Prat-Hir, une impasse ; j'ai repéré l'endroit depuis longtemps. La maison est isolée, mais avant de l'atteindre il faut traverser un lotissement récent, ce qui fait que j'ai dû être plus prudent que pour les autres porcs. Je suis arrivé sans encombre jusqu'au seuil de la maison, espérant qu'il soit là, car la pharmacie est fermée le lundi. Il est bien chez lui. Bizarrement, il sort sans suspicion, sa barbe naissante prouve pourtant qu'il se méfie. Je comprends qu'il ne veuille pas tomber dans les pattes des flics, mais c'est de moi qu'il aurait dû surtout se garder. Il est vrai qu'il ne me connaît pas. Je lui demande si son fils est présent. Non, tant mieux, j'aurais été obligé de le neutraliser. Mais c'est pour cette raison que je ne peux pas m'occuper du pharmacien sur place, des fois qu'il ne survienne, la mort du policier suffit comme dégât. De plus, si je traîne trop ici, l'avis de recherche me rendra plus difficile l'accès à la forêt du Cranou. Il faut que j'agisse très vite. Ce que je fais. Puis, je le place à l'arrière de la voiture, inconscient mais ficelé et bâillonné, sous des couvertures. Il en a pour un bon moment. Avant de quitter les lieux, je rentre dans la maison et trouve rapidement son ordinateur portable, que je pose sur le seuil de sa porte puis je prends la direction de la forêt du Cranou par la départementale 785, direction Brasparts, avant de me diriger vers l'ouest, par la départementale 21 qui me ramène en pleine forêt. Là encore, sur le trajet, des gendarmes m'ont regardé passer sans réagir. Ce n'est pas moi qu'ils cherchent, j'ai gardé un temps d'avance. La barrière à l'entrée du chemin est ouverte, signe que des forestiers sont au travail, mais suffisamment loin pour qu'ils ne reviennent pas pique-niquer ici. Je peux ainsi amener la voiture presque jusqu'au croisement de chemins sans qu'elle soit visible de loin, de tous les sentiers à la fois. Et préparer tranquillement ce vieux porc. L'endroit est désert, il est encore tôt dans l'après-midi. Mais ça ne durera pas, si le temps se maintient. Mon bouquet est toujours là, abîmé. Je me demande s'ils l'ont trouvé et s'ils ont compris. Je n'ai jamais sous-estimé personne. J'entends qu'il se réveille, je vais pouvoir commencer. Mais je lui réserve un sort différent des autres. Il sera mon testament. Je n'irai pas aux morilles cette année.

L

Lundi 31 mars 2014 – Après-midi

À presque quatorze heures, devant un tas de sandwiches et de bouteilles d'eau, idée d'un des brigadiers dont Enor salue l'à-propos car personne ne sait quand sera le prochain repas, Ronan s'apprête à faire le point de ses recherches tout en remettant à Enor un fax qui vient d'arriver. Ce document répertorie sur deux feuilles toutes les SCI situées à Huelgoat. Il se félicite que des services administratifs aient accepté d'être aussi rapides dans le traitement de leur demande, même si cette dernière a été fermement relayée par le bureau de la procureure ainsi que par le cabinet du préfet. Il n'aurait jamais pensé toutefois qu'il y eût eu autant de SCI dans une ville de sans doute moins de deux mille habitants ; il y en a largement plus d'une vingtaine. À la lecture des noms de ces SCI, il apparaît en moins de deux minutes qu'un nouveau bond dans l'enquête vient d'être fait : le douzième nom attire immédiatement l'attention d'Enor, mais il préfère parcourir la liste jusqu'au bout avant d'y revenir. Il demande alors le silence, avant même que Ronan ne puisse parler.

— Écoutez bien ! Nous tenons notre mystérieuse maison ! L'une des SCI s'appelle la *"Kensington's Paradise"*, le paradis de Kensington ! Cela ne vous rappelle rien ?

Françoise répond pour tout le monde :

— Peter Pan !

— Oui, Peter Pan, reprend Enor. L'adresse du siège, donc de la maison, est au lieu-dit Meil-ar-C'hoat. Rappelez-vous les trois lettres KPH sur le DVD, leur sens est maintenant clair : Kensington's Paradise Huelgoat.

— Bien, on va y envoyer une équipe ! dit Peyret.

Mais Enor temporise.

— Ne nous précipitons pas ! Nous avons deux choses à faire dans le même mouvement, en plus de l'arrestation de Robert Vlaminck. Je commence par la plus facile : il faut interpeller Paul Leot à Briec et l'amener dans nos locaux pour interrogatoire. Avec la découverte de la maison de Huelgoat et le témoignage d'Isabelle Bodellec, la serveuse de la brasserie, il craquera très vite. Denis, contacte la gendarmerie de Briec, que deux gendarmes se rendent chez lui. Ronan, tu as trouvé l'adresse de sa sœur à Brest ?

— Oui, elle habite rue Armor, dans le quartier des Quatre-Moulins.

— Françoise, tu vas y aller avec Aela. Le but est de connaître l'origine de leur brouille, elle remonte certainement à loin. Si elle est absente, vous laissez un mot lui demandant de se présenter ici le plus vite possible et vous faites une rapide enquête de voisinage, mais ne traînez pas plus que nécessaire, on risque d'avoir rapidement besoin de vous.

Enor est interrompu par Peyret.

— Et la deuxième chose ?

— Huelgoat justement, mais sans foncer. Je repense à nos deux tireurs de Hanvec. Cette maison est peut-être leur base de repli, n'oubliez pas qu'ils ont été vus par un témoin après Commana. C'est exactement la route la plus rapide pour rejoindre Huelgoat en venant de Hanvec puis de Sizun. (Enor s'est levé et montre le chemin sur la carte du Finistère affichée au mur.) On ne peut pas s'y pointer comme ça. Si jamais ils y sont, ils tireront dans le tas. Je propose un dispositif de surveillance des accès de la route par la brigade de proximité de Huelgoat à environ un kilomètre de la maison. Celle-ci n'est bordée que par la départementale 769, ils n'ont pas le choix pour rejoindre la 764. En parallèle, je demande la mobilisation d'un groupe d'intervention qui pourra faire une reconnaissance discrète des lieux avant d'intervenir.

Guylaine Essart approuve tandis que Françoise et Aela quittent la salle pour se rendre chez Michelle Aveline.

— Bon, alors je m'en occupe tout de suite, ne perdons plus une seconde, ajoute le divisionnaire, qui sort à son tour.

Il ne reste dans la salle que Ronan, Guylaine Essart et Enor. Ce dernier s'adresse à Ronan :

— Tu as pu avoir des informations sur Jacques Moreau ?

— Oui, et je ne suis pas très à l'aise.

Il se tait quelques secondes, le temps de laisser Denis, qui vient de revenir, s'installer de nouveau.

— Lui et Gaël Guerriec étaient très copains et s'invitaient régulièrement l'un chez l'autre. Cela dépassait le simple fait qu'ils faisaient le même métier, les trois personnes que j'ai réussi à contacter sont unanimes là-dessus. Et aussi sur le fait qu'il n'avait pas de relations avec Robert Vlaminck. Aucun ne se souvient d'une friction quelconque entre eux. En réalité, personne n'avait grand-chose à dire sur lui, ni en bien, ni en mal. Un type agréable, doux mais un peu passe-muraille comme l'a dit l'un de mes interlocuteurs, sans grande personnalité, a dit un autre. Pas le genre auquel on prête réellement attention, pour résumer.

— Et ? relance Enor, qui sent bien que ce n'est pas tout.

— Eh bien, Jacques Moreau a une sœur, Estelle Dirson, de deux ans son aînée.

— Ah ? Lui aussi. Décidément ! Alors, quel est le problème ?

— Il a peut-être d'autres sœurs, ou des frères, je ne sais pas, mais celle-là est intéressante ! (Il se tait encore quelques secondes.) Bon, eh bien, je ne sais pas si cela a un sens. Jacques Moreau se vantait que sa sœur Estelle sortait avec le procureur Le Bellec, votre prédécesseur.

Alors que Guylaine Essart pâlit un peu, Enor résume, assommé :

— Attends, si je te suis bien, tu veux dire que le procureur Le Bellec, chargé d'instruire la plainte d'Alan Tellec contre Jacques Moreau avait pour maîtresse la sœur de l'accusé ? Et tu te demandes si ça a un sens ?

— En fait, non, je ne me le demande pas vraiment, mais ce sont des propos indirects, c'était peut-être faux. Une simple rencontre d'une nuit a pu nourrir des affabulations chez Moreau, pour se mettre en avant, pour une fois. Si c'est la réalité, il se peut en effet que cette femme ait joué un rôle dans toute cette histoire !

— Et comment ! explose Guylaine Essart, vous vous rendez compte de ce que cela peut signifier ! Et si jamais le fait est avéré, les conséquences que cela a pu avoir sur la décision de classement et par conséquent le suicide d'Alan Tellec et les meurtres de Vlaminck ! Bon sang, c'est incroyable !

Enor réagit aussitôt :

— Il faut en avoir le cœur net le plus vite possible. Tu me trouves cette Estelle Dirson et tu la convoques ici dans la foulée. Quel merdier !

— Qu'est-ce qui est un merdier ? demande le divisionnaire, qui revient et ajoute avec une satisfaction non dissimulée, la machine est en marche. Si nos voyous sont là-bas, ils ne nous échapperont pas.

Mis au courant de la dernière information de Ronan, déjà parti à la recherche de l'adresse d'Estelle

Dirson, sa joie chute d'un cran et il lâche un « merde ! » qui confirme la justesse de la réflexion antérieure d'Enor.

Celui-ci ne se souvient que trop bien du procureur Daniel Le Bellec, muté l'an passé pour raisons disciplinaires. L'affaire des tweets, en 2012 ! Le procureur gazouillait allègrement en pleine audience, méprisant ou se moquant férocement des témoins, des avocats, des accusés et des juges selon les circonstances, plusieurs milliers de suiveurs suspendus à ses blagues douteuses. Un délice pour eux, une ivresse pour lui. Qui lui a coûté une mutation sanction demandée par le Conseil supérieur de la magistrature début 2013 et acceptée par la ministre. Plus encore que la teneur offensante des propos, déjà en eux-mêmes guère finauds, c'est l'extrême désinvolture du comportement portant atteinte à l'image de la justice, qui choqua le plus. Daniel Le Bellec était aujourd'hui quelque part dans une sous-préfecture de l'est de la France. Enor ne l'avait pas regretté, car leur collaboration avait toujours été plus que difficile. Il ne se souvient pas comment ses gazouillis avaient atterri sur le bureau du procureur général et Guylaine Essart non plus, mais elle promet de se renseigner dans la journée. À 14 h 25, un premier coup de fil des hommes postés devant la société de Robert Vlaminck l'informe que ce dernier n'est pas dans l'entreprise notée sur son agenda. La secrétaire, une dénommée Annie Léon, arrivée un quart d'heure en retard, n'a aucune idée de l'endroit où il peut bien être, mais comme elle a évidemment le listing des clients, elle les appelle selon un ordre d'ancienneté des dates de dernière intervention car elle pense qu'il a peut-être été directement contacté pour une urgence. Un homme est en faction au troisième étage, d'où il a une vue dégagée sur la rue pendant que deux autres sont restés en planque dans leur véhicule à vingt mètres de l'immeuble. Le dispositif semble imparable, mais Enor est inquiet de cet échec. D'autant qu'il n'y a rien à signaler non plus du côté de l'appartement. Tout cela n'est pas normal. Il ne voit pas d'autre solution que de communiquer officiellement un mandat de recherche avec photo et modèle de sa voiture, une Volvo 4x4 break. À 14 h 40, ce qu'il craignait de pire arrive par la voix de l'adjudant Maurice Senot, de la gendarmerie de Briec de l'Odet, dont le standard transmet l'appel. Enor met le haut-parleur.

— Commissaire Berigman ?

— Oui, moi-même.

— Ici l'adjudant Senot, de la brigade de Briec. Nous sommes arrivés chez Paul Leot, mais il n'y a personne, la maison est vide. Quelque chose ne va pas parce que la porte est entrouverte et un ordinateur portable est posé sur le seuil d'entrée. De plus, il y a une voiture dans l'allée. Que faisons-nous ? On laisse une équipe ?

— Oui, vous restez mais vous ne touchez à rien, on vous envoie tout de suite la Scientifique, vous les attendez. Et vous ne laissez entrer personne dans la maison. Vous avez fouillé le jardin ?

— Oui, il n'y a rien.

— Bien, alors on fait comme ça.

Sitôt la communication coupée, Enor dit d'une voix blanche :

— Vlaminck est déjà passé à Briec. Leot est entre ses mains.

— Mais comment est-ce possible ? demande Peyret.

— Je ne vois qu'une possibilité. Nous avons été repérés à l'une des deux adresses de Brest. Je crois qu'on peut lever le dispositif de surveillance, au moins celui de sa société, on a une fois de plus la preuve de la rapidité de ses réactions. Se sachant identifié, au lieu de s'enterrer quelque part, il fonce chez Leot et l'enlève.

— Bon, d'accord, il tient sa victime, mais où peut-il être maintenant ? dit la procureure.

Un long silence s'ensuit pendant lequel Denis va s'assurer que la photo de Robert Vlaminck a bien été transmise à toutes les forces de l'ordre. Tout le monde réfléchit mais aucune idée géniale ne surgit. « Ce serait pourtant le moment, » se dit Enor. Il lui en vient soudain une, guère exceptionnelle, mais qui vaut ce qu'elle vaut. Il décroche le téléphone, toujours sur haut-parleur, appelle Françoise et la met au courant de la situation. Puis il lui demande :

— Où en êtes-vous ? Vous êtes avec Michelle Aveline ?

— Oui. Attends, je sors.

Quelques secondes passent.

— Voilà, je suis dehors. La maison ressemble à une maison de pêcheurs irlandaise, elle est toute verte.

— On n'a pas le temps de parler de ça. Bien, alors voilà. J'ai pensé que peut-être la sœur saurait si son frère Paul a une résidence secondaire quelque part, sur la côte par exemple.

— C'est une idée, mais les liens entre eux sont rompus depuis plus de trente ans. Elle ne l'a jamais revu depuis, alors s'il a acheté une maison, elle ne sera certainement pas au courant, sauf si c'est une vieille maison de famille. Attends, je vais le lui demander.

Enor entend de nouveau un bruit de porte, puis l'écho d'une conversation pendant quelques secondes avant que Françoise ne reprenne la parole :

— Désolé, Enor, résultat négatif, elle n'en a aucune idée.

— Tant pis, ça aurait été trop beau.

Après un moment d'hésitation, parce que ce n'est pas l'urgence, il ajoute :

— En dix secondes, qu'est-ce que ça donne ?

— Viols et attouchements. Vlaminck ne s'est guère trompé sur le bonhomme, si elle nous dit la vérité. Cela a commencé quand elle avait 8 ans, pendant plusieurs années, jusqu'à la puberté.

— Et le portrait-robot, pourquoi n'a-t-elle pas réagi ?

— Elle ne lit pas la presse locale et n'écoute ou ne regarde que rarement les infos. Juste quelques magazines culturels. Sa vie, c'est le théâtre, point. On a pratiquement fini ici, on n'apprendra rien de plus. On arrive dans dix minutes environ.

— D'accord. Essayez de réfléchir en chemin sur l'endroit où Vlaminck pourrait avoir emmené Leot.

Une thérapie par le théâtre ! Il fait une grimace. En attendant, ils n'ont pas progressé et la question reste posée : où Vlaminck peut-il être ? Il entend une voix dans le couloir. C'est Ronan et Denis qui reviennent.

— Estelle Dirson habite au bout de la rue du Bois, à Gouesnou, dit Ronan. Elle est anesthésiste à la Cavale Blanche ; je l'ai juste attrapée alors qu'elle partait pour une intervention urgente en renfort. Du coup, cela semblait compliqué pour cet après-midi, alors j'ai proposé ce soir 19 h 30, ici même.

Enor ne discute pas.

— OK. Enfin peut-être, on verra selon l'évolution de la situation sur le terrain si on tient cet horaire. On a d'autres chats à fouetter mais je suis impatient d'entendre ce qu'elle pourra nous dire.

— J'assisterai à l'interrogatoire, si vous le voulez bien, ajoute Guylaine Essart. Vous comprenez que cet aspect de l'affaire me touche particulièrement. De toute façon, si elle est mêlée, même indirectement, à l'histoire Tellec, une déposition officielle est indispensable.

— Bien entendu. Bon, c'est réglé. Revenons à Vlaminck. Il a une longueur d'avance sur nous. S'il nous a repérés, c'est forcément après midi et demi, il était alors à Brest. Il décide d'aller chez Leot à Briec ; on peut en déduire qu'il a anticipé son identification par notre équipe et que son matériel est dans sa voiture. De Brest à Briec, chemin de Prat-Hir, par la voie express, il doit y avoir une soixantaine de kilomètres. S'il est parti de Brest, disons vers 12 h 40, il lui a bien fallu quarante-cinq à cinquante minutes, en roulant prudemment. Il ne veut pas se faire intercepter et il a dû voir les barrages de la gendarmerie pour le 4x4 noir. Il comprend que ce n'est pas encore pour lui, mais que ça ne saurait tarder. Il est donc chez Leot vers 13 h 35-13 h 40. Tout le monde suit ?

Tout le monde approuve de la tête. Enor reprend.

— Ensuite, il doit passer une dizaine de minutes sur place. Comment il fait pour tromper la vigilance de Leot, nous n'en savons rien, il devait avoir une entrée en matière toute prête. Mais ça nous amène à 13 h 50 au plus tôt avant qu'il ne reparte, soit à peine plus d'une demi-heure avant que les gendarmes n'arrivent sur place. Il s'en est fallu de peu. C'est son avance à ce moment-là. J'aurais sans doute dû les envoyer avant mais j'attendais la confirmation du bouquet de tulipes et rien ne laissait penser une telle vitesse de réaction de la part de Vlaminck après l'avoir manqué à Brest. En tout cas, selon toute probabilité, à cette heure-là... (Enor consulte sa montre.) 15 h 05, Leot est sans doute encore vivant, selon la longueur du trajet pour se rendre sur le lieu de l'exécution, car c'est de cela qu'il s'agit.

— Oui, admet Peyret. Mais maintenant Vlaminck est aux abois et Dieu seul sait où il a pu emmener sa victime. Si c'est un lieu connu de lui seul, la sœur ne nous est d'aucune aide et le fils... Oui, le fils, il saurait peut-être.

— Je ne crois pas, mais ça ne coûte rien de demander. Après tout, c'est lui qui nous met sur la piste de Huelgoat. Ronan, vois auprès de l'ex-femme, s'il te plaît.

Françoise et Aela font discrètement leur apparition à cet instant, alors que Denis prend la parole :

— Je ne sais pas... mais je pense plutôt que l'endroit où il va est plus lié à lui qu'à Leot. Regardez pour Guerriec, il a même choisi une maison qui n'a rien à voir, c'était juste parce qu'elle avait la bonne configuration.

Aela, tout en redressant sa frange, intervient :

— Patron, nous en avons discuté dans la voiture avec Françoise, comme vous nous l'avez demandé. De deux choses l'une : ou Vlaminck se rend en un point connu de lui seul, et nous en sommes réduits à attendre la découverte du cadavre de Leot sans bouger ou à espérer qu'il soit interpellé par un barrage avant, mais ça serait peut-être déjà fait maintenant.

— Ou ? demande Enor, qui commence à comprendre le raisonnement.

— Ou bien il se rend sur un point que nous connaissons parce que nous l'avons rencontré au cours de l'enquête, un point symbolique en quelque sorte.

— Et vous avez une idée de cet endroit ? interroge le divisionnaire.

C'est Françoise qui prend le relais.

— On ne peut être sûr, bien entendu, mais nous en voyons deux, proches l'un de l'autre : la maison de Pierre-Yves Le Bihan à Hanvec et, mieux encore, la forêt du Cranou, là où tout a commencé. Le site exact du suicide d'Alan Tellec.

— Mais oui ! Ça tient debout ! approuve Enor. Vlaminck sait que Leot sera certainement sa dernière victime et il peut vouloir terminer en beauté ! C'est tout à fait possible.

— Je dois reconnaître que votre raisonnement n'est pas bête, les félicite Peyret à leur étonnement. (Décidément, ils ne le reconnaissent plus trop depuis un jour ou deux.) De toute façon, on n'a pas de meilleure idée, alors on peut partir de celle-là. D'accord, Berigman ?

De fait, Enor est déjà debout.

— Il faut y aller. On restera opérationnel de la même façon depuis là-bas. Françoise, tu vas avec Denis à la maison, je pars à la fontaine de la forêt avec Aela. Ronan reste ici en liaison. Les gendarmes de Daoulas vont peut-être râler mais Denis tu les appelles avant de partir et tu leur demandes d'envoyer deux équipes sur les deux lieux. Ils y seront avant nous. On reste en contact, et si quelqu'un a une autre idée qu'il en informe tout le monde ! À ce stade, aucune proposition n'est ridicule. Madame la procureure, cela vous va ?

— C'est parfait comme ça, vous me tenez au courant. On se voit tout à l'heure de toute façon.

— Allez hop, on fonce.

Ils croisent dans le couloir Ronan qui revient bredouille de sa quête téléphonique. Ni l'ex-femme ni le fils ne connaissent une maison dont Paul Leot aurait été propriétaire ailleurs dans le département ou dans une zone limitrophe. Sauf peut-être à Huelgoat, avait redit le fils. Mais tout laisse penser que Vlaminck ne connaît pas l'existence de cette maison.

LI

Lundi 31 mars 2014 – Après-midi

Il est 15 h 57 exactement lorsque Enor arrive avec Aela à l'entrée du chemin de la forêt. La barrière est ouverte, ils passent. Il sait qu'ils sont les premiers sur les lieux car la gendarmerie, occupée sur plusieurs interventions, n'a pu envoyer qu'un seul véhicule, qui est d'abord allé logiquement au plus court, c'est-à-dire à la maison de Le Bihan. Les gendarmes doivent toujours être sur place puisqu'il n'a pas de nouvelles. Ainsi que Françoise et Denis maintenant. Enor avait mis son gyrophare pour rouler à grande vitesse, mais un ralentissement sur deux kilomètres, à la suite d'un accident qui obligeait à rouler sur une voie, les a retardés. Il avait malgré tout emprunté la voie d'urgence, le plus prudemment possible. Heureusement, un lundi à cette heure-là, la voie express est fluide et le bouchon ne s'étirait pas trop, mais c'est souvent comme cela quand on est pressé… Il avait pourtant hâte d'arriver et de vérifier l'intuition de ses collègues. Cette sortie lui donnait l'occasion d'avoir l'impression de faire quelque chose. Comme elles l'avaient dit, attendre que le fruit mûr tombe dans la bouche de lui-même n'était pas une option enthousiasmante. D'autant plus que ça n'arrive jamais. Il sentait Aela tendue comme lui sur le siège d'à côté. C'est ce qui expliquait qu'ils n'avaient guère discuté dans la voiture. Pourtant, il aimait bavarder, échanger. Sur n'importe quel sujet, il suffisait d'être sincèrement curieux. C'est comme cela qu'il avait compris que s'il existe des futilités, il n'y a pas d'opinions futiles. Alors il prenait comme une richesse de parler de navigation avec Aela, de planche à voile avec Denis, de sa région natale avec Ronan, de… de quoi avec Françoise ? C'était curieux car, finalement, c'est elle qui partageait le moins. Et puis il y avait Luc et le surf. Luc ! Qui ne réaliserait pas son rêve à cause d'un tragique enchaînement de circonstances qu'ils avaient maintenant éclairci en totalité, ou presque. Mais ce climat de confiance perdure également, parce que lui-même ne fuit pas non plus les sujets personnels. Il écoute, mais il se livre aussi. Rien n'est à sens unique dans ce qui reste toutefois à la discrétion de chacun. C'est pourquoi Enor est fier que son équipe soit soudée et qu'il n'ait encore jamais eu le moindre différend à régler entre eux. En roulant maintenant sur le chemin, il aperçoit dans son rétroviseur le véhicule de gendarmerie suivi de la voiture de Françoise. Ils n'ont donc rien dû trouver chez Le Bihan. Il comprend pourquoi quand il aperçoit au loin devant lui un 4x4 Volvo rangé sur le bord du chemin. Malgré les pierres, il accélère et ne soucie pas que Vlaminck les entende arriver, bien au contraire. Mais n'est-il pas déjà trop tard ? Il freine brutalement, prend à peine le temps de couper le moteur et sort en courant de la voiture, Aela sur ses pas. Ils ont déjà fait presque une vingtaine de mètres quand les deux autres voitures se garent également. En tournant la tête, il aperçoit Françoise, portable à l'oreille, donnant l'alerte. Enor passe le calvaire, franchit l'espace pique-nique et s'enfonce, tous ses sens aux aguets, dans le sentier qui mène à la fontaine toute proche, évitant les branches basses des arbustes, ne s'inquiétant guère qu'elles puissent cingler le visage d'Aela. Lorsqu'il débouche devant le point d'eau, il se rend compte qu'ils arrivent trop tard : Robert Vlaminck est pendu à une branche et Paul Leot gît au sol, dans le linceul de barbelé habituel. Un premier examen rapide des corps, encore chauds, prouve que la mort ne remonte certainement qu'à quelques minutes. Rejoint par les autres, Enor leur impose le silence et l'immobilité pendant trente secondes, afin d'écouter les bruits de la forêt. Car même si c'est quasi certain, il n'est toujours pas prouvé que Vlaminck agissait bien seul. La scène est toute récente, il pourrait peut-être y avoir encore le bruit de la course d'un complice dans les feuillages. Mais seul le chant des oiseaux perce le silence. Ce moment que l'on pourrait presque croire de recueillement lui permet de balayer les lieux du regard. Il aperçoit le bouquet de tulipes, ou du moins ce qu'il en reste, au pied de l'arbre, les habits pliés de Leot sur la droite et, au bord de la fontaine, un ordinateur portable dans sa housse, ainsi que ce qui est probablement l'arme du crime, un curieux bâton qu'il trouverait très beau s'il n'avait pas servi à torturer et à tuer. L'ordinateur du pharmacien ayant été déjà retrouvé à Briec, il en déduit que celui-ci est vraisemblablement celui de Vlaminck. Il renvoie ensuite l'un des gendarmes aux voitures, par sécurité. Puis, alors que Françoise lui confirme que les Services techniques et scientifiques arrivent, il lui demande d'examiner plus attentivement les corps, en faisant attention de ne pas polluer l'endroit pendant qu'il inspecte un peu les environs immédiats avec Aela. Ils ne sont pas là depuis plus de cinq minutes. Il appelle Guylaine Essart et lui expose la situation. C'est alors qu'il entend Françoise l'appeler :

— Enor, viens vite, vite !

Il accourt et la voit penchée sur le corps du pharmacien. Elle lève la tête à son arrivée et lui dit d'une voix ferme :

— Il n'est pas mort ! Il respire encore !

Il ne perd pas une seconde. Son téléphone toujours en communication, il ordonne immédiatement à Denis d'aller chercher des couvertures et à Aela d'appeler les pompiers pour une urgence vitale. Ainsi, pour une raison inconnue, Vlaminck a décidé de ne pas donner de coup de grâce à sa dernière victime. Sauront-ils jamais pourquoi ? Mais il n'est pas sûr toutefois que Paul Leot survive à ce qu'il vient de subir.

LII

Lundi 31 mars 2014 – 17 heures

Médecin, pompiers, gendarmes, techniciens, légiste… La zone, devenue une vraie fourmilière, est totalement bouclée. Même Peyret a fait le déplacement avec Ganne, le porte-parole, qui veut savoir ce qui pourra être dit à la conférence de presse organisée à 18 h 30. Car Peyret tient à ce que l'on annonce le plus vite possible aux journalistes l'identification de l'assassin et son suicide alors qu'il allait être interpellé, ce qui a permis le sauvetage de la dernière victime. Pour lui, l'affaire est close, comme il l'a affirmé au téléphone au directeur régional Benedek avant de quitter Brest. Enor, qui pense qu'il est exagéré de prétendre que la police est pour quelque chose dans ce sauvetage, n'est pas d'avis non plus que les investigations soient terminées :

— Monsieur le divisionnaire, je vous rappelle que nous avons encore plusieurs ordinateurs portables à exploiter, ceux de Paul Leot et de Robert Vlaminck.

— Oui, bien entendu, mais l'essentiel est fait. L'assassin est hors d'état de nuire et l'affaire est résolue.

— N'oubliez pas également Estelle Dirson, que je vois tout à l'heure. Si jamais elle a joué un rôle, même annexe, cela risque de nous mener à envisager l'implication indirecte du procureur Le Bellec dans la genèse des faits. Et puis il y a la maison de Huelgoat. Cela concerne les victimes, mais le tableau ne sera complet que lorsque nous aurons compris les liens entre tous ces éléments. (Enor tourne la tête en direction de Ganne.) Non, je préférerais que nous restions pour l'instant minimalistes dans nos informations à la presse, quitte à dire que de nouveaux développements sont à attendre dans les prochains jours.

Peyret n'insiste pas.

— D'accord, l'essentiel est de soulager la population, l'assassin est neutralisé. Mais je vous rappelle que Huelgoat est maintenant sous la responsabilité du commissaire Delorme.

— Oui, mais je tiens à être au moins informé de ce qui va en sortir, cela me semble la moindre des choses.

— Vous le serez, je lui en ai touché un mot.

— Monsieur le divisionnaire, je n'ai pas parlé non plus de la mort de Lastenet parce qu'il est clair que ce jeune homme n'avait rien à voir avec les meurtres, mais je pense qu'il ne serait pas mort si notre enquête ne nous avait conduits un moment à lui.

— Là, vous m'en demandez trop ! Pour le moment, nous n'avons aucune piste et je crains que nous ne trouvions jamais les assassins. Ils sont loin à l'heure qu'il est !

— En effet, mais le commanditaire, lui, n'est sûrement pas un inconnu de nos services. Nous l'avons même peut-être approché pendant l'enquête.

— Laissez faire les collègues ; s'il y a quelque chose à trouver, ils trouveront. Nous leur avons communiqué tous les noms en cause, du BUG à Demain Bretagne en passant par les Tavernier à Nice. (Il regarde sa montre.) Bon, allez, il est temps de retourner à Brest, la conférence est dans à peine plus d'une heure. (Il a un regard circulaire.) C'est du beau travail que nous avons fait.

Enor n'en est pas autant persuadé. Il pense qu'avec ce qu'il vient de dire et les faits mis au jour au cours de ces semaines, il n'est pas difficile de comprendre que colère et écœurement se mêlent tristement dans cette histoire. Il salue le capitaine Ganne puis s'approche de l'ambulance des pompiers qui s'apprête à partir, pour s'enquérir auprès du médecin de l'état de santé de Leot.

— Nous l'avons stabilisé, mais je ne peux pas me prononcer, c'est beaucoup trop tôt. Les traumatismes sont nombreux, il est en état de choc. Il ne fait pas de doute que le pronostic vital est engagé. Nous avons demandé un transport par hélicoptère, il est en route et va se poser sur le terrain de foot de Hanvec tout près d'ici. En roulant lentement, on y sera dans une douzaine de minutes. Voilà, c'est tout ce que je puis vous dire, il faut qu'on y aille.

— Bien. Merci, Docteur.

Puis Enor va trouver Yves Cardic, occupé à enlever sa tenue de protection.

— Alors ?

— La hauteur était trop faible pour qu'on ait une rupture des vertèbres. Mais la blancheur de la face indiquerait une compression totale des artères carotides, ce qui est compatible avec la position du nœud. La perte de connaissance se fait en moins de dix secondes avec une ischémie cérébrale. Quelques lividités aux extrémités, mais aucune ecchymose sur les bras qui aurait pu suggérer des gestes de défense. Je dirais donc, sous réserve d'un examen plus complet, qu'on est bien en face d'un suicide et non d'un meurtre. De toute façon, les cas de meurtres de ce type sont quasi inexistants. Et vu le gabarit de notre homme, il aurait fallu le droguer pour réussir ça, et l'autopsie le révélerait.

— Mais ton sentiment ?

— Suicide. Pour les horaires, même si le cœur peut continuer de battre quelques minutes, il est mort moins d'une demi-heure avant que vous n'arriviez, vers seize heures si j'ai bien compris. Cela indique que ce n'est pas le bruit de la voiture qui a précipité son geste.

— Il a donc délibérément décidé de laisser en vie sa dernière victime ?

— Oui, sans aucun doute. Et je l'en remercie, ça me fait un travail en moins. (Il regarde le corps, que l'on s'apprête à amener au centre médicolégal.) C'est donc lui, le responsable de tout ça ?

— Oui, pénalement. Mais les origines de l'affaire sont bien plus complexes.

— Assurément. Bon, à plus tard, voilà une semaine qui commence fort.

Enor regarde sa montre, il est 18 h 20. Il est temps de rentrer pour l'audition d'Estelle Dirson. Il prend deux minutes pour appeler Mariannig puis rejoint son équipe. Retour au SRPJ.

LIII

Lundi 31 mars 2014 – 19 h 30

Estelle Dirson est à l'heure. C'est une femme élancée d'une petite cinquantaine d'années, aux longs cheveux châtains et au visage ovale. Enor remarque ses mains, qui se terminent par des doigts longs et fins, des doigts de pianiste. Elle a certainement pris le temps de rentrer chez elle avant de venir, discrètement maquillée et parfumée. Peu de temps auparavant, Enor a reçu un appel de Lydia Delorme, à Huelgoat. Le groupe d'intervention est arrivé sur place mais il attend maintenant la tombée de la nuit pour envoyer deux hommes faire une reconnaissance des abords de la maison, située au bout d'un chemin sinueux qui grimpe dans les bois et la rend invisible depuis la route. En même temps, cela facilitera l'approche des lieux, en s'aidant de la carte au vingt-cinq millième. Il n'y a rien eu à signaler jusqu'à présent mais elle le tiendra au courant de la suite des événements. Enor l'a remerciée de son appel, en la priant de ne pas hésiter à le contacter quelle que soit l'heure. Puis Guylaine Essart est arrivée, toute radieuse grâce à l'information qu'elle lui transmet.

— Commissaire, tenez-vous bien. Le procureur général du Castel m'a donné le nom de la personne qui lui a communiqué les gazouillis de Le Bellec. En fait, il s'agit d'une femme, qui n'est autre qu'Estelle Dirson.

Enor a un petit sifflement.

— Eh bien, elle va pouvoir nous expliquer ça.

Maintenant, elle est là, l'air parfaitement tranquille. Françoise assiste à l'entretien derrière la vitre teintée, avec un spécialiste de la prise de notes rapide. Les présentations faites, Enor entame la séance par les formalités d'état civil habituelles puis commence :

— Je vous informe que la déposition que vous allez faire a un caractère officiel et qu'elle donnera lieu à un procès-verbal, que vous pourrez relire avant de le signer.

— Vous m'intriguez. Suis-je accusée de quelque chose ? Ai-je besoin d'un avocat ?

— Non, Madame, aucune accusation n'est portée contre vous ni aucune information judiciaire ouverte. Nous comptons simplement obtenir quelques précisions sur les conditions dans lesquelles vous avez transmis au parquet général les tweets du procureur Daniel Le Bellec.

— Ah ! Et pourquoi cela ?

— Eh bien, certains événements récents font que nous nous intéressons à ces conditions, je ne puis vous en dire plus. (Enor ne lui laisse pas le temps de répliquer.) Pouvez-vous nous confirmer que le procureur Le Bellec et vous-même aviez une liaison ?

— Je confirme.

— Dans quelles circonstances vous êtes-vous rencontrés ?

— Début janvier 2008, aux derniers vœux du maire de Brest, avant les élections municipales de mars. Nous nous sommes parlé au cours du cocktail qui a suivi. Puis, de fil en aiguille, nous nous sommes revus et c'est comme cela que tout a commencé.

— Mais vous habitez Gouesnou. Pourquoi aller aux vœux de Brest ?

— N'oubliez pas que je suis chef de service à l'hôpital de la Cavale Blanche. Mais je ne vois pas…

— Nous allons y venir. Votre liaison a donc duré jusqu'en 2012 ?

— Oui, début 2012. Cela a duré quatre ans.

— Qui est à l'origine de la rupture ?

— Moi.

— Pouvons-nous savoir pour quelle raison ?

— Encore une fois, je ne vois pas ce que vous cherchez, mais les raisons sont tristement banales. Je suis tombée amoureuse, il devait quitter sa femme et moi mon mari, puis nous devions vivre ensemble. Ridicule, n'est-ce pas ? dit-elle avec un petit rire caustique.

— Je ne vois pas en quoi.

— Le risible c'est que j'aie pu y croire pendant des années au point d'en informer mon mari. Résultat, nous sommes séparés et aujourd'hui en instance de divorce, alors que monsieur Le Bellec vit toujours avec sa chère épouse quelque part dans l'Est.

— Il est à Montbéliard, précise Guylaine Essart.

— Où qu'il soit, je ne sais pas à qui j'en veux le plus, à lui ou à moi.

— Dois-je comprendre que la transmission des tweets est une vengeance ? reprend Enor.

— Oui, c'est aussi stupide que cela, et avec le recul je n'en suis pas fière.

— Oui, je comprends. Une espèce d'impulsion sous le coup de la colère, on se dit qu'il l'a mérité.

— Je me suis sentie humiliée et trahie, oui. Et je suis trop lucide pour le rendre entièrement responsable de mon geste. Quelque chose en moi m'a poussée à le faire, une face sombre que je ne me connaissais pas.

— Dites-moi, ces tweets, cela faisait longtemps qu'il en envoyait ?

— Non, cela a commencé en 2011, par hasard. C'était nouveau pour lui, en raison d'un accusé multirécidiviste qui s'emmêlait tellement dans ses protestations qu'il amusait tout le monde, même son avocat. C'était donc un peu innocent au début, bien que contestable bien sûr, puis c'est devenu de plus en plus moqueur et cruel avant d'être franchement insultant. Tout cela me déplaisait. Je le lui ai dit mais il prenait ça à la légère comme s'il n'y avait pas de vraies gens à l'autre bout de ses messages et qu'il ne parlait pas de personnes qui lui faisaient face au même moment en plein tribunal ! Je crois qu'il avait perdu tout sens de la réalité et de la gravité de ce qu'il faisait. C'est aussi à partir de là que les choses ont commencé à déraper entre nous et que je me suis posé des questions sur sa personnalité.

Certain d'avoir fait un tour suffisant de la question, Enor aborde enfin le vrai motif de l'interrogatoire :

— Bien, je crois qu'en effet nous comprenons mieux maintenant les circonstances. Je voudrais juste conclure par un dernier éclairage sur un aspect d'une affaire qui nous préoccupe aujourd'hui.

— Puis-je avoir un peu d'eau ?

— Bien entendu.

Enor débouche la bouteille, sert Estelle Dirson et la procureure. Enor voit qu'elle est inquiète, il la laisse boire son verre, puis demande :

— Vous aviez un frère qui s'appelait Jacques Moreau, décédé le 8 mars 2010, c'est bien exact ?

Il est clair qu'elle ne s'attendait pas à cette question, sa surprise n'est pas feinte.

— Oui, il avait deux ans de moins que moi.

— Vous vous fréquentiez ?

— Non, pas beaucoup. On se voyait une ou deux fois par an, guère plus, mais nous n'étions pas fâchés. Je ne vois pas où vous voulez en venir.

« Oh que si, pense Enor, ce n'est pas possible autrement. »

— Vous n'ignorez pas qu'une plainte pour viols et attouchements sexuels a été déposée le 24 mars 2009 contre votre frère par un nommé Alan Tellec, pour des faits qui se seraient produits à l'internat du collège du Moulin-Vert, alors qu'il n'avait qu'une dizaine d'années, lors des années scolaires 1986 et 1987 ?

Elle pousse un léger soupir.

— Non, je ne l'ignore pas. Mais je ne suis jamais arrivée à y croire.

— Pour quelle raison ?

— Je ne sais pas. C'était mon petit frère, ça paraissait tellement incroyable. Mon petit frère accusé d'actes pédophiles !

— En tant que médecin, même si ce n'est pas votre spécialité, vous savez bien que la pédophilie ne se lit pas sur le visage ni même ne se devine dans la vie quotidienne des gens ?

— Oui, bien sûr, mais il ne s'agissait pas là d'un étranger, j'étais touchée personnellement. On raisonne différemment dans ces cas-là. C'est-à-dire qu'on ne raisonne pas, ajoute-t-elle dans une grimace.

— Quand vous étiez jeunes, il n'avait jamais eu de gestes déplacés à votre égard ?

— Non, absolument pas, mais je vous rappelle que j'étais plus âgée que lui.

— Le procureur Le Bellec l'a-t-il rencontré ?

— Non, jamais. Une liaison adultère, puisqu'il s'agit de cela, est secrète par définition. Il n'est pas question de rencontrer des membres de la famille, vous vous rendez compte !

— Secrète, peut-être, mais votre frère a parlé de votre liaison à certains membres du bagad des Hermines. Il était donc au courant ?

— Oh, oui, répond-elle d'un ton ennuyé, il m'avait vu rester un bon moment avec lui à cette cérémonie des vœux, puis quitter les lieux ensemble. Il y était invité en tant que directeur de centre aéré. Il m'a demandé par la suite s'il y avait quelque chose entre nous, alors une fois je lui ai dit la vérité parce que je croyais que ça deviendrait officiel un jour. Mais je lui avais bien dit de ne pas en parler... Il n'a pas pu s'en empêcher.

— Mais le procureur Le Bellec, de son côté, savait-il qu'il était votre frère puisque vous ne portiez pas le même nom ?

Enor, comme Guylaine Essart, la fixe intensément. C'est l'heure de vérité. Mais Estelle Dirson n'a aucune hésitation.

— Bien sûr ! Je lui avais parlé de lui en plusieurs occasions. Je ne sais plus lesquelles, bien entendu, mais au cours de discussions entre deux amants qui ont l'intention de faire leur vie ensemble, je suppose que la famille est un sujet qui revient régulièrement.

— Donc quand la plainte est arrivée sur son bureau, il a tout de suite compris qu'il pourrait s'agir de votre frère, qui pourrait lui-même devenir son futur beau-frère ?

— Mais oui, c'est ça. Il m'en a parlé deux jours après, quand nous nous sommes vus, donc le 26, d'après ce que vous dites. Je lui ai dit que cette plainte me paraissait ubuesque.

Elle semble réfléchir soudainement à quelque chose de précis, puis reprend :

— Attendez, vous pensez que c'est à cause cette plainte qu'il se serait arrangé pour que je rompe notre relation afin de ne pas hériter d'un beau-frère accusé d'un tel crime, étant donné sa position ?

« Elle est bien naïve », pense Enor.

— Non, je ne pense pas, vous n'avez rompu qu'en 2012 et votre frère est mort en début 2010, ça ne colle pas. Il aurait mis fin à votre relation à l'instant où le juge Letourneux avait choisi d'ouvrir une information judiciaire, c'est-à-dire après la deuxième plainte, le 17 novembre 2009.

Le coude gauche sur la table, elle se frotte les deux joues avec les doigts de la main, le pouce d'un côté, l'index et le majeur de l'autre.

— Oui, vous avez raison. La chronologie invalide mon hypothèse.

L'instant redevient décisif.

— Madame Dirson, la question que nous nous posons, c'est la raison pour laquelle Daniel Le Bellec a décidé de classer sans suite la plainte déposée contre votre frère et a ensuite réitéré lors de la deuxième ?

— Mais je ne sais pas. Il m'a juste annoncé un jour qu'il avait pris cette décision, mais sans m'expliquer pourquoi.

— Vous êtes sûre de ne pas être intervenue pour protéger votre frère ? De ne pas avoir influé sur sa réquisition ?

Elle prend un ton indigné, dont Enor ne discerne pas s'il est feint ou réel.

— Mais jamais de la vie ! C'est vrai que je lui ai dit que je connaissais bien mon frère et que cette accusation me paraissait grotesque, je ne vous l'ai pas caché. Je ne voyais pas ce qui pouvait pousser quelqu'un, si longtemps après, à dire cela. Je l'ai pris comme une vengeance de jeunesse, c'est tout. Pour moi, c'est dans le passé du plaignant qu'il fallait fouiller. Il y avait forcément une raison !

— Le plaignant s'est suicidé le 24 mars 2010, c'est-à-dire un an jour pour jour après le dépôt de sa première plainte, et quelques jours après la mort de votre frère. Nous ne saurons jamais s'il disait la vérité.

Elle porte la main à sa bouche.

— Oh, je suis désolée, je l'ignorais, il ne m'en a même pas informée, s'excuse-t-elle avec un sourire amer. Mais vraiment… Écoutez, je ne sais plus quoi penser, mais tout ça paraît tellement incroyable. Quel malheur !

Elle semble sincère. Enor poursuit pourtant.

— Lors de la deuxième plainte, Le Bellec vous a-t-il également avertie ?

— Oui, bien sûr. Il m'a affirmé qu'il ne changerait pas d'avis mais que le juge saisi, qui était un emmerdeur, c'était son mot, ne lâcherait peut-être pas l'affaire et qu'il fallait que je me prépare à ce qu'il y ait sans doute une enquête et un renvoi éventuel devant un tribunal.

— C'est tout ?

— Non. C'est là qu'il m'a promis qu'il ferait le maximum pour empêcher que l'affaire aille jusqu'à une condamnation, par amour pour moi. Mais je puis vous assurer que je n'ai jamais exigé cela. De toute façon, Jacques est mort quelques mois plus tard, il n'y a pas eu de procès.

Guylaine Essart, restée impassible tout au long de l'interrogatoire, a un pincement de lèvres atterré, il est inutile d'aller plus loin pour le moment. Enor reprend la parole :

— Madame Dirson, vous allez prendre le temps de relire votre déposition qui va être prête dans quelques instants, avant de la signer. Ne quittez pas la région sans nous avertir, car une confrontation sera organisée avec Daniel Le Bellec lorsque nos collègues du Doubs auront procédé à son interrogatoire. Vous pourrez également être appelée plus tard à témoigner devant un tribunal. Avez-vous quelque chose à ajouter ?

— Non, rien.

Elle semble plutôt pressée de quitter les lieux, surtout si elle a passé l'après-midi en opération.

— Bien, fin de notre entretien à 20 h 37.

Après le départ d'Estelle Dirson, la discussion entre Enor, Françoise et la procureure est brève. Il est impossible de savoir si elle dit toute la vérité, seule une confrontation pourra éclaircir son rôle. Mais *a minima*, la mise en cause du procureur Le Bellec semble inévitable, et Peyret comme le procureur général du Castel en sont immédiatement avisés. Peyret les informe que la conférence de presse s'est très bien déroulée, et que les journalistes ne sont pas mécontents de la perspective de nouvelles révélations dans les jours à venir. De quoi entretenir l'intérêt du lecteur. Sauf si un autre fait divers vient à prendre la première place.

Alors qu'il quitte le SRPJ, Enor reçoit un appel de Lydia Delorme.

— Commissaire Berigman ?

La voix est basse, tout juste audible.

— Oui, mais appelle-moi Enor, et on peut se tutoyer.

— D'accord, ça me convient mieux ainsi. Je t'informe que les éléments de reconnaissance ont repéré une BMW 4x4 noire dans la cour intérieure du bâtiment, invisible depuis le porche d'entrée. Nous sommes au bon endroit, ça ne fait plus de doute. Il y a de la lumière dans une pièce au rez-de-chaussée. Nos hommes ont bloqué l'accès du chemin, ils ne peuvent plus se sauver avec le véhicule.

— Parfait. Quel est le menu ?

— Le problème est que nous ignorons combien ils sont et quel est leur armement à part l'Uzi avec lequel ils t'ont tiré dessus. De plus, on n'a pas réussi à mettre la main sur le plan de la maison. Ce sont des professionnels, ils peuvent avoir mis en place un tour de garde, ou avoir disposé des pièges. Sans compter qu'ils ne dorment peut-être pas dans les chambres.

— Quel est le délai raisonnable, alors ?

— On part du principe qu'ils ne se laisseront pas prendre sans résistance et ne seront pas forcément impressionnés. Heureusement, il ne semble pas y avoir de chiens. Une équipe des forces d'intervention est sur place avec des caméras thermiques pour les extérieurs, mais comme tu le sais, ça ne va rien nous dire sur l'intérieur. On ignore leur puissance de feu, donc sécurité maximale. Phase un, on dresse un plan précis de l'environnement des lieux et de tous les axes d'assaut et de repli possibles. Phase deux, le choix des armes et le positionnement des forces. Il faut prévoir toutes les situations possibles, comme tu t'en doutes, alors le commandant d'unité se tourne vers des fusils d'assaut Famas et Sig Sauer 552 à lunettes de visée nocturne, des fusils à pompe SPAS 12 et Manufrance en appui rapproché et, pour les portes, des lance-grenades et PM HK et au moins un ou peut-être deux tireurs d'élite avec un FR-F1 à lunettes OB 50 si l'un d'entre eux réussissait à fuir dans les bois.

— Et phase trois ?

— On en est loin encore. Quatre hommes des cellules de piégeage d'assaut et d'effraction de la force d'appui opérationnel viennent d'arriver. Ainsi qu'un spécialiste en caméra d'inspection de celle des moyens spéciaux. Ils sont tous en grande discussion. Quand tout sera prêt, c'est l'état-major opérationnel qui donnera le feu vert au commandant. Car la phase trois, c'est l'assaut et la neutralisation des cibles.

Enor est dubitatif. Ce n'est pas pour tout de suite, c'est certain.

— Hum, il y en a pour un bon bout de temps.

— Oui, absolument. D'autant qu'il y a un autre problème.

— Lequel ?

— Je suis surprise que tu n'y aies pas pensé. On ne peut exclure la présence d'un ou plusieurs enfants dans la maison.

En effet, il n'y avait pas pensé.

— Bon sang, j'espère que non !

— Nous aussi. Mais on doit tenir compte de cette option qui nous confronte à une possible prise d'otages. On va discrètement explorer les dépendances avant l'assaut.

— Alors, bon courage, la nuit va être longue, je le sens. Mais appelle-moi, quelle que soit l'heure, dès que tu as du nouveau. Salut.

— Salut, heureux veinard.

« Heureux veinard », se répète-t-il sur la route qui le ramène chez lui. Il n'en est pas sûr, tant il préférerait être sur les lieux, car de toute façon il va avoir du mal à dormir cette nuit. Si tout est réglé demain matin, c'est Claude Guitton et ses hommes, en alerte, qui s'y colleront les premiers. Il arrive chez lui vers 21 h 30 au son de la voix fascinante de Karen Dalton dans *It hurts me too* d'Elmore James.

Si Mariannig et Alexine sont soulagées d'apprendre que l'affaire touche à sa fin avec le suicide de l'assassin et l'encerclement des hommes qui lui ont probablement tiré dessus, il ne peut encore en dire autant. La partie élucidation est quasiment achevée, certes, mais bien des zones d'ombre subsistent. Plus tard, Mariannig ne parvient pas à le convaincre de venir se coucher. Il préfère rester dans le salon, attendant un coup de fil qui ne vient pas. Elle n'insiste pas, consciente de son état d'esprit. Plutôt que de lire, au risque de s'endormir, Enor se met le DVD de la version intégrale des *Portes du Paradis* de Michael Cimino.

Le téléphone le réveille brutalement à 3 h 48 du matin. Il fait un bond, comprend qu'il s'est assoupi devant la télé encore branchée, retrouve son portable près de lui et répond, essayant bêtement d'avoir la voix la plus claire possible :

— Oui, allô ?

Un petit rire.

— Lydia. Désolée de te réveiller mais à n'importe quelle heure, tu m'as bien dit.

— Alors ?

— C'est fini. Ils n'étaient que deux à l'intérieur, sans doute les deux auxquels tu as eu affaire, en planque comme tu le suspectais. Ils sont morts, malheureusement, mais il n'y avait pas d'autre option, ils ont tiré tout de suite. Impossible de les neutraliser et de les prendre vivants, on s'en doutait un peu, ces types-là ne se rendent pas, question d'honneur. Ça a duré moins de cinq minutes, mais ça m'a paru beaucoup plus long. Le bon côté est que la force d'intervention n'a que trois blessés dont un seul dans un état un peu plus grave mais sa vie n'est pas en danger.

— Et pour le reste ?

— Personne d'autre. Pas d'enfants, c'est un soulagement. Pas d'explosif non plus, les lieux n'étaient pas piégés. Tout le périmètre est maintenant sécurisé. Bref, c'est l'évacuation. Place à l'équipe scientifique qui va arriver d'un moment à l'autre.

— Bien, merci d'avoir appelé. On se verra peut-être demain sur les lieux, si ma présence est requise.

— Oui, certainement. J'espère qu'on va trouver quelque chose d'exploitable. (Enor entend un bâillement.) Bon, c'est à mon tour d'aller un peu faire une pause, je l'ai bien méritée aussi. Allez, à plus tard.

— Salut.

Bien qu'il se sente fébrile, Enor sait qu'il ne servirait à rien de se rendre sur place dès maintenant pour se mettre dans les pattes des techniciens et les gêner. Mais il ne se voit pas non plus aller se coucher maintenant. Il va tranquillement prendre une douche, qui achève de le réveiller, se rase, prend un bon café sans se presser, laisse un mot à Mariannig résumant l'épilogue de l'action, puis après être allé lui faire une bise dans le cou sans qu'elle réagisse vraiment, il sort. Il se sent en pleine forme. Direction le bureau. Il y est à 5 h 35.

LIV

Mardi 1ᵉʳ avril 2014 – 14 h 40

La matinée a paru extrêmement longue à Enor. Mais il ne peut en être autrement lorsque l'on attend impatiemment de nombreux résultats d'analyses. La fouille de la maison de Huelgoat avait commencé à 10 h 40, après le feu vert des techniciens. Il n'a pas encore de nouvelles complémentaires de Lydia Delorme, qui l'a appelé vers onze heures pour l'informer qu'elle n'avait jusqu'à présent pas permis de retrouver le DVD, objet de toutes les recherches. Elle lui annonça malgré tout la découverte par les techniciens de plusieurs pièces au sous-sol, en dehors des chambres de l'étage, qui servaient de cellules d'emprisonnement avec barreaux aux soupiraux, chaînes avec anneaux au sol et aux murs et système très sophistiqué de fermeture des portes ainsi que de caméras jusque dans les chambres. Étant donné la décoration enfantine de ces pièces et la nature particulière de leur enquête, on pouvait être sûr que l'âge des détenus ne devait pas être bien élevé.

L'ordinateur de Robert Vlaminck commence à révéler son contenu ; l'homme a volontairement laissé un libre accès à toutes les données qu'il contient. Un long texte d'aveux confirme la chronologie des faits et dresse clairement leur origine, Vlaminck regrettant la mort de Luc. Il s'aperçoit non sans satisfaction que son équipe et lui ont bien reconstitué l'enchaînement malheureux des événements qui provoquèrent le suicide d'Alan Tellec, sans en épuiser forcément les causes profondes : le choc de revoir pour la première fois depuis l'enfance Jacques Moreau chez les Hermines, le double rejet de sa plainte par le procureur puis le décès prématuré de Moreau avant même un éventuel procès lorsque le juge s'était saisi de l'affaire. L'état dépressif avait fait le reste. Quant à Vlaminck, la douleur qui l'envahit, au-delà d'être le terreau de sa vengeance, fut le miroir en négatif de l'intensité de l'amour entre les deux hommes. « Oui, une profonde histoire d'amour détruit », se dit Enor dans un soupir consterné. Pour lui, Vlaminck avait suffisamment perdu la raison pour ne plus comprendre qu'il n'avait pas à se faire justice lui-même et qu'en outre il n'avait aucune preuve que ses victimes étaient passées à l'acte, contrairement à Jacques Moreau. Tous ces gens auraient dû affronter publiquement la justice, et ils se seraient retrouvés derrière les barreaux pour très longtemps. Les dossiers montés par Vlaminck sur ses victimes établissent également que c'est bien par l'ordinateur de Richard Le Ny que Vlaminck obtint les noms de Le Bihan et de Leot. Mais le plus intéressant est que Vlaminck a constitué six dossiers. En ajoutant Guerriec aux trois premiers cela fait quatre, les deux restants portent sur deux personnes inconnues des services de police. En ce qui les concerne, la justice va maintenant suivre son cours. Ces deux noms, associés aux documents joints accablants, trônent déjà sur le bureau de Guylaine Essart au-dessus de la pile de ses affaires en cours. C'est donc à 14h40 qu'Enor, alors en discussion avec Françoise, reçoit l'appel de Lydia Delorme, qui fera basculer un peu plus dans l'horreur toute cette affaire.

— Enor ?
— Oui.
— Il faut que tu viennes. Un collègue appelle le divisionnaire et la procureure également.

La voix semble brisée.
— Tout de suite ?
— Oui, s'il te plaît.
— J'arrive.

Il prend Françoise au passage, laissant travailler ses trois autres collègues sur divers dossiers. Aela est toutefois chargée de s'informer régulièrement de l'état de santé de Paul Leot, et Denis du suivi de la fouille de sa maison de Briec, effectuée par le service de Lydia Delorme ainsi que de celui de l'examen de son ordinateur. Il décide de rallier Huelgoat en prenant la voie express nord vers Morlaix jusqu'à Sainte-Sève puis en obliquant au sud par La Feuillée. Il trouve ensuite sans problème la route de Meil-ar-C'hoat et, après avoir passé différents barrages, emprunte l'allée qui mène à la maison. Beaucoup de véhicules sont garés un peu n'importe comment, mais il parvient non sans mal à se glisser entre deux arbres. Il est 16h05. Si la maison correspond bien à l'idée qu'il s'en est faite, grande bâtisse en pierre au toit d'ardoises naturelles, cour intérieure de plusieurs centaines de mètres carrés avec deux murs latéraux d'au moins six mètres de hauteur qui courent jusqu'aux vastes dépendances qui encadrent chaque côté du porche d'entrée, il ne pensait pas qu'elle serait à ce point protégée par les bois environnants. L'endroit, totalement invisible, était vraiment idéal pour les activités auxquelles se livraient les propriétaires et leurs invités. Un gendarme leur indique une épaisse porte en bois dans le mur d'enceinte du côté de la maison, qui ouvre sur une allée en légère montée qu'il faut emprunter sur la droite pour rejoindre Lydia Delorme et les autres. Elle est en discussion avec quelques gendarmes, dont un adjudant qui a un berger allemand assis sagement à ses pieds. Elle s'approche d'un pas rapide dès qu'elle les aperçoit, mais Enor a déjà compris. D'autant qu'il avait entendu le bruit de la minipelle sur chenille avant de la voir creuser à trente mètres de là dans le sous-bois de sapins. Tout le secteur est entièrement bouclé, seuls des techniciens et Yves Cardic et son adjoint en tenue spéciale y ont accès. Son visage exprime mieux que les mots ce qui se passe en elle, un mélange de désespoir et de révolte, une envie de hurler sa colère et sa rage.

— Enor, c'est horrible. Et ce n'est pas fini.

— Combien ?

— On en est à six. Des enfants. Dont un il y a quelques jours à peine, ce qui aurait pu tromper le chien s'il avait été le seul, car il est préférable pour lui que quelques semaines se soient passées. La pelle y va doucement mais le secteur est bien délimité et la profondeur est à peu près toujours la même.

Françoise se détourne un moment alors qu'il reste silencieux quelques secondes, serrant violemment les dents.

— Qui a eu l'idée ?

— Bernard Jagu. Au vu de l'intérieur du bâtiment, une fouille du sous-sol de la cave et des extérieurs s'imposait. Suivez-moi, intime-t-elle soudainement en se dirigeant vers le groupe qu'elle vient de quitter et alors que le divisionnaire et la procureure arrivent à leur tour.

Elle reprend, tout en marchant.

— Bernard se rappelait avoir vu que plusieurs maîtres-chiens du groupe national d'investigation cynophile de Gramat étaient en démonstration ces jours-ci à l'école de gendarmerie de Châteaulin. Parmi eux, il y avait un chien détecteur de cadavres, une spécialité encore peu répandue. Bref, dit-elle en arrivant au groupe, on l'a appelé… Voilà le résultat. Je vous présente l'adjudant Michel Novat.

Ils se saluent.

— Dickens a fait du bon travail, fait l'adjudant, c'est un chien exceptionnel.

« Dickens ? Pourquoi pas Dumas ou Beckett ? » se dit Enor, toujours un peu surpris par l'inventivité des maîtres quand il s'agit de donner un nom à leur chien, pendant que Lydia Delorme s'éloigne, appelée par un de ses collègues à l'intérieur de la maison.

— Oui, on peut le dire, bravo. Sans lui, on serait peut-être passé à côté.

— Il faudra essayer identifier ces enfants, dit Guylaine Essart.

— Nous avons Paul Leot, répond Françoise. S'il s'en tire, nous obtiendrons de précieux renseignements sur leur origine.

Enor fait la grimace.

— Pas sûr. Je crois plutôt que ce sont les deux hommes tués cette nuit qui auraient pu nous le dire. Les autres n'étaient que des clients.

— Oui, approuve Peyret, je crains que vous n'ayez raison.

— Bien, si on allait voir l'intérieur du bâtiment ? demande Enor en se dirigeant sans attendre vers la porte de la terrasse arrière.

Effectivement, hormis les quatre chambres cellules et le système de caméras en circuit interne, le reste de la maison offre les pièces et la décoration habituelles d'une habitation tout ce qu'il y a de plus classique. Rien qui fasse penser à ce qui s'y déroulait depuis des années. Il suffira de remonter à la date de déclaration de la SCI pour estimer à peu près le début de la période "d'activité" des trois prédateurs et de leurs éventuels complices. La première chambre cellule est décorée sur le thème de *Blanche-Neige*. Les trois suivantes sont de même inspiration : la chambre *Boucles-d'Or*, la chambre *Cendrillon* et sans surprise la chambre *Peter Pan*, qu'Enor et Françoise découvrent en dernier. Ils se recueillent en silence dans celle-ci de longues secondes. Les meubles ont tous des couleurs vives et toutes sortes de jouets et de jeux sont rangés dans les tiroirs. Plus à chaque fois une collection de livres de contes, dont une grande partie est constituée de différentes versions du conte qui a donné son nom à la chambre.

Le contraste entre ces motifs enfantins et la pensée de ce qui se déroulait en ces lieux est insoutenable. « Le Paradis de Kensington » ! En cet endroit, en cet instant, au son étouffé de la minipelle audehors, Enor ressent au fond de lui l'appel d'un instinct meurtrier devant tant d'inhumanité. Tous les deux ressortent en vitesse, animés d'une irrépressible envie d'air pur. Ils retrouvent Lydia Delorme avec Peyret et Guylaine Essart, dans la cour intérieure, qui leur dit :

— Dommage qu'il ait fallu neutraliser ces deux hommes ! Ils étaient surarmés : on a saisi des grenades allemandes à fragmentation, des grenades fumigènes au phosphore, un Uzi, sans doute celui avec lequel on t'a tiré dessus, deux AK 47, deux Tokarev 9 mm, un FN Herstal perforant calibre 45, deux Zastava M 57 et M 88 et, le plus intrigant, un fusil d'assaut israélien Tavor 5,56. Peut-être volé dans les stocks de l'armée croate ? Bref, un véritable arsenal avec les munitions *ad hoc* en grande quantité. De quoi faire un carnage dans nos rangs.

— La preuve qu'il n'y avait pas le choix. (Enor hausse les épaules.) Bien, on va rentrer à Brest. Tu nous tiens au courant ?

— Bien entendu. Je vous informe dès qu'il y a du nouveau.

— Merci. (Il regarde sa montre, 17 h 35.) On se retrouve en salle de réunion, ajoute-t-il à destination des autres.

— Oui, disons à dix-neuf heures, approuve la procureure. Je pense qu'on arrive au bout de cette affaire et que ce sera le dernier point.

— Je vais demander au capitaine Ganne de venir. Une conférence de presse se tiendra demain matin, mais je crois qu'ensuite son rôle pourra s'arrêter là.

Tous les quatre commencent à regagner leur véhicule lorsque, soudain, Enor tend ses clés à Françoise et lui dit :

— Attends-moi à la voiture, j'ai oublié de poser une question à Lydia Delorme.

Il fait demi-tour en vitesse. Françoise le voit discuter avec la commissaire. Ou plus exactement, elle l'aperçoit qui hoche plusieurs fois la tête tandis qu'elle semble expliquer quelque chose et que lui, la relance régulièrement par quelques questions. Puis il revient, s'installe au volant, reste silencieux quelques secondes, blanc comme un linge, avant de faire démarrer le moteur.

LV

Mardi 1ᵉʳ avril 2014 – 19 heures

Le retour à Brest s'est passé sans encombre mais Enor, perdu dans ses pensées, s'est montré peu loquace. Françoise a respecté ce silence. Ils sont tous là, autour de la table. Tous sauf Luc, dont la chaise pourra de nouveau bientôt être occupée. Du moins une "autre" chaise à cette "place-là". Aucun ne sait comment se comporter, écartelé entre la joie que l'affaire des assassinats de Pluton-Vlaminck soit clairement élucidée et l'effroi des découvertes de Huelgoat. Effroi qui renforce le sentiment de satisfaction qu'il ait été mis fin à ce qui se passait à cet endroit. Le nombre définitif de petits squelettes mis au jour, présentant tous une ou deux balles dans le crâne, communiqué quelques minutes auparavant par Lydia Delorme, s'élève maintenant à neuf. Une ultime recherche par Dickens est en cours pour en avoir le cœur net, mais on ne s'attend pas à ce qu'elle donne quelque chose. Mais pour une maison de l'horreur neutralisée, combien d'autres en Europe ou ailleurs ? se demande chacun, rongé par la pensée déprimante qu'il n'y a pas de limites à la barbarie humaine.

Parmi les découvertes nauséeuses faites dans la maison figurait un cahier de chants pour enfants, où trônait en position finale, manifestement mis en valeur, *Le Chant des marais*, amputé de sa dernière strophe, celle qui aspire à la liberté et à l'amour. Ce chant créé dans les années trente par les premiers prisonniers allemands des camps de concentration fut ensuite repris dans les brigades internationales, puis un peu partout, notamment par les scouts et par les militaires en France. Enor s'est demandé si l'un des hommes de Huelgoat avait été dans la Légion étrangère, à qui il arrivait de le chanter. Mais le refrain, qui se termine par « *piocher, piocher* » leur a tous fait penser à l'inimaginable : que des hommes aient pu le faire chanter à des enfants pendant qu'ils piochaient pour creuser leur tombe. Et qui était ce « ils », ces hommes ou les enfants ? Le Paradis de Kensington ! Comment une telle cruauté était-elle encore possible ici, dans les monts d'Arrée, à quelques kilomètres de chez lui ? Face à l'insoutenable, Enor a, pour commencer, laissé chacun s'exprimer librement s'il le souhaitait. Car cette affaire est exceptionnelle ; même dans la vie d'un policier, elle ne s'effacera jamais. D'autant qu'il n'a pas encore tout dit. Après cet exercice de parole informel, Aela indique que l'état de santé de Paul Leot, qui a pu être opéré de plusieurs fractures, est stable mais que son pronostic vital reste engagé, même si les médecins se montrent un peu plus optimistes. Il leur est toutefois impossible de se prononcer sur d'éventuelles atteintes neurologiques. Bref, il faudra encore plusieurs jours avant d'y voir clair. Denis confirme que le contenu de son ordinateur est équivalent à celui de Gaël Guerriec. Plusieurs fichiers contiennent des milliers de photos et même cinq films pédopornographiques. La brigade du commissaire Delorme comparera ces images avec les décors des chambres de la maison de Huelgoat. Par ailleurs, la fouille de la maison de Leot n'a rien donné, hormis les empreintes digitales, les cheveux et autres traces humaines habituelles, tous matériels en cours d'analyse, mais depuis le début les domiciles personnels n'ont jamais rien révélé. Sauf le DVD malheureusement perdu. Il est décidé, d'un commun accord, de ne rien cacher à la presse des découvertes, lors de la conférence du lendemain matin. D'une part, étant donné l'énormité de la découverte qui risque bien d'attirer des journalistes du monde entier, le secret va être impossible à garder, personne n'a d'illusion là-dessus, alors autant garder le contrôle. D'autre part, il est peu probable que d'autres membres du réseau criminel réapparaissent à Huelgoat. Identifier les deux morts sera difficile, les nombreux passeports de divers pays avec leur photo saisis sur place sont tous probablement faux, même si les spécialistes espèrent trouver leur nationalité grâce à leurs tatouages qui pourraient permettre de révéler leurs allégeances mafieuses. Il faut vérifier également que les deux personnes supplémentaires dont les noms ont été trouvés dans l'ordinateur de Vlaminck ne sont pas actionnaires de la SCI. Les investigations sur cette dernière vont s'approfondir dès le lendemain matin, avec l'aide d'Europol, les informe Guylaine Essart, avec pour objectif de remonter jusqu'à sa source luxembourgeoise.

Croyant la réunion terminée, Peyret commence à se lancer dans un discours de félicitations et d'autosatisfaction, mais Enor l'interrompt.

— Monsieur le divisionnaire, si vous le permettez, avant d'en arriver là, j'ai encore une information à donner.

— Allez-y, je vous en prie, lui dit Peyret de bonne grâce, qui pense que son petit discours, qu'il a répété plusieurs fois devant la glace, n'est que partie remise.

Il se demande visiblement où il veut en venir, pressé d'avoir enfin le dernier mot.

— Il y a, hélas, parmi les enfants, une victime récente. Nous aurions peut-être pu la sauver si nous avions identifié plus tôt le « H » du carnet de Le Ny. Mais je parle dans le vide car nous ne pouvions localiser la maison plus vite. Toujours est-il que cet enfant est encore dans un bon état de conservation. Son type indien ou pakistanais ne fait aucun doute, semblant ainsi valider les craintes de Lydia Delorme.

— Et quelle est son hypothèse ? demande doucement Aela qui enroule sa frange autour de son index.

— C'est celle des enfants fantômes.

— Les enfants fantômes ? répète Guylaine Essart. Vous pouvez expliquer ?

— Ce sont des enfants qui n'existent pas.

Peyret fait un bond.

— Comment ça qui n'existent pas ? Qu'est-ce que cela veut dire ?

— Cela veut dire que dans un certain nombre de pays, principalement d'Afrique ou d'Asie, des millions d'enfants ne sont pas déclarés à la naissance. Ils n'ont pas d'état civil.

— Mais comment est-ce possible ?

Enor lève ses deux avant-bras en l'air.

— Dans certaines régions de pays pauvres, ou en situation de guerre civile, l'État n'enregistre pas les naissances, surtout parmi les millions de réfugiés. Ces enfants n'ont donc pas d'identité. S'ils disparaissent, il est impossible de les rechercher puisqu'ils n'ont pas d'existence reconnue aux yeux de leur propre pays de naissance et encore moins à ceux des autres pays. Ils ne sont donc jamais signalés comme ayant été enlevés. Vous voyez l'effet d'aubaine pour les réseaux criminels ; c'est évidemment la porte ouverte à tous les trafics. Sans grands risques, l'enfant devient une proie idéale, c'est un invisible, un fantôme qu'aucun pays ne viendra jamais réclamer. Ils sont *de facto* privés de tous les droits qu'ont les autres enfants dans le monde, à commencer par celui d'avoir une identité. Conséquence, on peut les utiliser comme on veut, puis les remplacer, comme à Huelgoat.

Françoise pince les lèvres en baissant la tête.

— C'est horrible ! Le pire au sein du pire.

— Oui. Lydia Delorme pense que nous avons dans notre cas affaire à cela. Vlaminck ne savait pas à quel point il avait vu juste sur la perversité des associés de la SCI, qui n'ignoraient certainement pas ce détail. Ils étaient persuadés d'agir en toute impunité. Aucune recherche ne visait les enfants dont ils abusaient. Nous avons démantelé l'un des bouts de chaîne d'une filière parmi d'autres, mais ce trafic se développe partout sur la planète, aussi vite que les camps de réfugiés et que la misère dans les pays ou zones en décomposition politique. Dans certains cas d'ailleurs, ces enfants ne sont pas enlevés, ils sont vendus par la famille qui veut croire aux promesses d'un avenir meilleur que leur décrivent les trafiquants. Mais ces enfants ne seront jamais rien.

— Il est donc à craindre que le DVD, si cette hypothèse se confirme, ne nous ait pas aidés à retrouver des enfants disparus en Europe ? suggère Denis.

— Nous ne le saurons pas. La perte du DVD est tragique car il contenait des noms que nous aurions peut-être réussi à identifier. Mais elle montre surtout la puissance et la réactivité de ces réseaux, car seule une complicité bien placée explique le vol dans le bureau de la procureure.

— Une enquête est en cours, précise Peyret.

Personne n'ayant plus rien à ajouter, le divisionnaire, sans avoir conscience qu'il est en porte-à-faux total, peut enfin, durant une minute trente exactement, dans une indifférence générale, réciter son discours de félicitations à toute l'équipe et à son responsable, dont il est évidemment fier d'être le chef, pour avoir résolu cette difficile, éprouvante et inédite enquête dans le département. Déçu de n'avoir aucune réponse et de ne rien lire d'admiratif dans les yeux de ses interlocuteurs qui pensent à autre chose, il déclare autoritairement la séance close, se lève et quitte la salle. Il est en réalité suivi de très près par tout le monde. Tous décident de se retrouver pour un pot de fin d'enquête au Bar des Yannicks, sauf la procureure qui invoque une obligation familiale. Enor ne s'attarde pas au bar, il lui reste une dernière démarche à accomplir, qu'il a un peu retardée pour avoir une vue d'ensemble de la situation incluant les événements de Huelgoat. Il laisse donc rapidement ses collègues et se rend rue Théodore-Botrel, chez Caroline Dupuy. Peu avant la conférence de presse de la veille Aela l'avait appelée pour l'informer de l'identification de l'assassin de Luc et de sa mort, précisant qu'Enor passerait la voir le lendemain soir. Le moment est venu, il est presque vingt et une heures. La Mini est devant la maison blanche et il y a de la lumière. Il sait que Caroline doit aller passer quelques semaines à Bordeaux chez ses parents. Elle ouvre la porte tout de suite après le coup de sonnette. Elle lui fait un sourire et il lit une note indéfinissable dans ses yeux, qu'il connaît bien parce qu'elle mêle la tristesse au soulagement chez les parents des victimes. Elle le fait entrer et referme la porte derrière lui. Elle n'attend pas d'être installée au salon.

— Alors, c'est bien vrai, c'est fini ?
— Oui, c'est fini.

Il ne s'était pas préparé à ce qu'elle éclate en sanglots et lui tombe dans les bras. Il reste quelques secondes, ne sachant trop que faire, la laissant pleurer contre lui, se contentant de lui caresser maladroitement l'épaule droite de sa main. Elle se détache au bout d'un moment, sort un paquet de mouchoirs en papier de sa poche, et dit en se mouchant :

— Excusez-moi, ça a été plus fort que moi, je suis désolée. Je m'étais pourtant promis de ne pas réagir ainsi. Allez vous asseoir, je vais d'abord me faire une tisane et je vous rejoins. Vous voulez quelque chose ?

— Non, rien du tout, merci.

Quelques secondes plus tard, elle écoute Enor lui retracer toute l'affaire. Il considère qu'elle a droit à pratiquement toute la vérité ; c'est pourquoi il ne lui cache rien du tragique enchaînement des faits ayant amené à la mort de Luc. Il passe néanmoins sous silence le volet Lastenet de l'affaire qui, dans le fond, n'a rien à voir. Elle pose de nombreuses questions, demande quelques précisions, mais au fil du récit elle est rapidement effondrée et révoltée par l'ampleur de l'affaire. Caroline ne sait même plus quoi penser d'un homme comme Robert Vlaminck. Il est 21 h 45 quand ils en ont terminé. Enor s'enquiert alors de son avenir. Elle lui répond d'une voix plus ferme.

— Vous connaissiez nos projets. J'ai décidé de les maintenir. On pourrait se dire que sans Luc ça n'a plus de sens, mais je pense que c'est ce qu'il aurait voulu. (Elle lui fait un mince sourire.) C'est idiot, n'est-ce pas, de faire parler les morts ?

— Je n'en ai aucune idée. Je crois plutôt que ce n'est pas le mort qui parle, mais la connaissance intime de l'esprit du disparu et on ne se trompe guère sur les volontés de quelqu'un. Sauf que cela ne vous oblige en rien.

— Non, je le sais, mais c'était notre projet à tous les deux. Autant le mien que le sien. Je ne vais donc pas y renoncer, je vends ma boutique du Conquet et j'achète le commerce de surf du Cap-Ferret. J'ai entamé les premières démarches, je n'ai plus rien à faire ici. Encore moins aujourd'hui qu'hier.

— Alors je vous souhaite bonne chance.

— Merci. Avec l'aide de mes parents, je suis sûre que ça va marcher. Ceux de Luc sont également heureux de ce choix.

En rentrant chez lui, quelques instants plus tard, au son de la version de *Stand by me* par Elvis, Enor pense à la volonté de Caroline. Sa décision va être durement éprouvée pendant les premiers mois, passé la joie du départ. Vertige de la solitude. En attendant, il va retrouver Mariannig et Alexine. Mariannig, quelle chance il a ! *Stand by me*, Mariannig.

LVI

Avril à juillet 2014

Durant les mois qui suivirent l'affaire "Pluton", l'antenne de Brest du SRPJ mena à bien plusieurs enquêtes ordinaires qui font le quotidien des affaires de police : vols divers, avec ou sans violence, agressions, le plus souvent liées à l'alcool ou à la drogue, parfois aux deux en même temps, multiples dégradations, agressions sexuelles et violences familiales. Aucun dossier ne se distingua qui aurait permis de sortir les policiers de la fréquentation de la misère humaine. Sauf peut-être une affaire de viol collectif d'une étudiante chinoise à la cité universitaire par trois étudiants dont l'un des parents était un homme politique connu dans la région et qui fit tout pour faire porter le chapeau à la fille et aux deux autres garçons. Il se trouve que le père de la jeune fille était lui-même un personnage influent dans son pays, ce qui mit en branle la machine diplomatique. Les trois étudiants qui fêtèrent ainsi leur fin d'année universitaire furent mis en examen pour viol en bande organisée avec circonstances aggravantes vu la nature de certains sévices. Parallèlement, l'enquête sur les meurtres de Robert Vlaminck ou plutôt ses àcôtés eut quelques prolongements qu'attendait Enor, quand il n'en fut pas lui-même à l'origine. Vers la mi-mai, Enor reçut un coup de fil du commandant de la Sécurité publique, Daniel Vilmoutier, qui l'informait que l'enquête interne, dirigée par le commissaire Brice Chatillon, avait conclu à la responsabilité personnelle du sous-préfet dans les événements malheureux de la place de Strasbourg lors de la perquisition des locaux du BUG. Cela ne favoriserait certes pas la promotion du bonhomme, mais l'essentiel pour Enor était que les forces de police soient exonérées de toute responsabilité. Le pharmacien Paul Leot survécut à ses nombreuses blessures osseuses et organiques, le foie et un rein, notamment, ayant été touchés. Ses séquelles psychologiques n'empêchèrent pas qu'il avoue sa participation active au trafic d'enfants et à leur séquestration, à leurs viols multiples puis à leur assassinat. De toute façon, on retrouvait ses empreintes digitales partout dans la maison, jusque sur les manches de pioches ou de pelles. Il fut établi d'autre part que le troisième jeu d'empreintes dans la maison Le Bihan à Hanvec étaient les siennes, et qu'enfin les trois hommes communiquaient bien par le deep web, comme l'avait expliqué le lieutenant Camille Madec à Enor. Les deux individus tués, l'un Monténégrin et premier contact de Pierre-Yves Le Bihan, et l'autre Albanais, ne restaient sur place que quelques jours, lorsqu'un nouvel enfant arrivait et qu'il fallait se débarrasser du précédent. Il pouvait arriver qu'il y en ait deux en même temps. Le dernier enfant dans les lieux avait dû être embarqué par la deuxième équipe qui avait récupéré le DVD. Ils devaient tous être hors de France depuis longtemps. Leot confirma également, donnant ainsi tristement raison à Lydia Delorme, l'absence totale d'identité de ces enfants. Il n'avait jamais entendu parler des deux autres noms qui figuraient dans l'ordinateur de Vlaminck. Ils n'étaient pas administrateurs de la SCI, comme les deux hommes le dirent aux enquêteurs peu après leur interpellation. Deux cartes bancaires au nom de la SCI, maintenant aux mains des services financiers, furent retrouvées sur les lieux. Au passage, dans le long récit qu'il avait laissé, Vlaminck expliquait que les porte-clés ours étaient le premier cadeau qu'Alan lui avait fait quand il était arrivé à Brest. Un ours pour chacun, en signe de sortie de son hibernation, avait dit Alan.

Avec les charges qui pesaient contre lui, Paul Leot n'était pas près de sortir de prison, s'il en sortait un jour. Grâce à ses aveux, mais aussi à l'enquête internationale qui convergea, le schéma de structuration de la SCI qu'avait expliqué le commandant Louis Merlin à Enor était maintenant démontré. Deux associés du cabinet luxembourgeois Mersch-Rochette étaient les fondateurs prête-noms de la Serpentine Bridge Company à Hong Kong. Leurs noms disparaissaient ensuite de la Kensington's Paradise. Comme ils ignoraient tout des activités de cette dernière, ils ne furent guère sérieusement inquiétés.

Le procureur Daniel Le Bellec, mis en garde à vue et confronté à Estelle Dirson, la sœur de Jacques Moreau, s'enferma dans de grossières dénégations. La confrontation ne tourna pas à son avantage et aucune charge ne fut retenue contre l'anesthésiste. Accusé pêle-mêle de « mépris et viol des devoirs élémentaires de sa charge », « d'atteinte à la dignité et à l'honneur de sa fonction », de « rupture de l'impartialité par intérêt personnel au détriment de l'intérêt de tous », « d'atteinte à la confiance du justiciable envers l'institution judiciaire » et autres qualifications extrêmement graves pour une personne dépositaire de l'autorité publique, Le Bellec est suspendu, en attendant un avis du conseil supérieur de la magistrature. Il est également mis en examen et placé sous contrôle judiciaire. Il n'est pas impossible que des membres de la famille d'Alan Tellec se retournent contre l'État. D'une courte discussion avec le juge Letourneux, qui se souvenait bien d'Alan Tellec, il apparut que l'hostilité de Le Bellec à toute poursuite lui avait paru excessive, selon son expression qu'il voulait mesurée. Dans l'esprit d'Enor, Le Bellec lui fait penser au fameux battement d'ailes du papillon. Et si le procureur n'avait pas décidé de classer sans suite la plainte d'Alan Tellec par amour pour Estelle Dirson ? Il préfère ne pas songer aux conséquences cruelles de cette question.

Mais Enor n'oubliait pas non plus le sort d'Éric

Lastenet. Il reçut un coup de fil de Didier Cluet le 23 avril. Malheureusement, son ami commença par lui dire qu'il ne pouvait lui apprendre grand-chose. Il est vrai que son domaine d'activité au sein des "services" n'était pas lié à l'extrême droite et à ses avatars. Mais il donna tout de même une information intéressante à Enor : Robert Beaulieu, l'ancien codirigeant de Demain Bretagne avec Thierry Le Bras, et son aîné, en froid avec lui pour des raisons d'alliances stratégiques, pourrait avoir un rapport avec la disparition de Lastenet. Pour l'anecdote, du temps de la guerre en ex-Yougoslavie, les amis de Beaulieu et Beaulieu lui-même, sont allés soutenir les Serbes, alors que ceux de Le Bras qui avaient connu cette époque se rangeaient côté croate. Mais il ne pouvait lui en dire plus, ce qui, tout bien pesé, était déjà pas mal.

Le samedi 17 mai, Enor, Mariannig et Alexine passèrent la soirée chez les Le Rouzic au Conquet. Une excellente soirée. Mais les informations que lui communiqua son ami juste avant l'apéritif incitèrent Enor à effectuer une démarche supplémentaire. Pendant qu'il écoutait Le Rouzic, sa compagne et sa fille faisaient un tour de jardin avec Soizic sous un agréable soleil. Il aurait préféré les accompagner auprès des agapanthes, des myosotis, des rosiers grimpants ou des ancolies plutôt que d'entendre la façon dont il s'était fait avoir. C'est donc le jeudi 5 juin qu'Enor put rencontrer discrètement, sans qu'aucun coup de téléphone n'ait été donné, Aude

Meunier dans une alvéole du pub "La Pérouse", plage du Trez-Hir, à Plougonvelin, à quelques kilomètres de chez lui. Il ne le regretta pas. Après quelques banalités d'usage au cours desquelles il apprit qu'elle avait un fils de 15 ans, Frédéric, et un mari, Loïc, reporter de guerre toujours de par le monde et qui ne risquait guère le chômage dans cette spécialité, ils en vinrent aux choses sérieuses.

— J'ai demandé à vous voir, commença-t-il, car en marge des meurtres de mars, notre enquête, en interférant sur une autre histoire, a sans doute opportunément favorisé l'assassinat d'un jeune homme à Brest, assassinat probablement déjà programmé et totalement passé inaperçu.

— La fameuse piste politique, je suppose ?

— En effet, répondit-il, lui donnant d'emblée un bon point.

— Alors qu'attendez-vous de moi ? lui avait-elle demandé sans détour.

— Que vous meniez, si vous le souhaitez, une enquête d'investigation sur les causes de la mort de ce jeune homme et l'arrière-plan politique qu'elle recouvre.

Elle resta silencieuse un court moment et prit sa décision.

— Je vais vous faire confiance, dit-elle en sortant un carnet et un stylo. Puisque vous ne pouvez pas vous auto-saisir de ce meurtre et que vous êtes sans doute muselé, il faut que vous m'expliquiez le point de départ. Ensuite, je ne vous promets rien.

— Cela me va parfaitement. Mais je n'ai que le nom de la victime à vous fournir, c'est tout. Le reste dépend de vous.

Il n'était pas entré dans le détail de l'enquête. Il lui avait simplement "suggéré", après avoir donné le nom et les fonctions de Lastenet, de faire des recherches sur les liens entre la situation ukrainienne, certains réseaux d'extrême droite et la DGSI. Il n'avait donc lâché aucun autre nom. Si elle connaissait bien son métier, et tout semblait l'indiquer, elle aurait vite fait de remonter elle-même jusqu'à Le Bras, Le Bourhis du BUG, Beaulieu, Laumond et peut-être même les Tavernier à Nice. Quand ils se quittèrent, il lui recommanda d'être prudente, mais elle se contenta de lui sourire en lui tapotant la main d'un geste rassurant.

*

Le voyage "country" de son père et d'Élodie aux États-Unis s'était parfaitement déroulé. Ils avaient organisé une soirée films et photos chez Raymond au cours de laquelle il s'était vu offrir un chapeau Stetson Angus et surtout une authentique étoile de shérif du XIXe siècle, glanée dans un *yard sale*, une espèce de vide-grenier sur le bord de la route. Avec sa veste en cuir, l'effet était garanti. Tous ses collègues applaudirent lorsqu'il les essaya devant eux dans son bureau, poussant dans cette tenue jusqu'à la machine à café. Auparavant, ils avaient invité leurs voisins les Guillemot pour une autre séance photo, celle-ci des châteaux de la Loire. Alexine en était revenue enchantée et impressionnée par la taille de Chambord. Enfin, c'est par une belle journée ensoleillée que s'est déroulé, le 14 juin, le mariage de Françoise avec Dominique Fontenoy, aussi blonde que Françoise est brune, ses yeux bleu clair contrastant avec les yeux verts de son épouse. L'émotion des deux femmes fut perceptible pendant la cérémonie. Le repas, pris dans un restaurant de Roscoff avec vue sur la mer et sur l'île de Batz, fut parfait. Dominique Fontenoy se révéla une femme simple et charmante, pleine d'esprit.

LVII

Vendredi 18 juillet 2014, Loch Ness – 8 h 30

La barque glisse lentement sur les eaux calmes du loch. La journée va être belle. Enor et son beau-père Guy se sont levés sans bruit à 6 h 30, ils ont pris un rapide petit-déjeuner puis ils ont mis leurs affaires de pêche dans la Range Rover, véhicule indispensable en certaines saisons pour emprunter les petites routes ou les pistes des Highlands. La Island Bank Road, qui descend le long de la rive droite de la rivière Ness avant de rejoindre la Dores Road, était presque déserte à cette heure-là. De toute façon, les touristes sont de l'autre côté du loch, sur l'A82, qui les amène à Fort Augustus puis vers le parc national des Trossachs.

Mariannig, sa mère Kirstin et Alexine doivent passer toute la journée au centre-ville. Au programme, le Victorian Market avant d'aller prendre un repas à la "Castle Tavern". Il est vrai qu'eux-mêmes iront comme d'habitude se récompenser d'une bonne pinte tout à l'heure au "Dores Inn", qui n'est qu'à trois cents mètres de leur embarcadère. Aujourd'hui, il se contentera d'une bonne "Black Isles", de la brasserie locale de Cromarty, située quelques kilomètres au nord de Fortrose, la ville d'enfance de Kirstin ;

il ne prendra pas une "Ghost Town". Il n'est pas encore mûr pour revenir aux histoires de fantômes. Ils ont choisi des cannes courtes, environ 1,90 mètre, un fil à 18/100ᵉ et un moulinet ultraléger au frein efficace. Le bas de ligne est plus costaud, du 14/10, la cuillère ondulante est légère. Les nymphs sont une imitation parfaite de celles du secteur, fabriquées par un vieux pêcheur de Beauly. Il rame doucement en pensant à Le Rouzic.

« Ce 17 mai au soir, chez son vieil ami, Le Rouzic lui parle du résultat de ses recherches. Ses contacts ne lui ont pas caché que la situation était embrouillée, sauf pour une chose : le rôle qu'on avait fait jouer, à son corps défendant, à Enor. Ou plus exactement que Laumond lui avait fait jouer.

— Mon petit Enor, dès l'instant où Thierry Le Bras vous a donné le nom de Lastenet, ce dernier était condamné. Question d'opportunité pour Laumond, car il voulait justement se débarrasser de lui.

— Mais pour quelle raison ?

— Oh, pour la plus simple des raisons : par les jeux de succession, le remplaçant de Lastenet dans les réseaux pro-russes ne pouvait être que Robert Beaulieu. Et la DGSI le tient. Il s'agit d'une vieille histoire qui remonte à la Serbie, Beaulieu n'a pas le choix s'il veut rester en vie parmi ses "amis". Il travaille donc pour eux. Sa mission actuelle est de devenir incontournable dans l'organisation des réseaux pro-russes. Personne n'avait vu venir la montée en puissance de Lastenet ; ce jeune était

assez charismatique, même si cela vous étonne. Il était donc devenu depuis peu un obstacle. Deux personnes ne pouvant occuper la même case, il fallait éliminer cet obstacle. »

— *Bon d'accord, mais quel rôle je joue là-dedans ?*

La barque, longue de plus de cinq mètres, est lourde. Elle doit pouvoir résister au vent. Même s'il n'y en a pas aujourd'hui. L'eau est assez claire sur le bord, ce qui semble faire la joie d'un cormoran, qu'Enor suit dans son incessant ballet de plongeons.

« — *Laumond s'est renseigné sur vous. Quand il vous a rencontré chez Peyret, il connaissait votre caractère aussi bien que moi, mon garçon. Et sans doute beaucoup d'autres choses car c'est son métier. C'est d'ailleurs ce qui le trahit, car il a fallu qu'il contacte des gens de la maison. Bref, il savait qu'en vous demandant d'arrêter l'enquête sur Lastenet, vous feriez exactement le contraire ! C'est justement ce qu'il voulait.*

— *Quelle ordure !*

Le Rouzic se fend de son sourire affectueux.

— *Ne changez surtout pas, Enor, mais le fait est que vous êtes prévisible ! Vous iriez jusqu'au bout de cet aspect de l'enquête, c'était évident.* »

La profondeur est de plus de cinquante mètres. Enor et Guy pêchent délicatement à la dandine pendant plus de deux heures, sans succès. Le plus difficile est d'avoir des gestes mesurés pour ne pas effrayer ou rendre soupçonneux le poisson tout en faisant paraître naturels les mouvements du leurre. Partir du fond puis avoir le coup de main qui permet quelques remontées les plus verticales possible. Plutôt technique.

« — *Il y avait une ligne rouge, continue Le Rouzic, c'était les Tavernier. Laumond savait que dès qu'ils seraient impliqués, Lastenet serait éliminé. Ils ne pouvaient accepter que la police ait débarqué chez eux, même pour quelque chose qui n'a rien à voir avec leurs activités. Lastenet était devenu dangereux. C'est sûrement eux les donneurs d'ordre, ce ne sera jamais prouvé, mais le deus ex machina, c'est Laumond.*

Enor se frotte les yeux et dit :

— Si je résume, Laumond s'est servi de moi pour éliminer Lastenet afin de le remplacer par Beaulieu.

— C'est exactement cela.

— Et il s'est servi également de Le Bras, pour qui je n'ai par ailleurs aucune sympathie.

— Pas si sûr. Rappelez-vous de ce que je vous ai dit. Comme par le passé pour la Yougoslavie, ces gens choisissent des camps différents. Le Bras est favorable aux Ukrainiens et la disparition de Lastenet l'arrange puisque ce dernier nageait dans les mêmes eaux que lui, du BUG à Demain Bretagne, mais en suivant un courant différent.

Enor comprend le raisonnement. Les intérêts des uns et des autres se recoupent. Faisant peut-être aussi au passage les affaires de Kevin Le Bourhis, le président du BUG. »

Le ciel est bleu, à peine troublé par quelques

nuages. L'heure ne sera bientôt plus favorable, ils vont devoir s'arrêter, comme les pêcheurs des deux autres barques qu'il distingue à quelques centaines de mètres. C'est le moment que choisit son fin sillon pour se plier brutalement. Comme on lui avait dit, la touche est bien nette.

« *Il commente, amer :*
— *Au moins, les choses sont claires, maintenant.*
Mais Le Rouzic secoue la tête négativement.
— *Hélas, non, ce n'est pas si simple ! Car finalement nous ne savons pas quel jeu joue réellement Laumond. Vous n'ignorez pas que les milieux souverainistes, y compris à gauche, certains vieux gaullistes et le Front national sont favorables aux Russes dans la crise ukrainienne. Au nom de l'Histoire et des alliances éternelles ! Tout cela enrobé de géopolitique et d'une vision où France et Russie doivent rester des alliés sans insulter l'avenir. Ajoutez-y une touche d'antiaméricanisme et d'anti-Union européenne qui prône de maintenir un équilibre historique nécessaire à la grandeur de la seule France et vous obtenez une vision stratégique qui va à l'encontre de la politique actuelle du gouvernement. Or il se trouve que Laumond est, je dirais, un archéogaulliste.*
— *Voulez-vous dire qu'il serait capable de manipuler tout le monde, y compris ses chefs, et de nuire à la politique officielle de son pays ?*
— *Peut-être, indirectement bien sûr, et à condition d'assurer ses arrières. Mais il ne le dirait pas ainsi, vous pensez bien. Il parlerait plutôt de préservation*

des intérêts à long terme de son pays. En ces temps de confusion sémantique, c'est fou l'utilisation possessive que l'on fait du mot patriote. Mais, vous savez, il n'est pas tout seul. »

À la suite de cet entretien, après quelques jours de réflexion, Enor prit la décision de rencontrer Aude Meunier.

En cette saison, l'omble chevalier, arctique comme on dit ici, est plus combatif. Et cela dès l'attaque au fond, contrairement au brochet. Il faut un long moment à Enor pour le remonter. Il fait bien quarante centimètres.

La longue enquête d'Aude Meunier avait paru deux jours plus tôt seulement dans *Le Monde*. Intitulée prudemment sous forme interrogative « *Des fonctionnaires français sapent-ils délibérément la politique ukrainienne de la France ?* », le texte, sur une double page, sans citer de noms mais des faits, retraçait en détail le panorama politique composite qui entourait l'assassinat d'Éric Lastenet. Les lieux, les filières, les réseaux, de Brest à Paris et de Nice à Rostov en passant par le rôle de quelques éléments de certaines "officines" de renseignement ou par celui de quelques membres influents de "fraternités" et "clubs" divers, pas toujours éloignés du cœur du pouvoir, étaient minutieusement décrits et l'ensemble allait dans le sens d'une tentative d'inversion de la politique officielle. Elle s'était bien gardée, évidemment, de parler des meurtres de Vlaminck. Pas de rapport avec l'enquête du SRPJ, donc, mais un travail d'enquête journalistique qui impressionne Enor. L'interpellation politique du Premier ministre a été immédiate et le porte-parole du gouvernement s'est montré bien évasif. Le Premier ministre doit répondre aujourd'hui à la presse pour déminer le terrain mais il devra subir les assauts des députés mercredi lors d'une séance de questions au gouvernement, l'Assemblée nationale étant justement en session extraordinaire jusqu'au jeudi 24. Certains élus demandent déjà la réunion de la commission des lois, d'autres exigent celle de la défense et tous ou presque s'interrogent sur l'opportunité de créer une commission d'enquête parlementaire. « De quoi inquiéter Laumond et ses semblables », se dit Enor, mais il ne se sent pas quitte pour autant.

Enor sort sa pince à long bec pour décrocher délicatement l'hameçon. Quand c'est fait, il introduit un mince tube dans la gueule du poisson afin qu'il dégonfle un peu à cause de la différence de pression entre le fond et la surface, puis, tenant bien verticalement des deux mains, une au-dessus, près de la tête, une au-dessous, quelques secondes l'animal dans l'eau, il le relâche. Qu'il retourne dans les sombres profondeurs du loch, dont la noirceur n'atteindra jamais celle du monde de la surface.

FIN

© Quadri Signe - Editions Alain Bargain
125, Vieille Route de Rosporden - 29000 Quimper
E-mail : contact@editionsalainbargain.fr
Site Internet : www.editionsalainbargain.fr

Dépôt légal n°8 - 1ᵉʳ trimestre 2018
3ᵉ tirage - Dépôt légal n°7 - 4ᵉ trimestre 2021
ISBN 978-2-35550-243-9 - ISSN 1281-7813
N° d'impression : 109659
Imprimé en France